Rona Randall wurde in Cheshire (England) geboren und wuchs in London auf. Sie wollte Malerin werden und erhielt auch ein Dreijahresstipendium für eine Londoner Akademie, machte aber aus persönlichen Gründen keinen Gebrauch davon. Sie ließ sich zur Sekretärin ausbilden, wurde aber schließlich Schauspielschülerin bei Frank Forbes-Robertson. Sie trat in Repertoire- und Tourneeaufführungen auf, ohne daß ihr der Durchbruch gelang, da sie, wie sie selbst sagt, »wirklich nicht gut genug spielte«. Sie suchte sich eine Stelle als Sekretärin, kam in einen Verlag – und war begeistert. Sie arbeitete als Journalistin, schrieb Kurzgeschichten und dann Romane.
Heute lebt Rona Randall in Sussex. Ihre Hobbys sind Töpfern, Antiquitäten, Theater, Reisen und natürlich: Lesen.

Dorothy Eden lebte bis zu ihrem sechzehnten Lebensjahr auf einer abgelegenen Farm in Neuseeland. Sie fing in England an zu schreiben und fand den Stil, der heute Millionen von Lesern anspricht. Ihr Aufstieg zur internationalen Bestseller-Autorin, deren Werke in sämtliche Weltsprachen übersetzt wurden, ist das Ergebnis eines geduldigen, intensiven Reifeprozesses: »Ich glaube, wenn man in jungen Jahren über Nacht erfolgreich wird, muß das ungeheuer aufregend sein – aber ich stelle mir auch vor, daß es ebenso zum Trauma werden kann. Der lange, allmähliche Aufstieg erfordert unendliche Geduld, doch er hat auch etwas zutiefst Befriedigendes.«
Die Autorin starb 1983 in London.

Vollständige Taschenbuchausgaben
Droemersche Verlagsanstalt Th. Knaur Nachf., München

Umschlaggestaltung Adolf Bachmann, Reischach
Umschlagfoto Photofile, N. Y.
Gesamtherstellung Ebner Ulm
Printed in Germany 5 4 3 2 1
ISBN 3-426-01378-9

Geschicke der Liebe

Zwei Romane
von Rona Randall
und Dorothy Eden

Knaur

ISBN 3-426-01378-9 800

Rona Randall

Der Adler über dem Tor

Roman

Von Rona Randall sind außerdem als Knaur-Taschenbücher erschienen:

»Der Wächterstein« (Band 782)
»Die grüne Kutsche« (Band 807)
»Spiel der Leidenschaft« (Band 1024)
»Die Ladies vom Hanover Square« (Band 1181)
»Applaus, Applaus« (Band 1234)
»Zerrissene Fäden« (Band 1302)

Titel der Originalausgabe »The Eagle at the Gate«

Aus dem Englischen von Margarete Längsfeld

Meiner innig geliebten Familie
Freddie,
Paul,
Celia,
Rebecca
und
Patrick

1

Das leidenschaftliche Verlangen, auf Abbotswood zu bleiben, hatte mich ganz unmerklich beschlichen, doch einmal geweckt, steigerte es sich wie ein Fieber. Weder die Besorgnis meines Vaters noch die Neckereien von Red Deakon hätten meiner Besessenheit Einhalt gebieten können, nachdem ich den Ort erst einmal erblickt hatte. Der rothaarige Besitzer von Deakons Schmiede war allerdings damals noch gar nicht in mein Leben getreten, und ich ahnte noch nichts von dem verwirrenden Einfluß seiner Persönlichkeit. Den Widerstand meines Vaters hingegen durfte ich getrost außer acht lassen: Er, der nicht in eine solche Welt hineingeboren war, konnte ihre Faszination für mich nicht begreifen.

Ich war freilich ebensowenig dort zu Hause, und mein inständiges Verlangen, dazuzugehören, kam mir selbst unverständlich vor. Dessenungeachtet verspürte ich instinktiv den Wunsch, mich mit diesem Ort zu identifizieren. Vielleicht war es die Sicherheit, die er versinnbildlichte, oder die Lebensform, die er spiegelte, welche dieses Bedürfnis in mir weckten, dieses unbändige Verlangen, irgendwohin zu gehören, Wurzeln zu schlagen: Etwas, das die haltlose Theaterwelt, der ich entstammte, mir verwehrt hatte.

Merkwürdig, ehe ich Abbotswood erblickte, war ich mir eines derartigen Bedürfnisses nie bewußt gewesen. Ich hatte mich mit unserem Wanderleben zufrieden gewähnt, bis ich David Hillyard begegnete und durch ihn nach Abbotswood gelangte. Nicht einmal das Widerstreben meines Vaters, sich auch nur in die Nähe dieses Ortes zu begeben, und später, als er dort war, sein Drängen, so schnell wie möglich wegzukommen, konnten mich damals beeinflussen. Das Haus und seine Bewohner ergriffen heimtückisch Besitz von mir und hielten mich gefangen.

Selbstverständlich verbarg ich diese Wirkung vor meinem Vater, da ich wußte, er würde enttäuscht, ja gekränkt sein, obwohl es eigentlich keinen Grund dafür gab. Es war unwahrscheinlich, daß ich den Ort nach Beendigung jenes denkwürdigen Besuches jemals wiedersehen würde. Vielleicht war es auch nur die Aufregung angesichts einer von unserem Alltag so unendlich weit entfernten Welt, die meine Phantasie fesselte. Das redete ich mir jedenfalls ein.

Aus welchem Grund auch immer – ich ließ mich bereitwillig einfangen; ich glaubte einfach verzaubert zu sein. Hier bot sich eine Ablenkung in unserem Leben, ein Blick in eine elegantere und aufregendere Welt, eine Welt, in welche Freudenmädchen und andere berufsmäßige Schönheiten zuweilen einheiraten mochten, niemals jedoch Töchter von wandernden Shakespeare-Schauspielern; denn die jungen Adeligen machten sich selten die Mühe, unsere Vorstellungen zu besuchen, zumal wir in London kein festes Theater hatten, wo die vornehme Gesellschaft hätte auf uns aufmerksam werden können. Im Jahre 1902 waren wir die Troubadoure der Landstraße, umherziehenden Zigeunern nicht unähnlich.

Auf eine Gruppe von – überwiegend weiblichen – Zuschauern konnten wir allerdings stets zählen. Diese kamen, um seufzend Charles Colemans berühmtes Profil anzuhimmeln und beim Klang seiner Stimme in Ekstase zu geraten. Ich konnte das durchaus verstehen, sah doch auch ich in meinem Vater weit mehr als nur ein Matineeidol. Wenn er im Rampenlicht stand und die flackernden Gasflammen zu seinen Füßen bedeutungsvolle Schatten auf sein schöngeformtes Gesicht warfen, wenn er dann sein hinreißendes Lächeln zum hintersten Olymp hinaufschickte (»Du mußt immer für die Galerie spielen, mein Liebes, sonst ist es aus mit dir!«), dann stand ich hinter den Kulissen, und mein Herz zersprang schier vor Stolz, und wenn der Vorhang rauschend niederging, wandte mein Vater sich nach mir um und streckte mir die Hand entgegen.

»Rasch, mein Liebes! *Rasch*!«

Und ich eilte auf die Bühne hinaus und ergriff seine dargebotene Hand, während er mit der anderen unentwegt in die Kulissen hineinwinkte und verlangte: »Nochmal aufziehen, Barney, aufziehen!« Und Barney, unser Bühnenmeister, gehorchte unverzüglich. (Auf diese Weise konnte die Anzahl der Hervorrufe verdoppelt werden.) Dann folgte das vertraute Rauschen, ein Schwirren, ein Surren in der Luft, und wir traten zusammen an die Rampe: Verbeugung, lächeln, Verbeugung und wieder lächeln, und ich wußte, mein Vater war mit ganzem Herzen dabei, trotz aller Theatralik, über die er sich zu anderen Zeiten lustig machte; und wenn der Truppe diese Konzentration der Scheinwerfer auf ihn auch mißfiel, so mußte sie sich gleichwohl damit abfinden. Mein Vater war Schauspieldirektor der Thespis-Truppe und konnte daher tun, was ihm beliebte. Wenn er also den zweiten Hauptdarsteller oder gar die erste Heldin mir zuliebe hintanstellte, so getrauten sie sich nicht, sich dagegen zu verwahren, obgleich ich innerhalb der Truppe einen niedrigeren Rang bekleidete. Dieses letzte Vortreten an die Rampe, seine Tochter an der Hand haltend, sein Gesicht glühend vor Stolz und Hingabe, das war der Höhepunkt von Vaters Auftritt und rief jedesmal stürmischen Beifall hervor.

Und wenn der Vorhang sich endgültig senkte, umarmte mein Vater mich und erklärte: »Sie lieben uns, Aphra. Sie lieben uns!«

»Sie lieben *dich*, Papa.«

Das beglückte ihn jedesmal aufs neue, denn mehr als alles andere im Leben begehrte mein Vater, geliebt zu werden. Meine Mutter hatte ihn abgöttisch geliebt, und als sie infolge eines längeren Aufenthaltes in feuchten Theaterunterkünften in Dublin an Lungenentzündung starb, war es selbstverständlich, daß ich die Stelle einnahm, die sie verlassen hatte. Ich wußte recht wohl, daß er bei anderen Frauen körperlichen Trost suchte – ich war auf der Straße geboren und von Kind an über das Leben im Bilde –, doch die innige Zuneigung, deren er so dringend bedurfte, suchte er mehr und mehr bei mir.

Er hat nie wieder geheiratet. Darüber war jedermann verwundert, nur ich nicht. Keine Frau konnte den Platz meiner Mutter einnehmen, und er gab auch nicht vor, daß irgendeine dazu in der Lage wäre, gleichgültig, wie heftig er mit dieser oder jener flirtete, oder wie eng die Beziehung war, die er einging. Für ihn hatte es auf der Welt nur eine einzige Petronella gegeben. »Wie könnte ich mich nach einem solchen Namen«, hatte er einmal halb im Scherz, halb im Ernst gesagt, »mit einer Ethel oder Mabel oder Alice abfinden? Selbst ihre Namen würde ich unablässig vergleichen!«

Meine Mutter, ihrerseits von einer sehr gefühlsbetonten Mama nach der Heldin eines ihrer romantischen Lieblingsbücher Petronella getauft, bestand ebenso beharrlich darauf, daß ich in einer Zeit, die nichts Einfallsreicheres als Daisy, Violet oder Rose hervorbrachte, einen ungewöhnlichen Namen tragen sollte. Und sie fand ihn ausgerechnet auf einer Grabplatte, eingelassen in den Steinboden einer kleinen Kirche in Kent.

Meine Eltern hatten damals in Canterbury gespielt, und eines Tages, als keine Nachmittagsvorstellung stattfand, hatten sie einen zweirädrigen Wagen gemietet und waren zum Kegeln aufs Land gefahren, und unterwegs hatten sie jenes Kirchlein am Fluß entdeckt und waren hineingegangen. Und als meine Mutter die Grabplatte sah und die Inschrift entzifferte, erklärte sie: »Wenn unser Kind ein Mädchen wird, so wird sie ganz gewiß genauso wie diese Heilige!«

Als mein Vater und ich Jahre später ebenfalls in Canterbury spielten, führte er mich zu dieser Kirche, und ich las die Inschrift mit eigenen Augen, wobei mir das V, das im Mittelalter anstelle des U verwendet wurde, ein wenig zu schaffen machte.

> HIER RVHT DIE STERBLICHE HVELLE VON APHRA NEVTON, GEMAHLIN DES EHRENWERTEN MEDRITH NEVTON, TOCHTER DES HOCHWOHLGEBORENEN HENRY CREWYS, WELCHE KAVM DAS ALTER VON 21 JAHREN ERREICHT VND SICH DOCH IN MANNIGFACHEN TVGENDEN HERVORGETHAN. SIE SCHIED AM 11. JÄNNER 1611 AVS DIESEM JAMMERTHAL.

Die Wappenschilder über der Inschrift waren zerborsten und abgeschliffen, das Bildnis der armen kleinen Aphra hingegen war gut erhalten. Die Hände zum Gebet gefaltet und das wehmütige Gesicht himmelwärts gerichtet, lag sie da, in einem Gewand des frühen siebzehnten Jahrhunderts mit gestärkter Halskrause, traurig, aber ungeheuer beeindruckend.

Der Name mochte zu ihr passen, aber ob er mir ebensogut zu Gesicht stand? Und wie optimistisch war meine liebe Mama doch gewesen, als sie sich einbildete, ich könnte nach Aphras heiligem Vorbild gedeihen! Ein solch tugendhafter Name schien im Thea-

ter fehl am Platz. Überdies gefiel mir sein Klang nicht besonders, vielleicht, weil er mich an seine unglückliche Trägerin gemahnte.
Doch es beruhigte mich, als mein Vater sagte: »Die gute Petronella, ich konnte ihr Vergnügen keineswegs trüben, als ich ihr erzählte, daß auch eine der berüchtigtsten Frauen des siebzehnten Jahrhunderts diesen Namen trug – Aphra Behn, ein skandalöses Geschöpf, die ihr Geschlecht verhöhnte, indem sie schockierende Stücke (über die Restauration) und obszöne Romane schrieb. Sie führte ein zweifelhaftes Leben, in dessen Verlauf sie Charles I. betörte, Spionin wurde, sogar einmal in den Schuldturm geriet, trotz allem aber schließlich in der Westminster-Abtei endete.«
Irgendwie fühlte ich mich dadurch beruhigt. Es würde einfach sein, ein tugendhafteres Leben zu führen als die skandalöse Aphra Behn, denn selbst, wenn ich es versuchte, würde ich niemals einen obszönen Roman schreiben können, und ganz gewiß würde sich mir keine Gelegenheit bieten, Spionin zu werden. Meine arme kleine Namensschwester aber, die unter den Steinen jener uralten Kirche ruhte, ging mir seither nicht mehr aus dem Sinn. Hatte sie sich insgeheim nach einem Leben gesehnt, dessen letztes Ziel *nicht* darin bestand, sich in »mannigfachen Tugenden« hervorzutun? Nach einem Leben wie dem meinen, in Gesellschaft von leichtsinnigen Schauspielern und mit einer ungewissen Zukunft, ohne Konventionen und von den achtbaren Mitbürgern aufs schärfste mißbilligt?
An jenem denkwürdigen Tag jedoch ahnte ich noch nicht, daß Kent eine weit größere Rolle in meinem Leben spielen sollte. Als wir die ländliche Kirche verließen und langsam nach Canterbury zurückfuhren, war mein Vater ungewöhnlich still, und als ich ihm ins Gesicht sah, mahnte mich ein gewisser Instinkt, das Schweigen nicht zu brechen. Seine Augen hatten diesen in die Ferne gerichteten Blick, den sie seit dem Tode meiner Mutter häufig annahmen, und ich wußte, daß er in Erinnerungen an sie versunken war, ungeachtet seiner leichtfertigen Bemerkungen über die ungleichen Tugenden der beiden Aphras. Ich vermutete, daß er diese Äußerungen nur gemacht hatte, um einen schmerzlichen Augenblick aufzuheitern oder eine Gefühlsaufwallung zu unterdrücken. Doch auf der Rückfahrt zum Theater gelang es

ihm nicht, diese Regung zu verbergen. Er hatte an diesem Nachmittag einen Schritt in die Vergangenheit getan, und infolgedessen war die Gegenwart nicht mehr so leicht zu ertragen.
Ich war daher froh, als Barney uns entgegengeeilt kam, auf seinem Gesicht jenes strahlende Lächeln, das stets gute Nachrichten verhieß. Er war ganz aufgeregt.
»Mr. Coleman, Sir, ich habe Sie den ganzen Nachmittag gesucht! Bin sogar in Ihrem Quartier gewesen, aber Ihre Wirtin wußte auch nicht, wo Sie hingegangen waren, leider. Da wollte ein Gentleman zu Ihnen, mit 'nem einmaligen Vorschlag. Er möchte, daß Sie mit der ganzen Truppe in so 'nem vornehmen Haus auftreten, wegen irgend'ner Feier, dem Geburtstag des Besitzers oder so was. Wo hab' ich denn bloß den Zettel, wo ich das alles aufgeschrieben habe?«
Mein Vater lächelte und schüttelte nachsichtig den Kopf. Barneys Vergeßlichkeit war uns durchaus vertraut, genau wie sein Enthusiasmus, welcher in diesem Augenblick sein runzliges Gesicht verklärte.
»Können Sie sich an den Ortsnamen erinnern, Barney? Vielleicht fällt Ihnen dann das andere auch wieder ein.«
»Hatte irgendwas mit 'nem Mönch zu tun oder mit 'nem Abt, wenn ich mich recht entsinne – ich hab's! Abbotswood! Abbotswood hinter Hythe, hat er gesagt. – Und hier ist mein Zettel, Mr. Coleman, Sir, da steht der Name von dem Herrn und alles.«
Mein Vater warf jedoch kaum einen Blick darauf. Mir schien, sein Gesicht sei noch stiller und sein Ausdruck noch entrückter geworden als während unserer Heimfahrt. Ich wünschte, er könnte diesen Anflug von Melancholie abschütteln und sich wie ich über dieses ungewöhnliche Engagement freuen. Vor einem geladenen Publikum zu spielen, in eleganter und womöglich aristokratischer Umgebung, darüber konnte man schon in Erregung geraten, zumal am Ende einer Tournee, da keine weiteren Engagements mehr zu erwarten waren. Doch Barney mußte alles dreimal sagen, ehe mein Vater aufmerkte, und ich stand dabei und fragte mich verwundert nach dem Grund für diese tiefe Geistesabwesenheit. Das Schweigen auf dem Heimweg, als er in Gedanken an meine Mutter versunken gewesen war, hatte mit dieser vollkommenen Entrücktheit nichts zu tun.

»Ich sagte, der Herr will nochmal vorbeikommen, Mr. Coleman, Sir. Er will nach der Abendvorstellung am Bühneneingang warten.«

»Damit verschwendet er nur seine Zeit.« Mein Vater zerriß den Zettel, warf die Fetzen zur Seite und marschierte ohne ein weiteres Wort zu seiner Garderobe.

Ich lief hinter ihm her.

»Papa! Bitte! Es klingt doch alles so interessant und ungewöhnlich, und die Truppe hätte sicher nichts gegen einen zusätzlichen Termin einzuwenden. Du lehnst doch nicht etwa ab, oder?«

Natürlich würde er nicht ablehnen. Kein Schauspieldirektor schlug eine private Aufführung aus.

Er antwortete entschieden: »Diese Gastspiele für einen einzigen Abend bringen kein Geld. Der Transport von Kulissen, Kostümen und Requisiten, ganz zu schweigen vom Ensemble, zehrt den ganzen mageren Gewinn auf.«

»Der ist nicht mager, Sir«. Barney eilte neben uns her. »Hören Sie nur, was für die Aufführung geboten wird – dreimal mehr, als wir je für eine Einzelvorstellung bekommen haben! Und den Transport müssen wir auch nicht bezahlen – es wird für alles gesorgt, hat der Gentleman gesagt, und er will uns Kutschen schicken, um die Truppe nach Abbotswood zu bringen, und das ganze Ensemble soll im Hause untergebracht werden. Es ist ein großes Haus, Sir, ein vornehmes Haus –«

»Und woher wollen Sie das wissen, Barney?«

Mein Vater war in seiner engen Garderobe angelangt, wo die Gasflammen schon um den trüben Spiegel flackerten. Der Schminkkasten stand geöffnet davor, Perücken und Kleider waren säuberlich an der Wand aufgereiht. Clancy, sein Garderobier, legte bereits Prosperos' Kostüm zurecht.

Barney fuhr eifrig fort: »Das hab' ich so rausgekriegt, Sir. Dachte mir, Sie wollten alles ganz genau wissen, wenn Sie herkommen. War ganz einfach. Einer von den Bühnenarbeitern stammt aus Kent, und der war mächtig beeindruckt. Eins von den ganz großen Häusern in Kent, hat er gesagt, aber das findet er vielleicht bloß aus Lokalstolz, doch ein ehrwürdiges Haus ist es ganz bestimmt. Der verstorbene Besitzer war Sir William Bentine, und jetzt wohnt seine Schwiegertochter dort, mit ihrem Bruder – und das ist der Herr, der hier gewesen ist.«

»Verschonen Sie mich mit der Familiengeschichte, Barney.«
Es sah meinem Vater gar nicht ähnlich, so schroff zu sein, vor allem nicht zu Barney, seinem wichtigsten Mann. Selbst auf Proben verlor er selten die Beherrschung, was ihn bei männlichen wie weiblichen Darstellern gleichermaßen beliebt machte, die ihm deswegen auch seine Schrullen und Schwächen bereitwillig verziehen. Ich erstarrte daher vor Staunen, als er Barney so anfuhr.
»Nun, *ich* finde es jedenfalls interessant, mein lieber Barney«, erklärte ich und stellte zufrieden fest, wie mein Vater den Vorwurf in meiner Stimme bemerkte und auf sich bezog.
Er sagte versöhnlich: »Tut mir leid, Barney, ich habe Kopfschmerzen.« Aber ich glaubte ihm nicht. Denn ich kannte die Anzeichen von Kopfweh bei meinem Vater nur zu gut: die Falte zwischen den Brauen, die schmerzgefurchte Stirn. Nichts dergleichen war jetzt vorhanden, lediglich dieser geistesabwesende Ausdruck, der nicht mit den Erinnerungen an meine Mutter zusammenzuhängen schien – obwohl ich selbst nicht zu sagen gewußt hätte, warum ich mir dessen so sicher war.
Barney sagte unvermittelt, er wolle Tee bringen lassen, was bedeutete, er selbst würde ihn holen. Barney war in der Truppe eine Art Mädchen für alles. Er war von Anfang an dabeigewesen, hatte als Laufbursche und Bühnengehilfe angefangen, war dann Assistent des Bühnenleiters und später selbst Bühnenmeister geworden. Doch eigentlich war er noch viel mehr. Er besaß den scharfen Verstand des echten Cockney und nutzte ihn auch, so daß er allmählich immer mehr Verantwortung übernahm und auf Tourneen sowohl als Organisator für die Reisen wie als Bühnenvorstand fungierte.
Doch ihm war neben seinen eigentlichen Pflichten keine Aufgabe zu gering, selbst Teeholen nicht.
Mein Vater blieb unerbittlich. »Wenn dieser Mann wiederkommt – wie hieß er doch gleich, Barney? Sagten Sie nicht Bentine?«
»Nein, Mr. Coleman, Sir. Bentine war der frühere Besitzer von Abbotswood, der, von dem seine Schwiegertochter den Besitz geerbt hat. Der hier war, ist ihr Bruder und heißt Hillyard.«
»Gut, wenn dieser Mr. Hillyard wiederkommt, sagen Sie ihm, ich danke für die Einladung, kann sie jedoch bedauerlicherweise nicht annehmen.«

Barney und ich schnappten gleichzeitig nach Luft. »Aber – aber was soll ich ihm denn für einen Grund angeben, Sir? Er weiß doch, daß unsere Tournee zu Ende ist –«

Mein Vater fragte streng: »Und woher weiß er das?«

Barney zuckte die Achseln. »Kann ich nicht sagen, Sir, er weiß es eben. ›Da die Truppe jetzt frei ist‹, hat er gesagt, ›bezweifle ich nicht, daß diese Einladung Ihnen sehr gelegen kommt‹ ...«

»Zum Teufel nochmal!«

»Aber er hat recht, Sir, oder nicht? Die Tournee *ist* zu Ende, und bis Sie die nächste buchen, müssen wir über jedes Engagement froh sein, selbst wenn es nur für einen Abend ist. Und es ist ein Glück für uns, wenn wir ein so großzügiges Angebot bekommen. Alle sind einverstanden, und sie sind schon ganz aufgeregt –«

Mein Vater unterbrach ihn. »Alle? Das ganze Ensemble, meinen Sie? Und wie haben die davon erfahren?«

Barney machte ein vorwurfsvolles Gesicht. »Wenn Sie glauben, ich habe mich verplappert, Mr. Coleman, Sir, da sollten Sie mich aber besser kennen; Sie wissen doch, daß vor der letzten Vorstellung die Schauspieler fast den ganzen Tag im Theater sind, um ihre Siebensachen zusammenzupacken, weil das Haus bis Mitternacht geräumt sein muß und für all das keine Zeit mehr bleibt, wenn der Vorhang um elf runtergeht. 'ne Menge von uns waren also dabei, die Kulissen umzubauen, und da kommt dieser Herr und spaziert geradewegs zur Bühnentür herein und mitten in die Kulissen. Der Portier war nicht im Dienst, also konnte niemand den Herrn aufhalten, und was *waren* wir alle froh! Passiert ja nicht alle Tage, daß so ein Angebot hereingeschneit kommt. Und er machte so einen noblen Eindruck, das kann ich Ihnen versichern, obwohl er so ruhig und gar nicht eingebildet war. Der hat kein bißchen angegeben, hat sein Haus nicht in rosaroten Farben geschildert, hat einfach bloß ›Abbotswood‹ gesagt, als ob das jeder kennen müßte. Miss Lorrimer war außer sich vor Freude, und Mr. Mayfield auch. Alle waren ganz aus dem Häuschen. Als der Herr weg war, sind sie alle übergeschnappt, und wer will ihnen das übelnehmen? Es wäre ein guter Abschluß der Tournee, Mr. Coleman, Sir, und das Geld könnte jeder von uns gebrauchen.«

»Sie meinen also, daß ich es der Truppe schuldig bin, zu akzeptieren?«

»Nun Sir, es steht mir nicht zu, Ihnen das zu sagen, nicht wahr?«
Mein Vater gab keine Antwort, und Barney ging hinaus, um den Tee zu holen.
»Er hat recht, Papa. Du bist es der Truppe schuldig. Warum zögerst du?«
»Ich denke nur darüber nach«, wich mein Vater aus, was mich zwar nicht überzeugte, doch als er hinzufügte, er wolle seine Entscheidung nach der Abendvorstellung bekanntgeben, da mußte ich mich begnügen. In den achtzehn Jahren zusammen mit ihm hatte ich gelernt, wann ich ihn bedrängen durfte, und wann nicht.

Aber er war gezwungen, seine Entscheidung vor dem letzten Vorhang zu treffen. Irgendwie verbreitete sich die Kunde von seiner Ablehnung im Theater, und in der letzten Pause erschien eine Abordnung, angeführt von Elizabeth Lorrimer, der ersten Heldin, und George Mayfield, dem zweiten Hauptdarsteller, unterstützt von der ganzen übrigen Truppe, an seiner Garderobentür. Ich wollte mich aus alledem heraushalten, hielt ich es doch für unloyal, mich für eine der beiden Parteien einzusetzen, aber innerlich war ich ebenso erstaunt und verwirrt wie die anderen.
Nur Elizabeth, George und Barney gelang es, in dem engen Garderobenraum meines Vaters Platz zu finden. Dieses Theater in Canterbury war alt und – vor allem hinter der Bühne – nur dürftig ausgestattet. Also mußten wir übrigen uns damit begnügen, draußen im Flur die Ohren zu spitzen; doch in der Hoffnung, meine Überredungskunst könnte durch die offene Tür etwas ausrichten, gaben ein paar Schauspieler mir den Weg nach vorne frei.
Elizabeth Lorrimer setzte ihre vornehmste und hochmütigste Miene auf, als sie von meinem Vater zu wissen verlangte: »Charles, sag, ist es wirklich wahr, daß du dich weigerst, uns in einem der berühmtesten Herrenhäuser von ganz England auftreten zu lassen?«
»Es ist weder besonders berühmt, noch ist es ein Herrenhaus. Es ist lediglich ein großes Landhaus –«
»Und darf man erfahren, woher du das weißt?«

»Ich erinnere mich, hin und wieder Sepiazeichnungen davon im *Spectator* und im *Tatler* gesehen zu haben.«

George Mayfield hielt ihm entgegen: »Dann weißt du doch auch, daß es nicht bloß ein einfaches Landhaus, sondern ein Herrensitz ist. Aber das einzig Wichtige ist, daß du es der Truppe schuldig bist, ein gutes und großzügiges Angebot zu akzeptieren, das uns am Ende der Tournee sehr gelegen kommt. Alle Londoner Theater sind voll ausgebucht, also besteht keine Hoffnung auf ein neues Engagement oder auch nur eine Zwischenvorstellung, und die Thespis-Truppe muß Däumchen drehen. Und welche Chance bietet sich denn Shakespeare-Darstellern wie uns für ein anderes Engagement? Der unsterbliche Barde ist heutzutage leider nicht so beliebt wie Melodram und Musiktheater.«

Ich quetschte mich durch die Garderobentür und mischte mich ein: »Selbst eine Verpflichtung für einen einzigen Abend würde jedermann helfen, Papa, uns beide eingeschlossen. Kannst du es dir wirklich leisten, nein zu sagen?«

Ich schaute ihn flehend an, und als er meinen Blick erwiderte, da wußte ich, daß all unsere Überredungskünste eigentlich überflüssig waren, weil er sich der Fakten längst bewußt war. Und trotzdem zögerte er immer noch.

»*Warum*?« fragte ich drängend.

Sein Mund öffnete und schloß sich, als ringe er um eine Antwort, und dann überwand er sich gewaltsam.

»Also gut«, sagte er abrupt. »Ich nehme an, vorausgesetzt, du spielst an meiner Stelle, George. Ein Ersatzspieler kann deine Rolle übernehmen. Ich gehe lieber heim. Diese Tournee hat mich erschöpft.«

George Mayfields Gesicht hellte sich auf, verdüsterte sich aber gleich wieder, als Barney einwendete: »Geht nicht, Sir. Der Herr hat gesagt, das Angebot hängt von Ihrem Auftritt ab. Die Dame des Hauses ist scheint's eine Verehrerin von Ihnen.«

Mein Vater verriet keines der üblichen Zeichen von Genugtuung, die ein solches Geständnis üblicherweise bei einem Schauspieler auslöst. Er versank erneut in Schweigen, sein Gesicht war undurchdringlich. Ich schob mich an Elizabeth und George vorbei, legte ihm die Hand auf die Schulter und schüttelte ihn leicht.

»Bitte, Papa, *bitte*!«

Er schaute zu mir auf, streichelte meine Hand und sagte unver-

mittelt: »Also gut. Barney, ich überlasse es Ihnen, alle Vorbereitungen zu treffen, und dir, Aphra, Mister Hillyard meine Entscheidung mitzuteilen. Sag ihm, wir wiederholen den ›Sturm‹, weil Kostüme und Requisiten für unser übriges Repertoire bereits verpackt und zum Verladen fertig sind.«
»Du meinst, du willst ihn nicht persönlich empfangen?« fragte George Mayfield entgeistert. »Das wäre sehr unhöflich, Charles.«
»Ich glaube kaum, daß Mr. Hillyard es so empfindet, solange er die Zusage erhält, die er ohnehin für selbstverständlich zu halten scheint.«
»In diesem Fall sollte ich als zweiter Hauptdarsteller ihn empfangen.«
»Das kommt überhaupt nicht in Frage!« Elizabeth war empört. »Ich darf dich vielleicht daran erinnern, George, daß *ich* die erste Heldin dieser Truppe bin und daher Vorrang vor jedem Nebendarsteller habe.«
Mein Vater sagte ruhig: »Aphra ist meine Tochter, und ich ernenne sie zu meiner Vertreterin. Findet euch damit ab, oder laßt es bleiben. Wenn es sein muß, kann ich meine Entscheidung noch rückgängig machen, ehe der Mann kommt.«
Er nahm einen Schminkstift zur Hand, kehrte uns den Rücken zu und begann vor dem fliegenbeschmutzten Spiegel sein Make-up zu erneuern. Es lag eine Unerbittlichkeit in dieser Geste, die nur zu deutlich erkennen ließ, daß er seine Drohung wahrmachen würde, falls man ihn bedrängte, also ließen wir ihn in Ruhe. Elizabeth Lorrimer zuckte zwar die Achseln und murmelte etwas Unverständliches, doch letztlich war sie besänftigt, weil der Auftrag angenommen war, und solange die Zusage galt, war auch George Mayfield bereit, sich ruhig zu verhalten. Alle gingen schweigend davon, erleichtert, daß dieser Augenblick der Panik überwunden war – einer Panik, die jeden Schauspieler überkommt, wenn ein gutes Engagement zu platzen droht.
Ich blieb mit meinem Vater allein.
»Danke, Papa. Du hast die richtige Entscheidung getroffen, und alle sind dir dankbar, ganz bestimmt.«
»Du auch, Aphra? Aber ich will von dir keine Dankbarkeit. Ich will nur, daß du glücklich bist, und wenn es dich freut, auf diesem Landsitz zu spielen, nun gut, dann freut es mich auch.«

»Aber meinst du nicht, du solltest Mr. Hillyard deine Zusage persönlich mitteilen? Du möchtest ihn doch gewiß kennenlernen?«
»Ich werde ihm auf Abbotswood begegnen, das ist früh genug.«

Mein Vater pflegte zu sagen, daß es im Leben mehr Dramen gebe, als je auf einer Bühne aufgeführt werden könnten, und daß der Vorhang sich viele Male heben und senken müßte, ehe ein Menschenleben ausgespielt sei. Ich hätte diese Worte beherzigen sollen, als ich mich bereitmachte, um David Hillyard zu empfangen, doch ungleich dem Theater gibt das Leben uns kein Zeichen, ehe der Vorhang hochgeht. Wie hätte ich da ahnen sollen, daß ich im Begriff war, in den bedeutendsten, tiefgreifendsten und letztlich entsetzlichsten Abschnitt meines Lebens einzutreten?
Der Laufbursche hatte mich in den grünen Salon gerufen, wo Mr. Hillyard wartete, und da ich unterwegs Barney traf, gingen wir zusammen. Später wünschte ich, ich hätte meinen Auftritt für mich allein gehabt; es wäre schön gewesen, diese Begegnung ohne Barneys wachsame Augen zu genießen, denen auch das kleinste Detail nicht entging. Wenn er es auch äußerst zurückhaltend anstellte, so wußte ich doch, daß er beobachtete, wie Mr. Hillyard meine Hand an die Lippen zog und sie zart, aber bedeutungsvoll küßte, während er mich anblickte. Ich spürte Bewunderung, doch keine Schmeichelei; Anerkennung, doch keine Aufforderung. Mit den Gepflogenheiten jener Männer vertraut, die wandernde Schauspielerinnen als angenehmen Zeitvertreib betrachten, empfand ich Mr. Hillyards achtungsvolle Höflichkeit besonders wohltuend.
Er war nicht einer von denen, die mit Blumen am Bühneneingang warten, ein einschmeichelndes Geschenk überreichen und eine Einladung zum Souper im Séparée des besten Hotels am Platze (komplett mit Chaiselongue und Zofe, um mir beim Auskleiden zu helfen) bereit halten. Ich fühlte instinktiv, daß hier ein Mann vor mir stand, der sich nicht darin übte, Schauspielerinnen nachzustellen. Der grüne Salon war ein ihm ungewohntes Parkett. Mr. Hillyard paßte sich dieser Umgebung nicht an, wie es die üblichen Frauenhelden taten, und seine Galanterie war frei von jedem Gedanken an einen Annäherungsversuch. Er küßte mir die Hand, weil es sich so gehörte, wenn ein Gentleman eine Dame

begrüßte, er hielt meine Finger ohne bedeutsamen Druck, hob sie mit Respekt anstatt mit unziemlichem Vorgenuß an seine Lippen. Und doch ließ er mich seine Bewunderung spüren, und das gefiel mir.
»Miss Coleman, darf ich Sie zu Ihrem Auftritt beglückwünschen? Sie sind der bezauberndste Ariel, den ich je gesehen habe.«
»Wie oft haben Sie den ›Sturm‹ denn schon gesehen?«
»Wenigstens viermal – zweimal in London, einmal in Paris, und nicht zu vergessen in Wien, wo ich meine Ausbildung erhielt. Und ich habe sogar eine weniger bedeutende Aufführung auf Korfu gesehen – das soll ja die Insel sein, die Shakespeare als Vorbild für seinen ›Sturm‹ diente, wie Ihnen sicherlich bekannt ist. Diese Aufführung war Teil des Festprogramms zu König Edwards Thronbesteigung im vergangenen Jahr. Die Griechen können unseren Dramatikern nicht gerecht werden – sie sollten sich lieber an ihre eigenen großen Klassiker halten –, doch es war eine höfliche Geste, ein Zugeständnis an den britischen Einfluß auf der Insel.«
Barney stand ganz verdutzt da und war sichtlich beeindruckt von diesem gelehrten Wortschwall, der verriet, wie weitgereist und gebildet der Sprecher war. Auch ich war beeindruckt, bemühte mich aber, lediglich höfliches Interesse zu bekunden. Ich hätte es nicht ertragen, wenn dieser Mann von Welt geahnt hätte, daß meine weiteste Reise ein Tagesausflug nach Ostende gewesen war.
Doch so weltmännisch er offenbar war, er machte kein Aufhebens davon. Er trug keine blasierte Miene zur Schau, nichts Gekkenhaftes war an ihm, kein Zug eines Burlington Bertie. Er sah auf unauffällige Art gut aus, mit seinem weißblonden Haar, das seine bleichen, intelligenten Gesichtszüge unterstrich. Er war schlank und mittelgroß. Mein Kopf reichte ihm gerade bis an die Schulter, und diese Schulter steckte in einem Anzug, der nach Savile Row aussah. Er hatte nichts von einem Landgrafen an sich und schon gar nichts von einem Piccadilly-Dandy, und er besaß das charmanteste Lächeln, das ich je an einem Mann gesehen hatte.
Ich glaube nicht, daß ich mich in diesem Augenblick in ihn verliebte, doch ich war gewiß nahe daran, es zu tun. Seine ruhige, unaufdringliche Art stand in solchem Gegensatz zu der lauten

und affektierten Kameraderie, in die ich hineingeboren war, daß er mich auf der Stelle betörte. Ich war die oberflächlichen Zärtlichkeiten gewohnt, die unter Theaterleuten üblich sind und die nichts weiter bedeuten als einen Ausdruck leichtherziger Zuneigung; dieser Mann aber, das spürte ich, wäre zu Verstellung oder Leichtfertigkeit nicht fähig. Eine Frau würde genau wissen, wie er zu ihr stand, und das mußte ein schönes Gefühl sein.

»Mein Vater läßt Sie bitten, ihn zu entschuldigen, Mr. Hillyard. Er ist ziemlich erschöpft. Doch ich soll Ihnen ausrichten, daß er sich glücklich schätzt, Ihrer Einladung zu einer Vorstellung auf Abbotswood nachzukommen.«

Die Lüge war um der Höflichkeit willen erforderlich, und ich verdrängte die Abneigung meines Vaters ins Unterbewußtsein.

David Hillyard nickte, keineswegs überrascht, und mir fiel die Bemerkung meines Vaters ein, daß die Zusage als selbstverständlich vorausgesetzt worden sei. Doch Mr. Hillyard, so entschied ich, war kein Mensch, der seine Gefühle allzu deutlich zur Schau stellte; als er mir aber dann mit lächelndem Blick in die Augen sah, da wußte ich, er war ebenso erfreut wie ich.

»Gut«, sagte er. »Meine Schwester wird sich freuen. Eigentlich ist es nämlich ihre Einladung, da sie die Herrin von Abbotswood ist. Ich habe lediglich ihren Auftrag übermittelt.«

»Mein Vater schlägt vor, daß wir den ›Sturm‹ wiederholen und hofft, daß Sie damit einverstanden sind.«

»Der ›Sturm‹ ist vortrefflich, und jetzt im Mai kann er sogar im Freien aufgeführt werden. Wir haben ein natürliches Freilichttheater, nach Süden gelegen; eine große, offene Rasenfläche, die im Hintergrund von Eichen gesäumt wird.«

»Das klingt bezaubernd.«

»Das Publikum wird aus Freunden der Familie bestehen, Prominenz aus der Grafschaft und der Gesellschaft der Umgebung, dazu kommen noch Gäste aus der Hauptstadt; sie alle sind zur Feier des vierzigsten Geburtstages meiner Schwester eingeladen. Ich bin froh, daß sie meinem Vorschlag zugestimmt hat. Sie hätte schon längst aus ihrem Schneckenhaus herauskriechen sollen.«

Ich war versucht zu fragen, wie sie dort hineingeraten war, unterließ es aber. Es gab so vieles, was ich gern gewußt hätte. War seine Schwester verheiratet, und, was mir auf einmal viel wichtiger schien: war er selbst verheiratet?

»Sind Sie eine große Familie?« tastete ich mich vor.
Er schüttelte den Kopf. »Nur wir drei – ich, meine Schwester Claudia und meine Cousine Harriet. Claudia ist Mrs. Bentine, die Schwiegertochter von Sir William, dem verstorbenen Besitzer. Der Titel war ihm auf Lebenszeit verliehen worden und ist also nicht erblich. Meine Schwester macht sich auch gar nichts daraus, sie ist es zufrieden, die Herrin von Abbotswood zu sein, und sie ist sehr stolz darauf.«
»Und – ihr Ehemann?«
»Sie ist Witwe.«
Barneys diskretes Hüsteln ermahnte uns, daß wir nicht allein waren, und daß es noch praktische Dinge zu besprechen gab. Für mich war es gleichzeitig ein Wink, daß das Theater innerhalb einer Stunde geräumt sein mußte. Ich vernahm das laute Poltern, als die Dekorationen abgebaut und die Requisiten umhergeschoben wurden, eine Arbeit, die eigentlich unter dem wachsamen Auge des Bühnenmeisters verrichtet werden sollte. Kein Wunder also, daß es Barney ans Werk drängte und er dieses Einzelengagement so schnell wie möglich regeln wollte. Während er die Details auseinanderlegte, füllte ich Wein in die Gläser, die auf einem Tischchen bereitstanden – das übliche Beiwerk zu Besprechungen im grünen Salon, diesmal aber wurde mir plötzlich bewußt, von welch minderwertiger Qualität der Wein war, und daß David Hillyard sicherlich weitaus bessere Sorten gewohnt war, als mein Vater seinen Gästen servierte. Zuweilen fragte ich mich, wo mein Vater sich seine Weinkenntnisse angeeignet hatte. Er betonte ständig, daß die Einkünfte der Truppe zum Erwerb von Spitzenqualitäten für den Verzehr im grünen Salon nicht ausreichten, doch für ihn selbst war nur das Beste gut genug.
Barneys Stimme unterbrach meine Gedanken.
»Und Kutschen für die Darsteller, Sir. Wenn ich mich recht erinnere, hatten Sie erwähnt, daß Sie diese zur Verfügung stellen wollen.«
»Selbstverständlich. Sagen Sie mir, wie viele Personen zum Ensemble gehören, und für den ausreichenden Transport wird gesorgt werden.«
»Im ›Sturm‹, Sir, elf Hauptfiguren, außerdem zwei Herren vom Hofe, drei Obergeister, Nymphen, Schnitter und Matrosen, ein Bootsmann und ein Schiffspatron und andere dem Prospero die-

nende Geister. Alles zusammen eine stattliche Gesellschaft, Sir, dazu kommen noch die Garderobiers, Bühnenarbeiter und eine Maskenbildnerin. Die Nebendarsteller sind gleichzeitig Ersatzspieler und übernehmen natürlich mehrere kleine Rollen auf einmal; auf diese Weise schleppen wir keinen unnützen Ballast mit. Alles in allem sind wir also gut dreißig Mann.«
David Hillyard war nicht im geringsten beunruhigt. »Das hatte ich auch geschätzt. Wir können für alle Fahrgelegenheit beschaffen, doch angesichts der vielen Hausgäste fürchte ich, daß nur die Mitwirkenden in Abbotswood selbst untergebracht werden können; die übrigen Mitglieder der Truppe müssen auf die Stallungen und Hütten des Gutes verteilt werden – die alle behaglich ausgestattet sind, dessen versichere ich Sie –, und Ihre Bühnenmannschaft wird im Dorf einquartiert. Ich habe alle notwendigen Vorkehrungen getroffen und bin sicher, jeder wird zufrieden sein.«
Barney murmelte etwas, das wie eine Zustimmung klang. Ich bemerkte ein wohlgefälliges Leuchten in seinen Augen, als er seinen Wein in einem Zug herunterstürzte, und während ich an meinem Glas nippte, überlegte ich mir, daß David Hillyard wohl tatsächlich fest mit der Zusage gerechnet hatte.
»Meine Schwester hat den Schauspielern den Ostflügel zur Verfügung gestellt«, fuhr er fort. »Ich schlage vor, daß Sie alle morgen, am Sonntag, nach Abbotswood kommen, und am Montag soll die Vorstellung stattfinden. Wir möchten am späten Nachmittag beginnen, damit wir das Abendlicht voll ausnutzen können. Dann bleibt der ganze Vormittag für eventuelle Proben, falls Mr. Coleman diese wünschen sollte. Die Truppe kann dazu den großen Saal benützen. Ich werde dafür sorgen, daß niemand Sie dort stört.«
Ich sagte, mein Vater werde das gewiß zu schätzen wissen, und fügte hinzu, es sei sehr gütig von ihm, uns alle so bequem unterzubringen.
»Meiner Schwester und mir liegt sehr daran, daß Sie sich wohl fühlen. Leibliche Annehmlichkeiten dürften gerade für schöpferische und künstlerische Naturen besonders wichtig sein.«
Wie wenig wußte er doch von drittklassigen Theaterunterkünften, dachte ich bitter. Der Ostflügel eines Landsitzes war für reisende Schauspieler ein wahrer Luxus.

Er trank seinen Wein aus, verbeugte sich leicht und verabschiedete sich; doch bevor er hinausging, sagte er zu mir: »Ich möchte Sie und Ihren Vater persönlich nach Abbotswood begleiten. Ich habe mir bereits die Adresse Ihres Quartiers besorgt und werde Sie dort abholen. Die übrigen Wagen werden direkt zum Theater geschickt. Könnte sich die Truppe bitte morgen vormittag um zehn Uhr am Haupteingang bereit halten?«

»Na so was!« rief Barney, als sich die Tür hinter unserem vornehmen Besucher geschlossen hatte. »Hat aber auch rein gar nichts vergessen, was, Miss Aphra? Hat alles bis ins kleinste Detail bedacht. Richtig wie 'n Schlachtplan ...«

2

Als die Truppe am nächsten Tag von Canterbury aufbrach, machte unsere kleine Kavalkade bei den Bewohnern eines jeden Dorfes, das wir durchquerten, von sich reden und verursachte beträchtliches Aufsehen. Sie bestand aus Landauern, zweisitzigen Kutschen, Breaks, Einspännern und Droschken sowie bäuerlichen Fuhrwerken für Gepäck und Ausstattung, mit Holzbänken für die Bühnenmannschaft versehen. Die ganze Prozession sah aus, als sei sie zu einem Massenpicknick unterwegs, denn außer für den Transport hatten die Hillyards auch für die Verpflegung der Reisenden gesorgt. Sie hatten Körbe mit Wein und Delikatessen geschickt, obwohl die Fahrt über wenig mehr als zwanzig Meilen ging; doch die Pferde waren langsam, und an einem Tag wie diesem hatte niemand Lust zur Eile. Auf halber Strecke wurde auf der alten Römerstraße haltgemacht, und man breitete am Ufer eines Baches Teppiche aus. David Hillyard und ich saßen in einer der schmucken Kutschen von Abbotswood und überholten die ganze Gesellschaft.

Daß wir allein und nicht in Begleitung meines Vaters fuhren, hatte sich ganz plötzlich ergeben, als Vater nämlich morgens beim Frühstück unerwartet verkündete, daß er nicht mitkäme, sondern erst am Montag zur Vorstellung in Abbotswood eintreffen werde, da er heute noch geschäftlich in Folkestone zu tun habe. »Möglicherweise engagiert uns der Geschäftsführer vom Hippodrom für diesen Herbst. Das wäre ein guter Start für eine neue Tournee, und weil wir gerade in der Nähe sind, halte ich es für ratsam, die Gelegenheit zu einem persönlichen Besuch wahrzunehmen. Folkestone liegt ja nur ungefähr vier Meilen von Hythe entfernt.«

Darauf wußte ich nichts zu erwidern, obgleich es wieder einmal

mir überlassen blieb, meinen Vater bei Mr. Hillyard zu entschuldigen; als Vater aber dann eine weitere Überraschung auftischte, sagte ich ihm entschieden meine Meinung.
Er hatte beschlossen, George Mayfield den Prospero spielen zu lassen, während er selbst die Rolle des Caliban übernehmen wollte. »George hat sich seit langem gewünscht, den Prospero zu spielen, und er verdient eine Chance. Ich denke, er wird begeistert sein.«
Und so war es auch: George, der mit uns im gleichen Haus logierte, war hingerissen. Er versprach, die Rolle zu proben, sobald die Truppe in Abbotswood angelangt sei, und begab sich gutgelaunt zum Theater, um sich der Reisegesellschaft anzuschließen. Erst als er gegangen war, machte ich meinem Unwillen Luft.
»*Du* ... und den Caliban spielen! Wo du genau weißt, daß der Prospero eine deiner erfolgreichsten Rollen ist!«
»Ich wüßte nicht, warum ich als unglücklicher Sklave nicht ebenso erfolgreich sein sollte.«
»O doch, und ob du das weißt! Das Publikum will dich sehen, wie du bist, vornehm, elegant und hoheitsvoll, und nicht als behaartes Monstrum!«
Mein Vater lachte, küßte mich flüchtig und riet mir, mich nicht aufzuregen. »Ich werde allmählich älter, mein Liebes – an meinem nächsten Geburtstag werde ich fünfzig. Es ist an der Zeit, daß ich den strahlenden Helden ablege und mich Charakterrollen zuwende. Und außerdem wollte ich den Caliban schon immer mal spielen.«
»Davon hast du nie etwas gesagt.«
»Dann sage ich es jetzt. So wie George die Chance verdient, den Prospero zu spielen, so verdiene *ich* die Chance, mal etwas anderes zu versuchen. Zweifelst du etwa an meinem Talent?« schloß er in neckendem Tonfall.
Natürlich tat ich das nicht. Mein Vater kannte jede Hauptrolle von Shakespeares Stücken auswendig; wenn er bei Proben für andere Schauspieler eingesprungen war, hatte er nicht einmal ein Textbuch gebraucht. Doch auch ohne Grund zur Sorge war ich enttäuscht. Ohne es mir recht einzugestehen, hatte ich mich darauf gefreut, ihn vor dem Hintergrund eines vornehmen Landsitzes und für ein Publikum, das sich von unseren gewöhnlichen

Provinzzuschauern sehr zu unterscheiden versprach, den Prospero spielen zu sehen. Vielleicht hatte ich mir auch schon jenen letzten Augenblick ausgemalt, wenn er seine Tochter aus den Kulissen auf die Bühne ziehen und sie stolz dieser erlesenen Versammlung präsentieren würde; und ich würde zu seinem edlen Profil aufblicken und denken, wie wunderbar er doch sei. Ich würde ihn natürlich in jeder Rolle für unübertrefflich halten, doch ob wir zusammen auch dann noch ein so rührendes Bild bieten könnten, wenn seine elegante Erscheinung bis zur Unkenntlichkeit entstellt war?

Mein Protest fruchtete jedoch nichts, sondern amüsierte ihn nur. Er fuhr mit einer Droschke zum Bahnhof, lange bevor David Hillyard uns abholen kam; aber ehe er aufbrach, bestimmte Vater noch, daß Elizabeth Lorrimer auf der Fahrt nach Abbotswood seinen Platz einnehmen sollte; er hielt es nämlich für schicklich, daß ich von einer Anstandsdame begleitet wurde. Ich mußte darüber lachen und erklärte, es werde wohl eher darauf hinauslaufen, daß *ich* auf *sie* aufpassen müßte.

»Abgesehen davon, daß sie sich nie davor zurückhalten kann, mit einem Mann zu flirten, müßtest du doch gemerkt haben, Papa, daß sie auf dieser Tournee eine Affaire mit Miles Tregunter hatte! Die beiden sind nicht nur auf der Bühne Ferdinand und Miranda, und es ist dir sicher nicht entgangen, daß sie, gleich wie du die Truppe für die Reise aufteilst, unweigerlich im gleichen Eisenbahnabteil landen – nämlich in Elizabeths. Sie wollen auch heute gewiß zusammen fahren.«

»Das wäre aber höchst unschicklich. Er steht in der Truppe weit unter dem Rang der ersten Heldin.«

Ich verstand, was er damit meinte. Es war ein ungeschriebenes Gesetz, daß die Bühnenrangordnung strikt eingehalten werden mußte. Doch ich wußte auch, daß Elizabeth mich als Reisebegleiterin ebensowenig begrüßen würde wie ich sie. In David Hillyards Gesellschaft wäre ich ihr im Weg, und das würde sie mich zweifellos spüren lassen. Nein, beschloß ich, die hübsche Elizabeth sollte getrost bei ihrem augenblicklichen Favoriten bleiben; und geschickt lenkte ich meinen Vater vom Thema ab. So glaubte ich wenigstens, doch als er schließlich aufbrach, fragte er: »Was ist dieser Hillyard für ein Mann? Der Gedanke, dich mit einem Fremden allein reisen zu lassen, gefällt mir nicht. Du weißt, wie sehr ich dir immer wieder eingeschärft habe, dir jeden Schritt deines Lebens genau zu überlegen, und daß du die Menschen nie nach ihrem Aussehen beurteilen darfst. Hinter einer schönen Maske kann sich immer eine Drohung verbergen, vergiß das nicht.«

Es war eine Angewohnheit meines Vaters, derlei Weisheiten von sich zu geben, und eine seiner Lieblingsermahnungen lautete, daß überall Räuber lauerten wie Adler über dem Tor. Doch mit diesem Spruch verschonte er mich jetzt, und er wiederholte lediglich seinen Wunsch, ich solle nicht allein mit einem Mann reisen, den ich kaum kannte, und, fügte er noch hinzu, zwei Frauen zusammen seien stets sicherer als eine allein.

»Aber ich bitte dich, Papa! Eine ganze Wagenkarawane fährt in die gleiche Richtung! Übrigens, ich staune, daß Abbotswood uns so viele Fahrzeuge zur Verfügung stellen kann. Das muß wahrhaftig eine sehr reiche Familie sein. Und was Mr. Hillyard betrifft: Um die Wahrheit zu sagen, hat er kaum etwas Besonderes an sich, außer daß er sich wie ein richtiger Gentleman benimmt und ziemlich alt ist.«

Das war, bis auf den Gentleman, eine Lüge, aber die war notwendig, um meinen Vater zu beschwichtigen und mein Vorhaben nicht zu gefährden.

»Alt, mein Liebes?«

»Er ist mindestens dreißig.«

Mein Vater meinte lachend: »So ist es eben, wenn man jung ist! Aber trotzdem bestehe ich darauf, daß du begleitet wirst, und Elizabeth wird bestimmt gerne mit unserem Gastgeber fahren. Wahrscheinlich betrachtet sie es sogar als ihre Pflicht. Also vergiß es nicht.«

Ich vergaß es zwar nicht, aber ich kümmerte mich auch nicht weiter darum. Nicht um alles in der Welt hätte ich mir die Gelegenheit entgehen lassen, allein mit einem solchen Mann zu reisen. Mit einem Anflug von Trotz war ich fest entschlossen, meinen Willen durchzusetzen, und als Mr. Hillyard vor unserem äußerst gewöhnlichen Reihenhaus in dieser äußerst gewöhnlichen Straße vorfuhr (Theaterquartiere lagen nie in der besten Gegend), stand ich schon wartend hinter dem viktorianischen Spitzenvorhang, sorgsam darauf bedacht, ihn nicht zu bewegen, um mich nicht dadurch zu verraten.

Was ich sah, war genau, wie ich es mir vorgestellt hatte, und doch war ich beeindruckt. Ein eleganter, nußbrauner Landauer, von einem Paar Grauschimmel gezogen, welche selbst ich, die ich nichts von Pferden verstand, als Vollblüter erkannte, bog pünktlich in die gepflasterte Gasse ein. Auch das überraschte mich nicht, denn ich war bereits fest davon überzeugt, daß dieser Mann sein Wort hielt und man sich voll und ganz auf ihn verlassen konnte. Was er vorhatte, würde ausgeführt, was er versprach, würde eingehalten werden. Nur die unsteten Künstler und Theaterleute wie mein Vater waren in meiner Vorstellung unzuverlässig und launisch, und ich stand wieder einmal vor der Aufgabe, eine ausweichende Erklärung für eben diese Eigenschaft der Fahrenden zu finden.
David Hillyard zeigte Verständnis. »Eine neue Tournee hat natürlich Vorrang vor einer Gelegenheitsaufführung, doch ich hätte ihn morgen vormittag nach Folkestone bringen lassen können. Von Abbotswood ist es nicht weit, und das Theater – sicherlich das Hippodrom, denn das ist das einzige dort – ist sonntags ohnehin geschlossen. In welchem Hotel übernachtet Ihr Vater? Ich kann ihm einen Wagen schicken.«
Ich mußte, ob ich wollte oder nicht, gestehen, daß ich keine Ahnung hatte.
»Macht nichts. Ich fahre morgen vormittag zum Theater und werde versuchen, ihn dort zu treffen, und dann bringe ich ihn selbst mit nach Abbotswood. Ich kann es gar nicht erwarten, ihn kennenzulernen. Ich habe ihn so oft spielen sehen. Er ist ein Mann von außerordentlichen Fähigkeiten, und seine eindrucksvollen Züge und die Art, wie er seine Rollen gestaltet, werde ich nie vergessen.«
Ich war darüber so beglückt, daß es mir gar nicht einfiel zu fragen, wo und wann er meinen Vater hatte spielen sehen, und erst später kam ich darauf, daß es nicht hier in Canterbury gewesen sein konnte, da diese Stadt als Aufführungsort an zweiter Stelle rangierte, und mein Vater gewöhnlich nur erstklassige Theater zu bespielen pflegte. Als Abschluß einer Tournee ging ein zweitrangiger Ort noch an, für eine normale Spielzeit aber kam er nicht in Frage. Für mich war dies der erste Besuch in Canterbury gewesen, doch diesen einen sollte ich nicht so leicht wieder vergessen.

Hatte es in meinem Leben je einen solchen Tag gegeben? Hatte die Sonne jemals strahlender geschienen, und war ich mir meiner Weiblichkeit und der Männlichkeit meines Begleiters je so bewußt gewesen? Ich trug mein bestes Kleid aus rosaweiß gestreiftem Musselin, einen weißen, rosa bebänderten Strohhut, hielt einen zierlichen Sonnenschirm aus blaßrosa Seide mit weißen Spitzenrüschen in der Hand, und während ich so neben David Hillyard saß, fühlte ich nichts als Freude, in die sich neugierige Erwartung mischte. Ich hegte nicht den leisesten Zweifel daran, daß mit diesem Tag ein neues und wundervolles Kapitel meines Lebens begann. Die bloße Tatsache, daß ich in dieser eleganten Kutsche saß, an der Seite eines Mannes, der all das verkörperte, was ich in meinem Leben entbehrte – Beständigkeit, Reichtum, Einfluß und vor allem Tradition –, gab mir das Gefühl, als schwebe ich auf Wolken. Auf der Bühne meines Lebens war Tradition etwas höchst Begehrenswertes. Sie barg für mich den Reiz des Unbekannten. Sie vertrug sich nicht mit Theaterquartieren, mit den Sorgen um Verträge, mit Kleidern aus zweiter Hand, aus Bühnengarderoben erworben, mit den »Ruhe«pausen zwischen den Tourneen und mit den Gängen von Agent zu Agent in der Hoffnung, eine Ersatzvorstellung zu ergattern, und sie paßte erst recht nicht zu dem Bild meines Vaters, wie er Rechnungen addierte und beinahe regelmäßig zu dem Schluß kam, daß wir von nun an sparsamer leben müßten.

Die Theaterwelt mochte von außen her verlockend erscheinen, doch die Wirklichkeit sah ganz anders aus. Für mich war ein konventionelles Leben viel erstrebenswerter, denn ich war fest davon überzeugt, daß es nie auch nur flüchtig Bekanntschaft mit den Sorgen machte, die bei uns auf der Tagesordnung standen, und das glaubte ich, weil ich jeden Sonntag einen Blick auf dieses andere Leben erhaschte, wenn wir unserem nächsten Engagement und unserer nächsten Behausung entgegenrumpelten. Durch rußverschmierte Eisenbahnfenster sah ich die soliden, behaglichen Eigenheime der Bürger, und ich beneidete sie. Ich beneidete sie um ihre gepflegten Gärten, ihre Hundehütten, ihre Gemüsebeete, um ihre Fenster mit den schmucken Gardinen, ihre Veranden, ihre geschlossenen Türen. Ein Haus zu besitzen, und sei es auch noch so klein, das bedeutete für mich, Herr über eine eigene Welt zu sein.

In meinen Augen sprach daher vieles für Konvention. Aus einer Welt, in der man niemals über die Zukunft nachzudenken wagte, in eine andere zu treten, in der man sich vor dem Morgen nicht zu fürchten brauchte, schien mir ein höchst erstrebenswertes Los – und nie hatte ich das stärker empfunden als eben jetzt.

»Erzählen Sie mir von sich, Miss Coleman. Erzählen Sie mir von Ihrem Leben. Das muß doch sehr interessant und aufregend sein. Hoffentlich kommt Ihnen Abbotswood im Vergleich dazu nicht langweilig vor.«

David Hillyard lächelte mich an. Er hatte seinen grauen Bowler abgenommen und zwischen uns auf den Sitz gelegt. Der Hut war gründlich gebürstet, und die Krempe hatte offenbar ein tüchtiger Kammerdiener sorgfältig gedämpft und in Form gebracht. Die taubengrauen Handschuhe waren makellos, und die Hände darin hielten die Zügel sicher und ruhig. Sicherheit und Ruhe sprachen aus jedem Zug dieses Mannes, vor allem aber aus seinem Gesicht. Unsicherheit war seinem Leben fremd.

»Da ist wirklich nichts Aufregendes daran, Mr. Hillyard. Natürlich gibt es überwältigende Momente, etwa wenn eine Vorstellung gut ankommt –«

»Oder wenn Ihr Vater Sie ans Rampenlicht holt, um Sie dem Publikum vorzustellen. Er sieht dann immer so stolz aus.«

»Immer? Dann haben Sie ihn also schon oft spielen sehen? Das kann aber nicht in Canterbury gewesen sein, denn er nimmt dort selten ein Engagement an.«

»Warum nicht?«

»Weil es ein zweitrangiger Ort ist. Auf einer Tournee mit erstklassigen Bühnen spielen wir gewöhnlich nicht dort.«

»Und was hat ihn diesmal nach Canterbury geführt?«

Ich antwortete frei heraus: »Wir hatten keine andere Wahl. Für die letzte Woche war es das Beste, das uns angeboten wurde.«

»Welch ein Glück für Abbotswood. Und für mich.«

Seine aufrichtigen Augen musterten mich wohlwollend von oben bis unten, und ich empfand nichts Peinliches dabei.

»Wie Zuckerwerk sehen Sie aus, Miss Coleman, so ganz in Rosa und Weiß, wirklich köstlich«, bemerkte er lächelnd. Ich war so geschmeichelt, daß ich fühlte, wie meine Wangen sich röteten, und ich hoffte inständig, er würde es für eine Reflexion meines rosa Sonnenschirms halten.

»Erzählen Sie mir mehr über Ihre Theatertourneen, zum Beispiel über diese Einteilung der Städte in Kategorien. Warum rangiert Canterbury, eine berühmte Domstadt, an zweiter Stelle, während ein kleines Seebad wie Folkestone offenbar als erstklassiger Aufführungsort gilt?«
Ja, warum eigentlich? Die Frage hätte ich mir selbst stellen sollen. Einzig die plötzliche Abreise meines Vaters legte den Gedanken nahe, daß es wünschenswert sei, in Folkestone einen Vertrag zu bekommen. Mein Vater hatte nicht eigentlich behauptet, daß dieser Ort unter den ersten rangiere, sondern nur, daß er geeignet sei, dort eine Tournee zu beginnen. Zuweilen eröffneten wir in einem zweitrangigen Theater, um die Wirkung unserer Einstudierungen zu erproben, aber noch nie hatte ich erlebt, daß mein Vater sich die Füße ablief, um etwas Geringeres als einen Vertrag in einem erstklassigen Haus zu ergattern. Da ich keine Antwort wußte, zuckte ich nur wortlos die Schultern und war sehr erleichtert, als David Hillyard nicht weiter auf dem Thema beharrte. Doch insgeheim beschloß ich, meinen Vater bei nächster Gelegenheit nach seinem Beweggrund zu fragen. Sein Benehmen unserem Gast gegenüber erschien mir nun, da er zum zweitenmal eine Begegnung ohne einsichtigen Grund verhindert hatte, doppelt unhöflich.
Der Gedanke erschreckte mich. Versuchte mein Vater wirklich, einer Begegnung mit diesem Mann auszuweichen? Lächerlich. Er hatte absolut keine Veranlassung dazu, und folglich hatte auch ich keinen Grund, mir solche Fragen zu stellen.
In diesem Augenblick überholten wir die Truppe, das heißt, wir fuhren soeben am letzten Wagen der Prozession vorbei. Auf einer Wiese am Wegrand breiteten die übrigen Mitglieder unserer Gruppe schon die Teppiche für das Picknick am Bach aus, doch die letzte Kutsche fuhr sehr gemächlich, ihre Insassen schienen völlig ineinander versunken. Ich erkannte Elizabeth, die ganz stolz in ihrer Ecke saß. Auch sie trug einen Schirm, um ihren Teint vor der Sonne zu schützen, doch der ihre war kostbarer als meiner – aus champagnerfarbener Seide, mit unzähligen Blümchen bestickt. Wie ein winziger Garten sah er aus, und ebenso ihr auffälliger Hut. Automatisch registrierte ich im Geiste: *Die zweite Mrs. Tanqueray*, Birmingham, Frühjahrstournee des letzten Jahres ... Helen Rossiter, die damals die Hauptrolle spielte, hatte also

ihre Garderobe aus diesem Stück verkaufen müssen, es ging ihr wohl nicht besonders gut ... und es würde sie eine Menge kosten, die Kleider zu ersetzen, sollte sie wieder eine Rolle bekommen, die ein solch aufwendiges Kostüm erforderte. Shakespeares Stücke hatten den Vorteil, daß sie in historischen Kostümen gespielt wurden und die Schauspieler nicht ihre eigene Garderobe beisteuern mußten.

Als wir an der Kutsche vorüberfuhren, sah ich auch das übrige von Elizabeths Ausstattung – ein enganliegendes Kleid aus schwerem, champagnerfarbenem Moiré, verschwenderisch mit passender Spitze verziert, die in Kaskaden von Handgelenken und Ausschnitt herniederrieselte. Solch elegante Kleidung mußte in dieser Hitze sehr unbequem sein, dachte ich, zumal der Schnitt engste Schnürung erforderte, dazu noch Polster auf den Hüften und unter den Achseln, um die Taille noch schmaler erscheinen zu lassen. Kein Wunder, daß Elizabeth so kerzengerade saß. Ihr Begleiter würde ihren Körper auf dieser Fahrt starr und unnachgiebig finden; sie konnte schließlich hier ihr Korsett nicht lokkern, wie sie es sonntags in der Eisenbahn zu tun pflegte.

Doch sie sah zweifellos großartig aus. Sie posierte in dem eleganten Zweisitzer, als sei es eine Staatskarosse und der ihr sklavisch ergebene Miles Tregunter ihr Prinzgemahl. Der Altersunterschied von etwa fünfzehn Jahren unterstrich nur Elizabeths ewige Jugend.

Als wir an ihnen vorbeifuhren, richtete sie sich noch gerader auf, und ich sah ihren überraschten und fragenden Blick auf meinem Begleiter ruhen. Sie hatte nicht erwartet, daß ich allein mit diesem wohlhabenden Fremden reiste, der gestern nachmittag auf die Bühne gekommen war, als sich alle dort zum Tee versammelt hatten. Ich lächelte und winkte ihr zu, doch sie hatte keine Zeit, meinen Gruß zu erwidern, denn Mr. Hillyard hatte eine Verbeugung zu ihr hinüber gemacht, und sie war so sehr damit beschäftigt, ihrerseits zu lächeln und sich zu verneigen, daß sie sich um niemand anderen kümmern konnte. Miles Tregunter machte ein finsteres Gesicht. Er war ein hübscher, verwöhnter und launischer Jüngling, der es nicht ertrug, im Schatten zu stehen, und sei es auch nur eines flüchtigen Grußes wegen.

Ehe wir sie überholt hatten, richteten sich Elizabeths Augen auf mich. Zorn sprach aus ihnen, und eine Frage stand darin zu lesen:

Wo ist dein Vater? verlangten sie zu wissen. *Und wieso hat man mich nicht aufgefordert, an seiner Stelle zu reisen? Darüber werde ich noch ein Wörtchen mit ihm zu reden haben, darauf kannst du dich verlassen!*
Nun gut, Aphra Coleman, ermahnte ich mich insgeheim, wenn er böse wird, bist du selbst schuld. Du hättest nicht alles so selbstsüchtig einfädeln dürfen. Doch zur Reue war später noch Zeit genug, und für den Augenblick konnte ich mich ungestört an David Hillyards ungeteilter Aufmerksamkeit erfreuen. Es war unwahrscheinlich, daß mir dieses Glück je wieder beschieden sein würde, also beschloß ich, es weidlich auszukosten.
Wieder winkte ich Elizabeth zu, doch diesmal zum Abschied.
»Möchten Sie anhalten und mit den anderen picknicken, Miss Coleman?«
»Nein, durchaus nicht«, erwiderte ich eine Spur zu hastig. »Das heißt – ich habe nämlich überhaupt keinen Durst, und um die Wahrheit zu sagen, für mich ist es ein seltener Genuß, in einem Gefährt wie diesem über Land zu fahren.« Ich blickte auf die wartenden Wagen am Wegrand, auf die grasenden Pferde und die Kutscher, welche die vergnügte Schar ein wenig neidisch beobachteten. »Das Kutschhaus von Abbotswood muß wirklich außergewöhnlich gut bestückt sein, Mr. Hillyard. Und noch dazu mit soviel verschiedenen Fahrzeugen!«
»Meine liebe Miss Coleman, die gehören doch nicht alle uns! Nur ein paar davon sind unsere eigenen, dieser Landauer, ein Brougham, der Zweisitzer, in dem Miss Lorrimer fährt, zwei von den leichten zweirädrigen Kutschen und ein paar von den Breaks, auf denen die Mannschaft fährt. Die übrigen habe ich in der Nachbarschaft ausgeliehen.«
»Und jeder war bereit, Ihnen zu Diensten zu sein, einfach so?« Ich schnippte leicht mit den Fingern.
»Aber nein. Ich habe sie alle schon vor vierzehn Tagen bestellt.«
»Vor vierzehn Tagen! Aber da war ja die Truppe noch gar nicht in Canterbury. Sie müssen sehr sicher gewesen sein, daß mein Vater Ihre Einladung annehmen würde.«
»Sicher nicht, aber ich habe darauf gehofft. Schließlich hatte er keinen Grund abzulehnen, da es die letzte Woche Ihrer Tournee war und die Truppe also frei sein würde.«

»Aber woher wußten Sie das? Ich meine, woher wußten Sie, daß die Tournee zu Ende war?«

»Das zu erfahren war nicht schwer. Es stand ja auf dem Theaterplakat: ›*Letzte Woche der laufenden Shakespeare-Tournee der Thespis-Truppe! Versäumen Sie nicht diese einmalige Gelegenheit, Charles Coleman als Prospero zu sehen! Eine solche Chance bietet sich Ihnen vielleicht nie wieder!*‹ Das habe ich natürlich nicht geglaubt. Der ›Sturm‹ ist einer seiner größten Erfolge und der Prospero eine seiner gefeiertsten Rollen, da sollte es mich schon sehr wundern, wenn er nicht irgendwo und irgendwann wieder damit auftreten würde.«

Er blickte mich mit einem schalkhaften Lächeln an, das jedoch gleichzeitig Güte und Verständnis ausstrahlte. Ich glaube, damals habe ich die Zärtlichkeit und Wärme dieses Lächelns zum erstenmal empfunden, doch es war keineswegs das letzte Mal, daß mein Herz davon angerührt wurde.

Es ist nicht verwunderlich, daß wir Abbotswood vor der übrigen Gesellschaft erreichten. – Wir bummelten zwar unterwegs nicht, aber wir beeilten uns auch nicht, und diese gemächliche Anfahrt bescherte mir einen Vorgeschmack von dem, was mich erwartete. Ich genoß jeden Augenblick und konnte nicht umhin, diesen außergewöhnlichen Sonntag mit den gewöhnlichen Sonntagen in meinem Leben zu vergleichen. Von frühester Kindheit an war ich an die endlosen Eisenbahnreisen gewöhnt, die das Los fahrender Schauspieler sind, und vielleicht bildete sich in jenen Tagen in mir die Gewohnheit, durch die Abteilfenster einen Blick auf die Welt anderer Leute zu werfen und sie heimlich zu beneiden.

Ich pflegte mir Geschichten über sie auszudenken – die Bewohner einer Hütte am Weg mochten Kleinbauern sein oder Landarbeiter, mit einem warmen Ofen, an dem man sich an einem kalten Sonntagnachmittag die Füße wärmen konnte, während die Troubadoure der Straße in zugigen Eisenbahnwagen zitterten; die Besitzerin eines vornehmen Hauses auf einem entfernten Hügel hatte vielleicht eine Schar fröhlicher Kinder, die auf den Ponys ritten, welche sich wohl in den Ställen tummelten, die ich neben dem Haus erkennen konnte. Die Geschichten und die sie belebenden Gestalten waren ebenso zahllos wie die Häuser, die während dieser Reisen an meinen sehnsüchtigen Augen vorbeiflogen.

Niemand wußte von den Träumen, die ich ersann. Schon als Kind

behielt ich sie für mich, vielleicht, weil ich meine Eltern nicht betrüben wollte, indem ich mich mit meinem Schicksal unzufrieden zeigte – dem Schicksal, das sie für mich ausersehen hatten. Die Träumereien aber setzte ich fort, und immer stand ich im Mittelpunkt – als junge Ehefrau in einem schmucken Vorstadthäuschen; als junge Mutter, die ihre Kinder auf dem Lande aufzog; als elegante Herrin eines vornehmen Hauses in einer feinen Gegend, die für die Geschäftsfreunde ihres erfolgreichen Gatten die Gastgeberin spielte. Diese Träume verliehen mir ein Gefühl der Geborgenheit; zwar schafften sie mir nur eine trügerische Scheinwelt, doch vermittelten sie mir immerhin die Empfindung, daß es im Leben auch Beständigkeit geben könne.
Heute, im Jahre 1902, rollten nahezu dreihundert Tournee-Truppen Sonntag für Sonntag nach Nord, Süd, Ost oder West, während die übrige Bevölkerung der britischen Inseln bei ihrem Roastbeef saß, die Skandale in der Sonntagspresse verschlang und ihr Mittagsschläfchen hielt; und manchmal fragte ich mich, ob andere junge Schauspielerinnen sich die Zeit an ihren öden Ruhetagen ebenso vertrieben wie ich, oder ob ich etwas Sonderbares an mir hatte, etwas Unnatürliches, das schuld daran war, daß ich mich nach etwas sehnte, das ich gewiß nie bekommen würde.
Theaterleute waren, wie jedermann wußte, eine Rasse für sich. Hatten sie erst einmal den Geruch von Fettschminke in der Nase und das Echo der Straße in den Ohren, dann wünschten sie sich kein anderes Leben mehr – wenigstens behaupteten sie das. Doch manchmal, wenn wir auf einem Nebengeleise auf den Anschlußzug warteten, der uns zu unserem endgültigen Bestimmungsort bringen sollte (auf den Sonntagsfahrplänen gab es nie durchgehende Züge), und wenn meine Mutter dann ihren Spirituskocher hervorholte, um Tee zu brühen, dann fragte ich mich, ob wohl auch sie ihren heimlichen Traum hatte und sich vorstellte, sie koche das Wasser auf einem richtigen Herd in einer hübschen, freundlichen Küche in ihrem hübschen, eigenen Heim.
Ich habe es nie erfahren. Ich wußte nur, daß sie zufrieden war, meinen Vater zu begleiten, wohin er auch ging, und wenn endlich ein Verbindungszug kam und anhielt und wir vom Abstellgleis geschoben und hinten angehängt wurden, dann sammelte sie gelassen Tassen und ihre braune, irdene Teekanne ein, die stets mit uns reiste, kippte die Teeblätter aus dem Fenster auf das

Bahngeleise, bedachte uns mit einem warmen Lächeln und meinte: »Na, war der nicht gut? Der Tee hätte nicht besser geschmeckt, selbst wenn ich ihn in der Küche vom Buckingham-Palast zubereitet hätte!«
»Miss Coleman, fehlt Ihnen etwas? Sie schauen so traurig aus. Ich hoffe, Sie sind nicht ermüdet? Dies ist die Lieblingskutsche meiner Schwester. Sie bestand darauf, daß ich Sie in der und keiner anderen nach Abbotswood bringen sollte. Ich wäre untröstlich, wenn Sie es nicht bequem genug hätten.«
Ich zuckte zusammen und fand in die Gegenwart zurück. Erschrocken stellte ich fest, daß meine Wimpern feucht waren.
»Nein, nein! Ich habe nur nachgedacht, weiter nichts. Geträumt habe ich. Ich habe nämlich die schlechte Angewohnheit zu träumen, Mr. Hillyard.«
Wieder dieses gütige, verständnisvolle Lächeln.
»Eines Tages, Miss Coleman, möchte ich erfahren, wovon Sie träumen.«
Doch keiner meiner Träume hatte mich auf Abbotswood vorbereitet. Nur auf Bildern hatte ich Vergleichbares gesehen, denn im viktorianischen England fuhren die Züge nie an solchen Besitzungen, ja nicht einmal an ihren Grenzen vorbei. Selten nur ragten die Türme und Zinnen von Anwesen wie Arundel oder Bodiam am Horizont empor, aber Schlösser wie diese schienen ohnehin nichts mit der Wirklichkeit gemein zu haben. Mit ihnen konnte man sich nicht identifizieren, man konnte sich nicht vorstellen, daß gewöhnliche Sterbliche – nette, gemütvolle, konventionelle Menschen – dort wohnten. Gab es in solchen Besitztümern überhaupt Küchen, behagliche Schlafzimmer, gemütliche Wohnräume? Durfte hier ein Mann seine Füße auf den Kaminsims legen und hinter seiner Sonntagszeitung hervorpaffen? Ich bezweifelte das. Dort residierte sicher irgendeine herzogliche Hoheit, in eine prächtige Robe aus karmesinrotem Samt und Hermelin gehüllt, und seine Herzogin zeigte sich gewiß nie ohne ihre Adelskrone oder zumindest ein Diadem; sie speisten mit großem Pomp an einer riesigen Tafel in einem riesigen Saal, bedient von einem Heer von Lakaien – und lebten in seliger Unwissenheit fern von uns ameisengleichen Kreaturen, die drunten in rollenden Kästen durch die Täler rumpelten.
So hatte ich mir das als Kind vorgestellt. Solche Bilder flößten

mir Ehrfurcht ein, aber sie verzauberten mich nicht. Sie beschworen nicht die Träume von Geborgenheit herauf, nach der ich mich insgeheim so sehnte, diese Geborgenheit eines warmen und trauten Heimes, das mir Sicherheit und Wohlbehagen bescheren würde. Nicht einen einzigen Augenblick lang glaubte ich, daß ich mich zwischen Erhabenheit und Pomp wohl fühlen würde.

Abbotswood ließ sich freilich nicht mit Arundel, dem Wohnsitz des Kronprinzen von England, vergleichen, und es war auch keine Festung wie Bodiam; gleichwohl hätte keine Eisenbahnlinie es gewagt, so nahe daran vorbeizufahren, daß die Passagiere einen Blick davon erhaschen konnten; doch selbst wenn eine so kühn gewesen wäre, hätten die umliegenden Ländereien mit den jahrhundertealten Bäumen das Herrenhaus vor neugierigen Augen abgeschirmt. Herrschaftshäuser wie Abbotswood waren um ihrer Abgeschiedenheit willen erbaut worden, und die wurde durch ihre Lage gewährleistet.

Die Lässigkeit, mit der David Hillyard durchs Tor kutschierte, ließ vermuten, daß er sich nichts Besonderem, nichts Großartigem nähere. Er war von einer Ungezwungenheit, die anzeigte, daß all dies für ihn etwas Alltägliches, Vertrautes bedeutete. Nicht aber für mich.

Die Einfahrt war überwältigend, von zwei steinernen Säulen flankiert, die durch einen Bogen miteinander verbunden waren und so einen soliden Rahmen für das schwere schmiedeeiserne Tor bildeten. Ein Pförtner öffnete und tippte ehrerbietig grüßend an seine Stirnlocke. Seine Erscheinung nahm mich sogleich gefangen, sonst wäre mir möglicherweise etwas Eigenartiges aufgefallen, das ich nun allerdings erst später entdecken sollte. Jetzt aber fiel mein Blick auf das Pförtnerhäuschen mit seinen vergitterten Fenstern. Ich hielt es für einen höchst beneidenswerten Besitz, was ich mir freilich nicht anmerken ließ. Nicht umsonst war ich von Kind auf in der Schauspielkunst unterwiesen worden. Als der Pförtner sich respektvoll vor mir verneigte, erwiderte ich seinen Gruß mit einem graziösen Kopfnicken, in dem Hoheit und Höflichkeit genau bemessen waren.

»Lassen Sie das Tor offen, Walker. Es kommen noch mehr Kutschen.«

Die Anweisung erfolgte ganz selbstverständlich, mit der Lässigkeit dessen, der es gewohnt ist, Befehle zu erteilen. Mit einer instinktiven Gabe, Umgangsformen und Sitten aufzunehmen, beobachtete ich die Art, wie er seine Anordnung äußerte. Jede neue Erfahrung war wertvoll für mich, und keine Beobachtung war vergebens. Dergleichen gehörte zu den unentbehrlichen Übungen einer Schauspielerin und erwies sich immer wieder als dienlich.

Der Landauer setzte sich wieder in Bewegung. Wir passierten das Tor, und jetzt blickte ich hinauf und sah, was mir zuvor entgangen war.

In der Mitte des steinernen Bogens war ein Adlerkopf eingemeißelt, und zwar mit solch handwerklichem Geschick, daß er richtig räuberisch und bedrohlich dreinschaute, so realistisch, daß er nahezu beängstigend wirkte. Ich wandte schnell meinen Blick ab, doch da sah ich den Raubvogel abermals, diesmal im Eisen in der Mitte eines jeden Torflügels, allerdings weniger scharf umrissen, so daß er weniger gefährlich schien als der vorspringende Steinschnabel und die ausgestreckten Klauen über mir.

Ehe ich mich noch recht besann, rollten wir auch schon durch einen ausgedehnten Park, dann über eine Brücke, hinter der sich ein wohlgeordneter Garten erstreckte, und schließlich über eine verschlungene Auffahrt, gesäumt von einem Meer von Rhododendron, die bereits in herrlicher Farbenpracht leuchteten. Im Hintergrund erhoben sich riesige Eichen, Platanen und Kastanienbäume und verbargen höchst wirkungsvoll, was mich erwartete. Jede Biegung verhieß, daß der Vorhang sich heben würde, bis ich die Spannung auf das, was dahinter zum Vorschein kommen sollte, kaum noch ertragen konnte. Ich hatte nicht nur das Gefühl, ich führe einer anderen Welt entgegen. Ich *wußte* es, und ich hatte mich nicht getäuscht; denn als wir in die letzte Kurve einbogen, hob sich der Vorhang vor einem so erregenden Bild, daß mir der Atem stockte. Da stand ein Haus, so schön, wie es sich meine Phantasie nie hatte ausmalen können. Es strahlte die Harmonie eines Heims aus, das umsichtig geplant, fachkundig erbaut und sorgfältig gepflegt war. Rechts und links vom säulengeschmückten Haupteingang erstreckten sich zwei langgezogene, zauberhaft mit wildem Wein bewachsene Seitenflügel. Die Schiebefenster in allen vier Stockwerken blitzten vor Sauberkeit. Sie wurden in den oberen Etagen in fein ausgewogenem Verhältnis immer kleiner. Diejenigen im Erdgeschoß waren im Queen-

Anne-Stil gehalten und von eleganten Rundbögen eingefaßt; ebenso die im ersten Stock, die sich zu schmiedeeisernen Balkonen öffneten. Dieses Haus erstrahlte in Würde und Vornehmheit, und ich liebte es auf den ersten Blick. Jener räuberische Adlerkopf über dem Eingangsportal hatte keine Verbindung mit ihm. Ich vergaß ihn beim Anblick des Hauses sofort wieder. »Willkommen auf Abbotswood«, sagte David Hillyard leise. »Sie ahnen ja nicht, wie lange ich darauf gewartet habe, Sie hierherzubringen.«

3

Ich blickte ihn verblüfft an, und er lächelte. »Ich bin nicht vermessen, Miss Coleman. Nur aufrichtig.«
Seine Freimütigkeit flößte mir Vertrauen ein.
»Wie lange schon?« hauchte ich.
»Seit ich der Thespis-Truppe folge, von Ort zu Ort, von Stadt zu Stadt. Sie sind mir hoffentlich nicht böse?«
»Warum sollte ich?«
»Sie könnten mich tadeln, weil ich gewisse Ausflüchte gebraucht habe.«
»Sie meinen, Ihre Erklärung, die Herrin von Abbotswood sei eine Bewunderin meines Vaters, war falsch?«
»Hat Ihr Bühnenmeister das gesagt?«
»So hat er Sie jedenfalls verstanden.«
»Dann verdiene ich allerdings einen Tadel!« Aber sein Lächeln enthielt keine Spur von Reue. »Leider, Miss Coleman, ist meine Schwester Claudia seit dem Tode ihres Mannes, und das ist schon viele Jahre her, nicht mehr im Theater gewesen. Die einzigen Vorstellungen, die sie besuchte, waren Amateurdarbietungen auf Abbotswood, die hier zu karitativen Zwecken veranstaltet wurden. Doch ich hege nicht den leisesten Zweifel daran, daß es ihr Freude machen wird, Ihren Vater kennenzulernen und ihn spielen zu sehen. Die Idee stammt zwar von mir, doch es ist zweifellos eine gute Idee, denn Abbotswood ist für eine Aufführung des ›Sturms‹ wie geschaffen. Hätte Ihr Vater nicht dieses Stück vorgeschlagen, so hätte ich es getan, denn unsere Freilichtbühne ist die ideale Kulisse dafür. Mein verstorbener Schwager Lawrence hat selbst viele Laienspiele in Szene gesetzt. Ich glaube, wir haben noch ein paar vergilbte Fotografien davon, ich weiß nur nicht wo. Sehen Sie, meine Flunkerei enthielt doch ein Körnchen Wahr-

heit, und Sie werden sicher verstehen, daß ein wenig List unvermeidlich war. Ich konnte schließlich nicht mit der Bitte an Ihren Vater herantreten, er möge mit seiner Tochter nach Abbotswood kommen, weil ich sie kennenlernen wollte, seit ich sie zum erstenmal im Royaltheater in Bristol erblickt hatte, nicht wahr? Er hätte meine Beweggründe angezweifelt, und das hätte man ihm nicht verdenken können, doch ich bin sicher, Sie zweifeln nicht an ihnen, Miss Coleman. Meine Motive sind durchaus ehrenhaft, das müssen Sie mir glauben.«

Ich glaubte ihm, und auf einmal war ich von einem Glück beseelt, wie ich es nie zuvor empfunden hatte.

Auf das Räderrollen und Hufeklappern hin kamen ein paar Stallburschen zum Vorschein. Sobald ihr Herr die Pferde zügelte, hängten sie sich ins Zaumzeug und brachten die Pferde zum Stehen. David sprang vom Wagen und streckte mir beide Hände entgegen. Plötzlich war es für mich ganz natürlich, ihn in Gedanken beim Vornamen zu nennen. Innerhalb weniger Minuten schienen Förmlichkeiten keinen Platz mehr in unserem Leben zu haben, obgleich wir sie, das wußte ich wohl, auch weiterhin beachten würden.

Die Flügeltüren des Haupteingangs öffneten sich wie durch Zauber; ein Diener kam die Treppe herunter, ergriff meinen Handkoffer und trat ehrerbietig beiseite, damit wir vor ihm die Treppe hinaufsteigen konnten. Oben neigte ein weißhaariger Butler sein würdiges Haupt und meldete, Mrs. Bentine erwarte uns auf der Terrasse, wo der Lunch serviert werden sollte, sobald wir bereit seien.

»Im Speisesaal ist ein Buffet für die Gesellschaft angerichtet, doch Mrs. Bentine meinte, Sie möchten vielleicht lieber mit Ihren persönlichen Freunden allein speisen, Sir.« Mit kurzsichtigem Blick beäugte der Mann die leere Kutsche hinter uns und fügte diskret hinzu: »Darf ich annehmen, daß wir nur drei Gedecke benötigen statt vier, Sir?«

»Richtig, Truman, Miss Colemans Vater kommt später nach. Und jetzt möchte sie sich nach der langen Fahrt gewiß etwas erfrischen. Seien Sie so gut und rufen Sie Mrs. Stevens.«

Doch Mrs. Stevens war schon erschienen. Ich sah eine schwarz gekleidete mollige Wirtschafterin neben der Treppe stehen und wußte gleich, welche Stellung sie im Hause innehatte, denn das traditionelle Kostüm ihres Standes war ein fester Bestandteil viktorianischer Gesellschaftsdramen.

Sie war eine rundliche Person, die mich mit der unverhohlenen Neugier, die aus ihren hellen Augen sprach, beinahe einschüchterte. Sie würde jede Gelegenheit zum Schwätzen wahrnehmen, weshalb ich einer Gelegenheit dazu mit einem höflichen, aber zurückhaltenden Lächeln vorbeugte, meine Röcke raffte und ihr nach oben folgte. Die Stufen waren aus Stein, das Geländer aus Schmiedeeisen, das hier und da ein in Gold eingelegtes Blatt schmückte. Meine bewundernden Blicke blieben der Wirtschafterin nicht verborgen, und sie klärte mich prompt auf: »Natürlich von Deakon angefertigt, Miss, schon vor langer Zeit, aber Meister Red beherrscht dies Handwerk heute noch ebenso vollendet wie seine Vorfahren.«

»Meister Red?«

»Deakon, Miss. Von Deakons Schmiede. Seine Familie ist sogar schon länger in dieser Gegend ansässig als die Bentines. Die sind sozusagen Neulinge; denn sie sind erst vor drei Generationen hierhergezogen.«

Ich wollte jede weitere vertrauliche Mitteilung über ihre Herrschaft unterbinden und gab keine Antwort, doch ihren wachsamen Augen entging nichts. Mein unwillkürliches Stutzen, als ich mich zwei gewaltigen steinernen Adlern gegenübersah, die wie Schildwachen am Kopf der Treppe standen, gab sogleich zu neuerlichen Erklärungen Anlaß.

»Die Bentine-Adler, Miss. Sie sind so eine Art Wahrzeichen von Abbotswood. Der Vater des verstorbenen Sir William versuchte sie in Gefangenschaft zu züchten. Das sei keineswegs grausam, hat er gesagt, und soviel ich weiß, war er ein guter, rechtschaffener Mensch. Er sperrte sie in einer von Netzen umzäunten Waldung ein, wo sie freilich genügend Raum für ihre Bedürfnisse hatten. Sir William hat das immer wieder betont. Aber ich glaube, Mr. Hillyard wäre da anderer Meinung. Wie dem auch sei, sie sind alle eingegangen. Es war wohl gegen ihre Natur, sie einzusperren, selbst in einem großen Wald, jedenfalls hat das meine Mutter immer gesagt. Sie war hier in Stellung, wie schon ihre Mutter vor ihr, und ich bin stolz, diese Tradition fortzusetzen. Meine Mutter hat mir auch erzählt, daß der alte Herr den Adler für die stolzeste und edelste Kreatur hielt, die je geschaffen wurde, aber ich kann mir nicht vorstellen, daß jeder sie mag, und es hat sich ja schließlich auch erwiesen –« Sie brach ab und wechselte hastig das Thema. »Jetzt sind wir im Ostflügel, Miss, und ich bin sicher, daß Sie alle sich hier wohl fühlen werden.« Sie öffnete eine Tür.

»Ich hoffe, das Zimmer gefällt Ihnen. Ihr Vater wohnt gleich nebenan.« Sie zögerte. »Er ist nicht mit Ihnen gekommen?«

»Er wird morgen rechtzeitig zur Vorstellung eintreffen.«

Sie strahlte. »So eine Aufregung! Miss Harriet hat mir erzählt, daß Mr. Hillyard sie einmal nach Bristol zu einer Nachmittagsvorstellung mitgenommen hat, um Ihren Vater als Richard II. zu sehen. Miss Harriet interessiert sich sehr für das Theater. Ein bißchen zu sehr, denke ich manchmal, wenn sie sich so aufführt –«

Sie brach mitten im Satz ab. So neugierig ich auch war, ich stellte ihr keine Fragen, und als sie sich erkundigte, ob ich den Weg nach unten wohl allein finden würde, oder ob sie mir lieber ein Mädchen schicken sollte, das mir den Weg weisen könnte, da antwortete ich mit einer Selbstsicherheit, die ich in Wirklichkeit keineswegs empfand, ich würde mich ganz bestimmt zurechtfinden. Darauf nickte sie und sagte: »Sie brauchen sich am Ende des Korridors nur rechts zu halten, dann wieder rechts und dann links, und dann kommen Sie zum Treppenhaus, das in die Halle hinunterführt. Die Terrasse, wo die gnädige Frau Sie erwartet, liegt nach hinten hinaus; wenn Sie unten sind, gehen Sie nur wieder nach links und durchqueren den Salon.«

Ich dankte ihr, und sie schloß ein wenig unwillig die Tür hinter sich. Ich erriet, daß sie gern noch ein bißchen länger geplaudert hätte. Sie hielt mich wohl für eine Art Freiwild, da ich Berufsschauspielerin war. Der Gedanke ärgerte mich, bestärkte mich aber gleichzeitig in dem Entschluß, niemanden vom Personal merken zu lassen, daß ich zum erstenmal im Leben die Schwelle eines solchen Hauses überschritten hatte.

Als ich allein war, blickte ich mich um. Noch nie hatte ich ein solches Zimmer gesehen, nie hatte ich ein so geräumiges Bett ganz für mich allein gehabt, nie hatte ich unter einem solchen Baldachin oder zwischen solchen Laken geschlafen. Ich streichelte sie ehrfurchtsvoll und fühlte, wie weich und fein sie waren, dann legte ich die Bettdecke wieder darüber und glättete sie sorgsam,

damit keine Spur meines Tuns zurückblieb. Was immer ich tat, ich durfte mich nicht verraten. Ich mußte in jeder Situation unbefangen und selbstbewußt erscheinen.
Vom Bett ging ich zum Toilettentisch und ließ meine Hand über das glatte Edelholz gleiten. Wie alt mochte das Stück wohl sein? Ich wünschte, mein Vater wäre hier, denn er hätte es mir sagen können. Er verstand etwas von Möbeln und wußte genau, welcher Stil in welche Zeit gehörte. In den seltenen Fällen, da wir nicht Shakespeare spielten, variierte er das Programm mit Sheridan oder anderen Dramatikern, und stets kannte er für jedes Zeitalter die richtige Ausstattung. Er suchte auch die entsprechenden Bilder aus und wußte, welche Künstler und Portraitmaler in einer bestimmten Zeit gewirkt hatten.
»Ihr Vater ist ein wandelndes Lexikon«, beteuerte Barney manchmal bewundernd.
Ich trat ans Fenster; in den Erker war eine gepolsterte Sitzbank eingelassen, und passende Vorhänge reichten von der Decke bis zum Boden. Ich konnte nicht widerstehen, all diese Dinge zu berühren und mich an ihrer Pracht zu ergötzen, und als ich so dastand und ehrfürchtig über die Falte eines Vorhanges strich, fiel mein Blick nach draußen, und ich erstarrte mitten in der Bewegung. Dann ließ ich die Hand langsam sinken. Unten stand ein Mann und beobachtete mich mit amüsiertem Lächeln. Er hatte flammend rotes Haar, und ich faßte sogleich eine Abneigung gegen ihn, ja mehr noch, ich grollte ihm, weil er mich erwischt hatte.
Abrupt wandte ich mich vom Fenster ab.

Als ich hinunterkam, wartete David in der Halle auf mich. Ganz selbstverständlich nahm er meinen Arm, und ich ließ ihn ebenso selbstverständlich gewähren. Ich war froh über seine Nähe, über seine Rücksicht und seinen Beistand, denn jene Begegnung aus der Ferne hatte mich verunsichert. Ob Claudia Bentine mich mit dem gleichen unheimlichen Scharfblick durchschauen würde? Und wie viele andere mochten wohl noch ahnen, daß ich an diesen Lebensstil nicht gewöhnt war? Ein paar schreckliche Sekunden lang sehnte ich die freie und ungezwungene Atmosphäre des Theaters herbei und wünschte, die anderen wären schon da, damit ich mich zwischen ihnen verstecken könnte. Wenn Elizabeth Lorrimer sich an diesem Wochenende in den Vordergrund schieben wollte, so war ich durchaus willens, sie gewähren zu lassen. Sie würde mehr Haltung zeigen als ich, und sollte der ungewohnte Luxus sie einschüchtern, so würde sie ihre Gefühle gewiß keinen spöttischen Augen preisgeben.

Ich hätte gerne gefragt, wer der unheimliche Fremde war, doch ich hielt mich zurück.

»Sie sehen bezaubernd aus, Miss Coleman. Aphra. In Gedanken nenne ich Sie immer Aphra. Meine Schwester wird von Ihnen genauso entzückt sein wie ich.«

»Ich kann mir eigentlich nicht denken, daß eine Frau so reagiert wie ein Mann –« Ich schluckte die restlichen Worte hinunter, ein wenig verlegen und verwirrt; er aber lachte.

»Sie wird natürlich auf andere Art entzückt sein.« Seine klaren, ruhigen Augen blickten auf mich herab, und er fuhr fort: »Ich kann es noch gar nicht fassen, daß ich es wirklich geschafft habe, Sie hierherzubringen. Ich gebe gern zu, daß ich wegen der Zusage Ihres Vaters kaum Bedenken hatte, da solche Angebote den Theaterleitern meistens höchst willkommen sind, doch ich war sehr besorgt, ob Sie selbst mich mögen würden. Ich hoffe es, ja ich fühle es. Und ich wünsche mir, daß es so bleiben wird, denn ich habe nicht die Absicht, Sie wieder aus meinem Leben verschwinden zu lassen. Dafür hat dieses Treffen zuviel Planung und Intrigenspiel erfordert.«

Ich fand keine Worte. Ich spürte das Blut in meinen Wangen kommen und gehen. Und ich empfand noch etwas anderes, ein seltsam erregendes Gefühl, das ich nicht kannte. Nie zuvor hatte der Druck einer Männerhand auf meinem Arm mich so befangen gemacht und mein Blut so erhitzt, und als ich mich endlich so weit gefaßt hatte, daß ich ihn anzusehen wagte, da fiel mir auf, daß sein Gesicht ganz unbeweglich, seine Augen aber voller Spannung waren.

Das also ist dieses wunderbare Gefühl, jubelte ich innerlich. So ist es also, wenn ein Mann und eine Frau sich zueinander hingezogen fühlen. *Das* ist Verlangen ... diese Beseelung ... diese Sehnsucht ...

»Aphra«, sagte er wieder. »Süße Aphra. So habe ich Sie in Gedanken genannt, seit ich Sie zum erstenmal auf einer Bühne erblickte. Auch damals haben Sie den Ariel gespielt, Sie waren der zauberhafteste Luftgeist, den ich je gesehen habe, und der echteste. Alle anderen, die ich sah, waren weder Knabe noch Mädchen – völlig geschlechtslos, wie Ariel im Grunde wohl auch sein sollte – aber Sie konnten nie so sein, Sie konnten nie etwas anderes sein als vollkommen weiblich.«

»Dann habe ich aber schlecht gespielt! Eine Schauspielerin darf nie ihre eigene Persönlichkeit durchscheinen lassen. Sie muß in die Rolle hineinschlüpfen wie in eine zweite Haut.«

»Mir ist es lieber, wenn Sie in Ihrer eigenen Haut bleiben. Es ist eine sehr schöne, versichere ich Ihnen.«

Darauf wußte ich keine Antwort. Die Unterhaltung drohte mir zu entgleiten; sie hatte sich unversehens zu weit vorgewagt, und war ich für ihren sinnlichen Unterton auch noch so empfänglich, so spürte ich doch, daß ich nicht darauf eingehen durfte. Von einem Mann, der so formell und korrekt schien, hatte ich so etwas nicht erwartet.

Wir waren auf der Terrasse angekommen. Ich war erleichtert und bekümmert zugleich; die tiefe Vertrautheit, die uns vereint hatte, wurde gebrochen, als eine hochgewachsene, hübsche Frau auf uns zutrat. Hinter ihr bemerkte ich noch andere Leute, eine Frau – und den Mann, der mich so spöttisch und amüsiert gemustert hatte, als ich an meinem Fenster stand.

Ich wollte kehrtmachen und davonlaufen, doch David Hillyard hielt meinen Ellbogen mit festem Griff umklammert.

»Sie brauchen vor Claudia keine Angst zu haben«, sagte er ruhig. »Sie ist die reizendste Frau der Welt.«

Das war sie wirklich. Sie hatte die gleichen stillen grauen Augen wie ihr Bruder, die gleiche Gelassenheit, die gleiche Gabe, Wohlbehagen zu verbreiten.

Sie streckte mir eine lange, schmale Hand entgegen. Sie hielt die Handfläche nach unten, die Finger leicht abwärts geneigt, so daß ich unwillkürlich auf einen schlaffen Händedruck gefaßt war; doch als ich ihre Hand ergriff, drehte sie sie nach oben, und die Finger umschlossen die meinen mit erstaunlicher Kraft.

»Willkommen auf Abbotswood, Miss Coleman.«

Ihre Stimme klang genau so, wie ich es von einer so ungezwungenen und anmutigen Erscheinung erwartet hätte – hell, sicher und kultiviert. Nicht nur die Augen hatte sie mit ihrem Bruder gemein – beide waren darüber hinaus hellhäutig und blond, und

ihre ebenmäßigen Züge wiesen eine starke Familienähnlichkeit auf. Erstaunlich, daß Gesichter, die einander so sehr glichen, einmal entschieden weibliche und das andere Mal ausgesprochen männliche Prägung tragen konnten.
Und dann stand ich den gleichen Zügen noch einmal gegenüber, aber diesmal waren sie zur Häßlichkeit reduziert, waren den beiden anderen ähnlich und doch wieder nicht, wie ein verzerrtes Spiegelbild. Die Frau, die im Hintergrund gestanden hatte, war zu uns getreten und wartete darauf, daß man sie vorstellte. Ihr Anblick war erschütternd, sie wirkte wie eine groteske Karikatur von Claudia Bentine. Sie war nahezu ebenso groß und so schlank wie diese, doch ein wenig jünger, und an ihrer Kleidung entdeckte ich den kläglichen Versuch, die elegante Dame des Hauses nachzuahmen, gemischt mit dem Bestreben, diese durch übertriebenen Putz statt durch guten Geschmack zu übertreffen. Ihr viel zu stark gekräuseltes Haar thronte über ihrem Schleppenkleid aus gemustertem Voile wie ein Vogelnest hoch auf einem blühenden Strauch. Das Ganze wirkte bizarr und höchst unkleidsam.
Claudia Bentine sagte: »Harriet, meine Liebe, komm und laß dich vorstellen –« und damit nahm sie die wunderliche, irgendwie bemitleidenswerte Frau bei der Hand und schob sie auf mich zu.
Diesmal war der Händedruck wirklich schlaff. Leblose Finger lagen in meiner Hand, für die mein Griff beinahe zu fest schien. Ich sagte: »Sie sind gewiß die Cousine, von der Mr. Hillyard mir erzählt hat.«
»Was hat er über mich gesagt?« fragte sie rasch, und gleich darauf huschte ihr ebenso flinker Blick zu dem gedeckten Tisch im Hintergrund. »Wie ich sehe, eßt ihr alle zusammen zu Mittag, aber mich wollt ihr nicht dabeihaben. Wahrscheinlich, weil ich nur eine Hillyard bin und keine Bentine.«
»Ich bin auch ein Hillyard«, erinnerte David seine Cousine.
»Und der Tisch ist für vier gedeckt«, erklärte Claudia geduldig, »weil Miss Coleman und ihr Vater mir Gesellschaft leisten, und David auch, der hat die beiden nämlich hergebracht.«
Ihr Bruder also hatte noch gar nichts von der verzögerten Ankunft meines Vaters verlauten lassen. Ich erklärte schnell die Umstände, doch kaum hatte ich gesprochen, da hätte ich meine

Worte am liebsten zurückgenommen, denn wenn auch nicht der Schimmer einer Regung in Claudia Bentines Miene zu lesen war, so spürte ich doch, daß es ihr lieber gewesen wäre, diese wunderliche Cousine hätte nicht erfahren, daß ein Platz an der Tafel frei wurde.

Rasch wandte sie sich an den Mann, der sich bis jetzt nicht von seinem Platz in einer entlegenen Ecke der Terrasse gerührt hatte. Er lehnte nachlässig an der steinernen Brüstung und beobachtete uns.

»Red, würden Sie wohl Mr. Colemans Platz einnehmen?«

Natürlich, dachte ich, der *mußte* einfach Red heißen. Kein anderer Name hätte besser zu ihm gepaßt.

Er löste sich von der Balustrade und schlenderte zu uns herüber.

»Meine liebe Claudia, ich wäre entzückt, wenn ich nur frei wäre, aber leider!« Er breitete die Arme aus, um anzudeuten, wie sehr er bedaure, sie verlassen zu müssen, wie unvermeidlich es jedoch sei, worauf sie lächelnd entgegnete, er brauche nichts weiter zu sagen. Der Hinweis auf ein zärtliches Stelldichein war deutlich und schien durchaus glaubhaft. Hätte mir jemand erzählt, dieser Mann sei ein Schürzenjäger, so wäre ich nicht überrascht gewesen.

Und dann stand er vor mir und blickte aus einer Höhe auf mich herab, die mich staunen machte. Durch den verkürzten Blickwinkel aus meinem Schlafzimmerfenster hatte ich keinen rechten Eindruck von seiner Größe gewonnen.

Harriet Hillyard klatschte unvermittelt in die Hände, drehte sich wirbelnd im Kreis und bewunderte mit kindlichem Entzücken, wie die wehenden Voileröcke ihre Beine umflatterten.

»Jetzt *mußt* du mich aber zum Lunch einladen, nicht wahr, Claudia, Miss Coleman würde dich sonst für taktlos halten, und du haßt es doch, wenn man dich taktlos findet. O ja, ich weiß, daß es ein Buffet für alle übrigen gibt – ich habe ja den ganzen Morgen bei den Vorbereitungen zugeschaut –, aber denke ja nicht, daß ich dazu Lust hätte, und du brauchst mir auch nicht zu sagen, daß es eine große Chance für mich wäre, die ganze Thespis-Truppe zu treffen, denn ich möchte vor allem Miss Coleman und ihren Vater kennenlernen, wenn mich David auch ermahnt hat, sie nicht zu belästigen. Er sagt, die hätten sehr viel zu tun, aber ich sehe nicht ein, warum *sie* mehr arbeiten müssen als die übrigen Schauspieler.«

»Sämtliche Hauptdarsteller werden sehr beschäftigt sein«, erklärte David ihr.

Aus seiner Stimme hörte ich heraus, daß er im Umgang mit seiner exzentrischen Cousine sehr erfahren war.

Seine Schwester sagte: »Meine liebe Harriet, natürlich kannst du den Lunch mit uns nehmen.« Ihre Stimme klang ebenso geduldig wie Davids. Dann wandte sie sich an mich und versicherte mir, wie enttäuscht sie sei, daß mein Vater aufgehalten worden sei, und daß sie es nun, da sie seiner Tochter begegnet sei, kaum noch erwarten könne, ihn kennenzulernen.

»Darf ich fragen, ob Sie ihm ähnlich sehen?«

»Die Leute sagen, daß ich meiner Mutter nachschlage.«

David ging zu einem Tischchen mit Karaffen und Gläsern und schenkte für uns alle Wein ein. Plötzlich war der Mann namens Red an meiner Seite und sagte ruhig: »Claudia hat vergessen, uns vorzustellen. Sie müssen sie entschuldigen – ihr geht ja so vieles im Kopf herum. Mein Name ist Deakon. Es ist nicht meine Sache, Sie auf Abbotswood willkommen zu heißen, denn ich lebe nicht hier, aber ich darf wohl darauf vertrauen, daß Hillyard das bereits getan hat. Er nimmt stets alles peinlich genau.«

»Er ist sehr zuvorkommend, wenn Sie das meinen.«

Der Mann lächelte, und seine bernsteinfarbenen Augen musterten mich mit der durchdringenden Schärfe, die ich selbst aus der Entfernung verspürt hatte. Ich wünschte, er würde gehen. Denn in seiner Nähe fühlte ich mich unbehaglich.

Ich war froh, als David zurückkam. Er reichte mir ein Glas, und als er mir zulächelte, erkannte ich, daß es sein Mund war, der seinem Gesicht diesen gütigen Ausdruck verlieh: er war sanft geschwungen, und die Winkel bogen sich leicht aufwärts. Auf mich wirkte dieser Mund unheimlich anziehend, und ich ertappte mich bei der Überlegung, wie er sich auf dem meinen anfühlen würde.

Ich zwang mich, den Blick von ihm zu lösen und sah, daß Red Deakon nicht mehr neben mir stand. Er beugte sich über Claudias Hand, und sie sagte, daß sie dankbar sei.

»Wie nett von Ihnen, soviel Zeit für eine bloße Laune von mir zu opfern, aber ich wollte die Balkone mit diesen gräßlichen Adlerköpfen schon lange durch andere ersetzen lassen. Wie bald können Sie ein neues Muster entwerfen?«

»In ein paar Wochen. Ich werde selbst daran arbeiten.«

»Wie lieb von Ihnen! Ich hatte kaum damit gerechnet, daß eine Firma wie Deakon sich mit so einem kleinen Auftrag befaßt.«

»Schmiedeeiserne Balkone zu ersetzen ist nicht gerade ein kleiner Auftrag, und außerdem schätzen wir jede Arbeit, ob groß oder klein. Und für Freunde ganz besonders.«

»Dann also auf Wiedersehen.«

Er ging. Ich war erleichtert, daß er nicht zu den Hausgästen zählte. Ich hoffte, ihm nicht wieder begegnen zu müssen, denn wenn er sich auch nichts hatte anmerken lassen, so wußte ich doch, daß er mich beobachtet hatte, als ich den Wein von David entgegennahm, und irgendwie wußte ich auch, daß er meine Gedanken gelesen und sie ganz richtig gedeutet hatte, genau wie er mich zuvor beim Streicheln der Samtvorhänge ertappt und auch das richtig gedeutet hatte.

Ich hatte nicht vor, mich weiterhin von ihm aus der Fassung bringen zu lassen, und als er herüberkam, um sich zu verabschieden, musterte ich ihn ebenso unverhohlen wie er mich. Im Sonnenlicht erkannte ich, daß seine Augen nicht wirklich bernsteinfarben waren, sondern von jener seltenen Brauntönung, wie man sie zuweilen bei Rothaarigen findet. Es war eigentlich gar nichts Besonderes an ihnen, oder überhaupt an seinen Gesichtszügen, die nicht hübsch im landläufigen Sinne waren. Seinen Händen fehlte die Anmut von Davids, auch waren sie nicht so weiß und gepflegt; sie wirkten so kräftig, als könnten sie auch bei der härtesten Arbeit zupacken. Seine Nase hatte einen hohen Sattel, und seine gewölbte Stirn wirkte, wie ich widerwillig zugeben mußte, sehr intelligent. Die hohen Backenknochen paßten gut zu dem energischen Kinn. Es wirkte ebenso kräftig wie seine Hände, und dieser Eindruck wurde durch die Spalte darin noch unterstrichen. Was seinen Mund betraf, so konnte man ihn höchstens entschlossen nennen, mit einem gewissen Zug, den man vielleicht als humorvoll ansehen konnte, den ich jedoch eher als spöttisch empfand. Nein, ich mochte Red Deakon nicht.

»Es tut mir leid, daß unsere Begegnung so kurz war, Miss Coleman, aber ich komme morgen zur Vorstellung und hoffe, Sie dann besser kennenzulernen.«

Bevor ich mir eine passende Antwort oder eine Ausrede überlegen konnte, war er verschwunden. Doch ein Mann wie der würde, wenn es ihm gelegen kam, ohnehin jede Antwort oder Ausrede ignorieren.

»Sie sehen überhaupt nicht wie eine Schauspielerin aus.« Harriet klang enttäuscht.

»Und wie sollte Ihrer Meinung nach eine Schauspielerin aussehen?«

»Grell geschminkt und herausgeputzt.«

Ich mußte lachen.

»Warten Sie nur, bis Sie unsere erste Heldin sehen. Die wird Ihnen besser gefallen als ich. Aber nicht, weil sie ›grell geschminkt und herausgeputzt‹ ist – Miss Lorrimer versteht es nämlich meisterhaft, ihr Make-up außerhalb des Theaters richtig abzuwägen –, sondern weil sie wirklich reizend ist. Viel attraktiver als ich.«

»Das ist genau, was ich meine.«

»Harriet, Liebste!« protestierte Claudia Bentine sanft.

»Wenn Miss Lorrimer Make-up benutzt, kann sie keine Dame sein«, fuhr Harriet unbekümmert fort, »aber es ist ja bekannt, daß Schauspielerinnen ohnehin keine Damen sind.«

Claudia wandte sich mit einem entschuldigenden Lächeln an mich. »Sie dürfen Harriet nicht ernst nehmen. Sie meint nicht alles, was sie sagt.«

»O doch! Miss Coleman sieht *wirklich* nicht wie eine Schauspielerin aus, nicht wahr, David?«

»Ich finde, sie sieht genauso aus, wie sie ist, nämlich bezaubernd.«

Der Blick, den er mir zuwarf, bekräftigte den Rat seiner Schwester, nicht auf Harriets Geschwätz zu achten.

Die Mahlzeit war fast vorüber. Ich hatte das Gefühl, meine Gastgeberin sei froh darüber, und das verstand ich nur zu gut. Ihre redselige Cousine war recht anstrengend. Mein Vater hatte freilich einmal gesagt, von Plappermäulern erfahre man die Wahrheit, während Menschen, die ihre Zunge im Zaum hielten, nichts preisgäben. Andererseits tönten leere Gefäße am lautesten, überlegte ich und stellte mich taub, denn nur so konnte man sich Harriet Hillyards unaufhörlich plätscherndem Wortschwall widersetzen.

»Auf Abbotswood finden oft Amateuraufführungen statt. Ich habe einmal die Ophelia gespielt, und alle fanden, ich sei wunderbar, aber eigentlich hätte ich lieber die Julia gespielt, obgleich das auch eine traurige Rolle ist. Ich finde es schade, daß Shakespeare alle *beide* sterben läßt, aber Julia hatte wenigstens einen schönen Tod, weil sie einen Geliebten hatte und Ophelia nicht. Hamlet hat ihr bloß geraten, ins Kloster zu gehen, und darum ist sie verrückt geworden und hat sich ertränkt. Kennen Sie das schöne Bild, wo sie auf einem Fluß dahingleitet, ganz mit Wasserlilien und Schilf bedeckt? Es ist ja *so* ein Jammer, daß ich nicht so auftreten konnte, aber kein Bach auf Abbotswood fließt in der Nähe des Tales, wo unser Freilichttheater ist. Haben Sie schon mal die Ophelia gespielt, Miss Coleman? Wenn nicht, könnte ich die Rolle mit Ihnen einstudieren, wenn Sie mögen.«
Ich lehnte dankend ab und erklärte ihr, daß ich die Ophelia schon oft gespielt hätte, da »Hamlet« zum ständigen Repertoire der Thespis-Truppe gehörte.
»Ich kann mir Sie in der Rolle gar nicht vorstellen, Sie mit Ihrem dunklen Haar. Ophelia muß blaß und goldblond sein, so wie ich.«
Ich musterte verstohlen das ehemals blonde Haar der Frau, das von allzu häufigem Kräuseln mit der Brennschere stumpf geworden war. Sie bemerkte meinen Blick überhaupt nicht und fuhr ohne Unterbrechung fort: »Ich habe eine Fotografie von mir als Ophelia – Hobson, der Sattler im Dorf, ist ein sehr guter Amateurfotograf. Er ist damals nach Abbotswood gekommen und hat von uns allen Bilder gemacht, erinnerst du dich, David? Ach, das hatte ich ganz vergessen – du warst ja gar nicht dabei.« Sie wandte sich wieder zu mir. »David hat nämlich überhaupt kein Interesse am Theater.«
(*»Ich bin den Thespis-Spielern von Ort zu Ort, von Stadt zu Stadt gefolgt.«* Kein Interesse am Theater?)
»Du irrst dich, Harriet. Es interessiert mich sogar sehr, aber nur das professionelle Theater, keine Amateuraufführungen.«
»Das kommt bloß daher, daß du nicht spielen kannst. Dir fehlt mein Talent. Claudias Mann war auch sehr gut, aber ich habe ihn natürlich nie gesehen. Ich lebte damals nicht auf Abbotswood. Ich war ja noch im Internat.«
Das verblüffte mich, und ich rechnete geschwind nach. Claudia Bentine feierte ihren vierzigsten Geburtstag, und ihre Cousine

schien nur um wenige Jahre jünger zu sein. In welchem Alter hatte Claudia geheiratet, wenn Harriet damals noch ein Schulmädchen war? Zwar war es in gewissen Gesellschaftskreisen üblich, die Töchter für etwa ein Jahr auf eine vorbereitende Schule zu schicken, ehe sie bei Hofe vorgestellt wurden, doch Harriet machte durchaus nicht den Eindruck, als habe sie eine solche Erziehung genossen. Welche Schule hätte wohl eine so taktlose Person hervorgebracht?

Ich hörte ihr jetzt wieder aufmerksam zu. Sie sagte gerade, Lawrence hätte sämtliche Leute in der Nachbarschaft dazu angeregt, sich an den Aufführungen zu beteiligen, und David entgegnete, nein, das sei nicht Lawrence gewesen, sondern sein jüngerer Bruder Jasper.

»Nein, der war's nicht! Woher willst du das überhaupt wissen? Du warst doch damals in Wien. Nur Claudia weiß Bescheid, schließlich war Lawrence ihr Mann. Was müßt ihr hier für herrliche Zeiten verlebt haben! Hast du auch mitgespielt, Claudia? Aber nein – ich kann mir schon denken, daß du kaum Gelegenheit dazu gehabt hast. Du warst ja weiß Gott nicht lange verheiratet.« Ihr gelockter Kopf nickte in meine Richtung, und sie fuhr arglos fort: »Können Sie sich etwas Tragischeres vorstellen, als schon nach neun Monaten Ehe Witwe zu werden?«

Mir fiel vor lauter Verlegenheit keine Antwort ein.

Harriet ließ mir auch gar keine Zeit dazu. Ihre schrille, aufreizende Stimme plapperte unentwegt weiter. »Aber noch tragischer war es, *wie* sie zur Witwe wurde!«

David sagte streng: »Jetzt ist es genug, Harriet. Du wirst Claudia sonst nur unnötig aufregen.«

»Aber nicht doch«, warf seine Schwester gelassen ein. »Ihr Geplauder regt mich nie auf. Das will sie ja auch gar nicht, oder, Harriet?«

»Dich aufregen? Warum solltest du dich aufregen? Ich meine, nach mehr als zwanzig Jahren kann sich eine Frau doch kaum mehr an ihren verstorbenen Ehemann erinnern. Und du warst damals erst neunzehn. Das muß dir doch heute wie eine andere Welt vorkommen, wie ein ganz anderes Leben.«

Claudia Bentine lächelte nur und gab keine Antwort. Zu mir gewandt sagte sie, falls ich am Nachmittag nichts Besonderes vorhätte, sollte ich mich nur ja ungeniert und nach Herzenslust

auf Abbotswood umsehen. »Es gibt viele herrliche Spazierwege hier, und mein Bruder wird sie Ihnen gewiß gerne zeigen.«
Harriet sprang augenblicklich vom Stuhl. Einer ihrer weiten Ärmel verfing sich in der Lehne, und während sie ungeduldig daran zerrte, rief sie aus:
»Nein, nein! *Ich* will Miss Coleman herumführen. Ich habe eine wunderbare Idee! Ich zeige ihr das Tal, wo unsere Aufführungen stattfinden, und spiele ihr meine Ophelia vor.«
Ich war dankbar, als David sie energisch unterbrach: »Ein andermal. Der Sonntag ist der einzige Tag, an dem Miss Coleman sich von ihren Auftritten erholen kann, und ich werde dafür sorgen, daß sie diese Pause genießt.«
Ich sah Harriet nicht an, konnte also nicht erkennen, wie sie diese Eröffnung aufnahm.

Als ich in mein Zimmer hinaufging, um die Schuhe zu wechseln, sah ich einen Diener die Reisetasche meines Vaters in das angrenzende Zimmer schaffen. Sie war mit dem Gepäck der übrigen Gesellschaft geschickt worden, daher vermutete ich, daß die anderen inzwischen eingetroffen seien.
Der Diener, der auch meinen Koffer hinaufgetragen hatte, verbeugte sich knapp und verschwand. Ich ging in das Zimmer, öffnete die Reisetasche, die mir im Kontrast zu dieser Umgebung plötzlich viel abgewetzter und schäbiger vorkam, und fing an, die Kleider meines Vaters auszupacken. Ein diskretes Hüsteln von der Tür her unterbrach mich, und als ich aufschaute, sah ich den weißhaarigen Butler im Rahmen stehen. Er näherte sich würdevoll und sagte: »Ich bitte um Verzeihung, Miss, aber ich bin auch Kammerdiener auf Abbotswood, und Mr. Hillyard hat mich beauftragt, Mr. Colemans Sachen auszupacken.«
Ich ließ die Hemden meines Vaters fallen, als hätte man mich bei einem Diebstahl ertappt.
Als ich im Hinausgehen einen Blick über die Schulter zurückwarf, sah ich den Mann mit dem angestrengten Blinzeln des Kurzsichtigen die Reisetasche mustern. Trotz seiner schlechten Augen würde ihm ihre Schäbigkeit nicht entgehen. So genau ich fühlte, daß er die Tasche einer eingehenden Prüfung unterzog, ebenso deutlich empfand ich, daß er die restlichen Kleider meines Vaters auspackte wie einer, der gewohnt ist, mit vornehmerer

und vor allem reicher bestückter Garderobe umzugehen. Mein Vater hatte genau wie ich für einen so kurzen Besuch nur wenig mitgenommen, doch ich stellte peinlich berührt fest, daß er es nicht für nötig gehalten hatte, einen Abendanzug einzupacken. In den Augen des alten Bediensteten mochte das nur eine Sünde mehr sein, mir aber verriet es, daß mein Vater nicht beabsichtigte, mehr Gastfreundschaft als unbedingt nötig anzunehmen, und daß er ganz gewiß nicht vorhatte, sich nach der Vorstellung an einem geselligen Zusammensein zu beteiligen, obwohl man dies möglicherweise von ihm erwartete.

In Gedanken versunken betrat ich mein Zimmer, irritiert und verstimmt über das Verhalten meines Vaters. David Hillyard und seine Schwester waren beide so liebenswürdig, und es war mir peinlich, daß Ihre Gastfreundschaft nicht richtig geschätzt wurde. Doch wenn mein Vater erst einmal hier war, würde er gewiß einsehen, welchen Fehler er beging, indem er unseren Aufenthalt auf Abbotswood lediglich unter dem Gesichtspunkt eines einmaligen Gastspiels betrachtete. Kein gewöhnliches Engagement war je mit solcher Freigebigkeit und mit solch aufwendiger Unterkunft verbunden.

Mein Koffer war ausgepackt, und mein einziges Abendkleid – ein schlichtes Gewand in griechischem Stil, das ich von einer früheren »Caesar und Cleopatra«-Aufführung zurückbehalten hatte – zum Bügeln gebracht worden. Meine Toilettensachen waren vorsorglich auf dem Ankleidetisch ausgebreitet – die silbergefaßte Kamm-und-Bürsten-Garnitur, die einst meiner Mutter gehört hatte, der Parfumflakon mit dem silbernen Verschluß, den mein Vater ihr einmal zum Hochzeitstag geschenkt hatte, und ihre Miniatur, die mich überallhin begleitete. So bescheiden meine Kleinodien auch waren, auf dem Rosenholztisch nahmen sie sich ausgesprochen gut aus – aber ach, Papa, dachte ich verzweifelt, während ich meine weißen Stiefeletten aufschnürte und in Pumps aus weißem Ziegenleder schlüpfte, *mußtest* du denn unserer Gastgeberin gegenüber so unaufmerksam sein?

Ohne jedes Klopfen flog meine Tür auf.

»Ich dachte mir, daß dies dein Zimmer ist«, verkündete Elizabeth ohne Umschweife. »Man hat *ihr* bestimmt das beste gegeben, hab' ich mir gesagt, wenn schon Mr. Hillyard sie persönlich herbegleitet hat! Ich vermute, das hat dein Vater eingefädelt.« Sie

schlug die Tür mit einem lauten Knall zu und blieb vor mir stehen – zwar nicht gerade mit in die Hüften gestemmten Armen, denn eine solch ungraziöse Pose hätte sie niemals eingenommen – aber doch unverkennbar streitsüchtig.
»Und darf ich fragen, liebe Aphra, was dein Vater eigentlich im Schilde führt? Du kannst nicht leugnen, daß er was vorhat, und wenn jemand darüber Bescheid weiß, dann nur du. Und was um Himmels willen denkt er sich eigentlich dabei, George Mayfield den Prospero spielen zu lassen und selbst den Caliban zu übernehmen? Das möchte ich wirklich gern wissen.«
Ich auch, dachte ich.
»George gibt schon den ganzen Tag wer weiß wie an. Man könnte meinen, *er* ist jetzt Prinzipal der Thespis-Truppe! Und wie ich höre, hast *du* im trauten Familienkreis zu Mittag gegessen!«
»Wie hast du das erfahren?«
»Ganz einfach, meine Liebe. Ich habe diesen hochnäsigen Butler ausgefragt, und der hat mich liebenswürdigerweise informiert, daß du mit Madam und ihrem Bruder auf der Terrasse beim Lunch sitzt. Ich empfinde das als persönliche Kränkung der ersten Heldin der Truppe.«
»Ich bin sicher, daß niemand dich kränken wollte. Ich bin nur eingeladen worden, weil ich die Tochter des Schauspieldirektors bin.«
Das besänftigte sie zwar ein wenig, aber sie war mir immer noch gram. Sie schlenderte im Zimmer umher, nahm alles gründlich in Augenschein, und ich fühlte, daß sie es im Geiste mit dem verglich, das man ihr zugewiesen hatte.
Beschwichtigend fuhr ich fort: »Wenn du denkst, mein Vater hat es arrangiert, daß ich mit Mr. Hillyard allein fuhr, dann irrst du dich, Elizabeth. Dafür bin ich ganz allein verantwortlich.«
Sie starrte mich mit hochgezogenen Brauen an, und ich sprach rasch weiter. »Papa wollte unbedingt, daß ich dich als Anstandsdame mitnehme, aber ich wollte keine. Außerdem dachte ich mir, dir würde diese Rolle gewiß nicht liegen.«
»Sicher nicht. *So* alt bin ich schließlich noch nicht! Aber das war ganz schön gerissen von dir, meine Liebe. Du hast es genauso faustdick hinter den Ohren wie dein Vater.«
»Mein Vater soll es faustdick hinter den Ohren haben?« Empört fragte ich sie, was sie damit meine.

»Ich schätze, du kommst eines Tages selbst dahinter, das heißt, soweit er es zuläßt. Die einzige Frau, welche die Geheimnisse seines Herzens kannte, war Petronella.« Sie schlenderte zur Tür und sagte, die Hand auf der Klinke, ganz beiläufig: »Und falls du einen Spaziergang zu machen gedenkst – wie ich sehe, hast du flache Pumps angezogen –, dann mußt du dich leider beeilen. In seiner neuen Würde hat George befohlen, daß Barney für vier Uhr eine Probe ansetzt, und jetzt ist es schon fast drei. Der Mann ist wahrhaftig übergeschnappt«, schloß sie mit einem Gähnen und verschwand.

Abbotswood war eine Offenbarung für mich. Die Anmut und Würde, der Komfort und der Luxus, der reibungslos ablaufende Haushalt, in dem alles mit unaufdringlicher Regsamkeit verrichtet wurde – all das beeindruckte mich gewaltig und entzündete ein heimliches Verlangen, selbst so zu leben. Das war natürlich undenkbar. Dies hier war nichts weiter als ein kurzes Zwischenspiel in meinem Dasein, und als solches mußte ich es hinnehmen; aber ich würde mich immer daran erinnern und mich in Zukunft nicht mehr damit begnügen, Träume von gemütlichen, bürgerlichen Häusern in gemütlicher, bürgerlicher Umgebung zu spinnen. Ich glaube, der erste echte Neid auf jene, die in Häusern wie Abbotswood lebten, rührte sich in mir während dieses Spaziergangs mit David durch die weitläufigen Gärten und das Wäldchen, in dem die Adler einst vergeblich versucht hatten, ihre Schwingen auszubreiten. Ich begriff jetzt, warum es ihnen nicht hatte gelingen können. Die dichtwachsenden Bäume, die das ganze Gelände umschlossen, waren ein Gefängnis für diese wilden Geschöpfe, denen ihr Instinkt gebot, sich auf der Suche nach Beute in die Lüfte zu erheben, um dann auf ein erspähtes Opfer niederzustoßen und es zu töten. Abbotswood war nicht in zerklüftetem Hochland mit Gipfeln und Klippen gelegen, daher war es kein Wunder, daß eine solche Gefangenschaft das Ende für die Bentine-Adler bedeutete. Wie konnte der Mann, der sie als die stolzesten und edelsten Kreaturen erkannte, die je geschaffen wurden, nur vergessen, daß sie auch Raubvögel waren, fragte ich mich, während ich durch diesen Wald mit seinen unzähligen Bäumen wanderte, deren dichtes Geflecht von Ästen und Zweigen den Himmel aussperrte. Ich konnte mir vorstellen, wie diese

wilden Geschöpfe in ihrem verzweifelten Überlebenskampf jedes andere wilde Getier vernichtet hatten. Bei dem Gedanken erschauerte ich, und David fragte mich, ob mir kalt sei.
»Nein, nicht kalt, der Wald ist nur so dunkel. Lassen Sie uns wieder in die Sonne gehen.«
Wir machten auf der Stelle kehrt, und bald breiteten sich wieder die Gärten vor uns aus; zur Linken lag die Talsenke, wo der »Sturm« aufgeführt werden sollte. Rund herum stiegen Rasenflächen an, auf denen die Zuschauertribünen errichtet waren. Es war eine wunderschöne Szenerie, und ich hoffte, mein Vater würde sie zu schätzen wissen. Zur Rechten dehnten sich die Rasenflächen bis zu einer hohen Mauer, hinter der sich ein Küchengarten verbarg. In der Mitte der Mauer war ein Bogen mit einem schmiedeeisernen Tor eingelassen. Und über allem thronte das Haus, dessen Seitenflügel sich anmutig gen Ost und West erstreckten, ein vollendetes Bild architektonischer Schönheit.
Ganz still, mit angehaltenem Atem stand ich da und wünschte mir leidenschaftlich, dorthin zu gehören – keine Außenstehende oder nur zu Besuch zu sein, sondern wirklich dort zu *leben*. Der Wunsch erschien mir seltsamerweise nicht abwegig.
»Sie müssen sehr stolz sein auf ein solches Heim«, sagte ich.
»Für mich besteht kein Grund, stolz zu sein. Meine Schwester ist eine Bentine, nicht ich. Sie hat in die Familie eingeheiratet, und mit dem Tode ihres Mannes starb der Name aus. Ich führe nur ihre Geschäfte. Ein Anwesen wie dieses erfordert eine Menge Arbeit, obschon es längst nicht so groß ist wie viele andere Landsitze. Zu Abbotswood gehört nur ein Gehöft mit knapp achthundert Morgen Land, aber darüber hinaus haben wir noch riesige Obstgärten; in einem Gebiet, das vom Obstanbau lebt, ist das ja beinahe selbstverständlich. Auf dem Gut wird hauptsächlich Akkerbau betrieben, aber nebenbei haben wir auch ein bißchen Viehzucht.«
Ich vermochte mir nicht vorzustellen, wie dieser Mann mit seinen makellos gepflegten Händen landwirtschaftliche Arbeiten verrichtete.
»Das Gut hat natürlich einen Verwalter, der auch die Obstplantagen versorgt. Ich hoffe, Sie können zur Blütezeit hier sein, um sie in ihrer ganzen Schönheit zu sehen.«
»Wir sind dann bestimmt auf Frühjahrstournee.«

»Das klingt, als ob Sie es bedauern.«
Damit hatte er recht, und ich wußte, daß es ihm ebenso erging.
Er legte stützend eine Hand unter meinen Ellbogen, um mir über einen malerischen Bach zu helfen, und als wir weitergingen, hielt er meinen Arm fest, und obgleich er fortfuhr, von Abbotswood zu erzählen und von der Verwaltungsarbeit, mit der er sich befaßte, stellte sich abermals diese innige Vertrautheit zwischen uns ein. Doch jeder Schritt brachte mich dem Ende dieser zauberhaften Minuten näher, hin zu der Probe, die bereits begonnen haben mußte. Ein Blick auf die Taschenuhr an meinem Mieder belehrte mich, daß es bereits Viertel nach vier war, doch mir war es einerlei, ob George oder Elizabeth oder gar der gute Barney über meine Unpünktlichkeit zürnen würden. Ich lebte nur in dieser Stunde, wollte sie einfangen und die Erinnerung daran für alle Zeit bewahren.
Mein Begleiter pflückte bedächtig einen Fliederzweig und reichte ihn mir, und als ich ihn hob, um seinen Duft einzuatmen, da flatterte etwas aus den Blütenblättern. David fing es geschwind auf.
»Ein Admiral! Und zwar ein richtiges Prachtexemplar. Schauen Sie nur, die Zeichnung auf den Flügeln, und diese herrlichen Farben!«
Die Begeisterung verlieh seiner Stimme einen erregten Klang und machte ihn offenbar unempfänglich für die furchtsam schlagenden Schmetterlingsflügel in seiner Hand. Ich aber rief: »Das arme Ding hat Angst! Lassen Sie es los!«
»Noch nicht. Wir wollen uns noch ein wenig an ihm erfreuen.«
»Aber er fürchtet sich doch!«
»Also gut –« Seine weiße Hand warf den Schmetterling in die Luft, aber recht widerwillig, wie ich bemerkte. Er folgte dem Flug des Falters mit wachsamen Augen. Der Schmetterling war jetzt ein tanzendes, flimmerndes Muster in der Sonne, und als er sich niederließ, fing David ihn wieder ein. Die Flügel schlugen wie rasend, und er hielt den Schmetterling lange in seiner hohlen Hand, bevor er ihn sanft lächelnd abermals entließ.
»Einen Augenblick lang glaubte ich, Sie wollten ihn überhaupt nicht mehr loslassen.«
»Meine liebe Miss Coleman, sehe ich denn aus wie einer, der eine hilflose Kreatur einfängt – und gefangenhält?«

Wie ich vermutet hatte, war die Probe bereits im Gange. David hatte seinem Versprechen getreu dafür gesorgt, daß wir nicht gestört wurden. Doch als ich leise in den Saal schlich, den man uns zur Verfügung gestellt hatte, entdeckte ich im Schatten eine Gestalt. Ich erkannte sie sogleich an ihrer wirren Haartracht und ging zu ihr hinüber. Irgendwie mußte ich Harriet Hillyard überreden, den Saal zu verlassen, denn im Geiste sah ich sie schon die Probe unterbrechen, falls sie der Drang dazu überkommen sollte.

»Sie haben mehr von der morgigen Vorstellung, wenn Sie der Probe nicht beiwohnen«, flüsterte ich. »Das hier ist lediglich eine Textprobe für Mister Mayfield. Da gibt es überhaupt nichts zu bewundern.«

»O nein, da bin ich ganz anderer Meinung! Als ich die Ophelia spielte, haben alle gesagt, ich sei glänzend gewesen, sogar auf der Probe. Aber ich wünschte, Ihre Truppe würde ›Julius Caesar‹ geben. Ich mag die Szene so gern, wo die Mörder über ihn herfallen. Doch ich schätze, das hat Claudia verboten.«

»Das verstehe ich nicht.«

»Nun, es ist doch verständlich, daß sie das Stück nicht sehen will. Sie hat nie wieder erlaubt, daß es hier aufgeführt wurde. Wir haben jedes Jahr ein Festival zugunsten des Kirchenfonds, und Claudia läßt alles mögliche zu – Tänze, historische Schauspiele, Konzerte und sogar musikalische Komödien. Der hiesige Opernverein hat letztes Jahr ›Floradora‹ einstudiert. Es war wundervoll, doch leider war keine Rolle für mich dabei.« Sie warf sich in die Brust. »Wie Sie wissen, bin ich eine seriöse Schauspielerin. Ich hätte eine ganz große Darstellerin werden können, wenn man mir erlaubt hätte, das Gewerbe auszuüben, aber das war es ja gerade, was meine liebe Mama dagegen hatte – daß man von Schauspielerei als einem ›Gewerbe‹ spricht, was ja falsch ausgelegt werden könnte, und das häufig sogar zu Recht, meinte sie. Warum sind Theaterleute eigentlich immer so unmoralisch?«

»In jedem Beruf gibt es unmoralische Leute, aber die im Rampenlicht fallen eher auf. Und würden Sie jetzt wohl so nett sein, Miss Harriet – ich sehe, Miss Lorrimer wirft uns schon böse Blicke zu. Selbst Flüstern kann stören, und sie braucht beim Spielen absolute Ruhe.«

»Natürlich. Mir geht es genauso. Aber wenn es sich nur um eine

Textprobe für Mr. Mayfield handelt, wieso hat *sie* dann was dagegen, daß ich hier bin? Was ich noch sagen wollte, der guten Claudia macht es nichts aus, wenn die Laiendarsteller hier alles mögliche veranstalten, und sie war natürlich stolz auf mich als Ophelia, aber den ›Julius Caesar‹ wird sie nie mehr zulassen.«
Es machte mir Mühe, den Gedankensprüngen der Frau zu folgen, deshalb antwortete ich nicht. Aber ich hoffte vergebens, daß mein Schweigen ihren Redefluß hemmen würde. Sie beugte sich vertraulich zu mir herüber und flüsterte: »›Der Sturm‹ ist sicherer. Es ist unwahrscheinlich, daß dabei jemand umgebracht wird.«
Ich war zu verwirrt, um antworten zu können, und sie beugte sich noch dichter zu mir und flüsterte noch dramatischer: »Möchten Sie mit in die Talsenke kommen und sehen, wo es passiert ist?«
»Wo was passiert ist?« fragte ich unwillkürlich, ebenfalls im Flüsterton.
»Der Theatermord natürlich. Der Schauplatz, wo Caesar von Brutus erdolcht wurde. Oder besser gesagt, Lawrence von seinem Bruder Jasper.«

4

Am Abend vor dem Essen wurde in der großen Halle Champagner als Willkommenstrunk für die Truppe serviert. Dazu hatte man eigens Aushilfspersonal aus dem Dorf hinzugezogen.

»Sie helfen uns immer während des jährlichen Festivals – Harriet hat Ihnen gewiß schon davon erzählt«, sagte Claudia zu mir. »Für die meisten Dorfbewohner ist das der Höhepunkt des Jahres, und Abbotswood trägt seinen Teil dazu bei. Aber dieses Wochenende hat eine ganz besondere Bedeutung. Es ist das erste Mal, daß Berufsschauspieler hier auftreten, und das erste Mal, daß die Hausherrin ihren vierzigsten Geburtstag feiert«, setzte sie lachend hinzu.

Sie blickte sich um und stellte erfreut fest, daß die ganze Gesellschaft sich amüsierte. Ich wußte, warum. Es war unwahrscheinlich, daß ein Engagement wie dieses jemals wieder unseren Weg kreuzen würde, also genossen es alle in vollen Zügen.

»Es ist ein Jammer, daß Ihr Vater nicht bei uns sein kann«, fuhr Claudia fort, »aber mir bleibt wenigstens die Vorfreude.« Sie zog mich ein wenig beiseite und sagte vertraulich: »Ich wollte Sie gerne ein paar Minuten allein sprechen und Ihnen raten, nicht auf das Geplapper unserer guten Harriet zu achten. Sie hat eine lebhafte Phantasie und tischt den Leuten die unwahrscheinlichsten Geschichten auf; sie glaubt für den Augenblick selbst daran und vergißt sie gleich wieder – bis auf die eine, daß sie Ophelia gespielt habe, was natürlich auch nicht stimmt. Das ist so eine Wahnvorstellung von ihr, und wir lassen sie gewähren. Sie kennt einige Passagen auswendig, aber leider nicht genau. Sie hat ein sehr unzuverlässiges Gedächtnis, die arme Seele. Wie ich höre, hat sie sich gestern nachmittag in die Probe eingeschlichen. David wird gut aufpassen, daß sie morgen nicht stört. Ich hoffe, sie hat

Sie mit ihrem Geschwätz nicht gelangweilt oder Sie gar mit irgendwelchem Unsinn belästigt?«

»Keineswegs«, schwindelte ich. Hätte ich ihr etwa gestehen sollen, daß Harriet mir eine phantastische Geschichte über die Ermordung des Ehemanns dieser Frau durch seinen eigenen Bruder erzählt hatte? Und wie konnte ich selbst das glauben?

»Das freut mich. Sehen Sie –« Claudia Bentine zögerte einen Moment, dann fuhr sie vertrauensvoll fort – »es wird Sie sicher nicht überraschen, daß die arme Seele ein wenig – nun ja, zurückgeblieben ist. Ihr unverantwortliches Betragen während des Mittagessens kann Ihnen nicht entgangen sein. Ich bringe es nicht übers Herz, allzu streng mit ihr zu sein, zumal man uns gewarnt hat, daß dies gefährlich sein könnte. O ja, sie ist in Behandlung gewesen, immer wieder, schon seit ihrer Kindheit, aber es hat nicht viel geholfen. Sie ist schon seit ihrer Geburt so, und daran wird sich auch nichts ändern, aber sie ist natürlich ganz harmlos. Ich empfinde es einfach als meine Pflicht, mich um sie zu kümmern. Als sie nach dem Tode ihrer Mutter ganz allein dastand, bedrängten mich alle, sie in ein Heim zu geben, aber ich brachte es nicht über mich. Anstalten sind für Geisteskranke da, und die arme Harriet ist nicht geisteskrank. Wenn es nach mir geht, kann sie ihr Leben lang hier auf Abbotswood bleiben.«

»Das ist sehr edel von Ihnen.«

»Edel?« Sie sah überrascht auf. »Aber nicht doch, meine Liebe. Es ist einfach selbstverständlich. Verwandte sollten einander immer beistehen, und da ich kinderlos bin, habe ich gern jemanden um mich, für den ich sorgen kann. Und jetzt nehme ich Sie ganz in Anspruch, und David hat es schon gemerkt ...«

Lächelnd entfernte sie sich, und schon war ihr Bruder an meiner Seite und sah mich mit seinen ausdrucksvollen Augen an. Wie anders doch seine Augen waren im Vergleich mit denen Red Deakons, dachte ich. Nicht durchdringend und kritisch, sondern ruhig und nachdenklich.

Um eine Unterhaltung in Gang zu bringen und meine Verwirrung zu überspielen, fragte ich, ob Red Deakon hier sei. Seit David Hillyard gestanden hatte, daß sein Entschluß, die Thespis-Spieler nach Abbotswood zu holen, lediglich ein Vorwand war, um mich herbringen zu können, war ich von einem nie gekannten, inneren Entzücken beseelt.

»Red Deakon? Nein, er ist nicht hier, aber er will morgen zur Vorstellung kommen, wenn seine Arbeit es erlaubt. Er geht ganz in seinem Beruf auf. Das Geschäft wurde vor ein paar hundert Jahren von einem anderen Red Deakon gegründet, einem Hufschmied, der den Aufschwung des Eisens im Osten von Sussex und im Westen von Kent für sich auszunutzen verstand. Die Deakons stammen aus Lamberhurst, wo sie die Eisengeländer für die St.-Pauls-Kathedrale fertigten, und seitdem blühte ihr Geschäft unverändert. Auch sämtliche schmiedeeisernen Balkone auf Abbotswood, die der erste Bentine an das ursprüngliche Gebäude anfügen ließ, sind in ihrer Werkstatt entstanden. Aber selbst am Eisen nagt der Zahn der Zeit, vor allem so nahe am Meer wie hier. Deswegen ist Red heute hergekommen. Die Balkone sind altersschwach. Ihre Erneuerung ist zwar eine kostspielige Angelegenheit, aber als Freund der Familie wird uns Red Deakon einen annehmbaren Preis machen – vor allem meiner Schwester zuliebe, die er sehr bewundert.«
Ich konnte mir kaum vorstellen, daß Geld für die Besitzer eines solchen Anwesens ein Problem bedeutete. Ich glaubte mich außerdem zu erinnern, daß Claudia Bentine die Erneuerung der Balkone als eine bloße Laune ihrerseits bezeichnet hatte, weil sie »diese gräßlichen Adlerköpfe« nicht ausstehen konnte – oder widerstrebte es ihr nur, finanzielle Schwierigkeiten zuzugeben?
David Hillyard fuhr freimütig fort: »Sehen Sie, meine Schwester hat ein Problem – sie hat Abbotswood nicht im eigentlichen Sinne geerbt, und darum hat sie auch keinen Anspruch auf seine Einkünfte. Lawrence Bentine war der ältere Sohn. Der Schock über seinen Tod führte bei seinem Vater zu einem Schlaganfall. Er war unfähig, sein Testament zu ändern. Zweifellos hätte er Claudia sonst großzügig bedacht. Es wird sogar allgemein angenommen, und zwar nicht ohne Grund, daß er seinem jüngeren Sohn überhaupt nichts hinterlassen hätte, und in diesem Fall wäre Claudia die rechtmäßige Herrin von Abbotswood geworden. Jasper war in keiner Hinsicht ein Sohn nach dem Herzen seines Vaters. Aber wie es das Schicksal wollte, hat Sir William sich nicht mehr von dem Schlaganfall erholt, und sein Testament blieb unverändert.«
»Und der jüngere Bruder hat alles geerbt?«
»Ja.«

»Und er hat Ihrer Schwester gestattet, auf Abbotswood zu bleiben ...«

»Nicht direkt. Sie ist geblieben, weil es ihr als Lawrences Ehefrau zum rechtmäßigen Zuhause geworden war, und weil ihr Schwiegervater es so gewünscht hätte. Er war ganz vernarrt in sie und sagte oft, eine bessere Herrin könne Abbotswood gar nicht bekommen. Jasper wäre auch nicht dagegen gewesen. Wissen Sie, er hat sie nämlich auch geliebt.«

Zwei Brüder, beide in dieselbe junge Frau verliebt, der eine heiratet sie und erbt einen großen Besitz, und der andere ...

Würde ein Mann deswegen seinen Bruder umbringen?

»Aber was reden wir von so unerfreulichen Dingen; dies ist doch kein Abend, um trübsinnig zu sein. Noch etwas Champagner, Miss Coleman?«

Ich lehnte dankend ab. Er blickte mich prüfend an und meinte: »Sie sehen so nachdenklich aus. Was geht Ihnen im Kopf herum?«

»Etwas, das Ihre Cousine mir über Lawrence Bentines Tod erzählt hat.«

»Sie wissen es also.«

»Ist es denn wahr?«

»Ja.«

Ich hatte eine lebhafte Vision von Brutus, der Caesar in einem englischen Park ermordet, von einem Bild des Grauens inmitten der lieblichen Landschaft, und von einem alten Mann, den der Schlag niederstreckt.

»Es war doch sicher ein Unfall?«

»So entschied wenigstens das Gericht. Sie kennen sich ja mit diesen Theaterdolchen aus –«

»Die Klinge gleitet in den Schaft zurück, was beim Publikum den Anschein erweckt, als dringe sie in den Körper ein.«

»Aber damals war es anders. Sie durchbohrte das Herz.«

Ich erschauerte. Wie oft hatte mein Vater die Requisiten wieder und wieder überprüft, um eventuelle Unfälle auszuschließen; wie oft hatte er sich, wenn echte Waffen verwendet wurden, vergewissert, daß die Klingen stumpf und daß Schußwaffen untauglich gemacht worden waren; aber vielleicht waren Laien weniger gründlich.

»Was ist aus Jasper Bentine geworden?«

»Er hat Abbotswood kurz nach der gerichtlichen Untersuchung verlassen, und niemand hat je seine Spur verfolgt. Er gilt seit langem als ›verschollen, wahrscheinlich tot‹, aber es wäre immerhin möglich, daß er irgendwo in Übersee lebt. Er hat sich nie getraut, die Einkünfte des Gutes zu beanspruchen, denn dann hätte man ihn ja aufspüren können, und da er es auch nie gewagt hat, zurückzukommen, war er ungeachtet des Urteilsspruches offensichtlich schuldig. Wäre er geblieben, so hätte Gras über die Sache wachsen können, und trotz einiger Skepsis hätte man den Unfall akzeptiert, doch indem er geflohen ist, hat er sich selbst schuldig gesprochen. Claudia aber ist dadurch möglicherweise vom Regen in die Traufe geraten. Sie ist nämlich gezwungen, Abbotswood von dem Einkommen, das ihr Mann ihr hinterließ, zu unterhalten, während Jasper Bentine sich nicht nur seiner Strafe, sondern auch seiner Verantwortung entzogen hat. Glücklicherweise haben Sir Williams Nachlaßverwalter Claudia gestattet, einen Fonds für erforderliche Reparaturen in Anspruch zu nehmen, doch der Wert eines solchen Fonds schrumpft im Laufe der Zeit, so daß er mit den Anforderungen nicht Schritt halten kann. Er reicht heute längst nicht mehr aus.«

Ich schlief erst sehr spät ein, und am nächsten Morgen erwachte ich von dem Geräusch von Rädern auf dem Kies vor meinem Fenster. Es waren viel zu viele für einen einzigen Wagen, und so wußte ich, daß es nicht mein Vater war, der da vor dem Haupteingang vorfuhr. Er würde ohnehin erst am Nachmittag eintreffen, da er ja nach seiner Besprechung mit dem Direktor des Hippodroms erst nach Hythe und von dort aus nach Abbotswood fahren mußte.

Das Durcheinander von Geräuschen, Stimmen, Anordnungen und Gelächter, von Hufen, die auf dem Kopfsteinpflaster des Hofes widerhallten, von schnaubenden Pferden und klirrendem Zaumzeug lockte mich barfuß ans Fenster, wo ich wie gebannt stehenblieb. Fasziniert beobachtete ich, was ich bislang nur vom Hörensagen kannte. Jedermann wußte von den Landhausfesten, die gar noch prunkvoller geworden waren, seit König Edward den Thron bestiegen hatte. Sie versinnbildlichten den Überfluß und den Glanz der neuen englischen Gesellschaft. Diese Prozession jedoch übertraf alle meine Vorstellungen.

Eine Flut von Kutschen zog in den Hof ein, gefolgt von den Fuhrwerken, die Dienstboten und Gepäck beförderten. Die Kutschen hielten vorm Haupteingang, während Dienerschaft und Gepäck im Innenhof verschwanden. Jeder Mann schien seinen eigenen Kammerdiener, jede Frau ihre Zofe mitzubringen, ganz zu schweigen von Bergen von Koffern. Ich fragte mich, wie häufig sie wohl an einem Tag ihre Kleider zu wechseln gedachten.
Dieser erste Zug bestand aus etwa einem Dutzend Gästen, alle mit eigener Dienerschaft, doch im Laufe des Vormittags trafen immer noch mehr ein. Lange bevor die letzte Kutsche in den Hof rollte, war David nach Folkestone aufgebrochen, um meinen Vater zu suchen, und nach einem frühen Lunch, den ich mit der restlichen Truppe einnahm, setzte ich meine Erkundung von Abbotswood fort. Ich begann in der Orangerie und ging von dort zu einem tiefer gelegenen Rosengärtchen hinunter. In einer Ecke fand ich eine versteckte Laube; Seiten und Dach waren aus reichlich verziertem Schmiedeeisen, die runde Sitzbank im Innern aber war aus Stein.
Ich ließ mich nieder, und als ich meine Röcke ausbreitete, berührten meine Finger eine unebene Stelle. Als ich hinsah, erkannte ich zwei von einem Herzen umschlungene eingeritzte Buchstaben: J. und C. Auch ein Datum stand da: 16. Juni 1880. Hier hatten sich also einst Liebende die Treue geschworen.
Natürlich kamen mir sogleich zwei Namen in den Sinn: Jasper und Claudia. »Jasper hat sie nämlich auch geliebt«, hatte David gesagt, aber er hatte mitnichten angedeutet, daß sie diese Liebe erwidert habe, und da sie sich jede weitere Aufführung der Shakespeareschen Tragödie verbeten hatte, weil sie die Erinnerung an den Tod ihres Mannes nicht ertragen konnte, mußte ich den Gedanken als ausgesprochen töricht verwerfen. Und gewiß wäre eine verheiratete Frau nicht so unbesonnen, ihre Initialen sozusagen unter den Augen ihres Ehemannes zusammen mit denen eines Liebhabers einritzen zu lassen? Nein, entschied ich, mit J. und C. mußten andere gemeint gewesen sein.
Ich verließ die Laube und schlenderte weiter, bewunderte die gestutzten Eibenhecken, die den versteckten Garten einfaßten, und die kunstvoll beschnittenen Bäume, welche die Ziegelstufen säumten, die an jeder Seite hinaufführten und Schachfiguren, Vögel, Pelikane und Schwäne darstellten, alle meisterhaft aus

Eiben herausgebildet, die säuberlich in regelmäßigen Abständen gepflanzt waren. Das alles fügte sich gut in die ganze Pracht von Abbotswood, und ich konnte verstehen, warum Claudia Bentine so an diesem Ort hing. Hierherzugehören, dachte ich, müßte das Wunderbarste auf der Welt sein.

Als ich wieder vor dem Haus anlangte, traf ich auf David, der soeben aus Folkestone zurückgekehrt war, und ich erlebte die erste Überraschung dieses ereignisreichen Tages: Er war allein.

Die zweite Überraschung erfuhr ich, als er mir mitteilte, daß das Hippodrom geschlossen sei, und zwar offenbar schon seit einiger Zeit. Auf gut sichtbaren Anschlagtafeln wurde der Pachtvertrag zum Verkauf angeboten.

»Ich fürchte, Ihr Vater war falsch unterrichtet, als er annahm, dort sei ein Engagement in Aussicht. Nachdem er heute morgen das Theater geschlossen fand, ist er sicher gleich nach Abbotswood aufgebrochen. Ich muß ihn unterwegs verpaßt haben.«

Darauf wußte ich nichts zu erwidern; mir war nämlich eingefallen, daß David meinen Vater ja häufig hatte spielen sehen und ihn gewiß erkannt hätte, wenn sie sich auf der Straße begegnet wären. Deshalb sagte ich nur: »Armer Papa, dann hat er die Reise ganz umsonst gemacht! Und weil er keine Kutsche hat, wird er sich wohl entschlossen haben, mit der Eisenbahn zu fahren.«

»Daran habe ich auch schon gedacht. Auf dem Bahnhof in Folkestone erfuhr ich, daß innerhalb der nächsten Stunde ein Zug nach Hythe ginge, also habe ich gewartet, weil ich hoffte, daß Ihr Vater den nehmen würde, doch die einzigen Passagiere, die einstiegen, waren ein älteres Ehepaar, und die Bahnhofsbeamten gaben mir die Auskunft, daß niemand, der Ihrem Vater ähnlich sah, einen früheren Zug genommen hatte.«

Ich war überrascht, daß David soviel Aufhebens gemacht hatte, um meinen Vater aufzuspüren, doch ich mußte zugeben, daß eine derartige Gründlichkeit einem Manne wie ihm gut anstand. Mir blieb nichts übrig, als ihm zu danken und mit einer Zuversicht, die ich durchaus nicht mehr empfand, zu sagen, ich sei sicher, daß mein Vater rechtzeitig eintreffen werde, weil er noch nie zu spät zu einer Vorstellung gekommen sei. Aber als ich in mein Zimmer hinaufging, konnte ich mich eines unbehaglichen Gefühls kaum erwehren.

Man hatte die Thespis-Spieler auch deshalb im Ostflügel untergebracht, weil der Teil des Anwesens, zu welchem die Freilichtbühne gehörte, von hier aus bequem zu erreichen war, und da es keine Garderoberäume gab, konnten die Darsteller zum Umziehen und Schminken ihre eigenen Zimmer benutzen, die über eine Seitentreppe schnell zu erreichen waren.

In zwei Stunden würde der Vorhang aufgehen. Die Vorstellung sollte um fünf beginnen, damit wir das sommerliche Abendlicht voll ausnutzen konnten, und anschließend war für die Hausgäste und die Mitglieder unserer Truppe eine Party geplant. Ich sorgte mich jetzt ernstlich, weil mein Vater nicht erschien. Zwar konnte ein Ersatzspieler seine Rolle übernehmen, aber das wäre nicht dasselbe, und außerdem würde dem Ruf von Charles Coleman dadurch ein höchst unliebsamer Schaden erstehen. Mit zunehmendem Unbehagen erinnerte ich mich seiner anfänglichen Abneigung, dieses Engagement anzunehmen, und meines Gefühls, daß er David Hillyard absichtlich aus dem Wege ging; allerdings konnte ich mir weder das eine noch das andere erklären. Das Rätselhafteste an alledem aber war die Nachricht, daß das Theater in Folkestone geschlossen sei. Ich konnte einfach nicht glauben, daß mein Vater das nicht gewußt hatte, denn in der »Aera«, der Theaterzeitschrift, von der sich kein Mitglied unseres Berufes auch nur eine Nummer entgehen ließ, wurden derartige Ereignisse regelmäßig angekündigt. Dieses Blatt brachte sämtliche Meldungen aus dem Theaterleben; es berichtete über Eröffnungs- und Abschlußvorstellungen, gab die einzelnen Stationen von Tourneen bekannt, meldete Neueinstudierungen, freie Theatertermine, kündigte Proben und Besetzungen an – kurz, hier erschien alles, was mit dem Theater in London und in der Provinz zusammenhing, und es war höchst unwahrscheinlich, daß der Verkauf einer Theaterlizenz übergangen worden wäre.

Gedankenverloren schloß ich die Tür hinter mir. Elizabeth Lorrimer hatte behauptet, daß mein Vater etwas im Schilde führte, und auf einmal schien mir, daß sie recht hatte. Über meine Besorgnis hinaus verspürte ich eine tiefe Unruhe, der ich Herr zu werden versuchte, indem ich meinen Text wiederholte:

> Keine Seele,
> Die nicht ein Fieber gleich den Tollen fühlte
> Und Streiche der Verzweiflung übte …

Weiter kam ich nicht, denn ein Geräusch nebenan schreckte mich auf. Es war ein Hüsteln, und es war mir sehr vertraut. Das war meine dritte Überraschung an diesem Tag.
Ich stieß die Verbindungstür zum Nebenzimmer auf und stand verblüfft meinem Vater gegenüber. Da saß er vor dem Spiegel und hatte bereits mit der umständlichen Verwandlung in den Sklaven Caliban begonnen.
»*Papa!* Wann bist du hier angekommen? Keiner hat mir was gesagt –«
»Kein Wunder: es hat mich ja auch niemand gesehen. Ich bin mit einer Droschke gekommen. Ich dachte, der Theaterdirektor der Thespis-Truppe müsse stilgerecht vorfahren, aber leider hat keiner meinen Auftritt bemerkt.«
Er schenkte mir sein listiges, verschwörerisches Lächeln, mit dem er mich immer aufforderte, ihn beim Schlußapplaus auf die Bühne zu begleiten, und mit einemmal waren all meine Ängste verflogen. Ich hätte wissen müssen, daß ich auf ihn zählen konnte. Noch nie im Leben hatte er mich im Stich gelassen.
»Der ganze Hof war von Kutschen verstopft«, fuhr er fort, »deshalb habe ich den Eingang zum Ostflügel genommen. Du hattest mir ja gesagt, daß wir dort untergebracht würden, und er war leicht zu finden. Ich brauchte mich nur nach dem Wetterhahn auf dem Kutschhaus zu richten. Ich war froh, daß ich keinem Menschen begegnet bin. Ich bin nämlich schrecklich müde.«
Jetzt erst sah ich, wie abgespannt sein Gesicht unter der halbfertigen Maske aussah. Ich entdeckte Spuren von Überanstrengung in seinen Zügen, die mich mit Sorge erfüllten. Entschlossen ging ich zu der Klingelschnur neben dem Kamin hinüber.
»Du brauchst etwas zu essen, Papa. Ich möchte wetten, daß du den ganzen Tag außer flüssiger Nahrung noch keine Stärkung zu dir genommen hast.«
»Du irrst dich, mein Liebes. Clancy hat mir ein Tablett gebracht – und eine ausgezeichnete Flasche Châteauneuf-du-Pape. Abbotswood scheint über einen guten Keller zu verfügen. Du brauchst also nicht zu läuten.«
»Wie hast du dein Zimmer gefunden?«
»Ganz einfach. Es war doch vorauszusehen, daß man dem Prinzipal der Truppe auch das Prinzipalzimmer zuweisen würde, und das war nicht schwer zu finden. Dann kam Clancy mit meinem

Kostüm, und ich habe ihn etwas zu essen besorgen lassen. Er hatte meine Sachen schon ausgepackt und machte sich Sorgen wegen meiner Verspätung.«

»Truman hat deine Sachen ausgepackt.«

Mein Vater zog mit dem Schminkstift eine Linie von der Nase zum Mund. Er hielt einen Moment inne: »Truman?«

»Der Kammerdiener. Er war ganz empört, weil ich angefangen hatte, deine Tasche auszupacken. Der war von dem schäbigen Ding bestimmt nicht beeindruckt! Er hat sie gemustert, als wäre noch nie zuvor ein Gast mit so armseligem Gepäck nach Abbotswood gekommen.«

»Soviel ich weiß, sind Dienstboten für ihre Neugier berüchtigt.« Mein Vater hantierte wieder mit dem Schminkstift. »Verzeih mir, wenn ich dich blamiert habe, mein Liebes, aber ich hänge sehr an dieser Tasche. Sie hat mich mein ganzes Leben lang begleitet.«

»Du könntest mich nie blamieren, Papa!« Ich schlang meine Arme um seinen Hals, ohne auf seine Schminke zu achten, und er drückte mich mit Bärenkräften an sich.

»Ich wollte, du würdest nicht den Caliban spielen. Ich bin auf der Bühne immer so stolz auf dich, weil du so gut aussiehst.«

»Nur auf der Bühne?« scherzte er.

»Auf der Bühne und sonst auch, und das weißt du ganz genau! Wenn wir zusammen vor den Vorhang treten – du ahnst ja nicht, was das für mich bedeutet. Und darum werde ich heute abend betrogen. Heute kann ich nicht zu dir aufschauen und dein schönes Profil betrachten und stolz auf dich sein, während die Zuschauer sich die Hände wund klatschen und dich bewundern. Alles was wir zu sehen bekommen, ich *und* das Publikum, ist diese scheußliche Fratze, die dich entstellt.«

»Sei lieber stolz auf mein Spiel, Liebes. Mein Caliban wird vielleicht eine Überraschung für dich. Ich bin mehr als nur der strahlende Held, und es wird Zeit, daß sich die Leute darauf besinnen, und du auch«, neckte er.

Es klopfte an der Tür.

»Das wird George sein. Ich hatte Clancy gebeten, ihn zu mir zu schicken. Wie ich höre, hat er fleißig geprobt.«

»Und wie. Er bringt den Prospero recht ordentlich, aber so gut wie du ist er nicht.«

Mein Vater lächelte und öffnete die Tür.
Aber es war nicht George Mayfield, der draußen stand, sondern David Hillyard, blond und heiter wie immer.
»Ihr Garderobier sagte mir, daß Sie angekommen sind, Mr. Coleman. Willkommen auf Abbotswood. Es tut mir leid, daß ich Sie unterwegs verpaßt habe.«
Die Hand meines Vaters mit dem dunklen Schminkstift zwischen den Fingern hielt mitten in der Bewegung inne. Ich wünschte, er hätte sich in seiner natürlichen Statur präsentieren können, anstatt zur Hälfte als Prosperos unmenschlicher Sklave entstellt. Er warf den Stift in seinen Schminkkasten und ergriff Davids ausgestreckte Hand.
»Unterwegs?« wiederholte er fragend.
»Irgendwo zwischen Folkestone und Hythe, schätze ich. Bei Sandgate gibt es zwei Abzweigungen nach Abbotswood. Vermutlich hat jeder von uns eine andere genommen. Mein Name ist Hillyard. David Hillyard. Ihre Tochter hat Ihnen wohl schon von mir erzählt.«
»Das hat sie allerdings. Aber was soll das heißen – Sie haben mich unterwegs verpaßt?«
»Mr. Hillyard wollte dich herbegleiten, Papa. Er ist heute morgen eigens zum Theater gefahren, um dich abzuholen.«
Mein Vater erwiderte nichts, und David sagte: »Es muß enttäuschend für Sie gewesen sein, wegen einer vagen Aussicht auf einen Vertrag den weiten Weg nach Folkestone zu machen und das Theater geschlossen zu finden. Die Anschläge mit dem Verkaufsangebot scheinen schon eine ganze Weile dort zu hängen. Und wenn man bedenkt, daß Sie sich auch noch wegen nichts und wieder nichts eine Unterkunft für die Nacht besorgen mußten! Wären mir Ihre Pläne bekannt gewesen, so hätte sich zumindest das verhindern lassen. Sie hätten gestern wie vorgesehen herkommen und heute morgen nach Folkestone fahren können. Auf diese Weise hätten Sie höchstens eine oder zwei Stunden Zeit verloren.«
»Ich weiß Ihre freundliche Absicht zu schätzen, aber zum Glück habe ich weder Zeit verloren noch eine Unterkunft besorgen müssen. Und ich bin auch nicht wegen einer schwachen Aussicht auf ein Engagement zum Theater gegangen. Ich habe überhaupt nicht hingehen müssen, denn ich habe bei dem neuen Pächter

logiert, und wir konnten das Geschäftliche an Ort und Stelle besprechen. Er ist Hotelier – ihm gehört das Metropole – und versucht sich zum erstenmal mit dem Theater. Die Überschreibung des Pachtvertrages steht kurz vor dem Abschluß, daher will er keine Zeit mit Verhandlungen über Engagements verschwenden. Die Anschlagtafeln werden bald verschwinden, dessen bin ich sicher.« Mein Vater wandte sich an mich. »Er hat vor, das Theater zu einem erstklassigen Haus zu machen, und wir beginnen dort Ende Oktober mit unserer Wintertournee. Ich denke, ›Cymbeline‹ ist für die Eröffnung bestens geeignet, und du bekämst damit deine erste Chance, die Imogen zu spielen.«
»Wunderbar!« rief David. »Das bedeutet, daß Sie wieder in diese Gegend kommen.« Die Worte waren an meinen Vater gerichtet, sein Blick aber ruhte auf mir, und irgendwie spürte ich, daß dies meinem Vater nicht verborgen blieb, obwohl er sich wieder seiner Maske zugewandt hatte.
»Ich bin nicht nur gekommen, um Sie zu begrüßen. Ich wollte auch fragen, ob Sie eine Erfrischung möchten. Aber wie ich sehe, hat man bereits für Sie gesorgt. Ich hoffe, es war ausreichend, und der Châteauneuf hat Ihnen geschmeckt.«
»Der war ausgezeichnet.«
»Dann lasse ich Ihnen noch eine Flasche bringen. Wenn Sie etwas wünschen, brauchen Sie nur zu läuten. Jetzt will ich Sie aber nicht länger stören. Ich kann mir vorstellen, daß Ihre Maske äußerste Konzentration erfordert. Übrigens, meine Schwester kann es kaum erwarten, Sie nach der Vorstellung kennenzulernen, und auch viele von unseren Gästen möchten Ihnen unbedingt vorgestellt werden.«
Mein Vater erwiderte nichts darauf, und David verabschiedete sich. Im Spiegel musterte mich mein Vater mit strengem Blick.
»Du hast Gefallen an diesem Mann gefunden, liebe Aphra. Warum?«
»Warum nicht?« fragte ich ausweichend zurück. »Er ist charmant und sehr nett. Du kannst dir nicht vorstellen, welch freundlichen Empfang er und seine Schwester mir bereitet haben, obgleich sie gar keine Veranlassung dafür hatten.«
»Ich sehe nicht ein, warum sie dich nicht freundlich empfangen sollten.« Der Schminkstift ruhte müßig zwischen seinen Fingern. Er sah mich einen Augenblick lang geistesabwesend an, dann

besann er sich und wollte wissen, wie ich mir die Zeit vertrieben hätte, und ich berichtete ihm von der gestrigen Probe.

»Und sonst? Was noch? Du hast doch gewiß nicht die ganze Zeit geprobt?«

»Natürlich nicht. Ich habe mich auf Abbotswood umgeschaut. Ach Papa, du weißt gar nicht, wie schön es hier ist! Hast du schon mal ein solches Haus gesehen? Hast du schon mal ein Zimmer wie das hier gesehen? Und warte erst, bis du meines siehst!«

Irgendwie hatte ich den Eindruck, er mache eine finstere Miene, wenngleich sein Gesicht unter den dichten Augenbrauen und der vorspringenden Stirn, die er Schicht für Schicht modellierte, nur schwer zu erkennen war.

»Du darfst dem nicht allzu großen Wert beimessen, mein Kind. Das ist nicht unsere Welt.«

Ich meinte träumerisch: »Aber vielleicht werden wir wieder eingeladen, wenn wir im Oktober in Folkestone spielen.«

»Das wird sich zeigen«, sagte mein Vater in einem Ton, der mir deutlich zu verstehen gab, daß er alles daransetzen würde, es zu verhindern.

Plötzlich brach es aus mir heraus. »Warum benimmst du dich so, Papa? Warum hast du versucht, Mr. Hillyard aus dem Weg zu gehen? Du warst anscheinend entschlossen, nicht nach Abbotswood zu kommen, aber ich kann nicht verstehen, warum. Ich bin noch nie auf einem so herrlichen Besitz gewesen, habe noch nie in einem solchen Haus gewohnt – und noch nie habe ich ein so starkes Verlangen gehabt, irgendwo zu bleiben.«

Er starrte mich fassungslos an.

»Wenn ich wüßte, daß das dein Ernst ist, würde ich dich auf der Stelle von hier fortbringen.«

»Papa!«

»Ich meine es gut mit dir, Kind. Ich habe nicht gewollt, daß du mit falschen Wertvorstellungen aufwächst, aber wenn schon der erste Anblick von Luxus dich zu überwältigen droht, werde ich alles tun, um dich zur Vernunft zu bringen.« Seine Stimme schwoll zornig an. »Wir werden dieses Haus bei erster Gelegenheit verlassen. Am liebsten noch heute abend.«

»Du bist grausam, Papa. *Und* undankbar. Ich finde, du bist zu Mr. Hillyard und seiner Schwester sehr unhöflich gewesen.«

»Ich bin nicht um der Geselligkeit willen hergekommen. Ich bin

gekommen, um eine Vorstellung zu geben. Und ich werde spielen – aber mehr nicht. Und für dich gilt dasselbe. Wenn wir dieses Haus verlassen, sollst du vergessen, daß du hier gewesen bist.«
»Aber wie könnte ich das denn? Es ist so wunder-wunderschön hier. Für mich ist das ein Blick in eine andere Welt.«
»Und ich wünsche, daß es dabei bleibt. Wir brechen früh am Morgen auf. Um acht Uhr geht ein Zug von Hythe nach Folkestone mit Anschluß nach London. Ich habe mich bereits erkundigt.«
Ich war zu bestürzt, um etwas zu erwidern. Meine Hände zitterten so, daß ich sie kaum stillhalten konnte. Mein Vater nahm sie fest zwischen die seinen.
»Denke daran, was ich gesagt habe, Aphra. Orte wie dieser, Häuser wie dieses, Leute wie diese, das ist nichts für dich.«
»Aber *was* ist denn für mich?« schrie ich auf. »Ein Leben in drittklassigen Unterkünften, darben und sparen und immer nur von schöneren Dingen träumen?«
»Ist das wahr – du träumst von schöneren Dingen?« fragte mein Vater mit sanfter Stimme. »Das habe ich nicht gewußt. Ich hatte keine Ahnung ...«
»Tut mir leid, Papa, aber was kann ich dagegen tun? Wenn ich sehe, wie Menschen leben können, ja wie sie *wirklich* leben ... Aber das hat nicht erst hier angefangen, glaub' mir. Ich hatte schon immer dieses Verlangen nach etwas Besserem, nach einem anderen Leben als dem unseren.« Ich versuchte, mein Schluchzen zurückzuhalten, und er legte liebevoll seine Arme um mich.
»Mein liebes Kind – mein liebes, liebes Kind –.« Hilflosigkeit und Verzweiflung lagen in seiner Stimme.
Ich klammerte mich an ihn. »Versuch doch, mich zu verstehen«, jammerte ich. »Ich habe nie von einem Haus wie diesem geträumt, aber jetzt, wo ich es gesehen habe, kann ich mir nichts Schöneres denken Stell dir doch nur vor, was für ein Gefühl es sein muß, *hierherzugehören*!«
Er schob mich beiseite – vielleicht nur, weil abermals jemand an die Tür klopfte.
Und wieder war es nicht George Mayfield. Diesmal trat der weißhaarige Butler mit einem Tablett herein.
»Ich soll Ihnen das hier bringen, Sir. Der Korken ist bereits entfernt. Wünschen Sie jetzt gleich ein Glas?«

Es war eine neue Flasche Châteauneuf, und ich empfand diese Aufmerksamkeit als einen für David typischen Zug. Um so mehr empörte es mich, daß mein Vater ihm so ostentativ aus dem Wege ging. Und als die Begegnung schließlich doch stattfand, hatte er nichts als die allernötigste Höflichkeit an den Tag gelegt, was um so schlimmer wirkte, weil David von überströmender Herzlichkeit gewesen war. Und als mein Vater nun den Diener kaum eines Blickes würdigte und nur den Kopf schüttelte, während er sich wieder auf seine Maske konzentrierte, steigerte meine Empörung sich zu heller Wut. Für gewöhnlich war mein Vater zu gar niemandem unhöflich, und in diesem besonderen Fall war ich nicht bereit, ihm zu verzeihen.
Der alte Mann stellte das Tablett ab und entfernte sich. Ich ging auf mein Zimmer zu und bemerkte kühl, auch für mich sei es Zeit, mit dem Umkleiden zu beginnen. Mehr traute ich mich in meiner Erregung nicht zu sagen, doch als ich an meiner Tür angekommen war, hörte ich das Klirren von Glas gegen Glas, und als ich mich umdrehte, sah ich erschrocken, wie sehr die Hand meines Vaters zitterte. Er trank den Wein in langen Zügen, so als wolle er aus ihm Kraft schöpfen.
»Papa! Du fühlst dich nicht wohl!«
»Ich bin nur müde, mein Kind. Die Tournee war lang und anstrengend. Ein paar Tage Ruhe zu Hause, und ich bin wieder obenauf. Und je eher wir heimkommen, um so besser für uns beide.«
Meine Begeisterung war ihm also nach wie vor zuwider; er konnte sie nicht begreifen und wollte Abbotswood immer noch so bald wie möglich verlassen.
Ich ging in mein Zimmer und schloß die Tür hinter mir.

5

Getreu seinem Entschluß brachen wir am nächsten Morgen früh auf, und getreu seinem Entschluß mischte er sich an jenem Abend nicht unter die Gesellschaft. Die ganze übrige Truppe nahm nach der Vorstellung an dem Fest teil; mein Vater hingegen machte, immer noch in der Maske Calibans, lediglich einen kurzen Höflichkeitsbesuch und verschwand; er beteiligte sich nicht einmal am Geburtstagstoast auf unsere Gastgeberin. Ich konnte in dem Gewimmel nicht feststellen, ob sie sich überhaupt getroffen hatten.

Sein Spiel wurde allgemein gelobt, doch ich und die übrigen Darsteller wußten, daß er ungleich viel schlechter war als sonst. Zu meinem Verdruß heimste George Mayfield alle Ehrungen ein. Ich hätte allerdings damit rechnen müssen, da mein Vater im Grunde ja gewissermaßen zu seinen Gunsten abgedankt hatte. Trotzdem hätte niemand von uns erwartet, daß Charles Coleman etwas Geringeres als sein bestes Können bieten würde.

Gegen Ende des zweiten Aktes wurde er unsicher, stolperte über seine Verse, offenbar unfähig sich zu konzentrieren, und schon während des ersten Aktes war er langsam und selbst für einen Caliban ein wenig zu schwerfällig gewesen. Als ich zwischen zwei Auftritten in den Kulissen wartete, hörte ich Barney murmeln: »Ihr Pa ist heute abend scheint's nicht in Form, Miss Aphra, gar nicht ganz bei sich ...«

Mir blieb nichts übrig als zu beten, daß es außer dem Ensemble niemandem auffiel, was für eine schlechte Vorstellung er gab.

Während der ersten Pause klagte er über Durst und trank ein wenig Wein, den Clancy ihm aus seinem Zimmer brachte, doch er stotterte und stockte auch danach noch und sprach seinen Text zuweilen undeutlich. Die übrigen Darsteller erkannten bald, daß sie ihm während dieser Aufführung beistehen mußten, und mit der unter Theaterleuten üblichen Loyalität kamen ihm alle zu Hilfe. Sie überdeckten seine Gedächtnislücken, überbrückten gestotterte Zeilen, überspielten geschickt falsche Bewegungen, so daß jedwede Unbeholfenheit ein gewollter Zug des abnormen Sklaven zu sein schien. Zum erstenmal war ich froh, daß George den Prospero spielte. Ich hätte es nicht ertragen, mitansehen zu müssen, wie mein Vater gerade in dieser Rolle weniger als sein Bestes gab.

Trotz meiner Besorgnis nahm ich das Milieu, in dem wir auftraten, und das schillernde Publikum ganz genau wahr – die Herren im Frack und weißer Binde und die Damen in juwelenbesetzten Atlasgewändern, mit federgeschmückten Stirnbändern und Fächern aus Straußenfedern, in dekolletierten Roben, die den Rükken bis zur Taille freigaben. Der Duft eines englischen Parks und die laue Luft des Sommerabends mischten sich mit Wolken teurer Parfums und drangen zum Rampenlicht hinauf, das aus einer Unmenge von Kerzen in langen, flachen Rinnen bestand und von einem Paravent geschützt wurde, der das Licht unmittelbar auf die Waldbühne warf.

An diesem Abend wurde Prosperos Insel vor dem natürlichen Hintergrund aus rauschenden Bäumen und mit dem weichen Rasen unter meinen bloßen Füßen für mich lebendig. Als Ariel sprang und hüpfte ich ausgelassen umher, spürte die lebende Erde unter mir und den Wind in meinem Haar. Meine Stimme hallte als Echo von den Mauern von Abbotswood zu mir zurück. Ich war übermütig, ausgelassen, verliebt in die Schönheit dieser Naturkulisse, und ich sonnte mich in jedem Bravoruf.

Da der Abstand zu den Zuschauern geringer war als üblich, ja so gering, daß man einzelne Gesichter erkennen konnte, gewahrte ich auch David Hillyard, der in der vordersten Reihe saß. Ich erspähte noch andere: seine bewundernswert elegante Schwester und die arme Harriet, übertrieben herausgeputzt wie ein Rauschgoldengel am Weihnachtsbaum; und weiter hinten, aber dennoch verschreckend nahe, saß der unverkennbare Red Deakon mit verschränkten Armen und schaute gebannt zu. Vielleicht hätte ich solch ungeteilte Aufmerksamkeit als Beweis dafür nehmen sollen, daß er von Stück und Darbietung gefesselt war, aber ich dachte nur an David und fragte mich, ob ihm meine Vorstellung

heute abend ebenso gefiel wie die früheren. Es war ungeheuer wichtig für mich, daß er mich gut fand.
Vor dem letzten Akt geschah etwas, das zwar im nachhinein gesehen nicht übermäßig beunruhigend war, mich aber im Augenblick in Panik versetzte.
Mein Vater verschwand.
Clancy kam aufgeregt zu mir. Er hatte im Zimmer meines Vaters auf ihn gewartet – »Ich hatte das Gefühl, er sollte sich hinlegen, Miss Aphra, weil er doch heute abend nicht gut beieinander ist, und ich hab' ihm gesagt, ich würde Kaffee bereithalten. Er scheint übermüdet, und ich dachte, Kaffee würde ihm wieder auf die Beine helfen« – aber er war nicht gekommen. Gemeinsam machten wir uns auf die Suche, und ich fand ihn schließlich in dem tiefliegenden Garten; er saß in der Laube, den Kopf gegen die Lehne der Steinbank gestützt, und starrte ins Leere. Fast eine ganze Minute verging, ehe seine Augen sich auf mich richteten und mich erkannten.
Mir fiel nichts ein, was ich hätte sagen können. Es gab eigentlich keinen Grund, warum er sich nicht draußen anstatt in seinem Zimmer ausruhen sollte. Die anderen vom Ensemble machten es genauso. Ich hatte sogar beobachtet, daß Elizabeth sich unter die im Garten umherschlendernden Zuschauer mischte und offensichtlich deren Bewunderung genoß. Die Pause dauerte ohnehin nur eine Viertelstunde; warum sollte man sich also die Mühe machen und an einem solch warmen Abend die Stufen zum Ostflügel hinaufsteigen? Selbst jetzt, da die Dämmerung rasch hereinbrach, war die Luft noch überraschend angenehm und mild. Ich bat Clancy, den Kaffee herzubringen, und Vater und ich tranken ihn gemeinsam.
Dann gingen wir, immer noch schweigend, zurück in die Kulissen unter den Bäumen und erwarteten unseren Auftritt. Die Teilnahmslosigkeit meines Vaters ließ mich schon ahnen, daß es heute abend keine gemeinsame Schlußverbeugung geben und daß er es dem restlichen Ensemble überlassen würde, an der Rampe zu erscheinen, und daß ich mitten unter ihnen sein und nur soviel Beifall entgegennehmen würde, wie mir zustand. Und Caliban, vermutete ich, wäre nicht einmal zu dieser Pflichtübung bereit.
Ich behielt recht. Beim Schlußbeifall erschien mein Vater nur ein

einziges Mal, ernst und ohne jedes Lächeln, und zog sich dann zurück. Die linkische Gestalt Calibans verschwand im waldigen Hintergrund, und als ich nach meinem Einzelvorhang, der Ariel zustand, von der Bühne eilte, fand ich ihn, vor allen Blicken verborgen, an einen Baum gelehnt.
Er sagte erschöpft: »Gottlob, das ist vorbei. Wir müssen morgen zeitig aufstehen, Aphra, und zusehen, daß wir hier wegkommen. Das bedeutet, wir müssen früh zu Bett gehen. Sollen die anderen ruhig bis zum Morgengrauen feiern, wenn's ihnen Spaß macht, aber du und ich nicht, mein Kind.«
Ich war bitter enttäuscht. Die Aufregung dieses Abends hatte meine Sinne hellwach gemacht, und ich freute mich auf die anschließenden Festlichkeiten.
Traurig sagte ich: »Was hast du nur gegen Abbotswood, Papa? Wie *kann* man nur etwas gegen solch einen wunderschönen Ort haben?«
Vielleicht lag es an Calibans abscheulicher Maske, daß ich das Gefühl hatte, nicht zu meinem Vater zu sprechen. Selbst seine Stimme hatte er für die Rolle meisterhaft verstellt. Die schleppende, abnorme Sprache des halbtierischen Sklaven hatte trotz seiner mittelmäßigen Darbietung kein einziges Mal geschwankt. Jetzt hatte er wenigstens wieder mit seiner eigenen Stimme gesprochen, aber mir war das nicht genug.
Da er keine Antwort gab, sagte ich: »Bitte, Papa, geh hinauf und schminke dich ab, damit dich jeder so sehen kann, wie du bist. Auch *ich* möchte dich sehen, wie du wirklich bist.«
»Liebes Kind, du kennst mich doch.«
»Heute abend aber nicht.«
»Das beweist, wie gut ich meine Rolle gespielt habe.«
Ich erwiderte nachsichtig: »Das hast du nicht, Papa, und ich glaube, du weißt es selbst. Ich hoffe, daß du nie wieder den Caliban spielst.«
Mittlerweile hatte Barney uns ausfindig gemacht.
»Man ruft nach Ihnen, Mr. Coleman. Mr. Hillyard möchte, daß Sie eine Rede halten.«
»Nein.« Ich hatte meinen Vater noch nie so energisch erlebt. »Hier werden keine Reden gehalten. Und schon gar nicht von mir.«
»Aber Mr. Hillyard hat mich doch geschickt, um Sie zu holen!

Hören Sie denn nicht, wie sie klatschen? Miss Lorrimer und Mr. Mayfield heimsen allen Beifall ein ...«

»Sollen sie nur. Das Publikum applaudiert Prospero, nicht mir. Das ist Georges Abend, und ich freue mich für ihn. Er soll getrost auch die Rede halten.«

Mein Vater drehte sich um und ging auf das Haus zu, und die Zuschauer sahen ihn nicht einmal, denn alle Augen waren auf die Bühne gerichtet, und die Gärten ringsumher lagen im Schatten. Ich ging mit ihm, weil er es wünschte, aber ich war von Enttäuschung erfüllt. Bei seinem Befinden war es zwar geboten, daß er sich früh zurückzog, aber es schien mir ungerecht, daß auch ich von den bevorstehenden Festlichkeiten ausgeschlossen sein sollte. Ich nahm mir vor hinunterzuschleichen, nachdem er zu Bett gegangen war. Ich hoffte sogar, daß David nach mir schicken oder mich suchen würde. Die Halle sollte zum Tanzen hergerichtet werden, hatte er gesagt und mich gebeten, jeden Tanz für ihn zu reservieren.

Ach Papa, dachte ich insgeheim, du kannst doch nicht ernsthaft wünschen, daß mir ein solches Vergnügen entgeht! Und morgen, wenn du besser gelaunt bist, wirst du das gewiß selbst zugeben. Wenn wir die Stufen zu unserer Wohnung in Pimlico hinaufsteigen, wirst du mit Freuden daran denken, daß deine Tochter wie Aschenputtel auf den Ball gegangen ist. Du wirst ihr doch einen Augenblick der Seligkeit oder eine Stunde des Glücks an einem Ort wie Abbotswood nicht mißgönnen.

Als wir hineingingen, trat uns jemand in den Weg. An der Spitze einer ganzen Dienerschar kam Truman uns mit Champagner entgegen. Er blinzelte meinen Vater aus seinen kurzsichtigen Augen angestrengt an und sagte: »Ich erlaube mir anzunehmen, daß Ihnen nach der Vorstellung eine Erfrischung willkommen ist, Sir.«

Mein Vater winkte mit einem bloßen Kopfschütteln ab. Beschämt über seine Unhöflichkeit nahm ich ein Glas, und diese kurze Verzögerung genügte, daß wir von den anderen eingeholt wurden. Im Nu war mein Vater von schwatzenden Zuschauern umringt, und ich war nicht gewillt, ihm zu Hilfe zu kommen. Erschöpfung war keine Entschuldigung für schlechte Manieren, dachte ich eigensinnig, und ich spürte, daß der alte Kammerdiener gekränkt war. Seine blassen Augen blinzelten zu meinem

Vater hinüber, und in dem Bestreben, ihn zu versöhnen, fragte ich ihn, wie lange er schon auf Abbotswood sei.
»Mein Leben lang, Miss. Ich fing zu Zeiten des alten Sir William als Laufbursche an. Mein Vater war Wildhüter hier, und wir wohnten in einem Försterhaus auf dem Gut. Mein Großvater war Kutscher auf Abbotswood –«
»Bei dem Herrn, der die Adler gehalten hat?«
»Sie haben also schon davon gehört, Miss. Sicher von Mrs. Stevens. Sie wird nie damit aufhören.«
»Womit?«
»Mit dem Fiasko, das mit den Adlern passiert ist. Ich sage immer, man muß solche Dinge vergessen, aber Mrs. Stevens redet gern. Ein bedauerlicher Fehler bei einer ansonsten ausgezeichneten Wirtschafterin.«
Ich vermutete, daß er sich durch sein Alter und aus einem Gefühl männlicher Überlegenheit heraus berechtigt fühlte, seinesgleichen zu kritisieren, aber aufgrund der abweisenden Haltung meines Vaters brachte ich es nicht über mich, den Mann zurechtzuweisen, indem ich mich von ihm abwandte.
»Was war das für ein Fiasko mit den Adlern?« fragte ich. »Meinen Sie die Aufzucht in Gefangenschaft?«
»Genau, Miss. Mein Vater sagte immer, das wäre ein verhängnisvoller Fehler. Im Käfig müßten Adler einfach grausam werden, hat er gesagt, und sie im Wald zu halten, sei genauso schlimm, wie sie in einen Käfig zu sperren. Ich habe einmal gehört, daß bei einem Wolfshund die natürlichen Instinkte durchgebrochen sind, und da hat er seinen Herrn zerfleischt, und als das dann auf Abbotswood passierte, kam es wohl nicht überraschend, denke ich. Und dieser Königsadler war, wie man hört, ein Riese von einem Vogel. Deshalb hieß er auch König, obgleich, wie sich herausstellte, Mörder besser zu ihm gepaßt hätte.«
»Sie meinen –?« ein krampfhafter Schmerz durchfuhr meinen Magen. »Sie meinen, er hat seinen Herrn angefallen?«
»Mit den Klauen zu Tode zerfetzt, Miss. Ein schreckliches Ereignis. Hat Mrs. Stevens Ihnen das nicht erzählt? Ach du liebe Güte, dann hätte ich wohl besser –« Die gebeugten Schultern hoben sich und sanken dann schicksalsergeben zusammen. »Sie redet sonst so gern darüber, deshalb nahm ich natürlich an, Sie wüßten es längst. Aber das spielt keine Rolle. Die Geschichte ist ohnehin

allgemein bekannt. Ich fürchte, das wird man auf Abbotswood nie vergessen. Möchten Sie noch etwas Champagner, Miss?«
Überrascht blickte ich in mein Glas. Ich hatte es fast leer getrunken.
Als ich kurz darauf mit meinem Vater nach oben ging, hatte ich Mühe, solch tragische Vorkommnisse mit diesem zauberhaften Haus in Verbindung zu bringen. Die heitere Schönheit der getäfelten Wände und der Reichtum antiker Schätze umgaben uns mit einer Atmosphäre unerschütterlicher Sicherheit. Und doch war der Tod zweimal gewaltsam hier eingedrungen, was durch getreue Überlieferung bezeugt wurde. Der Tod war freilich oft grausam, im Krieg wie im Frieden, und hatte er diesen idyllischen Ort auch zweimal so unbarmherzig heimgesucht, so hatte dies der Schönheit von Abbotswood doch nichts anhaben können. Nach wie vor lag es heiter in seine waldige Umgebung eingebettet, anscheinend ungetrübt von Kummer. Diese alten Mauern hatten so viel vom Leben gesehen, daß sie auch ein jähes Ende hinnehmen konnten, und in der Geschichte einer jahrhundertealten Stätte ereigneten sich eben auch Tragödien: Da konnte ein Reiter abgeworfen werden oder eine tödliche Krankheit hereinbrechen. Im Laufe der Generationen mußte Abbotswood sowohl Glück wie Leid erfahren haben. Es war bezeichnend, daß Glück im Leben als selbstverständlich hingenommen wurde, während das Leid stets in Erinnerung blieb.
Als ich das Zimmer meines Vaters betrat, schämte ich mich meiner Unduldsamkeit. Er war zu müde, um seine dick aufgetragene Maske zu entfernen. Barney mußte ihn abschminken, und ich erschrak über die Blässe, die darunter zum Vorschein kam. Mein Vater klagte über Übelkeit und Durst. Ich konnte ihn jedoch überreden, Wasser statt Wein zu trinken. Ich bemerkte, daß von dem Châteauneuf nicht mehr viel übrig war, und da ich meines Vaters Vorliebe für Wein kannte, wußte ich auch, daß er die Flasche unweigerlich leeren würde, falls sie in seinem Zimmer bliebe. Ich nahm sie unbemerkt fort und goß den Rest ins Waschbecken des reich verzierten viktorianischen Badezimmers, das zum Ostflügel gehörte. Die Wanne war so groß wie ein Sarkophag und stand auf einem gewaltigen Mahagonipodest. Ich war tief beeindruckt, denn damals waren hauptsächlich kleine Sitzwannen in Gebrauch. Nachdem ich meine Maske entfernt hatte,

stieg ich in die Wanne und genoß den Luxus von heißem Wasser, das aus den Kränen rann. Morgen würden wir wieder nach Pimlico fahren und uns mit Sitzbädern begnügen müssen, und ich wußte, die Sehnsucht nach einem Lebensstil, für den ich nicht geboren war, würde mich begleiten. Nach diesem Besuch auf Abbotswood würde mein Dasein nicht mehr dasselbe wie vorher sein.

Damit mein Vater keinen Verdacht schöpfte, schlüpfte ich erst in das weiße griechische Gewand, nachdem ich ihn versorgt hatte.
Er sagte mit schwacher Stimme gute Nacht. Ich wußte, daß er rasch einschlafen und ich nicht allzu lange würde warten müssen, bevor ich wieder hinuntergehen konnte. Durch die geöffneten Fenster drang Musik zu mir herauf, und meine Füße hatten eine unbändige Lust, danach zu tanzen. Morgen würde ich mein Gewissen erleichtern und meinem Vater beichten, daß ich ungehorsam war, und ob meines Geständnisses würde er mir verzeihen. Also verspürte ich kaum ein Schuldgefühl, als ich ihm den Gutenachtkuß gab.

Auf der Galerie oberhalb der großen Halle blieb ich stehen. Vom Ostflügel gelangte man über einen Flur unmittelbar hierher, so daß ich die Szenerie unter mir unbemerkt betrachten konnte. Auf einem Podium in einer Ecke spielte ein Streichquartett, und der ganze Saal war ein einziges Wogen von Bewegung und Farben. Der Anblick raubte mir den Atem, denn Szenen wie diese gehörten nicht zum Leben einer Schauspielerin, die sich mühsam ihr Brot erkämpft. Das Höchste, was ihr je vergönnt wurde, waren bescheidene Garderobenpartys zum Abschluß einer Tournee oder Weihnachts- und Silvesterfeiern, die nach der Vorstellung auf der Bühne stattfanden, und an denen das gesamte Personal des Theaters teilnahm.
Ich blickte auf eine Welt, die ich wahrscheinlich nie wieder zu sehen bekommen würde; ich weidete meine Augen daran, sog den Glanz und das Treiben in mich auf, als wollte ich es für meine Erinnerung fotografieren. Nie hatte ich solche Juwelen, solche Seidengewänder und Atlasroben, solche erlesenen, kunstvollen Frisuren, solchen Federschmuck aus Straußenfedern, solche Üppigkeit, solche Eleganz, solchen Reichtum gesehen. Und nie hatte

ich mir träumen lassen, daß dergleichen so selbstverständlich hingenommen wurde. Selbstgefälligkeit sprach aus den vorzüglich modellierten Schultern eines jeden Mannes und aus dem sorgfältig geschminkten Gesicht einer jeden Frau. Als mir einfiel, wie Harriet Hillyard Bemalung und Puder mißbilligt hatte, mußte ich lächeln. Wenn sie die Eignung zur Dame an solchen Dingen maß, dann konnten nur wenige Frauen in diesem überfüllten Ballsaal vor ihr bestehen. Mit der Thronbesteigung von Königin Alexandra nach Königin Viktorias Tod war Make-up gesellschaftsfähig geworden. Es war allgemein bekannt, daß König Edwards bezaubernde Gemahlin Stunden damit verbrachte, sich anmalen zu lassen, sei es, um ihr Vertrauen in den heimlichen Kampf gegen völlige Taubheit zu stärken, sei es, um mit den Mätressen ihres Gemahls zu wetteifern, wer weiß? Sie war bei jedermann beliebt, und man sah ihr alles nach – selbst ihre sprichwörtliche Unpünktlichkeit wurde ihr vergeben, wenn sie endlich erschien, schön wie ein Gemälde, und jedermann wußte, daß auch der König ihr verzieh, obwohl er auf Pünktlichkeit geradezu versessen war. In seinem Leben mochten Frauen kommen und gehen, doch in seinem Herzen hatte Alexandra einen unerschütterlichen Platz.

Meine Gedanken wanderten aus meiner Welt in die der Gesellschaft, die ich nur vom Hörensagen kannte. Mir war, als bliebe die Zeit stehen, während ich dort auf der Galerie verweilte, bevor ich in diese fremde Welt hinabstieg. Ich sah Elizabeth Lorrimer sich im Arm eines sehr militärisch aussehenden Herrn, der offensichtlich in sie vernarrt war, im Walzertakt wiegen, und ich entdeckte George Mayfield, von einer Schar Verehrerinnen umringt. Ich sah Miles Tregunter, der einen vorbeieilenden Kellner mit einem Tablett aufhielt, um sein leeres Glas abzustellen und sich ein neues zu nehmen. Ich hoffte, er würde die Thespis-Leute heute abend nicht durch sein übermäßiges Trinken in Verruf bringen.

Dann erspähte ich plötzlich einen rothaarigen Mann, der mit verschränkten Armen zu mir hinaufblickte. Das war das zweite Mal, daß er mich erwischt hatte. Mir war sofort klar, daß ihm nichts von meinem Mienenspiel entgangen war, daß er wußte, wie gebannt ich war, wie beeindruckt, ergriffen und erregt. Wie zuvor drehte ich mich abrupt um und trat zurück in den Schatten.

In wenigen Minuten wollte ich hinuntergehen, wollte die Stufen so gemessen hinabschreiten, als betrete ich eine Bühne, und bis dahin, so hoffte ich, wäre der unsympathische Red Deakon verschwunden.
Statt dessen kam er zu mir herauf. Er blieb am oberen Treppenabsatz stehen und blickte mich an. Ich konnte ihm nicht entfliehen.
»Will Aschenputtel denn nicht auf den Ball gehen?« fragte er. »Bitte erlauben Sie mir, Sie zu begleiten. Sie brauchen sich wirklich nicht einschüchtern zu lassen. Das da unten ist doch alles nur Schein.«
»Einschüchtern? Ich bin nicht im geringsten eingeschüchtert. Warum sollte ich auch?«
»Ja, warum eigentlich? Unter denen dürfen Sie Ihren Kopf getrost hochtragen.«
»Sie scheinen zu unterstellen –«
»Was?«
»Daß dies alles für mich ungewohnt ist.«
»Na und, ist es das etwa nicht?«
Er blickte mit mir auf die glanzvolle Szenerie hinunter und sagte: »Ich vermute, das Theaterleben hat mehr mit der Wirklichkeit gemein als das hier – ich meine das Leben derjenigen, die auf der Bühne für ihren Unterhalt arbeiten. Warum sollte man sich dessen schämen? *Ich* schäme mich ja auch nicht.«
»Sie? Aber Sie gehören doch in diese Welt.«
»Beileibe nicht. Ich bin nur zugelassen, das ist durchaus nicht dasselbe. Ich bin ebensowenig da hineingeboren wie Sie, Miss Coleman. Die Tatsache, daß sich die Deakons hier in Kent einen Namen gemacht haben, bedeutet nicht viel. Die Firma unserer Familie wurde vor vielen Jahren drüben in Lamberhurst von einem Schmied gegründet, der sich zutraute, mehr leisten zu können als nur Pferde zu beschlagen. Er stammte aus einer Familie von Eisenarbeitern, die ihre eigene Mergelgrube besaß und mit selbstentwickelten primitiven Methoden Eisenerz gewann. Sie erfanden ihr eigenes Frischefeuer – das ist der Glühofen, in dem das Eisen erzeugt wird –, aber damals hat sich noch keiner mit der Schmiedekunst befaßt. Einzig jener erste Red Deakon kam auf den Gedanken, das Eisen tatsächlich zu formen und Gegenstände daraus herzustellen. Er war ebenso ungebildet wie seine Vorfah-

ren; er konnte weder lesen noch schreiben, nicht einmal seinen Namen. Aber als die Mergelgrube versiegte und das Eisenerzlager ausgebeutet war, gründete er in dieser Gegend von Kent Deakons Schmiede.«

Mein Interesse war geweckt.

»Sie müssen sehr stolz auf ihn sein.«

»Natürlich. Die Deakons sind immer stolz auf ihn gewesen. Er war es schließlich, der uns die Kunst unseres Handwerks übermittelt hat.« Er streckte seine Hände aus, und ich sah, wie stark und schwielig sie waren. »Das liegt sechs Generationen zurück, Miss Coleman, und heute besitzen die Deakons die führende Gießerei in ganz Kent und darüber hinaus. In Sussex ist das Eisenhandwerk ausgestorben, aber das unsere lebt, und es wird nicht untergehen, solange es einen Deakon gibt, der Seite an Seite mit seinen Männern arbeitet, das Eisen bezwingt, es nach seinem Willen formt und mehr tut, als nur am Schreibtisch zu sitzen und das Geschäftliche zu regeln. Dies sind die Hände eines Schmiedes, Miss Coleman, nicht die Hände eines Gentleman.«

»Sie sind aber immerhin hier geboren, Ihnen ist dies alles vertraut. Deswegen können Sie getrost Verachtung heucheln.«

»Heucheln?« spöttelte er. »Nicht *ich* heuchle, sondern Sie, Miss Coleman. Lassen Sie sich nicht von samtenen Vorhängen blenden.«

Ich wandte mich empört ab. Da schnellte seine Hand vor, und ich fühlte seine schwieligen Finger um mein Handgelenk.

»Wenn Sie Abbotswood verlassen«, sagte er, »vergessen Sie es. Denken Sie nicht mehr daran, sehnen Sie sich nicht zurück ...«

»Soweit ich sehen kann, ist *Ihnen* dieser Ort auch nicht gerade zuwider. Sie sind hier ein angesehener Gast, und das heißt doch wohl, daß Sie häufig auf Abbotswood sind. Ich vermute, deswegen fühlen Sie sich zum Spotten berechtigt.«

»Es macht mich zynisch, das ist alles. Seit König Edward den Thron bestieg, haben sich die Werte verschoben. Die alte Königin hätte sich niemals unter die Freunde ihres Sohnes gemischt – reiche Industrielle und jüdische Kaufleute, denen die Viktorianer ihren ungeheuren Reichtum zu verdanken hatten. Aber heutzutage sind Leute wie wir Deakons in der Gesellschaft anerkannt, weil wir Geld haben – was bedeutet, daß wir wissen, wie man es verdient, und nicht, daß wir es geerbt haben.«

»Das könnte doch vielleicht der Heuchelei ein Ende setzen.«
»Oder es ist der Anfang einer neuen Art von Heuchelei – daß nämlich ein Mann als Gentleman gilt, weil er, wie ich, eine Universität besucht hat, obwohl seine Vorfahren nicht einmal ihren Namen schreiben konnten; man tut so, als schätze man seine Freundschaft um ihrer selbst willen und nicht wegen seines Besitzes. Wenn Deakon morgen in Konkurs ginge, so würden sich die Türen der Gesellschaft so fest vor mir verschließen wie zu Viktorias Zeiten.« Er zeigte auf den Ballsaal unter uns. »Schauen Sie sich die Leute da unten an, Miss Coleman. Sie sind nicht echter als Marionetten, Sklaven der Mode, nicht nur was die Kleidung, sondern auch, was die Moral betrifft. Die Frauen, deren Diademe von ihren eigenen Ehemännern gekauft wurden, kann man an den Fingern einer Hand abzählen, und die Ehefrauen, die mit ihren Liebhabern statt mit ihren Männern tanzen, sind zu zahlreich, als daß man sie überhaupt zählen könnte. In der sogenannten Gesellschaft drücken die Männer bei jeder Liaison, die ihre Frauen eingehen, ein Auge zu, solange eine solche Liaison ihrem eigenen Fortkommen dient.«
»Sie sind ein Zyniker, Mr. Deakon.«
»Ich bin Realist, Miss Coleman. Aber da kommt David Hillyard und sucht nach Ihnen. Schade – ich wollte Sie gerade um einen Tanz bitten, aber ich bin sicher, daß Sie lieber mit einem Gentleman als mit einem Schmied tanzen.«
Er machte eine spöttische Verbeugung und verschwand. Ich sah ihn im Laufe des Abends häufig mit Claudia Bentine tanzen, doch ich begegnete ihm bis zu meiner Abreise nicht mehr, und ich war froh darüber. In seiner Nähe fühlte ich mich ganz und gar nicht wohl in meiner Haut, ja es war mir, als sehe er geradewegs durch mich hindurch, und ich wußte, daß er sich über das, was er da erblickte, lustig machte, wenn er es nicht gar verachtete.

Ich sah David nur kurz, bevor wir am nächsten Morgen aufbrachen. Er kam in den Hof hinunter, um uns Lebewohl zu sagen, stellte uns einen Korb zu Füßen und legte uns eine Decke über die Knie. Da er merkte, daß mein Vater sich nicht wohl fühlte, ließ er es bei einem kurzen Abschied bewenden, doch ich spürte – hoffte –, daß er unser Fortgehen ebenso bedauerte wie ich.
Sonst war noch niemand auf den Beinen. Ich blickte zu den ge-

schlossenen Fensterläden von Abbotswood hinauf, und auf einmal kamen mir Red Deakons zynische Bemerkungen in den Sinn, und ich fragte mich unwillkürlich, wie viele Frauen mit ihren Liebhabern statt mit ihren Ehemännern im Bett lagen – und umgekehrt. Die lockeren Sitten hatten mich am Abend zuvor wahrhaft schockiert, die dreisten Vertraulichkeiten, die zweideutigen Geschichten, die Sprache – eine Sprache, die ich auf den Lippen von Frauen, die als Damen galten, niemals erwartet hätte. Sie schienen ihre Redeweise für gewitzt oder kokett zu halten, und jeder ihrer Aussprüche wurde von ausgelassenem Gelächter begrüßt. Ich fragte mich, was wohl die arme Harriet, die dem Theatervolk einen leichtsinnigen Lebenswandel zuschrieb, von diesen Leuten denken mochte. Sie hatte sich am Rande des Geschehens gehalten, ein großäugiges, verträumtes Mauerblümchen, das sich in seine eigene Welt zurückgezogen zu haben schien; sie nahm nur den Glanz und das Gold wahr, und vielleicht, so dachte ich, war es gut so.

Wie manche der Manieren dieser Leute mich abstießen, genauso verwirrte mich auch ihre affektierte Redeweise. Da war alles »einfach *schauderhaft* ...«, und noch verwirrender war die Angewohnheit, italienische Endungen an die Worte anzuhängen, gleichgültig, ob es sich um Verben, Substantive oder Adjektive handelte: »Oh, verflixt*ino*, meine dumme Mamma wollte mich partout*ino* nicht als Partner*ina* von dem süßen Tony hergehen lassen, und jetzt sitze ich hier fest mit diesem ach so dämel*ino* Horace Prendergast ...« Das kam mir alles höchst albern vor, und ich bewunderte Clauda Bentine ob ihrer Toleranz. Sie war eine perfekte Gastgeberin, anmutig und würdevoll, und das Verhalten ihres Bruders war ebenfalls tadellos. Es hatte mich mit Stolz erfüllt, mit ihm zu tanzen und seine beinahe ungeteilte Aufmerksamkeit zu genießen. Zwischen seinen Pflichttänzen war er stets zu mir zurückgekehrt.

Jetzt hörte ich, wie er sich bei meinem Vater bedankte, weil er einer so kurzfristigen Einladung nach Abbotswood gefolgt war – »Und das nicht ohne Selbstaufopferung, vermute ich, Sir. Ich weiß, Sie sind ziemlich erschöpft. Doch ich hoffe, diese kleine Aufmerksamkeit wird Sie auf Ihrer Reise stärken.«

Zu mir sagte er kein Wort von einem Wiedersehen, wiederholte auch nicht seine Absicht, mich nie mehr aus seinem Leben fortzulassen, und ich verließ Abbotswood in der Überzeugung, daß diese Erklärung nur eine momentane Schmeichelei gewesen sei, die er gleich wieder vergessen hatte. Ich spürte eine unsagbare Traurigkeit in mir und sah mich nicht um, als das Haus hinter der Biegung verschwand, doch als wir unter dem steinernen Bogen des Hauptportales hindurchfuhren, schaute ich zu dem räuberischen Adlerhaupt empor. Merkwürdig, jetzt sah er gar nicht mehr bedrohlich aus; lediglich stolz.

Wir fuhren der übrigen Truppe voraus, und als die Kutsche von Abbotswood uns am Bahnhof in Folkestone absetzte, fragte ich mich, ob die anderen überhaupt schon aufgestanden waren. David hatte es nicht zugelassen, daß wir von Hythe abreisten, weil wir dann unterwegs hätten umsteigen müssen. Er hatte meinen Vater vor unserem Aufbruch in seinem Zimmer aufgesucht, um ihm das zu erklären. Seine Zuvorkommenheit kannte keine Grenzen. Ich hatte während der Nacht wach in meinem Bett gelegen und an sein rücksichtsvolles Benehmen gedacht, auch an die Enttäuschung, die er nicht hatte verhehlen können, als ich den Ballsaal frühzeitig verließ, weil ich fürchtete, daß mein Vater aufwachen und mich brauchen könnte. Ich lag da, lauschte auf die ferne Musik, wünschte, ich wäre mit den anderen bis zum Schluß geblieben, und erlebte den zauberhaften Abend in Gedanken noch einmal.

Während der Fahrt klagte mein Vater erneut über Übelkeit und rührte kaum etwas von den Speisen an, die man uns in den Korb gepackt hatte; aber er trank ein wenig von dem Wein – es war wiederum ein Châteauneuf-du-Pape – und fiel danach in einen leichten, unruhigen Schlummer. Ich war froh, als wir endlich in Charing Cross ankamen. Von dort aus nahmen wir eine Droschke zu dem Mietshaus in Pimlico, wo uns im Dachgeschoß eine kleine Wohnung gehörte. Unser Lebensstil stieg und sank mit unserem Vermögen, und eine Wohnung anstelle möblierter Zimmer bedeutete einen sehr hohen Standard. Doch als ich jetzt zu den Mansardenfenstern hinaufsah, während mein Vater nach seinen Schlüsseln kramte, kam mir unser Domizil wie ein Käfig vor – eng, bescheiden, eines Schauspieldirektors ganz und gar unwürdig. Vielleicht wäre es meinem Vater in seinem Metier besser ergangen, wenn er sich nicht den Thespis-Spielern verschrieben hätte.

Ich entlohnte den Kutscher, und als der Mann unser Gepäck die Stufen hinauftrug und ich ihm mit Davids Picknickkorb folgte, hörte ich meinen Vater murmeln: »Das ist merkwürdig – sehr merkwürdig. Ich weiß, daß ich sie gehabt habe ... ich habe sie ganz bestimmt gehabt ...«

Er suchte noch immer nach seinen Schlüsseln, und mir fiel ein, daß ich sie auf seinem Ankleidetisch gesehen hatte, als er sich in Caliban verwandelte. Automatisch hatte er die Taschen seines Anzuges geleert, bevor er sein Kostüm anzog. Ich erinnerte ihn daran und fügte hinzu, er habe sie gewiß eingesteckt und werde sie schon wiederfinden. Ich nahm den Schlüssel, den meine Mutter immer bei sich getragen hatte, aus meiner Handtasche, froh, daß mein Vater sich nicht der Konvention gebeugt und seiner Tochter ihren eigenen Hausschlüssel verweigert hatte, solange sie nicht einundzwanzig war.

Nach den weitläufigen Räumen von Abbotswood kam mir unsere Wohnung noch beengter vor, obwohl meine Eltern sie so geschmackvoll eingerichtet hatten, wie es ihnen nur möglich war hauptsächlich mit gebrauchten Möbeln, die sie auf Versteigerungen erstanden oder aus Bühneneinrichtungen spottbillig erworben hatten. Als die Tür sich hinter uns schloß, blickte mein Vater mit solcher Erleichterung um sich, als hätte er befürchtet, sein Heim nie wiederzusehen.

Er stützte sich auf mich, als wir ins Wohnzimmer gingen, und sank befreit in seinen Lieblingssessel neben dem schmiedeeisernen viktorianischen Kamingitter. Der kleine Wohnraum schien mir plötzlich so winzig, daß ich es nicht auszuhalten meinte, wirkte so stickig, daß ich Platzangst bekam. Ich löste meine Hutnadeln und sagte, ich wolle Tee machen, doch zuerst schob ich meinem Vater einen Hocker unter die Füße und brachte ihm seine Pantoffeln.

Die Küche, so schmuck sie auch war, schien jetzt kaum mehr als ein begehbarer Wandschrank, und als der Kessel summte und ich in mein winziges Zimmer ging, um auszupacken, da kam mir zum Bewußtsein, daß unsere ganze Wohnung leicht in die beiden Schlafzimmer hineingepaßt hätte, die mein Vater und ich auf Abbotswood bewohnt hatten.

Abbotswood ... Abbotswood ... Meine Gedanken kreisten nur um Abbotswood. Ich dachte an Abbotswood, während ich den Tee

bereitete und hoffnungsvoll nach ein paar Keksen kramte. Natürlich war die Dose leer, daher packte ich den Rest von Davids Korb aus. Wildpastete war wohl kaum das Richtige zum Nachmittagstee, aber ein Töpfchen Stachelbeermus mochte meinen Vater vielleicht verlocken. Ich füllte ein paar Löffel voll in eine kleine Schüssel und stellte sie auf das Tablett. Als ich es ins Wohnzimmer trug, blickte mir mein Vater lächelnd entgegen.
»Es tut so gut, wieder daheim zu sein, Aphra. Wir müssen in der Nähe von London ein festes Theater für die Thespis-Spieler finden, denn ich schwöre dir, ich gehe nie wieder auf Tournee.«
Keiner von uns hatte ahnen können, wie sehr sich diese Worte bewahrheiten sollten.

Nachdem ich eine Tasse Tee getrunken und meinen Vater mit einem Buch versorgt hatte, ging ich zum Einkaufen. Ich mußte meine normalen Lebensgewohnheiten wieder aufnehmen, mich mit Haushaltspflichten beschäftigen, mich mit meinem Los abfinden und aufhören, von dem zu träumen, was hätte sein können und niemals sein würde. Ich war Aphra Coleman, die Tochter eines Schauspielers, mit einem ungewissen und oftmals gefahrvollen Beruf, deren Leben sich bestenfalls in einer Mansardenwohnung in Pimlico abspielte, die ihr ein strebsamer und liebevoller Vater ermöglicht hatte. Ich schämte mich meiner Unzufriedenheit und wünschte beinahe wie er, daß ich die Schwelle von Abbotswood nie überschritten und nie einen Blick auf diese andere Welt erhascht hätte.
Aber die Straßen von Pimlico schienen mich zu erdrücken. Ich mußte an die liebliche Luft von Abbotswood denken, an seine weitläufige Umgebung, an die wohlproportionierten Räume und die hohen Fenster, die Balkone und Terrassen, und so sehr ich mich auch bemühte, ich konnte nicht anders, als all diese Herrlichkeiten mit den dicht an dicht stehenden Häuserzeilen, mit dem harten Straßenpflaster und der rauchgeschwängerten Londoner Luft zu vergleichen.
Als ich die Stufen zu unserer Wohnung wieder hinaufstieg, ergriff mich eine ungewohnte Niedergeschlagenheit. Ich war mit einemmal überzeugt, daß es aus den engen Grenzen dieser Welt und aus unserem verzweifelten Daseinskampf kein Entrinnen gab.

Nur wenige Theaterleute wagten es, an die Zukunft zu denken. Das war wie ein Blick in eine von Ungewißheit umwölkte Kristallkugel. Doch jetzt ertappte ich mich dabei und fragte mich, ob es meinem Vater wohl manchmal ebenso erging, und ob er dann dasselbe erblickte, was ich jetzt sah: sein Können ließ mit dem Alter immer mehr nach, seine Gesundheit schwand dahin, und es herrschte ein ewiger Mangel an Sicherheit. Ich dachte an die vielen Schauspieler, die in hohem Alter dankbar waren, wenn sie in einem wohltätigen Stift für notleidende Künstler ein Obdach fanden. Dieser Gedanke flößte mir ein solches Entsetzen ein, daß ich die letzten Stufen im Laufschritt hinaufstürmte. Was auch geschah, nie würde ich zulassen, daß mein Vater seine Tage auf diese Weise beschloß.

Als ich eintrat, schlief er, und sein Buch lag auf dem Boden. Ich schlich auf Zehenspitzen zur Küche und räumte die gekauften Lebensmittel ein, ging dann still ins Wohnzimmer zurück und bemerkte erst jetzt, daß mein Vater sich die Flasche Châteauneuf geholt hatte, und daß auf einem kleinen Tisch neben ihm ein halbvolles Glas stand. Genug ist genug, dachte ich, und trug es hinaus. Ich goß den Inhalt fort und wusch das Glas ab. Ich stellte die Flasche außer Reichweite und nahm mir vor, meinen Vater, wenn er aufwachte, ein wenig zu schelten, weil er sich in meiner Abwesenheit selbst bedient hatte.

Während ich mich so beschäftigte, fühlte ich mich ein wenig besser. Als ich ins Wohnzimmer zurückging, schlief mein Vater immer noch genau so, wie ich ihn verlassen hatte. Vielleicht war es der Umstand, daß er sich überhaupt nicht gerührt hatte, der mich zunächst aufschrecken ließ; diese plötzliche Aufwallung von Furcht aber wurde zur entsetzlichen Gewißheit, als ich erkannte, daß in seinem Schlaf eine für einen schlummernden Menschen höchst unnatürliche Starrheit lag.

6

Barney sagte mitfühlend: »Sie können bleiben, solange Sie wollen, Miss Aphra. Mabel und ich nehmen Sie herzlich gerne bei uns auf. Vielleicht sind Ihnen die Kinder ein bißchen zu laut, aber das ist bestimmt besser für Sie, als sich allein in Ihrer Wohnung zu grämen.«

Seine gütigen Augen waren voller Anteilnahme, seine Stimme klang sanft. Mir war, als sei ich seit dem erschütternden Tod meines Vaters ständig vom Wohlwollen meiner Freunde umgeben. Sogar Elizabeth Lorrimer war von Chelsea zu mir geeilt, sobald sie die Nachricht vernommen hatte; allerdings vermochte ich dem, was sie mir beim Abschied sagte, kaum einen Sinn zu entnehmen. »Es ist doch alles in Ordnung, nicht wahr, Darling? Ich meine, es gibt doch keine Schwierigkeiten wegen deiner Rechte und so?«

»Meiner – Rechte?«

»Ich meine, du hast doch einen Anspruch auf alles, was dein Vater hinterlassen hat? Das Gesetz kann nämlich manchmal sehr merkwürdig sein, weißt du.«

Meine Verständnislosigkeit trat wohl offen zutage, denn Barney hatte mit strenger Miene unterbrochen: »Sie müssen schon entschuldigen, Miss Lorrimer, aber jetzt ist nicht die richtige Zeit, das arme Kind mit solchen Sachen zu belästigen. Sehen Sie denn nicht, wie erschüttert sie ist?« Und damit hatte er sie zur Tür gedrängt.

Die Zeit unmittelbar nach dem Tode meines Vaters ist mir auch heute nur sehr verschwommen in Erinnerung. Ich weiß, daß ich die Treppe hinuntergehastet bin und an die Tür der Wohnung unter uns gehämmert habe, aber es machte niemand auf, und dann habe ich an die Tür von Barneys Wohnung geklopft, die nur wenige Straßen entfernt lag, und seine Frau hat mir geöffnet, und nach einem Blick in mein Gesicht hat sie mir über die Schwelle geholfen, wobei sie ein ganzes Rudel großäugiger Kinder beiseite schob. Seltsam, immer sind es die kleinen Dinge und nicht die großen Ereignisse, die sich im Augenblick eines Schocks dem Gedächtnis einprägen. Ich erinnere mich nicht einmal, daß ich wie wahnsinnig durch die Straßen zu Barney gerannt bin; aber unsere Hauswirtin in Pimlico, die im Erdgeschoß wohnte, hat erzählt, sie habe mich aus dem Haus stürzen sehen, »kreidebleich war sie, das arme Kind, und ich verstehe gar nicht, warum sie nicht zu mir gekommen ist, das wäre doch das Nächstliegende gewesen ...« Aber ich erinnere mich, daß ich, auf Mabels Arm gestützt, in den nach Kohl riechenden Flur von Barneys Mietwohnung gestolpert bin, und daß mir das schreiende Tapetenmuster förmlich in die Augen sprang, und daß Mabel die Dinge in die Hand nahm und sagte: »Wir müssen den Doktor holen, Liebes. Ich komme gleich mit Ihnen, und Sie können ruhig alles mir überlassen ...«

Die Truppe war eine oder zwei Stunden später in London angekommen, und inzwischen war der alte Doktor Fosdike dagewesen. »Herzversagen«, hatte er erklärt. »Ihr Vater neigte dazu, sich zu überanstrengen, aber ich hätte nicht erwartet, daß ein Mann in seinem Alter ... Ich kann jedoch keine anderen Symptome feststellen. Absolut keine.«

Ich muß ihm wohl von der Übelkeit, von dem Durst und von der Erschöpfung erzählt haben, denn er murmelte etwas von einer möglichen Lebensmittelvergiftung.

»Aber ich schätze, Sie haben dasselbe gegessen wie Ihr Vater, oder?«

Ich hatte genickt, entsann mich aber dann, daß wir ja am Sonntag und am Montag nicht eine einzige Mahlzeit gemeinsam eingenommen hatten; es war also durchaus denkbar, daß mein Vater, bevor er nach Abbotswood kam, etwas gegessen hatte, was ihm nicht bekommen war.

»Sie sagen, er klagte über Durst. Hat er viel Wasser getrunken?«

»Nein. Hauptsächlich Wein.«

»Bedauerlich. Höchst bedauerlich. Soviel ich weiß, hegte Ihr Vater eine große Vorliebe für Wein, Miss Coleman ...« Daraufhin

erklärte ich dem Arzt entrüstet, daß mein Vater nie unmäßig getrunken habe, und das entsprach der Wahrheit.
»Es ist fast noch eine halbe Flasche übrig. Sie können sich selbst überzeugen!«
Der alte Mann, ermüdet vom jahrelangen Kampf gegen Elend und Krankheit, den er in einer ärmlichen Gegend geführt hatte, nie sicher, ob die Leute seine Rechnungen bezahlen konnten, tätschelte mir die Hand und meinte, ich solle mich nicht aufregen; ich aber hatte darauf bestanden, ihm die halbvolle Flasche zu zeigen, um ihm zu beweisen, daß mein Vater an diesem Tag nicht zuviel Wein getrunken hatte. Ich zeigte ihm auch die Reste aus dem Picknickkorb, dessen Inhalt ich ohne schlimme Nachwirkungen genossen hatte. Er hatte den Wein mitgenommen, um ihn untersuchen zu lassen. »Eine bloße Formalität, meine Liebe. Man muß feststellen, ob er vielleicht verdorben war – das kommt bei billigen Weinen öfters vor. Aber ich glaube nicht, daß man etwas finden wird.«
Das glaubte ich auch nicht, weil der Wein ja aus Abbotswoods Keller stammte. Daher war ich nicht überrascht, als der Befund dies bestätigte.
Es war also eine natürliche Todesursache gewesen, und jetzt war das Begräbnis vorüber, und Barney kam mit mir nach Hause, um die Sachen meines Vaters zu ordnen. »Wir müssen über Ihre Zukunft sprechen, Miss Aphra, und auch über die Zukunft der Thespis-Leute. Ich kenne mich da ganz gut aus, weil ich eine Menge Angelegenheiten für Ihren Pa erledigt habe. Ich weiß ziemlich genau, wie es mit allem steht, aber seine persönlichen Dinge durchzusehen, das wird nicht leicht für Sie sein, schätze ich.«
Ich wußte nicht, was ich darauf erwidern sollte, und ging neben ihm durch die Straßen von London, viel zu sehr mit meinem Unglück beschäftigt, um mir über die Zukunft der Thespis-Truppe Gedanken zu machen. Barney muß das gespürt haben, denn er sagte auf seine väterliche Art: »Sie sollten aber darüber nachdenken, Miss Aphra, in Ihrem eigenen Interesse. Mr. Mayfield hat bereits vorgeschlagen, daß er die Truppe übernimmt und Sie auf der Besetzungsliste behält, damit Sie sich wegen Ihrer Zukunft keine Sorgen zu machen brauchen und für nichts die Verantwortung übernehmen müssen. Und er hat so viele Jahre für Ihren

Vater die zweite Besetzung gespielt, daß er alle Rollen rückwärts aufsagen kann. Es ist gar keine schlechte Idee, ihm die Zügel zu überlassen, wenn ich so sagen darf, obwohl ich schätze, daß Miss Lorrimer da wohl ein oder zwei Wörtchen mitreden will, aber das können die beiden unter sich ausmachen. *Sie* brauchen nichts weiter zu tun, als mir die Hefter und Ordner und die Geschäftspapiere auszuhändigen, und ich übergebe alles einem Anwalt, damit er die Übertragung regeln kann. Dann kriegen Sie einen sauberen und korrekten Kontrakt, alles fix und fertig.«
Von soviel Fürsorge umgeben, brachte ich schließlich die Kraft auf, mich hinzusetzen und mit Barney die Unterlagen, die sich auf die Truppe bezogen, aus dem Durcheinander von Papieren, die mein Vater im Laufe der Jahre gesammelt hatte, auszusondern: uralte »Aera«-Nummern, Zeitungsausschnitte, Theaterprogramme, alte Fotografien; all das Zeug, was sich bei einem Schauspieler anzuhäufen pflegt. Und während der ganzen Zeit war mir bewußt, daß ich diese Gelegenheit begrüßte, um die Durchsicht der persönlicheren und intimen Dinge meines Vaters hinauszuschieben, an der ich weder Barney noch sonst jemanden teilnehmen lassen konnte. Doch früher oder später würde ich die schwarze Metallkassette öffnen müssen, die er oben auf seinem Kleiderschrank aufbewahrt hatte.
Ein Klopfen an der Tür überraschte uns, als wir gerade einen Wust von Papieren sortierten. Aktenordner stapelten sich auf dem Boden, und der Inhalt sämtlicher Schubladen türmte sich auf dem Tisch.
»Ich mache auf«, sagte Barney, »und wer immer es ist, ich werde ihn schon los. Sie wollen doch jetzt bestimmt niemanden sehen.«
Ich blätterte traurig und gedankenverloren in alten Theaterprogrammen, als er zurückkam. Er sah ganz verstört aus.
»Das ist der Herr von Abbotswood, Miss Aphra.«
David trat hinter ihm ins Zimmer, kam mit ausgestreckten Händen auf mich zu und sagte, wie erschüttert er sei, und daß er es gar nicht fassen könne. »Eine Frau im Parterre hat mich hereingelassen. Sie hat es mir erzählt.«
Barney war hinter ihn getreten. Seine Miene wechselte von Überraschung zu Nachdenklichkeit. Dann entschied er sich für einen geschäftlichen Ton und sagte beflissen: »Falls Sie wegen

eines neuen Engagements für die Thespis-Spieler gekommen sind, Sir, das kann ich arrangieren, genau wie gehabt.«
»Ein neues Engagement? Ich fürchte nein, Mr. – hm –?«
»Wills, Sir. Barney Wills, Bühnenmeister des verstorbenen Mr. Coleman.«
Barney sah ein wenig mißmutig drein, weil David ihn nicht gleich erkannt hatte, ließ sich aber durch dessen freundlichen Händedruck wieder besänftigen. »Natürlich, Sie sind mir in bester Erinnerung. Es ist mir ein Vergnügen, Sie wiederzusehen, und ich bin froh, daß Miss Coleman eine so zuverlässige Stütze hat. Ich bin eigentlich nur zufällig vorbeigekommen.« Er hielt ein Schlüsselbund in die Höhe. »Ich mußte sowieso nach London, und da beschloß ich, sie persönlich abzuliefern. Schlüssel sind ein unersetzliches Gut.«
Ich wollte wissen, wie er unsere Adresse herausgefunden hatte, doch das ließ sich leicht erklären. »Die habe ich mir von dem Theaterdirektor in Canterbury besorgt. Ich dachte mir, daß er mit Ihrem Vater korrespondiert hatte, bevor er die Thespis-Truppe engagierte.« Er unterbrach sich. »Ich möchte Ihnen mein tiefstes Mitgefühl ausdrücken, Miss Coleman.«
Ich war noch nicht in der Lage, Mitleid entgegenzunehmen, ohne daß mir die Tränen in die Augen traten, deshalb sagte ich rasch: »Wie lieb von Ihnen, Mr. Hillyard. Ich hoffe, Sie haben unseretwegen keinen Umweg gemacht? Jedenfalls bin ich froh, daß ich die Schlüssel meines Vaters wiederhabe.« Und weil mir nichts anderes einfiel, fügte ich hinzu: »Möchten Sie Tee?«
»Ich nicht, aber Sie sehen müde aus, und eine Tasse Tee wird Ihnen guttun. Erlauben Sie? Ich vermute, diese Tür führt zur Küche. Es überrascht Sie vielleicht zu hören, daß ich einen ausgezeichneten Tee mache. Möchten Sie auch einen, Mr. Wills?«
Ich glaube, Barney war ebenso verblüfft wie ich, als David Hut und Handschuhe auf einen Stuhl warf und, ohne meine Erlaubnis abzuwarten, in der winzigen Küche verschwand. Ich hörte das Wasser in den Kessel laufen, dann das Klappern der Teetassen.
»Tut, als wäre er hier zu Hause, was, Miss?« Barneys Gemurmel war eine Mischung aus Mißbilligung und Bewunderung. »Aber er meint es sicher gut.«
»Ich finde es sehr nett von ihm, lieber Barney. Und ich kann wirklich einen Tee gebrauchen. Und Sie bestimmt auch.«

Barney warf einen Blick auf die schwere Taschenuhr, die an einer Kette von seiner geblümten Weste herunterhing. Mein Vater hatte ihm die Weste zwei oder drei Jahre zuvor zu Weihnachten geschenkt, und Barney hatte darauf bestanden, sie, zusammen mit einer schwarzen Krawatte als Zeichen seiner Ehrerbietung, zur Beerdigung zu tragen; eine unpassende Kombination, die ihn jedoch keineswegs störte.

»Nun, Sie kennen mich ja, Miss Aphra. Wenn's sechs wird, ist es Zeit für meinen Schoppen im ›George and Dragon‹, und jetzt ist es genau sechs.«

»Ich habe gar nicht gemerkt, daß es schon so spät ist! Sie können ruhig gehen –«

»Kommen Sie denn allein zurecht, Miss?«

Ich lächelte. Falls es ihn bedrückte, mich mit einem Mann, den ich erst seit kurzem kannte, allein in der Wohnung zu lassen, so brauchte er wahrhaftig keine Bedenken zu haben. Ich hatte das untrügliche Gefühl, daß man David Hillyard vertrauen konnte.

Als Barney fort war, leistete David mir beim Tee Gesellschaft, und als ich fertig war, trug er das Tablett in die Küche. Ich hätte nie gedacht, daß ein Mann von seinem Stand so häuslich sein könnte. Das war ein neuer, liebenswerter Zug an ihm. Dann bot er mir an, mir dort weiterzuhelfen, wo Barney aufgehört hatte.

»Mir scheint, Sie haben noch eine Menge zu sortieren. Dabei kann ich Ihnen doch behilflich sein.« Er zögerte. »Ich weiß, es ist schmerzlich für Sie, aber haben Sie schon Ihres Vaters persönliche Habe durchgesehen?«

Ich schüttelte den Kopf. »Das ist nicht viel. Er hat alles in seiner Kassette aufbewahrt, und die hätte ich ohne seine Schlüssel gar nicht öffnen können.«

Danach war es ganz selbstverständlich, daß David die schwere Metallkassette herunterholte, und ich war froh, daß er bei mir war, als ich sie öffnete; denn obgleich sie nur wenig enthielt, war es doch ein schmerzlicher Augenblick für mich. Obenauf lagen ein paar Bilder von meiner Mutter; mal war sie allein, mal mit meinem Vater zusammen, und auf einigen Fotos war sie mit mir in den verschiedenen Stadien meiner Kindheit zu sehen. Ein verblaßter Rosenzweig kam zum Vorschein; als ich ihn herausnahm, regnete es vertrocknete Blütenblätter. »In der St.-Saviour-Kirche trug sie eine Rosenblüte im Haar«, hatte mein Vater mir einmal

erzählt. Das war natürlich an ihrem Hochzeitstag gewesen. Zu meiner Überraschung fand ich eine Kollektion einzelner Handschuhe, vornehmlich rechter, in verschiedenen Stoffen und Farben, und irgendwie schmerzte ihr Anblick noch mehr als die Fotografien und die Rosen. Es war nämlich eine Gewohnheit meiner Mutter gewesen, nur den rechten Handschuh anzuziehen, während sie den linken in der Hand trug und allzu oft verlor. »Es ist die einzige Extravaganz deiner Mama«, pflegte mein Vater zu sagen. »Wir müssen das Schicksal und das Glück bitten, Aphra, mein Kind, daß sie stets gut mit Handschuhen versorgt bleibt!« Aber erst in diesem Augenblick wurde mir bewußt, mit welch liebevoller Duldsamkeit er ihr diese Schwäche nachgesehen hatte, und wie zärtlich er die verbliebenen Handschuhe, die sie nie mehr tragen würde, gehütet hatte. Der Eindruck ihrer Finger war noch zu erkennen, die Kniffe, wo sie sich gekrümmt hatten, die sanfte Spannung über der Handfläche.
Meine Augen verschleierten sich, so daß ich die anderen Dinge, die mein Vater verwahrt hatte, kaum noch wahrnahm: ein Paar Babyschuhe – meine natürlich – und ein altmodischer Beißring mit einer verblaßten rosa Schleife, an dem ich wohl meine ersten Zähne erprobt hatte; Bilder, die ich als Kind gezeichnet, unbeholfene Geburtstagskarten, die ich für ihn gemalt hatte. Dann kam ein Bündel Briefe, mit einem weißseidenen Schuhband verschnürt, das zweifellos von einem Schuh meiner Mutter stammte, da auch die Briefe von ihr waren. Ich erkannte ihre Schrift und legte die Briefe beiseite. Eines Tages würde ich sie lesen, aber jetzt noch nicht. Dies war nicht die Zeit, in das Privatleben meiner Eltern einzudringen.
Ich war von Tränen geblendet und hörte David sagen: »Überlassen Sie mir den Rest, Aphra. Das ist einfach zu qualvoll für Sie.«
Ich gehorchte, weil ich viel zu erschüttert war, um mich zu widersetzen. Ich gab den Tisch frei, kuschelte mich in den Sessel meines Vaters neben dem Kamin, hielt seine traurigen Andenken umklammert und kehrte der Kassette, aus der die Vergangenheit auf so ergreifende Weise lebendig aufstieg, den Rücken zu. David nahm die wenigen noch verbliebenen Dokumente heraus und prüfte zunächst flüchtig, ob etwas dabei sei, was mir weitere Qualen bereiten könnte.

Es waren aber nur ein paar Aktienpapiere, was mich überraschte, weil ich nicht geahnt hatte, daß mein Vater überhaupt irgendwelche Sicherheiten besaß, und als ich später erfuhr, daß ihr Wert sich verringert habe, so bedauerte ich dies nur um seinetwillen, weil sein Versuch, eine bescheidene Vorsorge für die Zukunft zu treffen, eine vergebliche Mühe gewesen war. Daneben fanden sich noch Dokumente, die sein Eigentumsrecht an der Thespis-Truppe betrafen, sowie ein paar Urkunden über Beteiligungen, die er früher erworben hatte, bevor er seine eigene Gesellschaft gründete. Das war alles. Und nicht die Spur eines Testamentes.
Daß er gestorben war, ohne ein Testament zu hinterlassen, spielte keine Rolle, wie David mir versicherte. Da mein Vater sonst keine lebenden Verwandten hatte, würden seine wenigen Habseligkeiten unweigerlich an mich fallen. David war mitfühlend, verständnisvoll und sehr fürsorglich. Ich erzählte ihm, daß George Mayfield höchstwahrscheinlich die Truppe übernehmen und mich als Mitglied des Ensembles behalten würde. »Sehen Sie, ich brauche mir also überhaupt keine Sorgen zu machen.« Er war dennoch beunruhigt. Wie die meisten Menschen, denen das Theaterleben fremd ist, hatte er sich vorgestellt, ein Schauspieldirektor müsse ein sehr wohlhabender Mann sein, und nun bedrückte es ihn, daß ich in solch bescheidenen Verhältnissen zurückgeblieben war.
Es dämmerte bereits, als wir endlich alles geordnet hatten. Was er auch vorgehabt haben mochte, er gab seine Pläne auf und bestand darauf, mich zum Essen auszuführen. »Ich fürchte, Sie haben den ganzen Tag kaum etwas zu sich genommen, und das geht natürlich nicht.« Seine Stimme und seine Augen waren voller Güte, er kümmerte sich besorgt um mich, und als wir uns schließlich trennten, befahl er mir, auf der Stelle zu Bett zu gehen.
»Morgen fängt für Sie ein ganz neues Leben an, aber zuvor müssen Sie richtig ausschlafen, und dann müssen Sie unbedingt von hier fort. Deshalb nehme ich Sie mit nach Abbotswood. Ich hole Sie morgen früh Punkt zehn Uhr ab.«
Wie schon einmal, war alles längst beschlossene Sache, und er duldete keinen Widerspruch.
Ich würde Abbotswood also wiedersehen. Ich konnte es kaum fassen. Eine solche Schicksalswende hatte ich weder erwartet noch erhofft, doch ich hieß sie mit offenen Armen willkommen.

7

Ich saß in der Laube, als Claudia zu mir kam. Sie trug ein Kleid aus blaßblauer Seide, am Saum mit Volants besetzt, so daß es wie eine blaue Wolke um ihre Fesseln wehte. Um die Taille hatte sie eine passende Schärpe geschlungen, und ihren elfenbeinfarbenen Florentinerhut zierte eine blaue Borte. Die Bänder flatterten hinter ihr her, und der Sonnenschirm aus feiner elfenbeinfarbener Seide wippte bei jedem Schritt auf und ab. Er erinnerte mich an jene riesigen Falter mit den durchsichtigen Flügeln, die David so gern beobachtete, und die zu dieser Tageszeit zwischen den Blumen umherschwebten.

Einmal hatte er einen gefangen und mir auf die Hand gesetzt. »Fühlen Sie nur, wie zart er ist, wie sanft seine Flügel flattern ...« Ich hatte meine Hand in die Höhe gehalten und das kleine Geschöpf davonfliegen lassen, und David hatte es mit Bedauern entschwinden sehen. »Genauso wäre mir zumute«, hatte er damals gesagt, »wenn Sie versuchen würden, mich zu verlassen, vor mir zu fliehen.«

Ich schüttelte die Erinnerung ab und fand zurück in die Gegenwart. Claudia sieht wirklich nicht wie vierzig aus, dachte ich. Sie hatte eine jugendliche Figur mit schlanken Hüften, langen Beinen und einer schmalen Taille, die keiner Schnürung bedurfte. Sie hielt sich aufrecht und bewegte sich anmutig. Ihr Alter und ihre Einsamkeit trug sie mit Würde.

»Was zieht Sie immer wieder hierher?« unterbrach sie meine Gedanken. »Die Sonne dringt nur selten bis zu diesem Garten vor.«

»Ich mag diese Stille«, erwiderte ich, ohne zu erwähnen, daß eine meiner letzten Erinnerungen an meinen Vater war, wie er allein hier gesessen hatte.

Claudia klappte ihren Sonnenschirm zu und ließ sich neben mir nieder.
»Und gerade jetzt brauchen Sie Frieden und Abgeschiedenheit, Sie armes Kind.«
Eine Frau von überschwenglichem Wesen hätte jetzt vielleicht meine Hand gestreichelt oder mir den Arm um die Schulter gelegt, um mir ihr Mitgefühl zu bekunden, aber Claudia war niemals überschwenglich, wie ich während des Monats, den ich nun schon hier weilte, wohl gemerkt hatte. Selbst bei meiner Ankunft hatte sie mich nicht mit den üblichen Beileidsbezeugungen empfangen; vielleicht wußte sie, daß so etwas mir nur wehtat. Ich hatte nämlich inzwischen erfahren, daß diese abgedroschenen mitleidigen Floskeln wenig bedeuteten, und ich fand sie unerträglich. Ich war dieser Frau dankbar für ihre Zurückhaltung; sie stellte keine Ansprüche an mich und drängte sich nicht auf.
»Sie werden feststellen«, fuhr sie fort, »daß Ihnen das Leben selbst Ruhe und Frieden bescheren wird. Es kommt nur darauf an zu entscheiden, was man vom Leben annehmen darf und was man verweigern muß, was man festhalten darf und was man aufgeben muß.«
Ich sagte nichts. Auch das war ein angenehmer Zug an Claudia: Sie verlangte von ihren Zuhörern keine Gesprächigkeit. So konnte ich schweigend die Stille des hereinbrechenden Abends genießen, dem Summen der Bienen zwischen den Rosen lauschen und den Duft der Reseda atmen, der mit fortschreitender Dämmerung immer intensiver wurde.
»Sie sehen schon viel besser aus«, sagte Claudia. »Ihre Wangen haben Farbe bekommen. Die Ruhe hier auf Abbotswood tut Ihnen wohl. Das wird meinen Bruder freuen.«
»Es ist so gütig von Ihnen, mich hier aufzunehmen.«
»Meine Liebe, das tun wir doch gern. Sie müssen bleiben, solange es Ihnen gefällt. Allerdings muß ich Sie warnen, daß der Winter auf dem Lande recht langweilig werden kann, es sei denn, man geht auf die Jagd. Aber unsere Gegend ist dafür nicht sehr geeignet. Dazu müßte man schon nach Leicestershire fahren, wo ich geboren bin.«
Ich vernahm mit Staunen, daß sie aus Mittelengland stammte. Ich hatte angenommen, sie sei hier zu Hause.
»Die Winterabende können auf dem Land besonders öde sein«

fuhr sie fort. »Da muß man eben für Abwechslung sorgen. Gelegentlich finden Jagdbälle statt, Freunde kommen zu Besuch, es gibt Soireen und musikalische Darbietungen. Aber ich fürchte, nach Ihrem interessanten Leben dürfte Ihnen das alles recht langweilig vorkommen.«

Da es erst Juni war, murmelte ich, daß ich ihre Gastfreundschaft nicht so lange in Anspruch zu nehmen gedächte, worauf sie lächelte und meinte: »Ich bin sicher, daß David da wohl auch noch ein Wörtchen mitreden möchte. Ich habe den Verdacht, daß er den Vorschlag, die Thespis-Spieler zu einer Vorstellung einzuladen, nur gemacht hat, um Sie kennenzulernen. Harriet hat mir erzählt, er sei während seines Besuches in Bristol jeden Abend ins Royaltheater gegangen, nur um Sie zu sehen. Ich habe allerdings keine Ahnung, wie sie das erfahren konnte. Sie hat nämlich abends nie Ausgang gehabt, doch einmal wird man David wohl erlaubt haben, sie mit ins Theater zu nehmen.«

»Hat Ihre Cousine denn in Bristol gewohnt?«

»Das nicht gerade; sie hat dort die Schule besucht.«

»Die Schule? Aber war sie dafür nicht zu alt? Als wir in Bristol spielten, war ich schon siebzehn –«

Claudia erwiderte ruhig: »Das war eine dieser Sonderschulen, die von den neumodischen Ärzten, die sich auf Geistesgestörtheit spezialisiert haben, so empfohlen werden; Schulen für übermäßig nervöse, leicht erregbare Menschen. ›Anstalt‹ ist ein solch schreckliches, grausames Wort, finde ich. Als sich uns die Chance bot, Harriet in diesem Institut in Bristol unterzubringen, habe ich natürlich nicht gezögert. David und ich haben sie dann abwechselnd besucht, aber niemals zusammen; denn das hätte sie zu sehr aufgeregt. In jener Woche, als die Thespis-Spieler im Royaltheater auftraten, hat David seinen Besuch von wie üblich zwei auf ganze sieben Tage ausgedehnt. Heute weiß ich, warum.«

Sie hatte diese Bemerkung auf höchst liebenswerte Weise geäußert, und doch war ich auf einmal so verlegen, daß mir keine Antwort einfiel; daher wechselte ich das Thema und fragte, ob diese fortschrittliche Schule ihrer Cousine denn geholfen hätte.

»O ja. Sie ist ruhiger geworden. Allerdings bringt sie noch immer alles hoffnungslos durcheinander. Das wird sich nie ändern. Arme Harriet.«

Wie auf ein Stichwort kam Harriet auf uns zu. Wie Claudia trug

sie ein blaues Kleid, doch war ihres mit großen Blumenapplikationen verziert. Wieder hatte ich den Eindruck, sie wolle ihrer eleganten Cousine nicht nur nacheifern, sondern sie ausstechen. Trug Claudia ein blaues Kleid, dann zog auch Harriet ein blaues an, aber das ihre mußte natürlich viel bombastischer und auffälliger sein.
Sie blieb vor uns stehen und sagte: »Dein Hut ist viel zu schlicht, Claudia. So steht er dir überhaupt nicht! Ich könnte ihn dir viel schöner machen.« Claudia nahm geduldig ihren Hut ab. Harriet riß ihn ihr aus der Hand und rannte damit davon, wie mit einer errungenen Trophäe.
»Haben Sie keine Angst, sie könnte ihn –« Ich brach ab.
»Ruinieren?«
»Ich meine, es wäre doch schade um einen so hübschen Florentiner.«
»Sie wird doch nur Blumen pflücken, um die Krempe zu schmükken. Warum auch nicht, wenn es sie glücklich macht?«
In meinen Augen war Claudia Bentine einer der nachsichtigsten Menschen, denen ich je begegnet war.
Sie lenkte von ihrer Cousine ab und sagte: »Es ist schade, daß ich keine Gelegenheit hatte, Ihren Vater kennenzulernen, als er hier war. Ich hoffe, es ist nicht allzu schmerzlich für Sie, jetzt über ihn zu sprechen. Ich habe bemerkt, daß Sie sehr stolz auf ihn waren, und das mit Recht. Allerdings habe ich es, wie jedermann, bedauert, ihn nicht als Prospero gesehen zu haben. Ich kann mir vorstellen, daß er ein sehr gut aussehender Mann war, obwohl man seine Züge unter der furchterregenden Maske unmöglich erkennen konnte.«
»Haben Sie denn keine Bilder von ihm gesehen?«
»Leider nein. Mein letzter Theaterbesuch liegt schon viele Jahre zurück. Zeitschriften, die sich mit den schönen Künsten befassen, gelangen nie nach Abbotswood, und die Tagespresse scheint sich nur mit den Ereignissen in der Hauptstadt abzugeben. Ihr Vater aber war, wie man mir erzählt hat, vor allem außerhalb Londons berühmt. Sie mögen meine Unkenntnis bezüglich des Theaters bedauerlich finden, doch ich habe mich stets mit meinem häuslichen Dasein zufriedengegeben, und mein Bruder war ja häufig fort. Er ist derjenige in unserer Familie, der sich für Kunst interessiert. Schönheit in jeder Form übt eine starke Anziehungskraft

auf ihn aus – Musik, Malerei, Gartenbau, wilde Tiere. In unseren Treibhäusern hier auf Abbotswood züchtet er seltene und exotische Pflanzen, und außer einem eigens geladenen Gast läßt er niemanden dort hinein; es könnte sonst jemand die Tür auflassen und einen gefährlichen Luftzug verursachen. Er läßt die Eingänge verschlossen, um die richtige Temperatur zu halten. Ich persönlich gehe nicht gerne dort hinein, weil ich die heiße, feuchte Luft nicht vertrage, aber vielleicht dürfen Sie seine seltenen Gewächse gelegentlich einmal sehen, und ganz sicher wird er Ihnen seine Schmetterlingssammlung zeigen wollen.«

»Ich habe gar nicht gewußt, daß er Schmetterlinge sammelt.«

»Und ob. Es sind sehr seltene Exemplare darunter. Natürlich fängt er sie nicht selbst. Die tropischen Arten kommen von Händlern aus aller Welt. Mein Bruder ist auch sehr klug. Ich bin immer stolz auf ihn gewesen. In der Schule hat er bestimmte Fächer viel eher begriffen als andere Jungen in seinem Alter. Naturgeschichte zum Beispiel, oder Chemie. Das hat sich als sehr nützlich erwiesen, als er nach Abbotswood kam, um mir zu helfen, denn abgesehen davon, daß er das Gut verwaltet, hat er sich ein eigenes Laboratorium eingerichtet, um die Ursachen von Getreideschäden zu erforschen und Gegenmittel zu entwickeln. Hinter dem Park steht eine unbenutzte Hopfendarre mit zwei Rundtürmen. Den einen benutzt er als Büro, den anderen als Labor. Neuerdings experimentieren die Leute mit Kunstdünger und Desinfektionsmitteln, aber David läßt kein einziges von diesen Produkten zu, ehe er nicht die Zusammensetzung herausgefunden und es selbst hergestellt hat, und wenn es seinen Anforderungen nicht genügt, wird es verworfen. Er hat alle möglichen Mittel gegen Pflanzenschäden entdeckt und dadurch eine Menge Mißernten verhindert. Im Vergleich zu meinem Bruder muß ich Ihnen sehr simpel vorkommen. Ich nähe, lese, führe den Haushalt, bewirte Gäste und beteilige mich an den hiesigen Wohltätigkeitsveranstaltungen – das ist eine ganz andere Welt als die Ihre.«

Mir war, als hörte ich die Worte meines Vaters: »Das hier ist nicht unsere Welt ... *Orte wie dieser, Häuser wie dieses, Leute wie diese, das ist nichts für dich ...*« Und wieder mußte ich daran denken, wie ungern er nach Abbotswood gekommen war, wie er den Menschen hier aus dem Weg gegangen und wie versessen er darauf war, schnell wegzukommen; und ich wünschte von ganzem Herzen, er hätte Abbotswood so sehen können, wie ich es erlebte, jetzt, da ich es immer besser kennenlernte. Dann hätte er einsehen müssen, daß meine Beurteilung richtig war, und daß er sich geirrt hatte. Abbotswood erfüllte all meine Erwartungen.

»Falls Ihnen mein Vater ein wenig reserviert schien«, sagte ich, »so lag das daran, daß er erschöpft war und sich nicht wohl fühlte.«

»Ich habe mich gewundert, warum er nicht zu meiner Feier kam. Ich hatte gar keine Gelegenheit, mich mit ihm zu unterhalten. Ich bedaure das wirklich sehr. Es muß eine große Belastung für ihn gewesen sein, am Ende einer anstrengenden Tournee noch bei uns aufzutreten.«

»Das hat er bestimmt nicht bereut«, log ich und dachte, wie schade es doch sei, daß mein Vater dieser Frau, die mir von Tag zu Tag besser gefiel, nicht begegnet war.

Auf dem gepflasterten Weg, der rund um das tiefliegende Gärtchen verlief, wurden Schritte hörbar, und ich blickte unwillkürlich auf. Inzwischen kannte ich Davids raschen, leichten Tritt und verspürte jedesmal ein freudiges Erschauern, sobald ich ihn kommen hörte. Obwohl ich wußte, daß Claudia mich beobachtete, war ich nicht in der Lage, meine Erregung zu verbergen. Der Keim meiner Liebe zu ihrem Bruder war während meines ersten Besuches auf Abbotswood gelegt worden und war seit meiner Rückkehr wohl gediehen, und das konnte ich nicht verhehlen.

Als David nun vor mir stand, gepflegt, hübsch und gutgekleidet wie stets, da verspürte ich den Wunsch, ihm meine Hände entgegenzustrecken, um die seinen, die glatt und weiß und immer makellos manikürt waren, zu fühlen und festzuhalten.

Seine Hände waren von einer bei einem Mann ungewöhnlichen Schönheit. Ungeachtet ihrer Männlichkeit waren sie fein, zart und sensibel. Ich beobachtete ihre Bewegungen mit einer sinnlichen Freude, wie sie noch keines Mannes Hände je in mir hervorgerufen hatten. Doch David erweckte so manches ungeahnte, schlummernde Gefühl in mir, urtümliche Empfindungen gewissermaßen, die Erregungen von unbekannter Tiefe verhießen.

Die Freude über seinen Anblick wurde jedoch getrübt, als sich gleich darauf andere Schritte, schwerer und weniger willkommen, vernehmen ließen. Zwischen den gestutzten Eiben und den drollig modellierten Pfauen und Schachfiguren kam Red Deakon die Stufen herab, die in den Garten hinunterführten. Es war unsere erste Begegnung seit meiner Rückkehr nach Abbotswood, und während er nähertrat, fiel mir auf, was für ein starker Mann er war. Vielleicht hatte sich sein Handwerk auf seinen Körperbau ausgewirkt, doch war es mehr als rohe Kraft, was von ihm ausstrahlte. Er hatte den Gang und die Haltung eines Athleten, doch zu seinem Nachteil verglich ich ihn mit David Hillyard, wie ich es von nun an im Geiste mit jedem Mann tun würde.

Im Gegensatz zu David, der einen tadellosen Maßanzug trug, war Red Deakon mit einem Sakko aus grobem Tweed, Reithosen und hohen Lederstiefeln bekleidet. Ich der Hand hielt er eine Reitgerte.

»Claudia, Red ist herübergeritten, um dir seine neuen Balkonentwürfe zu zeigen. Während du sie begutachtest, entführe ich dir Aphra.«

David hatte es sich angewöhnt, mich sogar in Gegenwart anderer beim Vornamen zu nennen, so als ob Formalitäten zwischen uns nicht nur überflüssig seien, sondern auch von niemandem erwartet würden. Ich hatte das Gefühl, daß Claudia dies ebensowenig entging wie meine Reaktion auf Davids Gegenwart, doch es war mir gleichgültig, was andere dachten, weil nur noch Davids Meinung für mich zählte. Als er mir galant die Hand entgegenstreckte, ergriff ich sie beglückt. Gleichzeitig machte Red Deakon eine Verbeugung, aber ihn bedachte ich lediglich mit einem höflichen Nicken.

Claudia fragte: »Willst du denn die Entwürfe nicht sehen, David?«

»Später, liebe Schwester. Später.«

Während wir uns entfernten, erhaschte ich einen flüchtigen Blick auf Claudias Gesicht. Sie hatte uns vergessen und hatte nur noch Augen für Red Deakon, und ihre Freude war genauso offensichtlich wie meine, als David erschienen war. Ich wußte, daß diese Freude nichts mit dem Auftrag des Schmieds zu tun hatte. Wenn man selbst verliebt ist, hat man vielleicht ein Gespür für ähnliche Empfindungen bei anderen, doch seltsamerweise fühlte ich keinerlei Sympathie. Daß sich eine ältere Frau zu einem um viele Jahre jüngeren Mann oder ein Mann zu einer um viele Jahre älteren Frau hingezogen fühlte, war nicht gar so ungewöhnlich und jedenfalls kein vernünftiger Grund für meinen Widerwillen, mir diese beiden als Liebespaar vorzustellen. Aber ich war froh, sie nicht weiter beobachten zu müssen und ging nur zu gern mit David davon, doch die Beziehung der beiden wollte mir nicht mehr aus dem Sinn und erweckte Reaktionen in mir, die ich mir selbst nicht erklären konnte.

Der Mann hatte keine Überraschung gezeigt, als er mich sah. Zweifellos drangen sämtliche Neuheiten von Abbotswood ins Dorf hinunter, denn das Herrschaftshaus hatte, seit es zur Zeit der Normannen erbaut worden war, das Geschick der Ortschaft mitgeprägt. Ich hatte begonnen, mich mit der Geschichte von Abbotswood zu befassen, und wenn David auf dem Gut beschäftigt war, verbrachte ich viele Stunden in der Bibliothek. Sie war meine persönliche Zufluchtsstätte, denn außer mir kam selten jemand dorthin. Das war nicht verwunderlich, da sie im dunkelsten Zimmer des Hauses untergebracht war, dem einzigen Raum, der noch von dem ursprünglichen normannischen Bau stammte. Als Harriet mich eines Tages dort aufspürte, war sie zusammengezuckt und hatte gesagt, hier sei es gruselig, aber bei mir rief der Raum durchaus keine Schrecken hervor. Ich liebte die gewölbte Decke, die von massiven alten Säulen gestützt wurde, den eingelassenen Kamin, die Fenster mit den steinernen Bögen, und ich empfand auch das schummrige Licht als angenehm. In Gedanken malte ich mir aus, wie die ursprünglichen Besitzer des Hauses hier in normannischer Schlichtheit getafelt hatten; denn wie Truman mir einmal erzählte, hatte dieser Raum, als Abbotswood von Rupert de Friemont erbaut worden war, als Speisesaal gedient. Damals hatte das Haus Domaine de Friemont geheißen, und erst 1459, als ein Nachfahre des Erbauers es in ein Kloster umwandelte, um der Welt zu entsagen und ein gottesfürchtiges Leben zu führen, war es in Abbotswood umbenannt worden.

Truman entpuppte sich als ein unerschöpflicher Informationsquell, und er war mit Auskünften stets bereitwillig zur Hand. Als er mich eines Tages in der Bibliothek entdeckte, wo ich meine Augen in dem ständigen Dämmerlicht überanstrengte, hatte er eine Öllampe angezündet und zu mir herübergebracht. Dieser selten benutzte Raum war nicht an die Gasleitung angeschlossen, und Truman zeigte sich um mein Augenlicht sehr besorgt.

»Ich wußte nicht, daß sich jemand in der Bibliothek aufhielt,

Miss Coleman, sonst hätte ich angeklopft. Ich bin der einzige im Haus, der heutzutage noch hierherkommt. Nicht einmal Mrs. Stevens legt Wert darauf, hier Staub zu wischen, geschweige denn die Sammlung seltener Bücher sauberzuhalten.« Es schien ihn zu freuen, mich in diese Bücher vertieft zu sehen, und er entzündete eilfertig weitere Öllampen, bis ich von einem angenehmen Lichtschein eingehüllt war. »Als Sir William noch lebte, habe ich diesen Raum persönlich in Ordnung gehalten. Außer mir hat Sir William niemandem die Bücher anvertrauen mögen. Zu seinem Kummer hat keiner seiner Söhne viel Zeit hier zugebracht; was Mr. Lawrence betraf, war der Vorwurf allerdings nicht ganz berechtigt. Als der ältere Sohn hatte er viele Verpflichtungen, und Sir William hatte ihn in dem Bewußtsein erzogen, daß er als Erbe sich mit seiner ganzen Kraft für die Belange von Abbotswood einzusetzen habe, obgleich seine Neigungen ganz woanders lagen. Der junge Jasper war von alledem unbelastet, da er ja Abbotswood nicht erben würde und auch gar keinen Wert darauf legte. Leider hat Mr. Jasper seinem Vater viel Kummer bereitet, trotz seiner Gabe, sich mit seinem Charme aus jeder Klemme zu winden.«

An dieser Stelle war Truman verstummt; es kam ihm wohl zum Bewußtsein, eine Indiskretion begangen zu haben, und daher forderte ich ihn nicht zu weiteren Enthüllungen heraus, so sehr es mich auch danach verlangte. Die Geschichte der Bentines fesselte mich von Mal zu Mal mehr, war sie doch ein unlösbarer Bestandteil der Geschichte von Abbotswood. In der Bibliothek konnte ich mich ungestört in die Vergangenheit und in das Leben der früheren Besitzer vertiefen. Ihre Biographien waren für die Nachwelt aufgezeichnet worden und mit den Archiven im Hause verblieben, als Sir Williams Vater das Anwesen erwarb. Hatte er Abbotswood gekauft, weil er von seiner Schönheit angetan war, oder weil ihm die Wälder geeignet schienen, seine verrückte Idee von der Adlerzucht zu verwirklichen, die seinem Leben schließlich ein solch entsetzliches Ende bereiten sollte?

Wenn ich lange genug hierbliebe, würde ich es vielleicht herausfinden. Vorerst befaßte ich mich mit den de Friemonts und ihren Nachkommen, mit Namen wie Dubois, Bezant und de la Rue, deren Portraits in steifen Halskrausen oder Militäruniformen von den Wänden der Bibliothek auf mich herabblickten. Im Jahre

1815 war die Linie der de Friemonts ausgestorben, und der erste Bentine hatte die uralte Heimstatt erworben und eine neue Epoche in der Geschichte des Hauses eingeleitet. Die erste Bentine-Aera hatte tragisch geendet, und auch die dritte Generation hatte Tragödien erlebt; doch das gehörte zu den Zufälligkeiten des Daseins und war nicht etwa ein Zeichen dafür, daß die Nachfolger der de Friemonts mit einem Fluch belastet seien. Irgend jemand hätte Abbotswood auf jeden Fall erworben, nachdem die Linie der ursprünglichen Besitzer erloschen war, und sicher war es besser, ein solches Haus zu übernehmen, statt es dem Verfall preiszugeben. Im Laufe der Jahre war es oft umgebaut und renoviert worden, bis schließlich von dem ursprünglichen normannischen Gebäude nur noch dieser eine Raum übrig war. Das Anwesen hatte dadurch aber nichts von seiner beeindruckenden Würde und Schönheit eingebüßt.

»Kommen Sie zurück, Aphra«, neckte David. »Ich mag es nicht, wenn Sie mir entwischen, und sei es auch nur in Gedanken.«

Sein schöner Mund lächelte auf mich herab. Selbst das genügte, um mein Blut schneller pulsieren zu lassen, und als seine Finger die meinen umschlossen, klopfte mein Herz wie rasend. Seine Hand streichelte die meine mit sinnlichem Verlangen, und seine Augen machten keinen Hehl daraus. In seinem Gesicht spiegelte sich eine ungezügelte Sehnsucht. »Ich begehre Sie«, flüsterte er. »Und Sie wissen es. Sagen Sie nicht, dies sei weder die Zeit noch der Ort, um Ihnen ein solches Geständnis zu machen. Das weiß ich selbst nur zu gut, aber es ändert nichts daran, daß ich Sie begehre.«

Wir standen wie angewurzelt. Die Finger seiner anderen Hand berührten sanft meine Wange, tasteten suchend über meinen Hals, streichelten und liebkosten die kleine Vertiefung im Nakken mit einer Eindringlichkeit, die zärtlich und fordernd zugleich war. Willenlos wandte mein Körper sich zu ihm hin, er legte die Arme um mich, und ich fuhlte den Druck seiner Hüften und Schenkel gegen die meinen. Ich schloß die Augen, als seine Lippen sich auf meine senkten.

Ich hatte mir seinen Kuß zärtlich und sanft vorgestellt. Doch er war ganz anders. Begierig war er und fordernd, er erregte mich und weckte auch in mir Verlangen. Ich spürte seine starken Zähne auf meinen Lippen, als sein Mund den meinen öffnete. Ich fühlte, wie er mich beherrschte, wie ich nachgiebig und schwach wurde, unfähig zum Widerstand; doch an Widerstand dachte ich ohnehin nicht einen Augenblick, war ich doch von demselben Wunsch besessen wie er und mein Verlangen ebenso leidenschaftlich wie seines.

Er war es, der sich schließlich losriß. »Nicht hier«, murmelte er, »nicht hier. Aber ich muß dich besitzen, Aphra. Laß mich nicht zu lange warten.«

Er wollte mein Liebhaber werden, und ich war mir voll bewußt, daß ich ihn haben wollte. Doch unabhängig von dieser Erkenntnis und dem drängenden Verlangen, das uns miteinander verband, spürte ich eine beinahe qualvolle Enttäuschung. Es sollte also doch auf eine Verführung hinauslaufen. Mein Bett wollte er, meinen Körper. Tränen brannten mir in den Augen, als ich mich fragte, wie ich so töricht hatte sein können, von etwas anderem zu träumen – ich, die ich nichts zu bieten hatte als diesen Körper.

Wir standen im Schutz einer hohen Buchenhecke, die in einem Bogen zum Haus hin verlief. Die flinken Schritte hinter uns waren unverkennbar: Harriet nahte.

Ehe sie um die Ecke bog, hatten wir uns voneinander gelöst, doch wir waren vor Schreck wie erstarrt. Harriet trug Claudias Hut. Er war mit exotischen Blüten überladen und die Krempe so zerrupft, daß ihr die Fransen ins Gesicht hingen. Sie blieb stolz vor uns stehen.

Ich glaube, ich habe entsetzt aufgeschrien, aber genau vermag ich das nicht zu sagen, denn Davids zorniger Ausbruch übertönte alles andere.

»Wie bist du an diese Blumen gekommen? Wie kannst du es wagen, in mein Treibhaus einzubrechen!«

Er war außer sich vor Wut. Sein für gewöhnlich blasses Gesicht war puterrot, und seine Hände zitterten. Mit ausgestreckten Armen machte er zornig einen Schritt auf seine Cousine zu. Ich dachte, er würde sie packen, doch statt dessen riß er ihr den Hut vom Kopf und betrachtete die abgerissenen Blüten mit einem Ausdruck, als wolle er weinen.

Harriets strahlendes Lächeln verkehrte sich in Trotz.

»Ich bin nicht eingebrochen! Ich weiß, wo du den Schlüssel aufbewahrst, und ich habe die Tür aufgeschlossen *und* hinter mir

abgesperrt. Warum bist du so böse? So blaue Blumen wie diese und so herrliche rote wachsen draußen nicht, und sie passen so gut zu dem Hut. Ich habe sie durchs Fenster gesehen, und sie waren genau das, was ich brauchte. Claudia wird sich bestimmt freuen. Ich habe ihr versprochen, den Hut zu verschönern.«
David warf den Florentiner zu Boden und wandte sich ab. Ich sah, wie er um Selbstbeherrschung rang, und mein Herz fühlte mit ihm. Die exotischen Blüten, aus einer tropischen Atmosphäre in nördliches Klima versetzt, färbten sich an den Rändern bereits braun und welkten dahin. Doch mein Mitleid galt ebenso Claudia, deren eleganter Hut ruiniert war.
Ich hob ihn auf. »Wir müssen ihn verstecken«, schlug ich vor.
»Nein«, sagte Claudia. »Geben Sie ihn her.«
Sie war mit Red Deakon vom Rosengarten her über den Rasen gekommen, so daß wir sie nicht hören konnten. Da sie aus der gleichen Richtung wie wir gekommen waren, fragte ich mich bestürzt, ob sie mich in Davids Armen gesehen hatten. Es schien durchaus möglich, denn wir hatten ja eben erst voneinander gelassen, und schon standen sie neben uns. Red betrachtete Claudia voller Mitgefühl.
Schweigend reichte ich ihr den Hut. Kummer stand in ihren Augen zu lesen. Stumm drehte sie den Florentiner wieder und wieder in den Händen, dann gab sie ihn Harriet. »Es hat dir gewiß Freude gemacht, ihn so zu schmücken«, sagte sie sanft, »darum hoffe ich, daß du ihn auch mit Freuden tragen wirst.«
Harriet lächelte in kindlichem Entzücken und pflanzte sich die Kreation wieder auf den Kopf; dann hüpfte sie fröhlich singend auf den nahen Wald zu.
»David.« Seine Schwester trat neben ihn und legte ihm begütigend eine Hand auf die Schulter. »Es hat doch keinen Sinn, wütend zu werden. Sie versteht es ja nicht. Du mußt ihr verzeihen, so wie ich.«
»Ich wollte, mir wäre deine heilige Tugend gegeben!«
Mit sichtlicher Anstrengung fand er seine Beherrschung wieder. »Du hast natürlich recht. Du hast ja immer recht. Gewöhnlich vertrage ich mich mit Harriet auch ganz gut, aber der Anblick dieser sterbenden Blüten war zuviel für mich.«
»Ich weiß, wie dir zumute ist. In Zukunft solltest du den Schlüssel irgendwo aufbewahren, wo sie ihn nicht finden kann.«

David erwiderte verbittert: »Gibt es denn auch nur *eine* Stelle, die sie nicht aufspürt?«
»Sie geht nie in die Hopfendarre, wenn du nicht dort bist. Sie weiß, daß es verboten ist.«
»Sie wußte auch, daß ihr das Treibhaus verboten war. Aber dein Vorschlag ist gut. In Zukunft werde ich den Schlüssel in meinem Büro aufbewahren. Verzeih mir, daß ich so unbeherrscht war. Und auch Sie, Aphra. Ich schäme mich.«
Es gab nichts, das ich ihm nicht verziehen hätte, und ich spürte, daß er das wußte. Ich glaube, er wußte auch, daß ich seinen Ausbruch gut verstehen konnte.
Red Deakon ergriff zum ersten Mal das Wort.
»Kommen Sie, Claudia, ein Glas Wein wird Ihnen nach so einem Schrecken wohltun. Sie können sich gut verstellen, aber mir machen Sie nichts vor.«
Fürsorglich nahm er ihren Arm und führte sie auf das Haus zu. Ich war über die Sanftheit dieser starken Hand des Schmieds überrascht. Mich würdigte er keines Blickes, und ich war froh darüber, denn ich war nicht in der Verfassung, seinen beißenden Spott zu ertragen. Ob er sich wohl an unsere Unterhaltung auf der Galerie erinnerte? Damals hatte er mir geraten, Abbotswood zu vergessen, und mir eindringlich vorgestellt, daß dies nicht der rechte Platz für mich sei. Jetzt beobachtete ich ihn mißtrauisch, denn es war deutlich, welchen Platz er als den seinen betrachtete: er wünschte sich an Claudia Bentines Seite. Und sie war die Herrin hier.
Ich hatte ihn längst als ehrgeizig eingeschätzt, doch bis dahin hatte ich geglaubt, sein Ehrgeiz beschränke sich auf Deakons Schmiede. Jetzt war ich dessen nicht mehr so sicher.
David sagte: »Harriet ist wirklich eine Plage! Wir müssen ihretwegen etwas unternehmen, Claudia.«
Seine Schwester blickte über die Schulter zurück. »Wir behalten sie hier, wo sie glücklich und wohlversorgt ist.«
»Ich dachte nur, ein neuerlicher Aufenthalt in Bristol wäre vielleicht gut für sie.«
»Nein, David.«
Claudias entschiedener Ton beendete das Thema. David ergriff meinen Arm, und wir folgten den beiden ins Haus.

Truman servierte den Wein mit der ihm eigenen Aura beflissener Würde, dann stellte er die Karaffe hin und entfernte sich.
Wir nahmen im Salon Platz, David und ich einander gegenüber am Kamin, Claudia mit Red Deakon auf einem Sofa. Die Unterhaltung plätscherte höflich und ohne ein bestimmtes Thema dahin – sie berührte das Wetter, die Ernte, Neuigkeiten aus dem Dorf; von all dem blieb ich ausgeschlossen, weil ich von derlei Dingen nichts verstand, doch dann beteiligte Claudia mich auf ihre rücksichtsvolle Art, indem sie mich um meine Meinung zu den Balkonentwürfen bat.
»Sie müssen sie ihr zeigen, Red. Miss Coleman interessiert sich für alles, was Abbotswood betrifft.«
So offensichtlich war das also, dachte ich reuevoll, als der Mann mit den Zeichnungen herüberkam.
Ich wich seinen Augen aus, obwohl es keinen Grund dafür gab. Er war vermutlich so sehr von Claudia gefesselt gewesen, daß er mich und David dort im Garten gar nicht bemerkt hatte. Doch ich entdeckte den Spott in seiner Stimme, als er zu Claudia sagte: »Miss Colemans Interesse ist mir nicht entgangen.«
Mein Kopf fuhr ein wenig in die Höhe, und amüsiert begegnete Red Deakon meinem Blick, bevor er an seinen Platz zurückkehrte. Ich war so verstört, daß ich mich erst ein paar Sekunden lang sammeln mußte, ehe ich meine Aufmerksamkeit den Zeichnungen zuwenden konnte, und ich war froh, als David zu mir herüberkam. Er zeigte sich von dem untergründigen Spott in Red Deakons Worten unbeirrt, hatte ihn möglicherweise nicht einmal wahrgenommen; ich aber war sicher, daß der Mann mich verhöhnt hatte. Er erinnerte sich also noch an seinen Rat, an seine Warnung, mich nicht von Samtvorhängen blenden zu lassen. Seine arrogante Annahme, er könne mich geringschätzig behandeln, brachte mich vollends in Wut, und so fiel es mir schwer, seine wahrhaft bewunderswerte Arbeit zu loben. Das zu tun überließ ich David und ignorierte den Mann einfach, solange sein Besuch währte.
Die Höflichkeit gebot es jedoch, daß ich mich von ihm verabschiedete, als er aufbrach. Wir hatten uns inzwischen alle in die Halle begeben, Claudia mit ihrem Bruder voran.
Red Deakon sagte: »Seit ich erfuhr, daß Sie zurückgekehrt sind, Miss Coleman, habe ich mit mir gerungen, ob ich Sie aufsuchen

sollte, doch die Umstände haben mich überzeugt, daß dies nicht angebracht wäre. Besucher wären Ihnen womöglich lästig gewesen, vor allem solche, die Ihnen nicht sympathisch sind. Doch ich möchte Sie wissen lassen, wie bestürzt ich über den Tod Ihres Vaters bin. Das muß ein schlimmer Schock für Sie gewesen sein.«

Obgleich die Worte abgenutzt klangen, überraschte es mich, daß sie mit soviel Gefühl geäußert wurden, und ich konnte nicht umhin, ihm zu danken, wobei ich hinzufügte, daß es immer ein schlimmer Schock bleiben würde.

»Ich verstehe. Die Zeit vermag Wunden zu verbinden, doch im Gegensatz zur landläufigen Meinung nicht immer zu heilen. Sie werden in Ihrer Arbeit Zuflucht finden. Arbeit ist immer eine große Hilfe. Und wie ich höre, sind Theaterleute ungeheuer teilnahmsvoll, wenn einem der ihren ein Unglück widerfährt.«

»Das stimmt, aber das gilt auch für andere Freunde.«

»Sie meinen Hillyard und seine Schwester? Sicher, ihr Mitgefühl muß Ihnen eine Menge bedeuten.«

Gab er allem, was er sagte, einen doppelten Sinn? Oder irrte ich mich, bildete ich mir die unterschwellige Andeutung nur ein, die Vermutung, ich sehe in der Einladung nach Abbotswood weit mehr als eine freundliche Geste? Beobachteten er und Claudia mich nicht nur mit mitleidigem Interesse? Glaubten sie gar, ich hätte heimlich geplant hierzubleiben?

Ich fühlte, wie meine Wangen brannten und wandte mich rasch ab.

»Sie dürfen nicht *alles*, was ich sage, umdeuten, Miss Coleman. Ich habe nun einmal die unerfreuliche Gewohnheit, die Wahrheit auszusprechen, was mich bei vielen Leuten nicht gerade beliebt macht, aber Sie dürfen keine falschen Schlüsse ziehen. Es ist mir Ernst, wenn ich sage, daß ich wegen Ihres Vaters betrübt bin, doch es hilft Ihnen nicht, allzu lange hierzubleiben. Schmerz macht den Menschen besonders empfindlich, und Sie würden daher nur um so mehr leiden. Deshalb meine ich es auch ernst, wenn ich sage, daß die unverzügliche Rückkehr zu Ihrer Arbeit Ihre Rettung bedeuten könnte.«

»Und es ist ebenso Ihr Ernst, daß Sie meine Rückkehr nach Abbotswood bedauerlich finden?«

»So ist es. Aber das sollte Sie nicht wundern, oder haben Sie meinen Rat vergessen, nicht mehr an Abbotswood zu denken? Ich bin noch immer derselben Meinung. Aber glücklicherweise sind Sie ja nicht für immer hier.«

Zweimal war ich während der vergangenen Stunde darauf hingewiesen worden, daß ich nicht hierhergehörte – zuerst von Claudia, die diskret andeutete, dies sei nicht meine Welt, und die mir von einem zu langen Ausdehnen meines Besuches abriet, indem sie mir die Eintönigkeit des Landlebens im Winter schilderte; und jetzt von diesem rothaarigen Menschen. Ich hatte den Verdacht, daß Claudia ihn gedrängt hatte, mich zur Abreise zu überreden. Denn ihm konnte es schließlich gleichgültig sein, ob ich fortging oder blieb, also war ich der festen Überzeugung, daß er Claudias Verbündeter sein müsse. Am meisten verletzte mich dabei der Gedanke, daß diese Frau, die ich gern hatte, meine Sympathie nicht erwiderte. Mich in den Armen ihres Bruders zu sehen, mußte in ihr den Wunsch nach meiner Abreise natürlich noch verstärken.

8

»Ich begehre Sie«, hatte David gesagt, nicht »Ich liebe Sie.« Das war ein gewaltiger Unterschied, und als ich allein in meinem Zimmer saß und darüber nachdachte, sah ich ein, daß es das Klügste wäre, schleunigst abzureisen. Ich mußte mich ein für allemal von Abbotswood trennen, so weh es auch tat, und das bedeutete natürlich eine endgültige Trennung von ihm. Doch unerfahren, wie ich war, hatte ich noch keinen Mann so geliebt wie David Hillyard, und ich war hilflos in den Fesseln meines eigenen Verlangens gefangen.

Zudem fühlte ich mich durch die vereinten Anstrengungen von Claudia Bentine und Red Deakon irgendwie herausgefordert. Meine Abreise käme einer Kapitulation gleich, und es läge auch eine gewisse Demütigung darin, würde es doch so aussehen, als gäbe ich zu, nicht in diese Umgebung zu passen, nichts weiter zu sein als eine verarmte Schauspielerin, die man für ein paar Monate aus Mitleid aufgenommen und verköstigt hatte. Blieb ich aber, so mußte ich diese Mildtätigkeit auch weiterhin in Anspruch nehmen. Ein Gedanke war so bitter wie der andere.

Ein Klopfen an meiner Tür kündigte eine Magd mit einem schweren Kupferkrug voll dampfenden Wassers an, von dem sie ein wenig in die geblümte Schüssel auf dem marmorgetäfelten Waschtisch goß. Der Krug war mit einem Deckel versehen, um den Inhalt heiß zu halten. Das Mädchen stellte ihn auf den Boden, damit ich mir gegebenenfalls nachfüllen konnte. Bevor sie hinausging, zog sie die schweren Vorhänge zu, obwohl die Dämmerung eben erst hereinbrach. Diesmal waren die Gardinen nicht aus Samt, sondern von rosa Damast, genau wie der Bettüberwurf und die Bettvorhänge. Ich beachtete den kostbaren Stoff jetzt kaum noch, obgleich er mich bei meiner Ankunft sehr beeindruckt hatte. Nachdem ich unsere Wohnung in Pimlico wiedergesehen hatte, schien mir zuerst alles auf Abbotswood noch schöner als zuvor, doch schon gewöhnte ich mich an den Luxus dieses Schlafgemachs, das im Westflügel lag, dem Trakt, der von der Familie bewohnt wurde. Ich dankte dem Mädchen mechanisch und nahm ihren respektvollen Knicks kaum zur Kenntnis. Da ich mich so bald eingewöhnt und bereits begonnen hatte, mich heimisch zu fühlen, war Red Deakons Hinweis, daß mein Bleiben hier nicht von Dauer sein könnte, vielleicht durchaus angebracht, wenn nicht gar notwendig gewesen.

Trüben Sinnes begab ich mich nach unten; ich ließ mir Zeit und betrachtete im Gehen die Wände. Im Gegensatz zur Bibliothek, in der die Portraits der verblichenen de Friemonts ausgestellt waren, hingen im übrigen Haus nur wenige Bilder. Das überraschte mich, denn ich hatte erwartet, im von der Familie bewohnten Flügel die Portraits der Bentines vorzufinden.

»Sie schauen so nachdenklich drein, süße Aphra.«

David erwartete mich am Fuß der Treppe, streckte mir beide Hände entgegen, und meine Niedergeschlagenheit war im Nu verflogen.

»Es wundert mich, daß hier keine Bilder von den Bentines hängen«, sagte ich, indem ich meine Schritte beschleunigte.

»Soviel ich weiß, war es in dieser Familie verpönt, sich malen zu lassen.«

»Das scheint mir aber unvereinbar mit Leuten, die gerne Theater spielten.«

Er zuckte die Achseln. Die Bentines interessierten ihn nicht. »Wir müssen miteinander reden«, sagte er.

»Ja. Wir müssen über meine Abreise sprechen. Ich bin schon viel zu lange hier.«

»Zu lange? Wie können Sie so etwas sagen?«

»Ich bin schon einen ganzen Monat auf Abbotswood.«

»Aber was ist schon ein Monat. Sie brauchen viel länger, um sich vom Tode Ihres Vaters zu erholen.«

»Meine Arbeit wird mir dabei helfen.«

Er zog mich fast gewaltsam in den Salon und machte die Tür fest hinter uns zu. Dann drehte er sich um und legte mir beide Hände auf die Schultern.

»Wie sind Sie denn auf diese Idee gekommen?« Da ich keine

Antwort gab, fragte er: »War es mein Benehmen heute nachmittag? Habe ich Sie erschreckt? Ach, meine süße Aphra, vergeben Sie mir. Aber das Warten fällt mir schwer, und ich bin kein Mann von Geduld. Ich habe schon so lange auf Sie gewartet ...«

»Wir kennen uns doch erst seit ein paar Wochen.«

»Länger. Viel, viel länger. Seit einer früheren Existenz. Ich bin dessen ganz sicher, denn in dem Augenblick, als ich Sie zum erstenmal sah, wußte ich, daß wir füreinander bestimmt sind. Lächeln Sie nicht, Liebste – so etwas kommt vor, allerdings habe auch ich nie daran geglaubt, bevor Sie in mein Leben traten. Ich habe dabei nachgeholfen, aber das wissen Sie ja schon. Vielleicht hat mich der Zufall in das Theater in Bristol geführt, obgleich ich davon nicht ganz überzeugt bin, aber ich habe nicht gewagt, unsere Begegnung dem Schicksal zu überlassen. Dafür mußte ich selbst sorgen, und darum habe ich die Thespis-Spieler nach Abbotswood eingeladen.«

Und seine Schwester hatte ihn gewähren lassen, weil er ihr jüngerer Bruder war und sie ihn liebte. Claudias Nachsicht seinen Launen gegenüber war mir bereits aufgefallen; die mütterlichen Gefühle, die sie für ihre beiden jüngeren Angehörigen hegte, traten offen zutage. Doch vermutlich wäre es mit ihrer Nachsicht zu Ende, wenn sie eine ernsthafte Bindung ihres Bruders an jemanden dulden sollte, der in ihren Augen weit unter seinem gesellschaftlichen Niveau stand.

Wie hatte Red Deakon die Leute genannt, denen ich am Abend von Claudias Geburtstag auf Abbotswood begegnet war? Er hatte das Wort »snobistisch« zwar nicht ausgesprochen, aber so hatte er es gemeint, und nun fragte ich mich, ob diese Bezeichnung auch auf Claudia zutraf und in gewisser Weise sogar auf Red Deakon selbst, der ihr doch so nahezustehen schien.

David schüttelte mich ein wenig. »Aphra, haben Sie gehört, was ich gesagt habe?«

Ich nickte, von meinen Gefühlen so überwältigt, daß ich nicht sprechen konnte. Doch ich mußte vernünftig sein. Ich mußte der Zukunft ins Gesicht sehen. Ich wußte, daß dies auch der Wunsch meines Vaters gewesen wäre. Ich hatte mich seinem Willen widersetzt, indem ich nach Abbotswood zurückgekehrt war, doch wenn er gewußt hätte, daß David Hillyard und seine Schwester sich in dieser schweren Zeit meiner annehmen würden, so wäre er ihnen gewiß dankbar gewesen. Aber was ich auch gegen Red Deakon vorbringen mochte – ich sah ein, daß er recht hatte, wenn er meinte, Arbeit sei meine Rettung. Ich konnte mich hier nicht auf immer verkriechen und eine Gastfreundschaft beanspruchen, die von anderen als Mildtätigkeit betrachtet werden mußte. Vielleicht war es gedankenlos, ja selbstsüchtig von mir gewesen, so lange zu bleiben.

»Wenn Sie mir zugehört haben«, rief David mit einem Anflug von Ungeduld, »warum sagen Sie dann nichts?«

»Ich habe doch schon gesagt, daß ich fort muß. Ich weiß, was Sie von mir wollen, aber *ich* will so etwas nicht –«

Er unterbrach mich zornig. »Ich glaube Ihnen nicht. Heute nachmittag haben Sie es gewollt, und würde ich Sie jetzt küssen, dann würden sie es wieder wollen. Um Himmels willen, Aphra, stellen Sie sich doch nicht so prüde!«

Seine Arme glitten von meinen Schultern, strichen meinen Rükken hinunter; er zog mich dicht an sich, preßte meinen Körper gegen den seinen. Leidenschaftlich flüsterte er: »Ich weiß, daß Sie genau so fühlen wie ich ... dieses Feuer, dieses Verlangen ... Das ist Begierde, mein Liebling, ein physisches Bedürfnis, eine Qual, eine Sehnsucht, die nur auf eine einzige Weise, nur durch einen einzigen Menschen gestillt werden kann. Ich werde Ihr Geliebter, und Sie werden nie mehr einen anderen Mann wollen als mich. Und ich werde Sie all die Dinge lehren, die wir unser Leben lang zusammen tun werden, weil wir unser Leben lang ein Liebespaar bleiben.«

Ich riß mich los. Ich weinte. Ich wollte ja so viel mehr. Ich wollte Kinder und einen Vater, der ihnen seinen Namen gab.

»Nein – nein –«

»Mein Liebling, habe ich zu früh gesprochen, Sie zu früh bedrängt? Aber das Warten ist so schwer, und weil Sie nun auch noch drohen fortzugehen, bleibt mir erst recht keine Zeit mehr. Als ich Sie hierherbrachte, da glaubte ich, mich damit begnügen zu können, Sie allmählich von Ihrem Kummer genesen zu sehen. Ich wollte Sie all die Monate hindurch umsorgen, bis die Konvention mir erlauben würde zu sprechen, doch ich bin ein leidenschaftlicher Mensch, mein Liebes, und warum sollen wir ein ganzes Jahr warten, nur weil die Konvention es verlangt?«

Ich blieb stumm. Ich fühlte die Tränen auf meinen Wangen

trocknen. Ungläubig starrte ich ihn an. Ein Jahr, hatte er gesagt. Das übliche Trauerjahr, das eine Heirat nicht zuließ ...

»Mein Liebstes, warum starren Sie mich so an? Was habe ich denn so Erstaunliches gesagt?«

»Ein Jahr – das übliche Wartejahr –«

Jubel sprach aus seinem Lächeln.

»Dann ist Ihnen der Gedanke auch so verhaßt? Aphra, süße Aphra, wie froh mich das macht! Sie gehen nicht fort, nicht wahr? Sie bleiben, und wir lassen uns in aller Stille trauen, und zum Teufel mit der Gesellschaft und ihren lächerlichen Vorschriften!«

Wieder riß er mich an sich, und diesmal erwiderte ich seine Umarmung. Wir küßten uns, preßten unsere gierigen Körper fest aneinander, sehnsüchtig, verlangend, fordernd, verheißend ...

Die Doppeltür ging auf. Wir fuhren auseinander, doch David hielt einen Arm um meine Taille gelegt, als wir seiner Schwester gegenübertraten.

Claudia war so schockiert, daß sie, beide Hände um den vergoldeten Türknauf gepreßt, wie versteinert stehenblieb. Vielleicht war sie sogar ein wenig bleich geworden, doch in meinem Glückstaumel konnte ich kaum etwas anderes wahrnehmen.

»Claudia! Ich bin froh, daß du es bist, weil du die Neuigkeit als erste erfahren sollst. Du mußt mir gratulieren. Aphra wird meine Frau.«

Sie erwiderte nichts. Leise schloß sie die Tür, trat ins Zimmer, blieb nach ein paar Schritten stehen und musterte uns. Dann sagte sie: »Das kann nicht dein Ernst sein. So kurz nach dem Tode ihres Vaters würde Miss Coleman so etwas nicht tun.«

Ich hatte das merkwürdige Gefühl, daß der Einwand ihr nur eine willkommene Ausflucht bot. Ich wußte, daß diese Neuigkeit das letzte war, was sie zu hören wünschte. Ich hatte also recht gehabt. Claudia Bentine wollte nicht, daß sich ihr Bruder auf irgendeine Weise an mich band, und schon gar nicht durch eine Heirat.

»Aber ich bitte dich«, widersprach David, »daß sie mich heiratet, heißt doch nicht, daß sie weniger um ihren Vater trauert; aber das Glück wird ihr helfen, seinen Verlust leichter zu ertragen. Und du bestehst doch nicht etwa auf den Unsinn, daß sie sich ein volles Jahr in Sack und Asche hüllen soll? Der Schmerz löst sich schließlich nicht am Ende einer vorgeschriebenen Zeit einfach auf! Ich beabsichtige, Aphra möglichst bald und in aller Stille zu heiraten. Wir wollen kein Aufsehen, keinen Pomp und kein Zeremoniell, keine Versammlung, die unserer Hochzeit mißbilligend beiwohnt, als begingen wir eine Sünde, und wenn *du* auch so empfindest, dann kannst du ebenfalls wegbleiben!«

Es war nicht das erste Mal, daß ich diese eiskalte Wut in Davids Gesicht las, und es sollte auch nicht das letzte Mal sein, doch in diesem Augenblick, da sein Zorn meiner Verteidigung galt, war ich von seinem Ausbruch geradezu entzückt.

Seine Schwester verkrampfte die Hände fest ineinander. Ich sah, welch ungeheure Anstrengung es sie kostete, ihrer Gefühle Herr zu werden.

»Wenn es dein Wunsch ist, David, dann ist es auch der meine, aber ich bitte dich, noch eine Weile zu warten ...«

»Nein. Dazu besteht nicht der geringste Anlaß. Aphra ist ganz allein auf der Welt, und es kann also niemand Einspruch erheben.«

Jetzt wandte sich Claudia an mich. »Sind Sie sicher, daß Sie meinen Bruder nicht gerade aus diesem Grunde heiraten?«

Diese Bemerkung schürte Davids Ärger, und mich verletzte sie tief.

»Ich kann nur annehmen, daß die Überraschung, oder der Schock, wenn Sie diesen Ausdruck vorziehen, Sie zu einer solch gedankenlosen Äußerung bewegt hat, Mrs. Bentine.«

Ich wunderte mich über die Festigkeit meiner Stimme. Claudia muß wohl auch erstaunt gewesen sein, denn sie sagte kein Wort mehr. David ließ ihr allerdings auch keine Gelegenheit dazu. »Das war sehr grausam von dir, Claudia«, sagte er. »Das kann ich dir nicht verzeihen.«

»Ich wollte durchaus nicht andeuten, daß sie berechnend sei; ich meinte nur, sie wird vielleicht von dem Bedürfnis nach jemandem, der für sie sorgt, geleitet. Sie ist schließlich noch jung und war ihr Leben lang von einem liebenden und fürsorglichen Vater behütet –«

Sie stockte hilflos, und David lachte. »Meine liebe Schwester, ich kann dir versichern, daß Aphra von mir keine väterliche Zuneigung erwartet. Und was ich für sie empfinde, das hat mit Vaterliebe auch nicht die entfernteste Ähnlichkeit!«

Drei Wochen später hatte er seinen Willen durchgesetzt. Claudia fand sich mit seinem Entschluß ab, wenn auch nicht ohne einen letzten Appell an mich. Am Vorabend der Hochzeit kam sie in mein Zimmer und versuchte ein letztes Mal, mich zu überreden.

»Es ist noch nicht zu spät zur Umkehr«, drängte sie. »Sie sind noch so jung, zu jung, um zu wissen, was Sie wollen ...«

»Sie müssen ungefähr in meinem Alter gewesen sein, als Sie Lawrence Bentine geheiratet haben.«

Sie erwiderte ausweichend, daß man die beiden Fälle nicht vergleichen könne, und fuhr fast beschwörend fort: »In einer Zeit emotionaler Belastung zu heiraten, das kann sich als tragischer Fehler erweisen. Ich möchte doch nicht, daß Sie unglücklich werden. Und Sie würden doch gewiß Ihr Leben beim Theater vermissen.«

Ich sagte ruhig: »Ich glaube, Sie denken in Wirklichkeit gar nicht an mich, sondern an Ihren Bruder. Das macht mich traurig, weil ich Sie von Anfang an gern hatte und hoffte, daß auch Sie mich mögen. Bitte, Claudia – versuchen Sie es doch.« Sie stutzte ein wenig, als ich ihren Vornamen gebrauchte, und da erst erkannte ich, wie tief diese Frau der Konvention verhaftet war. Im höflichen gesellschaftlichen Umgang schickte es sich nicht, einander beim Vornamen zu nennen, ehe man sich nicht eine geraume Zeit kannte, und nie durfte eine junge Frau eine ältere in dieser Form anreden, es sei denn, sie wurde dazu aufgefordert.

»Immer zucken Sie zurück, wenn meine ungezwungenen Manieren meine Herkunft vom Theater verraten«, fuhr ich fort. »Sie müssen mir verzeihen, daß ich Sie Claudia genannt habe, aber ich höre David immer so von Ihnen sprechen, und daher nenne ich Sie in Gedanken eben auch beim Vornamen. Und da ich jetzt nicht mehr Miss Coleman heißen werde, haben Sie doch gewiß nicht vor, mich als Mrs. Hillyard zu betiteln? Schließlich sind wir bald Schwägerinnen!«

»Ich sehe, Ihr Entschluß steht fest«, sagte sie, und in ihrer Stimme schwang traurige Resignation mit. »Gibt es denn gar nichts, womit ich Sie umstimmen kann?«

»Warum wollen Sie das denn überhaupt? Weil ich so gut wie ohne einen Pfennig dastehe? Mein ganzes Vermögen besteht in dem Wenigen, was mein Vater mir hinterlassen hat, außerdem gehört mir der Gewinn aus der letzten Tournee, den ich erhalte, sobald die Truppe abgerechnet hat, sowie der Betrag, den George Mayfield für Ausstattung und Requisiten zahlen muß. Ich gebe zu, daß ich keine glänzende Partie bin, falls es das ist, was Sie für David wollen.«

»Denken Sie doch nicht so etwas!«

»Was soll ich denn sonst denken? Aus welchem anderen Grund könnten Sie dagegen sein, daß ich Ihren Bruder heirate?«

Sie öffnete den Mund, doch dann preßte sie entschlossen die Lippen aufeinander. Sie stieß einen verzweifelten Seufzer aus und ging hinaus. Sie hatte verloren, und ich hatte gewonnen, doch ich verspürte keinen Triumph, als sich die Tür hinter ihr schloß. Der Gedanke an meine bevorstehende Hochzeit wäre weit glücklicher gewesen, hätte man mir das Gefühl gegeben, auf Abbotswood wirklich willkommen zu sein.

Wäre George Mayfields Brief nicht ausgerechnet am Morgen meiner Hochzeit angekommen, so hätte ich ihm wohl mehr Aufmerksamkeit gewidmet, statt ihn nur eilig zu überfliegen und achtlos beiseite zu legen. So aber begriff ich seine volle Bedeutung erst einige Wochen später, als ich den Brief in einer Schublade meines Ankleidetisches wiederfand. Inzwischen war es zu spät, auf sein Angebot einzugehen, selbst wenn ich es gewollt hätte, doch meine verzögerte Antwort verursachte mir kaum Gewissensbisse, da ich die Welt des Theaters hinter mir gelassen hatte und auch keinen Wunsch verspürte, dorthin zurückzukehren.

»Es ist alles abgemacht, verbrieft und besiegelt«, hatte George geschrieben. »Ich engagiere den ganzen Stab, handhabe alles so, wie es Dein Vater gemacht hat, und das heißt, daß auf Dich die Stelle der jugendlichen Heldin wartet, und aufgrund Deines schmerzlichen Verlustes, meine liebe Aphra, habe ich beschlossen, Deine Gage um zehn Schillinge pro Woche anzuheben, denn ich weiß, daß Du das Geld brauchen wirst. Am 1. Oktober beginnen wir mit den Proben – deshalb hätte ich Dich gern spätestens am 30. September hier, damit Du Deinen Vertrag unterschreiben kannst. Ich glaube, es war der Wunsch Deines Vaters, daß Du die Rolle der Imogen übernimmst, und ich bin einverstanden. Das wird zwar Elizabeth nicht gefallen, aber sie ist für Jungmädchen-

rollen nun wirklich zu alt und auf jeden Fall zu mollig, um einen Knaben glaubhaft darzustellen. Für sie bleiben dennoch genügend reizvolle Rollen – die Widerspenstige, Lady Macbeth, Portia – alles Partien, in denen sie Eindruck machen kann, und das wird ihrer Eitelkeit Genüge tun.
Es gibt nur noch eine Unklarheit; sie betrifft das Engagement, das Dein Vater angeblich mit dem Hippodrom in Folkestone abgeschlossen hat. Weißt Du etwas darüber? Wir haben keine Bestätigung erhalten, und er hat auch Barney nichts Näheres mitgeteilt, der, wie Du weißt, zugleich Reiseleiter und Bühnenmeister war und auch bleiben wird. Daher war er über solch organisatorische Angelegenheiten stets im Bilde, doch gerade über dieses Engagement hat Dein Vater ihm nichts mitgeteilt – was freilich verständlich ist. Der Ärmste, keiner von uns hat gemerkt, wie krank er wirklich war. Ich habe dem Theaterdirektor geschrieben, aber der Brief ist zurückgekommen. Dann bin ich zum ›Aera‹-Verlag gegangen, wo ich von dem zweiten Redakteur, der über laufende Ereignisse Buch führt, erfuhr, das Hippodrom sei schon seit Wochen geschlossen und werde anscheinend immer noch zum Verkauf angeboten. Ich erinnere mich aber, daß Charles eigens wegen dieses Engagements nach Folkestone fuhr, während wir uns alle nach Abbotswood aufmachten. Ich kann mir das nur so erklären, daß er von der Schließung des Theaters nichts gewußt hat und vergebens dorthin gefahren ist. Ein solches Versehen sieht Charles aber gar nicht ähnlich. Hat er mit Dir darüber gesprochen?«
Zu der Zeit, als ich dies alles gründlich durchlas, war ich schon einige Wochen mit David verheiratet. Ich schrieb eilends an George, erklärte ihm, warum ich nicht zur Thespis-Truppe zurückkehren könne, und ergötzte mich im Geiste an der Überraschung, die meine Mitteilung im Ensemble auslösen würde; und gewissermaßen als Ersatz für mein Ausscheiden versprach ich, sobald wie möglich nach Folkestone zu fahren und den Herrn aufzusuchen, der meines Wissens das Theater übernehmen wollte.
»Die ›Aera‹ scheint mit ihren Nachrichten nicht auf dem laufenden zu sein«, schloß ich, und dann setzte ich stolz meinen Namen darunter: *Aphra Hillyard.* Der geprägte Briefkopf erfüllte mich mit ebensolchem Stolz; denn das war nun meine ständige Anschrift, mein ständiges Heim, all das, wovon ich mein Leben

lang sehnsüchtig geträumt hatte und was mir auf ewig unerreichbar erschienen war: *Abbotswood, Kent.*

Als ich den Brief unterschrieb, kam David herein. Er beugte sich zu mir herunter und küßte mich auf den Nacken. Ohne die Lippen von meiner Haut zu lösen, murmelte er: »Was immer du tust, das kann warten. Mein Verlangen geht vor ...«

Er trug mich zum Bett, ohne meinen lachenden Protest, daß der Lunch bald serviert würde, zu beachten. »Das hat Zeit«, flüsterte er, »das hat Zeit«, und mit fliegenden Händen entkleidete er mich und nahm mich stürmisch und ohne jedes Vorspiel. Und wie immer entzündete sich mein Verlangen an dem seinen. Eine der ersten Lektionen, die ich von David gelernt hatte, lautete, daß man Liebeswonnen nicht nur zur üblichen Nachtzeit genießen konnte, und daß ein Ehemann das Recht hatte, sie zu fordern, wann immer es ihn danach verlangte. Die Liebe richtete sich nicht nach der Uhr.

»Es liegt nicht an mir, sondern an dir, wenn ich ein ungeduldiger Liebhaber bin«, murmelte er eine Weile danach, als wir träge und zufrieden beieinander lagen und die ganze Welt um uns her vergessen hatten.

Er drehte sich auf die Seite und blickte mich an, strich mir mit zärtlicher Hand das feuchte, wirre Haar aus der Stirn. Seine Handfläche war glatt und trocken und für einen solchen Augenblick erstaunlich kühl, und unwillkürlich verglich ich sie mit der kräftigen, rauhen Hand von Red Deakon. Und sofort war der wunderbare Zauber, der mich soeben noch umfangen hielt, zerstört. Ich sah Red Deakon wieder vor mir, wie er bei meiner Hochzeit mit verschränkten Armen dagestanden war, als ich an Davids Arm den Chorgang hinabschritt. Seine Augen waren starr auf mich gerichtet, kein Lächeln stand in seinem Gesicht. Ich bildete mir sogar ein, Mitleid darin zu lesen, doch als wir an ihm vorbeikamen, schien es mir eher Spott zu sein. Da hatte ich schnell weggeschaut, und während des kleinen Empfangs auf Abbotswood war ich ihm geflissentlich ausgewichen. Ich wollte mir nicht von einem zynischen Gast den schönsten Tag meines Lebens verderben lassen.

Ich hatte nur Augen für meinen Mann, von dem Moment an, da wir die Hauskapelle verließen, bis zu dem Augenblick, da wir zu der Zimmerflucht hinaufstiegen, die Claudia uns zur Verfügung gestellt hatte. Es machte mir nichts aus, daß David so kurzfristig und zu dieser Jahreszeit das Gut nicht verlassen konnte, um mit mir eine Hochzeitsreise zu machen. Das würden wir nachholen, versprach er. Im Frühjahr vielleicht. Im Frühling war Paris am schönsten, und danach würde es nach Rom gehen, dann nach Florenz ... wohin ich auch wollte. Doch für die Flitterwochen genügte es mir, dort zu sein, wo er war.

Seit dem Tag meiner Heirat hatte ich nicht mehr an Red Deakon gedacht, und es war mir unerklärlich, warum er mir ausgerechnet in diesem Augenblick in den Sinn kam.

Nach einer Weile richtete David sich auf, glitt aus dem Bett und ging zu der bestickten Klingelschnur neben dem Kamin hinüber.

»Wir werden hier oben essen«, sagte er. »Wenn ich mit dir geschlafen habe, kann ich Harriets anstrengendes Gefasel und Claudias ewiges Geschwätz über Haus und Garten und Dorfgeschichten nicht ertragen. Am liebsten würde ich den ganzen Nachmittag mit dir verschlafen.«

Der Lunch wurde also zu uns heraufgebracht, und während im angrenzenden Wohnzimmer der Tisch gedeckt wurde, ordnete ich meine Frisur. David lag auf dem Bett und beobachtete mich.

»An wen war der Brief?« fragte er träge. »Den du geschrieben hast, als ich hereinkam.« Er lächelte neckend. »Wenn du einen Verehrer hast, dann gnade ihm Gott – und dir auch.«

»Du würdest mich doch sicher nicht bestrafen, bloß weil mich jemand verehrt?« meinte ich lachend. »Das kann man doch nicht als Untreue bezeichnen!«

»Nein, aber ich würde niemandem erlauben, seine Bewunderung zu zeigen. Du gehörst mir, und kein anderer Mann darf dich begehrend anschauen.«

»Tyrann!« Ich konnte ihn nicht ernst nehmen, und lachend warf ich ihm George Mayfields Brief hinüber. »Ich habe ihm geantwortet, reichlich spät allerdings.«

Er überflog das Schreiben und sagte dann: »Warum machst du dir überhaupt die Mühe, darauf einzugehen?«

Die Haarbürste in der Hand, hielt ich mitten in der Bewegung inne.

»Weil es sich so gehört! George ist mein Freund.«

»Nicht mehr. Du hast dich von diesen Leuten gelöst. Vergiß das nicht, meine süße Aphra.«
»Das meinst du doch nicht im Ernst? Es ist noch gar nicht lange her, da hast du sie alle hier auf Abbotswood willkommen geheißen!«
»Als Künstler. Bezahlte Künstler.«
»Dann war ich auch eine bezahlte Künstlerin!«
»Das stimmt, aber ich habe dich aus diesem Stand erhoben.«
Ich legte die Haarbürste hin; meine Wangen verfärbten sich.
»Du hast mich geliebt, und deshalb hast du mich geheiratet. Nicht um mich zu erheben, mich an deine Seite emporzuholen. Wenn ich dir gut genug zum Heiraten war, dann war ich dir auch ebenbürtig, genau wie jetzt.«
»Ja, seitdem du Mrs. David Hillyard bist.«
»Ich war dir auch vorher schon ebenbürtig.« Meine Stimme hatte einen zornigen Klang bekommen, und als David lachte, biß ich mir auf die Lippe; denn sein Lachen war nicht fröhlich, sondern spöttisch. Dann brach es abrupt ab, und seine Stimme wurde zärtlich.
»Du bist hereingefallen, nicht wahr? Aber ich schwöre dir, im Zorn bist du noch begehrenswerter, als wenn du ruhig bist, süße Aphra. Du mußt dich an meine Neckereien gewöhnen, wenn ich auch zugebe, daß es mir Spaß macht, dich ein wenig in die Enge zu treiben.«
»So wie den armen Schmetterling, den du neulich in der Hand gehalten hast?« Die Worte waren mir unwillkürlich entschlüpft und überraschten mich selbst ebenso wie ihn.
»Ja«, antwortete er, nachdem er einen Moment lang überlegt hatte, »das ist gar kein schlechter Vergleich.« Er schob George Mayfields Brief beiseite. »Gut, wenn du willst, antworte ihm ruhig, obwohl er nach so langer Zeit kaum noch damit rechnen wird. Der gute Mann wundert sich bestimmt und hält dich für eine vergeßliche Person.«
»Ein Grund mehr, ihm sofort zu antworten – und ich bin sicher, er hat Verständnis für mein langes Schweigen, wenn er von meiner Heirat erfährt.«
»Vielleicht. Aber du bist wirklich ein bißchen geistesabwesend, nicht wahr, Liebling? Weißt du eigentlich, daß du vergessen hast, deine Schuhe wieder anzuziehen?«

Wahrhaftig. Sie lagen, wo sie hingefallen waren, als ich sie abstreifte, während er mich zum Bett getragen hatte. Ich lachte und schlüpfte hinein, froh, daß zwischen uns alles wieder gut war.
Während der Mahlzeit erzählte ich ihm von meiner Absicht, nach Folkestone zu fahren, um mich wegen der Wiedereröffnung des Hippodroms umzuhören. »Das bin ich der Truppe schuldig, weil mein Vater das Engagement abgeschlossen hat. Irgend etwas stimmt da nicht. In solchen Dingen ist ihm noch nie ein Fehler unterlaufen.«
David schwieg. Ich sah ihn an, spürte Befangenheit bei ihm, ja Verlegenheit. Er erwiderte meinen Blick und sagte mitleidsvoll: »Das wäre nur Zeitverschwendung, meine Liebste. Dein Vater ist nie im Hippodrom gewesen.«
»Ich weiß. Das hat er uns doch erzählt.«
»Er hat uns auch erzählt, daß der Besitzer des Metropole der neue Pächter würde.«
»Ja – und?« Ich war unsicher, verwirrt und durch den behutsamen Ton meines Mannes nicht wenig beunruhigt.
»Das war alles Schwindel«, sagte er unverblümt. »Erfunden, um uns zufriedenzustellen. Der Besitzer des Metropole mag zwar ein Bekannter deines Vaters gewesen sein, und ich weiß, daß er an jenem Abend wirklich im Metropole übernachtet hat – ziemlich erstaunlich, denn es ist ein teures Hotel, und nach dem wenigen zu urteilen, das er dir hinterlassen hat, war er doch alles andere als wohlhabend. Aber höchstwahrscheinlich hat er sich die Unterkunft auf die übliche Art erschlichen, wie es Theaterleute eben zu tun pflegen, nämlich indem sie ihren Ruf ausnutzen.«
»So etwas hätte er nie getan!«
Mein Mann sagte nachsichtig: »Mein Liebling, du mußt dich beherrschen. Emotionale Labilität kann schlimme Folgen haben. Denk nur an Harriet.«
Ich spürte, wie die Farbe aus meinem Gesicht wich. Dies war nicht der zärtliche, fürsorgliche Mann, in den ich mich verliebt hatte, sondern ein gefühlloser Fremder mit kalten Augen und spröder Stimme. Ich hörte meine Gabel gegen den Teller klappern. Sogleich langte Davids Hand über den Tisch und legte sich auf die meine. Seine Augen waren wieder warm, seine Stimme klang wieder sanft. Wie konnte ein Mensch sich nur so schnell und ohne erkennbaren Übergang verändern?

»Meine Liebe, ich halte dir den Umstand zugute, daß die Trauer um deinen Vater noch frisch ist und verständlicherweise noch sehr tief sitzt. Darum habe ich auch Schweigen bewahrt über das, was ich herausgefunden habe.«

»Herausgefunden? Da gab es nichts herauszufinden!«

»Natürlich nicht, mein armes Herz. Vergiß es. Vergiß das alles, und denk nicht mehr an Folkestone. Warum dein Vater es vorzog, dorthin zu fahren, anstatt nach Abbotswood zu kommen, das bleibt am besten unentdeckt.«

»Deine – deine Andeutung gefällt mir nicht.«

»Ich deute gar nichts an!« Er sprach jetzt mit unendlicher Geduld, als müsse er auf jemanden eingehen, der nicht ganz bei sich war. »Ich stelle lediglich Tatsachen fest. Aus irgendeinem Grund, den nur er selbst kannte, beschloß dein Vater, erst in letzter Minute hierherzukommen und so schnell wie möglich wieder abzureisen. Wir kennen nur seine Behauptung, daß er in einer Droschke nach Abbotswood fuhr und einen Nebeneingang benutzte, weil die Einfahrt von den ankommenden Gästen verstopft war. In Wirklichkeit waren bis zum Lunch alle Besucher eingetroffen, und deshalb war es unnötig, sich später heimlich einzuschleichen.«

»Mein Vater hat nie etwas heimlich gemacht!«

»Doch, mein Liebling, diesmal schon.« David tupfte sich den Mund sorgfältig mit der Serviette ab, legte sie beiseite und schob seinen Stuhl zurück. In seinen Bewegungen lag eine Endgültigkeit, die das Thema ein für allemal abschloß, doch ich war nicht bereit, es dabei bewenden zu lassen.

»Du hast ihm nachspioniert und ihn überprüft, und das gefällt mir nicht.«

»Überprüft ja, aber nicht spioniert. Sein plötzlicher Tod hat mir zu denken gegeben, und um deinetwillen habe ich versucht zu ermitteln, was er unternommen hat, bevor er hierherkam. Du hattest mir doch erzählt, daß der Arzt, der ihn untersucht hat, mit dem Gedanken an eine mögliche Lebensmittelvergiftung spielte. Deshalb suchte ich den Direktor des Metropole auf und erfuhr, daß dein Vater tatsächlich dort abgestiegen war. Der Mann war von der Vermutung, daß sich jemand in seinem Hotel eine Lebensmittelvergiftung zugezogen haben könnte, nicht eben angetan, genausowenig wie mir die Vorstellung gefiel, daß dies auf Abbotswood hätte geschehen sein können – was natürlich nicht der Fall war, da ja sonst niemand zu Schaden gekommen ist. Wenn Claudia ein solcher Verdacht zu Ohren gekommen wäre, hätte sie ebenso reagiert. Und nun, meine Liebste, denk nicht mehr daran. Dein Vater ist tot, und all seine Geheimnisse sind mit ihm gestorben.«

»Er hatte keine Geheimnisse.«

Mein Mann lächelte nachsichtig.

»Glaubst du das wirklich? Gibt es überhaupt einen Menschen auf der Welt, der nicht irgendein Geheimnis hat? Doch ich bin gerührt von deiner Treue und deinem Vertrauen zu ihm. So muß es sein, und so soll es auch bleiben. Wenn du in unserer Ehe mit solcher Treue und solchem Vertrauen zu mir hältst, dann will ich zufrieden sein.«

Er kam um den Tisch herum und küßte mich sanft auf die Stirn.

»Und nun muß ich wieder an die Arbeit. Wie gedenkst du dich heute nachmittag zu vergnügen?«

Ich zuckte die Achseln. Mir war nicht nach Vergnügen zumute. Und ich war auch nicht bereit, die ganze Sache so einfach fallen zu lassen.

»Wenn mein Vater gesagt hat, er hätte vereinbart, daß die Truppe zu einem bestimmten Termin in einem bestimmten Theater auftritt, dann hat er die Wahrheit gesagt. Er hat in solchen Angelegenheiten nie etwas falsch gemacht.«

»Diesmal schon, meine Liebste – oder er hat eben *nicht* die Wahrheit gesagt. Der Besitzer des Metropole hat mir selbst erzählt, daß er kein Angebot für das Hippodrom gemacht hat. Mit einem Haus wie dem Metropole ist ein Hotelier voll ausgelastet.«

Mein Mann ging zur Tür, doch ich sah ihm nicht nach. Ich starrte mit leerem Blick auf mein Essen, das ich völlig vergessen hatte. Ich hörte die Tür aufgehen und seine Schritte verharren, und dann drang seine Stimme ganz sanft wieder zu mir.

»Ich fürchte, du mußt dich mit einer weiteren Tatsache abfinden, Aphra. Vor seinem Tod war dein Vater offenbar – sagen wir, konfus. Seine merkwürdige Schrulle, sich so gräßlich als Caliban zu verkleiden – welch ein Masochismus für einen Mann, der so stolz auf seine Erscheinung war! Und seine Vorstellung an diesem Abend war ausgesprochen fahrig. Ich hoffe, ich war der einzige im Publikum, dem seine Gedächtnislücken aufgefallen sind, seine Verwirrung –«

Mein Kopf fuhr hoch.

»Er hat sich nicht wohl gefühlt! Das weißt du doch! Du hast es selbst erwähnt, bevor wir am nächsten Morgen von Abbotswood abfuhren.«

»Das ist richtig. Und ich stimme dir auch weiterhin in allen Punkten zu.«

»Was soll das heißen – ›weiterhin zustimmen‹? Hör doch auf so zu tun, als seist du gezwungen, mir nachzugeben.«

»Aber das muß ich doch, meine Liebste, wenn du in diesem Zustand bist.« Er kam zurück und küßte mich, doch ich vermochte seinen Kuß nicht zu erwidern. »Also gut«, sagte er mit plötzlicher Ungeduld, »wenn du schmollen willst, dann schmolle, aber ich hatte gehofft, daß du emotional beherrschter und stabiler wärest.«

»Du willst doch nicht etwa andeuten, daß du mich für geistesgestört hältst!«

»Mein Liebling, ich deute nichts dergleichen an. Wie empfindlich du bist, nur weil ich deinem Vater zufällig bei einem Fehltritt auf die Spur gekommen bin. Es hat gewiß Frauen in seinem Leben gegeben, und zweifellos hatte er in Folkestone ein Stelldichein.«

»Und das hast du nicht überprüft?« spottete ich. »Hast du dich nicht im Metropole erkundigt, ob mein Vater eine Frau mit auf sein Zimmer genommen hat?«

»Großer Gott, glaubst du, ich lasse mich zu so etwas herab? Du bist verrückt, Aphra. Hysterisch bist du. Ich hätte nie gedacht, daß du dich so verhalten könntest. Neigte deine Mutter zu solchen Anfällen? Ich glaube, so etwas kann erblich sein.« Als ich ihn nur sprachlos anstarrte, fuhr er fort: »Ich habe dich nie nach deiner Abstammung gefragt –«

»Und jetzt fragst du mich danach?«

»Nein. Ich wundere mich nur. Ich vermute, du weißt sehr wenig darüber, und das ist vielleicht gut so.«

Die Tür schloß sich hinter ihm. Ich konnte es nicht fassen, daß der Mann, der das Zimmer verließ, erst eine Stunde zuvor mein Liebhaber gewesen war.

9

Es schien unbegreiflich, daß ich mich so kurz nach der Hochzeit mit meinem Mann gestritten hatte. Die häßliche Szene ging mir nicht aus dem Sinn. Am meisten erschütterte mich, daß Zärtlichkeit und Liebe so rasch von Zorn und bösen Worten abgelöst werden konnten. Allerdings mußte ich zugeben, daß nur ich die Kontrolle über meine Stimme verloren hatte. Nicht ein einziges Mal war Davids kultivierter Tonfall lauter geworden; ich war es, die protestierend aufgeschrien hatte, wohingegen er durch wohlerwogenen Gleichklang seinen Worten die Schärfe eines Rasiermessers verlieh, und das schmerzte viel mehr als jeder Wutausbruch. Das schlimmste aber war, daß ihn mein bewegter Aufschrei gänzlich ungerührt gelassen hatte.
Es war mir unerträglich, den Nachmittag in diesem Zimmer zu verbringen. Das Echo von Davids Worten, seine Mutmaßungen über die angebliche Unaufrichtigkeit meines Vaters und über meine emotionale Labilität klangen mir höhnisch in den Ohren, und ich konnte auch seine Andeutungen und Bedenken wegen meiner Abstammung nicht vergessen. Er hatte mir keine Möglichkeit gelassen, ihn zu fragen, wie er das meinte. Er hatte mich zornig, verwirrt und auf seltsam schmerzliche Weise verstört zurückgelassen.
Ich riß den riesigen Sheraton-Kleiderschrank auf, der eine ganze Wand einnahm. Als ich dieses Zimmer zum erstenmal betreten hatte, war ich von seiner Schönheit hingerissen gewesen, von den graziösen Konturen, dem Schimmer von Walnußholz und Mahagoni, den ovalen Medaillons auf den Türen mit dem unverkennbaren Muschelmotiv, das eine Reihe von Sheratons schönsten Arbeiten auszeichnete. Erst seit ich auf Abbotswood lebte, war mir bewußt geworden, welch fundiertes Wissen über Antiquitä-

ten mein Vater besessen und wie umfassend er mich darin unterrichtet hatte, und jedesmal, wenn ich diese kostbaren Türen öffnete, war ich von Staunen und Bewunderung ergriffen. Zuweilen ließ ich meine Finger über die edle Maserung des Holzes gleiten, doch heute galt mein Interesse nur der langen Reihe von Kleidern, die alle mir gehörten, mir ganz allein. Das ganze Zimmer stand mir zur Verfügung; mein Mann hatte nebenan einen eigenen Ankleideraum. Wir lebten recht prunkvoll hier auf Abbotswood; wir waren von erlesenen Möbeln umgeben, schritten über herrlich weiche Teppiche, aßen von feinstem Porzellan, tranken aus edlem Kristall und legten uns, wenn die Nacht hereinbrach, hinter kostbaren Vorhängen zur Ruhe.
Wie beneidenswert war mir all das erschienen, als ich meinen Fuß zum ersten Mal in dieses Haus setzte. Alles darin hatte mich mit Ehrfurcht erfüllt, hatte ein Leben in Eleganz und Sicherheit verheißen, wie ich es bis dahin nicht gekannt hatte, und fortan hatte ich mir nichts sehnlicher als ein solches Dasein gewünscht – außer der Liebe meines Mannes natürlich. Abbotswood und David Hillyard waren in meinen Gedanken eins geworden. Doch nun gehörte ich zu beiden und mußte schmerzlich erfahren, daß man selbst in einer solch behüteten Umgebung noch verwundbar blieb.
Zitternd zog ich den nächstbesten Mantel heraus, eine erstklassige Maßarbeit aus Velours mit Samtbesatz, ausgezeichnet geschnitten von dem taillierten Oberteil bis zu dem weitschwingenden Saum, der mein Schleppenkleid bedeckte. Auf dem Bord über den Kleidern stand eine Anzahl lederner Hutschachteln voll der schönsten Creationen, alle eiligst speziell für meine Brautausstattung gefertigt, und alle von David bezahlt.
Dieser Beweis seiner Großzügigkeit schien mich nun anzuklagen. *Du bist undankbar ... undankbar ... undankbar, weil du ihn mit zornigen Worten traktierst, obwohl du ihm so vieles zu verdanken hast ...*
Ich schlug die prächtig verzierte Tür zu. Ich würde einen Spaziergang im Park machen, bis ich mich wieder beruhigt hatte. Seit ich nach Abbotswood gezogen war, hatte ich schon viele Streifzüge zu Fuß unternommen; denn ich hatte noch nicht reiten gelernt. Auf dem Lande schien es zu den erstrebenswerten Fähigkeiten einer Dame zu gehören, daß sie mit einem Pferd umzugehen

verstand – neben den vielen anderen von ihr erwünschten Künsten, wie etwa bei Tage mit einem Gewehr, einer Angelrute oder den Zügeln hantieren zu können und am Abend kokett mit ihrem Tischnachbarn zu flirten, ihn mit bedeutungsvollen Blicken zu ermutigen und hinter dem Fächer albern zu kichern, wenn seine Hände sich zu Taille oder Busen verirrten, wenngleich ich mir nicht vorzustellen vermochte, wie jemand aus unbarmherzig in Fischbeinstäbchen eingezwängten Rundungen sinnlichen Genuß zu schöpfen verstand.

Alles nur Schein. Ich mußte plötzlich an Red Deakons Urteil denken. So sehr es mir widerstrebte, diesem Mann auch nur ein einziges Mal recht geben zu müssen, hatte ich doch bald erfahren, daß seine Einschätzung in diesem Punkt stimmte.

Als ich das Zimmer verließ, nahm ich meinen Brief an George Mayfield mit. Ich wollte ihn in den ledernen Postsack in der Halle stecken, um sicherzugehen, daß er befördert wurde. Nicht um alles in der Welt würde ich einen alten Freund im Stich lassen.

Claudia war in der Halle und besprach etwas mit Mrs. Stevens. Die beiden blickten auf, als ich die Treppe hinunterkam, und ich sah die Augen der Wirtschafterin über meinen purpurfarbenen Mantel huschen. Ich konnte fast ihre Gedanken Lesen. *Also Purpur mag ja eine Trauerfarbe sein, aber bei ihr sieht es überhaupt nicht so aus …* David hatte beinahe dasselbe gesagt. »Du mußt diese Farbe dein Leben lang tragen, Liebling, sie paßt großartig zu deinem dunklen Haar. An dir wirkt sie überhaupt nicht düster oder traurig.« Doch ich spürte Mrs. Stevens Mißbilligung und wußte, daß sie dachte, ob Braut oder nicht, für jemanden in Trauer sei es zu früh, vom vorgeschriebenen Schwarz zu den helleren Tönen Grau und Purpur überzugehen, die erst nach Ablauf von zwölf Monaten gestattet waren.

Mrs. Stevens senkte die Augen, um meinem Blick auszuweichen. Seit ich Mrs. David Hillyard geworden war, hatte sie nicht mehr versucht, mich in eine Unterhaltung zu verwickeln. Eine derartige Vertraulichkeit mit einem Mitglied der Familie war nur möglich, wenn sie von diesem selbst ausging, und auch dann hatte sie sich auf einen möglichst unpersönlichen Gedankenaustausch zu beschränken. Das aber war nicht die Art von Unterhaltung, an der Mrs. Stevens Gefallen fand; sie hatte mir eine Kostprobe ihrer Gesprächigkeit gegeben, als sie mir damals mein Zimmer im

Ostflügel gezeigt hatte. Damals war ich als Wanderschauspielerin hierhergekommen – als bezahlte Künstlerin, wie David es ausdrückte –, und als solche stand ich nicht mit der Familie, ja nicht einmal mit den Leuten im Dorf auf gleicher Stufe. Jetzt war ich plötzlich aufgestiegen und gehörte nicht mehr zu denen, die man zu einem freundlichen Plausch auffordern konnte, und *darüber* war im Dienstbodentrakt vermutlich eine Menge geredet worden. »Man weiß gar nicht, was aus der Gesellschaft werden soll. Stellt euch vor, neulich hat doch Lord Ashfords Erbe tatsächlich ein Freudenmädchen geheiratet! Diese jungen Lebemänner heutzutage scheren sich scheint's keinen Deut mehr um Stand und Herkunft. Die wollen bloß irgend so'n junges Ding aus'm Rampenlicht, und *die* will dafür 'nen Titel und 'n entsprechendes Einkommen. Freilich, Mr. Hillyard hat keinen Titel und kriegt auch nie einen, und die Herrin auch nicht, aber sie gehören doch zur Gesellschaft, und Abbotswood ist ein vornehmes Haus.«
Claudias Blick war liebenswürdiger. Sie hatte sich bemüht, mich als Frau ihres Bruders zu akzeptieren; trotzdem nahm ich nicht die Position ein, die ich erwartet, ja erhofft hatte. Claudia blieb die Herrin auf Abbotswood, und wenn ich mich überhaupt an irgendwelchen häuslichen Tätigkeiten beteiligen durfte, dann wurden sie mir von ihr zugewiesen. Aber mehr als Blumen zu arrangieren hatte sie mir bisher nicht anvertraut. Offenbar gab es keine anderen damenhaften Beschäftigungen, die ich hätte übernehmen können. Meine Position in der Familie war unbestimmt, denn man hatte mich noch nicht wirklich als Verwandte akzeptiert, und doch war ich kein Gast, der eines Tages wieder abreisen würde.
Claudia entließ Mrs. Stevens und kam mir entgegen.
»Gehst du aus?«
»Ja. Spazieren.«
Ihre grauen Augen musterten mich scharf. Trotz ihrer Zurückhaltung und der unsichtbaren Barriere zwischen uns war ich nach wie vor überzeugt, daß sie im Grunde ein gütiger Mensch sei, und ich hoffte, sie würde ihre Antipathie überwinden und einsehen, daß ich ihr als Frau ihres Bruders weder Feindseligkeit noch Neid entgegenbrachte. Aber immer wieder verbarg sie ihre Gefühle hinter einer Vorsicht, die es mir unmöglich machte, sie näher kennenzulernen. Ich wußte recht wohl, daß sie diese

Wachsamkeit abstreifen konnte, aber das hatte ich bisher nur in Gegenwart von Red Deakon erlebt.
»Du hast keinen Hut auf«, sagte sie mit mildem Tadel.
»Ja. Ich habe es gern, wenn ich den Wind im Haar spüre.«
»Aber –«
»Aber es ›schickt‹ sich nicht, wenn man in Trauer ist? Kann man denn Kummer nur auf ›korrekte‹ Weise ausdrücken? Muß man ihn durch ein äußeres Zeichen zu erkennen geben? Ich werde immer um meinen Vater trauern, mit oder ohne Hut.« Das mochte spöttisch klingen, war aber nicht so gemeint. »Ach, Claudia, verstehst du denn nicht? Anpassung muß doch nicht unbedingt Aufrichtigkeit bedeuten.« Ich berührte sie am Ärmel, doch sie wich zurück. Das schmerzte mich ein wenig, kam es doch einer Abweisung gleich, und ich ging weiter und sagte über die Schulter: »Ich laufe nun einmal gern ohne Hut herum. Ich halte mich nur im Park auf, dort sehen mich höchstens die Gutsarbeiter, und ich glaube, die mögen mich so oder so nicht.«
»Aphra, warte!« Von ihrem flehenden Tonfall überrascht, blieb ich stehen. Sie kam auf mich zu und sagte: »Verzeih mir. Ich wollte dich nicht kritisieren.«
Ihr Entgegenkommen machte mich glücklich. Ich strahlte sie an und küßte sie spontan auf die Wange.
»Viel Spaß bei deinem Spaziergang«, sagte sie, »und wenn du *wirklich* im Park bleiben würdest –«
»– könnte ich mißbilligendes Gerede im Dorf vermeiden?«
»Die Leute auf dem Lande leben in einer beengten Welt und sind leicht zu schockieren. Man tut gut daran, nicht gegen ihre Prinzipien zu verstoßen. Dir mögen diese Gesetze beschränkt vorkommen, aber für diese Menschen bedeuten sie die Richtlinien für ihr soziales Verhalten.«
Sie blickte mir nach, als ich die Stufen hinabging, jene Stufen vor dem Haupteingang, die mich so sehr beeindruckt hatten, als ich zum erstenmal an Davids Seite hier vorgefahren war. Dieser Tag schien nun unendlich fern; es war seitdem so viel geschehen, und ich war nicht mehr das naive Mädchen, das mit staunenden Augen eine Welt betrat, von der es bis dahin nur geträumt hatte. Jetzt war ich eine Frau, Ehefrau und Geliebte eines vergötterten Mannes. Ich wohnte in diesem herrlichen Haus, kam und ging durch den Eingang, der den Mitgliedern der Familie und ihren

Gästen vorbehalten war. So raffte ich denn meine Röcke und stieg selbstbewußt die Stufen hinab. Erstaunlich, wie schnell man sich an all das gewöhnen konnte. Würde diese Gewohnheit auch bei mir eines Tages zur Gleichgültigkeit werden? Ich bezweifelte es. Ich konnte mir nicht vorstellen, daß ich Abbotswood jemals als etwas Selbstverständliches hinnehmen würde.
Der flotte Spaziergang belebte mich, und auch das kurze Gespräch mit Claudia hatte mir wohlgetan. Endlich war sie mir ein wenig entgegengekommen, und ich hoffte, daß dies nach der Distanz der letzten Zeit nun eine herzlichere Beziehung zwischen uns einleiten würde. Wie glücklich wäre ich, wenn sie mir wieder mit der gleichen Freundlichkeit begegnen würde wie damals, als ich mit der Thespis-Truppe hier war.
Der Garten, in dem das Herrenhaus stand, wurde auf drei Seiten von Wäldern umschlossen, die zum Teil die Kulissen für das Freilichttheater in der Talsenke bildeten. Auf der vierten Seite aber erstreckte sich eine ausgedehnte Rasenfläche von der Einfahrt her bis hinunter zu einem jahrhundertealten Graben. Dahinter lag der Park – die Rehe darin waren so zahm, daß sie außerhalb der Brunftzeit den Menschen aus der Hand fraßen –, und jenseits des Parks erstreckten sich die Felder von Abbotswood, überragt von dem uralten Bauernhaus, das der Verwalter bewohnte. Hier stand auch die Hopfendarre, die David als Büro und Laboratorium benutzte. Früher war auf Abbotswood wie überall in Kent Hopfen angebaut worden, doch das hatte man zugunsten anderer landwirtschaftlicher Erzeugnisse und der Viehzucht aufgegeben, und die stillgelegte Hopfendarre diente heute einem anderen, aber nicht weniger einträglichen Zweck.
Entschlossen, Ärger und Verdruß aus der Welt zu schaffen, ging ich viel weiter, als ich beabsichtigt hatte, und als ich bei der Hopfendarre anlangte, fühlte ich mich schon wesentlich besser. Nichts war so gut wie Bewegung in der frischen Luft, um die Stimmung zu heben, und ich verspürte den dringenden Wunsch, die Dinge wieder ins Lot zu bringen, das Mißverständnis zu beseitigen, das Wohlwollen meines Mannes zurückzuerobern und wieder glücklich zu sein. Ich schämte mich meines Ausbruchs, und es verlangte mich danach, David das zu sagen. Also klopfte ich laut an die Tür seines Büros. Nichts rührte sich, und doch spürte ich, daß jemand da war. Ich zögerte, ging ein Stück weg,

kam wieder zurück. Ich klopfte noch einmal, dann probierte ich die Klinke. Sie gab nach, und als die Tür sich öffnete, blickte ich in einen runden Innenraum mit Ziegelmauern, der fast ganz von Davids Schreibtisch eingenommen wurde. Der war, bezeichnend für David, makellos aufgeräumt, ebenso wie die Regale und Schränke, in denen sich Papiere und Aktenordner stapelten. Das ganze war von einem peniblen Ordnungsgeist beseelt, der gewiß auch in dem angrenzenden Labor herrschte.

Es war merkwürdig still. Ich rief, doch mir antwortete nur das Echo meiner eigenen Stimme, das in dem runden Raum und von der hölzernen Wendeltreppe widerhallte, die zu der Bodenkammer unter dem spitzen Dach mit seiner alten Turmhaube emporführte. Ich war noch nie in einer Hopfendarre gewesen, und meine Neugier trieb mich, sie zu besichtigen. Neben Davids Schreibtisch führte eine Verbindungstür zu dem zweiten Raum, aber die war abgesperrt. Natürlich mußte man ein Laboratorium verschlossen halten, wenn es nicht benutzt wurde, aber ich hätte gern einen Blick hineingeworfen.

Enttäuscht wandte ich mich zum Gehen, hielt aber gleich wieder inne, weil ich von oben ein Geräusch vernahm, einen metallischen Laut. Da oben war jemand. Es konnte nur David sein, darum raffte ich meine Röcke und eilte, seinen Namen rufend, die Stufen hinauf. Ich war schon bei der Bodenluke angekommen, bevor er mir überhaupt hätte antworten können, und tauchte mit Kopf und Schultern in eine dämmrige Kammer, die fast ein genaues Abbild des unteren Zimmers war, mit Ausnahme der spitz zulaufenden Decke, die in die Turmhaube mündete. Von dort fiel ein Lichtstrahl herein, der die Dunkelheit ringsumher noch vertiefte.

»David?« Ich stieg vollends hinauf und blieb unsicher unter dem Lichtfleck stehen, plötzlich eingehüllt in Staub und schalen Hopfengeruch, vermischt mit einem ekelerregenden Gestank, den ich mir nicht erklären konnte.

»David?« wiederholte ich schrill, »David? Bist du hier?«

Meine Stimme wisperte spöttisch von den kahlen Mauern zu mir zurück. Ich sah mich um und versuchte, die Schatten zu durchdringen, sobald sich meine Augen an die Dunkelheit gewöhnt hatten. Der Raum war leer, bis auf den Staub vieler Jahre und die Spreu, die im Laufe der Jahrhunderte beim Trocknen des Hopfens

zurückgeblieben war. Sie knisterte unter meinen Füßen, als ich vorwärtsstolperte. Dann blieb ich wie angewurzelt stehen, weil ich wieder das metallische Geräusch vernahm, und weil ich plötzlich wußte, daß dieses Knacken unter meinen Füßen von etwas Härterem und Festerem als Spreu und trockenen Blättern herrührte. Meine Zehen stießen an etwas, das ein Stück wegrollte, dann liegenblieb und mich anstarrte. Ich blickte in leere Höhlen, wo einst Augen gewesen waren, und in einen klaffenden Kiefer mit zerfallenden Zähnen. Zwischen verstreuten und zersplitterten Knochen lag ein Schädel und grinste mich an.
Ich unterdrückte einen Schrei, und dann war auf einmal das Licht weg, ein starker Luftzug fegte über meinen Kopf und zwang mich in die Knie. Ich kauerte zwischen den Knochen dieses Beinhauses, so entsetzt, daß ich mich nicht mehr rühren konnte.
Etwas *war* hier, aber das war kein menschliches Wesen. Es war ein schemenhaftes Geschöpf von erschreckender Kraft, das dieses metallische Geräusch verursachen, sich erheben und das Licht zum Verlöschen bringen konnte. Ich spürte, wie dieses Etwas sich in der Schwebe hielt, bereit zuzuschlagen, eine gigantische Fledermaus aus der Hölle.
Ein neuerlicher Luftzug zwang mein Gesicht zu Boden, und meine Wangen wurden gegen spitze Knochenstücke gepreßt. Leichengeruch stieg mir in die Nase, und das metallische Geräusch neben mir wurde deutlicher. Es ertönte jetzt dicht an meinem Ohr, und ich fühlte, wie eine Kette mit ganzem Gewicht gegen meinen Körper gedrückt wurde. Guter Gott im Himmel, was für ein menschenfressendes Ungeheuer hauste hier? Ich lag da wie gelähmt, unfähig, mich zu bewegen oder auch nur einen Laut von mir zu geben. Mein Mund füllte sich mit dem bitteren Geschmack des Entsetzens, mein Magen zog sich vor Grauen zusammen. Ich hörte schweren Flügelschlag, als das Ungeheuer wieder herabschoß, näher diesmal als zuvor; es streifte meinen Kopf und zog an meinem Haar. Heftiger Schmerz durchzuckte meine Kopfhaut, als ein Büschel Haare samt Wurzeln herausgerissen wurde. Schrei auf Schrei entrang sich meiner ausgedörrten Kehle. Wie aus weiter Ferne konnte ich neue Schreie hören, und dann drangen, ebenfalls von ganz weit weg, Schritte an mein Ohr, ich hörte eine Stimme etwas Unverständliches rufen, und ich glaubte, mir schwänden die Sinne.

Dann war es still. Ich war also doch nicht ohnmächtig geworden. Ich lag lauschend und wartend da und vernahm eine beschwichtigende Stimme, die aber nicht zu mir sprach. »Komm, Conrad«, sagte sie, »komm, du brauchst nicht zu zappeln, du brauchst keine Angst zu haben. Du hattest nicht mit einem Eindringling gerechnet? Aber jetzt bist du in Sicherheit. Ich bin ja bei dir.«
Es war Davids Stimme in ihren sanftesten Tönen und mit jenem liebevollen Klang, den ich aus unseren zärtlichsten Momenten kannte. Der Alptraum war also noch nicht vorüber; ich befand mich nach wie vor in diesem Beinhaus, das mir durch die Stimme meines Mannes nur noch unwirklicher vorkam; denn nur in einem bösen Traum konnte er mit diesem Ort und dem Geschöpf, das darin hauste, so vertraut sein.
Die Kette wurde weggezogen. Ich vernahm kratzende Laute, als das Ungeheuer sich niederließ. Und dann half David mir auf die Beine und rief verärgert: »Meine liebe Aphra, was machst du hier? Um Gottes willen, du darfst Conrad nie wieder so erschrekken. Wer kann es ihm verübeln, wenn er angreift, um sich zu wehren?«
Irgendwie war ich die Treppe hinuntergelangt. Nach der Dunkelheit dort oben war ich von dem Sonnenlicht, das durch die offene Tür hereinfiel, fast geblendet. David drückte mich in einen Sessel, und da sah ich, daß seine Hand bis zum Ellbogen in einem Lederhandschuh mit dicker Stulpe steckte.
Nicht unfreundlich fragte David: »Warum um alles in der Welt hast du dich auf den Boden gelegt? Du hättest machen sollen, daß du zur Treppe kommst.«
»Ich – ich konnte nicht. Das Ding hat mich ja umgeworfen.« Ich kämpfte gegen das Zittern in meiner Stimme und brachte es irgendwie zustande, um Wasser zu bitten. Bis David es aus seinem Laboratorium geholt hatte – ich sah, daß die Tür jetzt offenstand –, hatte ich mich wieder einigermaßen in der Gewalt. Ich wischte kraftlos über meine staubigen Kleider und sog die Luft in tiefen Zügen ein, um mich zu beruhigen. Doch als ich trank, schlug das Glas klappernd gegen meine Zähne.
»Und jetzt«, befahl David, »sag mir, warum du da hinaufgegangen bist.«
»Ich habe ein Geräusch gehört und dachte, das wärest du. Um Gottes willen, David, was hast du da oben?«

Ein strahlendes Lächeln breitete sich auf seinem Gesicht aus, und lachend sagte er: »Du hast ihn also gar nicht gesehen? Die meisten Leute werden bei Conrads Anblick von Ehrfurcht ergriffen. Er ist der herrlichste Adler, der je in Gefangenschaft gehalten wurde.«

»Ein Adler! In dem düsteren Friedhof? Ich habe einen Schädel gesehen –«

David zuckte die Achseln. »Sicher. Wenn er ein Kaninchen oder einen Hasen oder sonst ein Tier fängt und es nicht auf einmal fressen kann, weil er von der anderen Beute schon zu satt ist, dann nimmt er es mit in seinen Horst. Was du gesehen hast, war kein Menschenschädel.«

Ich starrte ihn sprachlos an, und wieder lachte er.

»Meine liebe Aphra, du ahnst ja gar nicht, wie komisch du aussiehst, mit deinen aufgerissenen Augen, ganz fassungslos und dazu noch staubig! Was würde meine verehrte Schwester wohl sagen, wenn sie dich so sehen könnte? Ein Glück, daß sie nicht hier ist, doch selbst wenn sie da wäre, würde sie wissen, daß du dich nicht mit mir im Liebestaumel auf dem Boden gewälzt hast, weil ich schließlich nicht vollgestaubt bin.«

Er schüttelte sich vor Vergnügen. Ich fuhr ihn an, er solle aufhören.

»Da gibt es gar nichts zu lachen! Der Dachboden ist mit Knochen übersät. Warum machst du ihn nicht sauber?«

»Weil Conrad gern daran herumpickt.« Mein Mann sprach, als wäre ich ein Kind, das man geduldig belehren müsse. »Ich glaube, ich sollte euch einander vorstellen.«

»Nein!« Meine Stimme klang aufgeregt und schrill und verriet eine Angst, die ihn sichtlich verärgerte. Ich trank noch einen Schluck Wasser. »Es tut mir leid. Ich beruhige mich gleich wieder. Aber du kannst es mir nicht verdenken, daß ich einem Untier, das mir meine Haare mit den Wurzeln ausgerissen hat, nicht noch einmal begegnen will.«

Vorsichtig betastete ich mit der Hand meine Kopfhaut. David untersuchte die Stelle und meinte gleichmütig: »Bloß ein paar Haare, weiter nichts. Ein Adler verteidigt sich mit seinen Klauen. Damit hätte er dir den Schädel durchbohren können. Es war aber nur sein Schnabel, der zufällig an deinen Haaren zog. Mach doch kein Theater wegen so einer Lappalie.« Gleich darauf hatte er

mich vergessen; er legte den Kopf schräg und lauschte. »Jetzt ist er ruhig. Ich habe ihm seine Kapuze übergezogen, um ihn zu besänftigen.«
»Mir scheint, du bist mehr um ihn besorgt als um mich.«
»Natürlich. Du bist schließlich alt genug, um auf dich achtzugeben. Wärest du vernünftig gewesen und zur Treppe gerannt, dann hätte er nicht hinter dir herfliegen können. Erstens hätte seine Kette ihn gehindert, und zweitens ist die Spannweite seiner Flügel zu groß für die Falltür. Und nenne ihn bitte nicht Untier. Er ist der edelste aller Vögel, der König der Vögel. Aber er muß beschützt und gehegt werden. Bei diesem Herumflattern hätten sein Gefieder *und* sein Nervensystem Schaden nehmen können. Mein armer Conrad.«
Er ging zur Treppe und war verschwunden, ehe ich auch nur einen Einwand machen konnte. Ich stand auf, versuchte, mein Haar zu glätten und strich hilflos über meine Röcke. Gern wäre ich hinaus ins Sonnenlicht gegangen, hätte ich nicht einen solch kläglichen Anblick geboten; doch ich mußte meine Erscheinung in Ordnung bringen, bevor ich zum Haus zurückkehrte und mich Claudias prüfenden Blicken aussetzte.
Dieses kurze Zögern mochte unklug gewesen sein, aber andererseits hatte David vielleicht recht, wenn er meinte, ich müsse Conrad von Angesicht zu Angesicht gegenübertreten, um meine Furcht vor ihm zu überwinden. Als David mit dem Adler auf seinem ledergeschützten Arm die Stufen herabstieg, da wurden meine aufgepeitschten Nerven vor Bewunderung ganz ruhig. Nie hatte ich ein solches Gefieder, eine solche Zeichnung, eine solch edle Kopfhaltung gesehen. Unter der ledernen Kapuze sprang ein aristokratischer Schnabel hervor. Der Vogel strahlte eine Würde aus, daß ich mich meiner Angst schämte. Ob er wirklich mehr erschrocken war als ich?
»Komm, Aphra, sieh ihn dir an. Fühl doch nur, wie seidig seine Federn sind. Hab' keine Angst. Wenn er zugedeckt ist, kann er dich zwar spüren, aber nicht sehen; du bist also vor einem Angriff vollkommen sicher.« Voller Stolz streichelte David das Federkleid seines Lieblings.
Ich konnte den Vogel wohl anschauen, brachte es aber nicht über mich, ihn zu berühren. Seine Kraft und seine Größe flößten mir Achtung ein, doch jene schrecklichen Minuten waren noch zu

stark in mir lebendig. Unter der Manschette aus weichem Leder, mit der seine Füße zusammengebunden waren, erkannte ich die großen Klauen und die stahlharten Beinmuskeln, und ich erinnerte mich schaudernd, daß ich der Kraft dieser Muskeln und der Schärfe dieser schrecklichen Klauen noch vor wenigen Minuten schutzlos ausgeliefert gewesen war. Mehrere Zentimeter lang, klammerten sie sich um die dicke Lederstulpe, die den Arm meines Mannes schützte, und als ich zögernd einen Schritt vorwärts trat, krallten sie sich plötzlich fest, und ich sah, wie Davids Arm sich spannte, um dem Druck und dem Gewicht standzuhalten.

»Er spürt deine Nähe, Liebste. Schau, wie er sich instinktiv an mich klammert. Manchmal hält er sich so lange an mir fest, daß meine Hand ganz taub ist, wenn er sich endlich entschließt, davonzufliegen. Um seiner Kraft, seinem Gewicht und seinen messerscharfen Krallen widerstehen zu können, mußte dieser Handschuh aus dreifach dickem, wattiertem Pferdeleder gearbeitet werden. Komm, wir bringen ihn hinaus und lassen ihn frei. Er hat heute noch nichts gefressen, also wird er jetzt Lust haben, auf Jagd zu gehen. Wenn ich möchte, daß er eine besonders gute Vorstellung gibt, muß er sich dort oben mit Knochenpicken zufriedengeben; auf diese Weise bekommt er Appetit. In dem Schrank da drüben ist ein Ranzen mit seinem Köder. Bring ihn mir her.«

Ich blieb unschlüssig stehen.

»Du brauchst nicht nervös zu sein! Ich hoffe, du machst es nicht wie Claudia und Harriet, die vor seinem bloßen Anblick zurückweichen. Solange ich ihn unter Kontrolle habe, ist er harmlos. Er tut, was ich von ihm verlange. Ich habe ihn von einem Zoo gekauft, und er ist schon so lange bei mir, daß ich genügend Zeit hatte, ihn nach meinem Willen zu trainieren. Jetzt ist er über acht Jahre alt und kerngesund, so daß er sicher noch weitere acht Jahre leben wird. Er ist ein Königsadler, der größte und furchterregendste seiner Art. In seiner Heimat in Südafrika würde er Affen fressen und sogar recht ansehnliche Ziegenböcke töten. Hier muß er sich mit Hasen und Kaninchen begnügen, mit Rebhühnern und Fasanen, und gelegentlich, wenn es niemand sieht, ist ihm auch mal ein Schaf vergönnt. Ich werde nie vergessen, wie ich ihn zum erstenmal ein Schaf töten sah. Er stieß auf den Rücken des Tieres nieder, seine Krallen durchbohrten ihm die

Kehle. Es war auf der Stelle tot. Ich sah das Blut herausspritzen, und Conrad vergrub seinen Schnabel in der Wunde, um das Blut zu trinken. Es war die vollkommenste Erfüllung, die ich je erlebt habe, denn da wußte ich, daß es mir geglückt war, den Jäger in ihm zu wecken, obgleich er in Gefangenschaft geboren und aufgewachsen war. Ich hatte den Mordinstinkt, der seinen Vorfahren über Millionen von Jahren innewohnte, wieder zum Leben erweckt. Was ist denn, meine Liebste? Warum schaust du mich so an?«

»Wenn ich dich so reden höre, kenne ich dich gar nicht wieder.«

Er lächelte.

»Du wirst mich noch früh genug kennenlernen, aber wenn du mich ganz ergründen willst, dann mußt du auch Conrad kennenlernen. Er ist mein zweites Ich, nicht wahr, Conrad, mein Hübscher?«

Ich wandte mich ab, murmelte, ich könne erst nach draußen gehen, wenn ich mich gesäubert hätte, doch insgeheim hoffte ich, David würde von seinem Vorhaben absehen. Statt dessen erwiderte er ungeduldig: »Aber beeile dich. Es ist höchste Zeit, daß Conrad sein Futter bekommt, sonst hätte er sich nicht auf dich gestürzt. Zum Glück bist du ihm nur in seiner verdunkelten Behausung begegnet. Draußen im Tageslicht hättest du keine Chance gehabt. Da drüben in meinem Schreibtisch findest du eine Kleiderbürste. Ich hole inzwischen Conrads Köder, aber mach' nicht zu lange. Ich mag es nicht, wenn man mich warten läßt.«

»Du hast mir nie erzählt, daß du dir einen Adler als Haustier hältst«, sagte ich, während ich meine Kleider abbürstete und mir das Haar glattstrich.

»Irgendwann hätte ich es dir gewiß erzählt.«

»Claudia hat auch nie etwas davon erwähnt. Und selbst Harriet nicht.«

Aber Mrs. Stevens hätte mir einen Hinweis gegeben, wäre ich nur beherzt und neugierig genug gewesen, sie auszufragen, als sie mir von den Bentine-Adlern erzählt und gemeint hatte, Mr. Hillyard wäre gewiß nicht dafür, sie in der eingegrenzten Waldung aufzuziehen. Damals hatte ich dieser Bemerkung keine besondere Bedeutung beigemessen, doch heute begriff ich, daß sie

hatte anklingen lassen, nur jemand, der im Umgang mit diesen Vögeln vertraut war, könne soviel über sie wissen.
»Claudia und Harriet haben Angst vor ihm«, hörte ich David sagen, »und sie fürchteten wohl, wenn sie dir von ihm erzählten, brächte ich ihn ins Haus, um ihn dir zu zeigen. Ich bin froh, daß sie dir nichts gesagt haben, denn mit ihren dummen Geschichten hätten sie dir womöglich ihre eigenen Ängste aufgedrängt. Du aber sollst so fühlen wie ich. Du mußt ihn lieben lernen und darfst dich auf gar keinen Fall vor ihm fürchten. Das spürt er nämlich, und dann müßte ich ihn weiterhin allein fliegen lassen, was nicht halb soviel Spaß macht, wie vor einem Publikum – und wenn dieses Publikum auch nur aus einer verängstigten Frau besteht.« Mit vor Vergnügen geröteten Wangen blickte er mich amüsiert von der Seite an. »Natürlich ist es auch ungeheuer unterhaltsam zu sehen, wie er Leute erschreckt.«
Mit seiner freien Hand hatte er den Köderranzen aus dem Schrank geholt und fragte ungeduldig: »Ich hoffe, du bist jetzt fertig?«
Widerwillig legte ich die Bürste aus der Hand und folgte ihm.
»Wir bringen ihn in den Park, möglichst weit weg vom Gut. Ich möchte einen geschickten Verwalter nicht verlieren, und der Mann hat Angst um sein Vieh, wenn Conrad in der Nähe ist. Es ist sinnlos, ihn daran zu erinnern, daß es ja meine Tiere sind, und daß der gelegentliche Verlust eines Schafes mein Schaden ist und nicht seiner. Was du in Conrads Dachkammer gesehen hast, dürfte übrigens ein Schafschädel gewesen sein. Schau, jetzt setzen wir ihn auf diesen Ast und locken ihn mit dem Köder.«
Geschickt löste er die lange Kette von einem Haken, der am Bein des Vogels befestigt war, und dann setzte er ihn auf den überhängenden Ast. Ich entdeckte eine Glocke an seinem Fußgelenk.
»Damit ich ihn finden kann, falls er sich verirrt«, erklärte David, während er den Köder auspackte. »Sollte ich Conrad einmal verlieren, ich weiß nicht, was ich tun würde, so sehr sind wir miteinander verbunden. Ich bezweifle, ob ein anderer Adler ihn ersetzen könnte.«
»Und wenn er dich angreift, wie damals der Bentine-Adler?«
David lachte verächtlich. »Offen gesagt, der Mann hatte keine Ahnung, wie man den Vogel behandeln muß. Ich bin Conrads Herr und Meister, und er weiß das ganz genau.«

Während er sprach, band er den Köder an das Ende einer Schnur. Es war die Hälfte eines toten Kaninchens, samt Fell und Knochen. Ob das die Reste einer nicht ganz verzehrten Beute waren? Ich unterdrückte einen Schauder. Dann beobachtete ich wie hypnotisiert, wie David die Kapuze vom Kopf des Adlers streifte. Die wilden Augen blinzelten unsicher in dem plötzlich grell einfallenden Licht und klappten dann auf, als hätte eine Sprungfeder in den schweren, räuberischen Lidern nachgegeben. Ich sah den mächtigen Kopf, den kraftvollen Hals und den starken, gekrümmten Schnabel. Der Sonnenschein brach sich in Wellenlinien auf seinem glänzenden Gefieder.

»Sieh dir nur den Schwanz an«, schwärmte David. »Der Königsadler hat den längsten Schwanz von allen seinen Artgenossen. Bei den Jägern im Mittelalter, die Adler für die Falknerei abrichteten, hieß er Schleppe und wurde auf Reisen mit einer Lederhülle geschützt. So ein langer Schwanz hat den Nachteil, daß er sich leicht in den Bäumen verfangen und dadurch verletzt werden kann. Aber wer mit Adlern umzugehen versteht, würde ein solches Risiko nie eingehen; daran siehst du, wie ahnungslos dieser Bentine war, der die Vögel frei in den Wäldern herumfliegen ließ. Kein Wunder, daß einer ihn in seiner ausweglosen Beengtheit umgebracht hat!«

David stieß einen leisen Pfiff aus, der Körper des Adlers spannte sich, er beobachtete den Köder, der in immer weiteren Kreisen schwang, und dann erhob er sich plötzlich fast senkrecht zum Himmel empor.

»Ist das nicht herrlich? Nur der Königsadler kann so aufsteigen. Andere Adler fliegen auf ganz gewöhnliche Weise schräg nach oben. Jetzt mußt du ihn beobachten. Zwölf bis fünfzehn Meter über uns wird er innehalten, und dann wartet und lauert er auf den rechten Augenblick zum Angriff. Siehst du, wie er nach einem freien Ast ohne hinderliche Verzweigungen sucht? Da! Schau, wie hoch er steigt, bevor er niederstößt.«

Der riesenhafte Vogel flog höher und höher, bis er sich nur noch als winziger Fleck gegen den seidig-blauen Himmel abzeichnete. Ich fragte, ob er nicht viel zu hoch sei, um den Köder zu erkennen, doch David schüttelte den Kopf. »Je höher er steigt, desto weiter kann er schauen. Adler haben ein phantastisches Sehvermögen. Sie können eine Beute aus einer Entfernung von mehr als

einem Kilometer ausmachen und dann genau auf ihrem Ziel landen. Schau – da kommt er!«
Der ferne Fleck wurde größer, schoß in unglaublicher Geschwindigkeit mit fast geschlossenen Flügeln im Sturzflug herab und rauschte in Sekundenschnelle zur Erde nieder. Die mächtigen Beine schoben sich vor und strafften sich, der Rücken richtete sich auf, dann der ganze Körper, und mit einem dumpfen Aufprall landete der Adler mit solcher Wucht auf dem schwingenden Köder, daß dieser sich tief in die Erde bohrte. Die gierigen Klauen gruben ihn aus und rissen das Fleisch in Fetzen, als sei es Seidenpapier.
»Na, wie gefällt dir das?« fragte David stolz.
Es war eine imponierende Vorstellung gewesen, und ich konnte nicht umhin, das zu bestätigen.
»Ich wußte, daß du beeindruckt sein würdest, aber du darfst nicht allein den Flug bewundern. Schau dir diese Klauen an. Sie können reißen und töten. Der Biß eines Adlers hingegen verursacht selten gefährliche Wunden, obwohl er auch mal ein Stückchen Fleisch aus einem Opfer herauspicken kann. Als ich anfing, ihn zu trainieren, habe ich eine Fechtmaske getragen, denn wem ein Adler ins Gesicht hackt, der kann sein Leben lang entstellt bleiben oder erblinden. Du brauchst keinen Schrecken zu bekommen; wenn ich dabei bin, rührt er dich nicht an. Übrigens ist er im Augenblick ohnehin nur auf Futter versessen. Sobald er den Köder verzehrt hat, wird er sich auf eine echte Beute stürzen, und dann fängt die Aufregung erst richtig an. Der Köder dient nur als Appetitanreger.« Mit einem Blick auf den Samtkragen meines Mantels meinte er: »Zum Glück ist das kein Pelz. Schon mancher zahme Adler hat den Pelzkragen einer Dame für ein Tier gehalten und ist darauf losgegangen. Die Krallen durchbohren den Kragen bis zum Hals, und das führt augenblicklich zum Tode.«

Wäre meine erste Begegnung mit dem Adler nicht so entsetzlich gewesen, dann hätte ich diesen unüberwindlichen Widerwillen gegen den Vogel vielleicht unterdrücken können. Desungeachtet fand ich seine Vorstellung während der nächsten halben Stunde wirklich eindrucksvoll; sein prächtiger Flug, die herrliche Spannweite seiner Flügel – von einer Spitze zur anderen maßen sie nahezu zweieinhalb Meter – und seine geschickte Flugtechnik

waren zweifellos bewundernswert; sein grausames Morden aber, in der Luft wie auf der Erde, ließ mich erschauern. Immer aufs neue stieg er auf, stürzte herab, warf sich mitten im Flug auf den Rücken, um ein Tier zu packen, und nie verfehlten seine schrecklichen Klauen ihr Ziel. Und immer aufs neue stürmte dieser Wirbelwind zur Erde und brachte den sicheren Tod. Wilde Tiere, so wollte es mir scheinen, existierten nur, um von diesem König der Lüfte niedergemetzelt zu werden; große wie kleine wurden seine Opfer, sogar die unscheinbare Feldmaus, die er mit seinen Fängen packte, um sie in den gefräßigen Schnabel zu schieben und auf einmal zu verschlingen.
Er hatte einen unermeßlichen Appetit, doch auch bei ihm trat schließlich der Sättigungspunkt ein. Mit geschwollenem Kropf beäugte er am Ende den Abfallhaufen aus Fleisch und Knochen und wandte sich gleichgültig ab.
»Bist du satt, mein Hübscher? Gut, dann nehmen wir die Reste mit heim in dein Versteck. Hilf mir, sie einzusammeln, Aphra. In dem Ranzen ist ein Wachstuchbeutel. Und vergiß nicht – Fleisch *und* Knochen. Es ist genügend da, um ihn über Wasser zu halten, bis ich ihn wieder fliegen lasse.«
Ich starrte auf das Blutbad und weigerte mich. »Hier sieht es aus wie auf einem Schlachtfeld. Bitte mich ja nicht, das Zeug anzurühren.« Ich wandte mich ab, unfähig, den aufgeblähten Vogel noch länger anzuschauen, der jetzt wieder zugedeckt war und schläfrig auf einem nahen Ast wartete; seine Kette war wieder an ihrem Haken befestigt und um das Handgelenk meines Mannes geschlungen. Auch David vermochte ich nicht anzusehen, denn seine Gleichgültigkeit gegenüber diesem Gemetzel stieß mich ab.
»Meine liebe Aphra, du bist doch nicht etwa zimperlich?«
»Wenn es um unnötiges Morden geht, schon. Du hast das Tier bloß weitermachen lassen, weil es dir Spaß machte.«
Ich ging fort, überließ es David, die Reste zusammenzuscharren und in den Wachstuchbeutel zu schaufeln. Es machte ihm offensichtlich nichts aus, sich die Finger mit Blut zu beschmieren, wenn er dadurch seinem kostbaren Adler ein wohlgefülltes Lager verschaffen konnte. Von der Schönheit des Fluges wollte ich jetzt nichts mehr wissen. Ich hatte nur noch sein blitzschnelles Morden vor Augen, dieses barbarische Töten um des Tötens willen,

das er zum Entzücken meines Mannes vollführte. Das Echo der Schreie seiner Opfer klang mir noch in den Ohren, der gewaltige Aufschlag, wenn er landete, der entsetzliche, reißende Laut seiner Krallen.
Vom Schrecken meiner ersten Begegnung mit dem Vogel erneut ergriffen, begann ich zu laufen. Ich stolperte blindlings durchs hohe Gras und wollte nichts als möglichst weit von dem Vogel wegkommen. Oder war es sein Herr, dem ich zu entfliehen trachtete, dieser Mann, den ich zu kennen glaubte, und der nun eine ganz fremde Seite seines Charakters offenbarte?
Ich mußte regelrecht im Kreis gelaufen sein, denn nach wenigen Minuten sah ich mich David wieder gegenüber. Er kam mir entgegengeschlendert, Conrad hockte auf seinem Arm, der Wachstuchbeutel schaute aus dem Lederranzen heraus. Ich verharrte ganz still, versuchte, meiner Atemlosigkeit Herr zu werden; doch es gelang mir nicht, mein klopfendes Herz zur Ruhe zu zwingen. Eine unerklärliche Panik überfiel mich: Ich wollte weder meinen Mann noch irgend jemanden im Hause sehen. Claudia mit ihrem scharfen Blick würde sofort erkennen, daß ich völlig außer mir war, und Harriet würde sich, falls sie es merkte, nur daran ergötzen. Mrs. Stevens' eindringliche Wachsamkeit war mir genau so unangenehm. Nur Trumans blasse Augen würden Mitleid zeigen, aber auch danach verspürte ich durchaus keinen Wunsch.
David lächelte mich nachsichtig an.
»Was bist du doch für ein ängstliches Geschöpf, Liebste! Rennst einfach weg, weil du es nicht erträgst, dem Tod ins Auge zu schauen. Auf dem Lande muß man sich daran gewöhnen. Wilde Tiere machen Jagd auf andere wilde Tiere, das ist nun einmal ihre Natur.« Er blieb neben mir stehen und sah mit spöttischem Blick auf mich herunter. »Du mußt lernen, dich in das Unvermeidliche zu fügen, mein Liebling. Du kannst die Naturgesetze nicht ändern.«
»Ich kann sie aber auch nicht immer angenehm oder vergnüglich finden.«
»Mit der Zeit wirst du anders darüber denken. Möchtest du nicht einen Spaziergang machen, um deinen Kopf von diesen Schreckgespenstern zu befreien?«
Ich nickte. Das war genau das, was ich brauchte. Er ging im Gleichschritt neben mir her, aber als die Hopfendarre in Sicht

kam, kehrte ich um. Ich wollte nie wieder in die Nähe dieses Gebäudes kommen.
David sagte: »Gib mir Bescheid, wenn du vorhast, mich hier zu besuchen, und ich sorge dafür, daß die Falltür zum Dachboden geschlossen bleibt. Normalerweise steht sie offen, um frische Luft hereinzulassen. Übrigens hast du mir gar nicht gesagt, warum du gekommen bist.«
Ich gestand, daß ich ihn hatte sprechen wollen, weil es mir zuwider war, daß wir uns nach dem Lunch im Streit getrennt hatten. Darauf sah er mich so erstaunt an, als sei er sich keiner Mißhelligkeit, keiner Verstimmung bewußt.
»Meine Liebe, ich erinnere mich weder an unsere Trennung noch an das, was ihr unmittelbar vorausging. Nur an das, was vorher war. Das sind die Augenblicke in einer Ehe, die man festhalten muß, die Augenblicke, in denen wir uns nicht nur körperlich, sondern auch seelisch nahekommen. Alles andere zählt nicht.« Er beugte sich zu mir und küßte mich auf die Nasenspitze, und die glänzenden Federn des Adlers streiften meine Hand. Sie fühlten sich an wie Seide, aber ich zuckte trotzdem zurück.
David sagte sanft: »Du brauchst keine Angst vor ihm zu haben, wenn ich dabei bin. Du brauchst vor gar nichts Angst zu haben, wenn ich bei dir bin. Ich passe immer auf dich auf.« Sein schöner Mund kräuselte sich zu jenem zärtlichen Lächeln, das noch nie seine Wirkung auf mein Herz verfehlt hatte, und als wir uns trennten, fühlte ich mich beinahe wieder glücklich.
Ich schritt munter voran, steckte die Hände in die Manteltaschen, und da umschlossen meine Finger den Brief an George Mayfield. Ich hatte vergessen, ihn in den Postsack zu stecken, damit der Briefträger ihn hätte mitnehmen können. Der mußte inzwischen längst dagewesen sein, und so hielt ich es für das beste, ins Dorf zu gehen und den Brief dort aufzugeben.
Von George schweiften meine Gedanken unwillkürlich zu meinem Vater, und während ich weiterging, fiel mir alles wieder ein, was David mir über den Besuch meines Vaters in Folkestone mitgeteilt hatte. Zwar sträubte ich mich zu glauben, daß mein Vater das Engagement am Hippodrom nur als Ausrede für seine verzögerte Ankunft auf Abbotswood erfunden hatte, aber schließlich enthielt auch Georges Brief Anhaltspunkte, die diese Vermutung zu bestätigen schienen. Ob es mir gefiel oder nicht,

ich mußte einsehen, daß an der Geschichte meines Vaters etwas nicht stimmte; aber da ich ihn so gut kannte, wußte ich auch, daß er niemals eine Freundin in ein Hotel wie das Metropole mitgenommen hätte. Er pflegte mit seinen Affairen nicht an die Öffentlichkeit zu treten, und sie waren auch nie mehr als unbedeutende Tändeleien gewesen, die er brauchte, um die von Zeit zu Zeit aufflammende Sehnsucht nach Petronella zu lindern. Den sorgfältig ausgeklügelten Plan, wegen eines amourösen Stelldicheins eine umständliche Reise zu unternehmen, hielt ich bei ihm für unwahrscheinlich.

Ebenso unwahrscheinlich aber schien es, daß er wegen der ungewissen Chance, an einem geschlossenen Theater, dessen Wiedereröffnung in der »Aera« nicht angekündigt war, ein Engagement zu bekommen, von Canterbury nach Folkestone gefahren war. Wenn ich auch behauptet hatte, die »Aera« sei mit ihren Nachrichten nicht auf dem laufenden, so wußte ich doch, daß sie in allem, was das Theater betraf, bestens informiert und auf dem neuesten Stand war. Schließlich war das die Aufgabe dieser Zeitschrift. Jeder Schauspieler und sämtliche Theaterdirektionen studierten sie regelmäßig, und mein Vater hatte es nicht anders gemacht. Er hatte gewußt, welche Theater ausgebucht waren und welche freie Termine hatten, welche Häuser geschlossen wurden und welche neu eröffneten, denn solche Kenntnisse waren für ihn als Direktor der Thespis-Truppe lebenswichtig.

Ich konnte mir selbst nicht länger vormachen, daß ich an die Geschichte meines Vaters glaubte. Er war offensichtlich nach Folkestone gefahren, um die Zeit totzuschlagen und sich nicht länger als unbedingt nötig auf Abbotswood aufhalten zu müssen, und er hatte sich für Folkestone entschieden, weil es günstig gelegen war. Bei einer Entfernung von nur vier Meilen konnte er kurz vor Beginn der Vorstellung nach Abbotswood kommen, um so wenig Zeit wie möglich an einem Ort zu verbringen, den er eigentlich gar nicht hatte aufsuchen wollen.

Jeder Gedanke weckte einen neuen, jede Erinnerung brachte eine weitere hervor. Ich hatte meine ganze Überredungskunst aufgeboten, um ihn zur Annahme des Engagements auf Abbotswood zu veranlassen, und als er schließlich dort ankam, geschah das ganz unauffällig und zu einer Zeit, da alle im Haus sich umkleideten und von seiner Ankunft nichts bemerkten, und statt vor

dem Hauptportal vorzufahren, hatte er sich zu einem Seiteneingang hineingeschlichen. Das verwunderlichste aber war, daß er allen Leuten aus dem Weg ging und darauf drängte, Abbotswood so schnell wie möglich wieder zu verlassen.
Doch welche Gründe sich hinter seinem Verhalten verbargen, das sollte ich vorläufig nicht herausfinden.

Durch die Erinnerung an meinen Vater und die körperliche Bewegung vergaß ich die Begegnung mit dem Adler und die übergroße Zuneigung meines Mannes für ihn. Ich war völlig in Gedanken versunken, und erst als ich die halbe Meile von Abbotswood zum Dorf hinunter gewandert und bei dem kleinen Gemischtwarenladen, der auch als Postamt diente, angekommen war, merkte ich, daß ich meinen Brief an George Mayfield ja gar nicht aufgeben konnte. Ich hatte mich ursprünglich an diesem Nachmittag nur im Park aufhalten wollen, also keine Geldbörse eingesteckt, und nun hatte ich nicht einmal einen Penny für die Briefmarke bei mir.
Die Hand schon auf der eisernen Türklinke zum Laden, hielt ich inne. Mit meinem eleganten purpurfarbenen Mantel und dem windzerzausten Haar bot ich gewiß eine auffällige Erscheinung. Der Tag war stürmisch, und das Wetter hatte mir arg mitgespielt. Die Haarnadeln hatten sich gelockert, der schwere Knoten war mir in den Nacken gerutscht und drohte sich aufzulösen. Ich spürte die neugierigen Blicke der Dorfbewohner, die kritisch meine Kleider musterten. Ich konnte es ihnen kaum verübeln, denn feine Herrschaften liefen nicht hutlos in der Gegend herum, sondern ritten auf edlen Pferden vorüber oder fuhren in blankpolierten Landauern oder Broughams, und zwar mit Hut und Handschuhen, wie es sich für ihren Stand gehörte. Wenn die junge Frau »droben vom Haus« ohne Gespür für damenhaftes Benehmen durch die Gegend spazierte, so war das zum mindesten überraschend, wenn nicht gar ein wenig schockierend. (Aber die war ja auch bloß so 'ne Schauspielerin, nicht wahr, da weiß sie's vielleicht nicht besser ... Ja, Mrs. Bentine, die ist anders. *Die* hätte nicht geheiratet, solange sie in Trauer war; *die* hätte die gebührende Zeit abgewartet und bestimmt nicht so zeitig aufgehört, Schwarz zu tragen ...)
Ich ließ die Klinke los und stieg die wenigen ausgetretenen Stufen

hinunter, doch kaum hatte ich die Straße erreicht, da begann es zu regnen. Es war einer dieser plötzlichen Schauer, die einen im Nu bis auf die Haut durchnäßten, wenn man keinen Unterschlupf fand. Also begann ich zu laufen. (Und seht nur, jetzt rennt sie auch noch! Das gehört sich doch nicht für eine Dame!) Bevor ich den kleinen Hain vor dem Dorf erreicht hatte, triefte mein Haar schon vor Nässe. Es wäre klüger gewesen, im Dorfladen Zuflucht zu suchen, selbst wenn ich mich dadurch den kritischen Augen der Leute ausgesetzt hätte. Geschieht dir recht für deine Feigheit, dachte ich, als ich mich, den neugierigen Blicken der Dorfbewohner endlich entronnen, unter dem Schutz überhängender Zweige mit dem Rücken gegen eine hohe steinerne Mauer lehnte.

Ich betete, der Regen möge so schnell aufhören, wie er gekommen war. Das Wasser tropfte mir aus den Haaren in den Nacken und rann in den Kragen meiner Bluse. Ich mußte ja einen schönen Anblick abgeben! Ein Segen, daß mich weder David noch Claudia oder sonst jemand von Abbotswood jetzt sehen konnte! Es war im allgemeinen nicht schwer, sich über die Gepflogenheiten auf dem Lande zu mokieren, aber ich mußte jetzt mit ihnen leben, und wenn ich auf Abbotswood glücklich werden wollte, würde ich mich bereitwilliger anpassen müssen. Und da ich mir sehnlichst wünschte, als Mitglied der Familie anerkannt zu werden, mußte ich auch lernen, mich wie eine der ihren zu benehmen.

Von Ferne drangen die Geräusche aus dem Dorf zu mir. Vom Kirchturm läuteten die Glocken herüber; ein Händler pries lautstark seine Waren an, und hinter mir, jenseits der Mauer, rauschte es dumpf wie das Feuer in einem Brennofen, von Hammerklängen und Maschinenrattern begleitet. Und plötzlich vernahm ich Hufeklappern, das neben mir zum Stillstand kam.

»Mrs. Hillyard! Wenn Sie hier stehenbleiben, weichen Sie noch vollends auf – nasse Bäume bieten gegen einen solchen Regenguß wenig Schutz.«

Ich erkannte die Stimme, und mein Herz sank. Ich hätte mir denken können, daß ausgerechnet dieser Mann als Zeuge meiner mißlichen Lage auftauchen würde; er schien sich ja stets in peinlichen Augenblicken zu zeigen, und nie hielt er mit seinem Urteil zurück. Ich blickte Red Deakon mit soviel Fassung, wie ich trotz wirr in die Stirn fallender Haarsträhnen und schmutziger Rocksäume zustande bringen konnte, ins Gesicht.

Wie nicht anders zu erwarten, lachte er; nicht hörbar zwar, aber ich sah es an seinen Augen.

»Bitte, kommen Sie herein und stellen sich unter, und wenn der Regen aufgehört hat, fahre ich Sie nach Hause.«

Es wäre kindisch gewesen abzulehnen; denn würde ich draußen stehenbleiben, so würde ich erst recht übel aussehen, wenn ich endlich nach Abbotswood zurückkehrte. Es blieb mir keine Wahl, und so hochmütig ich konnte, dankte ich ihm. Ich hatte das hohe schmiedeeiserne Tor, das wenige Meter zu meiner Linken in die Mauer eingelassen war, gar nicht bemerkt. Es stand offen, dahinter erstreckte sich eine breite Zufahrt, und in die steinernen Säulen zu beiden Seiten des Tores war der Name »Deakons Schmiede« eingemeißelt. Er stieg vom Pferd, und mir blieb keine Wahl, als sein Angebot anzunehmen; und um die Wahrheit zu sagen, ich war ihm sogar dankbar.

Wir gelangten in einen Innenhof, und obwohl mir der Regen in die Augen rann, blickte ich mich interessiert um. Auf der linken Seite stand eine lange Reihe von Steinbauten mit so dicken Wänden, daß der Lärm im Innern sehr gedämpft wurde. Nur die der Zufahrt zugekehrte Außenmauer war dem dumpfen Brausen des Brennofens und dem hämmernden Klang des Eisens nahe, so daß störende Geräusche kaum bis zu dem abseits stehenden Wohnhaus dringen konnten. Von dort, wo wir standen, konnte ich nur ein Stück davon sehen, denn die kurvenreiche, dicht von Bäumen gesäumte Einfahrt versperrte den Blick.

Nachdem Red Deakon einen Stallburschen herbeigerufen und ihm sein Pferd übergeben hatte, lief er mit mir zum Haus. Ich rannte mit gesenktem Kopf neben ihm her, und der Anblick meiner bespritzten Röcke beschämte mich. Selbst nach dem Trocknen würden sie arg mitgenommen aussehen. Der Gedanke, in solch desolatem Zustand nach Hause zu kommen, behagte mir ganz und gar nicht, und ich betete, daß es mir gelingen möge, nach oben zu schleichen, ohne jemandem zu begegnen, vor allem nicht David, der nicht nur an sein eigenes, sondern auch an mein Erscheinungsbild die höchsten Ansprüche stellte.

An der Eingangstür hob ich den Kopf und blickte mich abermals um. Die Auffahrt hatte ein schmales Flüßchen überquert. Es war eigentlich kaum mehr als ein sehr breiter Bach, der das Haus wie ein Burggraben umgab, und von welchem kleinere Wasserläufe

wie Adern von einer Hauptarterie abzweigten. Die meisten von ihnen führten offensichtlich zu der den Blicken verborgenen Eisenhütte. Meine Aufmerksamkeit wurde jedoch vor allem vom Wohnhaus selbst gefesselt, einem langgestreckten, zweistöckigen Steinbau von recht uneinheitlichem Stil, der aber vorherrschend aus dem späten siebzehnten Jahrhundert zu stammen schien. Neben und über der weißen Eingangstür, die sich nur mit einer einzigen Stufe brüstete, waren Schiebefenster in die efeubewachsenen Mauern eingelassen. Ich erkannte auf den ersten Blick, daß es ein großes Haus war, wenn auch kein Herrschaftssitz, und daß es mit Stolz und Sorgfalt gepflegt wurde.
Während Red Deakon die Tür aufschloß und mich hineinschob, fragte ich mich, wie viele Generationen von Deakons wohl daran gearbeitet haben mochten, um dieses Haus zu dem zu machen, was es jetzt war. Drinnen nahm er mir meinen nassen Mantel ab und übergab ihn einer Frau, die aus dem Hintergrund herbeigeeilt kam. »Häng' den zum Trocknen auf, Meg, ja? Und dann mach' Tee, so schnell du kannst. Mrs. Hillyard ist vom Regen überrascht worden und kann gewiß eine Stärkung gebrauchen.«
»Freilich, freilich. Das arme Kind.«
Das Lächeln der Frau war warm und gütig; es enthielt weder Tadel noch Kritik. Sie huschte geschäftig davon und überließ es dem Herrn des Hauses, sich um mich zu kümmern. Wir befanden uns in einem langen, schmalen Flur mit weißgetäfelten Wänden, an dessen Ende eine weißlackierte, mit einem roten türkischen Läufer bedeckte Treppe zu einer schöngeschwungenen Galerie hinaufführte. Der unaufdringliche Charme des Hauses, seine Schlichtheit und Behaglichkeit gefielen mir auf den ersten Blick, und ich fühlte mich gleich heimisch. Selbst die gespannte Wachsamkeit, die sich sonst immer einstellte, wenn ich diesem Mann begegnete, hatte ein wenig nachgelassen, und der Gedanke an Tee war mir ausgesprochen angenehm.
»Kommen Sie in mein Arbeitszimmer, Mrs. Hillyard. Dort können Sie Ihre Schuhe ausziehen und Ihre Füße am Kaminfeuer trocknen.«
Eigentlich überraschte es mich nicht, daß ich mich bereits in dem Zimmer wiederfand, bevor er noch zu Ende gesprochen hatte. Red Deakon war ein Mensch, der keine Zeit verlor; das galt

offensichtlich auch für die freundliche Meg, denn kaum hatte er mich in einen gemütlichen Sessel gedrückt und mir ohne Umschweife die Schuhe ausgezogen, da kam sie ohne anzuklopfen hereingesegelt. Sie stieß die Tür mit dem Fuß auf, weil sie ein vollbeladenes Tablett in Händen trug. »Eh' ich's vergesse«, sagte sie, »unten in der Werkstatt hat's ein bißchen Ärger gegeben. Wieder mal dieser Jenkins.«
Sie stellte das Tablett an meine Seite: Gewürzkekse und Weizenküchlein waren darauf, hausgemachte Erdbeerkonfitüre und ein Teeservice, das ich als Rockingham erkannte, weil mein Vater einmal auf einer Versteigerung in London erfolglos für ein ähnliches geboten hatte. Während der Tourneepausen pflegte er viele Stunden in Auktionshäusern zu verbringen, und er hatte mich häufig mitgenommen. Aber er erstand selten etwas, weil die Preise meistens weit über seine Verhältnisse hinausgingen. Ich fragte mich, ob ich wohl unaufhörlich an meinen Vater erinnert werden würde. Selbst im Hause dieses Mannes gab es Dinge, die mich an ihn denken ließen.
Ich ergriff die hübsche Teekanne und schenkte ein, während mein Gastgeber seiner Haushälterin antwortete.
»Das Übliche, vermute ich. Hat er wieder Eisenreste mitgehen lassen?«
»Was denn sonst? Sie behandeln Ihre Leute viel zu milde. Vor Ihnen hat kein Deakon den Arbeitern erlaubt, auch nur eine einzige Unze mit nach Hause zu nehmen. Alle Reste mußten eingeschmolzen und wieder verwendet werden. Aber Sie fordern den Ärger ja regelrecht heraus, wenn Sie denen ihre Ration für den Hausgebrauch umsonst überlassen. Wenn man einem den kleinen Finger reicht, dann nimmt er die ganze Hand, und genauso macht es dieser Kerl. Ich hab' den Verdacht, er fertigt Sachen an, und die verkauft er – Schemel und Türklopfer und dergleichen.«
»Was die Leute mit ihrer Abfallzuteilung machen, geht mich eigentlich nichts an. Ursprünglich waren die Reste für Dinge gedacht, die sie zu Hause benötigten, aber wenn sie Geld brauchen und ihr freies Quantum nicht erhöhen, ist das ihre Sache. Und Jenkins ist der einzige, der sein Recht ab und zu mißbraucht. Ich schätze, der Vorarbeiter ist hier gewesen und wollte mich deswegen sprechen?«

»Ja, vor 'ner knappen halben Stunde. Und diesmal sollten Sie nicht wieder beide Augen zudrücken!« Sie warf einen letzten Blick auf das Tablett und wünschte uns einen guten Appetit. »Nichts verschwendet, nichts gebraucht«, zitierte sie. »Also, ich hab' noch zu tun ...« Und damit eilte sie hinaus.
Red Deakon suchte amüsiert meinen Blick. Dann glitten seine Augen über mein Haar.
»Es trocknet schneller, wenn Sie es lösen, Mrs. Hillyard. Und falls Meg hereinkommt und Sie mit offenen Haaren sitzen sieht – was sich bei einer Dame nicht schickt –, so stört sie das nicht im geringsten. Sie haben gewiß schon gemerkt, daß sie sich selbst kaum um Verhaltensvorschriften kümmert. Sie gehört schon so lange zu diesem Haushalt, daß sie nichts mehr überraschen kann. Schütteln Sie Ihr Haar also ruhig aus und machen Sie 's sich bequem.«
Das tat ich mit Freuden, doch als ich die Haarnadeln herauszog, zuckte ich zusammen. Red Deakon beobachtete mich, und diese verräterische Bewegung entging ihm nicht.
»Sie sind ja verletzt! Wie ist das passiert?«
»Ach nichts. Mein Haar hat sich in ein paar Dornen verfangen –« Er beugte sich über mich und teilte vorsichtig die Haare auseinander. »Sie haben hier eine wunde Stelle, ganz mit Blut überkrustet, als wäre eine Strähne samt Wurzeln ausgerissen worden.«
»Ich bin doch in den Dornen hängengeblieben.«
»Und zwar ganz schön heftig, so wie das hier aussieht.«
»Ich bin aufs Geratewohl in einen Dornbusch marschiert. Ich bin eben mehr an Großstadtstraßen gewöhnt als an ländliche Pfade.«
Während ich noch sprach, war er bereits zur Tür hinaus und kam zwei Minuten später mit einer Schüssel voll Wasser zurück. Mein Haar fiel mir nun wallend über die Schultern.
Red Deakon bestand darauf, die Wunde zu säubern. Das Wasser tat meiner Kopfhaut wohl.
»Es ist nichts Ernstes«, sagte er beruhigend, »aber es muß ein böser Riß gewesen sein. Das getrocknete Blut hatte die Haare verklebt. Jetzt dürfte es besser sein.« Und leichthin setzte er hinzu: »Aber Sie müssen aufpassen, wo Sie hier auf dem Lande hintreten, Mrs. Hillyard. Wir wollen doch nicht, daß Sie skalpiert werden. Dazu haben Sie zu schönes Haar.«

Ich war froh, daß er mir die Geschichte glaubte, und erleichtert ließ ich meinen Kopf gegen den Sesselrücken fallen. Red Deakon stellte die Schüssel zur Seite und setzte sich mir gegenüber. Sein Blick schweifte von meinem Haar zu meinem Hals, und zu meiner Verblüffung fragte er: »Diese Brosche – wo haben Sie die her?«
Ich berührte die Kamee, die meiner Mutter gehört hatte. Schon als Kind war ich von ihr beeindruckt gewesen. Anders als bei den meisten Kameen stellte die Schnitzerei keinen Kopf, sondern einen Drachen mit einem Kettenpanzerhandschuh im Maul dar. Die Brosche war eines der wenigen Schmuckstücke, die meine Mutter besessen hatte, und ich wußte nichts weiter darüber, als daß sie schon ihrer Mutter und davor ihrer Großmutter gehört hatte. Die Kamee war nicht groß, und ihr Wert lag in dem einmaligen Muster. Es überraschte mich, daß ein Mann wie Red Deakon davon Notiz nahm.
Ich konnte ihm nichts über die Geschichte der Brosche erzählen; soweit ich wußte, hatte sie keine – ebensowenig wie meine Mutter selbst –, aber sein Interesse veranlaßte mich, sie abzunehmen und ihm hinüberzureichen. Er betrachtete sie eine Weile und gab sie mir dann wortlos zurück, und zum erstenmal sah ich weder Spott noch Belustigung im Gesicht dieses Mannes. Seltsam befangen steckte ich die Brosche wieder an meine Bluse. Da ich mich vorbeugen mußte, fiel mein Haar wie ein Vorhang herunter und verbarg meine Züge, und so verharrte ich, bis meine Verlegenheit überwunden war. Ich spürte, wie Dampf von meinem Haar aufstieg, und um das Trocknen zu beschleunigen, durchkämmte ich es mit den Fingern, hob es an und schüttelte es, damit es von der Wärme des Feuers durchdrungen würde. So saßen wir schweigend, bis ich es nicht mehr ertragen konnte; denn während der ganzen Zeit spürte ich seine Augen auf mir.
»Mein Haar ist trocken – ich muß gehen –«
»Es ist nicht annähernd trocken, und der Regen hat noch nicht aufgehört. Sie können sich darauf verlassen, daß ich Sie zeitig genug nach Abbotswood bringe, so daß Sie früher dort ankommen, als wenn Sie zu Fuß gegangen wären.«
Ich war froh, daß er keine Bemerkung darüber machte, daß ich allein und ohne Hut ins Dorf gegangen war, und mich auch nicht fragte, was ich dort gewollt hatte. Ein nachmittäglicher Spazier-

gang war ja eigentlich auch ganz harmlos, und vielleicht hatte ich mir die tadelnden Blicke der Dorfbewohner nur eingebildet. Ich wußte nichts zu sagen, und um seinen Augen auszuweichen, die mich so eindringlich musterten, sah ich mich im Zimmer um. Es war zu meiner Überraschung voller Bücher. Ich hatte diesem Mann eigentlich keine geistigen Studien zugetraut. Ich bemerkte Bände über die Geschichte von Kent und las Titel wie »Familien von Kent« und »Berühmte kentische Geschlechter« und dachte, daß ich mich gern einmal in diese Bücher vertiefen würde.

»Ihr Haus muß sehr alt sein«, sagte ich. »Anfangs hielt ich es für siebzehntes Jahrhundert, aber jetzt bin ich nicht mehr so sicher. Die Schiebefenster und die georgianische Eingangstür sind gewiß später hinzugekommen, als Steinböden schon nicht mehr gebräuchlich waren.« Zwischen den Kanten eines großen Perserteppichs und den Wänden war der geflieste Boden ringsum in einer Breite von etwa fünfzehn Zentimetern sichtbar. »Wie alt ist es?«

»Dieser Raum hier ist so alt wie die normannischen Überreste auf Abbotswood. Jedenfalls war das die Meinung meines Vaters. Nachdem er sich zur Ruhe gesetzt hatte, verbrachte er seine Tage vornehmlich mit dem Studium der Geschichte dieser Gegend, und ich bin glücklich, daß ich seine Bibliothek geerbt habe – und sie sogar noch erweitern konnte. In der Umgebung des Dorfes hat man eine Menge normannischer Überreste nachgewiesen. Der erste Deakon, der aus Lamberhurst hierherkam –«

»Der erste Red Deakon?«

Er nickte. »Er ist überall im Land herumgewandert, um einen Ort zu finden, wo er ganz von vorn anfangen konnte, und er hat erst haltgemacht, als er zufällig auf diese Gebäude stieß, die nun Deakons Schmiede beherbergen. Es waren verlassene Kuhställe, und abseits davon – genau hier – stand die Ruine einer kleinen Kapelle – dieses Zimmer. Außer dem Steinboden und abbröckelnden Mauern war nichts mehr übrig; die Fenster waren zerstört, und durchs Dach sah der offene Himmel herein; doch er hatte gefunden, was er suchte, denn hier gab es auch, was er am meisten benötigte: Wasser. All die Bäche hier und der schmale Fluß, der rund um das Haus fließt, kommen hinten von den Hügeln und münden in einen kleinen See neben einer natürlichen Lehmgrube hinter den Eisenwerken. ›Schmiede‹ ist heutzutage nicht mehr die richtige Bezeichnung für die Gießerei, aber mein Vorfahre hat mit einer Schmiede angefangen, und wir werden den Namen nie ändern. Hier also war alles, was er suchte! Roter Lehm, Wasser, die unentbehrlichen Hilfsmittel, die er brauchte, um sein Schmelzfeuer zu entfachen; dann noch Grundmauern, die sich wiederaufbauen ließen und genügend Holz, um einen Brennofen zu füttern. Dieses verlassene Anwesen war geradezu ideal für ihn – und so hat er es genommen.«

»*Genommen?* Sie meinen, er hat es einfach in Besitz genommen? Hat ihn denn niemand vertrieben?«

»Niemand, aus dem einfachen Grunde, weil hier meilenweit niemand lebte. Es stand auch noch die Ruine eines ehemaligen Wohnhauses, aber die war so verfallen, daß man die zerbrochenen Steine und Balken nur noch anderweitig verwenden konnte. Doch bevor mein Vorfahr anfing, suchte er den Pfarrer in Hythe auf. Der wußte nichts über das Anwesen, aber aus den Kirchenbüchern ging hervor, daß eine Familie namens Neuton einst dort gelebt hatte; ihr gehörte vermutlich das Land, die baufälligen Kuhställe und die Ruine der Kapelle, doch diese Familie war verschwunden. Nach der Vereinigung mit Schottland folgte für Kent eine entbehrungsreiche Zeit. Vorher hatte hier, von Cranbrook ausgehend, das Weberhandwerk geblüht, doch die Union löschte das aus. Viele Familien wanderten aus, andere schlugen sich nach Flandern durch, um dort an den Webstühlen zu arbeiten. Die hier blieben, mußten mit allen Kräften ums Überleben kämpfen.«

»Wie Ihr Vorfahre.«

»Ihm blieb gar nichts anderes übrig. Die Eisenerzschicht im Mergel von Lamberhurst war ausgebeutet, und die Arbeit in dem Gebiet lohnte sich nicht mehr. Also hat er sich hier angesiedelt. Nachts schlief er in den alten Kuhställen, und tagsüber hat er sie repariert; er schleppte Steine und Holz von der Hausruine herunter, grub den Lehm um und legte Mergel und Eisenerz frei. Und dann hat er seinen Brennofen gebaut.«

»Und die Firma der Familie Deakon gegründet.« Ich hatte ihm mit Interesse zugehört. »Und als er seinen Brennofen gebaut und die Kuhställe wiederhergestellt hatte, was dann?«

»Dann kam das hier. Eine Hütte aus der Kapellenruine. Der Fußboden war gut erhalten, und er hat ringsum Wände errichtet, ein Dach gezogen und es eigenhändig mit Ried gedeckt. So war es

erst einmal trocken und wettergeschützt, und er hat sein ganzes Leben lang an dem Haus weitergebaut. Er hat auch nie aufgehört, nach Mitgliedern der Familie Neuton zu forschen, und Jahre später hatte er Erfolg. Er stieß auf eine alte Dame drüben bei Canterbury, die in eine Nebenlinie eingeheiratet hatte. Er besaß damals genug Geld, und er zahlte ihr einen guten Preis, obgleich sie gar keine Urkunden über ihr Eigentumsrecht vorweisen konnte. Sie nahm das Geld mit Freuden an. Sie schien die letzte Überlebende dieser Linie zu sein, denn von anderen Zweigen der Neutons fand sich keine Spur. Nach diesem offiziellen Erwerb setzte Red Deakon sein Werk fort und erweiterte es, und die nachfolgenden Generationen machten es ihm nach; eine jede richtete sich nach den Bedürfnissen und Gepflogenheiten ihrer Zeit, und das Ergebnis ist ein Mischmasch aus verschiedenen Stilrichtungen und verschiedenen Geschmäckern.«
Nein, dachte ich. Das Ergebnis war ein Heim, das im Laufe der Zeit und mit Hilfe liebender Hände gereift war.
»Seit es mir gehört«, fuhr er fort, »habe ich nichts mehr verändert, außer daß ich diesen Raum zu meinem Arbeitszimmer gemacht habe, weil er das Herz des Hauses ist, von dem es ursprünglich sein Leben empfing. Ich betrachte es nicht als Trägheit, ein altes Haus, das einem gefällt, so zu lassen, wie es ist. Man muß gute Häuser schätzen und achten wie gute Bilder. Aber das wissen Sie natürlich, nicht wahr? Sie bewundern schöne Häuser, habe ich recht, Mrs. Hillyard? Das habe ich nämlich gleich gemerkt.«
Er erinnerte sich also an die Samtvorhänge, an meine Erregung dort oben auf der Galerie von Abbotswood, und daß ich zurückgekommen war und in die Familie eingeheiratet hatte. Wenn man es so betrachtete, schien alles ausgesprochen ehrgeizig und berechnend. So mußte Red Deakon es jedenfalls sehen, und darauf spielte er nun an und machte sich wieder über mich lustig.
Ich griff nach meinen Schuhen.
»Die sind noch feucht«, sagte er, nahm sie mir aus der Hand und stellte sie wieder vor den Kamin. »Und ich sagte Ihnen ja schon – Ihre Haare sind überhaupt noch nicht trocken.«
»Ich muß trotzdem gehen. Zu Hause wundern sie sich gewiß schon, wo ich so lange bleibe.«
»Und sie wären sehr schockiert, wenn sie es wüßten, meinen Sie?

Würde es Sie überraschen, von mir zu erfahren, daß Claudia erfreut wäre, Sie sicher und gesund in diesem Haus zu wissen, und daß es ihr nicht das mindeste ausmachen würde, daß Sie mit mir allein sind?«
»Das würde mich allerdings überraschen.«
»Claudia ist eben eine überraschende Persönlichkeit.«
Ich bemerkte nichts dazu. Ich hielt Claudia für voreingenommen; sie beurteilte die Frau ihres Bruders nach vorgeschriebenen Normen; ich war nicht von seinem Stand und also seiner nicht würdig. Sie schien mich zwar zu akzeptieren, doch ich wußte es besser. Sie machte sich nur selbst etwas vor. Ich würde sie immer gern haben, weil eine instinktive Zuneigung mich zu ihr hinzog, aber würde ihr auf gesellschaftliche Formen fixierter Sinn mich jemals als ihresgleichen oder gar als ihres Bruders würdig anerkennen? Menschen, die im Banne ihrer Vorurteile gefangen waren, ließen sich nicht versöhnen. Aber konnte ich darüber mit einem Manne sprechen, der Claudia so offenkundig verehrte?
Draußen auf dem Kies knirschten Räder; sie rollten langsamer und kamen schließlich zum Stehen. Von dort, wo wir saßen, ließ sich der Haupteingang nicht überblicken, und so erfuhr ich erst, als Meg hereinplatzte, wer der Besucher war.
»Mr. Hillyard ist hier, um seine Frau abzuholen –«
David schob sie zur Seite. Ich sah ihren entrüsteten Blick, als er ohne Umstände ins Zimmer trat und ihr die Tür vor der Nase zumachte.
»Ihr Dienstmädchen hat sich geirrt, Deakon –«
Red Deakon unterbrach ihn. »Meg ist kein Dienstmädchen. Sie ist die Witwe eines Cousins und führt mir den Haushalt. Sie ist hier daheim, und ich mag es nicht, wenn man sie als Dienstmädchen bezeichnet, geschweige denn so behandelt.«
David ging überhaupt nicht darauf ein. Mit verkniffener Miene sagte er: »Ich hatte keine Ahnung, daß Aphra bei Ihnen zu Besuch ist, aber die Frau hielt das wohl für den Grund meines Kommens. Bevor ich überhaupt nach Ihnen fragen konnte, hat sie mir schon erzählt, daß ich Mrs. Hillyard in Ihrem Arbeitszimmer finden würde.«
Seine Augen waren ebenso kalt wie seine Stimme. Als er mich ansah, schauderte ich, aber ich konnte den Blick nicht von ihm abwenden. Er runzelte die Stirn über mein Haar, das mir wie

einer Bauerndirne über die Schultern hing. Ich erriet seine Gedanken, auch wenn er sie nicht aussprach. Und meine Füße – ohne Schuhe auf das Kamingitter gestützt. Ich konnte mir vorstellen, wie die Szene auf ihn wirkte: Ich, am Kamin dieses Mannes in einem bequemen Sessel, barfuß, mit aufgelöstem Haar. Ich mußte die Situation irgendwie retten. Ich band mein Haar wieder zusammen, bemüht, meine Hände ruhig zu halten, und sagte gleichmütig: »Mr. Deakon hat mir Schutz vor dem Regen geboten. Ich bin sicher, du wirst ihm dafür danken wollen, genau wie ich.«

David sagte nichts dazu, und nach wenigen Minuten verließen wir das Haus. Er schob mich barsch zur Tür und dann in seine Kutsche.

Hätte er während der Heimfahrt auch nur ein einziges Wort gesprochen, so wäre alles einfacher gewesen, aber er blieb stumm. Auch als wir schon ein gutes Stück von Red Deakons Haus entfernt waren, machte er seinem Zorn nicht Luft. Eine Szene in der Öffentlichkeit »schickte« sich eben nicht, auch nicht auf einer abgelegenen Landstraße, wo es weit und breit keine Zeugen gab.

Der Regen hatte aufgehört. Ich saß stocksteif, um Haltung ringend, und mir wurde erst jetzt bewußt, um wie viel leichter das einer Frau fiel, wenn sie einen Schirm in den behandschuhten Händen hielt und einen eleganten Hut auf dem Kopf trug, unter dem das Haar ordentlich aufgesteckt war. Mit meinen zerzausten Strähnen und den bloßen Händen, die nicht einmal ein Täschchen hielten, sah ich gewiß nicht sehr damenhaft aus. Lediglich meinen Kopf konnte ich hoch tragen. Als wir uns Abbotswood näherten, wappnete ich mich für den Augenblick, da der Pförtner auftauchen würde, um uns das Tor zu öffnen. Der bedauernswerten Miss Hillyard mochte man ihre Exzentrik wohl nachsehen, von mir aber wurde erwartet, daß ich Mrs. Bentine nacheiferte, die niemals vor die Öffentlichkeit treten würde, als hätte sie die Schule geschwänzt und müsse nun wie ein streunendes kleines Mädchen heimgebracht werden, ohne Hut und Handschuhe und mit aufgelöstem Haar. So aber würde die junge Mrs. Hillyard nun dem Pförtner vorkommen. Mit prüfender Hand tastete ich über meine flatternden Locken. Wie jämmerlich hatte ich sie ohne Hilfe von Bürste und Spiegel frisiert!

Die Pforte lag vor uns. Ich sah den großen steinernen Bogen, von dem der Adlerkopf auf uns herabblickte. Und dann lenkte David die Pferde nach rechts und fuhr einen Weg entlang, der rings um die Mauer führte. Er schämte sich also meiner und brachte mich durch einen Nebeneingang nach Hause. Ich schaute zurück: Der Pförtner hatte die Kutsche nicht kommen hören und war gar nicht aufgetaucht; der Adler über dem Tor aber schien uns mit verächtlicher Miene zu beobachten. Und plötzlich kamen mir die Ermahnungen meines Vaters in den Sinn, daß man die Menschen nicht nach ihrem Aussehen beurteilen dürfe, daß sich unter einer Maske eine Bedrohung verbergen könne, und daß überall im Leben Räuber lauern könnten wie der Adler vor dem Tor. Ich fragte mich, ob er wohl diesen hier bemerkt hatte, als er damals nach Abbotswood gekommen war, und ob er dabei an seinen alten Spruch gedacht haben mochte. Ich hätte auch gern gewußt, wie die Familie Bentine diese für alle Ewigkeit in Stein gehauene Erinnerung an den Tod ihres Großvaters hatte ertragen können.

Für mich war das Bildwerk auf einmal beseelt. Conrads Gegenwart, der einsam in seinem Horst über der Hopfendarre hauste, schien es mit Leben erfüllt zu haben, und nie wieder würde ich es betrachten können, ohne dabei den Beigeschmack des Todes im Mund zu spüren.

David wählte den Eingang, der geradewegs zum Ostflügel führte, so daß wir durch den Gästetrakt ins Haus gelangten, der jetzt unbenutzt war. Ich lächelte schwach und sagte: »Du schämst dich also meiner, David, ja? Du möchtest wohl nicht, daß das Personal deine Frau mit ungekämmten Haaren sieht?«

Er gab keine Antwort, und wir schritten schweigend durch die endlosen Flure, an den Räumen vorüber, die damals die Thespis-Spieler bewohnt hatten, dann an meinem und meines Vaters Zimmer vorbei. Wie hatten sie mir damals imponiert, so sehr, daß ich die Samtvorhänge gestreichelt und mich Red Deakons kritischem Blick ausgesetzt hatte! Ich drängte die Erinnerung an jenen Augenblick beiseite und ging klopfenden Herzens neben meinem Mann her. Lautlos bewegten sich unsere Füße über die dicken Teppiche, und von den Wänden blickten die Portraits längst verblichener de Friemonts und ihrer Nachfahren auf uns herab. Die Bilder waren alt, und die Menschen darauf vergessen, und doch hatten ihre Gesichter für mich etwas unwiderstehlich Anziehendes und schienen mir auf irgendeine merkwürdige Art lebendig.

Ich sagte: »Ich kann es nicht glauben, daß nicht ein einziges Mitglied der Familie Bentine sich malen ließ. Meinst du nicht, daß man die Bilder versteckt hat – und kannst du mir erklären, warum?«

Der trotzig herausfordernde Klang meiner Stimme entsprach genau meiner Empfindung. Ich hatte genug von dem eisigen Schweigen meines Mannes. Ich wollte ihn zum Sprechen reizen, gleichgültig, wie zornig seine Worte sein mochten. Daß er mich in so schändlicher Heimlichkeit nach Hause gebracht hatte, war schlimm genug, doch von einer Szene bedroht zu sein, einer Szene, die vonstatten gehen würde, wenn *er* es für richtig hielt und ja nicht früher, das entfachte in mir einen Zorn, der dem seinen ebenbürtig war. Doch gegen seine Unnahbarkeit war ich machtlos, und schließlich gab ich den Versuch, ein Gespräch in Gang zu bringen, auf. So erreichten wir unsere Zimmer, und er öffnete mir mit ausgesuchter Höflichkeit die Tür. Ich sah seine tadellos manikürte Hand, diese bleiche, weiße Hand auf dem ziselierten, goldenen Türknauf ruhen, und in einem entlegenen Winkel meines Hirns fragte ich mich, was von beiden eleganter und erlesener war.

Er schloß die Tür.

»Und nun«, forderte er, »sieh dich an.«

Nach Abbotswoodschen Maßstäben sah ich vermutlich unmöglich aus. Mein Haar war feucht und hastig aufgesteckt, und der Regen hatte meine Kleider völlig verdorben. Die Falten meines purpurfarbenen Mantels wellten sich vor Feuchtigkeit, der Samtkragen war zerknittert; und doch sah ich nicht so übel aus, wie ich geglaubt oder wie ich mich durch die Mißbilligung meines Mannes gefühlt hatte. Darum zuckte ich nur die Achseln und meinte: »Der Mantel muß gereinigt und gebügelt werden, aber er hat keinen Schaden gelitten, weil er aus gutem Stoff ist. Und Regenwasser pflegt das Haar; es macht es weich und glänzend.«

Da platzte David heraus: »Hast du denn kein Gespür für Anstand? Hast du kein Schamgefühl? Und wäre ich nicht Claudia

zuliebe wegen der Balkone vorbeigekommen, dann hätte ich es vielleicht nie erfahren!«
»Vielleicht mangelt es mir an Anstand – es gehört sich nicht für eine Dame, ohne Hut in der Öffentlichkeit zu erscheinen, nicht wahr? – aber ich habe absolut keinen Grund, mich zu schämen, und du auch nicht.«
»Keinen Grund! Du besuchst einen Mann *allein* in seinem Haus, rekelst dich mit offenen Haaren vor seinem Kamin, und das nennst du nichts, dessen man sich schämen müßte? Ein Wunder, daß du nicht noch Rock und Bluse ausgezogen hast, um sie zusammen mit deinen Schuhen am Feuer zu trocknen!«
»Daran habe ich gar nicht gedacht. Wie schade! Das wäre viel bequemer gewesen, als in feuchten Kleidern herumzusitzen.«
Er hob die Hand, als wolle er mich schlagen. Ich wich instinktiv zurück, und er ließ seine Hand schwerfällig sinken. Jetzt zitterte er statt meiner, doch ich hatte ein übles Gefühl in der Magengrube. Dieser Tag schien nur überreizte Szenen mit meinem Mann zu bringen. Ich drehte mich zur Seite, zog den Mantel aus, und bevor David mich zurückhalten konnte, hatte ich schon nach Mrs. Stevens geläutet.
»Wage es nicht, dich so vor einem Dienstboten zu zeigen!«
»Das habe ich keineswegs vor«, erwiderte ich kühl, begab mich ins Schlafzimmer und zog meinen Rock aus. Als David mir folgte, war ich bereits in einen anderen geschlüpft, setzte mich vor den Spiegel meines Ankleidetisches und griff nach einer Haarbürste. Als Mrs. Stevens an die Tür klopfte, sah ich wieder untadelig aus. Ich übergab ihr Mantel und Rock und bat sie, die Sachen säubern zu lassen, ohne zu erklären, wie sie in diesen Zustand geraten waren.
Mein gleichmütiges Auftreten nahm meinem Mann vorübergehend den Wind aus den Segeln; als aber die Wirtschafterin eine Minute später, die Kleidungsstücke noch über dem Arm, zurückkehrte, schwand meine Überlegenheit dahin.
»Auf dem Weg nach unten habe ich die Taschen umgedreht, Ma'am, und dabei hab' ich das hier gefunden.«
Es war mein Brief an George Mayfield. Bevor ich danach greifen konnte, hatte David ihn schon in der Hand, und Mrs. Stevens ließ uns allein.
»Und was ist das?« fragte er frostig.

»Es steht doch auf dem Umschlag, oder? Du hast doch gewußt, daß ich George geschrieben habe. Ich bin ins Dorf gegangen, um den Brief aufzugeben.«

»Warum ins Dorf? Der Postsack ist in der Halle.«

»Ich habe vergessen, ihn dort einzustecken, darum wollte ich ihn persönlich abschicken. Unglücklicherweise bin ich ohne Geld weggegangen, und darum konnte ich auch keine Briefmarke kaufen.«

»Du hast vergessen, ihn in den Postsack zu stecken, du hast deine Handtasche vergessen, du bist losgegangen, um einen Brief aufzugeben und hast vergessen, einen Penny für die Marke mitzunehmen ... Was ist mit dir, mein teures Weib? Du bist in letzter Zeit merkwürdig zerstreut, und das macht mir Kummer. Oder hast du wieder geträumt? Ich besinne mich, daß du mir damals auf der Fahrt von Canterbury nach Abbotswood von deinem Hang zu Tagträumen erzählt hast. Das sind dieselben Merkmale wie bei Harriet. Vielleicht sollte ich mich auch für dich um Hilfe bemühen.«

Hätte er mich geschlagen, so hätte er mich nicht wirksamer strafen können. Ich warf ihm einen vielsagenden Blick zu und rauschte aus dem Zimmer. Ich hörte, wie er den Brief in Fetzen riß. Ich war nicht sicher, aber ich glaubte, auch ein leises Lachen zu vernehmen; doch als ich mich geschwind umdrehte, las ich nur Besorgnis und Mitleid in seinem Gesicht, und das war viel schlimmer.

10

Ich mußte Davids herzlose Bemerkungen vergessen. Mittlerweile hatte ich seinen vielschichtigen Charakter kennengelernt, und den mußte ich, so wie er war, akzeptieren. Man durfte von keinem Menschen Vollkommenheit erwarten. Bei mir würde er sie gewiß auch nicht finden. Darum mußte ich jenen Auftritt verdrängen und mir einreden, daß David mich nur in einem momentanen Verlangen, mich zu treffen – wie es zornige Menschen eben tun –, mit Harriet verglichen und seine Worte, kaum daß sie ausgesprochen waren, bereut hatte. Bei nächster Gelegenheit würde er das zugeben, und damit wäre wieder eine kleine Fehde in unserer Ehe begraben.

Doch die Szene in Red Deakons Haus war nicht so leicht zu vergessen. Die Erinnerung daran kränkte mich und nagte an meinem Stolz. Solche Zwischenfälle waren schon schlimm genug, wenn man unter sich war, aber wenn Dritte mit hineingezogen wurden, fiel es schwer, dergleichen zu verzeihen. David hatte sich ausgesprochen beleidigend aufgeführt, als er mich in Reds Arbeitszimmer antraf, besonders Red gegenüber, der mir lediglich seine Gastfreundschaft angeboten hatte. Ein solch ungebührliches Verhalten verlangte nach einer Entschuldigung, aber dazu würde sich mein Mann nie aufraffen. In intimen Augenblicken mit mir mochte er wohl Reue zeigen, aber niemals würde David einem anderen Mann eingestehen, daß er in irgendeinem Punkt im Unrecht war. Dies war ein Zug seines Charakters und würde sich nie ändern.

So lag es denn an mir, die Sache zu bereinigen. Die Frage war nur, wie ich mir die Gelegenheit dazu verschaffen sollte. Nach einem solchen Vorfall konnte ich doch nicht einfach einen Besuch bei Red Deakon machen.

Ich hatte überdies das Gefühl, daß Davids Eifersucht Red nur amüsierte. Der Verdacht, er könne in eine Affaire mit mir verwickelt sein, war für ihn höchstens unterhaltsam, denn er hatte mich stets für eine unerfahrene und naive Person gehalten. Ältere Frauen wie Claudia waren es, die er verehrte und zu denen er sich hingezogen fühlte. Daher war es wohl das beste, den Vorfall durch eine Entschuldigung nicht noch einmal aufzuwärmen.
Doch wie stand es mit Meg? David hatte sie so geringschätzig behandelt, daß selbst Red sich darüber geärgert hatte. Wenigstens bei ihr konnte ich mich um eine Versöhnung bemühen.
Am nächsten Morgen nach dem Frühstück spannte ich den altmodischen kleinen Wagen ein, der von einem sanften Pony gezogen wurde. Claudias Kutscher hatte mich im Umgang mit dem Gefährt unterwiesen, weil es für einen Anfänger leicht zu handhaben war. Ohne jemandem im Haus zu sagen, wohin ich wollte, machte ich mich auf den Weg zu Deakons Schmiede. Bis ich dort anlangte, würde Red das Haus längst verlassen haben, so daß ich nicht Gefahr lief, ihm zu begegnen.
Meg öffnete die Tür, und ihr warmes Lächeln nahm mir jede Befangenheit.
»Ich bin gekommen, um Ihnen zu sagen, wie sehr ich den gestrigen Vorfall bedaure. Mein Mann hat sich geirrt. Weil er nicht wußte, wen er vor sich hatte, ist er unabsichtlich grob geworden.«
Ihr Lächeln wurde mitleidig, und das machte alles schwieriger. Ich wollte weder Mitleid, noch wollte ich mich für meinen Mann entschuldigen müssen. Megs Mitgefühl machte mir bewußt, daß keine Ehefrau in eine solche Lage gebracht werden dürfte.
»Hoffentlich waren Sie nicht beleidigt«, sagte ich kleinlaut mit gesenktem Blick.
»Ich kann mich an nichts erinnern, weswegen ich beleidigt sein könnte, Sie gutes Kind.«
Hinten aus dem Flur ertönte Reds Stimme. »Wer ist da, Meg?«
Ich erstarrte. Am liebsten wäre ich davongelaufen. Ich kam mir mit einemmal unverschämt vor, eine ausgesprochen übermütige junge Frau, die am Tag, nachdem sie der Anlaß zu einer Szene im Hause dieses Mannes war, schon wieder hier auftauchte. Doch mir blieb keine Zeit davonzulaufen. Er stand da und sah mit seinem bekannten spöttischen Ausdruck auf mich herab.

Ich erklärte, so beiläufig ich konnte: »David ist gestern hergekommen, weil er eine Frage wegen der Balkone hatte –«
»Und dann hat er sie ganz vergessen.« Red lachte. Der gestrige Vorfall hatte ihn ungeheuer amüsiert, genau wie ich es mir gedacht hatte. Aber wenigstens hatte ich eine Erklärung für mein Kommen gefunden.
Ich sagte aufs Geratewohl: »Claudia hatte ihn zu fragen gebeten, wie es mit der Arbeit vorangeht –« (Ob das stimmte? Ich hatte keine Ahnung.)
»Am besten, Sie kommen mit und überzeugen sich selbst«, schlug Red vor, nachdem er mich kurz und, wie ich meinte, nachdenklich gemustert hatte. »Ich bin gerade auf dem Weg zurück in die Schmiede.«
Ich hätte daran denken sollen, daß ein Schmied vor dem Frühstück mit der Arbeit beginnt und sie erst unterbricht, wenn die Feuer in den Öfen entfacht, die Löschtröge gefüllt und die Lehrlinge den Männern zugeteilt sind, die sie an diesem Tag am dringendsten brauchen; schließlich war es allgemein bekannt, daß die Schmiede zu den Arbeitern gehören, die den Tag am frühesten beginnen. Erst wenn die großen Blasebälge ihre Luft in die Öfen pusten, können sich die Schmiede zur ersten Mahlzeit des Tages niedersetzen. Und der Meister hält dieselben Zeiten ein wie die Heizer, Bläser, Schläger und Träger, von sechs Uhr morgens bis sechs Uhr abends, und wenn nötig, auch länger. Für einen Handwerker aus Leidenschaft ist die Arbeit das Leben, wie es die Schauspielkunst für meinen Vater gewesen war.
Bereitwillig folgte ich Reds Aufforderung, denn ich hatte noch nie einem Schmied bei einer anderen Arbeit als beim Pferdebeschlagen zugesehen. Ich ließ den Wagen stehen und ging zu Fuß mit Red die Auffahrt entlang und über die Brücke zu den Werkstätten. Seine ungewöhnliche Größe fiel mir nicht zum erstenmal auf; die wahre Kraft und Stärke dieses Mannes aber sollte ich erst später kennenlernen.
Als wir uns der Schmiede näherten, erschallte der Hämmerschlag auf den Ambossen wie Glockengeläute in den unterschiedlichsten Tonarten. Red erlaubte mir aber nicht, die Werkstatt zu betreten, bevor ich meinen Mantel im Büro abgelegt, einen Arbeitskittel angezogen und mein Haar mit einem Schal bedeckt hatte. (»Ihr schönes Haar hat gestern genug Schaden erlitten, da muß es nicht

noch heute den ganzen Eisenstaub abbekommen«, sagte er.) Ich wurde unsinnigerweise schrecklich verlegen, als er mein Haar sorgfältig unter das Tuch steckte und es fest verknotete, damit nur ja keine Strähne unbedeckt blieb. Ich wußte selbst nicht, warum mich seine Nähe so verwirrte, aber ich konnte die Augen erst aufschlagen, als er von mir abließ.

»Sie können alles besichtigen, bis auf den neuen Heizraum für die Eisenbleche – dort würden Sie bei lebendigem Leibe gebraten«, sagte er, als wir in das Herz der Schmiede eintraten, die große Werkstatt, wo die Schmelzöfen paarweise Rücken an Rükken in der Mitte standen, mit hohen Schornsteinen, durch die Hitze und Rauch zum Dach hinausgeleitet wurden. Die Ambosse unmittelbar davor waren auf starken Holzblöcken aus ungehobelten Baumstämmen befestigt, die, wie Red mir erklärte, nicht nur die Wucht des Hammerschlages auffingen, sondern auch so elastisch waren, daß sie nach jedem Hieb wieder »Auftrieb« bekamen. »Das ermöglicht es dem Schmied, schneller und gleichzeitig mit weniger Anstrengung zu hämmern. Der leichteste Hammer wiegt wenigstens zwei Pfund, und ein richtiger Schmiedehammer kann bis zu sieben, zwölf oder gar zwanzig Pfund wiegen, und darum möchte ich, daß meine Leute ihre Kräfte schonen. Der Umgang mit Eisen ist nichts für Schwächlinge, aber es hat keinen Sinn, die Muskeln mehr als nötig zu beanspruchen.«

Die Glut in den Öfen faszinierte mich. Eine jede hatte durch die jeweils einzeln abgestimmte Luftzufuhr eine andere Farbabstufung, anhand welcher der erfahrene Schmied die Temperatur bestimmen konnte. Um jede dieser kleinen glühenden Flächen herum lag das Brennmaterial bereit, um bei Bedarf in die Mitte geschoben zu werden. Ich sah einem Lehrling zu, der mit einer schmalen langstieligen Schaufel eine Handvoll Kohlen zusammenscharrte und genau da ablud, wo sich die größte Hitze entwickelte. Ein Blick aus dem wachsamen Auge seines Meisters wies dem Burschen unmißverständlich das Ziel. Ein anderer Junge sprühte mit einer Reisigrute kaltes Wasser aus dem Löschtrog auf die heißen Eisenstücke, die sein Lehrherr ihm vorhielt.

»Man könnte dazu auch einen Blechbehälter nehmen«, erklärte Red, »aber die meisten meiner Schmiede sind erfahrene Männer und ziehen die altmodische Reisigrute vor, ein bestens erprobtes Werkzeug, mit dessen Hilfe man die größte Hitze in ziemlich kurzer Zeit auf die genau richtige Temperatur reduzieren kann. Durch Eintauchen würde die Hitze unter Umständen zu schnell und zu stark vermindert.«

Die Atmosphäre in der Werkstatt war erregend. Der Lärm und die Hitze, der Anblick ledergeschürzter Männer, die mächtige Hämmer auf Eisen niederschwingen ließen, das von anderen mit riesigen Zangen gehalten und im gewünschten Winkel gedreht und gewendet wurde, der Geruch rotglühenden Metalls, der zischende Dampf und die unterschiedlich gefärbte Glut in den Öfen – das alles war für mich so spannend wie eine Bühnenaufführung.

»Kaum der rechte Aufenthalt für eine Frau«, übertönte Red das Getöse, »aber Sie wollten doch alles sehen, oder?«

Wie kam er darauf? Konnte er meine Gedanken lesen? Als ich fragend den Kopf hob, grinste er mich strahlend an. »Sie haben ein ausdrucksvolles Gesicht, Mrs. Hillyard. Sie verraten sich immerzu. Warum müssen Sie sich denn wegdrehen, wenn ich das sage? Wollen Sie Ihre Gefühle ständig vor mir verstecken?«

Das wollte ich allerdings. Anstatt nachzulassen, wuchs meine Befangenheit gegenüber diesem Mann zusehends. Die Vorstellung, daß ich für ihn wie ein offenes Buch war, gab mir das Gefühl, unendlich klein zu sein.

»Kann ich die Balkone für Abbotswood sehen?« fragte ich steif.

»Selbstverständlich. Hier entlang – aber geben Sie auf Ihren Rocksaum acht. Eisenstaub und -späne dringen überall ein.«

Ich spürte seine Hand unter meinem Ellbogen, als er mich weiterführte, und aus einem unerklärlichen Grund war ich froh, daß seine Leute zu sehr mit ihrer Arbeit beschäftigt waren, um auch nur ein einziges Mal aufzublicken. Beim Gehen hob ich meine Röcke an. Der Eisenstaub von Jahrhunderten hatte sich in dem Steinboden festgefressen, doch das machte mir nichts aus. Mir war dieser gute, ehrliche Schmutz lieber als die Knochenreste in Conrads Leichenhaus.

Die Erinnerung an Davids zahmen Adler berührte mich unangenehm, unheimlich und erschreckend. Ich fragte mich, ob Red wohl von dem Untier wußte. Es war anzunehmen, da ja auch Claudia und Harriet und somit wohl alle im Bilde waren. Man konnte einen Adler kaum im Freien trainieren, ohne daß die Leute es sahen.

Minuten später hatte ich David und Conrad und alle anderen auf Abbotswood vergessen, denn die nächste Werkstatt versetzte mich in atemloses Staunen. Sie war vollgestopft mit schmiedeeisernen Geländern, Toren, Kirchengittern, Balustraden, Wetterfahnen, Halterungen für Schilder und allen möglichen anderen Ziergegenständen. Red wies auf einen Stapel und sagte: »Das ist der Rest von Claudias Balkonen; die hier warten noch auf den letzten Schliff. Die anderen sind fertig und können schon montiert werden, wie sie ja weiß.«

Wie sie ja weiß. Meine Frage in ihrem Namen erschien jetzt lächerlich und alles andere als überzeugend. Kein Wunder, daß Red mich vorhin so spöttisch und zweifelnd angesehen hatte. Ich spürte, wie mir die Glut in die Wangen stieg und bückte mich schnell unter dem Vorwand, die Arbeit zu bewundern, in Wirklichkeit aber, um meine Röte zu verbergen.

Es fiel mir nicht schwer, das Muster aus Eichenblättern und Eicheln, aus Buchen, Tannen und Kastanien zu loben, aus lauter Bäumen also, die auf Abbotswood wuchsen. Hier und da bildete ein Medaillon aus Tannenzapfen und Weidenkätzchen das Mittelstück. Ich wußte, daß Red die Entwürfe selbst angefertigt hatte und drückte ihm meine Bewunderung aus.

Er zuckte die Achseln. »Es ist einfach, ein Muster zu entwerfen, wenn man den Geschmack des Kunden kennt.« (Besonders den Claudias?) »Ich bin froh, daß Claudia sich entschlossen hat, sich von den Adlerköpfen zu trennen, obwohl sie Ihrem Gatten so gut gefielen. Da er ein ausgesprochener Adlernarr ist, kann man das natürlich verstehen.« Er blickte mich an und schloß unbekümmert: »Ich habe seinen Vogel gestern fliegen sehen. Waren Sie dabei?«

Ich nickte.

»Und dabei sind Sie wohl im Dornbusch hängengeblieben?«

Warum erwähnte er das jetzt? Wollte er andeuten, daß er die Wahrheit ahnte und meine erfundene Geschichte durchschaut hatte?

»Ich hoffe, Ihr Kopf tut heute nicht mehr so weh«, fügte er hinzu.

»Ein Dornenkratzer heilt schnell.«

»Wie ein Dornenkratzer sah das aber nicht aus. Eher wie ein glatter Hieb, und zwar ein tiefer.«

»Dornen können sehr tief eindringen.«
Ich unterband jeden weiteren Kommentar und fragte, ob ich beim Formen der Muster zuschauen dürfte. »Die Blätter und Zweige erfordern doch gewiß eine enorme Geschicklichkeit?«
»Ich zeige Ihnen alles, was Sie sehen möchten.« Wieder stützte seine Hand meinen Ellbogen, und wieder machte mich das ungeheuer verlegen, doch gleichzeitig traute ich mich nicht, den Arm wegzuziehen. Red führte mich durch ein Gewölbe und in einen Raum, wo Arbeiter an langen Werkbänken kleine Eisenstücke zu allerlei Zierat formten, hämmerten und bogen.
Ein Mann fegte die Abfälle vom Boden auf und warf sie in eine hölzerne Schubkarre. Er trug, wie alle übrigen, eine Lederschürze, doch die seine wurde von vollen Taschen auf beiden Seiten schwer nach unten gezogen. Ich sah Reds Blick darauf verweilen.
»Du brauchst dich doch nicht mit diesen Stücken abzuschleppen, Jenkins. Der Wagen hat Platz genug für alle Abfälle. Die Jungen im Abfallschuppen sollen sie dann aussortieren. Auf diese Weise bekommt jeder seinen gerechten Anteil an der freien Zuteilung.«
Das also war der Mann, über den der Vorarbeiter sich gestern beschwert und den Red in Schutz genommen hatte, als Meg ihm den Vorfall schilderte. Hatte er sich dabei auch betont nachsichtig gezeigt, so machte er jetzt doch unmißverständlich klar, daß er auch nicht den kleinsten Diebstahl durchgehen ließ.
»Freilich«, fuhr er fort, »wenn du für besondere Arbeiten bei dir zu Hause mehr benötigst, dann brauchst du dich nur an mich zu wenden. Ich bin ja kein Unmensch.«
Der Mann leerte verlegen seine Taschen und murmelte, er habe die Teile nur da hineingesteckt, um nicht zu viele verschiedene Größen und Gewichte in dem Wagen durcheinanderzubringen, und Red ging mit einem Kopfnicken weiter. Ich glaubte einen Anflug von Belustigung in seinem Gesicht zu entdecken, und als unsere Blicke sich trafen, zwinkerte er mir zu.
»Ich weiß genau, was er mit den Resten anstellt, und daß er sie schon seit geraumer Zeit stibitzt. Er hat ein recht einträgliches Nebengeschäft mit Kleinigkeiten, die er für die Dorfbewohner anfertigt. Wer weiß, vielleicht würde ich es genau so machen, wenn ich an seiner Stelle wäre. Aber es ist an der Zeit, daß er

merkt, daß man mich weder übers Ohr hauen kann, noch unterschätzen darf.«
Nur ein Narr würde einen Mann wie Red Deakon unterschätzen, dachte ich. Ich jedenfalls unterschätzte ihn nicht. Sein Wille war gewiß so hart wie das Eisen, mit dem er seinen Lebensunterhalt verdiente.

Der Morgen verging allzu schnell, und ehe ich mich versah, waren wir wieder vorne in der Schmiede, wo die Öfen glühten und die Ambosse klangen. Ich war ein wenig enttäuscht, daß der Rundgang schon zu Ende war. Ich wollte noch nicht fort. Dies war mein interessantestes Erlebnis gewesen, seit ich auf Abbotswood lebte, ein krasser Gegensatz zu Claudias langweiligen Teezirkeln, steifen Dinnerparties und den eleganten Soireen. Eine erdverbundene Kraft ging von dieser Stätte aus, die mir die Eintönigkeit meines augenblicklichen Daseins erst bewußt machte. Diese Schmiede war Red Deakons ganze Existenz, und er hing mit Leib und Seele daran; doch was sein Handwerk wirklich für ihn bedeutete, erfuhr ich erst, als wir an einer Reihe von Ambossen vorüberkamen und gerade vor uns ein Mann, der mit sehnigen Armen einen Schmiedehammer schwang, die Balance verlor und sein Ziel verfehlte. Der mächtige Hammer fiel dröhnend zu Boden, und der Mann sank keuchend in die Knie.
Mit einem Satz war Red neben ihm, hob ihn auf und trug ihn zu einer Bank an der Wand; er knöpfte ihm das Hemd auf und betastete sein Herz. »Jetzt aber nichts wie heim, Piper, und dort bleibst du, bis du wieder auf dem Posten bist. Wenn du nicht auf den Doktor hören willst, dann hörst du eben auf mich. Du weißt verdammt gut, daß ich dir verboten habe, einen Schmiedehammer anzurühren, geschweige denn, ihn zu schwingen. Wenn der Doktor dir bescheinigt, daß du wieder in Form bist, kannst du eine leichtere Arbeit übernehmen. Für einen Mann in deinem Alter sind die kleinen Hämmer gerade richtig. Guck nicht so ängstlich – du kriegst deinen vollen Lohn als Schmied. Ich kann es mir nicht leisten, einen Mann wie dich zu verlieren. Warum zum Teufel mußtest du unbedingt das schwere Ding schwingen? Hast du dir etwa eingebildet, ich käme nicht dahinter, wie es um dich bestellt ist?«
Der Mann lehnte sich schwer atmend gegen die Wand und mur-

melte keuchend: »Der kleine Ballard hat doch keine Ahnung, wie man damit umgeht – er kriegt einfach den Dreh nicht raus.«
»Das wird er auch nicht, wenn er bloß zuschaut, während du dich kaputtmachst, weil du dein Herz zu sehr strapazierst.« Red schrie über das Getöse weg nach einem Becher starken Tee. »Und wenn du den getrunken und dich 'ne Weile ausgeruht hast, bringe ich dich nach Hause – keine Widerrede. Und meckere nicht dauernd, die Arbeit wäre dringend. Das weiß ich ja. Ich mache sie selbst fertig, und dem kleinen Ballard bring ich's genauso bei, wie du das wolltest, verlaß dich drauf.« Er gab dem Mann eine leichten Klaps auf die Schulter. »Bleib ruhig hier sitzen und guck zu.«
Damit trat er an den Amboß, warf Jacke und Weste von sich, rollte die Ärmel hoch, warf seine Krawatte zur Seite, knöpfte das Hemd auf, nahm eine Lederschürze und band sie um. Dann hob er mit einem Ruck den mächtigen Schmiedehammer und schwang ihn über seinen Kopf, hielt ihn so mit beiden Fäusten in der Schwebe und rief: »Achtung, Ballard, wenn das Eisen wieder aus dem Feuer kommt, *paß auf!* Paß haarscharf auf und guck dir an, wie jeder Hieb sitzt.«
Jetzt wurde das Eisen, das man ins Feuer zurückgeschoben hatte, damit Hitze und Dehnbarkeit erhalten blieben, rasch mit riesigen Zangen wieder auf den Amboß gelegt, und *krach!* sauste der Hammer genau auf sein Ziel. Neben Red stand ein Mann, der mit einem abgerundeten Hammer jedesmal einen leichteren Schlag landete, bevor der nächste mächtige Hieb folgte, und so ging es weiter ... Hieb und Schlag, Hieb und Schlag ... dem Rhythmus einer riesigen Trommel und einer klingenden Zimbel gleich, ein Rhythmus, der von Red bestimmt und gehalten wurde, während das Eisen zwischen den Zangen sich nach seiner Anweisung langsam drehte. Kein Wort, nur ein Blick und ein Nicken, ein Hinweis des Meisters, in welchem Winkel das Eisen gewendet werden mußte, damit der nächste Schlag es traf; mehr bedurfte es zwischen diesen Männern nicht.
Ehrfürchtig und fasziniert sah ich zu, wie Red den gewaltigen Hammer an seinem langen Schaft ergriff, vom Amboß über seinen Rücken wuchtete und das ungeheuere Gewicht über seinem Kopf balancierte, bis er es im rechten Augenblick mit Macht niedersausen ließ. Die scheinbare Leichtigkeit und Mühelosigkeit

des Bewegungsablaufs täuschte; denn jeder Muskel seines Körpers, vom Hals bis zu den Schenkeln, verriet, welche Anstrengung dazu erforderlich war.
Ich sah die Bewunderung im Gesicht des Lehrlings Ballard, den Wunsch, auch ein solches Können zu erlangen. Unter einem Mann wie Red würde er es schaffen, und wieder würde ein fachkundiger Schmied aus Deakons Werkstatt hervorgehen.
Ich merkte, daß auch die anderen zuschauten. Die Werkstücke wurden ins Feuer zurückgeworfen, und die Blasebälge stießen gurgelnde Laute aus, um während dieser kurzen, verstohlenen Rast eine gleichbleibende Temperatur zu erhalten. Der Meister arbeitete mitten unter seinen Helfern, wie seine Vorfahren es getan hatten, und keiner in der Schmiede wollte sich das entgehen lassen.
Einige seiner Leute hatten ihr Handwerk von Red erlernt, andere von seinem Vater und seinem Großvater, doch irgendwie spürte ich, daß keiner von ihnen seinen Brotherrn je so beneidet hatte, wie er sie insgeheim beneidete. Er war mit Leib und Seele Schmied und würde es immer bleiben. Die Führung der Geschäfte vom Schreibtisch aus hatte ihm nichts von seiner Geschicklichkeit und seiner Kraft genommen. Ob er, wenn die Schmiede leer war, heimlich herkam, um seiner Leidenschaft für das Handwerk zu frönen? Ich war fast sicher. Wie sonst hätte er sich eine solche Fertigkeit erhalten können? Dieses rhythmisch wiederholte Schwingen und Schlagen war die Kunst eines wahren Meisterschmiedes.
In der kurzen Pause, während das Eisen ins Feuer zurückgeschoben wurde, rief Red:
»Ans Werk, Leute! Ich gebe hier keine Vorstellung. Wir sind zum Arbeiten hier, wir alle!«
Die Männer grinsten und gehorchten; die Ambosse erklangen aufs neue. Red wischte sich das Gesicht ab und wuchtete den Schmiedehammer abermals in die Höhe; das glühend rote Eisen kam aus dem Feuer zurück, und der hämmernde Rhythmus setzte wieder ein. Ich sah, wie seine Brust glänzte und daß die Haare darauf schweißverklebt waren. Seine kräftigen Muskeln schwollen an Schultern, Armen und Rücken bei jeder Bewegung, und seine Augen sprühten vor Begeisterung. Er war den Göttern aus Mythen und Legenden gleich, die vom Olymp zur Erde her-

abstiegen. Er war die Verkörperung von Hephaistos und Vulkan, die Reinkarnation des biblischen Kain und des nordischen Gottes Volundr. Ich fühlte mich um Tausende von Jahren zurückversetzt, in eine Zeit, lange bevor Julius Caesars Legionen in Britannien Fuß gefaßt hatten, in Syrien und Ägypten und anderswo im Mittleren und Fernen Osten, wo man das Schmelzen und Formen von Kupfer, Bronze und Eisen schon damals so vollendet beherrscht hatte wie wir heute.

Ich hörte das Echo der klangvollen Stimme meines Vaters, wie er mir aus einem alten frommen Buch vorgelesen hatte: » ... und der Schmied ringet mit des Feuers Glut; der Klang von Hammer und Amboß rühret sein Ohr immerdar; und sein Aug ist gerichtet auf sein Tun; sein Sinn trachtet, das Werk zu vollenden, und er widmet ihm all seine Kraft ...«

Zum erstenmal sah ich den wahren Red Deakon, den Mann, der Eisen bezwang und in seinem Sieg schwelgte, den Mann, der aus einem schlichten Metall, das dennoch das kostbarste und wertvollste auf der Welt war, Dinge von atemberaubender Schönheit schuf.

Als der Schmiedeprozeß beendet war, wurde das Eisen noch einmal erhitzt, dann zu einer Werkbank gebracht, an einem Ende in einen Schraubstock geklemmt, und mit einer kräftigen Zange ergriff Red das glühende Ende und bog es langsam so, wie er es haben wollte. Er hatte mich vergessen, doch das schmerzte mich nicht. Ich wartete bereitwillig, bis er wieder nach mir schauen würde, und als die Arbeit getan und das Eisen mit seiner Kraft geformt und zum Abkühlen in den Löschtrog getaucht war, machte es mir auch nichts aus, daß er, ohne mir einen einzigen Blick zu schenken, sogleich wieder zu Piper ging, der sich auf seiner Bank ausruhte.

Der alte Mann nickte beifällig. »Sie haben großartige Arbeit geleistet, Sir. Von Ihnen können wir uns alle eine Scheibe abschneiden.«

Red grinste. »Wenn du deinen Tee getrunken hast, bringe ich dich heim. Und keine Widerrede.«

Ich kam mir überflüssig vor. Ich ging zur Tür, ohne mich noch einmal umzudrehen. Ich hatte alle in der Werkstatt vergessen, nur den Meister nicht. Ich sah sein Gesicht noch vor mir, die Begeisterung in seinen Augen, den schwingenden Schmiedehammer, die schwellenden Muskeln. Und seine Fürsorglichkeit, als er sich um den erschöpften alten Mann gekümmert hatte.

»Aphra!«

Ich war bereits zur Tür hinaus und wollte sie gerade hinter mir schließen, als Red sie auffing. Draußen blieben wir stehen und blickten einander an. Er trug noch seine Lederschürze, und auf seiner Brust glänzte noch der Schweiß. Wie er so dicht vor mir stand, schien er vor Kraft und Stärke zu vibrieren.

Er zog ein Taschentuch heraus und wischte sich sorgsam die Hände ab; dann nahm er mir den Schal vom Kopf, und das Haar fiel mir lose über die Schultern.

Er sagte leise: »Das ist das zweite Mal, daß ich Sie so sehe; das zweite Mal in zwei Tagen.«

Diese schlichte Feststellung enthielt eigentlich nichts, was nach Zärtlichkeit klang, und doch war mir fast, als hätte er seine große, liebevolle Hand ausgestreckt, um mein Haar zu streicheln.

Ich ging in sein Büro zurück und streifte den viel zu großen Arbeitskittel ab. Red kam nicht mit hinein. Ich steckte mein Haar auf und zog Hut und Mantel an. Als ich den Hof überquerte, war er nirgends zu sehen, und als ich davonfuhr, sah ich genauso aus wie bei meiner Ankunft – die junge Mrs. Hillyard von Abbotswood. Doch irgendwie fühlte ich mich nicht mehr wie diese. Etwas war mit mir geschehen, doch ich wußte nicht, was es war.

11

Ich sprach zu niemandem von meinem Besuch in Deakons Schmiede. Auch als Claudia beim Lunch erwähnte, daß die Balkone gute Fortschritte machten und viel besser zu Abbotswood passen würden als die alten, sagte ich nichts. Mir war, als hüte ich etwas sehr Kostbares, das ich mit niemandem teilen wollte; darum ließ ich Claudia weiter über Abbotswood reden, ohne sie zu unterbrechen.

Ihr Stolz auf das Anwesen war unverkennbar. Es war fast, als betrachte sie es als ein ihr anvertrautes Heiligtum. Ich fragte mich, ob ihr Mann genauso empfunden hatte und ob sie glaubte, es ihm schuldig zu sein, alles in seinem Sinne weiterzuführen, oder ob ihre leidenschaftliche Hingabe an den Besitz einen tieferen Grund hatte – ein Schuldgefühl und Sühnebedürfnis vielleicht? Wollte sie als gute Verwalterin seines Heims einen Ausgleich dafür schaffen, daß sie als Ehefrau versagt hatte? Oder hatte sie das Wohl seines Bruders im Sinn und wollte, daß er, wenn er je zurückkehrte, sein Erbe gepflegt und behütet vorfände?

Durch ihre Liebe zu Jasper Bentine mochte sie sich schuldig gemacht haben, aber das Herz ließ sich nun einmal nicht gängeln. Ich hatte das in der Laube eingeritzte Herz mit den beiden Initialen oft betrachtet und mich gefragt, was für ein Mensch dieser Jasper wohl gewesen sein mochte. Und auch Lawrence. Noch immer hatte ich die alten Fotografien von den Laienspielen auf Abbotswood nicht zu Gesicht bekommen; dabei hätte ich zu gern gewußt, wie die beiden Brüder ausgesehen hatten.

Als Claudia und ich eines Abends beisammensaßen und für einen bevorstehenden Wohltätigkeitsbasar nähten, meinte ich, sie könne es gewiß kaum erwarten, bis der letzte Handwerker

gegangen und all der Schmutz, den diese Arbeit mit sich brachte, beseitigt sei. Die alten Balkone wurden bereits abmontiert, um den neuen Platz zu machen.
Claudia nickte. »Aber unter Reds Anleitung geht es recht schnell. Red war großartig, und ich werde seine häufigen Besuche vermissen. Es ist, als bringe er einen Hauch von Leben mit sich, einen Hauch der Außenwelt. Hier auf Abbotswood sind wir vielleicht ein wenig zu sehr auf uns selbst beschränkt.«
»Du solltest öfter ausgehen.«
»Ich komme oft genug hinaus. Besorgungen im Dorf, Einkäufe in Canterbury oder Folkestone, Besuche bei Freunden ...«
»Gut«, sagte ich munter, »und wenn der ganze Schmutz da draußen aufgeräumt ist, mußt du wieder Gesellschaften geben. Wenn ich nur an deine Geburtstagsfeier denke – die war doch ein Riesenerfolg! Gewiß, das war ein besonderer Anlaß, aber wir könnten doch wieder einmal eine Theateraufführung veranstalten. Keine professionelle, sondern von uns einstudiert, mit Freunden. Wir könnten den Winter hindurch proben, und im Frühling die Vorstellung geben.«
Harriet, die bei uns saß, klatschte begeistert in die Hände. »Ich könnte wieder die Ophelia spielen! Oder noch besser die Julia. Ich habe schon immer die Julia spielen wollen, und wir könnten einen von den neuen Balkonen benutzen und die Terrasse darunter als Bühne nehmen. Ach, könnte ich doch David nur überreden, den Romeo zu spielen – wir würden ein schönes Paar abgeben! Ist ›Romeo und Julia‹ hier früher jemals aufgeführt worden, Claudia?«
»Nicht daß ich wüßte, Liebes.«
»Ich würde gern einmal die Fotografien von früher sehen«, sagte ich.
Claudia bezweifelte, ob sie noch aufzufinden wären. »Ich habe sie schon ewig nicht mehr gesehen.«
»*Ich* weiß, wo sie sind«, verkündete Harriet, »und eines Tages kriege ich sie auch, und dann zeig' ich sie dir. Das ist gar nicht so leicht, aber David sagt immer, wo ein Wille ist, ist auch ein Weg.«
Claudia meinte, falls die Fotos irgendwo in einer Dachkammer wären, wolle sie nichts davon hören, daß Harriet einen gebrochenen Knöchel riskiere, um sie zu holen. »Die Stufen sind schad-

haft, und manche Dielen gefährlich. Ich verbiete dir, da hinaufzugehen.«
Harriet sagte nichts. Sie saß da, ganz in ihre Traumwelt versunken. Sie liebte Geheimnisse über alles.

»Hat David dir eigentlich schon seine Schmetterlinge gezeigt?« fragte Harriet unvermittelt.
Es war am gleichen Abend. Wir saßen zu viert beim Essen, und die Unterhaltung war, wie so häufig, ins Stocken geraten, was mir nicht selten gelegen kam; denn da die Etikette vorschrieb, eine Familie dürfe in Gegenwart der Bediensteten keine persönlichen Angelegenheiten besprechen, waren die Tischgespräche meist gekünstelt und beschränkten sich nur zu oft auf Allgemeinplätze – das Wetter, das Gut, die Obstgärten, Dorfgeschichten, Anekdoten vom Hofe, über die in den Zeitungen berichtet wurde, zu denen aber nie eine kritische Anmerkung fallen durfte. Mitglieder der königlichen Familie kritisierte man nicht, sondern die Gesellschaft auf dem Lande war im Gegenteil bestrebt, dem Königshaus nachzueifern.
Ich antwortete Harriet, daß ich die Schmetterlinge zwar noch nicht gesehen hätte, sie mir aber gern anschauen würde.
»Du bist schon so lange mit meinem Cousin verheiratet und hast seinen ganzen Stolz und seine ganze Freude noch nicht zu Gesicht bekommen!« rief Harriet aus. »Und dabei ist er auf seine Schmetterlinge sogar noch stolzer als auf das gräßliche Treibhaus.«
»Mein Treibhaus ist nicht gräßlich, liebe Harriet. Außerdem ist mir aufgefallen, daß du eine große Vorliebe für meine Pflanzen hegst.«
»Hast du deshalb den Schlüssel versteckt?«
»Ich kann es doch nicht riskieren, daß jemand ohne mein Wissen hineingeht, und –«
»Und kostbare Blumen stiehlt, um einen Hut zu verschönern.«
»Ja, weil nämlich dann die Temperatur sinkt und die Pflanzen eingehen.«
»Sie sind zu nichts nütze, so hinter Glas eingesperrt, und draußen taugen sie erst recht nichts. Diese Blumen sind ganz schnell verwelkt, und da hat mein armer Hut furchtbar traurig ausgeschaut.«

David bedachte seine Cousine mit einem nachsichtigen Lächeln, und sie wandte sich wieder an mich.
»Laß dir seine Schmetterlinge zeigen. Sie sind wirklich wunderschön, nicht wahr, Claudia? Jedenfalls einige; die dunklen mag ich nicht, diese Motten, die einem an Sommerabenden ins Gesicht fliegen, aber ein paar von den tropischen sind herrlich. Zeig sie uns doch nach dem Essen, David. Wir wollen sie alle bewundern.«
Er war einverstanden, und als wir später im Salon den Kaffee nahmen, schloß er einen Schrank auf und holte zahlreiche Kästen mit Glasdeckeln heraus.
»Laß mich dir helfen«, rief Harriet und flatterte neben ihm her, als wolle sie einen Schmetterling nachahmen, doch Claudia klopfte auf den Sitz neben sich und sagte liebevoll: »Möchtest du nicht hierher zu mir kommen, Harriet, damit wir sie uns zusammen anschauen können? Für Aphra ist auch noch Platz genug.«
Lächelnd blickte sich mich an. Während der Mahlzeit hatte sie sich sehr nett um mich gekümmert, vielleicht, weil David so wortkarg war. Seit er mich gestern bei Red abgeholt hatte, war er eiskalt zu mir gewesen, wenngleich er mich in Gegenwart anderer mit ausgesuchter Höflichkeit behandelte.
Ich spürte, daß Claudia die Spannung zwischen uns fühlte und bemüht war, mich zu trösten. Ob sie ahnte, daß wir uns gestritten hatten?
Als sämtliche Schmetterlingskästen vor uns standen, hob sich die Stimmung meines Mannes. Stolz erhellte sein Gesicht, und eine nach der anderen nannte er mir die verschiedenen Arten. Pfauenauge und Admiral kannte ich bereits, aber daneben gab es riesige Schwärmer und orangefarbene Spanner, Eulen und Spinner, Argusfalter mit silbernen Tupfen und großen Sprenkeln, Perlmutterfalter und Kaisermäntel. »Es gibt sogar einen australischen Kaisermantel«, sagte David, »aber bis jetzt ist es mir nicht gelungen, ein Exemplar zu erwerben. Doch dafür habe ich einen Schwalbenschwanz aus Afrika – hier, das ist er, dieser Bursche mit dem langen Schwanz und den cremefarbenen Flügeln mit der kräftig schwarzen Markierung – und sieh dir nur dieses Pfauenauge an! Hast du jemals solch lebhafte Farben gesehen? Das ist einer der schönsten Schmetterlinge der Welt, und obendrein einer der klügsten. Auf der Unterseite seiner Flügel kann er Geräu-

sche produzieren, um die Fledermäuse abzuschrecken, wenn er sich zum Winterschlaf in einen Baum hängt. Andere Arten erzeugen sogar Gift. Hast du gewußt, daß Schmetterlinge so durchtrieben sein können?«
»Ist David nicht klug?« fragte Harriet stolzgeschwellt. »Er kennt auch all ihre lateinischen Namen.«
»Damit will ich meine Frau nicht belästigen«, sagte er. »Das wäre etwas zuviel von ihr verlangt.«
Ich merkte, wie Claudia zu ihm hinsah, und ich wußte, daß ihr sein geringschätziger und doch irgendwie duldsamer Tonfall aufgefallen war. Ich versuchte, seinen Kommentar zu ignorieren, beugte mich über das Glas, um meinen aufsteigenden Groll zu verbergen, und tat so, als sei ich in den Anblick der Schmetterlinge versunken. Sie waren wirklich schön. Selbst im Tode waren die Farben noch frisch geblieben, und ich fragte, ob die Kästen aus diesem Grunde in einem Schrank aufbewahrt würden.
»Nein – sondern weil es sicherer ist. Falls so ein Glasdeckel entzweigeht, könnten die empfindlichen Flügel abbrechen.«
David stellte die Kästen fort und wies abermals Harriets eifrig angebotene Hilfe zurück. Seine Laune schien sich gebessert zu haben. Ich hatte den Eindruck, daß er sich am liebsten den ganzen Abend an den toten Faltern ergötzt hätte. Seine Manieren waren wieder untadelig, und er war uns dreien gegenüber sehr aufmerksam, bis wir schließlich zu Bett gingen, und noch aufmerksamer war er zu mir, als wir dann allein waren. Er bestand darauf, mein Haar zu bürsten, ein Liebesdienst, dem er sich in den ersten Tagen unserer Ehe mit Hingabe gewidmet hatte. Er bewunderte es, weil es so dicht war und so tiefdunkel, und er untersagte mir, es je kräuseln zu lassen, wie es augenblicklich Mode war. »Ehrlich gesagt, Liebste, ich möchte nicht, daß du der bedauernswerten Harriet auch nur im entferntesten ähnelst.«
»*Ich* – und Harriet ähneln!«
Er zog auf unbestimmte und doch irgendwie bedeutsame Art die Schultern hoch. »Nun, süße Aphra, ich muß gestehen, es hat in letzter Zeit Momente gegeben, da ich deinetwegen äußerst besorgt war und dein Verhalten mich zutiefst beunruhigt hat. Deswegen möchte ich, daß du dir mehr Ruhe gönnst. Ich sage das nur aus Liebe zu dir, mein Herz. Frühstücke im Bett und steh spät auf –«

»Nein! Ich kann es nicht ausstehen, im Bett zu bleiben, wenn ich wach bin.«

»Das weiß ich ja, aber ich merke, daß du neuerdings leicht ermüdest, und deshalb ist dein Verhalten ziemlich – unberechenbar. Zweifellos waren der Schock über den Tod deines Vaters und der aufregende Wechsel aus deiner Welt in die unsere eine starke nervliche Belastung für dich. Ich erkenne die Symptome, und ich fürchte, über kurz oder lang wird auch Claudia sie bemerken. Ich will ja nicht behaupten, daß du im Begriff bist, wirklich verrückt zu werden, aber ich will nicht, daß irgend jemand ahnt, du könntest derartige Anwandlungen haben. Und jetzt komm ins Bett und schlafe ...«

Er wiegte mich in dieser Nacht in seinen Armen, als sei ich ein Kind, das man behüten müsse, und das Schlimme daran war, daß ich ihm für diese Geborgenheit dankbar war.

Die Tage glitten vorüber wie Perlen auf einer Schnur. Den langen Sommertagen folgten die kürzeren des Frühherbstes. Sie vergingen friedlich, ohne neue Mißverständnisse, und ich fühlte mich beschützt und sicher, gleichzeitig aber eingesponnen in Nichtstun und Müßiggang wie in einen Kokon; denn in nichts anderem bestand der normale Tagesablauf in Abbotswood. Während im Haushalt alles seinen geschäftigen Gang ging, blieb ich von jeglicher Aktivität ausgeschlossen; von mir als einem Mitglied der Familie erwartete niemand, daß ich auch nur einen Finger krümmte, außer um mich anzukleiden, und hätte ich meinen Mann um eine Zofe gebeten, die mir selbst das noch abnähme, so hätte er sie mir gewiß bewilligt. Er verwöhnte und verzärtelte mich, doch zuweilen war mir, als lege er mir gegenüber eine übertriebene Wachsamkeit an den Tag. Wenn ich auch nur die geringste Kleinigkeit vergaß, so war ich jetzt ängstlich darauf bedacht, es vor ihm zu verbergen, selbst wenn es sich nur um ganz gewöhnliche Vergeßlichkeit handelte. Doch ich spürte, daß David Vergeßlichkeit als etwas gänzlich *Ab*normales betrachtete, da sie ihm völlig fremd war. Er vergaß nie etwas. Davor bewahrte ihn schon seine übertriebene Genauigkeit.

Zu meiner Verwunderung mußte ich feststellen, daß ein Leben der Muße langweilig werden kann. Als Schauspielerin war ich ständig beschäftigt gewesen, entweder mit Aufführungen oder mit Proben; ich hatte neue Rollen einstudiert und meinen Text wiederholt. Sogar meine Kostüme hatte ich selbst geschneidert, weil ich es so von meiner Mutter gelernt hatte. Bevor sich die Thespis-Truppe eine Garderobiere leisten konnte, hatte meine Mutter ihre Aufgabe übernommen, und nach ihrem Tod hatte ich mich weiterhin um meine Kostüme gekümmert und auch all meine Kleider selbst genäht. Ich kannte keine Schauspielerin, die nicht notgedrungen mit der Nadel umzugehen verstand; selbst Elizabeth Lorrimer betrachtete es nicht als Schande, ihre eigenen Kleider zu nähen oder sie zu ändern. Doch in meiner neuen vornehmen Umgebung ließ sich eine Dame nicht zu dergleichen herab; denn das hätte ein schlechtes Licht auf ihren Mann geworfen. Nur zu gemeinnützigen Zwecken wurden Näharbeiten geduldet. Und so mußte ich mich damit begnügen, Claudia bei den Basteleien für ihre geliebten Wohltätigkeitsbasare zu helfen. Ich haßte Müßiggang.

Ich war außerdem recht häufig mit Harriet zusammen, so anstrengend ihre Gesellschaft auch mitunter sein konnte. Sie verfügte über eine unerschöpfliche Energie, die allerdings ohne Sinn und Ergebnis verpuffte. Doch die Hauptsache war, sie glücklich zu machen, wie Claudia immer wieder betonte, und das fiel mir nicht schwer, brauchte ich doch nur ihren Redefluß ungehemmt plätschern zu lassen. Ich lernte, an den Nähereien für Claudias Wohltätigkeitsfeste zu arbeiten und dabei nur mit halbem Ohr auf das Geschwätz meiner angeheirateten Cousine zu achten, und so hielt ich es auch, wenn ich mit ihr den Park durchstreifte. Ich ließ sogar Ophelias ungenau rezitierte Monologe über mich ergehen und applaudierte immer da, wo sie es von mir erwartete. Sobald ich auch nur ein ganz klein wenig zauderte, fuhr sie mich entrüstet an: »Du klatschst ja gar nicht, du klatschst ja nicht! Du hast überhaupt nicht zugehört!« Nur ein besonders langer Beifall konnte sie dann besänftigen.

Nie hätte ich geglaubt, daß die Tage auf Abbotswood langweilig, ja erdrückend sein könnten, denn solch einen Zustand hätte ich nie mit einem so begehrten Lebenswandel in Verbindung gebracht. Trägheit und Untätigkeit waren mir fremd; möglicherweise hätte ich mich leichter daran gewöhnen können, wäre ich nicht in einer Umwelt aufgewachsen, wo harte Arbeit und finanzielle Not auf der Tagesordnung standen und Verhältnisse herrschten, von denen die Familie, der ich nun angehörte, nie

berührt worden war. Keinerlei Anzeichen bestätigten Davids Behauptung, seine Schwester leide an Geldmangel, es sei denn, ihre Vorstellungen von »Mangel leiden« entsprachen nicht im entferntesten jener Realität, die mir vertraut war. Dagegen merkte ich sehr bald, daß Claudia eine tüchtige Verwalterin war, die ihr Personal gut anzuleiten verstand und deren Autorität im ganzen Hause anerkannt und respektiert wurde.
Ich kam mir überflüssig vor, und ich zog mich immer häufiger in die Bibliothek zurück, denn hier fand ich Zuflucht vor der Langeweile und der Eintönigkeit der Tage, die sich nur durch das Wetter voneinander unterschieden. Was man anziehen sollte und zu welcher Gelegenheit, was zu tun war und wann, ob man im Park spazierengehen oder lieber im Haus bleiben sollte – die Entscheidung darüber schien unser einziger Lebensinhalt, und nur, wenn an Claudias jour fixe Nachbarn zu Besuch kamen oder ich meine Schwägerin auf ihren Gegenbesuchen begleitete, gab es eine kleine Abwechslung. Die Unterhaltung war stets dieselbe, unbedeutende Neuigkeiten, ein bißchen Klatsch, und wenn ich ein Gähnen unterdrückte, so wußte ich wohl, daß es nicht unbemerkt blieb. Es genügte nicht, sein Gähnen zu unterdrücken. Man hatte überhaupt nicht zu gähnen.
Der späte September bescherte uns einen Altweibersommer mit warmen, sonnigen Tagen, der bis in den Oktober hinein anhielt. Wir nutzten das schöne Wetter weidlich aus und verbrachten viel Zeit im Freien, und als Harriet mich eines Tages bat, mit ihr Brombeeren zu pflücken, war ich freudig dazu bereit, bedeutete doch selbst das eine Abwechslung im täglichen Einerlei.
Die Sonne schien mir warm auf den Rücken, als ich mich bückte, um die reifen schwarzen Beeren zu pflücken, und das Suchen machte mir Spaß, wenn es auch nicht leicht war, Harriets Schmollen darüber, daß mein Korb sich rascher füllte als der ihre, zu ertragen. »Du stiehlst von meinen – ich weiß, daß du sie mir wegnimmst! Sonst könntest du unmöglich schon so viele haben!« Von da an warf ich heimlich ab und zu ein paar Beeren in ihren Korb, so daß sie mir voraus blieb. Es konnte sehr anstrengend sein, Harriet nachzugeben, und grollend gedachte ich der vielen Gelegenheiten, da David sich mir gegenüber genauso duldsam verhalten hatte; aber jetzt hütete ich mich, ihm auch nur den geringsten Anlaß dazu zu verschaffen. Infolgedessen hatte er

mir keine Vorhaltungen wegen meiner Geistesabwesenheit mehr machen können.
Was mich jedoch auch immer grämen mochte, wurde durch seine körperliche Leidenschaft, die er mir entgegenbrachte, wiedergutgemacht, eine Leidenschaft, die aus unermeßlichen Tiefen zu strömen schien; dabei war er ein überaus zärtlicher und rücksichtsvoller Liebhaber. Diese Seite an ihm weckte stets unfehlbar einen Widerhall in mir, so daß ich unsere körperliche Beziehung für vollkommen hielt.
Vielleicht hüllte mich die Wärme dieses Septembernachmittags in eine trügerische Geborgenheit. Jedenfalls war ich gänzlich unvorbereitet auf den neuerlichen Schock, der allerdings mich allein traf, denn Harriet zeigte sich in keiner Weise berührt, wodurch meine Reaktion am Ende erst recht albern wirkte.
Wir trafen unvermutet auf David. Er saß inmitten einer kleinen Lichtung und war so intensiv mit etwas in seinem Schoß beschäftigt, daß er unser Stimmengemurmel und unser Rascheln in den Brombeersträuchern gar nicht wahrnahm. Er war vollkommen regungslos; seltsamerweise trug er an einem so warmen Tag Handschuhe, doch am meisten verblüffte mich sein verzückter Gesichtsausdruck: die halbgeöffneten Lippen deuteten auf allergrößtes Wohlbehagen. Als Harriet ihn beim Namen rief, blickte er kaum auf; seine Augen blinzelten nur kurz in unsere Richtung, um sich dann wieder seinem Schoß zuzuwenden.
Harriet hüpfte zu ihm hin und fragte atemlos: »Was hast du da, David? Was ist das? Etwa ein Spiel?«
»Ja«, erwiderte er, ohne den Blick zu heben. »Das ist ein famoser Zeitvertreib, aber gleichzeitig hochinteressant. Du kannst zuschauen, wenn du magst. Du auch, Aphra.«
Gerade als ich sie eingeholt hatte, kreischte Harriet aufgeregt: »Eine Raupe, eine Raupe! Du hast eine Raupe gefangen!«
Ich sah ein buntgestreiftes Etwas, das mit einer Nadel auf ein Stück weißen Kartons aufgespießt war. Der gekrümmte Körper wand sich in Todesqualen. Unter ihm lag ein winziges Stückchen Watte.
»David! Laß sie los! Was machst du denn da?«
»Ich beobachte sie. Schau nur genauer hin – es ist faszinierend. Ein solches Exemplar wollte ich schon lange haben, und heute bin ich gleich auf eine ganze Kolonie gestoßen.« Er wies mit dem

Kopf auf ein Glasgefäß, das neben ihm auf dem Boden stand. Es war über die Hälfte mit Raupen gefüllt, die verzweifelt zu entkommen versuchten; sie ringelten sich unter dem fest verschlossenen Deckel, der an mehreren Stellen durchstochen war, um Luft hereinzulassen. Also hatte David vor, die Tiere leben zu lassen – und sollte es mir gelingen, des Glases habhaft zu werden, so wollte ich sie unbedingt befreien. Etwas in meinem Innern warnte mich, vorschnell zu handeln. Ich mußte den richtigen Augenblick abwarten. Inzwischen hielt Harriet das Gefäß in die Höhe und lachte vergnügt über die hilflosen Zuckungen der Gefangenen. Von ihrem kindischen Ergötzen abgestoßen, wandte ich meinen Blick ab, doch ich begegnete dem gleichen Ausdruck auf dem Gesicht meines Mannes. Die unvermutete Ähnlichkeit der beiden erschreckte mich, aber gottlob zeugten Davids Züge auch noch von einer anderen Eigenschaft, nämlich einem scharfen Verstand.

»Das ist die sogenannte Abwehrstellung«, belehrte er mich, »und die lebhaften schwarzgelben Streifen sind aposematisch. Das ist vom Griechischen abgeleitet und bedeutet, daß sie ein Warnsignal sind. Die Tarnung dient der Raupe dazu, sich gegen Raubtiere zu verteidigen. Die Vögel erkennen diese Gattung sofort und wissen, daß ihr Gift tödlich ist. Ist die Schöpfung nicht wunderbar? Ohne diese und andere natürliche Schutzvorkehrungen gäbe es keine Larven und schließlich auch keine Schmetterlinge.«

»Laß sie laufen«, flehte ich. »Du quälst sie doch nur!«

David lachte.

»Ich fürchte, du bist sentimental, meine Liebe. Ich habe nicht die Absicht, sie laufen zu lassen. Hast du gewußt, daß diese winzige Kreatur Gift verspritzen kann, wenn sie sich verteidigt?«

Harriet sprang quietschend zur Seite, aber David gebot ihr lachend, still zu sein. »Ich erteile meiner Frau gerade ihre erste Lektion in Naturkunde, und sie hat offensichtlich eine ganze Menge zu lernen – unter anderem auch, nicht so zimperlich zu sein. Komm näher, Aphra, damit du die kleinen aufrechten Stacheln und die feinen Härchen siehst. Aus denen kommt das Gift. Andere Arten sammeln giftige Substanzen, die von Pflanzen ausgeschieden werden. Die enthalten kardiale Gifte, aber die Arten, die ihr Gift selbst erzeugen, produzieren richtiges Zyanid. Dieses Zyanid kreist sogar im Blut des gewöhnlichen Pimpinellfalters, der in Heidegebieten vorkommt, wo die Pimpinelle wächst. Du darfst nicht glauben, das wären hilflose kleine Geschöpfe. Für Menschen sind sie harmlos, es sei denn, man sammelt ihre Absonderungen in großen Mengen – aber für ihre natürlichen Feinde sind sie tödlich. Meine Güte – das kleine Biest bringt sich ja um, wenn es sein ganzes Gift aus den Stacheln verspritzt, und dabei hat es keine Ahnung, von wem es bedroht wird.«

»*Es* bringt sich nicht um, *du* bringst es um! Und ich vermute, mit den anderen hast du dasselbe vor?«

Damit schlug ich Harriet das Glas aus der Hand. Es fiel mit einem dumpfen Plumps auf die weiche Erde, und der Deckel flog auf. Die Tierchen krochen über das Gras, doch David war schneller. Im Nu lag er auf den Knien, sammelte die Raupen mit der behandschuhten Rechten auf, während er mit der Linken den Karton mit dem aufgespießten Tier festhielt. »Du bist von Sinnen!« tobte er.

»Jawohl, jawohl!« sang Harriet, indem sie auf und ab hüpfte. »Sie ist verrückt, verrückt, *verrückt*!«

»*Sei still*!« fuhr ich sie an, und sie brach ab, als hätte ich sie geschlagen.

»Halte mir das Glas, Harriet, bis ich die Burschen wieder drinnen habe.«

Sie warf den Kopf zurück und sah mich triumphierend an. Sie kam sich wichtig vor, weil ihr Cousin ihre Hilfe brauchte. »Siehst du?« spottete sie. »David wird ohne dich fertig, aber nicht ohne *mich*. Er wird dir bestimmt nie wieder trauen, nicht wahr, David?«

Er fauchte sie an: »Sei still und halt das Glas ruhig. Ich kann sonst unmöglich die einen einfangen und gleichzeitig die andere festhalten.«

»Dann laß mich dich von ihr befreien!« schrie ich und riß ihm den Karton weg. Ich zog die Nadel heraus, und die Raupe ringelte sich in einem letzten Krampf um meinen Finger, dann schüttelte ich sie ab. Ich wußte, daß sie tot war, als sie auf die Erde fiel. Der Wind wehte den Karton davon.

David war außer sich. Mit schneeweißem, verzerrtem Gesicht baute er sich vor mir auf.

»Bei Gott, das wirst du bereuen! Du hast mich um eine Probe von ihrem Gift gebracht! Ich hätte es aus dem Wattebausch absondern und analysieren können. Die Raupen richten in unseren Obstgärten verheerende Schäden an, und ich *muß* ein Gegengift finden.« Er drückte das Glas an seine Brust, als wolle er es vor mir verteidigen. Dann verwandelte sich seine Wut plötzlich in Gelächter. »Denk' an meine Worte, Aphra, du wirst noch bitter bereuen, was du getan hast, ganz bestimmt. Warte nur – *wart's nur ab.*«

Der Ausschlag breitete sich rasch aus und griff von meiner Hand auf den Unterarm über. Als ich mich zum Abendessen umkleidete, war die Haut flammend rot.

»Hab' ich dir nicht gesagt, du würdest es bereuen, Liebste? Ich lasse dir das Essen heraufschicken. Ich möchte nicht, daß Claudia deinen Ausschlag sieht, sonst fürchtet sie noch, sie könnte sich anstecken. Das stimmt natürlich nicht. Es ist bloß harmloser Raupenausschlag. Der vergeht mit der Zeit wieder. Das Gift ist nur für andere Tiere gefährlich.«

»Dann können wir Claudia doch beruhigen.«

»Du tätest klug daran, zu Bett zu gehen. Du kannst dir dein Essen auf einem Tablett bringen lassen.«

»Dazu habe ich keine Lust, und ich sehe nicht ein, warum ich mich wegen eines harmlosen Ausschlags ins Bett legen soll.«

Er zuckte die Achseln. »Wie du willst. Aber vergiß nicht, du hast es dir selbst zuzuschreiben, also erwarte kein Mitleid von mir. So was Zimperliches! Dafür habe ich kein Verständnis. Wenn die Menschen nicht bereit wären, mit allen möglichen Lebewesen zu experimentieren, so gäbe es keinen Fortschritt. Gut, wenn du unbedingt hinuntergehen willst, dann zieh etwas an, das den Ausschlag verdeckt. Wir haben heute abend einen Gast, und ich wünsche nicht, daß er auf deine Torheit aufmerksam wird. Das würde zu Fragen Anlaß geben, und es wäre mir peinlich, gestehen zu müssen, daß meine Frau zuweilen nicht ganz zurechnungsfähig ist.«

Ich hatte mich bereits für ein Kleid mit reichlichem Spitzenbesatz, der bis über die Handgelenke niederrieselte, entschieden, und ich streifte es wortlos über. Unter dem langen Ärmel brannte mein Arm wie Feuer. Der Schmerz war so heftig, daß mir sogar das Sprechen Mühe machte, aber es gelang mir immerhin zu fragen, wer der Gast sei.

»Der beste Freund meiner Schwester – Red Deakon. Ich habe ihr selbstverständlich nicht erzählt, daß ich dich allein mit ihm überrascht habe. Und ich glaube auch nicht, daß er es ihr gesagt hat.«
Die Anzüglichkeit in seinem Tonfall war unüberhörbar, doch ich entgegnete nichts. Ich wußte, daß meine Schwägerin mit Red Deakon befreundet war, verspürte aber durchaus nicht den Wunsch, das volle Ausmaß ihrer Vertraulichkeit zu erfahren.
Ich erinnerte mich, wie geringschätzig Red damals über die Moral der Gäste von Abbotswood gesprochen hatte, wie er die Frauen verachtete, die sich öffentlich mit ihren Liebhabern zeigten, und die Ehemänner, die mit ihren Mätressen prahlten; wie er ihre Intrigen und Heucheleien, die gespielte Blindheit und das stillschweigende Einverständnis haßte. Und jetzt deutete David ein intimes Verhältnis zwischen Claudia und gerade dem Mann an, der diese Gepflogenheiten mißbilligt hatte, dem Mann, der mich an jenem Tag in der Schmiede so seltsam aufgerüttelt hatte. War es möglich, daß seine Moralvorstellungen sich in Wahrheit nicht von denen der anderen unterschieden?
Während ich noch darüber nachsann, kam mir ein anderer Gedanke: Red und meine Schwägerin waren frei und konnten leben, wie es ihnen gefiel. Sie taten niemandem weh, keinem Ehemann und keiner Ehefrau. So gesehen, konnte man sie nicht verurteilen. Ich fragte mich, wie lange sie schon ein Liebespaar sein mochten, und warum sie nicht heirateten. So manche Frau in einer glücklichen Ehe war älter als ihr Mann.
Ich hatte Red seit jenem denkwürdigen Besuch in seiner Schmiede nicht mehr gesehen und verspürte nun eine unerklärliche Befangenheit, da ich ihm unter dem Dach meiner Schwägerin wieder begegnen sollte.
In Gedanken nannte ich Abbotswood immer Claudias Haus, obgleich es ihr eigentlich gar nicht gehörte. Zuweilen fragte ich mich, was wohl geschähe, wenn Jasper Bentine niemals zurückkehrte, um sein Erbe anzutreten. Ich hatte keine Ahnung, wie die Rechtslage in solchen Fällen war. Ob das Gericht Claudia den Besitz zusprechen konnte? Wohl kaum, doch weitaus mehr berührte mich die Möglichkeit, daß der mysteriöse Jasper eines Tages wieder auf der Bildfläche erscheinen könnte, denn das wäre unweigerlich das Ende unseres Bleibens auf Abbotswood. Viel-

leicht würde er seine Schwägerin selbst nicht vertreiben – er hatte sie schließlich einmal geliebt, wie ich von David wußte –, aber eines war gewiß: Claudias Hillyardsche Verwandtschaft würde ausziehen müssen, und dann wären all meine schönen Träume vom eleganten Leben auf einem Herrensitz zu einem Nichts zerronnen.

Claudias Charme und Gewandtheit als Gastgeberin kamen an diesem Abend besonders zum Vorschein. Wenn sie Besucher bewirtete – sei es nun ein einzelner Gast oder nahezu hundert Personen, wie damals, als die Thespis-Truppe auftrat –, dann war sie in ihrem Element. Sie sah hübsch aus, und sie nahm uns alle mit ungezwungenem Charme unter ihre Fittiche. Sie hatte sich bei der Planung des heutigen Menüs viel Mühe gegeben, und dieses eindeutige Zeichen ihrer Hochachtung für Red fiel mir auf. Die beiden waren ein schönes Paar, und wenngleich ich immer noch meinte, daß einem Mann von Davids Erscheinungsbild der Vorzug gebühre, mußte ich doch zugeben, daß Red ausgesprochen attraktiv wirkte und vor allem durch seinen kraftvollen Körperbau beeindruckte.

Ich beteiligte mich kaum an der Unterhaltung; denn der Ausschlag breitete sich immer heftiger aus und schmerzte so sehr, daß ich mich der Anstrengung des Sprechens nicht gewachsen fühlte; David hingegen zeigte sich von seiner besten Seite, und Claudia blühte in Reds Gesellschaft auf. Harriet schwatzte wie gewöhnlich das Blaue vom Himmel herunter. Sie erzählte vom Brombeerenpflücken und davon, daß Mrs. Stevens ihr versprochen hätte, der Koch werde morgen eine Fruchtcreme daraus machen, und daß *sie* im übrigen die meisten gesammelt hätte. »Aber Aphra hat dauernd welche aus meinem Korb stibitzt, damit es so aussah, als hätte *sie* die meisten gepflückt!« Claudia lächelte mir verständnisvoll zu; dabei fiel ihr Blick auf meinen Teller und sie sah, daß ich die Speisen gar nicht angerührt hatte, sondern nur so tat, als ob ich esse – dann glitten ihre Augen von meiner Gabel zu meiner halb von Spitzen verdeckten Hand, und ihre Augen weiteten sich.

»Meine liebe Aphra, was hast du mit deiner Hand gemacht?«

Harriet verkündete unbekümmert: »*Sie* hat gar nichts gemacht, das war die Raupe! Dabei hatte David sie extra gewarnt, nicht wahr, David? Du hast gesagt, sie würde es bereuen. Ich hätte es

dir gleich sagen können, daß du einen Raupenausschlag kriegst, Aphra.«
Claudia rief: »Aber ein Raupenausschlag kann schrecklich schmerzhaft sein. Hast du ihn behandelt?«
Ich wollte sie beruhigen, wollte sagen, es sei nichts Ernstes, doch tausend glühende Nadeln schienen sich in meinen Arm zu bohren, und als ich zu sprechen versuchte, brachte ich keinen Laut über die Lippen. Hilflos und stumm saß ich da und fürchtete mich, weil ich das lächerliche Gefühl hatte, ich müßte gleich in Tränen ausbrechen. Harriets Sticheleien, Davids Gleichgültigkeit und der stechende Schmerz, das alles war zuviel für mich. Am liebsten wäre ich aus dem Zimmer gestürzt, um mich irgendwo zu verkriechen.
Zu meiner Überraschung trat Red Deakon an meine Seite. Vorsichtig hob er den Ärmel hoch. Sein unterdrückter Aufschrei schien meinem Mann zu mißfallen.
»Es lohnt nicht, viel Aufhebens davon zu machen«, sagte David ungehalten. »So ein Raupenausschlag verschwindet ebenso schnell wie er ausbricht. Am besten, man läßt der Natur einfach ihren Lauf. Und meine Frau wird es lehren, sich nicht in Dinge einzumischen, die sie nichts angehen.«
Er klang gelangweilt und aß weiter, als sei es nichts und niemandem gestattet, ihm die Mahlzeit zu verderben. Seine Schwester saß regungslos da, und wenn ich mir auch nicht ganz sicher war, da wir bei Kerzenlicht dinierten, so schien es mir zumindest, als sei sie recht blaß geworden.
»Du hast doch sicher ein Gegengift, David? Vielleicht in deinem Labor?«
»Absolut nichts«, antwortete er gleichgültig. »Es ist wirklich das beste, der Natur zu vertrauen und in Zukunft keine Raupen mehr ohne Handschuhe anzufassen.« Er blickte mich mit einem seltsamen Lächeln an. »Leiden verschönt die Seele, meine Liebe.«
Red Deakon platzte heraus: »Nun gut, wenn Sie nicht gewillt sind, etwas zu unternehmen, Hillyard, dann tue ich es eben. In meiner Werkstatt habe ich eine gute Salbe. Die Männer holen sich hin und wieder Hautkrankheiten von den Pflanzen rund um die Mergelgrube. Ich bin gleich wieder da.«
David zuckte die Achseln und ließ ihn ziehen. Claudia blieb ganz still sitzen, und Harriet blickte mit erstaunten Augen zur Tür; sie

konnte es nicht fassen, daß der Gast einfach auf und davon gegangen war. Bis zu seiner Rückkehr sprachen wir kaum ein Wort.

Red Deakon behandelte also meinen Arm, und für einen so kräftigen Mann bewies er eine erstaunliche Feinfühligkeit. David schaute zu und meinte, es werde zuviel Aufhebens um eine Lappalie gemacht, doch wenn seine Frau sich so kindisch aufführe, sei es wohl das beste, sie gewähren zu lassen. »Als Harriet letzten Sommer Nesselfieber bekam, hat sie sich nicht so angestellt!« Darauf wurde Harriet vor lauter Selbstgefälligkeit ganz rot.

»Und jetzt schlage ich vor, daß Ihre Frau zu Bett geht«, sagte Red Deakon, als er fertig war.

»Das habe ich ihr schon vor dem Essen empfohlen, aber sie kann manchmal recht eigensinnig sein.«

»Vielleicht auch nur stoisch«, brummte Red. »Der Arm muß schrecklich wehtun. Ich schlage vor, Sie schicken morgen gleich nach einem Arzt. Und wenn Sie zufällig ein Schlafmittel hätten, Claudia?«

Zum erstenmal schien Claudia aus ihrer Lethargie zu erwachen. Ihr Schweigen war auffallend gewesen, und trotz meiner Schmerzen gab es mir Rätsel auf. Ich war dankbar, daß sie sich um mich sorgte, aber daß sie sich offenbar regelrecht ängstigte, schien mir doch übertrieben. Aber eben das schien ihr Schweigen zu bedeuten: eine innere Spannung und übermäßige Besorgnis, die in keinem Verhältnis zu einem plötzlichen Ausschlag standen, der, obgleich schmerzhaft, nicht weiter gefährlich war. Ich hatte das Gefühl, daß auch Red Deakon ihre Reaktion bemerkte, und daß er den wahren Grund dafür kannte. Er hatte Claudia während der Prozedur ein- oder zweimal so bedeutungsvoll angesehen, als ob ihr Schweigen ihm eine Menge verriete.

Claudia schob ihren Stuhl zurück, sagte, sie würde das Schlafmittel holen und auf mein Zimmer bringen. Sie schlang sogar den Arm um meine Taille, als wir hinaufgingen, aber wir sprachen nichts; ich, weil ich dazu nicht in der Lage war, und sie, weil sie vermutlich nicht wollte. Für das Schlafmittel aber war ich ihr dankbar, denn ich hörte David nicht einmal zu Bett kommen.

Am nächsten Morgen bestätigte der Arzt die Diagnose meines Mannes. Der Ausschlag würde mit der Zeit von selbst heilen;

und widerwillig gab der Doktor zu, daß die von Red vorgeschlagene Behandlung richtig war und fortgesetzt werden könnte. Sie hatte mir ausgesprochen gutgetan. Das heftige Brennen war zurückgegangen, und ich war Red dankbar, daß er mir das Medikament überlassen hatte. Dadurch war ich ihm andererseits jedoch noch mehr verpflichtet, und das behagte mir gar nicht.
Als ich gegen Mittag lesend in der Laube saß, stand er plötzlich vor mir.
»Truman sagte mir, daß ich Sie hier finden würde. Das scheint ja Ihr Lieblingsplatz zu sein.«
Das war Truman also aufgefallen. Nichts schien den blassen Augen des alten Mannes zu entgehen. Ich hatte mir inzwischen angewöhnt, ihn als eine Art Wachhund über das gesamte Anwesen zu betrachten. Es stimmte, daß ich mich gern in der Abgeschiedenheit des schattigen Gartens aufhielt, vor allem in der Laube. Harriet belästigte mich hier kaum, weil die Sonne nur selten bis zu diesem Flecken vordrang; den Liebenden dagegen, die sich hier einst ein Stelldichein gegeben hatten, war vielleicht gerade der Schatten gelegen gekommen. Die verschlungenen Initialen, die in den Sitz neben mir eingeritzt waren, hatten romantische Vorstellungen in mir erweckt. Ob die Buchstaben wirklich Jasper und Claudia bedeuteten? Waren sie tatsächlich ein Liebespaar gewesen, diese Frau und der Mann, der ihren Gatten umgebracht hatte? Ob Red Deakon sich an den Vorfall erinnerte? Ich rechnete geschwind und kalkulierte. Meiner Schätzung nach war er jetzt etwa dreißig, also mußte er damals ungefähr elf gewesen sein. In diesem Alter sind Kinder leicht zu beeindrucken, und es hatte in der Nachbarschaft gewiß eine Menge Gerede gegeben, als Lawrence Bentines junge Frau nach neunmonatiger Ehe auf so tragische Weise zur Witwe wurde.
Alles, was sich »droben im Haus« ereignete, lieferte der Umgebung Gesprächsstoff, und jeder der unmittelbar an dem Vorfall Beteiligten dürfte damals das Ziel sowohl von Klatsch wie von Mitleidsbekundungen gewesen sein, allen voran die »arme junge Mrs. Bentine«. Was würde sie tun, nachdem sie ihres Gatten beraubt war? Würde sie von Abbotswood fortziehen, oder würde sie bleiben? Sie würde doch gewiß wieder heiraten, so jung wie sie war? Und ob es stimmte, daß ihr Schwager sie liebte und die Gelegenheit wahrgenommen hatte, ihren Ehemann zu töten,

um den Rivalen aus dem Weg zu räumen? Kain und Abel, Kain und Abel! Gott wird ihn richten! Es nützte nichts, davonzulaufen, das Schicksal würde ihn dennoch ereilen. Natürlich war er schuldig, wenn er so Hals über Kopf verschwand. Er war ja schon immer ein tollkühner Bursche, dauernd ist er in die Patsche geraten und hat sich wieder herausgewunden. Aber so tief hatte er noch nie in der Klemme gesessen ...
Ein elfjähriger Junge mußte das alles gehört und in seiner Erinnerung bewahrt haben.
Während der Monate, die ich nun schon auf Abbotswood verbrachte, hatte ich am eigenen Leibe erfahren, wie boshaft Klatsch sein konnte, und das nicht nur von seiten der Dorfbewohner. Jeder pikante Bissen, den man in den eleganten Landhäusern von königlichem Derby- oder Sèvres-Porzellan verzehrte, war – wie Gift in einem Parfum – mit Bosheit gewürzt. Hinter den vornehmen Fassaden im Stil von Queen Anne, den anmutigen von William oder Mary, wetzte man die Zungen ebenso eifrig wie in einfachen Hütten. Abbotswood bildete da keine Ausnahme. Hinter seiner einladenden Front mit den freundlichen Fenstern blühte Klatsch nicht nur im Dienstbotentrakt, sondern auch im Salon, wenn Gäste aufs Gut kamen. Zuweilen hatte ich sogar den Eindruck, daß sie uns nur des Klatsches wegen besuchten, obgleich Claudia sich nie daran beteiligte – möglicherweise, weil sie selbst einmal zur Zielscheibe übler Nachrede geworden war. Sie waltete würdevoll über den Teetisch und überließ es ihren Gästen, sich an Bosheiten zu ergötzen, und manchmal, wenn die Geschichten zu aufgebauscht oder die Zungen zu bissig wurden, bemühte sie sich, Harriet abzulenken; denn ihre Cousine sog begierig jedes Wort in sich auf.
Meine Vermählung mit dem begehrten David Hillyard war eine Sensation gewesen, und ich wußte recht wohl, daß er in den Augen vieler einer intriganten kleinen Schauspielerin aufgesessen war; doch das fand ich eher amüsant als ärgerlich, und ich kümmerte mich nicht weiter darum. Meine geachtete Schwägerin war mir ein lebendes Vorbild, das Musterbeispiel der diskreten, unparteiischen Zuhörerin, die zwischen sich und der Welt einen Schutzwall errichtet hatte; allerdings stand diese Mauer auch zwischen ihr und mir, und nie würde sie mir erlauben, sie niederzureißen. Nur dieser Mann, ihr Vertrauter und »bester Freund«,

wußte, was sie hinter dem Schutzwall verbarg. Warum nicht ehrlich sein und das Wort »Geliebter« benutzen, dachte ich mit plötzlichem Unwillen, als er nun auf mich zukam. Dieses kleinliche Vertuschen der Wahrheit hatte es beim Theater nicht gegeben. Dort wurde nichts verheimlicht. Vielleicht war »das Gewerbe« daher als unmoralisch in Verruf geraten. Bei diesem Gedanken mußte ich lächeln. In der Welt, der ich nun angehörte, war die Unmoral genauso häufig anzutreffen wie in der billigsten Theatergarderobe. Ich hätte Claudias Verhältnis mit Red Deakon ja gutgeheißen, wenn sie es nicht hinter der Pose der untadeligen Herrin von Abbotswood, der über jeden Verdacht erhabenen Dame, versteckt hätte.

Ich hatte Red für ehrlicher gehalten, war er doch ein Mann, der sein Tun und Denken nicht verheimlichte und seine Meinung eher zu unverblümt kundtat. Ich war überzeugt, daß er, wenn er eine Frau liebte, sich nicht scheuen würde, sich vor aller Welt zu ihr zu bekennen; daher mußte die Verschleierung ihrer Beziehung wohl auf Claudias Wunsch zurückzuführen sein.

»Ich wollte nachsehen, wie meine Leute vorankommen«, sagte er und bat mit einer Handbewegung, neben mir Platz nehmen zu dürfen. Als ich nickte, schob er seine Rockschöße zur Seite, ließ sich nieder und fügte hinzu: »Und da dachte ich, die Gelegenheit sollte ich nutzen, um zu sehen, wie es Ihnen heute geht.«

»Viel besser, danke. Ich stehe in Ihrer Schuld, Mr. Deakon«, antwortete ich.

Er schüttelte ein wenig ungehalten den Kopf. »Nein, ganz und gar nicht. Außerdem müßte es Ihnen doch zuwider sein, in der Schuld eines Menschen zu stehen, den Sie noch immer bemüht sind abzulehnen.«

Darauf gab es nichts zu erwidern. Leugnen wäre unehrlich, es zuzugeben, peinlich gewesen. Ich wich aus und berichtete ihm, daß der Arzt am Morgen meinen Arm untersucht und sein Medikament für gut befunden hatte, worauf Red eine Grimasse schnitt und meinte, das sei ein großes Zugeständnis vom alten Dr. Claybury. »Der hat für Quacksalbereien nichts übrig, und Behandlung durch Laien fällt bei ihm in diese Kategorie. Die Salbe ist übrigens nach einem uralten Kräuterrezept meiner Familie gefertigt. Die Deakons waren früher zu arm, um sich einen Doktor leisten zu können, also mußten sie sich mit Hausmitteln behel-

fen.« Ohne Überleitung fragte er plötzlich: »Wie ist das eigentlich passiert mit Ihrer Hand?«
»Sie meinen den Ausschlag? Ich dachte, mein Mann hätte es erwähnt, oder Harriet. Ich als Stadtkind hatte keine Ahnung, daß man Raupen nicht ohne Handschuhe anfassen darf.«
»Und das ließ sich beim Brombeerpflücken nicht vermeiden ...«
Ich nickte. Ich hatte nicht die Absicht, mehr zu enthüllen, doch zu meiner Überraschung sagte er: »Ich hoffe, Sie haben die Tierchen nicht entkommen lassen. Das hätte Ihrem Gatten gar nicht gefallen. Soviel ich weiß, sammelt er alle möglichen Insekten. Claudia hat mir berichtet, wie besessen er daran arbeitet, Gegenmittel gegen ihre Gifte zu finden – und gegen andere.«
»Ja. Er ist sehr talentiert.«
»Allerdings. Talentiert ist er, das muß man ihm lassen.« Seine durchdringenden blauen Augen blickten mich lange an, dann fragte er unvermittelt: »Sehnen Sie sich nicht nach dem Theater zurück, Mrs. Hillyard?«
»Ich habe kaum Zeit, daran zu denken.« Nicht um alles in der Welt hätte ich ihm gestanden, daß ich viel zuviel Zeit hatte und nur zu oft ans Theater dachte. Während der letzten Wochen waren meine Gedanken immer wieder um jene Tage gekreist, die mir rückblickend so sorglos erschienen. Die Nöte und Unsicherheiten von damals verblaßten nun hinter der Erinnerung an Freundschaft und Kameradschaft, an den herzerwärmenden Applaus, an den Jubel, wenn mein Vater und ich uns gemeinsam verbeugt hatten. Wie stolz er dabei immer gewesen war! Und wie stolz war *ich* erst gewesen! Doch diese Zeiten waren vorbei, und die Not war mit ihnen verschwunden, und mir war statt dessen dies hier beschert worden – ein schönes Haus mit herrlicher Umgebung, mit weitläufigem Park und Ackerland, gesellschaftlicher Aufstieg und ein Leben in Muße.
Red Deakon lächelte schwach. »Keine Zeit?« wiederholte er. »Sind Sie hier auf Abbotswood so beschäftigt? Nimmt Sie das gesellschaftliche Leben so in Anspruch? Das überrascht mich. Ich hätte gedacht, eine junge Frau wie Sie –« Er brach ab, und mit einer Gebärde, die halb Abschied, halb Entschuldigung ausdrückte, erhob er sich, blieb aber noch einen Moment stehen und blickte sinnend auf mich herab. »Ihr Gatte ist über Ihre Zufriedenheit gewiß hocherfreut.«

Mit einer Verbeugung entfernte er sich.
Als er fort war, wollte es mir nicht gelingen, mich wieder auf mein Buch zu konzentrieren.

Ich hatte David den ganzen Tag nicht gesehen. Er mußte aufgestanden sein, als ich noch schlief, doch dank des starken Schlafmittels hatte ich ihn nicht weggehen hören. Als ich nun hineinging, fürchtete ich mich vor der Begegnung mit ihm. Die Erinnerung an seine Gleichgültigkeit verletzte mich, und es fiel mir schwer, ihm zu verzeihen. Auch der Gedanke an seine Gefühllosigkeit schmerzte mich, obgleich ich annahm, daß so mancher der Wissenschaft ergebene Forscher meine Reaktion auf den gewaltsamen Tod einer winzigen Kreatur für ebenso sentimental oder zimperlich halten würde wie mein Mann.

Aber ich war noch aus anderen Gründen verstört, vor allem wegen der merklichen Veränderung in Davids Benehmen. Ich konnte einfach nicht glauben, daß seine Leidenschaft in so kurzer Zeit erloschen war, und wenn ich unserer Liebesstunden gedachte, so erschien das gänzlich unmöglich. Doch Vorurteile und eine gewisse Wachsamkeit schienen sich in sein Verhalten eingeschlichen zu haben, so als stelle er jetzt Charakterzüge an mir fest, die vorher nicht dagewesen waren, Züge, die ihn bekümmerten. Diese scheinbare Kritik erweckte Unsicherheit in mir, und ich begann an mir selbst zu zweifeln. Ich war entweder ängstlich darauf bedacht, nichts Falsches zu tun oder zu sagen, oder aber ich flüchtete mich in Trotz. Dann wieder bot ich all meinen Charme auf, um David zu gefallen, in dem verzweifelten Verlangen, die Zärtlichkeit zurückzuerringen, die er in den ersten Tagen unserer Liebe für mich empfunden hatte.
Es schien mir unfaßbar, daß der Glückstaumel so schnell verfliegen konnte. Ich hatte mir stets vorgestellt, die Liebe wachse in der Ehe, sie festige sich mit den Jahren; die Bindung werde stärker und beständiger und verknüpfe zwei Menschen so fest miteinander, wie ich es von meinen Eltern kannte. Sie hatten alle Kämpfe vereint durchgestanden, Not und Mühsal hatten sie nur noch enger zusammengeschweißt und nicht etwa entzweit. Aber hier gab es ohnehin keine Not, die David und mich hätte auseinanderbringen können. Wir waren auf Abbotswood in Luxus ge-

bettet. Kein kalter Luftzug drang zu uns herein. Und doch fühlte ich, wie sich eine beklemmende Unsicherheit meiner bemächtigte, deren Ursache ich nicht hätte erklären können. Aber ich spürte sie deutlich, als ich nach oben ging, um mich zu frisieren – selbst in dem geschützten Garten hatte heute ein Lüftchen geweht, und David konnte es nicht leiden, wenn mein Haar vom Wind zerzaust war –, und ich spürte sie wieder, als ich zum Lunch hinunterging. Truman durchquerte die Halle auf dem Weg zum Speisezimmer, und als er meine Schritte hörte, wandte er sich um. Seine blassen Augen leuchteten auf, und ein gütiges Lächeln breitete sich auf seinem runzligen Gesicht aus. Ich hatte immer das Gefühl, daß Truman mich gern hatte, und ich empfand seine Anwesenheit im Hause als tröstlich. Ich entsann mich, wie er damals auf der Schwelle zu meines Vaters Zimmer im Ostflügel gestanden und mir mit verstecktem Tadel erklärt hatte, es sei seine Aufgabe, für den Herrn auszupacken. Ich erinnerte mich an den prüfenden Blick, mit dem er Vaters alte Reisetasche gemustert hatte, die so gar nicht zu dem luxuriösen Gepäck paßte, welches die Gäste gewöhnlich mitbrachten. Jetzt, da ich Truman besser kannte, ahnte ich, daß nicht Mißbilligung, sondern Interesse der Grund für diesen Blick gewesen war.
Bei meiner Rückkehr nach Abbotswood hatte ich die Tasche mitgebracht; aus Sentimentalität, wie mein Mann mir spöttisch vorgehalten hatte, doch er hatte es geduldet. Weil die Reisetasche uns auf unseren Tourneen überallhin begleitet hatte, mochte ich mich nicht von ihr trennen, und David hatte sich zwar amüsiert gezeigt, war jedoch zärtlich und rücksichtsvoll auf meine Laune eingegangen. Er hatte Truman angewiesen, die Tasche ja nicht fortzuwerfen, sondern sie bei dem anderen Reisegepäck aufzubewahren, und der alte Mann hatte sie weggetragen, als sei sie aus feinstem Leder und nicht aus fadenscheinigem Teppichstoff. Ich glaube, in jenem Augenblick schloß er mich in sein Herz.

Jedwede Scheu vor der Begegnung mit David erwies sich als unbegründet, denn beim Lunch begrüßte er mich mit der größten Zärtlichkeit und erkundigte sich liebevoll nach meinem Befinden.
»Es geht mir viel besser – schau her.«
Ich streckte meinen Arm aus und zog den Ärmel hoch, um ihm

die merkliche Besserung zu zeigen. Er führte meine Hand an die Lippen, drückte einen flüchtigen Kuß darauf und meinte: »Siehst du, es war doch richtig von mir, einen solchen Ausschlag gar nicht zu beachten. Habe ich dir nicht gesagt, daß er von selbst heilen würde?«
»›Mit der Zeit‹, hast du gesagt. Du mußt zugeben, daß Mr. Deakons Salbe die Heilung beschleunigt hat.«
»Warum nennst du ihn Mr. Deakon?« wollte Harriet wissen. »Alle sagen Red zu ihm. Ich finde, das ist ein komischer Name. Aber er hat ihn wohl wegen seiner roten Haare bekommen.«
»Ich kenne ihn noch nicht lange genug, um ihn mit Vornamen anzureden.«
David lachte. »Das würde Deakon nicht stören. Ich bin sicher, daß er dich in Gedanken Aphra nennt.« Um seinen Mund lag ein Ausdruck, den ich nicht recht zu deuten vermochte. Belustigung? Nachsicht? Spott? Oder eine Mahnung, daß er jene zwanglose Szene in Reds Arbeitszimmer, mein aufgelöstes Haar, meine bloßen Füße, nicht vergessen hatte? Was auch immer der Sinn dieses vielsagenden Lächelns sein mochte, das um seine wohlgeformten Lippen spielte – es galt nicht mir allein, denn er behielt es bei, als er sich Claudia zuwandte und fragte: »Bist du nicht auch meiner Meinung, liebe Schwester? *Du* stehst mit Red auf vertraulicherem Fuß als wir alle. Vielleicht hast du sogar gehört, daß er meine Frau beim Vornamen nennt, wenn er von ihr spricht? Der Mann hält nicht viel von Förmlichkeiten, aber was kann man von einem Hufschmied auch anderes erwarten?«
Claudia blieb vollkommen ungerührt. »Ich möchte nicht sagen, daß ich mit ihm auf ›vertraulichem‹ Fuß stehe, aber ich kenne ihn gut. Er ist ein treuer Freund. Und ich würde ihn nicht gerade als Hufschmied bezeichnen.«
»Aber so nennt er sich doch selbst, und ich bewundere ihn deswegen«, warf ich ein. »Das beweist, daß er nicht anmaßend ist. Es gibt ohnehin schon viel zuviel Hochmut auf der Welt.«
»O ja, ich weiß, daß du ihn sehr bewunderst«, sagte mein Mann leichthin.
»Ich bewundere an ihm, daß er ehrlich ist und frei von Heuchelei.«
Ich war über mein spontanes Geständnis selbst überrascht, denn nie hätte ich geglaubt, in irgendeiner Form Bewunderung für Red

Deakon ausdrücken zu können, doch in meiner neuen Umgebung hatte er gewiß den aufrichtigsten Charakter, den ich bisher kennengelernt hatte. Das änderte freilich nichts an meinem Wunsch, ihm nach Möglichkeit aus dem Weg zu gehen. Seine unverhüllte Wahrheitsliebe befähigte ihn, Situationen und Menschen so genau zu durchschauen, daß er jemanden wie mich arg in Verlegenheit bringen konnte.

Claudia wechselte das Thema und bat David, ihr ein paar von seinen Treibhauspflanzen zu überlassen, um die Halle für den Wohltätigkeitsbasar zu schmücken, den sie am nächsten Tag auf Abbotswood veranstalten wollte. »Natürlich nur solche, die nicht so sehr unter der Temperaturschwankung leiden. Wenn wir sie heute nachmittag aussuchen und über Nacht in ein warmes Zimmer stellen, können sie doch gewiß überleben, meinst du nicht? Und ich lasse die Halle gut heizen. Die Abende werden allmählich kühler, da sind die Leute froh, wenn sie es drinnen schön warm haben.«

David bestätigte, daß die Pflanzen bei sorgfältiger Behandlung durchaus überleben könnten und bat Claudia, jemanden zum Hopfenhaus zu schicken, um den Schlüssel fürs Treibhaus zu holen. »Ich notiere dir dann die Namen der Blumen, die du ohne weiteres nehmen kannst. Sie sind alle beschriftet.«

»Also *da* hebst du den Schlüssel jetzt auf«, piepste Harriet. »Ich wußte, daß du ihn vor mir versteckst, bloß weil ich ein paar Blumen gepflückt habe.« Sie schmollte. Harriet konnte sich wegen jeder Zurücksetzung grämen, ob diese nun echt war oder eingebildet.

David schob seinen Stuhl zurück und strich ihr im Vorbeigehen über das gekräuselte Haar. »Ungezogene Kinder müssen bestraft werden«, sagte er heiter.

»*Ich* bin nicht ungezogen! *Ich* nicht, *ich* nicht! Habe ich dir gestern nicht geholfen? Habe ich dir nicht das Glas gehalten, so still ich konnte, nachdem sie's mir aus der Hand geschlagen hatte? Das hat Aphra gemacht. *Sie* ist ungezogen, nicht ich!«

»Das ist längst erledigt, Cousinchen. Aphra ist dafür bestraft worden.«

»Wie?« wollte Harriet wissen, und ihre Weinerlichkeit verwandelte sich im Nu in begierige Neugier. »Wie hast du sie bestraft?«

»Nicht ich. Das hat die Natur besorgt. Du hast es doch gesehen. Und meine Frau bereut jetzt, was sie getan hat.«
Ich schnappte nach Luft. »Ich bereue überhaupt nichts, und ich habe auch keinen Grund dazu!«
David war schon an der Tür. Er blieb stehen und blickte sich nach mir um.
»Dann mußt du es lernen, meine liebe Frau. Jeder, der sich in meine Arbeit einmischt, wird es büßen.«
»Sie streiten sich schon wieder, sie streiten sich!« Harriet hopste aufgeregt auf ihrem Stuhl herum. »Gestern haben sie sich gezankt, und jetzt schon wieder!« Sie hatte an jeder Andeutung einer Szene ihr Vergnügen.
Claudia warf ihr einen warnenden Blick zu, denn Truman war soeben eingetreten. Mit jenem Ausdruck der Selbstverleugnung, wie ihn gutgeschulte Diener anzunehmen pflegen, stand er am Buffet, als sei er mit der Wandtäfelung verschmolzen und könne sich nur von ihr lösen, wenn Geschirr abgeräumt werden mußte. Trotzdem hatte man bei Tisch diskret zu sein, denn selbst Marionetten hatten einen Funken Leben in sich und waren womöglich fähig zu horchen, zu denken und zu reden. An diese Einstellung der Dienerschaft gegenüber würde ich mich nie gewöhnen können.
Harriet zuckte die Achseln. »Ach, Truman ist so taub wie ein Türpfosten, das weiß doch jeder. Darf ich die Pflanzen für morgen aussuchen, Claudia?«
»Du darfst mir helfen, Liebes, und ob Aphra wohl so gut ist, den Schlüssel zu holen?«
Meine Schwägerin stellte nie ein Ansinnen ohne Beweggrund; in diesem Fall wollte sie den Frieden mit ihrem Bruder wiederherstellen. Ihre Absicht war nur zu deutlich erkennbar, doch ich wußte, daß ihre Sorge nicht meinem, sondern Davids Glück galt.
Ich machte zur Bedingung, daß ich den Schlüssel nur holen würde, wenn mein Mann mir versicherte, daß die Falltür zum Dachboden des Adlers fest geschlossen war.
»Ich habe dir mein Wort gegeben«, sagte David, »obwohl dein Verlangen kindisch ist. Du weißt, daß er nicht durch die Tür und die Treppe hinunter kann, und ich verstehe auch gar nicht, warum du solche Angst vor ihm hast.«

»Du hast ihn gesehen?« fragte mich Harriet. »Hast du ihn wieder fliegen lassen, David? Du weißt doch, wie gern ich dabei zuschaue!«
»Aus sicherer Entfernung, willst du sagen. Und was das Fliegenlassen betrifft, so trainiere ich ihn beinahe täglich, und ich bin sicher, daß du das weißt, denn dir entgeht doch sonst kaum etwas.«
»Aber woher weiß Aphra, daß du ihn auf dem Dachboden hältst?« Ihre Stimme klang eifersüchtig. »*Mir* hast du nie etwas davon gesagt. Ich dachte, du hättest ihn irgendwo in einem Käfig.«
»So etwas Grausames würde ich nie tun. Er braucht doch Bewegungsfreiheit, und dafür ist der Dachboden gerade richtig. Außerdem ist Conrad dort bei schlechter Witterung geschützt. Aber wo ich ihn auch halte, ich kann mir kaum vorstellen, daß du ihm einen Besuch abstatten möchtest.« Er lachte unvermittelt hell auf. »Jedenfalls nicht so wie meine Frau.«
Claudia wandte sich angstvoll an mich. »Du bist doch nicht etwa zu dem Vogel hinaufgegangen? Meine Liebe, findest du, daß das klug war?«
»Keineswegs, wie sich herausstellte.«
Harriet fragte schadenfroh: »Hat er dich angegriffen?« und David erwiderte ernst: »Er hat sie an den Haaren gezogen, Cousinchen«, worauf Harriet vor sich hin kicherte.
»Huch, das hätte ich zu gerne gesehen, wirklich!«
»Du bist ein blutrünstiges Geschöpf«, meinte David gutgelaunt, und damit verließ er uns.

Als ich bei der Hopfendarre anlangte, stand die Eingangstür offen, und auch die Tür zum Labor war diesmal auf. David hatte Wort gehalten: die Klappe zu Conrads Dachboden war fest geschlossen. Ich rief nach meinem Mann und hörte ihn zerstreut antworten: »Ich bin hier drin. Du kannst hereinkommen, aber du darfst mich im Moment nicht stören.«
Ich betrat das Labor und blieb wie angewurzelt stehen. Das runde Zimmer war hübsch ausgestattet, doch es widerstrebte mir weiterzugehen. An den Wänden waren Töpfe und Tiegel aus italienischer Keramik aufgereiht, alle mit golden beschrifteten Etiketten versehen; daneben gab es Schubfächer mit aufgedruckten lateinischen Namen; getrocknete Mohnknospen, Kräuter und seltene

Pflanzen hingen bündelweise von der Decke, und mitten im Raum stand ein Ofen, dessen mächtiger Schornstein geradewegs zu dem spitzgiebeligen Dach hinausführte. Die Zwischendecke zum Speicher war entfernt worden, so daß der Raum unglaublich hoch wirkte; die runden Wände wurden nach oben hin immer enger, als ob sie sich zu einer riesigen Falle zusammenschlössen. Ich bekam Platzangst in diesem Raum, und als ich nach oben blickte, wurde mir schwindelig. Oder lag das an dem schwachen Chemikaliengeruch, der in der Luft hing?

Ich nahm noch andere Gerüche wahr, die aus Käfigen mit Mäusen und Meerschweinchen aufstiegen. Der ganze Raum hallte von ihrem Quieken, Piepsen und Scharren wider, und aus wassergefüllten Behältern kamen quakende Laute von Fröschen und Kröten. Ich fand diese Gefängnisse grauenhaft.

David würdigte mich keines Blickes. Er beugte sich über einen Marmortisch. Seine Hände steckten in Gummihandschuhen, und er handhabte ein scharfes, spitzes Instrument so sorgsam wie ein Künstler seinen Pinsel; doch statt Farbe aufzutragen, hinterließ er mit seinen Einschnitten kleine rote Spritzer auf der Marmorplatte.

Er sezierte einen Frosch.

Ich wandte mich entsetzt ab, und er schien meinen Abscheu zu spüren, denn er sagte ohne aufzublicken: »Stell dich nicht schon wieder so zimperlich an, ich bitte dich! Komm her und schau dir das an. Es wird dir über deine lächerlichen Reaktionen hinweghelfen.«

»Nein, ich warte lieber in deinem Büro.«

»Wie du meinst. Ich bin gleich fertig. Aber warum willst du draußen warten? Ich habe ein paar interessante Bücher hier.« Mit einer leichten Kopfbewegung deutete er zu einem Bücherbord schräg gegenüber, und weil ich ihn nicht verärgern wollte und dort drüben dem Marmortisch den Rücken zukehren konnte, durchquerte ich ohne Widerrede den Raum und betrachtete die Werke in englischer, deutscher, französischer und italienischer Sprache, die sich sämtlich mit Giften und den tödlichen Eigenschaften bestimmter Sträucher, Pflanzen, Insekten und Wassertiere befaßten. Über jeden Zweig der Toxikologie schien etwas vorhanden zu sein. Claudia hatte offensichtlich die Wahrheit gesagt, als sie behauptete, ihr Bruder sei sehr gebildet.

»So – ich bin fertig.« Befriedigung sprach aus seiner Stimme. »Und jetzt kann ich mich dir widmen, meine Liebe. Ich vermute, du bist wegen des Schlüssels gekommen.«
Ich drehte mich um und sah, wie er kleine Stückchen des toten Frosches in einen Emaillebehälter fegte, den er dann zum Ofen trug. Andere Teile ließ er auf dem Tisch liegen. Ich spürte eine leichte Übelkeit und bemühte mich, sie zu unterdrücken, doch als David den Ofen zugemacht hatte, sah er kopfschüttelnd zu mir hinüber.
»Meine arme Aphra, wie empfindlich du bist! Du darfst in Zukunft nicht mehr herkommen, wenn du so leicht aus der Fassung gerätst.« In seinem Tonfall mischten sich Geduld und Unwillen, und ich kam mir auf einmal schrecklich töricht vor.
»Die Bücher sind interessant«, sagte ich, »aber sie sind zu hoch für mich.«
»Sicher, das war zu erwarten. Und doch *gibt es* Frauen, die diese Materie beherrschen, und heutzutage wird in vielen Schulen für junge Damen Chemie gelehrt.«
»Das ist mir bekannt, aber du weißt ja, daß ich keine herkömmliche Schulbildung habe. Ich wurde unterwegs unterrichtet, mehrere Stunden täglich, wie es das Gesetz vorschrieb.«
»Von deinem Vater, einem Schauspieler.«
»Von meinem Vater, einem Gelehrten. Er hat in Oxford studiert; er hatte in Geschichte und in klassischer Philologie eine Eins. Meine Ausbildung war also keineswegs oberflächlich.«
David seufzte. »Siehst du, du bist schon wieder so empfindlich. Ich möchte schwören, das wird immer schlimmer mit dir.«
»Vielleicht, weil deine Sticheleien, dein Spott, deine Herablassung auch immer schlimmer werden. Machst du das eigentlich absichtlich?«
Seine Verblüffung, ja Erschütterung war echt. Er trat zu mir und wollte mir die Hände auf die Schultern legen, doch ich zuckte zurück. Er trug nämlich noch die blutbeschmierten Gummihandschuhe.
Lachend streifte er sie ab. »Verzeih mir, Liebste, ich möchte deine hübsche Bluse nicht beschmutzen.« Er warf die Handschuhe in einen Ausguß und drehte den Wasserhahn auf. »Es tut mir leid, daß meine Arbeit dich abstößt, aber sie ist wichtig und nützlich, und jemand muß sie ja schließlich machen, nicht wahr?«

»Wo hast du das gelernt?« fragte ich.
»In Wien. Aber ich habe mich schon viel früher für Toxikologie interessiert, seit ich über die Arbeit von Louis Pasteur und anderen Gelehrten seines Schlages gelesen habe. Mein Ehrgeiz ist es, ein revolutionäres Gegengift zu entwickeln, ein Serum, daß für die Menschheit so segensreich sein wird, wie Pasteurs Endeckung es für die Medizin war. Dafür hat Claudia mir dieses Labor eingerichtet. Reichere und bessere Ernten, gesünderes Vieh – denk doch nur, wie sehr das den Menschen zugute käme.«
»Ich dachte, Claudia hätte wenig Geld.«
»Wie bist du denn auf die Idee gekommen?«
»Durch dich. Du hast mir einmal erzählt, Claudia sei gezwungen, Abbotswood von den Einkünften zu unterhalten, die ihr Mann ihr hinterlassen hat.«
»Aber ich habe *nicht* gesagt, sie sei mittellos; allerdings halte ich es für eine große Dummheit, eine Frau über ihr Einkommen selbst verfügen zu lassen. Die kürzliche Änderung der Verordnung über das Eigentum verheirateter Frauen war ein äußerst törichter Akt der Gesetzgebung. Aber um auf das zurückzukommen, was du vorhin sagtest – diese Lügen, die ich geäußert haben soll, also wirklich, meine Liebe, ich weiß nicht, woher du deine komischen Ideen hast! Leben alle Theaterleute in so einer Phantasiewelt?« Mit einem Anflug von prahlerischem Stolz schloß er: »Du mußt wissen, daß die Hillyards wohlhabende Industrielle aus Mittelengland waren. *Ich* war jedenfalls kein armer Schlukker, als wir geheiratet haben.«
Bei diesem unnötigen Hinweis auf meine Armut zuckte ich zusammen.
»Nein«, gab ich zu, »der arme Schlucker war ich. Manchmal frage ich mich, warum du mich eigentlich geheiratet hast. Ich weiß ja, daß ich dir nichts zu bieten hatte.«
»Außer deiner so begehrenswerten Person. Hätte ich mir denn mehr wünschen können?«
Sein zärtlicher Ton und sein rascher Stimmungswechsel besänftigten mich augenblicklich.
»Ich bin froh, daß ich dir wenigstens in dieser Hinsicht gefalle«, sagte ich, und ohne zu zögern schmiegte ich mich an ihn, als er mir seine Arme entgegenstreckte.
Er drückte die Lippen in mein Haar und murmelte: »Dessen

kannst du sicher sein, mein Liebling – obwohl du natürlich noch eine Menge lernen mußt –, und ich habe dir noch viel beizubringen.«
Er unterband jedwede Frage mit einem langen, leidenschaftlichen Kuß, und in seiner Umarmung vergaß ich alles um mich und achtete nicht auf den merkwürdigen Hintersinn seiner Worte. Schließlich löste er sich von mir.
»Du mußt gehen, Liebstes. Claudia wartet gewiß schon und wundert sich womöglich, was dich aufhält – aber sie weiß ja, daß es hier keine bequeme Gelegenheit zum Lieben gibt.« Er lachte, und ich war wieder glücklich. »Und jetzt zeige ich dir, wo ich den Schlüssel zum Treibhaus aufbewahre, dann kannst du ihn nachher dorthin zurücklegen, falls ich nicht hier sein sollte. Aber du darfst Harriet das Versteck auf keinen Fall verraten, und ich bitte dich, die Tür zum Treibhaus abzuschließen, wenn ihr hinausgeht, und sie auch geschlossen zu lassen, solange ihr drin seid. Viele der Pflanzen dort sind wichtig für meine Arbeit. Deswegen züchte ich sie ja, und sie dürfen nicht gefährdet werden.«
Wir gingen in sein Büro, und er nahm den Schlüssel aus einem von drei kleinen Schubfächern in seinem Rollpult.
»Merke dir«, sagte er, »der Schlüssel gehört in das mittlere.«
Ich war erst einmal, kurz nach meiner Hochzeit, im Treibhaus gewesen, als David mir seine kostbarsten Blumen gezeigt hatte. Ich teilte Claudias Widerwillen gegen die feuchte Luft, aber die betäubenden Düfte fand ich noch schlimmer. Ich atmete bittere, aromatische Gerüche ein, als wir an einer Gruppe von Kriechgewächsen und phantastischen Schlingpflanzen vorüberkamen. Das Gewächshaus war in drei miteinander verbundene Abteilungen untergliedert; in der ersten, die lauter fremdartige Stauden beherbergte, hatte David damals gar nicht erst angehalten, wohl wissend, daß mir seine seltenen und farbenprächtigen Blumen besser gefallen würden. Als ich aber nun mit Claudia und Harriet durch diese erste Abteilung ging, die von dem üppigen Laubwerk, das an den Fenstern emporkletterte und sich bis zum gewölbten Glasdach hinaufrankte, in ein grünliches Licht getaucht wurde, da stellte ich fest, daß die Natur nicht nur Schönes hervorbrachte. Ich sah dürre Äste, die in grotesken Verknorpelungen endeten, und krüppelige Bäume, deren Wurzeln über die feuchte Erde krochen. Wenn der Betrachter seiner Phantasie freien Lauf ließ,

so mochte ihn die Vorstellung, daß diese Ranken sich an seine Fesseln klammern könnten, wohl erschrecken. Doch ich mußte meine Einbildungskraft zügeln, wenn ich mir die Liebe meines Mannes erhalten wollte, und durfte ihm keinen Grund zu der Beschuldigung liefern, ich hegte verrückte Ideen.
Die fremdartigen Gewächse schienen Harriet im gleichen Maße zu faszinieren, wie sie mich abstießen. Krebsartige, an Rinden und Wurzeln haftende Auswüchse zogen ihren Blick magisch an. Ich hatte den Eindruck, Claudia fand die Pflanzen genauso widerwärtig wie ich, denn sie vermied es, zu den ekelhaftesten Abarten hinzusehen. Ihre Cousine dagegen betrachtete alles entzückt, und einmal bückte sie sich und hob einen stacheligen Zweig in die Höhe, der sich über unseren Weg schlängelte.
»Glaubt ihr, der ist lebendig?« fragte sie. »Er *sieht aus*, als ob er lebendig wäre, findet ihr nicht? Kannst du dir vorstellen, Aphra, was für ein Gefühl es sein muß, wenn er sich um deinen Hals legt und die Stacheln in dein Fleisch gräbt, und du blutest und blutest immerfort?«
Claudia protestierte: »Harriet, *bitte*! Erfinde doch nicht so greuliche Geschichten«, und zu mir gewandt fügte sie hinzu: »Laß uns schnell hier durch und zu den Orchideen gehen. Das hier ist nicht nach meinem Geschmack.«
Ich stimmte ihr zu, doch Harriet lachte nur. Sie ließ den Zweig fallen, und ich hätte schwören können, daß er sich ein- oder zweimal aufbäumte, bevor er ruhig liegenblieb.
Der mittlere Trakt des Treibhauses gefiel mir entschieden besser. Ich schloß die Tür hinter den alptraumhaften Gewächsen und bedauerte nur, daß wir auf dem Rückweg wieder an ihnen vorbeimußten, doch als es soweit war, hatten Claudia und ich die Arme voller Blumen, und ich war so darauf konzentriert, meine kostbare Last achtsam zu tragen und nicht zu beschädigen, daß ich weder nach rechts noch nach links schaute. Am Ausgang packte ein Gärtner unsere Auslese in einen großen Schubkarren und wickelte sie sorgfältig in Sackleinen ein, während ich die Tür hinter uns absperrte. Im Weggehen warf ich noch einen letzten Blick auf die scheußlichen Gewächse, froh, daß ich sie hinter mir ließ.
Harriet lief plappernd neben mir her. »Weißt du, wie dieses Haus geheizt wird? Ich schon. David hat es mir einmal gezeigt. *Dir* würde er es natürlich nie zeigen.«

Ich unterdrückte ein Lächeln und dachte daran, daß David ihr nicht einmal den Schlüssel anvertraute.
»Du denkst gewiß, das Haus wird von innen geheizt«, schnatterte sie weiter. »Aber das stimmt nicht. Es hat hier draußen einen extra Kesselraum – schau.« Sie wies auf ein kleines Ziegelgebäude, das an die Nordseite des Gewächshauses grenzte. »Der Kessel wird mit Koks gefüttert, und da sind lauter Rädchen und alles mögliche, mit denen man die Temperatur höher oder niedriger stellen kann. Aber David läßt niemanden daran herumdrehen, nicht einmal mich.« Sie sagte das bedauernd, so als fühle sie sich hintergangen, und ich war überrascht von dieser in Anbetracht ihrer geistigen Zurückgebliebenheit erstaunlich wachen Auffassungsgabe.
Ich ging geradewegs zum Hopfenhaus. Die Bürotür war zu, aber nicht abgeschlossen. David war nicht da, und ich fand sein Labor versperrt; doch er hatte den Schreibtisch offengelassen, und ich legte den Schlüssel wieder in das kleine Schubfach – das mittlere von den dreien – und ging hinaus.
Als ich zum Haus zurückkehrte, erwartete mich oben in meinem Wohnzimmer ein Gast. Es war Elizabeth Lorrimer, und nie hätte ich mir träumen lassen, daß ich mich einmal so sehr über ihren Anblick freuen könnte.

12

Sie sah hinreißend aus, in grünem Samtkleid und mit einem Zobel, der täuschend echt wirkte, und auf ihrem Kopf thronte ein riesiger Hut aus passendem Samt, mit zobelfarbenem Tüll und Straußenfedern geschmückt. Ein enormer Muff und hohe Stiefeletten aus braunem durchbrochenem Leder mit geschwungenen grünen Absätzen vervollständigten ihren Putz.

Sie breitete mit stürmischer, theatralischer Gebärde die Arme aus, und ich erwiderte ihre Begrüßung aufs herzlichste.

»Und jetzt laß dich anschauen«, verlangte sie. »Dreh dich um, dreh dich! Ich muß schon sagen, du machst das genau so graziös wie auf der Bühne – wie es dir deine Mutter beigebracht hat. Die gute Petronella – ich sehe, du trägst ihre Brosche noch. Ich freue mich, daß du dich trotz deines neuerrungenen Wohlstandes nicht von ihr getrennt hast.«

»Ich trage sie fast ständig. Daß du dich daran erinnerst!«

»Aber natürlich. Die gute Petronella hat sie in der Kirche getragen, als deine Eltern ihr Gelübde ablegten. Wie die Zeit vergeht! Ich war damals ein zartes junges Ding, fast noch in den Kinderschuhen.«

Ihre Augen flackerten kurz zu mir und sahen gleich wieder weg, und ich beherrschte meine Züge; denn ich wußte, daß Elizabeth bereits Anfang zwanzig war, als sie sich der Thespis-Truppe anschloß. Aber was tat ihre Eitelkeit schon zur Sache? Sie war hier, und hatte sie mir im Theater auch zuweilen feindselig gegenübergestanden, so bedeutete das im Rückblick nichts weiter als gewöhnlichen Berufsneid. Ich war froh, sie zu sehen, und das versicherte ich ihr nun schon zum viertenmal.

»Du siehst blendend aus, Elizabeth. Offenbar lebt es sich unter George Mayfields Leitung gar nicht so schlecht.«

»Entsetzlich, Herzchen, absolut *entsetzlich!* Er wird nie ein so guter Direktor und Regisseur wie dein lieber Papa, sonst würden wir doch niemals an so einem Ort wie Folkestone spielen.«

Ich erstarrte.

»Folkestone? Im Hippodrom?«

»Wo denn sonst, Darling? Das ist das einzige Theater in dieser Stadt, und ein schäbiges obendrein. Freilich, ich habe gehört, es soll ein wenig aufgemöbelt werden, und der neue Pächter soll große Pläne haben; aber leider blieb nicht genug Zeit, das Werk vor der Wiedereröffnung des Hauses in Angriff zu nehmen. Ich schätze, er wollte so schnell wie möglich Gewinne einstreichen, und als Geschäftsmann hat er eben keine Zeit verloren. Und er muß Geld im Rücken haben, sonst könnte er kein Hotel wie das Metropole besitzen.«

»Also ist es *doch* wahr! Papa ist nach Folkestone gefahren, um einen Vertrag abzuschließen! Ich habe von George Mayfield erfahren, daß niemand etwas darüber wußte, und als George an das Theater schrieb, ist sein Brief zurückgekommen.«

»Höchstwahrscheinlich, weil das Haus damals noch geschlossen war, und soviel ich weiß, gab es noch ein paar unvorhergesehene Hindernisse, bevor die Sache unter Dach und Fach war. Sobald die ›Aera‹ erfuhr, daß die Verhandlungen abgeschlossen waren, hat sie's veröffentlicht, und das muß ich George lassen, er hat nicht lange gefackelt. Und somit haben wir dort unsere Wintertournee eröffnet – mit ›Wie es euch gefällt‹, meine Liebe, nicht mit ›Cymbeline‹, was dein Vater meines Wissens aufführen wollte. George, dieser Esel, sagt, er kann sich nicht vorstellen, daß ich die Imogen spiele! Hast du jemals etwas so Idiotisches gehört? Ich fürchte, er hat bei der Besetzung keine so gute Hand wie Charles, aber immerhin –« Sie zog die samtbedeckten Schultern hoch. »Rosalinde ist eine hübsche Rolle, und ich komme gut an. Willst du die Kritiken sehen, Kleines? Ich habe sie bei mir.« Ununterbrochen plappernd öffnete sie eine gewaltige Handtasche (grünes Leder mit großen braunen Schildpattgriffen). »Fabelhafte Berichte, ausgesprochen fabelhaft – über mich, natürlich. Wenn sie schon in Folkestone so begeistert sind, dann kannst du dir ja vorstellen, wie sie in den erstklassigen Städten sein werden – Birmingham, Manchester, Glasgow und Edinburgh. Wir haben eine ausgezeichnete Tournee zusammengestellt, aber nur unter

Berufung auf den Namen deines lieben Vaters. *Er* hat die Thespis-Truppe landauf, landab in der Provinz berühmt gemacht.« Mit einem Spitzentaschentuch betupfte sie sich die Augen, in denen echte Tränen schwammen. Ich war gerührt. War Elizabeth auch oft unleidlich gewesen, im Grunde hatte sie das Herz auf dem rechten Fleck.
Ich sagte ihr, wie sehr mich die Presseberichte für sie freuten.
»Ich glaube gar, du bist ein wenig neidisch, Aphra. Du willst mir doch nicht weismachen, daß du die Bretter jetzt schon vermißt?« Sie blickte um sich. »Doch nicht, wenn du *das* alles hast! Ich muß gestehen, ich bin mit einem Hintergedanken zu dir gekommen. Nicht, daß ich nicht sowieso darauf brannte, dich wiederzusehen, das ist doch selbstverständlich, aber wir sind natürlich alle neugierig zu hören, wie du dich eingelebt hast. Miles Tregunter behauptete, du wärest zu hochmütig geworden, um mich überhaupt zu empfangen – so ein Biest. Mit welchem Vergnügen werde ich dem Kerl berichten, daß du mich mit offenen Armen willkommen geheißen hast! Du brauchst gar nicht so erstaunt zu gucken, Kleines. Ich habe genug von dem Mann. Er hat sich während der letzten Tournee zehn Pfund von mir geliehen und sie nicht zurückgezahlt. Übrigens« – sie kicherte verlegen und senkte, ganz jugendliche Heldin, schüchtern die Wimpern – »George Mayfield mußte einen zweiten männlichen Hauptdarsteller engagieren, der Georges frühere Stelle in der Truppe einnimmt, und das ist ein Mann – nun ja, du weißt schon, was ich meine, Kleines.«
Und ob ich es wußte. Sie meinte, daß der neue zweite Hauptdarsteller Miles Tregunter in ihrer Gunst abgelöst hatte. Ich lächelte und sagte, nun verstünde ich, warum sie blühender aussehe denn je, und darüber war sie so erfreut, daß sie großzügig von ihrer Person als Gegenstand der Unterhaltung abließ und sich nach mir erkundigte.
»Und wie steht es mit dir, Aphra? Bist du glücklich? Aber gewiß doch, mit diesem fabelhaften Mann! Allerdings muß ich gestehen, ich fand ihn etwas steif und kein bißchen entgegenkommend, und ich war völlig geplättet, als ich hörte, daß du ihn tatsächlich geheiratet hast. Das war ja ganz schön gerissen von dir, wie du es eingefädelt hast, mit ihm allein von Canterbury abzufahren! Ich hätte nie gedacht, daß du's so faustdick hinter

den Ohren hast, wirklich nicht. Aber da sieht man's mal wieder, stille Wasser gründen tief, wie die Leute sagen. Und du hast es hingekriegt! So ein Glück! Zwar ohne Titel, na ja, aber so manches Freudenmädchen hat's auch nicht besser getroffen.« Sie legte den Kopf schief und musterte mich nachdenklich. »Ich muß sagen, ich hatte erwartet, dich nicht ganz so – hm, abgezehrt zu finden, wenn du verstehst, was ich meine.« Sie zwinkerte verständnisvoll. »Zu wenig Schlaf vielleicht?« Sie begleitete ihre Frage mit einem lauten Lachen, jenem Gelächter, wie es hinter der Bühne gang und gäbe war; frivol und anzüglich war es und brachte mir all das wieder in Erinnerung, was mir früher am Theaterleben mißfallen hatte, die rückhaltlose Offenheit, die mir in mancher Beziehung unangenehm war, alles das, wovor meine Eltern mich abzuschirmen versucht hatten, insbesondere mein Vater, der mich seit meinem vierzehnten Lebensjahr allein hatte behüten müssen.
Elizabeth beugte sich vertraulich vor. »Sag' mal, Liebes, ist es in den höheren Kreisen anders als bei einfachen Leuten? Ich kann's mir nicht vorstellen, schließlich sind die Männer alle gleich, und sie wollen alle dasselbe ...«
Dies war das Geschwätz von Frau zu Frau, das ich überhaupt nicht leiden konnte, und meine Mißbilligung muß sich wohl in meinem Gesicht gespiegelt haben, denn Elizabeth raffte ein wenig gekränkt ihren beinahe echten Zobel zusammen und sagte: »Nun gut, Liebste, wenn du dir zu schade bist, ungeniert mit alten Freunden zu plaudern, dann mache ich mich lieber auf die Socken. Und ich werde dich auch in Zukunft nicht wieder belästigen.«
»Elizabeth, bitte – versteh' mich nicht falsch.«
»Wie soll ich dich denn verstehen? Aber du tust mir leid, wirklich. Wie lange bist du jetzt verheiratet? Erst ein paar Monate, und schon siehst du ausgesprochen unwohl aus. Ich hoffe, dein Mann ist gut zu dir und mißbraucht dich nicht in gewisser Weise, du weißt schon, was ich meine. Und ich hoffe inständig, er ist kein Snob und verachtet dich nicht wegen dem, was du bist, obgleich er das schließlich gewußt hat, als er dich heiratete ...«
Sie brach ab, als Schritte vor der Tür hörbar wurden, und ehe die Klinke heruntergedrückt wurde, hatte sie schon geschwind das Thema gewechselt. Sie war aufgesprungen, umarmte mich zum

Abschied und gurrte, es sei reizend, wirklich *reizend* gewesen, und ich sähe ja so gut aus! »Blendend, Kleines, einfach blendend!«

David trat ins Zimmer, ohne sich im geringsten überrascht zu zeigen.

»Truman sagte mir, daß du Besuch hast und wer dein Gast ist. Willkommen auf Abbotswood, Miss Lorrimer. Eine Kutsche steht bereit, um Sie zurückzufahren, wo immer Sie auch hergekommen sind –«

»Folkestone«, verkündete ich. »Das Hippodrom in Folkestone, du weißt doch, David – das Theater, für das sich mein Vater um einen Vertrag bemühte. Er hat offensichtlich Erfolg gehabt.«

Falls ich erwartet hatte, er würde erstaunt oder gar verlegen reagieren, so hatte ich mich getäuscht. Er sah lediglich verwirrt drein, so als habe er keine Ahnung, wovon ich redete.

»Nun, um gerecht zu sein, Kleines«, berichtigte Elizabeth eifrig, »es war George Mayfield, der alles unter Dach und Fach gebracht hat, aber dein lieber Papa hat natürlich die Vorverhandlungen geführt.«

Mit höflich gelangweilter Miene wartete David an der Tür, um Elizabeth hinauszubegleiten.

Ich ging mit ihr hinunter, um sie zu verabschieden.

»Und nochmals vielen Dank, daß du gekommen bist. Wenn du hier in der Nähe bist, ganz gleich wann, besuch' mich bitte wieder, ja?«

»Ich versprech's dir. Ich wollte schon Anfang der Woche kommen, aber du weißt ja, wie es bei einer Tournee-Eröffnung zugeht – man kommt überhaupt nicht aus dem Theater heraus. Heute war mein erster freier Nachmittag. Wir hatten täglich Leseproben, um die Inszenierung aufzufrischen, und morgen ist Samstag, da haben wir noch eine Matinee, und Sonntag sind wir natürlich wieder unterwegs. Nottingham und dann Leicester, und danach geht's an die wirklich großen, wichtigen, erstrangigen Bühnen.«

Inzwischen waren wir schon auf der Treppe angelangt, und kurz danach winkte ich ihr von den Stufen des Haupteingangs nach. Ich konnte es kaum erwarten, wieder hinaufzugehen und meinem Mann mit dem Beweis gegenüberzutreten, daß mein Vater weder gelogen noch etwas vorgetäuscht hatte, und daß er, David,

einem tragischen Irrtum zum Opfer gefallen war, als er jene ungeheuren Vorwürfe gegen meinen Vater erhob.
Kaum stand ich ihm wieder gegenüber, und ich hatte die Tür noch nicht ganz geschlossen, als ich auch schon eine Entschuldigung von ihm verlangte.
Er starrte mich an. »Wofür denn, um Himmels willen?«
»Du weißt verdammt genau wofür.«
»Mein Liebling, was für ein Ton! Fünf Minuten in Gesellschaft einer Freundin vom Theater, und schon wirst du vulgär.«
Ich holte tief und zitternd Atem.
»Vor einiger Zeit hast du behauptet, mein Vater hätte mich belogen. Du hättest dich bei dem Besitzer des Hotels Metropole erkundigt, und der hätte bestätigt, daß mein Vater dort abgestiegen war –«
»Stimmt. Er hat dort übernachtet.«
»Aber du hast auch gesagt, der Mann hätte mit der Wiedereröffnung des Hippodroms nichts zu tun.«
Die feingeschwungenen Brauen meines Mannes schnellten überrascht in die Höhe.
»Meine Liebe, was du dir wieder einbildest! Ich habe nicht die leiseste Ahnung, wovon du sprichst. Wie sollte *ich* über die Geschäfte eines Gasthausbesitzers Bescheid wissen? Du glaubst doch nicht etwa, daß ich einen Fremden über seine Pläne und Investitionen ausfrage?«
»Aber du hast es mir *erzählt!*«
»Bei meinem Leben, so etwas habe ich nie gesagt. Weil davon die Rede war, der Tod deines Vaters sei unter Umständen durch eine Lebensmittelvergiftung beschleunigt – nicht verursacht, wohlgemerkt, nicht verursacht! – worden, habe ich mich dir zuliebe umgehört, ob im Metropole noch andere Fälle von Lebensmittelvergiftung aufgetreten seien. Davon war aber nichts bekannt. Und das habe ich dir zu deiner Beruhigung erzählt. Aber das ganze Gefasel, diese verrückten Ideen, die Geschichten, die du erfindest – meine liebe Aphra, du erfüllst mich mit allergrößter Besorgnis. Und jetzt noch die Sache mit dem Schlüssel –«
»Welcher Schlüssel?« fragte ich bestürzt.
»Der Schlüssel zum Treibhaus natürlich. Welcher denn sonst? Warum hast du ihn nicht zurückgebracht, so wie ich es dir gesagt habe?«

»Aber ich habe ihn doch zurückgebracht! Ich bin eigens deswegen zum Hopfenhaus gegangen. Du warst nicht da, und ich habe ihn in die kleine Schublade gelegt, aus der du ihn genommen hattest – in die mittlere Schublade –«
»Lüg' mich nicht an, Aphra. Ich bin den ganzen Nachmittag im Büro gewesen. Als wir aus dem Labor kamen, habe ich dir den Schlüssel gegeben, und als du fort warst, habe ich mein Labor aufgeräumt, die Tür abgeschlossen und den Rest des Nachmittags an meinem Schreibtisch verbracht. Du bist nicht gekommen. Also gibt mir jetzt den Schlüssel, und ich will kein Wort mehr darüber verlieren. Aber eines sage ich dir, ich werde ihn dir nie wieder anvertrauen.«

Mir schwindelte. Wir waren alles immer wieder von vorn durchgegangen, hin und her, her und hin, immer dieselben Vorwürfe, Rechtfertigungen und Argumente, bis ich es nicht mehr ertragen konnte.
»Ich sage dir doch, ich *habe* den Schlüssel nicht! Ich habe ihn zurückgelegt! In die mittlere der drei Schubladen. *Ich hab' ihn zurückgelegt, ich hab' ihn zurückgelegt!*«
»Du bist hysterisch. Reiß dich zusammen. Willst du, daß dich das ganze Haus hört?«
»Ich will, daß die ganze Welt mich hört! Sie soll die Wahrheit hören!«
»Die Wahrheit ist, daß du nicht bei Sinnen bist. Du bist übergeschnappt. Wie kannst du nur hoffen, bei deinem Geisteszustand Herrin von Abbotswood zu werden?«
Ich brach in krampfhaftes Gelächter aus.
»Herrin von Abbotswood? Du vergißt wohl, daß deine Schwester hier die Herrin ist.«
»Nicht für immer. Sie ist Witwe. Sie könnte wieder heiraten. Sie ist immer noch attraktiv. Viele Männer halten sie für begehrenswert, und einer ganz besonders. Es würde mich nicht überraschen, wenn sie Red Deakon heiraten würde. Ach, das hörst du wohl nicht gern, wie? Du hast dich ja selbst in den Mann vergafft –«
Ich unterbrach ihn heftig. »Selbst wenn sie ihn oder einen anderen heiratet und von Abbotswood fortgeht, so würde *ich* doch nicht an ihre Stelle treten. Wir müssen dann hier ausziehen, du

und ich. Wir haben keinen Anspruch und kein Recht, hier zu wohnen.«
»Wo ein Wille ist, ist auch ein Weg. Denk' doch nur, was ich alles für Abbotswood getan habe und noch tun kann. Ich habe es verdient, hier die Leitung zu übernehmen.«
»Du redest Unsinn. Du kannst auf keinen Fall Herr von Abbotswood werden. Und warum willst du mir einreden, ich sei übergeschnappt und von Sinnen? Gehört das zu deiner heimlichen Lust am Quälen, wie Raupen aufzuspießen oder Schmetterlinge festzuhalten, bis sie vor Angst sterben, oder zu beobachten, wie dein Adler hilflose Kreaturen mordet? Was bist du nur für ein Sadist? Und was für verrückte Ideen hast du im Kopf, daß du dir einbildest, du könntest einmal Herr über Abbotswood werden, oder ich die Herrin?« Ich wandte mich erschöpft ab. »Du bist verrückt, nicht ich.«
Er packte mich an den Haaren, zerrte meinen Kopf herum, bis mein Gesicht ihm zugekehrt war, und dann schlug er mit dem Handrücken zu, rechts und links, immer wieder, ganz fest. Erst als ich taumelte, ließ er von mir ab. Ich sank vor seinen Füßen zu Boden.

Jemand klopfte an die Tür. David war hinausgegangen, und ich war allein. Ich hatte mich zu einem Sessel geschleppt und kauerte dort im schattigen Dämmerlicht, froh, daß man das Gaslicht im Zimmer noch nicht angezündet hatte.
Die Tür ging auf, und Claudia trat ein.
»Ich habe Lärm gehört, und dann sah ich David durch den Park laufen –« Sie brach ab. »Warum sitzt du im Dunkeln? Läute doch, damit das Gas angezündet wird.«
»Nein.«
Sie sah mich verwirrt und fragend an.
»Irgendwas stimmt nicht«, meinte sie.
Ich ließ meinen Kopf gegen die Sessellehne fallen. »Frag' David«, erwiderte ich schwach. »Oder nein, du kannst dir die Mühe sparen. Er sagt dir ja doch bloß, ich wäre gestolpert und ausgerutscht.«
Ich hörte, wie sie tief einatmete. Sie kam herüber und drehte den Sessel zum Fenster. Es war ein schwerer, massiver Sessel. Ich staunte über ihre Kraft.

Sie betrachtete mich mit einem langen, prüfenden Blick und sagte dann mit mühsam beherrschter Stimme: »Erzähl!«
»Er versucht mir einzureden, daß ich verrückt bin.«
»Das glaube ich nicht.«
»Vielleicht versucht er auch bloß, es sich selbst einzureden.«
»Ich sage dir, das glaube ich einfach nicht.«
Ich zuckte die Achseln. »Wie du willst.«
Sie schwieg. Ich hoffte, sie würde still bleiben oder hinausgehen. Ich wollte unbedingt allein sein. In meinem Gesicht pochte das Blut. Die Wange würde sicher anschwellen. Würde das rasch oder allmählich vor sich gehen, fragte ich mich abwesend und ohne daß es mich eigentlich interessierte. Ein geschwollenes Gesicht wäre nichts im Vergleich zu der Aussicht, den Verstand zu verlieren.
Aber wer sagte denn, daß ich den Verstand verlor? Wer hatte mir den Gedanken eingeflößt? Ich nicht, ich nicht ... ich mußte dagegen ankämpfen. Jedermann vergaß hin und wieder eine Kleinigkeit, aber das bedeutete doch nicht, daß man verrückt wurde.
Claudias Stimme ertönte aus dem Dunkel.
»Hast du ihn gereizt? Es ist töricht, einen Mann, wer er auch sei, herauszufordern. Dann bist du nämlich selbst schuld, wenn er die Beherrschung verloren hat.«
»Darf ein Mann, wer er auch sei, eine Frau schlagen, bloß weil er die Beherrschung verliert?«
»So etwas würde David nie tun. Das glaube ich nicht. Ich kann es einfach nicht glauben.«
»Dann schlage ich vor, du zündest das Gas an und überzeugst dich selbst.«
Sie wich heftig zurück.
»Du bist ein kindisches Mädchen, Aphra, jung, kindisch und eigensinnig. Du hast ihn haben wollen, dein Herz hing daran, ihn zu erobern, nicht wahr? Oh, ich habe es wohl bemerkt! Du warst in ihn verliebt, in ihn und in Abbotswood. Du hast ihn auf ein Podest gehoben, und jetzt jammerst du, weil er heruntergefallen ist. Ich aber kenne David, wie er wirklich ist. Er ist mein Bruder, ich habe ihn mein Leben lang gekannt. Niemand versteht den *wahren* David so wie ich, und ich lasse nicht zu, daß du schlecht über ihn redest und ihn beschuldigst, er sei brutal. Nicht mein David!«

»Dein David ist mein Mann, und das bedeutet, ich kenne ihn, wie nur eine Ehefrau ihn kennen kann.«
»Ich will nichts mehr hören! Kein Wort mehr gegen ihn. Wenn er dir wehgetan hat, was ich nicht glaube, dann mußt du ihn dazu getrieben haben. Bist du vielleicht in Wut geraten und über ihn hergefallen, wie es nervöse Menschen eben tun? Wenn es nämlich so war, und er hat dich abgewehrt, dann war es ein Zufall und ganz allein deine Schuld. Dabei hat seine Hand dich vielleicht aus Versehen getroffen, mehr nicht.«
Und mehr würde sie niemals glauben. Nie würde sie sich in diesem Haus mit mir verbünden. Sie hatte nie auf meiner Seite gestanden.
»Ich habe dich gewarnt«, fuhr sie fort. »Ich habe versucht, dir diese Heirat auszureden, erinnerst du dich?«
»Du hast mich nie hier haben wollen, ich weiß.«
»Weil es nicht deine Welt ist! Ich fürchtete, du würdest dich hier langweilen, und das würde dich bedrücken, und darunter würde David leiden, und *das* könnte ich nicht verzeihen. Mein Bruder ist hochbegabt. Er braucht Verständnis, Zuneigung und Rücksichtnahme. Eine verdrießliche, gelangweilte Ehefrau wäre das Schlimmste, was ihm zustoßen könnte. Ich hätte jede junge Frau abgelehnt, von der ich angenommen hätte, daß sie ihm eine solche Gattin würde. Ich mag dich, Aphra. Ich könnte dich sehr gern haben, aber nicht, wenn du David kränkst. Wärst du nur in dein Milieu, zum Theater und zu dem Leben, für das du geboren bist, zurückgekehrt, so wärest du ganz gewiß viel glücklicher, und meinem Bruder wäre eine Enttäuschung erspart geblieben – es muß nämlich eine große Enttäuschung für ihn sein, wenn du dich nach dem Theater zurücksehnst. Diese Szene zwischen euch – das war doch, nachdem deine Freundin, diese Schauspielerin, dich besucht hatte, nicht wahr? Ich sah sie fortgehen.«
»Elizabeth Lorrimers Besuch hatte nichts damit zu tun.«
»Nun, was immer der Grund gewesen sein mag, ich möchte nicht, daß David sich ärgert oder aufregt. Unter solchen Bedingungen kann er nicht arbeiten. Er hat ein empfindsames Gemüt, er braucht ein Leben in Frieden und Harmonie.« Ihre makellosen Hände machten eine hilflose Geste und flatterten furchtsam und verstört in dem dämmrigen Zimmer, wie die Nachtfalter, die ihr Bruder so gerne einfing.

»Vorwürfe nützen jetzt auch nichts«, sagte sie schließlich mit erzwungener Munterkeit, als wolle sie betonen, daß das Thema abgeschlossen sei. »Du bist mit ihm verheiratet, im Guten wie im Schlechten. Und du schuldest ihm alles, wirklich alles.« Ihre Stimme nahm einen flehenden Ton an. »Begabte Menschen sind oft launenhaft, und ich gebe zu, daß David – nun ja – hin und wieder ein wenig gereizt ist. Nimm ihn, wie er ist. Versuche, ihn besser zu verstehen. Eine Frau kann doch nicht gleich bei der ersten kleinen Unstimmigkeit in ihrer Ehe davonlaufen.«
»Aber es kommt doch immerhin vor – nicht im wörtlichen Sinne, auf andere Weise, nicht wahr? So wie man sich einen Liebhaber nimmt und sich heimlich mit ihm trifft, und dann schnitzen die beiden ihre Initialen für alle Ewigkeit an einem lauschigen Plätzchen in eine Bank.«
Ich war selbst entsetzt über das, was ich da sagte, doch meine Stimme lief mir davon. Ich konnte nicht glauben, daß es meine Worte waren, aber ich vermochte sie auch nicht zurückzuhalten. »J. und C. Jasper und Claudia? War er *deine* Zuflucht?«
Ich hörte sie stöhnen und hätte meine Worte am liebsten zurückgenommen. Ich hatte sie verletzen wollen, weil ich von ihrem Mangel an Mitgefühl betroffen und gekränkt war – und weil es stimmte, was sie gesagt hatte. Es gab kein Entrinnen; das Recht war zu jener Zeit immer auf seiten des Ehemanns. Eine Frau war das Eigentum ihres Mannes, und wenn er sie mißhandelte – in welcher Form auch immer –, so wollte die Welt nichts davon wissen.
Claudia ging mit schleppenden Schritten zur Tür. Ich wollte ihr entgegenschreien, daß es mir leid tat, aber ich brachte keinen Laut hervor.
»Ich denke, es ist am besten, wenn du heute abend hier oben ißt«, sagte sie schwerfällig. »Harriet, die Dienerschaft – sie brauchen nicht zu merken, was vorgefallen ist.«
Also hatte sie selbst im Dämmerlicht mein übel zugerichtetes Gesicht erkennen können.
Plötzlich kam mir eine Idee. In *einem* Punkt konnte ich Claudia um Hilfe bitten.
»Claudia, warte! Hast du gesehen, daß ich die Tür zum Gewächshaus abgeschlossen habe?«
»Natürlich.«

»Was habe ich mit dem Schlüssel gemacht?«
»Du bist zur Hopfendarre gegangen und hast ihn David zurückgegeben. Ich habe dich hingehen sehen.«
»Das beweist zwar nicht, daß ich dort angekommen bin, aber vielleicht hilft es doch, wenn du's ihm sagst. Weißt du, er glaubt mir nämlich nicht. Sein Büro war leer, und ich habe den Schlüssel dorthin gelegt, wo er ihn hergenommen hatte, aber jetzt sagt David, der Schlüssel sei nicht da; er habe sein Büro gar nicht verlassen und ich sei überhaupt nicht hingekommen. Aber ich bin dort gewesen.«
»Du meinst doch nicht, daß – vielleicht Harriet? Daß sie das neue Versteck entdeckt hat? Sie streift mit Vorliebe überall herum, und ich kann sie nicht ständig im Auge behalten. Sie ist zuweilen ein bißchen ungezogen. Sicher nicht mit Absicht. Sie begreift eben nicht, daß manches, was sie tut, verboten ist, zum Beispiel sich Dinge zu verschaffen, die sie haben will. Ich möchte nicht, daß du für etwas getadelt wirst, was nicht deine Schuld ist. Doch eigentlich kann es Harriet nicht gewesen sein, denn wenn David im Büro war, hätte er sie ja gesehen. Du mußt dich geirrt haben. Vielleicht hast du den Schlüssel im Schloß stecken lassen. Vielleicht hast du die Tür bloß zugemacht, und ich hielt es für selbstverständlich, daß du sie auch abgeschlossen hattest. Man kann sich ja so leicht irren, wenn man etwas gesehen oder getan zu haben glaubt.« Sie überlegte. »Wenn ich es recht bedenke, so bin ich doch nicht absolut sicher, daß ich dich wirklich habe abschließen sehen, obgleich ich sah, daß du die Tür zugemacht hast. Vielleicht hast du den Schlüssel irgendwo fallen lassen, oder du hast ihn auf ein Sims gelegt, während wir die Pflanzen aussuchten – ja, das wäre doch möglich, damit du die Hände frei hattest! Meinst du nicht, es wäre das beste, du gehst zurück und schaust nach? Du würdest David damit gewiß einen Gefallen tun, und dann wäre zwischen euch alles wieder gut. Es ist noch nicht ganz dunkel. Nur drinnen ist es um diese Stunde schon finster.«
Nicht um David zu versöhnen, hielt ich dies für einen guten Vorschlag, sondern um mich selbst zu beruhigen. War die Tür verschlossen, so hatte ich die Gewißheit, daß ich mich nicht geirrt hatte. War sie offen, nun gut, dann mußte ich mich eben damit abfinden, daß ich tatsächlich geistesabwesend gehandelt hatte. War es möglich, daß ich den Schlüssel drinnen liegenlassen

hatte? Hatte ich ihn womöglich verloren? Hatte ich mir wirklich nur eingebildet, daß ich ihn zum Hopfenhaus zurückgebracht hatte? Angst und Unsicherheit peinigten mich, bis ich an mir selbst zweifelte.

»Gut«, sagte ich. »Das mache ich. Und ich werde auch deinen Rat befolgen und hier oben essen. Das ist mir ohnehin lieber.«

Claudia nickte und meinte, sie wolle mir inzwischen ein Tablett heraufschicken lassen. Ich zog mich aus dem Sessel hoch und wankte ins Schlafzimmer, wo ich mir einen Mantel über die Schultern warf. Um niemandem im Haus zu begegnen, verließ ich es über den Ostflügel, vorbei an den unbenutzten Gästezimmern und an denen, die ich und mein Vater bewohnt hatten. Die langen Flure waren öde und verlassen; mit ihren dicken, kostbaren Teppichen warteten sie auf Menschen, die sie wieder beleben würden. Jetzt kam mir dies alles seltsam fremd vor. Das ganze Haus schien mir fremd, eine Stätte, zu der ich nie gehört hatte und nie gehören würde.

Es traf mich wie ein Schock, als die Tür des Gewächshauses nachgab. Ich starrte auf das leere Schlüsselloch, meine Finger umklammerten den schweren Eisenknauf, und mein Verstand versuchte sich wie rasend an jede meiner Bewegungen zu erinnern. Ich hatte die Tür aufgeschlossen, als wir drei angekommen waren. Ich hatte den Knauf herumgedreht, ich hatte den Schlüssel abgezogen – oder etwa nicht? Hatte ich ihn steckenlassen, um beim Hinausgehen abzusperren und hatte ihn dann abgezogen und dabei vergessen, ihn herumzudrehen?

Oder hatte ich ihn in die Hand genommen, als wir hineingingen und ich die Tür hinter uns zugemacht hatte, und ihn festgehalten, während wir durch den Dschungel gewandert waren? Und wenn es so war, was hatte ich anschließend damit gemacht? Ihn fallen lassen? Oder ihn irgendwo hingelegt, wie Claudia vermutete? Wenn das stimmte, dann mußte ich ihn weiter hinten in einem der Glashäuser abgelegt haben, während wir unsere Auswahl unter den tropischen Blumen und Pflanzen trafen, denn hier vorn hatten wir uns kaum aufgehalten, abgesehen von dem Augenblick, als Harriet den seltsam lebendig aussehenden Zweig aufgehoben und mich mit ihrer makabren Phantasie erschreckt hatte.

Ich trat ein, schloß die Tür hinter mir und lehnte mich dagegen. Mein Kopf und mein Gesicht begannen zu schmerzen, das Denken wurde mir schwer, und es war mir unmöglich, vernünftig zu überlegen. Ich war so sicher, den Schlüssel in Davids Büro gebracht und in die kleine Schublade gelegt zu haben – aber hatte ich es wirklich getan? War ich einer Sinnestäuschung erlegen und hatte mir das Ganze eingebildet? War Davids Besorgnis über meinen Geisteszustand am Ende doch berechtigt?
Wie ein Echo hallten seine Worte in mir wider. »*... Ich muß gestehen, es hat in letzter Zeit Momente gegeben, da ich deinetwegen äußerst besorgt war ...*« »*Ich erkenne die Symptome, und ich fürchte, über kurz oder lang wird auch Claudia sie bemerken ...*« »*Das sind dieselben Merkmale wie bei Harriet; vielleicht sollte ich mich auch für dich um Hilfe bemühen ...*« »*Neigte deine Mutter zu solchen Anfällen? Ich glaube, so etwas kann erblich sein ...*«
Ich zitterte. Ich schlang die Arme um meinen Körper, bemüht, meine Beherrschung zu bewahren und konzentriert, besonnen und vernünftig nachzudenken. Die Szene mit David hatte meinen Nerven einen Schock versetzt, aber wenn ich ruhig überlegte, würde sich schon eine logische Erklärung finden. Ich mußte jeden einzelnen Schritt zurückverfolgen, von dem Zeitpunkt, als wir drei das Treibhaus betraten, bis zu der Minute, als wir es verließen. Wir hatten die erste Abteilung durchquert, und Claudia und ich waren in die nächste vorausgegangen; Harriet war uns gefolgt. Dort hatten wir angehalten – ja, ich erinnerte mich genau; wir waren stehengeblieben, um die Orchideen zu bewundern, und ich, ja, ich hatte den Schlüssel in der Hand. Ich entsann mich, daß ich ihn in die linke genommen hatte, um mit der rechten eine besonders schöne Blüte zu berühren. Wie lange mochten wir uns dort aufgehalten haben? Gerade lange genug, um dieses Wunder der Natur zu bestaunen. Aber wir hatten keine Orchideen von den Regalen genommen, weil sie uns zu zart und zu kostbar schienen, zu empfindlich für den Transport. Also hatte ich den Schlüssel dort sicher nicht abgelegt.
Erst in der dritten Abteilung, einem farbenprächtigen Blütenmeer, beschriftet mit lateinischen Namen, die ich nicht verstand, hatten wir unsere Wahl getroffen, und wir hatten uns viel Zeit dafür genommen. Einen Topf nach dem anderen hatten wir hoch-

gehoben, hatten die Namen mit Davids Liste verglichen und die Farben aufeinander abgestimmt, um vollkommene Harmonie zu erreichen, hatten verworfen und neu ausgesucht, bis wir sowohl die benötigte Anzahl als auch eine vollendete Farbabstufung beisammen hatten. Dann hatten wir unsere Schätze einzeln zum Ausgang getragen und sie dem Gärtner übergeben, der gleich neben der Tür mit einem großen Schubkarren und mit Säcken wartete, welche die Blüten vor der ungewohnten Zugluft schützen sollten. Also konnte ich den Schlüssel nur in jenem letzten Gewächshaus gelassen haben, auf einem der Regale oder auf der niedrigen steinernen Einfassung, die den Mittelgang von den Beeten zu beiden Seiten abgrenzte. Aber wo ich ihn hingelegt hatte, daran vermochte ich mich nicht zu erinnern.

Ich mußte ihn wohl mechanisch wieder an mich genommen haben, denn ich hatte ihn ganz bestimmt in Davids Büro gebracht und zurückgelegt. Ich klammerte mich an diese Erinnerung, überzeugt, daß sie keine Einbildung war. Doch das mußte ich beweisen, und der erste Schritt dazu war, mich zu vergewissern, daß ich den Schlüssel nicht hier vergessen hatte.

Es wurde dunkler. In der feuchten Atmosphäre des Treibhauses gewann das Licht einen seltsamen Schimmer; das dämmrige Zwielicht spiegelte sich in dem gewölbten Glasdach und an den gläsernen Wänden, die in Eisenrahmen gefaßt waren. Ich fragte mich, ob diese Rahmen auch aus Deakons Schmiede stammten? Und vielleicht auch die Zwischentüren, die mit der Eisenfüllung in der unteren Hälfte und mit ihren schweren Eisenknäufen genauso aussahen wie die Eingangstür, abgesehen davon, daß sie nicht verschließbar waren? Unerhebliche Gedanken waren das, und ich ließ sie rasch fallen. Ich wußte, was ich zu tun hatte, und je eher ich anfing, desto besser. Ich wollte zum Haus zurückkehren und Truman um eine Laterne bitten, oder besser, ich bat ihn, mitzukommen und mir suchen zu helfen. Ein Zeuge, selbst ein kurzsichtiger, konnte mir vielleicht von Nutzen sein. Er konnte wenigstens bestätigen, daß ich auf die Suche gegangen war.

Dieser Entschluß beflügelte mich, und ich hastete durch das Orchideenhaus zurück und dann durch den Trakt, den ich insgeheim als Dschungel bezeichnete. Ich drückte die Klinke herunter. Doch die Tür war verschlossen.

Ich rüttelte wieder und wieder daran, probierte den Knauf und

drehte ihn mit wachsender Angst erst in die eine, dann in die andere Richtung. Es war kein automatisches Schloß, also *mußte* die Tür offen sein, doch so ungestüm ich sie auch traktierte, sie wollte nicht nachgeben.
Ich schrie, obwohl ich wußte, daß niemand mich hören konnte. Denn diese beklemmende Stätte lag ein gutes Stück vom Wohnhaus entfernt, wenngleich ich die Mauern von Abbotswood erkennen konnte, deren Fensterreihen wie ausdruckslose, unbeteiligte Gesichter in die zunehmende Dunkelheit starrten. Man hatte die Lichter angezündet, was die einbrechende Nacht noch finsterer erscheinen ließ. Gleich darauf wurden die Vorhänge zugezogen, einer nach dem anderen, und die Welt und ich waren ausgesperrt. Auf einmal wirkte das Haus wie ein Feind, der mich aus der Entfernung beobachtete, ohne sich selbst zu erkennen zu geben, der sich hinter einer Barriere verschanzte, unberührbar und feindselig. Plötzlich hatte es all seinen Liebreiz verloren; fremd und bedrohlich wurde es plötzlich, eine feindliche Welt, die den beherbergte, der mich vorsätzlich in dieser beklemmenden Atmosphäre gefangenhielt.
Eine andere Erklärung fiel mir nicht ein, aber seltsamerweise jagte mir diese Erkenntnis keine Furcht ein, sondern Wut. Für alberne Spaßvögel hatte ich nichts übrig.
Ich zog eine Haarnadel aus meinem Knoten, steckte sie zwischen Schloß und Türfüllung und ertastete den fest zugeschnappten Riegel. Das Schloß war also nicht zufällig eingerastet, sondern jemand hatte die Tür absichtlich zugesperrt, und zwar ganz leise, damit kein knirschendes Geräusch durch die gläsernen Wände dringen oder von der massiven Glaskuppel widerhallen konnte. Während ich mich im hinteren Gewächshaus umsah, mußte jemand sich herangeschlichen und mich eingeschlossen haben.
Ich hämmerte gegen den metallenen Türrahmen, doch damit konnte ich bestenfalls meinem Zorn Luft machen, und außerdem handelte ich mir eine wunde Faust ein. Ich zog meinen Schuh aus und schlug gegen das Glas, aber das weckte nur ein dumpfes Echo. Es hätte eines weit schwereren Gegenstandes als eines zierlichen Damenschuhabsatzes bedurft, um dieser dicken Glasscheibe auch nur einen Kratzer zuzufügen.
Schweißperlen bildeten sich auf meiner Stirn, und meine Kopfhaut fühlte sich feucht an. Es war sinnlos, in Panik zu geraten;

das zehrte nur an den Kräften und verwirrte die Gedanken. Also zwang ich mich, ruhig zu bleiben und besonnen zu überlegen.
Da die Tür von außen versperrt war, mußte entweder jemand einen Schlüssel gehabt haben, oder einer war hier vorbeigekommen, hatte den Schlüssel im Schloß stecken sehen, wußte, daß er eigentlich nicht dort sein durfte, und ohne einen Blick ins Innere des Gewächshauses zu werfen, hatte er ihn herumgedreht und abgezogen, um ihn dem Herrn zu bringen. Die meisten Arbeiter auf dem Gut nannten David ihren Herrn, weil er sehr selbstherrlich auftrat. Vielleicht hatte mich einer der Gärtner unabsichtlich eingeschlossen. Nicht weniger als sechs waren auf Abbotswood beschäftigt, dazu noch vier Gehilfen, und sie alle wußten, daß die Treibhäuser ausschließlich Mr. Hillyards Domäne waren und von niemandem ohne seine Erlaubnis betreten werden durften. Aber sie mußten doch auch wissen, daß er niemals den Schlüssel stekken ließ, und schon gar nicht von außen, gleichgültig, ob er drinnen war oder nicht. Er würde auch nicht die geringste Unvorsichtigkeit begehen.
»Hat aber auch rein gar nichts vergessen, was, Miss Aphra? Hat alles bis ins kleinste Detail organisiert. Genau wie 'n Schlachtplan ...«
Wie ein Echo aus fernen Tagen drangen Barneys Worte zu mir – aus glücklichen, verlorenen Tagen, wie es mir nun schien. Wie recht er gehabt hatte, und wie gut er meinen gewissenhaften Mann eingeschätzt hatte, der nie einen Fehler machte und keine Nachsicht übte mit denen, die eine Schwäche zeigten.
Allerdings, dachte ich, indem ich mich wieder auf meine mißliche Lage konzentrierte und mich zu ruhigem Überlegen zwang, hatte draußen kein Schlüssel gesteckt, als ich ankam, also konnte auch kein Vorübergehender einen gesehen haben. Außerdem war es kaum wahrscheinlich, daß zu dieser Tageszeit überhaupt jemand vorüberkam. Die Hütten, in denen die auswärtigen Arbeiter wohnten, waren am entgegengesetzten Ende des Parks gelegen. David hatte mir einmal erzählt, daß er diesen Flecken gerade wegen seiner Abgeschiedenheit für das Gewächshaus gewählt hätte. Er wollte von niemandem gestört werden, wenn er hier arbeitete.
Der Schweiß tropfte mir vom Kopf in den Nacken und rann in Bächen in meine Bluse. Ich warf meinen Mantel ab; vielleicht

würde ich klarer denken können, wenn mir nicht mehr so heiß war. Ich begann mit meinen Überlegungen von vorn. Erstens, sagte ich mir, gibt es nur einen Schlüssel zum Gewächshaus, also wird wohl auch niemand ein Duplikat besitzen, es sei denn, jemand hätte heimlich eines angefertigt, aber wer würde so etwas schon tun? Claudia gewiß nicht, denn ihr war die feuchte Luft hier drinnen zuwider, und Harriet auch nicht, denn an wen hätte sie sich wenden können, wollte sie versuchen, sich einen Nachschlüssel machen zu lassen? An einen Handwerker im Dorf gewiß nicht, denn dann wäre darüber geredet worden, und man hätte es mit Sicherheit Claudia und vermutlich auch David zugetragen. Ich bezweifelte nicht, daß Harriet am liebsten für alle geheimen Plätze auf Abbotswood den Schlüssel besessen hätte, aber sich ihn zu beschaffen, das war etwas anderes. Und was die Gärtner betraf, so hätten sie wohl kaum ihren Lebensunterhalt aufs Spiel gesetzt, um einen Abdruck von dem Schloß zu nehmen, nur um heimlich ihre Augen an Mr. Hillyards kostbarer Sammlung zu weiden. Blieb also nur David selbst. Er mußte den Schlüssel dort gefunden haben, wo ich ihn hingelegt hatte, und dann hergekommen sein, um sich zu vergewissern, ob die Tür auch wirklich abgeschlossen war. Und er hatte natürlich weder eine Ahnung, daß ich drinnen war, noch hätte er mich in dem hinteren Trakt sehen können, zumal jetzt bei Dunkelheit nicht.

Als ich darüber nachsann, kam mir alles ganz einleuchtend vor, und es gab überhaupt keinen Grund zur Panik. Natürlich würde David verärgert sein, weil ich die Tür nicht verschlossen hatte, aber es war ja kein Unheil geschehen, außer daß ich hier drinnen gefangen saß, ohne Aussicht auf Befreiung, bis am Morgen jemand vorbeikam, es sei denn, ich würde vermißt. Wenn ich heute abend nicht in meinem Zimmer war und man das Abendessen, das Claudia mir hatte heraufschicken lassen, unberührt fand, dann würde sie sich erinnern, wohin ich gegangen war, und ich würde augenblicklich erlöst werden.

Claudia. Sie war es, die vorgeschlagen hatte, daß ich hierhergehen sollte. Claudia stand auf Davids Seite, nicht auf meiner. Eigentlich dürfte es in einer Familie keine Parteien geben, aber es gab sie nun einmal. Und ich stand wehrlos einem feindlichen Lager gegenüber, das seine Truppen gegen mich aufmarschieren ließ.

Du phantasierst schon wieder, Aphra Coleman. Nein – Aphra Hillyard natürlich. Die Hitze brachte mich ganz durcheinander. Ich war Mrs. David Hillyard von Abbotswood, Kent. Ich wohnte in eben dem prachtvollen Haus, dessen Anblick mich einmal so überwältigt hatte, und das in mir eine unnennbare Sehnsucht und herrliche Träume von Geborgenheit, Glück und Luxus erweckt hatte. Jetzt schien nur noch der Luxus geblieben; tote Gegenstände wie elegante Kleider und kostbare Möbel, erlesene Teppiche, funkelndes Kristall und schönes Silber, glitzernde Lüster, schimmernde Polster, Samtvorhänge ... Samtvorhänge ... und ein Mann mit roten Haaren und spöttischen Augen ... *»Sie dürfen sich nicht von Samtvorhängen blenden lassen, Miss Coleman ... Sie dürfen sich nicht von Samtvorhängen blenden lassen ...«* Guter Gott, war das heiß! Wurde es nicht immer heißer? Meine Gedanken drehten sich im Kreis. Die Kleider klebten mir am Leibe und die Haare an der Kopfhaut. Meine verletzte Wange war naß, von meiner Stirn strömte der Schweiß. Ich löste die Brosche, diese liebe, kostbare Brosche, das einzige Vermächtnis meiner Mutter, lockerte den Kragen meiner Bluse, und langsam, ganz vorsichtig, heftete ich mir die Kamee an die Brust, denn ich durfte sie nie verlieren, nie verlieren ... das war wichtig, wichtig ... *»Woher haben Sie diese Brosche, Mrs. Hillyard?«* Ein Drachen mit einem Kettenpanzerhandschuh im Maul; ungewöhnlich für eine Kamee.

Ich schwankte. Der grüne Dschungel kam auf mich zu und wich wieder zurück. Tief Atem holen, und noch einmal, noch einmal. Lehn dich gegen die Glastür. Sie muß schön kalt sein ... kalt ...

Sie war nicht kalt. Meine nasse Bluse blieb an dem Glas haften, das so heiß war, daß die Hitze erst recht in meinem Körper brannte. Schwindel. Schwindel und Dunkelheit. *»Woher haben Sie diese Brosche, Mrs. Hillyard?«* Rote Haare und durchdringende Augen, kräftige Stimme und kräftige Hände. *»Dies sind die Hände eines Schmieds, nicht die eines Gentleman.«*

In mein auf- und abebbendes Bewußtsein drangen Geräusche: Rohre knackten, Pflanzen raschelten beim Atmen. Atmeten Pflanzen überhaupt? Natürlich, in so einer Hitze mußten sie doch atmen, sonst würden sie ja ersticken. Wie ich. Ich erstickte, weil ich nicht atmen konnte ... nicht atmen ... konnte. Lieber Gott, mach, daß ich atmen kann, *mach, daß ich atmen kann!* In einem lichten Augenblick merkte ich, wie es in den Heizungsrohren knackte, und ich wußte, daß sie sich wegen der steigenden Temperatur ausdehnten. Konnte man mitten im Wahnsinn klare Momente haben? Es schien so.

Aber ich war ja nicht wahnsinnig. Mein Verstand arbeitete vollkommen ruhig und klar. Ich brauchte nur zu warten, bis jemand kam, bis Claudia sich erinnerte, wohin ich gegangen war. Sie würde sich doch erinnern? Sie würde mich doch nicht ersticken lassen, bloß weil sie mich nicht auf Abbotswood haben wollte, oder weil ich ihr als Ehefrau ihres Bruders nicht standesgemäß erschien? Sicher, ich hätte ihr nie verraten dürfen, daß ich von ihrer Liebesbeziehung zu Jasper Bentine wußte; ich hätte ihr das nicht so einfach ins Gesicht schleudern dürfen, zumal es lediglich eine vage Vermutung war. Es war unklug gewesen, sie wissen zu lassen, daß ich ihr Geheimnis ahnte, unklug und vielleicht auch grausam. Aber Grausamkeit erzeugt wieder Grausamkeit, und ich hatte zurückgeschlagen, weil ihr Bruder grausam zu mir gewesen war und weil das sie nicht bekümmerte. Sie sorgte sich nur um David, um niemanden sonst. Und ganz gewiß nicht um eine unbedeutende kleine Schauspielerin, die es gewagt hatte, aus ihrer eigenen Welt auszubrechen und in die von Abbotswood einzudringen.

Atmeten diese Ungeheuer von Gewächsen wirklich? Streckten sie ihre Äste aus, erprobten sie ihre Kräfte und machten sich bereit zum Angriff? Kroch der lange stachelige Zweig, den Harriet für lebendig gehalten hatte, wirklich über den Boden auf mich zu? Ich beobachtete ihn wie gebannt, einen dunklen Schatten im Zwielicht, und auf einmal hörte ich Schreie durch die gespenstische Stätte gellen; sie krächzten von den gläsernen Wänden, erschallten unter der unendlich fernen Glaskuppel, wo ein wirres Geflecht von abscheulichen Zweigen sich in der Hitze wand ... sie reckten und streckten sich, wurden länger und länger, bis sie zu ekelerregenden Fühlern anwuchsen, die sich unaufhörlich abwärts bewegten ... und dann folgte ein hilfloses, angstvolles Schluchzen, das in meinen Ohren dröhnte wie zuvor die Schreie und ebenso an meiner Kehle zerrte. Und die Hitze steigerte die erbarmungslose Tortur, bis mein Hirn Amok zu laufen schien und mein Körper jeglichen Widerstand aufgab.

Dann erstarben die Schreie. Nur ein hilfloses Wimmern blieb

zurück und namenloses Grauen. *So ist es also, wenn man erstickt.* Der Gedanke schien wie eine kalte, fremde Strömung in abgelegene Kanäle meines Hirns zu sickern, die den Bereich der Wirklichkeit schon längst verlassen hatten.

So ist es also, wenn man wahnsinnig ist.

Doch selbst im Wahnsinn konnte es vereinzelte Momente geben, in denen der Verstand die Oberhand gewann, und ein solcher Moment war mir jetzt beschieden. Wenn die Temperatur stieg, so mußte ein Mensch das bewirkt haben. Jemand hatte den Kessel geschürt, hatte den Unersättlichen mit seiner Koksmahlzeit gefüttert, und er hatte ihn gut gefüttert. Und dann hatte er die Ventile aufgedreht, bis die Hitze ein pulsierendes Lebewesen war, das die Luft in meinen Lungen verbrannte und das Leben aus mir herauspreßte. War er immer noch dort, wartete er, bis die Temperatur einen Punkt erreichte, der einem Menschen den Tod bringen konnte? Oder war er fortgegangen, ohne sich darum zu kümmern, ob die Pflanzen auch starben, wenn ich nur mit ihnen umkam?

Meine gelähmten Sinne rätselten darüber, daß ich in einem solchen Augenblick Wut empfinden konnte – weißglühende, lodernde Wut, die mich auf die Füße zwang und mich anspornte zu kämpfen. Ich war zu Boden gesunken, auf die heiße, klebrige, dampfende Erde; nicht einmal der gepflasterte Weg in der Mitte dieses teuflischen Käfigs war kalt. Er glühte, wie von eigenem Leben beseelt, wie auch jenes Etwas, das da auf mich zukroch, ein eigenes Leben besaß. *»Kannst du dir vorstellen, was für ein Gefühl es sein muß, wenn er sich um deinen Hals legt und die Stacheln in dein Fleisch gräbt, und du blutest und blutest immerfort?«*

In plötzlichem Entsetzen stieß ich wieder gegen die Tür, und ein letzter wahnsinniger Hilfeschrei entrang sich meiner Kehle. Doch meine Fäuste hämmerten so vergeblich gegen das Glas wie zuvor, und ich wankte hin und her, schlug mit jedem Mal heftiger zu, warf meinen Körper gegen den Türrahmen, bis dieser zu meiner unermeßlichen Freude erzitterte. Ich würde ihn besiegen. Ich würde ihn besiegen! Siehst du, du Satan, du kannst mich nicht auf ewig einsperren! Die Vibrationen hallten mit dumpfem, dröhnendem Schall wider und erschütterten das Glas, bis die teuflischen Zweige über mir bebten.

Dann glitt ein Etwas, das sich durch die Erschütterung aus dem verschlungenen Gestrüpp über mir gelöst hatte, wie eine züngelnde Schlange an meinem Hals hinab. Ich packte es, zerquetschte es mit den Fingern und fühlte einen weichen, fleischigen Pflanzenbrei, der in meinen Händen in kleine Klumpen zerfiel. Ich brach in wildes Gelächter aus; meinen Hohn hinausschreiend, forderte ich die Ungeheuer über mir auf, herunterzukommen und ihr böses Werk zu tun, und dann stampfte ich auf dem stacheligen Zweig herum, der über den Boden hinkroch, und der Gestank, den er ausströmte, schien sich in der Hitze zu vermehren ... in dieser ständig steigenden Hitze ... Der Dunst überreifer Pflanzen wurde immer stärker und sickerte wie ein Betäubungsmittel in mein Hirn. Eines mußte ich noch tun, bevor meine Sinne ganz erloschen. *Ich mußte das Glas zerschmettern!*

Ich stolperte beinahe über den Kübel mit der widerwärtigen Pflanze, die mir ihren stacheligen Arm entgegenstreckte *(Siehst du, siehst du! Ich habe keine Angst vor deinesgleichen!)*, und ich zerrte ihn zur Tür und auf die steinerne Umfriedung hinauf, welche die Abgrenzung des gepflasterten Mittelweges von den feuchten Beeten markierte. Die gläserne Wand reichte bis auf den Sockel neben der Tür herunter. Wenn ich den Kübel anheben, hochstemmen und durch die Glaswand schmettern könnte, auch wenn ich selbst mit hindurchkrachte, dann würde ich an der frischen Luft sterben können.

Ich betete um Kraft, und in einer letzten übermenschlichen Anstrengung spannte sich mein Körper und füllte sich mit Leben. Ich hörte ein donnerndes Krachen, fiel zu Boden und bedeckte den Kopf schützend mit beiden Armen, und als endlich alles still war, hob ich ihn vorsichtig und spürte einen kalten Luftzug, der durch ein klaffendes Loch einströmte, direkt auf meinem Gesicht. Und so blieb ich liegen, atmete tiefer und tiefer und machte mir nichts daraus, daß mein glühender Körper zu zittern begann, denn er war ja lebendig, *lebendig*.

Geräusche. Stimmen. Eilige Schritte. Und Gesichter – Claudias, Davids, Harriets. Und dann Truman, der gute alte Truman, der eine Laterne hochhielt, so daß ihr Lichtschein durch die Glasfüllung der Tür genau auf mich fiel. Mein Anblick versetzte ihm einen solchen Schock, daß er stocksteif stehenblieb und mich anstarrte. Auch Claudia sah erschrocken aus, und alle Welt hätte

angenommen, sie sei tiefbetrübt. Was für eine Schauspielerin! Und Harriet war da, mit neugierigen Augen, und David ... aber der sah mich nicht einmal an. Er stierte auf das klaffende Loch in der Glaswand und auf den zerbrochenen Kübel, dessen Inhalt zum Teil innerhalb, zum Teil außerhalb des Gewächshauses verstreut lag. Davids Lippen waren kreidebleich, und auf einmal verkrampfte sich sein schönes Gesicht und war gar nicht mehr hübsch anzuschauen.
Ich rief kraftlos, man möge mir heraushelfen. Ich hörte, wie meine Stimme krächzte, jemand habe mich eingesperrt, jemand habe versucht, mich umzubringen, und wie eine Marionette, die mit einem Ruck in Bewegung kommt, erwachte Truman zum Leben. Ich hatte mich inzwischen auf die Knie hochgezogen und war gegen das Glas getaumelt, ohne die Kraft zu finden, mich aufzurichten. So kniete ich, als der alte Mann seine Hand auf den Knauf legte; er drehte ihn herum, und die Tür gab sofort nach.

13

Natürlich glaubte mir niemand. Am allerwenigsten David. Er stand draußen, so verblüfft, daß er sich nicht rühren konnte, und starrte mich mit ungläubigen Augen und verzerrter Miene fassungslos an.

Claudia und der alte Truman halfen mir aufzustehen, Claudia hob meinen Mantel auf und hängte ihn mir um die Schultern, und während der ganzen Zeit behauptete ich immerfort, daß die Tür verschlossen gewesen sei. »Ich war eingesperrt, ich konnte nicht hinaus ... es wurde heißer und heißer ... jemand hat die Temperatur erhöht, jemand hat versucht, mich umzubringen!« Meine Zähne klapperten wie im Fieber. Ich zitterte am ganzen Leibe.

»Sie ist überreizt«, meinte Claudia. »Wir müssen sie zu Bett bringen. Vorsicht, Aphra, hier ist alles voller Glas. Meine Güte, ist das eine Hitze!«

Meine Knie drohten abermals nachzugeben. Truman stützte mich auf einer Seite, Claudia auf der anderen. Der alte Mann stieß mit dem Fuß eine Gasse durch die Glasscherben bis zur offenen Tür, und David stand immer noch draußen und starrte vor sich hin. Selbst in meinem geschwächten und verwirrten Zustand erkannte ich, daß sich hinter seinem ungläubigen Staunen siedende Wut verbarg.

Plötzlich schrie er Truman an: *»Hol' jemanden her!* Das muß unverzüglich repariert werden!«

»Sir, dazu gehört ein Glaser. Wir haben Landarbeiter, Gärtner und Handlanger für alles mögliche auf dem Gut, aber keinen Glaser.«

»Das weiß ich, du Narr. Fürs erste kann man die Tür mit Brettern vernageln, aber morgen muß sofort ein Glaser kommen – am besten noch heute abend, wenn man einen hinter seinem Ofen hervorlocken kann.« Er hatte sich wieder in der Gewalt. Er trat durch die offene Tür und schob den alten Mann beiseite. »Verschwende keine Zeit damit, meiner Frau zu helfen. Sie kann allein stehen, wie du siehst.« Er ergriff ungeduldig meinen Arm. »Wir müssen zusehen, daß wir hier herauskommen und den Schaden reparieren. Ich möchte nicht, daß *alles* zerstört wird, es besteht ohnehin kaum eine Chance, daß irgendwas da drinnen einen solchen Kälteeinbruch überlebt!«

Claudia sagte: »Ich kümmere mich um Aphra. Du kannst sie getrost mir überlassen.«

»Gern.«

Er ließ meinen Arm sinken, als könne er es nicht ertragen, mich zu berühren.

Claudia war es also, die mich von meinen durchweichten Kleidern befreite, mich zu Bett brachte, mir einen Cognac holte und schließlich sagte: »Ich lasse für David ein anderes Zimmer für heute Nacht herrichten. Es ist besser, wenn du – wenn du deine Ruhe hast.« Ich spürte, daß sie eigentlich sagen wollte, »wenn ihr euch jetzt nicht seht«, und es sich dann anders überlegt hatte. »Ich gebe allen Bescheid, daß du nicht gestört werden darfst, und wenn es dir morgen besser geht, kannst du uns erzählen, was passiert ist.«

»Ich hab's doch schon gesagt. Die Tür war versperrt – jemand muß sie von außen abgeschlossen haben und weggegangen sein – und dann hat er die Temperatur hochgestellt, so daß es heißer und heißer wurde und ich fast erstickt wäre. Wer immer das war, er hat mich zuerst eingesperrt, und dann ist er in den Heizungsraum gegangen.«

Claudia strich mir das Haar aus der Stirn.

»Du weißt nicht, was du redest. Du bist ganz durcheinander. Das Schloß muß geklemmt haben, oder du hast den Knauf in die falsche Richtung gedreht. Du hast doch gesehen, die Tür ist gleich aufgegangen, als Truman sie berührte. Und was die irrsinnige Hitze betrifft, so ist wahrscheinlich der Kessel defekt. Du bist überreizt. Morgen glaubst du nicht mehr solch dummes Zeug. Bis dahin hast du den ganzen Alptraum vergessen.«

Jeglicher Widerspruch wäre vergeblich gewesen. Es war sinnlos, ihr zu versichern, daß ich auch nicht eine einzige Sekunde dieser

Marter je im Leben vergessen würde. Ich fühlte mich zu schwach, um mich auf einen Disput einzulassen, aber ich raffte mich immerhin so weit auf, daß ich murmeln konnte, alles, was ich erzählt hätte, sei wahr und werde auch morgen noch wahr sein.

»Morgen«, sagte Claudia bestimmt, »ruhst du dich aus. Es ist zu anstrengend für dich herunterzukommen, wenn so viele Leute da sind.«

Ich hatte vergessen, daß morgen der Wohltätigkeitsbasar stattfinden sollte. Die ganze Halle sollte dafür zur Verfügung stehen, und man würde überall auf Menschen treffen. »Droben zum Haus« zu gehen, war ein wichtiger Tag im Leben eines jeden Dorfbewohners, und ich würde ein trauriges Bild bieten, falls ich mich blicken ließe. Ich schloß die Augen, zu erschöpft, um noch etwas zu sagen, doch voller Erleichterung, weil ich David heute abend nicht mehr zu sehen brauchte. Ich hatte nicht die Kraft, seiner Wut noch einmal standzuhalten.

Ich fuhr in einem von Abbotswoods Broughams eine Landstraße entlang und blickte auf die Hände, welche die Zügel hielten, und war überrascht, als ich sie als die von Elizabeth Lorrimer erkannte. »Ich hatte keine Ahnung, daß du damit umgehen kannst«, bemerkte ich, und sie erwiderte: »Sei nicht albern – ich habe deine Eltern zur St.-Saviour-Kirche kutschiert, wo sie ihr Gelübde abgelegt haben. Du warst nicht dabei.«

»Sei *du* nicht albern«, gab ich zurück. »Wie hätte ich dabei sein können? Ich war damals noch nicht geboren.«

»Stimmt. Ist dir zu kühl? Warte, ich klappe das Verdeck herunter.« Und sogleich hob sie den Arm, und hinter uns ging das Verdeck hoch, und ich fragte mich, wieso ich mir eingebildet hatte, wir führen in einem Brougham. Es war ein Landauer, und der Wagen wurde schwerer und schwerer, heißer und heißer, denn plötzlich verwandelte er sich aus einem Landauer in eine Reisekutsche, und Elizabeth saß auf dem Bock und lenkte die Pferde, und ich war drinnen eingesperrt, denn die Türen waren verriegelt. Ich versuchte, die Fenster zu öffnen, aber auch die waren verriegelt; die Luft wurde immer heißer; ich erstickte. Ich hämmerte gegen das Kutschendach, schrie Elizabeth zu, mich herauszulassen, aber sie lachte nur und ließ die Pferde schneller und schneller galoppieren. Dann hielt die Kutsche plötzlich an,

und David öffnete die Tür. »Warum kommst du nicht heraus?« fragte er. »Nichts hindert dich. Du hättest nur die Tür aufzumachen und auszusteigen brauchen.«
Ich kletterte heraus, und Elizabeth war verschwunden. Nur David und ich waren da, und der große steinerne Adler über unseren Köpfen. Wir befanden uns vor den Toren von Abbotswood, und David packte mich bei den Schultern und zwang mich, zu dem Adler hinaufzusehen. Da erkannte ich, daß es Conrad war, der beängstigend lebendig seinen diabolischen Blick auf mich richtete, die Schwingen zum Flug ausgebreitet. Er kam in Bewegung. Ganz allmählich begann er, herabzuschweben. Nicht in dem atemberaubenden Sturzflug, den ich zuvor beobachtet hatte, sondern mit einer furchtbaren, bedächtigen Langsamkeit, die mich wie gebannt auf der Stelle verharren ließ. Ich sah seinen mörderischen Schnabel und die tödlichen Klauen näher kommen, und ich konnte mich vor Entsetzen nicht rühren.
Und dann war Elizabeth wieder da; sie stand neben uns und beobachtete den Adler. »Das Biest ist ein Snob«, sagte sie. »Er verachtet dich wegen dem, was du bist. Haben Sie gewußt, was sie ist, als sie Aphra geheiratet haben, Mr. Hillyard?«
David schüttelte den Kopf, ließ meine Hand los, kehrte mir den Rücken zu und ging davon, und der Adler flog immer näher, bis er sich unmittelbar über meinem Kopf befand, und unter der unermeßlichen Spannweite seiner Schwingen wurde es rund um mich her ganz dunkel. Ich schrie, und auf einmal sah ich, daß es gar kein Adler war, sondern ein Drachen mit einem Kettenpanzerhandschuh im Maul, und Red Deakon war da und streckte mir liebevoll eine Hand entgegen, aber so sehr ich auch versuchte, sie zu ergreifen, er entfernte sich immer weiter, bis ich verzagt zu schluchzen begann. Er ließ mich allein, und ich brauchte ihn doch. Dann war er verschwunden, und ich war wieder in der Kutsche eingesperrt, würgend, erstickend ...
Ich wachte mit einem Ruck auf. Ich war allein in dem großen Bett, und mein Nachthemd war schweißdurchtränkt, wie es meine Kleider im Gewächshaus gewesen waren; aber ich fühlte eine Welle der Erleichterung. Alles war nur ein Alptraum gewesen: die stickige Kutsche, der räuberische Adler, die eigentümliche Drohung in Elizabeths Worten: »Er verachtet dich wegen dem, was du bist ...«

Was meinte sie damit – *was* ich war? Eine naive junge Schauspielerin, die sich in einen Traum verliebt hatte? Ein albernes Mädchen, das ein vornehmes Landhaus für ein Zauberschloß hielt? Oder eine Frau, die den Verstand verloren hatte, die seltsamen Phantasien und krankhaften Ängsten nachhing, die sich einbildete, ihr Leben sei bedroht, nur weil sie eine Tür verschlossen gefunden hatte, eine Frau, die ihre eigenen Handlungen vergaß und die glaubte, sie hätte Dinge getan, die sie nie getan hatte – wie zum Beispiel einen Schlüssel in sein Versteck zurückzubringen?

Ich lag ganz ruhig in dem dunklen, stillen Zimmer; dann tastete meine Hand zu der Seite des Bettes hinüber, wo sonst mein Mann lag. Die Stelle war kühl und leer. Claudia hatte also Wort gehalten und David überredet, heute nacht woanders zu schlafen. Aber vielleicht hatte sie ihn gar nicht überreden müssen? Sein bleiches, verzerrtes, durch die zerschmetterte Wand des Gewächshauses starrendes Gesicht hatte mir deutlich zu verstehen gegeben, daß es ihn nicht nach meiner Nähe gelüstete.

Ich rollte von meinem heißen, zerknitterten Laken auf die kühle, unberührte Seite des Bettes hinüber. Mein Alptraum verfolgte mich noch immer; das beklemmende Gefühl in der verschlossenen Kutsche plagte mich genauso lebhaft wie jene höllische Stunde inmitten des grünen Dschungels. Ich war überzeugt, daß ich in dieser Nacht keinen Schlaf mehr finden würde.

Doch ich irrte mich. Ich schlief unerwartet tief, und als ich spät am nächsten Morgen erwachte, stand Claudia mit einem Tablett neben meinem Bett. Es sei schon zehn Uhr vorbei, sagte sie.

»Ich habe dein Frühstück selbst heraufgebracht, weil ich annahm, du möchtest nicht, daß jemand anders dich so sieht.«

Sie meinte natürlich die Dienstmädchen. Wegen meines Aussehens. Das erinnerte mich an mein Gesicht, und ich tastete es prüfend mit einer Hand ab. Ich war froh, daß die Schwellung nicht mehr so stark zu spüren war, doch aus dem Spiegel gegenüber blickte mir eine erschöpfte junge Frau mit einer häßlichen Verfärbung auf der rechten Wange entgegen.

»Niemand erwartet von dir, daß du hinunterkommst«, sagte Claudia tröstend.

Natürlich nicht. Alle erwarteten, daß ich mich diskret fernhielt.

»Ich fühle mich ganz wohl«, sagte ich, und das stimmte. »Falls du befürchtest, daß jemand eine Bemerkung über mein entstelltes Gesicht macht, so verspreche ich dir, daß ich den Leuten erzählen werde, ich sei gegen den Eisenrahmen der Gewächshaustür gestoßen. Das ist doch eine einleuchtende Erklärung, findest du nicht?«

Sie antwortete, ohne mich anzusehen: »Ich denke dabei nur an dich.«

O nein, dachte ich. Du denkst an David, der um jeden Preis in Schutz genommen werden muß. Ihn darf auch nicht der leiseste Verdacht treffen, daß er sich schlecht betragen haben könnte.

»Ich habe David überredet, heute nicht zu dir zu kommen. Ich gestehe, daß ich dabei sowohl sein wie dein Wohl im Auge habe. Er ist außer sich wegen der Verwüstung, die du angerichtet hast. Warum bist du nur so in Panik geraten, meine Liebe, bloß weil du den Türknauf falsch herumgedreht hast? Und dann die Glastür zu zerschmettern! Du hast Glück gehabt, keine Schnittwunden zu bekommen. Ich vermute, das hast du deiner Geistesgegenwart zu verdanken, die dir eingab, dich auf den Boden zu werfen. Aber du hast dich wirklich unsinnig aufgeführt. Du hättest dir doch denken können, daß du in dem Augenblick, da man dich vermißte, befreit werden würdest. *Ich* wußte doch, wohin du gegangen warst.«

»O ja«, unterbrach ich sie. »Du hast es gewußt, weil du mich hingeschickt hattest.«

Sie berichtigte mich nachsichtig: »Ich habe nur vorgeschlagen, du mögest dort nach dem verschwundenen Schlüssel suchen.«

»Der schließlich gar nicht verschwunden war, da jemand ihn benutzte, um mich einzuschließen. Und mich dann wieder herauszulassen. *Irgend* jemand muß die Tür wieder aufgeschlossen haben, als ich von der Hitze schon völlig ermattet war, und zwar derselbe, der die Temperatur erhöht hat.«

»Aber Aphra«, seufzte meine Schwägerin geduldig, »jetzt fang doch nicht wieder mit diesen unsinnigen Beschuldigungen an. Das glaubt dir doch niemand, und du machst dich bloß lächerlich – und David verärgerst du nur noch mehr. Wir haben dir das abscheuliche Zeug, das du gestern abend geredet hast, als das offenkundige Gefasel eines hysterischen Mädchens nachgesehen, aber jetzt am hellen Tage, wo du ausgeschlafen bist, ist es unverzeihlich, wenn du weiterhin auf solchen Einbildungen beharrst.«

»Aber es ist wahr. Jemand hat mich eingesperrt, und jemand hat die Temperatur hochgedreht, und das heißt, jemand hat sich vorsätzlich am Heizkessel zu schaffen gemacht, und zwar aus einem einzigen Grunde: mich umzubringen.«

Claudia stieß einen leisen Seufzer aus.

»Meine liebe Aphra, das *könnte* gar niemand getan haben. Ich bin von deinem Zimmer geradewegs hinunter in den Salon gegangen, wo mich Meg Deakon erwartete. Das ist Red Deakons Cousine. Sie führt ihm den Haushalt.«

»Ich weiß.«

Claudia blickte überrascht auf, und mir fiel ein, daß sie ja nichts von meinem Besuch bei Red ahnte. David hatte erklärt, von ihm würde seine Schwester es nicht erfahren, und von Red schon gar nicht, weil der sie nicht wissen lassen wollte, daß eine andere Frau ihn allein in seinem Haus aufgesucht hatte.

»Sie hat mir eine Menge Sachen für den Basar gebracht«, fuhr Claudia fort. »Sie ist eine ausgezeichnete Köchin und immer sehr hilfsbereit. Red hatte sie hergefahren, und wir haben miteinander ein Glas Sherry getrunken. Harriet war bei uns, und David auch. Wir waren also alle beisammen, das können wir beschwören. Du kannst Red und seine Cousine fragen, wenn du willst! Als sie fort waren, kam Mrs. Stevens und wollte wissen, ob du dich am Ende doch entschlossen hättest, unten zu speisen, weil das Tablett, das ich heraufgeschickt hatte, unberührt war. Und da fiel mir ein, daß du zum Gewächshaus gegangen warst, aber da das schon über eine Stunde zurücklag, bestand David darauf, dich zu suchen. Wir sind natürlich alle mitgegangen.«

»Und Truman? Warum ist Truman mitgekommen?«

»Offen gestanden, meine Liebe, ich weiß es nicht, aber er ist ein väterlicher alter Mann und war sehr besorgt. Er holte eine Laterne, denn es war inzwischen fast ganz dunkel geworden. Und ich erinnere mich, daß David sagte, wenn du im Treibhaus seiest, so beweise dies, daß du den Schlüssel doch gehabt hättest.«

»Die Tür war nicht abgesperrt. Deshalb habe ich hineingehen können.«

»Und deshalb war sie auch nicht verschlossen, als wir dich gerettet haben.«

Ich sagte nichts mehr. Was hätte es auch für einen Sinn gehabt? Ich trank genüßlich den Kaffee, der mir noch nie so gut geschmeckt hatte, und versprach, das Frühstück aufzuessen, worauf Claudia befriedigt davonging.
Nachdem sie das Zimmer verlassen hatte, stand ich auf, nahm ein Bad und kleidete mich sorgfältig an. Es war wichtig, daß ich mich unten zeigte, und daß ich gut aussah und selbstsicher auftrat, damit jeder sehen konnte, daß ich vollkommen bei Sinnen war. Ich wählte ein Morgenkleid aus blaßgrüner Kaschmirwolle, das einen reizvollen Kontrast zu meinem Haar bildete. Dann nahm ich meinen alten Theaterschminkkasten aus einer Schublade meines Sekretärs, in dem ich Andenken aus der Vergangenheit aufbewahrte, und sehr sorgfältig, sehr diskret, übertünchte ich die verräterischen Male auf meinem Gesicht und tupfte einen Hauch Rouge auf die Backenknochen. Die Schwellung war fast ganz zurückgegangen, doch falls sie trotzdem jemandem auffallen sollte, konnte ich mich auf den erfundenen Zusammenstoß mit der Treibhaustür herausreden.
Ich betrachtete mich prüfend im Spiegel und befand, daß ich angesichts dessen, was mir seit Elizabeths gestrigem Besuch zugestoßen war, ganz passabel aussah. Ein erquickender Schlaf konnte Wunder wirken – wenn er auch die Erinnerung nicht auszulöschen vermochte. Davids Verhalten, die unglaublichen Dinge, die er gesagt – und das, was er geleugnet hatte, verbunden mit seinem heftigen Ausbruch, all das konnte weder durch einen tiefen Schlaf noch durch die Fürsprache seiner Schwester getilgt werden, ebensowenig wie die Male seines Tuns durch sorgfältig aufgetragene Schminke gänzlich verschwinden konnten. Die Male wie die Erinnerung blieben bestehen.
Ich war auf dem Weg zur Tür, als ich aus dem Ankleidezimmer meines Mannes Geräusche vernahm, zuerst das leise Öffnen und Schließen der Tür zum Flur, dann leichte Schritte, die das Zimmer durchquerten. Eins der Hausmädchen, vermutete ich. Aber eigentlich mußten sie mit dem Saubermachen längst fertig sein, denn ich war doch erst spät aufgestanden. Und die Schritte waren sehr flink gewesen. Warum sollte jemand vom Hauspersonal durch ein Zimmer rennen? Dienstboten waren so geschult, daß sie niemals rannten. Sie hatten so unauffällig wie möglich zu sein und alles zu unterlassen, was Aufmerksamkeit erregen konnte.

Jegliche niedrige Hausarbeit mußte erledigt sein, bevor die Familie auf den Beinen war, denn der Anblick von Scheuerlappen beleidigte das Auge. In meinen ersten Tagen auf Abbotswood hatte ich mit Staunen erfahren, daß die Kamine gleich nach Morgengrauen gesäubert werden mußten, und das nicht nur, damit die Feuer bereits brannten, wenn die Familie aufstand, sondern weil solche Arbeiten unbeobachtet ausgeführt werden sollten. Und falls jemand sich zufällig beizeiten erhob und auf eine Magd traf, die auf den Knien die Treppe fegte, so hatte er sie zu übersehen, und sie schlug ihrerseits die Augen nieder und rutschte in dem vergeblichen Bemühen, sich unsichtbar zu machen, in den äußersten Winkel der Treppe. Das erhabene Mitglied der Familie rauschte wortlos vorüber; denn von der Dienstmagd Kenntnis zu nehmen, während sie mit einer solchen Arbeit beschäftigt war, wäre für beide Seiten peinlich gewesen. Daher zögerte ich. Wenn sich nämlich ein Mädchen verspätet hatte und erst jetzt daranging, im Ankleidezimmer Staub zu wischen und aufzuräumen, so wäre es unverzeihlich, sie zu demütigen, indem ich die Tür öffnete und sie bei ihrem Versäumnis ertappte.
Was mich veranlaßte, stehenzubleiben und zu horchen, wußte ich selbst nicht. Ich vernahm kaum einen Laut, nur ab und zu ein leises Röckerascheln. Wer immer dort drinnen war, der machte nicht sauber. Die Minuten verrannen, und ich wurde nicht klüger.
Und dann hörte ich ein ganz leises Hüsteln, und plötzlich wußte ich, wer es war. Ich öffnete die Tür und fand meinen Verdacht bestätigt. Harriet kniete vor einer niedrigen Schublade, die in den Sockel eines Kleiderschrankes eingelassen war, und wischte zu meiner Verwunderung die Oberfläche mit einem weichen Staubtuch ab.
Sie war über meinen Eintritt so erschrocken, daß sie rückwärts auf die Fersen kippte; in einer Hand hielt sie den Lappen, und die andere ließ sie geschwind in ihre Rocktasche gleiten. Wir starrten einander in wechselseitigem Erstaunen an.
»Ich – ich dachte, du schläfst!« japste sie. »Claudia hat gesagt, du bleibst heute im Bett.«
»Und deshalb wolltest du besonders leise sein?«
»Natürlich.« Sie stand auf und wirkte gar nicht mehr verstört. Harriet konnte sich schneller als ich aus einer peinlichen Situa-

tion herauswinden. »Ich wollte David ein Taschentuch holen. Er hilft Claudia unten, und dabei sind seine Hände ganz staubig geworden. Da habe ich mich erboten, ihm eins zu holen.«
Sie durchquerte das Zimmer, die eine Hand noch immer in der Rocktasche vergraben.
»Und das hast du in deine Tasche gesteckt, als ich hereinkam?«
»Freilich«, bestätigte sie hochmütig, und im Hinausgehen sagte sie: »Du hast Davids Pflanzen übel zugerichtet. Es würde mich nicht wundern, wenn die meisten eingehen. Wie gemein von dir! Er ist schrecklich wütend, das kannst du mir glauben. Ich weiß immer, was David fühlt und was er denkt. Wir haben uns nämlich sehr gern gehabt, bevor du gekommen bist.« Sie blieb stehen. »Warum guckst du so erstaunt? Cousin und Cousine haben schon oft geheiratet, und der Altersunterschied hätte bei uns keine Rolle gespielt – schließlich sehe ich sehr jung aus. David hat mir oft gesagt, wie jung ich bin. Männern macht ein Altersunterschied nicht soviel aus wie manchen Frauen. Sieh dir doch nur die Brownings an. Oder Red Deakon und unsere liebe Claudia. Natürlich bleibt sie nicht immer jung, so wie *ich*. Das hat David gesagt.«
Sie hüpfte singend auf den Flur hinaus, unbekümmert darum, ob ich ihr die Geschichte mit dem Taschentuch glaubte oder nicht. Und ich glaubte sie natürlich nicht. Harriet hatte sich diese Ausrede ganz schnell einfallen lassen; in ihrer kindlichen Mentalität besaß sie ein gewisses Maß an Verschlagenheit, aber damit konnte sie mich nicht täuschen. Ich wußte genau, daß David seine Taschentücher in der oberen rechten Schublade einer georgianischen Kommode aufbewahrte, und als ich dort nachsah, fand ich die Taschentücher in einem ordentlichen Stapel aufgeschichtet. Ich hatte keine Ahnung, was die lange, niedrige Schublade enthielt, und als ich nachschauen wollte, fand ich sie verschlossen.
Was führst du diesmal im Schilde, Harriet?
Doch das wußte nur sie selbst, und niemand würde es von ihr erfahren.
Hätte sie die Hand nicht so hastig in die Tasche geschoben, so hätte ich annehmen können, sie habe nur in ihrer unersättlichen Neugier herumgestöbert und dabei versucht, die Schublade zu öffnen, aber dieses hastige Verbergen stimmte mich nachdenklich.

Ich blieb auf der Galerie stehen und blickte in die Halle hinunter, so wie ich es an jenem weit zurückliegenden Abend getan hatte. Heute, wie damals, herrschte ein lebhaftes Treiben, wenn auch von anderer Art. Der Basar sollte zwar erst mittags offiziell eröffnet werden, doch schon jetzt drängten sich die Dorfbewohner im Raum und bestaunten ehrfürchtig die Pracht, die auch mich einstmals so tief beeindruckt hatte. Auch Mitglieder des Landadels hatten sich eingefunden, Freunde von Claudia, die ihre karitativen Betätigungen unterstützten. Ringsum an den Wänden waren Tische aufgestellt worden, auf denen kunstgewerbliche Gegenstände, Näharbeiten, Gehäkeltes und Gestricktes, selbstgezogene Früchte und Blumen zur Schau gestellt waren – aber kein Gemüse, da Abbotswood seine tüchtige Wirtschafterin nicht verlieren wollte. Ich konnte mir vorstellen, wie Mrs. Stevens die Nase rümpfen würde, wenn solch gewöhnliche Gerüche in *ihren* blitzsauberen Haushalt eindringen würden!
Wie mußte das alles Mrs. Stevens zuwider sein, dachte ich; wie würde sie jammern über das Getrampel auf den gebohnerten Fußböden, über die Fingerspuren auf den getäfelten Wänden, ganz zu schweigen von der Unordnung! Ich hatte sie Claudia gegenüber einwenden hören, es sei ja gut und schön, dem gewöhnlichen Volk Zutritt zu gewähren (»Die meisten kommen ja nur, weil sie neugierig sind, wie Abbotswood von innen aussieht, mit Verlaub gesagt, Madam«), aber es sei doch entschieden besser, eine derartige Veranstaltung im Sommer im Freien durchzuführen, worauf Claudia beschwichtigend erwidert hatte, sie verstehe zwar die Gefühle ihrer Haushälterin, aber sie habe es aus Rücksicht auf die Bitte des Obergärtners, seinen Rasen und seine Blumenbeete zu schonen, für richtig befunden, zu dieser Jahreszeit die Halle zur Verfügung zu stellen. »Und überdies, Mrs. Stevens, kommt es ja nur einmal im Jahr vor, wenn Weihnachten naht. Um der Wohltätigkeit willen müssen wir zuweilen Unbequemlichkeiten in Kauf nehmen.«
Claudia war wirklich bewundernswert. Wenn sie etwas in die Hand nahm, dann führte sie es auch mit ganzem Herzen aus. Jetzt wanderte sie von Tisch zu Tisch, überprüfte, ob alles in Ordnung war, und bewunderte jedes Schaustück, und war es auch noch so bescheiden. Niemand hätte vermutet, daß es in ihrem makellosen Haushalt jemals zu Mißhelligkeiten kommen

könnte. Sie war die vollendete Gutsherrin. Und da war auch David; leutselig zu jedermann, sein charmantes Lächeln auf den Lippen, gab er diesem und jenem ein gutes Wort, erteilte er hier und da ein Lob und nahm Diener und Knickse entgegen, als sei er der Herr und Gebieter des Anwesens – was er vermutlich in den Augen der meisten Leute auch war. Und der er in seinen eigenen Augen jedenfalls zu sein verdiente.

Ich hörte Schritte neben mir – und da stand Red Deakon, ein oder zwei Meter von mir entfernt, und blickte mich genauso eindringlich an wie am Abend des Balles. Es war dieselbe Situation, mit Ausnahme der Kleidung, die wir trugen, und der Leute unten im Saal.

»Ich habe Sie gesehen«, sagte er, »und bin heraufgekommen, um mich zu erkundigen, wie es Ihnen geht.«

»Wie es mir geht – wieso?«

»Ihre Schwägerin sagte uns, Sie seien unpäßlich.«

Seine bernsteinfarbenen Augen musterten mein Gesicht. Waren meine Schminkkünste am Ende unzulänglich gewesen? Hastig bedeckte ich mit der Hand meine Wange.

»Das, das war gar nichts! Ich bin gegen die Tür des Treibhauses gestoßen, das ist alles.«

Er runzelte fragend die Stirn. »Aber Claudia sagte, Sie hätten bloß Kopfweh und seien deshalb früh zu Bett gegangen.«

Wir redeten von verschiedenen Dingen. Er bezog sich auf gestern abend, als er und die Witwe seines Cousins mit den anderen beim Wein gesessen hatten und ich mich, wie es offiziell hieß, früh zurückgezogen hatte. Das Versehen lag bei mir, doch bevor ich es berichtigen konnte, fragte er: »Sind Sie denn erst nach unserem Besuch mit der Treibhaustür zusammengestoßen? Sie sind doch wohl nicht wieder aufgestanden, nachdem Sie sich bereits zu Bett gelegt hatten?«

»Nein, nein, es ist vorher passiert.«

»Ich habe heute morgen gehört, daß das kostbare Gewächshaus Ihres Mannes beschädigt wurde, aber ich habe mir nicht viel dabei gedacht. Der Dorfglaser arbeitet häufig für meine Werkstatt; er setzt Glas in schmiedeeiserne Rahmen für Wochenendhäuser ein und dergleichen. Er kam heute wesentlich früher als erwartet und fragte, ob wir ihn entbehren könnten, er hätte nämlich eine dringende Reparatur am Treibhaus von Abbotswood

vorzunehmen. Daraus schloß ich natürlich, daß hier Glas entzweigegangen sein mußte. Da habe ich ihn hoffentlich mißverstanden, oder?«
»Nein, leider nicht – ich war nämlich sehr ungeschickt. Ich bin gegen die halboffene Tür gerempelt, und da ist sie mit einem Krach zugefallen, und durch die Erschütterung ist das Glas zersprungen.«
»Aber Sie haben sich nicht verletzt?«
»Nein.«
»Es muß sehr schmerzhaft sein, gegen einen eisernen Türpfosten zu stoßen. Das erklärt allerdings Ihre leicht geschwollene Wange, und es erklärt erst recht Ihr Kopfweh gestern abend. Ich habe es Claudia angemerkt, daß sie Ihretwegen besorgt war, und das wundert mich jetzt gar nicht mehr.« Er blickte in die überfüllte Halle hinunter. »Wollen Sie sich wirklich diesem Trubel aussetzen?«
»Gewiß.«
»Dann erlauben Sie mir, daß ich Sie hinunterbegleite.« Er reichte mir seinen Arm, ich legte meine Hand darauf, und so stiegen wir Seite an Seite in die große Halle hinab.
»Eine ganz andere Gesellschaft als damals auf dem Ball, Mrs. Hillyard.«
»Das kann man wohl sagen, Mr. Deakon.«
»Und liegt Ihnen diese hier vielleicht mehr?«
»In gewisser Hinsicht schon.«
»Aber nicht ganz, denn da Sie sehr weiblich sind, machen Sie sich gern hübsch, und das ist auch recht so – vorausgesetzt, man befindet sich unter den richtigen Leuten. Aber darf ich Ihnen gestehen, daß ich Sie in diesem schlichten Kleid ebenso bezaubernd finde wie an jenem Abend auf dem Ball?«
Ich war versucht zu erwidern, daß ich mir nicht vorstellen könne, in seinen Augen jemals bezaubernd zu wirken, doch dann verwarf ich die Worte als kokett und faßte seine Bemerkung lieber als ein höfliches Kompliment auf.
»Sie tragen Ihre Brosche heute nicht. Es ist ungewöhnlich, sie nicht an Ihnen zu sehen.«
»Und ist es nicht ebenso ungewöhnlich, daß ein Mann ein solch bescheidenes Schmuckstück überhaupt bemerkt?«
»Normalerweise vielleicht, aber die Ihre ist keine gewöhnliche

Brosche. Das Motiv ist mir aufgefallen, weil ich es früher schon einmal gesehen hatte.«
»Wo?« fragte ich einigermaßen überrascht.
»Das werde ich Ihnen eines Tages zeigen, falls Ihr Gatte erlaubt, daß ich Sie hinführe.«
Wir waren am Fuß der Treppe angekommen, und bevor ich etwas erwidern konnte, stand David neben uns und fragte: »Und wohin wollen Sie meine Frau mit meiner Erlaubnis mitnehmen, Deakon?«
David hob meine Hand an seine Lippen und sah mich mit zärtlicher Besorgnis an.
»Auf einen Ausflug, damit wieder Farbe in ihre Wangen kommt. Kein Wunder, daß sie an Kopfweh litt – ein Zusammenstoß mit einer Treibhaustür würde jeden niederwerfen. Mit Ihrer Erlaubnis wäre es mir eine Freude, die Genesung Ihrer Frau Gemahlin mit etwas frischer Luft zu beschleunigen. Ich muß heute nachmittag nach Chilham, und Meg möchte ein paar Besorgungen in Canterbury machen, das ja nur ein paar Meilen von dort entfernt liegt. Ich weiß, daß ihr weibliche Gesellschaft willkommen wäre. Sie würden sowohl Meg als auch Ihrer Gattin etwas Gutes tun, wenn Sie Ihre Einwilligung gäben.«
»Sie machen keinen Hehl daraus, daß es kleinlich wäre, ihre Bitte zu verweigern, aber leider fürchte ich, daß meine liebe Aphra nicht ganz auf der Höhe ist –«
Ich unterbrach ihn unwirsch. »Aber nicht doch, ich fühle mich sehr wohl. Ein Ausflug würde mir bestimmt guttun. Meinst du nicht auch, Claudia?«
Wo immer David war, da war mit Sicherheit auch seine Schwester zu finden – so schien es jedenfalls heute. Sie stand in diesem Augenblick so dicht bei uns, daß sie unsere Unterhaltung gewiß mit angehört hatte.
»Da muß ich dir wirklich recht geben.« Zu ihrem Bruder sagte sie: »Wenn Aphra sich so wohl fühlt, daß sie hinunterkommen kann, dann wird ihr eine Spazierfahrt gewiß nicht schaden. Die Veranstaltung hier ist gegen drei Uhr zu Ende. Ich sehe, Megs Kuchenstand ist sehr belagert – ich werde ihr zureden, getrost zu gehen, wann immer sie will, denn ich möchte nicht, daß sie unseretwegen ihre Einkäufe verschiebt. Und ihr Stand wird ohnehin vor allen anderen leergeräumt sein, dessen bin ich sicher.

Von zwölf bis zwei gibt es ein Lunchbuffet, falls jemand Appetit hat – damit wäre auch *das* Problem gelöst!« Sie wandte sich an mich. »Meine Liebe, ich freue mich, dich auf den Beinen zu sehen, obwohl ich dir riet, dich heute auszuruhen. Fühlst du dich dem Wirbel hier auch wirklich gewachsen? Möchtest du dich nicht lieber in ein ruhiges Zimmer zurückziehen, bis Meg und ihr Cousin zum Aufbruch bereit sind?«
Ihr Ton und ihr Blick wirkten vollkommen aufrichtig, aber das war bei meinem Mann nicht anders. Jeder, der ihn meine Hand küssen und mich liebevoll umsorgen sah, mußte ihn für den hingebungsvollsten Gatten der Welt halten. Doch ich spürte die Eiseskälte unter seiner Höflichkeit und wußte, daß er mir nicht verziehen hatte. Ich hatte seinen seltenen und kostbaren Pflanzen unsäglichen Schaden zugefügt, und dafür würde ich bestraft werden, genau wie für meine angeblich unsinnigen und unverschämten Anschuldigungen. Nur er bediente den Heizkessel, also konnte nur er für das Ansteigen der Temperatur verantwortlich sein. Ich wußte, obwohl er mir die Hand küßte, obwohl er den ganzen Vormittag nicht von meiner Seite wich, und obwohl er mir die köstlichsten Happen vom Lunchbuffet aussuchte und mich zum Essen drängte, daß er unter dieser Maske zärtlicher Fürsorge wie ein Räuber lauerte, wie ein Adler über dem Tor ...
Aber auch ich konnte ihm nicht vergeben, zumal mein mißhandeltes Gesicht auf einmal wieder zu pochen begann und mich an den schrecklichen Vorfall des gestrigen Tages erinnerte.

Wir verließen Abbotswood, bevor der Basar zu Ende war, aber nicht, ohne daß mein Mann mich zur Rede gestellt und mir befohlen hatte, daheimzubleiben.
»Du wirst tun, was *ich* sage. Du wirst mich um halb vier in unserem Wohnzimmer erwarten. Bis dahin habe ich mich von allen bedeutenden Gästen verabschiedet, und Claudia kann den Tee allein mit ihnen nehmen.«
Er sagte das mit seinem charmantesten Lächeln. Jeder, der uns beobachtete, hätte denken können, er flüstere mir Koseworte zu.
Ich erwiderte sein Lächeln.
»Ich bedaure, aber ich werde nicht hier sein. Meg erwartet, daß ich sie begleite. Ich habe nicht die Absicht, sie zu enttäuschen. Ich

weiß, worüber du mit mir reden möchtest, und ich bin gerne bereit dazu, sobald ich zurück bin.«
Es war natürlich töricht, ihn herauszufordern, aber es wäre ebenso töricht gewesen nachzugeben. Das lag auch gar nicht in meiner Natur. Ich konnte weder einen Kniefall vor ihm machen, noch einen einzigen meiner Vorwürfe zurücknehmen; denn so sehr mich die Furcht auch gelähmt hatte, mein Verstand war vollkommen klar gewesen. Ich war absichtlich eingesperrt worden, mit dem Plan, mich eines langsamen Erstickungstodes sterben zu lassen. Das einzige, was nicht klar war und es wohl auch nie sein würde, war der Grund dafür.

Die Fahrt bis Chilham war recht lang, und um Meg mehr Zeit für ihre Einkäufe zu geben, fuhr Red zuerst nach Canterbury und setzte sie dort ab mit dem Versprechen, sie zu einer verabredeten Zeit am Eingang der Kathedrale am Buttermarkt wieder abzuholen. So besuchten wir das elisabethanische Dorf allein.
Es führte seinen Ruf als reizvoller malerischer Flecken durchaus zu Recht, doch Red ließ mir keine Zeit zum Verweilen. Er fuhr geradewegs zur Dorfkirche, band die Pferde fest und führte mich hinein.
»Das ist es, was ich Ihnen zu zeigen versprach«, sagte er.
Es war eine Grabplatte, die unweit des Altars in den Steinboden eingelassen war. Sie stellte einen Mönch mit Tonsur dar, über dessen Kopf ein Wappen eingemeißelt war, auf dem ich in der oberen Ecke einen Drachen mit einem Kettenpanzerhandschuh im Maul erkannte.
Eine Inschrift war nicht vorhanden, lediglich ein Name mit einem Datum darunter. MEDRITH NEVTON, 1631.
»Das muß eine der letzten Grabplatten aus Bronze sein, die in Kent angefertigt wurden«, erklärte Red, »denn diese Kunst geriet später in Vergessenheit. ›Medrith‹ war die ursprüngliche Form von Meredith, und aus ›Nevton‹ wurde schließlich Newton. Sagt Ihnen das irgendwas – das Wappen oder der Name? Sie müßten eigentlich etwas darüber wissen, da die Brosche Ihrer Mutter dasselbe Motiv aufweist. War Newton vielleicht ihr Mädchenname?«
Ich hatte erstaunlicherweise keine Ahnung. Meine Mutter hatte nie etwas von ihrem Leben vor ihrer Heirat erwähnt, ebensowe-

nig wie mein Vater. Und ich hatte nie danach gefragt, und da unsere Familie immer ganz der Gegenwart lebte, hatte ich nie einen anderen Namen als Coleman mit meiner Mutter in Verbindung gebracht. Ich beeilte mich zu erklären, daß dies keineswegs so abwegig war, wie es sich anhörte. »Theaterleute leben in den Tag hinein und kümmern sich weder um Vergangenheit noch Zukunft.«

»Und darum haben Sie sich so sehr nach Sicherheit gesehnt«, sagte Red sanft. »Das habe ich gleich gemerkt, sogar von weitem.«

»Sie meinen – wie ich die Samtvorhänge gestreichelt habe –« Die Erinnerung an jenen Augenblick war auf einmal so lebendig, daß ich Red nicht ansehen konnte.

»Ja. Ich war gerührt. Ich mußte einfach lächeln.«

»Und ich hielt es für Spott.«

»Da haben Sie sich geirrt. Nein, irgendwie haben Sie mir leidgetan. Das dürfen Sie mir bitte nicht verübeln, und auch nicht die Warnungen, die ich Ihnen später zu erteilen versuchte. Sie schienen so verletzlich. Und das waren Sie auch. Sie sind es noch immer. Das ist auch ein Grund, weshalb ich Sie hierhergeführt habe.« Er berührte meine Schulter, und ich hatte das schier überwältigende Bedürfnis, mich an ihn zu schmiegen. »Ich will mich nicht einmischen, aber ich habe das Gefühl, Sie brauchen eine andere Identität als die der Tochter eines berühmten Wanderschauspielers. Und wenn wir die finden, so läßt sich vielleicht – noch mehr nachweisen. Als ich die Brosche sah, habe ich die Darstellung darauf gleich wiedererkannt; denn die Familie, von welcher der erste Red Deakon unseren Grund und Boden erwarb, die Witwe, die er drüben in der Nähe von Canterbury aufspürte, trug den Namen Newton, und sie stammte von eben dem Medrith Nevton ab, der hier begraben liegt. Nach dem Tode seiner Frau, die 1611 von der Pest dahingerafft wurde, suchte er in einem Kloster Zuflucht, aber die Kinder der beiden überlebten, und zwei ihrer Söhne traten ins kirchliche Leben ein. Der eine wurde katholischer, der andere protestantischer Geistlicher. Der protestantische hat geheiratet und eine Familie gegründet. Seit der Zeit hat es immer Newtons in der Kirche gegeben, als Pfarrer oder als Diakone, in hohen wie niedrigen Ämtern. Das ist alles, was die Witwe Newton vom Werdegang der Familie wußte. Ich glaube, ich habe Ihnen einmal erzählt, daß mein Vater, nachdem er in den Ruhestand getreten war, sich ganz der Erforschung der Geschichte dieser Gegend und der hier ansässigen Familien gewidmet hat. Die Newtons gehören auch dazu, aber ihre Geschichte ist unvollständig. Es wäre interessant, sie weiter zu verfolgen. Es gab vielleicht noch andere Nachkommen, wenn es auch nach den Berichten der Witwe den Anschein hat, als sei die Familie ausgestorben. Doch als in Kent die schlechten Zeiten anbrachen, sind viele Leute aus dieser Gegend ausgewandert.« Abschließend meinte er: »Die Heiratspapiere Ihrer Mutter könnten uns weiterhelfen. Darin muß ihr Mädchenname verzeichnet sein. Wo haben Sie sie?«

Sicher. Aber wo waren die Papiere? Wohl in der Kassette meines Vaters zusammen mit den anderen Urkunden, die er hinterlassen hatte. Ich hatte alles aufbewahrt, was ich in der Kassette gefunden hatte, aber ich konnte mich an keine Heiratspapiere erinnern.

»Sie müssen verlorengegangen sein«, sagte ich. »Aber ich weiß, daß meine Eltern in der St.-Saviour-Kirche in Chelsea geheiratet haben, denn das hat mir mein Vater erzählt und Elizabeth Lorrimer auch. Sie war nämlich dabei.«

Ich starrte auf die Grabplatte hinunter, und dabei kam mir eine andere in den Sinn, die eine Inschrift getragen hatte. »Hier ruht die sterbliche Huelle von Aphra Nevton, Gemahlin des ehrenwerten Medrith Nevton ...« Ihr Gatte hatte diese gefühlvolle Frau, die an der Pest gestorben war, und die während ihrer kurzen Lebensspanne auf Erden »mannigfache Tugenden« erworben hatte, um dreiundzwanzig Jahre überlebt. Warum er hier und nicht an ihrer Seite begraben lag, würde ein Geheimnis bleiben. Vielleicht hatte er es in jener Gegend, die so viele Erinnerungen an sie barg, nicht mehr ausgehalten, vielleicht war er mit seinen Kindern aus dem verseuchten Gebiet geflohen, oder vielleicht hatte das Kloster, in welchem er schließlich Zuflucht suchte, hier in der Nähe gelegen, und er war in dieser kleinen Kirche beigesetzt worden, weil hier auch andere Nevtons bestattet waren. Ich fand den Namen mehrmals wieder, sowohl auf steinernen Gedenktafeln an den Wänden wie auf Grabmälern.

Ich hätte gern gewußt, ob meine Eltern jene andere kleine Kirche absichtlich aufgesucht und nicht zufällig entdeckt hatten. Doch

wenn es so war – warum hatte mein Vater es mir verschwiegen? Jetzt war es zu spät, das zu ergründen.
»Die Tatsache, daß meine Mutter von der ihren eine Brosche mit diesem Bildnis geerbt hat, beweist noch nicht, daß sie ein Abkömmling der Familie Newton war. Meine Großmutter kann auch auf andere Weise an die Brosche geraten sein. Sie hat sie vielleicht von einem Juwelier aus zweiter Hand gekauft oder von jemandem geschenkt bekommen.«
»Möglich. Aber in St. Saviour wird sich schon eine Heiratsurkunde finden.«
Und wie sollte ich nach Chelsea gelangen, um sie einzusehen? Unter Davids wachsamen Augen war das unmöglich.
Wir verließen die Kirche, und beim Hinausgehen hatte ich ein ganz merkwürdiges Gefühl, ein Gefühl, wie ich es noch nie zuvor verspürt hatte, nicht einmal bei meiner Hochzeit. Ich war im Begriff, eine Identität zu erwerben; ich entdeckte Wurzeln, und zum erstenmal in meinem Leben glaubte ich, daß es einen Platz auf der Welt gab, wohin ich wirklich *gehörte*.
Aber das war nicht Abbotswood.

Ich wußte, daß ich der Szene mit David nicht ausweichen konnte. Ich redete mir ein, ich sei darauf gefaßt. Als ich heimkehrte, war die Zeit jedoch noch nicht gekommen. David hatte sich bereits zum Abendessen umgezogen und war in den Salon hinuntergegangen; er wollte mich also auf die Folter spannen. Erst wenn *er* es für richtig hielt, würde ein Streit ausgefochten oder eine Entscheidung getroffen werden. Er war der Herr über Abbotswood, ob rechtmäßig oder nicht. Und er war ganz gewiß Herr über mich.
Und das ließ er mich nun spüren, aber nicht so, wie ich es erwartet hatte. Es schien, als habe die Tatsache, daß er mich geschlagen hatte, nur meine Gefühle verändert, nicht aber die seinen, denn als ich zum Essen hinunterkam, begrüßte er mich überaus liebevoll, erkundigte sich, ob ich meinen Ausflug genossen hätte und äußerte sich zufrieden über die frische Farbe meiner Wangen. Er gab mir sogar einen Kuß. Als seine Lippen in sinnlichem Verlangen auf den meinen ruhten, da spürte ich, daß er mich ungeachtet unseres heftigen Zerwürfnisses noch begehrte. Heute abend würde er meinen Körper fordern, und weil ich seine Frau war,

konnte er meine Hingabe erzwingen. Ich wußte nur allzu gut, wie kunstreich er es verstand, physische Leidenschaft in mir zu erwecken, auf eine Art, die nicht das geringste mit Liebe zu tun zu haben schien, die aber einem Mann zugute kam, wenn er seine Lust nicht an einer teilnahmslosen Frau stillen wollte.
War dies das Schicksal, das mir bevorstand? Nichts als ein Körper zu sein, der dem seinen zu Willen sein und ihn zu befriedigen hatte?

In plötzlicher Auflehnung wandte ich mich ab und sah, daß Claudia uns von der anderen Seite des Zimmers her beobachtete. Ihr Gesicht war wie immer unergründlich, doch als ich mich zu ihr setzte, lobte auch sie mein besseres Aussehen. »Schön, daß du wieder wohlauf bist, Aphra. Und du *bist* doch wieder wohlauf, nicht wahr?«
Damit meinte sie, daß ich keine verrückten Vorwürfe mehr erheben oder andere beunruhigende Dinge tun würde.
»Mir geht's prächtig«, bestätigte ich, während ich mich neben ihr niederließ und meine Röcke ausbreitete. Ich hatte meine Toilette für diesen Abend sorgfältig ausgewählt, und es hatte mir Vergnügen bereitet, denn wenn ich hübsch aussah, fühlte ich mich sicher, und wenn ich mich sicher fühlte, dann konnte ich mich behaupten. Ich trug ein Kleid aus smaragdgrünem Samt mit tief ausgeschnittenem Dekolleté. Farbe und Stil paßten ausgezeichnet zu meinem dunklen Haar und meiner weißen Haut, und der Schnitt brachte meine Figur aufs vorteilhafteste zur Geltung. David hatte meine Figur stets bewundert; ich hätte die schmalste Taille in ganz Kent, hatte er oft gesagt, und die schönsten Brüste.
War es klug von mir gewesen, an diesem Abend ein Kleid zu wählen, das ausgerechnet die Partien meines Körpers betonte, die er so gerne berührte? Am Anfang unserer Ehe, wenn er mich entkleidete und liebkoste, hatten seine Zärtlichkeiten mir ebensolche Wonnen bereitet wie ihm, aber was würde ich beim nächsten Mal empfinden? Würde ich mich erinnern, wie brutal diese glatten weißen Hände mich geschlagen hatten, oder würde es seinen vollendeten Liebeskünsten wieder gelingen, meine Sinne zu vernebeln?
Er brachte mir ein Glas Wein und sah mich an, das beredte

Lächeln auf den Lippen, das ich so gut kannte und das so vieles andeutete. Doch in seinen Augen stand nicht nur Verlangen; sie verrieten Belustigung, Hänselei und Spott. Er lachte mich aus. Er gab mir zu verstehen, daß *er* die Führung übernahm, daß *er* die Regeln bestimmte, daß *er* am Zuge war in dem Spiel, das nur zwischen uns beiden ausgetragen wurde, und daß *er allein* wußte, was für ein Spiel das war; es würde beginnen und enden, wann immer er es für richtig befand und in der Weise, die er für richtig befand, und es würde so lange oder so kurz währen, wie er es wünschte.
Seine Augen hielten meinen Blick mit nahezu hypnotischer Kraft fest. Es bedurfte beinahe der gleichen geistigen Anstrengung, mich von ihm abzuwenden, wie es körperliche Mühe bedeutet hatte, den Pflanzenkübel durch das Glas zu schleudern; aber zumindest für den Augenblick gelang es mir, den Bann zu brechen.
Als ich meinen Blick von dem seinen löste, blieben meine Augen auf Harriet haften, die ich bis dahin überhaupt nicht bemerkt hatte. Sie hatte am Kamin Platz genommen und starrte mißmutig zu uns herüber; sie beobachtete alles, und nichts entging ihr, aber sie konnte nicht alles begreifen. Die Zärtlichkeit, mit der mein Mann mich umsorgte, schien von nichts als Liebe zu zeugen, und Harriet nahm dies als sicheres Zeichen, daß ich wieder in seiner Gunst stand. Und das gefiel der Ärmsten gar nicht. Sie war eifersüchtig.
David sagte so laut, daß alle es hören konnten: »Du mußt heute abend früh zu Bett gehen, Aphra. Ich bringe dich nach dem Essen selbst hinauf. Du hast doch nichts dagegen, wenn wir dich so bald verlassen, liebste Schwester? Ich kann mir denken, daß auch du dich nach einem solch anstrengenden Tag gern früh zurückziehen möchtest. Aber es war ein großer Erfolg, nicht wahr? Ich habe gehört, die Veranstaltung hat eine erhebliche Summe erbracht. Wie schade, daß ich nicht ein paar seltene und kostbare Pflanzen zur Erhöhung deines Fonds stiften konnte, aber leider hat mich das Schicksal der besten Exemplare beraubt –«
»Nicht das Schicksal, sondern deine Frau«, warf Harriet ein.
»Still, Cousinchen. Das ist nicht nett von dir. Du weißt, daß die arme Aphra überreizt ist – oder zumindest gestern abend war. Hätte sie sich sonst so benehmen können? Sie war nicht ganz bei

sich. Das dürfen wir nicht vergessen. Wir müssen gut auf sie aufpassen.«

Claudia musterte ihn mit einem seltsamen Ausdruck, den ich nicht zu ergründen vermochte, aber es gab ja so vieles an Claudia, das ich nicht ergründen konnte. Zuweilen hatte ich das Gefühl, sie betrachte die Welt durch eine Maske, aber nie würde es der Welt gestattet sein, hinter diese Maske zu blicken. Eine solch einseitige Sicht ermöglichte es ihr, alle Vorgänge zu beobachten und selbst anonym zu bleiben.

Harriet fragte: »Willst du Aphra denn nicht bestrafen für das, was sie getan hat? Ich war ganz sicher, daß du sie bestrafen würdest.«

Ihre Stimme klang enttäuscht, und das war sie vermutlich auch. Ich kannte Harriet inzwischen so gut, wie man sie eben kennen konnte. Ich hatte anfangs gehofft, mich mit ihr anzufreunden, ihr helfen und sie verstehen zu können, aber inzwischen hatte ich diese Hoffnung aufgegeben, genau wie die, jemals meine Schwägerin wirklich kennenzulernen oder ihr Wohlwollen zu erringen. Claudia war nach wie vor unnahbar. So besorgt sie sich gestern abend und heute morgen auch gezeigt hatte, sie gab mir stets das Gefühl, daß ihre Freundlichkeit lediglich auf Pflichtbewußtsein beruhte.

Mein Mann tadelte milde: »Aber Harriet, das ist auch nicht nett von dir. Menschen, die für ihre Handlungen nicht verantwortlich sind, dürfen nicht bestraft werden, weil Strafe ihnen nicht hilft.«

»David –« rief Claudia beschwörend, doch ich schnitt ihr das Wort ab.

»Ich war für meine Handlungen voll verantwortlich«, sagte ich. »Ich habe das Fenster absichtlich zerschmettert, und ich habe euch gesagt, warum. Um Verzeihung zu bitten wäre sinnlos, und ich sehe auch gar nicht ein, warum ich mich verteidigen sollte, und da auch Entschuldigungen von seiten des Verantwortlichen nichts wiedergutmachen könnten, ist es wohl das beste, die ganze Geschichte zu vergessen. Falls das möglich ist«, setzte ich zweifelnd hinzu.

»Liebste, ich stimme dir voll und ganz bei.« David sprach in einem anzüglichen Ton, der mir allzu deutlich zu verstehen gab, daß er absolut nicht meiner Meinung war, daß er aber bereit war, vor der Welt so zu tun. »Doch eines muß ich klarstellen, süße Aphra, nämlich daß sich niemand außer dir schuldig gemacht hat. Niemand hat dich eingeschlossen, niemand hat dich zu ersticken oder zu Tode zu erschrecken versucht. Kannst du mir einen einzigen Grund nennen, warum jemand in diesem Hause so etwas tun sollte, einen einzigen Grund, warum jemand dich töten wollte, oder kannst du irgendeine Person nennen, die durch deinen Tod auch nur den geringsten Vorteil hätte? Nein, nie!«

Das Schlimme war, daß er recht hatte. Es gab ebensowenig eine Erklärung dafür, warum jemand versuchen sollte, mich umzubringen, wie für die Behauptung meines Mannes, ich sei verrückt.

Und doch hatte jemand mich zu töten versucht. Und David behauptete, ich sei verrückt.

»Und hier«, sagte er, »kommt Truman und meldet, daß serviert ist, und anschließend wollen wir alle zu Bett gehen und diesen unglückseligen Vorfall nie wieder erwähnen.«

Er stand zu seinem Wort. Als die Mahlzeit vorüber war, ergriff er meinen Arm und führte mich hinauf. Claudia gab mir einen Gutenachtkuß und ging in den Salon, Harriet aber blieb in der Halle und beobachtete unseren Abgang. Ich spürte, wie ihr mürrischer Blick uns folgte, bis wir außer Sicht waren. Sie war den ganzen Abend hindurch schlecht gelaunt gewesen.

Ich weiß nicht, was ich erwartete, als wir in unserem Zimmer anlangten: Vorhaltungen oder Verzeihung, Haß oder Leidenschaft. Ich war noch nicht bereit, David zu vergeben, daß er mich geschlagen hatte; der Schock über die Entdeckung einer gewalttätigen Seite seines Charakters war noch zu lebendig. Aber ich war, wie Claudia mich belehrt hatte, immer noch seine Frau, er hatte also das Rechte, mit mir zu schlafen.

Man hatte die Gasflammen brennen lassen, das Bett zurückgeschlagen und unsere Nachtgewänder zurechtgelegt. Da ich mich vor dem Ausziehen fürchtete, nestelte ich die Nadeln aus meinem Haar, schüttelte es und fing an, es zu bürsten. Das zischende Geräusch des Gaslichtes erfüllte den Raum, wispernd, drohend. Wenn er mich bestrafen will, dachte ich, dann laß es jetzt geschehen. Laß es aus und vorbei sein. Was immer er tut, ich werde ihn nur um so mehr hassen.

Meine Hände hielten in der Bewegung inne. Ihn hassen? Haßte

ich ihn denn? Ja, ich haßte den Mann, der mich geschlagen hatte. Ich haßte den Mann, der sich daran ergötzte, einen Adler beim Töten zu beobachten. Ich haßte den Mann, der mich am Abend zuvor mit diesem verzerrten Gesicht angeblickt hatte, der sich weniger um seine Frau sorgte als um seine kostbaren Treibhausgewächse, und die Erinnerung an all das ließ mich auch den Mann hassen, der jetzt zu mir trat und anfing, mein Kleid aufzuknöpfen, auch wenn er es sehr zärtlich tat. Ich haßte jede Geste seiner makellosen weißen Hände, aber ich ertrug sie, und als ich schließlich nackt vor ihm stand, wartete ich regungslos ab, was er als nächstes tun würde.

Ich fühlte seine tastenden Finger über meinen Körper gleiten. Wie trocken und kalt seine Hände waren! Ich schreckte unwillkürlich zurück, und sie schlossen sich um meine Taille mit einem Griff, der alles andere als die Umarmung eines Liebenden war. Seine Finger gruben sich in mein Fleisch und zwangen mich, stillzuhalten. »Du hast es einmal gern gehabt«, flüsterte er. »Du hast noch viel mehr gemocht. Mein Gott, und wie sehr du danach verlangt hast, wie du nach mehr geschrien hast!«

»Damals steckte auch keine Drohung dahinter!«

Seine Hände sanken herab. Er setzte eine beleidigte Miene auf. Er war der gekränkte Liebhaber, verschmäht, abgewiesen. Er drehte den Spieß so rasch und so geschickt um, daß ich schließlich ein schlechtes Gewissen hatte.

Er nahm mein Nachthemd vom Bett und hielt es über meinen Kopf, so daß ich mit den Armen hineinschlüpfen konnte. Diese Gebärde überraschte mich ebenso wie sein plötzlicher Stimmungswandel. Als ich meine Arme hob, zog er das Gewand herunter, als bedecke er etwas, das weder Leben noch Anziehungskraft besaß. Siehst du, sagte seine Haltung, du bist gar nicht so begehrenswert ... *Ich* kann *dich* zurückweisen.

Ich glitt zwischen die Laken, und er küßte mich auf die Stirn. Zu meiner Verwunderung lachte er ganz leise. »Alles zu meiner Zeit, süße Aphra. Zu *meiner* Zeit, nicht zu deiner.«

Und damit begann ein Katz-und-Maus-Spiel, das während der langsam dahindämmernden Herbsttage anhalten sollte, bis eines Abends jenes Ereignis eintrat, das die Katastrophe auslöste.

Doch bevor das geschah, sollten Angst und Schrecken noch einmal mit entsetzlicher Gewalt in mein Leben dringen.

14

Am nächsten Morgen, als David und ich schweigsam beim Frühstück saßen, kam Red, mit einem Gewehr bewaffnet, nach Abbotswood geritten, um uns mitzuteilen, daß ein streunender Fuchs das Dorf unsicher mache, und daß er mit einer Gruppe von Männern ausgezogen sei, um das Tier zu stellen. Die Jagdsaison hatte zwar noch nicht begonnen, aber dieser Räuber würde ohnehin jede Jagdgesellschaft überlisten. Nacht für Nacht richtete er in Hühnerställen und Schafgehegen, ganz gleich, wie gut sie gesichert waren, ein Gemetzel an. Die Zähne eines räudigen Fuchses konnten den stärksten Draht durchbeißen und das härteste Holz zersplittern. Deshalb sollten heute alle Kräfte aufgeboten werden, um die Umgebung von dieser Plage zu befreien.

»Wir haben alle Bauern ermahnt, ihr Vieh hinter Schloß und Riegel zu bringen und Wache zu halten, bis wir ihn gefangen haben. Wir bitten außerdem alle um Erlaubnis, ihren Grund und Boden zu betreten. Deshalb bin ich hier. Wir bemühen uns, nicht mehr Schaden als nötig anzurichten, aber wenn der Fuchs sich in einem Getreidefeld verbirgt, müssen wir uns einen Weg durchs Korn bahnen, um in Schußweite zu gelangen. Wir sind ziemlich sicher, daß er seinen Bau auf der Südseite des Dorfes hat, und wir wollen versuchen, ihn auszuräuchern, um ihn zur Flucht zu zwingen. Das heißt, daß er jede Richtung einschlagen und möglicherweise auch auf Abbotswood auftauchen kann; deshalb wäre es zu empfehlen, wenn alle den Park und die Felder meiden würden, für den Fall, daß wir hier schießen müßten. Ich habe bereits mit Ihrem Verwalter gesprochen, und er ist schon dabei, das Vieh zusammenzutreiben.«

»Sie hätten sich mit mir beraten sollen«, sagte David aufgebracht und mürrisch.

»Deswegen bin ich ja gekommen, obgleich ich mich eigentlich an Claudia wenden müßte, da sie die Herrin von Abbotswood ist.«
»Aber ich mache die Arbeit hier. Das macht mich zum Herrn. Sie ist mit Harriet im Blumenzimmer.« David schob seinen Stuhl zurück und sagte abschließend: »Ich werde Ihre Botschaft ausrichten und möchte Sie nicht länger aufhalten. Sehen Sie zu, daß Sie sich auf den Weg machen, sonst legt der Fuchs Sie und Ihr Dorfgesinde noch herein.«
Sein Benehmen trieb mir eine verlegene Röte ins Gesicht, doch Red wirkte lediglich amüsiert. Unsere Blicke trafen sich kurz.
»Falls Ihre Gattin einen Spaziergang machen möchte«, sagte er, »so würde ich ihr raten, sich von der Gefahrenzone fernzuhalten.«
»Die Sicherheit meiner Frau ist meine Sache, aber sie wird Ihre Besorgnis gewiß zu schätzen wissen. Es ist zwar unwahrscheinlich, daß der Fuchs diese Richtung einschlägt, wenn sein Lager, wie Sie vermuten, auf der anderen Dorfseite liegt. Wenn eine Schar Bauernlümmel hinter ihm her ist, wird er wohl kaum sein Tempo verlangsamen, indem er hügelaufwärts läuft, was er tun müßte, wenn er diesen Weg nähme. Im übrigen bleibt Aphra ohnehin bei mir. Ich lasse Conrad heute fliegen, und zwar im Park, ohne Rücksicht auf irgendwelche Eindringlinge.« Er bedachte mich unversehens mit einem Lächeln, diesem charmanten Lächeln, das er ganz plötzlich aufsetzen konnte, wann immer er wollte. »Du wirst mir doch Gesellschaft leisten, Liebste? Aber zieh dich warm an, die Luft ist frostig heute.«
Ich war durchaus nicht erpicht darauf, den Flug des Adlers noch einmal zu beobachten, so beeindruckend er auch war. Ihm aus der Ferne zuzuschauen, ging ja noch an; aber zugegen zu sein, wenn er ein Tier tötete, das drehte mir den Magen um. Doch ich war, wie David oft genug betont hatte, übermäßig zimperlich. Vielleicht würde Red genauso von mir denken, denn er war schließlich auf dem Lande aufgewachsen. Doch irgendwie spürte ich, daß er den Anblick eines Adlers, der ein Schaf reißt, ebensowenig goutierte wie ich.
Wenn ich mich nun weigerte, meinen Mann zu begleiten, was dann? Sollte ich den ganzen Vormittag mit Harriet und Claudia Blumen arrangieren und mich unentwegt ihren wachsamen Blikken aussetzen? Seit dem Vorfall im Gewächshaus beobachteten

sie mich schärfer als zuvor. Ich spürte, wie sie und David nur darauf warteten, daß ich abermals zusammenbrach.
Der Gedanke an einen ausgedehnten Spaziergang sagte mir mehr zu als die Gesellschaft der beiden Frauen, und zu meiner Überraschung erhob David keine Einwände. »Geh durch den Wald«, riet er, »und vergiß nicht, dich warm anzuziehen. Zwischen den Bäumen, wo die Sonne nicht hinscheint, kann es recht kalt sein. Nimm den Tweedmantel mit dem Pelzkragen und die kleine passende Kappe. Versprichst du mir das?«
Aus seiner Stimme klang die allerzärtlichste Fürsorge, wie nur ein überaus hingebungsvoller Gatte sie an den Tag legte. Vielleicht hatte Red, der im Begriff war, etwas zu sagen, es sich deswegen anders überlegt und lieber geschwiegen?
Pflichtschuldig gab ich David das Versprechen, und obgleich ich es für übertrieben hielt, mich so zu verzärteln, war ich bereit zu gehorchen, weil ich keine Lust verspürte, mir den Unwillen meines Mannes zuzuziehen. Die Stimmung zwischen uns war ohnedies hinreichend gespannt.
Ich sah Red bedauernd nach, als er fortritt; denn in einer zunehmend unsicheren Welt schien er als einziger Beständigkeit zu verkörpern. Welche Ironie, daß ich ausgerechnet hier auf Abbotswood, von allen Annehmlichkeiten, ja von Luxus umgeben, ein Gefühl der Unsicherheit verspürte, aber es hüllte mich ein wie eine Wolke, die wuchs und wuchs und einen immer größeren Schatten warf.
Im Rückblick erschienen mir die ungebundenen Tage meines Theaterlebens sicherer als die Gegenwart, und auch das war eine ironische Wendung, da mich einst in meiner Unerfahrenheit vor allem die wunderbare Geborgenheit von Abbotswood verlockt hatte. Innerhalb dieser Mauern, so hatte ich geglaubt, hätten Besorgnis und Existenzangst keinen Platz; hier würde man umhegt und beschützt, hier kannte man keine Furcht vor der Zukunft. Doch nun schien die Zukunft von Zweifeln und namenlosem Grauen erfüllt, und ich war ihr wehrlos ausgeliefert.
David meinte, ich sehe heute morgen sehr abgespannt aus und täte gut daran, sobald wie möglich an die frische Luft zu gehen. »Willst du wirklich nicht mit mir in den Park kommen, Liebste? Schade. Der Himmel ist herrlich klar, die Witterung trocken, ein idealer Tag für Conrad. Adler fliegen nämlich ungern bei Regen.

Wenn ihre Flügel naß sind, werden sie zu schwer. Dann suchen sie Schutz und lassen sich stundenlang von keinem Köder hervorlocken, bis sie wieder trocken sind. Nicht einmal der Hunger treibt sie hinaus.«

»Das ist vielleicht nicht verwunderlich, da sie wissen, daß sie sich schließlich doch vollstopfen können.«

David stimmte mir lachend zu. Er war die Liebenswürdigkeit in Person, und ich spürte, daß dies Red nicht verborgen geblieben war. Ich war stolz und glücklich, daß wir ihm das Bild einer harmonischen Ehe geboten hatten, denn es wäre mir unerträglich gewesen, wenn gerade er geahnt hätte, daß es zwischen uns nicht zum besten stand, oder wenn er seine Warnung, daß Abbotswood und seine Bewohner nicht zu mir paßten, bestätigt gefunden hätte.

David begab sich in sein Arbeitszimmer, um die Morgenpost durchzusehen, und ich stieg die Treppe hinauf, um mich zum Ausgehen fertigzumachen. Es blieb mir also nichts anderes übrig, als in den Wald zu wandern, so wenig ich ihn auch mochte. Ich konnte mich dort nie eines beklemmenden Gefühls erwehren – eines unsinnigen Gefühls von Bedrängnis und Eingeschlossensein. Zuweilen hatte ich wohl eine allzu lebhafte Phantasie. Einer nüchterner denkenden Frau wäre nicht jedesmal, wenn sie ihren Fuß in diesen Wald setzte, ein gewisses Bild in den Sinn gekommen, das Bild jenes Bentine nämlich, der einstmals von den Klauen seines edlen Königsadlers zerfleischt wurde; doch ich konnte nicht anders, ich mußte immer wieder daran denken. Wegen jenes Vorfalls kam mir der Wald gespenstisch vor, und seit ich Conrads Bekanntschaft gemacht hatte, konnte ich mir das Geschehen noch lebhafter vorstellen; denn ich hatte mit eigenen Augen gesehen, was seine großen Krallen anzurichten vermochten.

Als ich hinunterkam, trat David mir in der Halle entgegen und küßte mich. »Ich habe auf dich gewartet, um mich zu vergewissern, daß du folgsam bist«, sagte er. »Da ich weiß, wie vergeßlich du bist, hätte es mich nicht gewundert, dich in deinem allerdünnsten Sommermantel zu sehen.« Er knöpfte mir den Pelzkragen bis zum Hals zu. »Ich muß gut auf dich achtgeben, mein Liebling. Du bedeutest mir sehr viel.«

Schwankten alle Männer, wie der meine, zwischen Wut und

Zärtlichkeit, um eine Frau verwirrt und unsicher zu machen? Mein Vater war nicht so gewesen. Gelegentliche Temperamentsausbrüche im Theater, wie sie unter Schauspielern üblich waren, gingen schnell vorüber und wurden von niemandem ernstgenommen. Sie konnten durch Eifersucht, vergessene Texte, verzögerte Einsätze, mißverstandene Stichworte, falsche Auftritte und Abgänge verursacht werden – durch tausenderlei Irrtümer hinter der Bühne, die eine Vorstellung oder eine Probe stören und Szenen heraufbeschwören konnten, die freilich ebenso schnell endeten, wie sie begonnen hatten, und die weder Groll noch Bestürzung hinterließen. Doch Davids Launen waren von anderer Art; denn sie waren nicht nur unvorhersehbar, sondern auch unerklärlich und wechselten in Minutenschnelle von Grausamkeit zu Zärtlichkeit, von Gefühlskälte zu Leidenschaft.

Wie lange würde die gegenwärtige Stimmung anhalten, fragte ich mich, als ich zum Wald hinanstieg. Ich konnte mir vorstellen, wie David nach seinem Vormittag mit Conrad gut gelaunt nach Hause zurückkehrte; denn wenn er den Adler hatte fliegen lassen, war er meistens recht angeregt. Lieferte der Vogel aber keine gute Vorstellung, erwies sich sein Morden nicht als unterhaltsam genug, dann war David gereizt und mißgestimmt.

Bevor ich in den Wald trat, blickte ich zurück. Ich befand mich hoch über dem Park, doch weder mein Mann noch sein Adler waren zu sehen; die gigantischen Schwingen verdunkelten noch nicht den Himmel. Vielleicht war David noch nicht beim Hopfenhaus angelangt, oder der Köder mußte erst in kleinere Stücke zerlegt werden, ehe Conrad selbst auf eine reichere Beute stieß, oder David hatte sich entschieden, den Vogel durch das weite Parkgelände zu einer abgelegenen Stelle zu tragen, falls die bewaffneten Dorfbewohner in das Gebiet eindringen sollten. Ich blieb einen Moment stehen und überblickte die ausgedehnten Ländereien von Abbotswood, die heiter und lieblich in der Morgensonne lagen. Doch ich betrachtete sie heute gleichgültig, bar jeglicher Sehnsuchts- und Neidgefühle früherer Tage, wie ein prächtiges Gemälde, das man bewundert, aber nicht unbedingt zu besitzen wünscht.

Ich wandte mich um. Vor mir erstreckte sich dunkel der Wald; dicht an dicht ragten die Baumstämme in den Himmel, kein Sonnenstrahl drang durch das verschlungene Geäst. Ich verspürte keine Lust, den Wald zu betreten. Vielleicht wäre es besser, umzukehren und Harriet und Claudia Gesellschaft zu leisten, ungeachtet Harriets ermüdenden Geplappers oder Claudias kühler Zurückhaltung. Nur die Ungeduld mit mir selbst drängte mich schließlich vorwärts. Es war an der Zeit, daß ich meine Feigheit überwand. Wenn ich David nachher gestand, daß ich verzagt umgekehrt war, so würde er meine Wankelmütigkeit verachten und es mich gehörig fühlen lassen. Und dann würden Harriet und Claudia mich ebenfalls verachten. Claudia würde es vielleicht verbergen, aber Harriet gewiß nicht.

Wenn ich nicht gewillt war, mich alledem auszusetzen, machte ich mich vielleicht gar noch größerer Feigheit schuldig; doch da ich mich nun einmal zu einem ausgedehnten Spaziergang entschlossen hatte, wollte ich auch dabei bleiben. Dadurch würden sich meine bleichen Züge beleben, und wenn ich nach Hause zurückkehrte, wäre ich hinreichend erfrischt, um die Atmosphäre beim Lunch mit Gleichmut zu ertragen – und auch Davids Unberechenbarkeit. Ich traute seiner strahlenden morgendlichen Stimmung nicht. Er hatte sich nur aus Rücksicht auf Red zärtlich gegeben, nicht meinetwegen. Das war nach seiner Zurückweisung am Abend zuvor ganz offensichtlich.

Ich verwarf den Gedanken an gestern nacht und an das unbehagliche Gefühl, daß mein Mann ein Katz-und-Maus-Spiel mit mir trieb, bei dem ich gewiß unterliegen würde. An einem Morgen wie diesem konnte ich mir solche unliebsamen Vorstellungen aus dem Kopf schlagen, denn beunruhigende Phantasien hielten dem Sonnenlicht nicht stand.

Doch im Wald gab es keine Sonne. Kalte Schatten überfielen mich, so daß ich flott ausschritt. Ich stolperte ein paarmal über Baumwurzeln, weil ich anfangs in der Dunkelheit fast nichts erkennen konnte. Doch nach einer Weile gewöhnten meine Augen sich an die Finsternis, und ich sah vor mir einen holprigen Pfad, den nämlichen, den David und ich an jenem Tag entlanggewandert waren, als ich mit der Thespis-Truppe hier angekommen war. Ich hatte damals geschaudert, und ich schauderte auch heute. Ich erinnerte mich, wie David mich ritterlich in den Garten zurückgeführt und wie er dort einen Schmetterling mit der Hand gefangen und sich an dessen verzweifelten Befreiungsversuchen ergötzt hatte. Ich hätte dieses Anzeichen von Grausam-

keit als verräterisches Merkmal einer verborgenen Seite seines Charakters erkennen müssen, aber ich war zu sehr von ihm betört, um seine Maske zu durchschauen.
Ich weiß nicht, wie weit oder wie lange ich bereits unterwegs war, als ich erstmals das Gefühl hatte, nicht allein zu sein. Ich war jedenfalls schon weit ins Innere des Waldes vorgedrungen, wo die Schatten am dunkelsten und die hohen Bäume am schwärzesten waren. Ich blieb stehen. Ich spürte, daß dieses lastende Schweigen etwas unendlich Böses verbarg, und in diesem Augenblick wurde ich auch gewahr, daß noch etwas anderes mit diesem Wald nicht stimmte und warum ich ihn nie gemocht hatte: Hier sangen keine Vögel. Ob jene Bentine-Adler in ihrem verzweifelten Überlebensdrang hier jegliches Getier ausgemerzt hatten? Oder war hier einfach kein Raum für etwas wie Vogelgesang?
Und doch atmete etwas Lebendiges in meiner Nähe. Ich spürte es, fühlte es, konnte es aber weder sehen noch hören. Eisige Kälte kroch mir über Rücken und Nacken, als ob froststarre Finger meine Haut berührten und mir durchs Haar fuhren, so daß ich es bis in die Wurzeln spürte.
Ich mußte fort von hier, fort aus dieser finsteren Höhle und wieder ans Sonnenlicht, vom Tod ins Leben zurück; denn dies war ein Wald der Toten, und blieb ich hier, so würde ich einer der ihren werden.
Ich versuchte vergeblich, mich zu rühren. Meine Glieder waren wie versteinert und völlig unbeweglich. War das Blut in meinen Adern gestockt, oder hatte dieses unsichtbare, bedrohliche Wesen sich meiner Muskeln bemächtigt und jeden einzelnen auf seltsame Art gelähmt?
Ein großer Zweig löste sich von einem Ast. Dann noch einer. Ich sah sie vor meinen Augen fallen, dunkle Schatten, die sich gegen eine noch tiefere Finsternis abhoben. Die zunehmende Dunkelheit nahm mich jedoch so gefangen, daß ich mich nicht einmal über die fallenden Zweige wunderte. Freilich konnten Blätter, Zweige, Äste leicht vom Wind herabgeweht werden, aber es ging kein Wind, und die Bäume standen regungslos, als ein noch tieferer Schatten sich wie eine drohende Wolke über mir ausbreitete.
Und dann kam das Geräusch. Ein ganz sanfter Ton, kaum mehr als ein Klingeln. Das Klingeln eines Glöckchens, leise, doch kri-

stallklar, und es brachte Grauen mit sich und die entsetzliche Erkenntnis, daß der düstere Schatten dort oben von der langsamen, gleichmäßigen Bewegung von Flügeln herrührte, die sich hartnäckig einen Weg durch das Gewirr von Ästen zu bahnen versuchten.
Conrad verfolgte mich.
Ich strauchelte, stolperte durchs Unterholz, nur von dem einen Wunsch getrieben, ein Versteck zu finden; aber meine erstarrten Glieder gehorchten mir nicht mehr, so wie in Alpträumen, wo man auf der Stelle tritt und nicht vorwärts kommt. Wie konnte sich ein betäubter Körper überhaupt rühren, wie konnte sich der Atem durch Lungen zwängen, die sich vor Angst zusammenkrampften? Lähmendes Entsetzen befiel mich, wie ich es schon einmal erlebt hatte. Aber das war an einem anderen Ort, in einer anderen Umgebung gewesen, in einer stickigen Sphäre, wo drükkende Hitze das Leben aus mir herauspreßte, so wie es jetzt diese eiskalte Furcht tat.
Krachend barst der Boden unter mir. Ich wurde von irgend etwas getroffen. Ich schmeckte Erde im Mund, und meine Wange wurde von etwas Hartem, Scharfem aufgeritzt, doch ich war gottlob unter einem überhängenden Gebüsch verborgen. Ich lag zusammengekrümmt, das Gesicht auf den Boden gepreßt, meine Hände gegen das Etwas gedrückt, das meine Wange zerkratzt hatte. Eine gezackte Baumwurzel. Ich war gestolpert und in eine sorgsam mit Gestrüpp verdeckte Grube gefallen.
Obgleich mir das Gebüsch Schutz bot und mich vor dem räuberischen Jäger über mir verbarg, befahl mir doch mein Instinkt, still zu liegen, keinen Laut von mir zu geben und mich nicht zu bewegen, wenngleich der Vogel, wollte er meiner habhaft werden, sich heillos in diesem Dschungelgestrüpp verfangen hätte. Seine Klauen konnten nur töten, wenn sie ungehindert zustießen. Doch die bloße Nähe des Adlers bedeutete Gefahr, und ich hatte kein Verlangen danach, das Schicksal herauszufordern.
Es schien eine Ewigkeit zu vergehen, bis das Klingeln von Conrads Glöckchen verstummte. Er war wohl irgendwo niedergegangen. Dann vernahm ich etwas anderes – ein heftiges Reißen, von wütendem Gekreisch begleitet. Ich hob den Kopf und lugte durch eine winzige Lücke im Gebüsch auf eine Lichtung hinaus, wo der Adler hatte landen können. Kaum einen Meter von mir entfernt

zerfetzte er in wahnwitziger Wut ein pelziges Ding. Es war die Wut der Enttäuschung, die ihn anspornte, denn das Tier hatte weder Fleisch noch Knochen.

Jetzt wußte ich, warum ich plötzlich diese Kälte am Kopf gespürt hatte. Bei meiner überstürzten Suche nach Deckung hatte ich meine Pelzkappe verloren, und die hatte nun als Köder gewirkt.

Nicht bewegen. Nicht atmen. Bloß nichts tun, das ihn auf dich aufmerksam macht. Wenn er von solcher Wut besessen ist, kann alles mögliche passieren.

Das Glöckchen klingelte jetzt wie wild, von der Raserei des Adlers in Bewegung gebracht. Gewiß war David auf der Suche nach ihm. Er würde es doch hören? Das Glöckchen war ja eigens am Bein des Vogels befestigt, damit man ihn aufspüren konnte, falls er sich verirrte. Wie weit mochte er geflogen sein, um dem wachsamen Auge seines Herrn zu entkommen? Ich malte mir aus, wie David fern am anderen Ende des Parks den Himmel nach ihm absuchte. Er konnte nur dort sein, er *mußte* dort sein; denn sonst hätte der königliche Mörder doch unmöglich vermocht, so frei in ein Gebiet einzudringen, aus dem David ihn unter allen Umständen fernzuhalten trachtete.

Doch irgendwie war Conrad hierhergeflogen, und irgendwie mußte er wieder hier heraus, genau wie ich. Ich sah ihn aufsteigen, dann hörte ich ihn kreischen, als er einen Ast streifte und wieder zur Erde fiel. Seine großen Klauen packten abermals meine zerrupfte Pelzkappe und zerfetzten sie erneut in neuerwachter Raserei, und ich lag da und betete darum, in dieser dunklen tückischen Hölle zu überleben.

Und dann geschah ein Wunder. Conrad stieg senkrecht von der Lichtung in die Höhe, wie ich ihn schon einmal hatte aufsteigen sehen, und diesmal stieß er nirgends an. Es gab also dort oben ein Loch, das groß genug war, um ihn entkommen zu lassen. Ich brauchte nur zu warten, bis sein Schatten endgültig verschwunden war, und dann konnte ich mich aus meinem barmherzigen Versteck hervorwagen und mir einen Weg aus diesem unheilvollen Wald bahnen.

Der Schatten wich, das Glöckchen klingelte nicht mehr, doch ich hatte so lange unbeweglich gelegen, daß ich mich nicht aufrichten konnte. Mit zitternden Händen umschlang ich die Baumwurzel, stemmte mich fest dagegen und zog mich hoch. Jeder knackende Zweig unter mir klang wie ein Pistolenschuß und verriet jedem horchenden Ohr meine Gegenwart. Und das Schweigen schien noch immer zu lauschen; das unsichtbare Wesen schien noch immer ganze nahe; es wartete, daß ich auftauchte, um sich auf mich zu stürzen und mich zu töten.

Meine Hände und Füße waren vor Kälte fast völlig gefühllos, und mein unbedeckter Kopf war wie betäubt. Wenn ich mich nicht bald bewegte, würde die Starre meiner Glieder zuerst aufs Gesicht und dann auf meinen ganzen Körper übergreifen, und dann würde die Kälte des Todes mich umfangen, und keine Furcht und keine Empfindung würde mehr in mir sein. Dann war es gleichgültig, ob der fleischfressende Vogel meines Mannes zurückkehrte und mich aufspürte.

Doch jetzt, in diesem Augenblick, war es durchaus nicht gleichgültig. So einsam und verängstigt ich auch war, der menschliche Instinkt, mich ans Leben zu klammern, schwelte noch in mir. Bevor meine Beine vollends erstarrten, mußte ich mich zum Aufstehen zwingen, und irgendwie brachte ich es auch zuwege. Ich hielt mich am Unterholz fest, doch das war zu schwach, um mich zu stützen. Ich hörte die Äste knacken, als ich sie berührte, obschon ich sie kaum fühlen konnte; mein Gesicht aber war noch nicht völlig taub; denn ich spürte den Schmerz, wo die gezackte Baumwurzel mir die Wange aufgeritzt hatte, und fühlte auch die messerscharfen Dornen, die mir Wangen und Stirn zerkratzten, als ich mir jetzt den Weg ins Freie erkämpfte. Ich schmeckte Blut auf meinen Lippen, aber das war mir alles einerlei, weil weder Kratzer noch Blut von den furchtbaren Krallen eines Adlers herrührten. Vor denen war ich nun gottlob sicher.

Ich machte ein paar taumelnde Schritte, dann blieb ich unschlüssig stehen. Welchen Weg sollte ich nehmen, *welchen Weg?* Der Wald erstreckte sich nach allen Seiten, und trügerische, schmale Pfade führten nur immer tiefer ins Dickicht. Ich zwang meine Beine, schneller zu gehen, aber ich konnte ihnen keine Richtung angeben, und bald darauf fand ich mich vor einem Haufen Pelzfetzen wieder. Ich war im Kreis gelaufen und befand mich nun genau an der Stelle, wo Conrad versucht hatte, meine Kappe zu verschlingen, an der Stelle, von der er senkrecht aufgestiegen und nicht zurückgekehrt war.

Ich hob den Kopf und entdeckte ein Stück Himmel. In welche Richtung wanderte die Sonne? Wenn ich das wüßte, könnte ich den Heimweg finden, denn das Haus war südlich vom Wald gelegen; doch in diesem finsteren Labyrinth war es unmöglich, den Sonnenstand zu bestimmen. Eine Lektion aus meiner Kindheit kam mir in den Sinn: »Die Sonne geht im Osten auf und im Westen unter ...« Am Mittag würde sie genau senkrecht über der Erde stehen. Also konnte es nicht Mittag sein, denn der Fleck über mir war nicht unmittelbar von oben beleuchtet. Aber ich vermochte nicht zu sagen, ob die Sonne sich dem Zenit näherte oder ihn bereits überschritten hatte.

Also lauf einfach geradeaus. *Irgend*wo mußt du ja schließlich herauskommen.

Seit Conrads Rückzug war ich ruhiger. Er schwebte gewiß bereits dort draußen über dem Geflecht von Ästen, das mich allzu eindringlich an ein anderes Pflanzengewirr erinnerte. Aber wenn ich jene brennende Hölle überlebt hatte, so konnte ich mich sicherlich auch aus dieser finsteren und frostigen retten. Ich schlug die Arme gegen meinen Körper, holte tief Atem – und erstarrte.

Ein Ast hatte unter einem Schritt geknackt, und das war nicht mein Schritt gewesen, denn ich hatte mich überhaupt nicht bewegt. Da war jemand.

Oder *etwas.*

Stille. Ich hörte nichts als das dröhnende Klopfen meines eigenen Herzens, das mir das Trommelfell zu zersprengen drohte. Ich machte zögernd einen Schritt vorwärts, dann noch einen und noch einen. Die weiche Erde gab unter meinen Füßen nach; ich trat langsam und vorsichtig auf, um meine Schritte so leise wie möglich zu halten.

Knack. Das Geräusch hallte durch den schweigenden Wald. Dann brach wieder ein Ast, lauter diesmal, stärker, näher. Panik ergriff mich und ich schrie: *»Wer ist da? Wer Sie auch sind, kommen Sie heraus!«*

Kommen Sie heraus, heraus, heraus ... Die Worte prallten von den Bäumen zurück, lachten mich aus. Dann wieder Stille.

Ich zitterte jetzt am ganzen Leib, und erneut überfiel mich die schreckliche Kälte. Ich zwang mich, einen taumelnden Schritt zu versuchen, dann noch einen und noch einen, genau wie zuvor. Zu meiner Verwunderung gehorchten meine Füße, bis ich tatsächlich rannte; ich wand mich auf einem verschlungenen Pfad zwischen den Bäumen hindurch, ohne irgendwohin zu gelangen, vernahm das Echo meiner Schritte hinter mir – aber nein, die ich da hörte, waren schwerer, nicht von Panik gehetzt wie die meinen, sondern gleichmäßig und ruhig. Ich blieb ganz plötzlich stehen, wirbelte herum und schrie abermals meine verzweifelte Forderung heraus: »Zeigen Sie sich, wer immer Sie sind! *Zeigen Sie sich*!«

Ich hätte wissen müssen, daß sich niemand zeigen würde, weil natürlich niemand da war. Ich war mutterseelenallein in diesem Wald. Er war so verlassen wie eh und je. Ich sank auf einen umgestürzten Baumstamm und holte tief und gleichmäßig Atem. Laß dich nicht von Panik übermannen. Es gibt nichts auf der Welt, wovor du dich fürchten mußt. Der Adler ist fort, und du bist sicher, sicher, *sicher*. Denk daran. Und nun mach dich auf die Beine und lauf weiter.

Meine Füße bewegten sich, und mein Körper folgte. Ich marschierte vorwärts (nicht so hastig, bemüh' dich, diesmal nicht zu rennen!), und ich versuchte nicht mehr, meine Schritte zu dämpfen, weil ja niemand in der Nähe war, der sie hören konnte, weil niemand mir folgte, weil es kein klingelndes Glöckchen gab, das einen Mörder ankündigte. Und es gab auch keine schweren Schritte; ich mußte aufhören, mir solche Sachen einzubilden.

Ich wußte, daß ich mich verirrt hatte, doch es mir einzugestehen, hätte eine Niederlage bedeutet, also wanderte ich weiter; mit der stärkeren Durchblutung wurden meine Beine kräftiger, aber guter Gott, war das kalt in diesem Wald! Um mir Mut zu machen, sagte ich laut: »Wenn es mir gelingt, hier herauszufinden, will ich nie wieder herkommen. *Das gelobe ich*! Ich will zu Hause bleiben, auch wenn ich mit Harriet Blumen arrangieren und auf ewig ihrem Geschwätz zuhören muß!« Und was David betraf ...

Aber ich wollte jetzt nicht an David denken. Er führte etwas im Schilde. Er trieb ein Hinhaltespiel mit mir. Das hatte er gestern abend ja selbst zugegeben. »*Zu meiner Zeit, nicht zu deiner* ...« Drohung oder Verheißung? Natürlich beides. Lieber Gott, hilf mir hier heraus!

Und dann sah ich sie – eine Öffnung zwischen den Bäumen. Sonnenlicht. Blauer Himmel. Schluchzend rannte ich darauf zu.

Ich hatte den Waldrand erreicht, und dahinter lag freies Ackerland. Als ich aus dem Wald heraustrat, konnte ich weit unten das Dorf erkennen. Ich war also nicht bei den Gärten von Abbotswood rausgekommen, sondern auf der entgegengesetzten Seite. Einerlei – ich war aus dem fürchterlichen Labyrinth, aus Finsternis und Gefahr befreit.
Die Sonne wärmte mein Gesicht – und dann war es plötzlich wieder kalt, als sich neuerlich ein Schatten über mir ausbreitete. Ich stand auf einem niedrigen, von Gestrüpp überwucherten Felsvorsprung. Unter mir konnte ich die ganze Welt sehen, und die ganze Welt konnte mich sehen. Ich hob den Kopf, und wieder sah ich diese weit ausgebreiteten Schwingen am Himmel schweben, so wie sie es immer taten, bevor sie sich halb schlossen, um lautlos und blitzartig herabzustürzen. Der Adler war unmittelbar über mir, so als habe er darauf gewartet, daß ich aus dem Wald auftauchte. In wilder Furcht fuhr meine Hand unwillkürlich an meine Kehle – und umklammerte den Pelzkragen meines Mantels.
»Die Krallen durchbohren ihn bis zum Hals – und das führt augenblicklich zum Tode.«
Keine Zeit, das verhängnisvolle Kleidungsstück abzuwerfen, keine Zeit, an unzähligen Knöpfen zu nesteln. Ohne mich zu besinnen, sprang ich von dem Felsen und rollte unter den schützenden Vorsprung, in dem deutlichen Bewußtsein, daß der gefürchtete Augenblick gekommen war. Das starke, wendige Ungeheuer konnte mit Leichtigkeit mein Versteck als Ziel für seine Sturzlandung ausersehen.
Der Absturz kam. Es donnerte in meinen Ohren. Die Welt wankte und drehte sich, dann stand sie wieder still. Ich blickte auf und sah Red Deakons Silhouette sich gegen den blauen Himmel abzeichnen; er hielt ein rauchendes Gewehr in der Hand, und von irgendwo gellte eine Stimme: *»Sie haben ihn getötet! Zur Hölle mit Ihnen, Sie haben ihn getötet!«*

15

Erst viel später, nachdem Red mich aufgehoben, mich auf sein Pferd gesetzt und nach Abbotswood gebracht hatte, erinnerte ich mich, daß er mit wütender Stimme zurückgebrüllt hatte: »Wessen Leben bedeutet Ihnen eigentlich mehr – das dieses Adlers oder das Ihrer Frau?« Aber David hatte ihn nicht einmal gehört. Weinend kniete er neben dem toten Vogel, ohne einen Gedanken oder einen Blick an mich zu verschwenden.
Ich erinnere mich, wie Red hinter mir aufstieg und wie mein Körper sich an ihn lehnte, als er das Pferd wendete und mit mir davonritt. Keiner von uns beiden sprach während des Heimwegs, nur als Red mich vom Pferd hob, strich er sanft über meine Wange. Unglaublich, daß eine Hand, die Eisen nach ihrem Willen zu biegen vermochte, so zärtlich sein konnte ...
»Sie sind verletzt. Sie bluten im Gesicht.«
Ich versuchte zu sprechen, aber ich brachte kein Wort heraus. Jetzt war nicht der richtige Moment, ihn zu fragen, wieso er gerade zu dieser Zeit an dieser Stelle erschienen war. Bei meinem kurzen Blick auf das Dorf hinunter hatte ich seine Männer dort unten versammelt gesehen, als ob sie ihr Werk vollbracht und sich nun eingefunden hätten, um ihren Erfolg zu feiern. Doch eine Frage mußte ich ihm unbedingt stellen, bevor ich mich von ihm trennte.
»Haben Sie ihn schon vorher gesehen? Conrad, meine ich.«
Red nickte. »Ich war kaum von Abbotswood zurück ins Dorf gelangt, da sah ich den Vogel fliegen, aber beileibe nicht im Park. Dort droben, beim Wald, und ich wußte doch, daß Sie dorthin gegangen waren.«
Mehr brauchte er nicht zu sagen. Und ich brauchte ihn nicht zu fragen, ob er sich erinnere, wie sehr mein Mann darauf bestan-

den hatte, ich solle mich warm anziehen und den pelzbesetzten Mantel nehmen. Solche Gedanken blieben besser unausgesprochen.

Ich wagte nicht zu glauben, daß David Conrad absichtlich auf meine Fährte gesetzt hatte, daß er zu diesem Zweck einen Waldspaziergang vorgeschlagen hatte, daß er mich deswegen veranlaßt hatte, den pelzbesetzten Mantel und die Pelzkappe zu tragen, daß er den Adler zu der Lichtung gebracht, ihn freigelassen und wieder eingefangen hatte, bevor ich aus dem Unterholz auftauchte, und daß er mir dann, den mit der Kapuze bedeckten Vogel auf seiner Lederstulpe, leise durch den Wald nachgeschlichen war, bis ich ins Freie hinaustrat und den Blicken der ganzen Welt ausgesetzt war, daß er dann Conrad wieder losgelassen hatte, wohl wissend, daß mein pelzumhüllter Hals ein nicht zu verfehlendes Ziel bot.
Dies alles wagte ich nicht zu glauben, weil ich keine Beweise hatte. Es schien kein Motiv zu geben, warum David meinen Tod wünschen sollte. Ein Mann brauchte seine Frau nicht zu ermorden, nur weil sie ihm nicht zu Willen oder weil er ihrer überdrüssig war, oder weil es ihm ein sadistisches Vergnügen bereitete, sie zu martern. Wenn er sich ihrer entledigte, so wäre er ja dieses Vergnügens beraubt, wenngleich sich ein Sadist stets neue Quellen der Lust erschließen konnte. Doch wen gab es außer seiner Frau auf Abbotswood, den er quälen konnte? Claudia würde Harriet stets in Schutz nehmen, und was Claudia selbst betraf, so war sie es, die trotz Davids Anspruch, Herr über Abbotswood zu sein, in Wirklichkeit die Zügel in der Hand hielt, und er würde sich hüten, den offenen Kampf mit ihr zu wagen.
Während ich badete, mich ankleidete und die Spuren meines wahnwitzigen Abenteuers im Wald beseitigte, wappnete ich mich für meine nächste Begegnung mit David, aber dann stellte sich heraus, daß diese Vorsicht unnötig war. Wie ein Geschlagener trat er in unser Schlafzimmer und ließ sich in einen Ohrensessel am Kamin fallen. Mit weißem, verzerrtem Gesicht starrte er blicklos vor sich hin und sprach kein Wort. Ich beobachtete ihn im Spiegel, während ich mein Haar aufsteckte, und als er weiterhin schwieg und ins Leere stierte, ging ich ins Wohnzimmer und läutete nach Truman. Er erschien sogleich, und ich bat ihn, un-

verzüglich ein Glas Cognac zu bringen. Ich trug es ins Schlafzimmer, wo David noch genauso saß, wie ich ihn verlassen hatte.
Eine besorgte Ehefrau hätte ihn zu trösten versucht, doch mir war nicht danach zumute. Ich reichte ihm nur mit den Worten: »Trink das, dann wird dir besser«, das Glas, und er gehorchte wortlos. Ich kehrte zum Ankleidetisch zurück und beendete meine Toilette. Ich hatte das seltsame Gefühl, daß ich Herr der Situation war, daß ich den Ton angeben konnte, daß ich gar zu Vorwürfen berechtigt war – falls ich genug Beweise hätte, um meinen Verdacht zu begründen, aber eben daran fehlte es mir. Ein unsichtbares Wesen im Wald? Schwere Fußstapfen als Echo meiner Schritte? Ich war der Hysterie nahe gewesen, und dieser Zustand konnte der Phantasie so manchen Streich spielen.
Der Cognac brachte Farbe in Davids aschfahles Gesicht, und als er das Glas geleert hatte, blickte er mich zum erstenmal richtig an.
»Warum zum Teufel mußtest du dich ausgerechnet da oben hinstellen? Ich hatte dir gesagt, du solltest dich im Wald aufhalten.«
»Ich konnte nicht den ganzen Tag dort bleiben.«
»Du hättest heimkehren sollen. Warum mußtest du unbedingt aus freie Feld hinausspazieren?«
»Ich habe mich verlaufen.«
»Oder wolltest du zuschauen, wie der Fuchs gefangen wurde? Wolltest du sehen, wie Red Deakon mit der Flinte hantierte? Hast du gewußt, daß er auf der Anhöhe war, und bist absichtlich dorthin gegangen?«
Ich warf ihm einen verächtlichen Blick zu.
»Du bist außer dir.«
»Natürlich bin ich außer mir. Conrad mußte deinetwegen sterben.«
»*Deinet*wegen«, berichtigte ich. »Weil du ihn da oben freigelassen hast.«
»Ich hatte ihn aus den Augen verloren. Ich war auf der Suche nach ihm. Ein Tag wie heute verleitet einen Adler, weit fortzufliegen – es ist die Sorge aller Vogelbesitzer, bei idealen Witterungsbedingungen ihre kostbaren Tiere zu verlieren.«
»Dann hättest du eben auf einen weniger geeigneten Tag warten sollen, um ihn fliegen zu lassen.«

Ich schritt auf die Tür zu, aber mit einem Satz hatte er mich eingeholt und versperrte mir den Weg.
»Du scheinst dir deines Triumphes sehr sicher zu sein – aber du solltest dich lieber in acht nehmen.«
Ich schob mich wortlos an ihm vorbei. Doch er packte mich am Handgelenk und umschloß es mit festem Griff.
»Du wirst dafür bestraft werden«, flüsterte er.
»Es ist anscheinend eine fixe Idee von dir, fortwährend jemanden bestrafen zu müssen. Du genießt die Qual, nicht wahr, solange du derjenige bist, der sie verursacht, sei es kleinen, hilflosen Geschöpfen gegenüber oder deiner Frau. Aber merke dir, David, du kannst mich nicht zerbrechen. Ich weiß nicht, warum du das willst, aber ich lasse mich nicht einschüchtern. Niemals.«
»Du wirst so zahm werden, wie mein Adler es war. Du wirst mir gehorchen, wie er mir gehorcht hat.«
»Wie heute, als er mich zu seiner Beute auserkor?«
Er ließ mein Handgelenk fallen. »Du bist von Sinnen. Ich konnte nichts dafür, daß er da oben frei herumflog, aber *du* bist schuld, daß er tot ist, und das werde ich dir nie verzeihen. Wärest du nicht aufs freie Feld gegangen –«
»– in dem pelzbesetzten Mantel, den du mir anzuziehen befohlen hattest!«
Er starrte mich entgeistert an. »Was willst du damit sagen? Welch sonderbarer Wahn spukt in deinem Kopf herum? Ich weiß, daß du für deine lächerlichen Phantasien nicht verantwortlich bist, aber hüte deine Zunge, sonst muß ich etwas unternehmen, um dich zu zügeln. Du wußtest ganz genau, daß du in Bedrängnis geraten würdest, wenn du dich mit Pelzbesatz am Hals den Blicken eines Adlers aussetztest, und ich kann mir das nur so erklären, daß du es getan hast, weil du wußtest, daß Red, der große Meisterschütze, ihn auf der Stelle töten würde. Du hast gewußt, daß Deakon dort oben war, und darum bist du an dieser Stelle aus dem Wald gekommen. Du hast Conrad gehaßt. Du warst eifersüchtig auf ihn –«
»Eifersüchtig!« Ich lachte laut auf. »Wenn du behauptest, ich hatte Angst vor ihm, kommst du der Wahrheit näher.«
»Ob aus Eifersucht oder aus Angst, du hast jedenfalls dafür gesorgt, daß er starb. Das wirst du büßen. O ja, du wirst es büßen, darauf kannst du dich verlassen. Aber ich kann warten ...«

Und damit fing das Katz-und-Maus-Spiel erst richtig an, und soweit es meinen Mann betraf, wurde es von einem Kenner mit unendlichen Variationen betrieben, ein Spiel mit Angriff und Rückzug, ein Spiel voller Spott und Qual. An einem Tag war er liebenswürdig und zärtlich, am nächsten kalt und abweisend. Ich wußte nie, in welche Stimmung er von einem Augenblick zum anderen verfallen, oder wie er auf das, was ich sagte oder tat, reagieren würde. Ich wußte nie, wann er unvermutet zu mir kommen und wann er mir ausweichen würde. Ich spürte seine lauernden Augen selbst dann, wenn er nicht zugegen war. Ich verdächtigte sogar Harriet, für ihn zu spionieren und ihm alles zu hinterbringen, was ich sagte oder tat.

Auch Claudia war wachsam. Ihre ruhigen, unergründlichen Augen verrieten nichts, ließen sich aber auch nichts entgehen. Wenn sie still beim Nähen saß, glitt ihr Blick über ihre Arbeit, die Lider hoben sich kaum, und doch beobachtete sie alles, was um sie herum vorging. Und gewöhnlich war ich es, die sie im Blickfeld hatte; denn Harriet pflegte hinter ihrer Cousine zu sitzen, so daß Claudia sich umdrehen mußte, um mit ihr zu sprechen oder sie anzusehen, denn nicht einmal sie hatte Augen im Hinterkopf.

Drei Menschen beobachteten mich, drei Augenpaare ließen nicht von mir ab. Nur bei Nacht wich das Gefühl, bespitzelt zu werden, doch manchmal fühlte ich mich selbst dann nicht sicher, und mir war, als spionierten sogar die Mauern mir nach.

David und ich schliefen weiterhin getrennt, doch er benutzte nach wie vor seinen Ankleideraum und kam in mein Schlafzimmer, wann immer es ihm beliebte. In einem eleganten langen Brokathausmantel über dem Schlafanzug machte er es sich dann in einem Sessel am Kamin bequem, trank Cognac und redete belangloses Zeug, während er darauf wartete, daß ich mich auszog, und wenn er mich dabei beobachtete, erschlaffte sein sinnlicher Mund, und seine Augen wurden schwer, und war ich dann im Bett, blieb er immer noch sitzen, drehte langsam den Cognacschwenker in der Hand und starrte mich über das Glas hinweg an. Und ich lag da und wartete, daß er entweder zu mir kam und tat, wonach ihn gelüstete, oder daß er fortging.

Das Seltsame war, daß er jedesmal ging. Selbst wenn er sich zu mir aufs Bett legte – immer auf die Decke, niemals darunter –, wenn er dann zu mir herüberrollte, wenn sein Körper auf dem meinen lag, sein Mund sich öffnete und meine Lippen umschloß, wenn er lange Zeit so verharrte, ohne den gierigen Mund von meinem zu lösen, so daß ich mich zuweilen fragte, ob dies ein neuerlicher Versuch war, mich zu ersticken, eine andere Methode, das Leben aus mir herauszupressen, die ihm ein sinnliches Vergnügen verschaffte, selbst dann machte ich die Erfahrung, daß ich nur auszuharren brauchte und abzuwarten, bis er mich verließ. Manchmal geschah das ganz abrupt, oft aber verweilte er, rollte von mir weg und blieb ganz still auf der Decke liegen, und wenn ich mich nach einer Weile fragte, ob er endlich eingeschlummert sei, und die Spannung in mir zögernd nachließ und ich spürte, daß ich den Schlaf nicht mehr lange bekämpfen konnte, dann fühlte ich das Gewicht seines Körpers abermals auf mir, den suchenden Mund und die harten Zähne, die gegen meine Lippen stießen, und ich wagte nicht zu stöhnen, wagte nicht zu schreien, weil ich wußte, dies war eine Art Ausdauerprüfung, und wenn ich lange genug durchhielt, würde ich diesen Zug des Spiels gewinnen.

An anderen Abenden kam er überhaupt nicht. Dann hörte ich ihn in seinem Ankleidezimmer, und ich wartete gespannt und nervös, bereit, mich zu scheinbarer Gelassenheit und Gleichgültigkeit zu zwingen, falls die Tür aufgehen und er erscheinen sollte, und wenn ich ihn dann fortgehen hörte, stieß ich einen Seufzer der Erleichterung aus. So verfuhr er eine Nacht, zwei Nächte, so viele Nächte, wie er wollte. *(»Zu meiner Zeit, süße Aphra. Zu meiner Zeit, nicht zu deiner.«)* Manchmal aber wachte ich des Nachts auf und sah seine dunkle Gestalt über mir stehen und auf mich herabblicken. »Du hast geschrien«, sagte er dann. »Du hast einen Alptraum gehabt, genauso hat es auch bei Harriet angefangen ...« Doch ich wußte, daß ich keinen Alptraum gehabt und daß die Angst mich erst nach dem Erwachen befallen hatte.

Die Tage und Wochen vergingen in unablässiger Spannung, bis ich spürte, daß ich die Beherrschung verlor. Und dann hätte ich mich um ein Haar so weit gedemütigt, ihn anzuflehen, er möge mich von dieser Marter erlösen. Nur das Wissen, daß nichts ihm größere Befriedigung verschafft hätte, hielt mich zurück. Ich wußte, wie er auf meinen Zusammenbruch reagieren würde. *»Marter,* süße Aphra? Was für eine Marter? Wer martert dich denn? Was bildet sich dein sprunghaftes Hirn nun schon wieder ein? Verschlossene Türen, man will dich ersticken, jemand wünscht deinen Tod, obwohl niemand den geringsten Vorteil davon hätte ... und nun *Marter*, obgleich dir nicht ein Haar gekrümmt worden ist? Komm, meine Liebe, du bist krank ... seelisch krank ... vielleicht sollte ich mich um Hilfe für dich bemühen ... es gibt alle möglichen neuen Behandlungsmethoden ...«

Nein! Nie würde ich zulassen, daß er mir das antat! Wir mußten dieses teuflische Spiel zu zweit weiterspielen, und meine Rolle war es, zu warten und durchzuhalten, denn es konnte gewiß nicht ewig währen, und wenn, dann mußte es doch selbst für ein mittelloses Geschöpf wie mich einen Weg geben zu entkommen. Ich fing an, ernsthaft ans Weglaufen zu denken. Nicht an eine dramatische nächtliche Flucht, bei der ich doch nur wie eine Streunerin aufgegriffen und zu einem großmütigen Gatten zurückgebracht worden wäre, der unverzüglich Suchtrupps nach mir ausgesandt hätte; nein, denn gerade das würde für einen unsteten Geisteszustand zeugen. In aller Stille wollte ich fliehen, nachdem alles sorgfältig überlegt und geplant war.

Ich schrieb an George Mayfield, daß ich das alte Leben und den Geruch von Fettschminke vermißte und mich nach dem Rampenlicht sehnte, hütete mich jedoch, dies als etwas anderes als eine Art von sentimentalem Heimweh darzustellen; denn mein Stolz untersagte es mir zuzugeben, daß meine Ehe gescheitert war, meine märchenhafte, romantische Ehe, die mich in den ersten Tagen – und die lagen, rechnete ich die Monate seit der Trauung zurück, noch gar nicht so fern – in einen wahren Taumel des Glücks versetzt hatte. Und um mich zu vergewissern, daß der Brief nicht abgefangen wurde – einmal gewecktes Mißtrauen wuchert so schnell wie giftiges Unkraut –, lauerte ich dem Postboten auf, der mit seinem Fahrrad vom Dorf heraufkam, um die Briefe von Abbotswood abzuholen, welche Truman ihm stets mit großer Feierlichkeit übergab, indem er den alten Postsack öffnete und dem Mann den Inhalt Stück für Stück überreichte, nachdem er geprüft hatte, ob auch jeder Brief mit der erforderlichen Ein-Penny-Marke versehen war. Ich ging ein Stück die lange Auffahrt hinunter und verbarg mich dort, und als der Bote auf dem Rückweg an mir vorüberradelte, lief ich hinter ihm her und rief:

»Ich bin zu spät mit diesem Brief fertig geworden! Es tut mir leid, daß ich Sie aufhalte, Mr. Barlow ...« Ich wußte, er hatte es gern, wenn man ihn »Mr.« Barlow nannte. Selten war jemand so höflich zu einem Dorfpostboten.

Und dann kam das bange Warten auf Antwort und die Sorge, wie ich sie abfangen könnte, bevor jemand anders sie zu Gesicht bekam; denn die Post wurde auf Abbotswood mit derselben Förmlichkeit empfangen, mit der man sie absandte. Barlow brachte sie Truman, der sie auf einem silbernen Tablett ordnete und auf dem Schreibtisch im Arbeitszimmer meines Mannes placierte. David hatte sich so erfolgreich als Herr von Abbotswood eingeführt, daß die gesamte eingehende Korrespondenz, selbst die an die Dame des Hauses gerichtete, zuerst bei ihm abgeliefert wurde. Doch diese Prozedur galt nur für die Morgenpost. Die Mittag-, Nachmittag- und Abendzustellungen waren schwieriger abzufangen, weil David dann meistens zugegen war und Truman ihm den Silberteller mit den Briefen persönlich überreichte.

Sollte George Mayfields Antwort mit einer von diesen drei Zustellungen eintreffen, so hatte ich nur dann eine Chance, sie an mich zu bringen, wenn David sich zur fraglichen Zeit zufällig in seinem Büro, im Laboratorium oder draußen auf dem Gut aufhielt. Das kam bisweilen vor, aber nicht besonders oft.

Vor allem aber betete ich, daß die Antwort nicht am Sonntagmorgen eintreffen möge, mit der einzigen Zustellung dieses Tages, denn die kam immer dann, wenn wir beim Frühstück saßen; und da war an Abfangen überhaupt nicht zu denken.

Wie sehr einem doch die Routine eines perfekt organisierten Haushalts das Leben erschweren konnte! Zu meinem Kummer traf Georges Antwort an einem Samstagabend mit der Sechs-Uhr-Zustellung ein. Truman trat mit dem wohlbekannten Präsentierteller in den Salon, wo wir uns alle wie gewöhnlich vor dem Abendessen versammelt hatten und das übliche Bild eines harmonischen Familienlebens darboten.

David nahm die Briefe entgegen, blätterte sie auf seine pedantische Art durch und stockte beim Anblick eines grellblauen Umschlags, der sich in auffälliger Weise von dem vornehmen Briefpapier, das man in seinen Kreisen benutzte, unterschied. Ich ahnte sogleich, wer der Absender war. Die schreiende Farbe und das billige Papier verrieten es nur zu deutlich. Beides war ganz

und gar typisch fürs Theater. Elizabeth Lorrimer benutzte sogar parfümiertes rosafarbenes Briefpapier.
Mir fiel auf, daß auch Claudias Augen auf den Briefen ruhten, und dabei kam mir ein früherer Vorfall in den Sinn. Einmal war ich ins Arbeitszimmer gekommen und hatte sie mit der Morgenpost in der Hand angetroffen; sie hatte die Briefe geschwind auf Davids Schreibtisch fallen lassen, als habe man sie bei etwas Verbotenem ertappt. Seltsam, hätte ich damals gedacht, daß die Herrin des Hauses heimlich die Post durchsah, wenn dies doch ihr gutes Recht und, da sie keinen Ehemann hatte, sogar ihre Aufgabe war. Doch angesichts meiner eigenen Sorgen hatte ich dem Vorfall keine weitere Beachtung geschenkt.
David legte alle Briefe, bis auf jenen blauen, beiseite. Den schlitzte er mit einem Papiermesser auf – nie würden diese weißen Finger einen Umschlag einfach aufreißen; jede seiner Gesten hatte korrekt und präzise zu sein. Er zog einen einzigen Bogen Papier heraus, runzelte die Stirn, als er sah, daß er mit der Schrift nach außen zusammengefaltet war, und las die kurze Mitteilung. Ich sah, daß sie kurz war, denn sie umfaßte nur eine Seite. Doch offensichtlich erforderte der Inhalt ein zweites und vielleicht sogar ein drittes Durchlesen, denn es verging eine beträchtliche Zeit, ehe David den Bogen wieder in den Umschlag steckte und diesen in eine Innentasche seines Rockes schob.
Er hob sein Weinglas und lächelte mir sehr, sehr charmant zu.
»Du siehst heute abend bezaubernd aus, süße Aphra. Sehr elegant. Findet ihr das nicht auch, Claudia, Harriet?«
Claudia lächelte. »Sie ist immer elegant. Du hast eine reizende Frau.«
»Ja, das stimmt. Ich bin ein glücklich zu schätzender Mann.«
Er brachte diese wohlgesetzten Worte in einem falschen Ton heraus, doch wenn Claudia dies auffiel, so ließ sie es sich nicht anmerken. Harriet hatte es nicht einmal für nötig befunden, ihm zu antworten. Sie hatte sich heute abend besonders sorgfältig herausgeputzt, trug eine bombastische Chiffonschärpe und künstliche Blumen in ihrer gekräuselten Vogelnestfrisur; Armbänder und Halsketten klimperten bei jeder Bewegung, und die Art, wie sie Aufmerksamkeit heischend durchs Zimmer rauschte, ließ vermuten, daß mehr dahintersteckte als das bloße Bedürfnis, ihre auffallende Toilette zur Schau zu stellen. Ihre flatterhaften

Bewegungen verrieten eine verborgene Unrast, eine gewisse Nervosität, die mir in letzter Zeit häufig an ihr aufgefallen war, eine Art heimliches Warten, das für sie schwer zu ertragen war. Doch man nahm Harriets Stimmungen hin wie die Launen eines Kindes; sie waren unberechenbar und konnten unversehens und grundlos von Ernst in Heiterkeit umschlagen.
Wie bei David, schoß es mir plötzlich durch den Sinn. Ganz genau wie bei David.
»Meine liebe Harriet«, sagte er jetzt unwillig, »sitz doch still. Mußt du denn immer auf- und abgehen? Du bist unentwegt auf den Beinen. Erst heute nachmittag bist du durch den Park gelaufen, als wolltest du zu einer Gefechtsübung aufbrechen. Wohin wolltest du denn so eilig?«
»Auf einen Spaziergang. Darf ich vielleicht keinen Spaziergang machen? Aphra geht dauernd spazieren. Sie macht ganz lange Spaziergänge, und immer ganz allein. Hast du das gewußt?«
»Und warum sollte sie nicht?« fragte Claudia unvermittelt. »Laufen ist gesund. Ich wüßte nicht, warum Aphra nicht spazierengehen sollte, so oft und so lange sie will.«
Ich war ihr dankbar für diese Worte. Ausgedehnte Spaziergänge waren für mich ungeheuer wichtig geworden. Sie verhalfen mir zum Alleinsein, befreiten mich von dem Gefühl, ständig überwacht zu werden und waren außerdem entspannend und erholsam – solange ich den Wald mied. Bei freier Bewegung in frischer Luft wich der lastende Druck von mir, und ich kehrte, für die nächste Phase des dramatischen Spiels gerüstet, zurück.
Durch diese langen Spaziergänge war mir die Umgebung vertraut geworden, denn ich pflegte weit über den Park und die Felder von Abbotswood hinauszuwandern. Ich kannte bald jede Landstraße und jeden gewundenen Pfad; ich plante für jeden Tag eine andere Route. Die Leute im Dorf hatten sich längst daran gewöhnt, mich ohne Hut und Handschuhe herumlaufen zu sehen, und sie betrachteten mich nicht mehr mit Mißtrauen. Sie grüßten mich sogar; die Männer tippten an die Hutkrempe, die Frauen machten einen Knicks. Man nickte mir zu und lächelte schüchtern. Ich war bald keine Fremde mehr. Man hatte mich akzeptiert, nicht weil ich »droben zum Haus« gehörte, sondern weil ich inzwischen eine vertraute Gestalt war, eine, die nicht mit großem Pomp einherritt.

Einmal hatte ich Meg Deakon getroffen, als sie aus dem Dorfladen kam, und ihr warmes Lächeln heiterte mich auf. Ich hatte diese Frau gern, und ich blieb stehen, um mit ihr zu plaudern. Ich hatte Red seit dem Tod des Adlers nicht wiedergesehen, obgleich Davids Verlangen, er dürfe Abbotswood nie mehr betreten, von Claudia entschieden zurückgewiesen worden war. Sie hatte ihrem Bruder zu meiner Überraschung entgegengehalten, daß er Red für die Rettung meines Lebens Dank schulde. David hatte nichts darauf erwidert, und Red hatte die Beaufsichtigung der Balkonumbauten ungehindert fortgesetzt. Doch wir begegneten uns trotzdem nie. Ich wußte, daß sein Auftrag bald ausgeführt und daß dann auch das Werk der Steinmetzen, die mit seinen Leuten Hand in Hand arbeiteten, vollendet sein würde. Danach würde Red vielleicht aus eigenem Antrieb fortbleiben oder höchstens auf Claudias ausdrückliche Einladung zu Besuch nach Abbotswood kommen.

Dieser Gedanke hatte etwas Erschreckendes für mich. In dem wachsenden Wirrwarr meines Daseins verkörperte Red Logik, Vernunft und Sicherheit und darüber hinaus noch einen tiefen, gefühlsmäßigen Halt, für den ich keine verstandesmäßige Erklärung fand.

Als ich Meg an jenem Tage zufällig traf, erfuhr ich, daß ihr Cousin verreist sei, daß sie ihn aber am übernächsten Tag zurück erwarte. Das war heute. Ich ertappte mich bei der Überlegung, ob er wohl jetzt schon zu Hause sei.

Davids Stimme unterbrach meine Gedanken. Er redete immer noch auf Harriet ein. »Und da wir gerade von deinen sinnlosen Wanderungen sprechen, möchte ich dir einschärfen, nicht mit Leuten vom Dorf zu verkehren, außer mit solchen, die von mir und Claudia geduldet werden.«

»Was soll das heißen?«

Harriet hielt mitten in ihrem ziellosen Aufundabgehen inne und blickte David ängstlich an. Ich wußte, daß sie sich einbildete, er sei in sie verliebt; daß sie aber seine Mißbilligung so sehr fürchtete, das überraschte mich. Freilich hatte ich seit jenem Tag, als sie die kostbaren Blumen gestohlen hatte, um Claudias Hut zu schmücken, nicht mehr erlebt, daß sie zur Zielscheibe von Davids Launen wurde.

»Das soll heißen, daß ich beobachtet habe, wie du mit einem

Mann geredet hast – einem von Deakons Arbeitern, glaube ich. Ich war gerade auf dem Weg zum Haus des Verwalters und sah dich nahe der Parkmauer hinter dem Pförtnerhaus mit ihm sprechen. Ein solches Benehmen ist höchst tadelnswert, wenngleich ich annehme, daß du in aller Unschuld gehandelt hast. Ich vermute, der Mann hat dich angesprochen, aber ich kann mir nicht vorstellen, was er auf Abbotswood zu suchen hatte. Jeder, der in geschäftlichen Belangen kommt, muß sich zuerst beim Pförtner melden, sogar die Händler, die Waren abliefern. Wer war der Mann, und was wollte er?«

»Ich – ich habe keine Ahnung! Er hätte sich verlaufen, hat er gesagt. Er sei versehentlich hereingekommen.«

»Versehentlich? *Versehentlich* durch einen Nebeneingang hereingekommen? Es steht doch überall deutlich angeschlagen, daß Unbefugten der Zutritt verboten ist.«

»Er – er konnte nicht lesen! Ich habe ihm die Tafel gezeigt, aber er hatte keine Ahnung, was darauf stand. Ich habe ihm dann gesagt, er müsse verschwinden, und er hat gleich gehorcht, und ich habe ihn nicht wiedergesehen.« Sie prahlte großspurig: »Ich weiß nämlich, wie man die niederen Stände behandelt.«

Die niederen Stände. Ein Mensch von geringer Stellung, der es gewagt hatte, unsere geheiligten Grenzen zu übertreten. Meine Reaktion muß mir wohl anzumerken gewesen sein, denn mein Mann sagte: »Die liebe Aphra hält uns für snobistisch, nicht wahr, Liebste? Doch ich bezweifle, daß selbst Red Deakon es gutheißen würde, wenn seine Arbeiter hier einfach eindringen, und irgendwie, Harriet, hatte ich das Gefühl, daß der Mann nicht zufällig dort stand.«

Harriet warf den grotesk frisierten Kopf zurück. »Bestimmt nicht; ich bin sicher, daß er wildern wollte, aber das konnte ich ihm doch nicht ohne jeden Beweis ins Gesicht sagen, oder?«

Sie war im Erfinden von Ausreden gewandter, als ich es jemals sein konnte, aber ich fragte mich, warum sie überhaupt welche nötig hatte.

»Ich will dich ja nicht schelten, Harriet, ich möchte nur, daß du vorsichtig bist. Einer Frau, die allein umherstreift, können nämlich die schrecklichsten Dinge zustoßen.«

»Aphra stößt nie etwas zu. Jedenfalls erzählt sie es uns nie, nicht wahr?«

»Ach ja, Aphra – zu ihr komme ich später. Was ich von dir noch wissen möchte, Harriet – wie hieß der Mann?«
»Woher soll ich das wissen?«
»Wir kennen doch sämtliche Dorfbewohner.«
»Dann brauchst du ja nicht zu fragen, nicht wahr? Du müßtest ihn doch erkannt haben.«
David lachte. »Mein liebes Cousinchen, du bist klüger, als ich dachte. Spitz wie die sprichwörtliche Nadel, wie?« Und als sie sich stolz in die Brust warf, fügte er hinzu: »Aber sei nur nicht zu spitz, Cousinchen, sonst könntest du es bereuen. Ich glaube, der Name des Mannes ist Jenkins, stimmt's? Hat er sich dir vorgestellt, oder war das nicht mehr nötig?«
»David, hör' auf, Harriet zu hänseln.« Claudias Stimme klang ruhig, aber bestimmt. Zu meiner Überraschung erwiderte David nichts darauf, sondern wandte sich statt dessen an mich.
»Und nun zu dir, meine liebe Frau. Du machst also immer noch lange Spaziergänge? Allein? Immer allein?«
»Immer.«
»Ich bin überrascht – und bekümmert. Abgesehen davon, daß ich es für unvorsichtig halte, solltest du ein besseres Beispiel geben. Wie können wir von der lieben Harriet erwarten, nicht allein in der Gegend herumzuwandern, wenn du es ihr ständig vormachst?«
»Ihr kann auch nicht mehr passieren als mir.«
»Du würdest es mir doch selbstverständlich mitteilen, wenn du jemals einen Begleiter auf deinen Spaziergängen hättest? Du würdest doch nichts vor mir verheimlichen, nicht wahr? Ich meine, überhaupt nichts, was es auch sei?«
»Ich kann dir doch nicht alles erzählen, und ich bin sicher, daß auch du mir nicht alles erzählst.«
Das war ein Fehler. Sein Stirnrunzeln verkündete deutlich, daß er das Recht habe, für sich zu behalten, was er wollte, ich aber nicht.
»Und vor allem, meine liebe Frau, würdest du mir doch wohl keine Briefe vorenthalten oder dich gar zu einer heimlichen Korrespondenz hinreißen lassen?«
Claudia sagte beschwichtigend: »Aphra hat wenig oder gar keine Korrespondenz, David, das weißt du doch ganz genau. Und nun wollen wir das Thema wechseln, ja?«

Es war ungewöhnlich, daß Claudia mir zu Hilfe kam, aber heute abend geschah es nun schon zum zweiten Mal. Und sie hatte dafür gesorgt, daß David aufhörte, Harriet zu plagen. Das erstaunte mich, da David doch sonst in den Augen seiner Schwester nichts Unrechtes tun konnte.

Er erwiderte gelassen: »Aber gern«, und begann sogleich über das Gut zu reden, erzählte, welchen Erlös die Ernte eingebracht hatte, und welche Aussaat für das kommende Jahr geplant war. Ich ließ die Konversation an mir vorübergleiten und beobachtete Harriet, die ziellos im Zimmer umherwanderte und sich hin und wieder auf den Zehenspitzen drehte, bis die Röcke um ihre Fesseln flogen, worüber sie jedesmal in Verzückung geriet. Auf einmal probierte sie ein paar Trippelschritte und Hüpfer, als wolle sie tanzen.

»Seht her, schaut mich an! Hast du dich auf der Bühne je so anmutig bewegt, Aphra? Gewiß nicht, obschon ich dich als Ariel ziemlich gut fand, als du damals hier gespielt hast. Erinnert ihr euch noch an den Abend, Claudia, David?«

»Aber sicher. Meine Frau sprach ihre Zeilen so gefühlvoll, vor allem die Stelle über das ›Fieber gleich den Tollen‹ und – und – wie ging es weiter, Liebste? Weißt du es noch?«

»Natürlich. ›Keine Seele, die nicht ein Fieber gleich den Tollen fühlte und Streiche der Verzweiflung übte‹.«

»Genau«, murmelte er. »Und so war es auch bei dir, nicht wahr, als du in meinem Gewächshaus eine solche Verwüstung angerichtet hast, und dann, als du den Tod eines edlen Adlers verschuldetest? Du mußt wahrhaft toll gewesen sein, als du solch verzweifelte Streiche begingst.«

Claudia sagte unvermittelt: »Diese Dinge sind vorbei und vergessen, David. Ich bitte dich, sie nicht mehr zu erwähnen.«

»Ich will dir gerne versprechen, sie nicht mehr zu erwähnen, aber du kannst nicht von mir erwarten, daß ich sie vergesse.«

»Dann gib wenigstens Aphra die Möglichkeit dazu.« Sie stand auf, zog ungeduldig an der Klingelschnur und sagte: »Wo nur das Essen bleibt! Es müßte doch längst angerichtet sein!«

»Mir scheint, du bist nervös, Claudia. Hast du dich über irgendwas aufgeregt? Hast du Kummer? Bis zum Abendessen bleibt uns noch eine Viertelstunde. Wenn du es heute früher wolltest, hättest du es früher bestellen müssen.«

Einmal, dachte ich, mußte dieser Abend zu Ende gehen. Er konnte sich nicht ewig hinziehen. Ich hatte den Eindruck, daß Claudia die Spannung ebenso fühlte wie ich, aber schwerlich aus demselben Grund; denn nur mir stand eine schlimmere Strafe bevor als die Unterstellungen und gezielten Sticheleien meines Mannes, weil nur ich einen Brief erhalten hatte, dessen Inhalt ich zwar noch nicht kannte, der jedoch offensichtlich ausreichte, um mich zu überführen. Claudia hatte niemandem heimlich geschrieben, und Harriet hatte nichts Böseres angerichtet, als mit einem vermeintlichen Wilderer im Park zu sprechen. Ich aber hatte hinter meines Mannes Rücken um Rettung gebeten. Ich hatte an George Mayfield geschrieben, hatte ihm einen deutlichen Hinweis gegeben, daß ich zur Truppe zurückkehren wollte, und das hatte ich getan, weil ich darin die einzige Hoffnung sah, mich aus einer unerträglichen Situation zu befreien. Was hatte George geantwortet? Ob ich es je erfahren würde? Ob David mir den Brief jemals zeigen würde?

Was immer er auch tun mochte, eines war gewiß: Ich würde für meine Eigenmächtigkeit büßen müssen.

Ich wartete den ganzen, endlosen Abend, während der Mahlzeit und anschließend noch zwei lange Stunden im Salon, als Harriet sang und sich dazu selbst auf dem Klavier begleitete; David applaudierte wohlwollend, während Claudia mit nachsichtiger Duldsamkeit dabeisaß; und dann verging noch eine Stunde beim Tee, den Claudia stets auftragen ließ, bevor sie zu Bett ging. Die Tatsache, daß David heute ausnahmsweise an der Teezeremonie teilnahm, bestätigte meine schlimmsten Befürchtungen: er wollte die Qual des Wartens verlängern, wohl wissend, daß ich nur an den Brief in seiner Tasche und an seinen Unwillen darüber dachte und mich vor dem, was mir bevorstand, fürchtete. Er hatte ein ungeheures Vergnügen an dieser Situation.

Ich versuchte mir vorzustellen, welche Art von Bestrafung er mir zugedacht hatte. Eine weitere Sitzung im Schlafzimmer, während der er mich schweigend, mit einer verborgenen Drohung in den Augen, betrachtete? Oder wieder eine halbe Stunde höhnischer Bemerkungen, während er mir beim Auskleiden zusah? »Hättest du es gern, wenn ich dich heute abend liebte, süße Aphra, oder würdest du vor mir zurückweichen? Du weichst in letzter Zeit oft vor mir zurück – ich wüßte ganz gern, warum. Ich verlange doch gar nichts von dir – jedenfalls nicht körperlich. Betrübt dich das, fragst du dich, ob ich dich nicht mehr begehre, und warum? Nun, Liebste, du wirst dich gedulden müssen, wirst noch eine Weile auf Vermutungen und Fragen angewiesen sein. Ich habe dir doch gesagt – zu *meiner* Zeit, nicht zu deiner; wann *ich* will, nicht wann du willst. Es soll eine Überraschung für dich werden, wann ich beschließe, unserer augenblicklichen Beziehung – oder Nichtbeziehung – ein Ende zu setzen. Und du wirst weiß Gott bereit sein, denn du brauchst die Liebe, nicht wahr, süße Aphra? Sie macht dir Spaß. Du bist heißblütig und leidenschaftlich, aber es schadet dir nichts, wenn du weiter wartest – komm, komm, laß dich streicheln, damit du nicht vergißt, wie das ist. *Das* weckt dein Verlangen nach mir, nicht wahr? Aber nein, du mußt warten, bis du wieder geliebt wirst ...«

Sadist. Quälgeist. Ein Mann, der reizen und locken und verführen konnte – um sich dann lächelnd abzuwenden.

Ich stellte meine Teetasse beiseite. »Ich gehe zu Bett«, verkündete ich und begab mich ohne ein weiteres Wort nach oben. Ich war nicht gewillt, diesen unerträglichen Abend noch länger auszuhalten. Ich verließ den Salon, ohne auch nur gute Nacht zu sagen.

Es gab keinen Schlüssel zu meiner Schlafzimmertür. Ich hatte in letzter Zeit des öfteren daran gedacht, Truman zu bitten, mir einen anfertigen zu lassen, doch mein Stolz hielt mich zurück, und da es zudem auch der Bitte um einen Schlüssel zum Ankleideraum meines Mannes bedurft hätte, den aber nur er selbst in Auftrag geben konnte, hätte mir ein Schlüssel zum Schlafzimmer ohnehin nichts genützt.

Ich kleidete mich aus, zog einen Morgenmantel an, schürte das Feuer, setzte mich an den Kamin und wartete. Ich hatte ein sicheres Gefühl, daß, was immer auch geschehen würde, heute abend geschehen mußte. Als ich Davids Schritte auf dem Korridor hörte, nahm ich ein Buch und tat, als ob ich lese, und als er eintrat, blickte ich nicht auf.

Er schloß leise die Tür, kam zu mir und nahm mir das Buch aus der Hand.

»Und jetzt«, sagte er leichthin, »möchtest du wohl wissen, was in George Mayfields Brief steht.«

»Natürlich. Und da er gewiß an mich gerichtet ist, bin ich auch

berechtigt, ihn zu empfangen. Ich habe noch nie einen Brief geöffnet, der an dich adressiert war.«
»Das möchte ich auch nicht hoffen. Eine Frau hat nicht das Recht, die Post ihres Mannes zu öffnen.«
»Aber ein Ehemann darf die Post seiner Frau öffnen?«
»Selbstverständlich. Ich bin jedoch bereit, dir den Brief vorzulesen.«
Ich streckte die Hand aus. »Ich will ihn selbst lesen. Es ist mein Brief.«
Er ignorierte meinen Einwand, und das Papier raschelte vernehmlich, als er den Bogen entfaltete. »Er ist in äußerst überschwenglicher Weise abgefaßt. Du wirst tatsächlich mit ›Darling‹ betitelt.«
»Das ist ein beim Theater übliches Kosewort und bedeutet gar nichts. Man geht dort mit ›Liebling‹ und ›Darling‹ recht freizügig um.«
»Wie vulgär. Nun gut, lassen wir das. Für einen Brief, der so innig anfängt, ist er erstaunlich kurz.«
Er las ihn vor.
»Aphra, Darling, das kann doch nicht dein Ernst sein? Sehnsucht nach der Bühne, wenn du *das* alles hast – ein elegantes Haus, Dienstboten und alles, was du dir nur wünschen kannst? Sei nicht albern, Liebes. Denk' doch nur an das ewige Knausern und Darben und an die schäbigen Unterkünfte, und sei deinem Schicksal dankbar. Außerdem, Darling, kann ich dich gar nicht besetzen. Als du zu den oberen Zehntausend aufgestiegen warst, habe ich eine neue jugendliche Heldin engagiert, und ich habe sie für zehn Schilling *weniger* pro Woche bekommen. Sie ist natürlich nicht so talentiert wie du, aber mit der Zeit und unter meiner hervorragenden Anleitung wird sie's schon schaffen. Deine Thespis-Kameraden lassen dich grüßen und lieben dich wie stets, auch wenn du jetzt eine große Dame bist ...«
Ich mußte unwillkürlich lachen.
»Findest du das amüsant?«
»Ich finde es sehr charakteristisch.«
Langsam zerriß David den Brief in kleine Schnipsel. Er lächelte nicht mehr. Seine Züge und sein Mund hatten sich gestrafft. Das war nicht mehr das edel geschnittene Gesicht, das mich einst so betört hatte. Es war dünn und weiß und böse.

»Du wolltest also davonlaufen«, sagte er. Seine Stimme war nur mehr ein Wispern in dem stillen Zimmer.
»Ja. Falls die Thespis-Leute mich hätten brauchen können.«
Ich war darauf gefaßt, daß der Sturm jetzt losbrechen würde. Doch es blieb ganz ruhig. David begann, sich gemächlich auszuziehen, wobei er seine Augen fortwährend auf mich gerichtet hielt. Ich wäre am liebsten zur Tür gelaufen, um diesen Raum ein für allemal zu verlassen, doch ich wußte, daß es sinnlos war. David würde mich packen, bevor ich die Tür erreicht hätte. Er ergriff mich, als er fertig war. Er hob mich auf und trug mich durchs Zimmer. Er sprach mit eisiger Sanftheit: »Erinnerst du dich, daß du einmal gesagt hast, du seist froh, mir wenigstens im Bett zu gefallen? Und erinnerst du dich auch an meine Antwort – daß du noch eine Menge zu lernen hättest – und daß ich dir noch eine Menge beizubringen hätte? Nun, Liebste, jetzt will ich's dir zeigen. Jetzt bringe ich dir bei, wie du mir als meine Frau zu gefallen hast, und hinterher wirst du nie mehr wagen, dich mir zu widersetzen.«

Ich weiß nicht, wie lange es dauerte. Ich weiß nicht, wo die Finsternis der Nacht endete und die Finsternis meiner Sinne begann. Ich erinnere mich nur an das, was er tat, an das, was er von mir erzwang. Ich wurde auf brutalste Weise in eine Hölle der Sinnlichkeit gezerrt. Ich konnte dem Angriff nicht entfliehen. Mein Bewußtsein schwand, wurde zu einem Strudel, in dem mein Geist betäubt, mein Körper gefangen war. Ich war ein Gegenstand, gefoltert und geschunden, und während diese endlosen Minuten verrannen, keuchte David wieder und wieder mit heiserer Stimme: *»Ich habe gewartet, auf das hier gewartet ... es ist um so besser ... um so besser ... je länger man wartet.«*
Seine Wollust gipfelte in einer Brutalität, wie ich sie mir nie hatte träumen lassen. Ich hatte nicht geahnt, daß Grausamkeit so unersättlich sein konnte, doch das bekam ich nun zu spüren. Gewalt senkte sich über mich und zog mich in einen bodenlosen Abgrund, aus dem mich nur der Tod befreien konnte. Und der nahte. Auf dem Gipfel der tiefsten Erniedrigung umschlossen seine Hände meine Kehle, und sein Körper, der sich unerbittlich gegen den meinen preßte, richtete sich halb auf, als er zudrückte. Er legte seine ganze Kraft in diesen Griff. In rasender Angst

umklammerte ich seine Finger, und mit gepreßter Stimme hauchte ich: »*Wenn du mich jetzt umbringst, wissen alle, daß du es warst!*«
Es war sicherlich kaum mehr als ein verzweifeltes Flüstern, wenngleich es mir laut in den Ohren dröhnte, doch für den Bruchteil einer Sekunde lockerten seine Finger ihren Griff, und ich stieß mit aller Kraft gegen seinen halb aufgerichteten Körper. Dann rollte ich ermattet vom Bett.
Ich hörte ihn zurückfallen, hörte seinen schweren, erschöpften Atem, und schwankend erhob ich mich, stolperte durch das Zimmer und zur Tür hinaus. Die Kälte im Flur tat mir wohl nach der entsetzlichen Hitze in diesem Bett, sie belebte meine Sinne und beschleunigte meine Flucht, und ich rannte los, taumelte über den teppichbedeckten Boden, durch Türen und Korridore, barfuß, lautlos. Ich lief blindlings weiter, nur von dem einzigen Gedanken getrieben – vor einem Wahnsinnigen zu fliehen, vor einem von tierischer Gier besessenen, zum Mord entschlossenen Mann.

Die Mauern von Abbotswood blickten teilnahmslos auf mich herab, und auf einmal haßte ich sie. Das waren Gefängnismauern, in denen Ungeheuer hausten. Irgendwie würde es mir gelingen, ihnen zu entkommen, doch für den Augenblick wollte ich nichts weiter als ein Versteck, wo ich wieder zu mir selbst finden, meinen schmerzenden Körper zur Ruhe betten und mich von meinem entsetzlichen Erlebnis erholen konnte. Als ich plötzlich einen fahlen Lichtschein durch ein nicht verdunkeltes Fenster an einem Treppenabsatz sah, wußte ich, daß ich mich nicht mehr in dem von der Familie bewohnten Teil des Hauses befand, sondern in dem abgelegenen Ostflügel, der nur für Gäste geöffnet wurde. Deswegen waren die Vorhänge nicht zugezogen, und deswegen umschloß mich ein plötzliches Gefühl völliger Einsamkeit. Ich lehnte mich gegen eine Tür, bemüht, meinen von Schmerz und Grauen verschleierten Blick zu schärfen. Die Tür kam mir bekannt vor; mir war, als hätten meine Finger den ziselierten, vergoldeten Knauf schon einmal umfaßt – und so war es auch, denn die Tür führte in das Zimmer, das ich bei meinem ersten Aufenthalt auf Abbotswood bewohnt hatte.
Ich stand schwankend auf der Schwelle. In fahlen Schwaden drang die Morgendämmerung ins Zimmer und streifte plumpe

Umrisse, die ich als mit Leinenbezügen verdeckte Möbel erkannte. Da war das Bett, in dem ich geschlafen hatte, und dort die Verbindungstür zum Zimmer meines Vaters. Ich öffnete sie und ging hinein. Auch hier verhüllte Möbel, Schonbezüge, und das Bett, in welchem mein Vater widerstrebend eine Nacht verbracht hatte. Er war erschöpft und krank gewesen; nur mir und den anderen zuliebe war er hierhergekommen. Er hatte etwas geahnt, ein an Gewißheit grenzendes Gefühl, das ihm sagte, es sei unklug, nach Abbotswood zu gehen, und daß es das beste war, gleich wieder von hier zu verschwinden. Und er hatte recht gehabt, mein armer, lieber Vater. Ich hatte damals kein Verständnis für seine Unruhe und seine Besorgnis aufbringen können, und auch heute blieben mir die Gründe dafür verschlossen.
Ich entfernte die Schondecke von seinem Bett. Es war nicht bezogen, und so nahm ich die Leintücher von den Sesseln und vom Ankleidetisch, auf dem er sein Schlüsselbund abgelegt und an dem er seinen Wein getrunken hatte, den David Hillyard ihm so fürsorglich hatte bringen lassen. Die Schlüssel hatten dort gelegen, als David hereinkam, um sich zu vergewissern, daß es meinem Vater an nichts fehlte.
Merkwürdig, daß mir diese Kleinigkeit, die sich mir unauslöschlich und ohne die Spur eines Zweifels eingeprägt hatte, ausgerechnet jetzt in den Sinn kam. Aber es war natürlich viel später gewesen, nicht wahr, daß David die Schlüssel vom Boden aufgehoben hatte, wohin sie, wie er behauptete, gefallen waren? Oder waren sie gar nicht hinuntergefallen? War das eine Lüge gewesen? Noch eine Lüge? Eine weitere unerklärliche Lüge, die irgendwie mit seinen Beweggründen, uns hierherzubringen, mit seinem Wunsch, mich zu töten, verknüpft war?
Wie ein Echo klangen Barneys Worte in mir nach: *»Hat alles bis ins kleinste Detail vorbereitet. Genau wie 'nen Schlachtplan …«*
Doch was war das für ein Schlachtplan, und was steckte dahinter? Welche Schlacht konnte so völlig sinnlos sein?
Nicht mehr nachdenken. Ruh dich hier aus. Vergewissere dich, daß beide Türen Schlüssel haben, obgleich du jetzt eigentlich in Sicherheit sein müßtest. Dieser erschöpfte Mann dort hinten im Westflügel schlief bestimmt, und wenn nicht, so hätte er keine Kraft mehr für einen neuerlichen Angriff.

Vielleicht hatte meine verzweifelte Warnung auch gewirkt, und er würde auf eine andere Gelegenheit warten, um mich zu töten. Er würde den vierten Versuch sorgfältig vorbereiten, damit er selbst unter keinen Umständen mit dem Mord in Verbindung gebracht werden konnte. Nicht in einem Treibhaus und schon gar nicht im Freien, wo er einen neuen Raubvogel, falls er sich wieder einen zulegte, auf mich loslassen konnte. Irgendwo weit fort von Abbotswood mußte es geschehen und mit ganz anderen Mitteln, so daß auch nicht die Spur eines Verdachts auf ihn hinweisen konnte.

Doch ihm würde keine Zeit für die Ausführung eines solchen Plans bleiben. Morgen würde ich diese verfluchte Stätte verlassen und aus seinem Leben verschwinden.

Wie ich das bewerkstelligen, wohin ich gehen sollte, das schien plötzlich keine Rolle mehr zu spielen. Die kleine Summe Geldes, die mein Vater mir hinterlassen hatte, lag auf der Bank, und um dorthin zu gelangen, benötigte ich Bargeld, das mir nur in geringem Maße zur Verfügung stand. Ich brauchte weder Pfund noch Schilling auf Abbotswood, wo alles im voraus bezahlt wurde und wo ich alles hatte, dessen ich bedurfte. Ich dachte über Mittel und Wege nach, während ich mich zu dem prunkvollen Badezimmer hinüberschleppte, das ich damals vor vielen Monaten so bewundert hatte. Niemand würde es hören, wenn in diesem verlassenen Flügel des Hauses Wasser rauschte, außer vielleicht den müden Dienstboten, deren Dachstuben nahe bei den Wassertanks lagen, und die waren an das Zischen in den Rohren so gewöhnt, daß es ihnen nicht auffallen würde.

Es waren keine Handtücher da; mein zerrissenes Nachthemd, das ohnehin nicht mehr zu flicken war, würde genügen müssen. Das einzig Wichtige war, wieder sauber zu werden, sauber, *sauber*. Ich fand ein halbaufgebrauchtes Stück Seife und dankte im stillen der unachtsamen Magd, die es übersehen hatte. Ich lag lange Zeit im lauwarmen Wasser und seifte mich unentwegt ein, in der vergeblichen Hoffnung, die Spuren der Gewalt und die Erinnerung daran tilgen zu können, und dann ging ich zurück in das Zimmer, das mein Vater bewohnt hatte, verschloß beide Türen, kroch unter den Berg von Leintüchern und rollte mich wie ein Kind inmitten des tiefen, tiefen Bettes zusammen.

Am nächsten Morgen stand ich vor dem Problem, ungesehen in mein Zimmer zu gelangen und der Begegnung mit meinem Mann auszuweichen. Ich konnte unmöglich in meinem zerfetzten Nachthemd durch die endlosen Flure wandern, zumal ich es nach dem Abtrocknen auf dem Boden des Badezimmers zurückgelassen hatte, ein nasses, ramponiertes Etwas, das mehr entblößen als verhüllen würde. Lieber wickelte ich mich in ein weißes Leintuch, wenngleich ich mir vorstellen konnte, was die Dienstboten, sollten sie mich so sehen, denken würden. »Die junge Mrs. Hillyard muß den Verstand verloren haben! Wandert in einem Bettlaken durch die Korridore; wie ein Gespenst sieht sie aus!« Und ich sah wirklich wie ein Gespenst aus, als ich mich in dem großen Wandspiegel betrachtete – bleich, mit blauen Schatten um die Augen und blutleeren Lippen. Ich hatte den Schlaf der Erschöpfung geschlafen, und der hatte zwar meinen mißhandelten Körper, nicht aber meinen Geist erfrischt.
Ich fragte mich, wieviel Uhr es sein mochte. Nach den Geräuschen von draußen und nach dem Lichteinfall zu urteilen, mußte es spät am Vormittag sein. Wenn das stimmte, so wäre David schon zum Hopfenhaus gegangen, in sein Büro oder in dieses abscheuliche Laboratorium, und ich betete, daß, was immer er dort tat, ihn recht lange festhalten würde. Und Claudia – wo mochte sie sein? Wohl im Frühstückszimmer, bei der Zusammenstellung der Mahlzeiten, bei der Durchsicht der Haushaltsrechnungen oder bei einer Besprechung mit Mrs. Stevens oder Truman. Würde sie mir helfen, wenn ich mich an sie wendete und ihr Beweise für die schmachvolle Mißhandlung durch ihren Bruder lieferte? Oder würde sie sich abwenden, nicht willens, sich etwas anzuhören oder etwas zu sehen, das gegen ihn spräche? Eine Scheidung kam nicht in Betracht, das wußte ich. Zur damaligen Zeit galt einzig und allein Ehebruch als Scheidungsgrund.
Ich brauchte aber Hilfe, ich brauchte jemanden, an den ich mich wenden konnte. Ich ertappte mich bei dem Gedanken an einen starken Mann mit zärtlichen Händen. Doch wie hätte ich zu ihm gelangen können?
Aus der Ferne schlug die Uhr des Kutschhauses. Elf feierliche Schläge. Später Vormittag, wie ich geschätzt hatte. Die Hausmädchen würden die Schlafzimmer bereits aufgeräumt haben, also war die Möglichkeit, ihnen auf dem Flur zu begegnen, ge-

ring. Diese Chance mußte ich nutzen, denn ich konnte in diesem verlassenen Zimmer nicht nach Mrs. Stevens läuten und sie um Kleider bitten. Die Frau würde entsetzt sein, wenn sie mich in diesem unbewohnten Flügel, noch dazu in einem solchen Aufzug, fände. Außerdem traute ich ihr nicht; sie schwätzte zuviel. Höchstwahrscheinlich würde sie geradewegs zu meinem Mann laufen, voller Besorgnis über das merkwürdige Gehabe seiner Gattin. Lieber nahm ich auf dem Rückweg zu meinem Zimmer eine peinliche Begegnung in Kauf, als Mrs. Steven zu gestehen, daß ich die Nacht hier verbracht hatte.

Claudia und Harriet würden jetzt ihren Vormittagstee einnehmen und sich möglicherweise wundern, warum ich ihnen nicht Gesellschaft leistete. Meine Abwesenheit beim Frühstück hatte dagegen gewiß niemanden überrascht, weil ich den Kaffee häufig in meinem Zimmer trank. Meinetwegen mochten sie sich getrost fragen, ob ich zu einem meiner langen Spaziergänge aufgebrochen sei. Der Tag eignete sich glücklicherweise ganz vorzüglich dazu.

Ich hüllte mich also in ein Leintuch und wagte mich auf die endlosen Korridore hinaus. Der Schlaf hatte mich gestärkt; ich vermochte sogar zu rennen, lautlos, barfuß. Ich begegnete niemandem und erreichte erleichtert den Flur, der zu meinem Zimmer führte; aber als ich am Ankleidezimmer meines Mannes vorbeischlich, sah ich, wie die Tür sich verstohlen öffnete. Ein Gesicht lugte durch einen handbreiten Spalt. Ich erkannte es sofort.

»Harriet! Was machst du denn da drin?«

Es blieb ihr nichts anderes übrig, als die Tür vollends zu öffnen. Sie tat es zögernd, mit erzwungener Selbstverständlichkeit, doch als sie meinen Aufzug erblickte, war ihre Verlegenheit augenblicklich verflogen.

»Meine Güte, wie siehst *du* denn aus! Warum hast du dich so verkleidet?«

Ich sagte das erstbeste, was mir gerade einfiel, nämlich, daß ich ein Bad genommen und meinen Morgenmantel vergessen hätte, doch ihre Augen blieben mit unverhohlener Neugier auf mir haften.

»Du siehst ja fürchterlich aus. Bist du krank?«

»Ich habe nicht gut geschlafen.«

Ich mußte sie loswerden; jetzt war keine Zeit, ihr Fragen zu stellen, keine Zeit, herauszufinden, was sie im Ankleidezimmer meines Mannes gemacht hatte oder warum sie so heimlich hatte hinausschleichen wollen. Das war mir eigentlich auch ziemlich gleichgültig. Ich war nur von dem einen Entschluß beseelt, so schnell wie möglich von Abbotswood fortzukommen. Ich ging in mein Zimmer und schloß die Tür.

Als ich mich angekleidet hatte, läutete ich nach Truman. Als er erschien, bat ich ihn, die Reisetasche zu holen, die ich mit nach Abbotswood gebracht hatte. »Sie wissen schon, welche ich meine. Sie schienen sich dafür zu interessieren, als Sie damals die Sachen meines Vaters auspackten.«

»Ja, das stimmt, Ma'am. Die Tasche hat einen ganz ungewöhnlichen Verschluß, wie man ihn heutzutage nur selten findet. Soweit ich mich erinnere, habe ich dergleichen in all den Jahren zuvor nur ein einziges Mal gesehen. Altmodisch, aber besser als viele der heute gebräuchlichen. Ja wirklich, einen solchen Verschluß habe ich vorher nur einmal gesehen ...«

Er schlurfte davon, und als er zurückkam, hatte ich meine wenigen Habseligkeiten, die ich mit in dieses Haus gebracht hatte, auf dem Bett ausgebreitet. Alles andere, die teuren Kleider, die mein Mann mir gekauft, den Schmuck, den er mir zur Hochzeit geschenkt hatte, wollte ich zurücklassen. Mein Reisekostüm aus Gabardine mit dem kleinen passenden Samthut war dasselbe, das ich getragen hatte, als ich mit David von Pimlico hierhergekommen war.

»Möchten Sie die Kutsche, Ma'am? Darf ich fragen, ob Sie zu einer längeren Reise aufbrechen?«

Verwirrung sprach aus Trumans Blick wie aus seiner Stimme. Ich hatte nichts von einer bevorstehenden Reise erwähnt, hatte keine Anordnungen getroffen, einen Wagen bereitzuhalten.

»Ein unvorhergesehener Ausflug, Truman, das ist alles.«

»Möchten Sie da nicht lieber ein aparteres Gepäckstück mitnehmen, Ma'am? Zu einer Dame in Ihrer Stellung, mit Verlaub gesagt, würde etwas Eleganteres, Weiblicheres zweifellos besser passen ...«

»Ich finde die Tasche hier vortrefflich«, erwiderte ich. »Nebenbei bemerkt, ich hänge an ihr – «

Ich brach ab. Claudia stand auf der Türschwelle.

»Was machst du da? Wo willst du hin, in diesen Kleidern? Warum packst du die Tasche?«
»Ich verlasse Abbotswood. Ich hatte die Absicht, es dir zu sagen, bevor ich gehe.«
Sie erwiderte verständnislos: »Du verläßt uns? Nein, ich bitte dich – noch nicht!«
Truman war hinausgegangen. Wir waren allein; Claudia stand auf der einen, ich auf der anderen Seite des Bettes, in dem ich nie mehr schlafen würde. Sie verkrampfte nervös die Hände ineinander. Ich verstand ihre Aufregung nicht, denn es konnte ihr doch nichts ausmachen, wenn ich fortging. Sie sollte froh darüber sein. Sie hatte nie gewollt, daß ich ihren Bruder heiratete.
»Ich denke, David wird in der gebührenden Zeit eine Scheidung ermöglichen können. Ich weiß nicht, was das Gesetz über eine Ehefrau verhängt, die ihren Mann verläßt. Ich weiß nur, was im Falle der Untreue eines Partners geschieht. Aber wenn es auf der Welt eine Gerechtigkeit für Frauen gäbe, so würde sie mir die Freiheit schenken. Vielleicht wird das Gesetz eines Tages mehr Verständnis für uns haben.«
»Was hat er dir getan?« flüsterte sie.
Ich konnte es ihr nicht erzählen. Jetzt, da ich die Möglichkeit hatte, die Wahrheit über ihren Bruder in ihr ungläubiges Gesicht zu schreien, brachte ich kein Wort heraus.
Ich nahm die Reisetasche, meine Handschuhe und meine Tasche und wandte mich zum Gehen. Claudia hielt mich am Arm fest.
»Aphra, hör' mir zu. Geh nicht fort, ich bitte dich. Warte noch ein wenig, nur ein paar Stunden, mehr verlange ich ja gar nicht von dir.« Ihre Hände sanken kraftlos herunter und verkrampfte sich wieder nervös ineinander. »Hör' zu. Ich muß dir etwas sagen. Es kommt jemand her. Ich habe es heute morgen erfahren. Er kommt gegen Mittag mit der Kanalfähre aus Boulogne in Folkestone an. Ich habe einen Wagen hingeschickt, um ihn so schnell wie möglich hierherzubringen. Wenn er erst einmal da ist, wird alles gut, das verspreche ich dir.«
Von ihrer Erregung gerührt, fragte ich: »Bist du hergekommen, um mir das zu sagen?«
»Nein. Ich wollte dich holen, weil Red Deakon dich sprechen möchte. Er wartet im Frühstückszimmer, und er hat deine Freundin mitgebracht, Miss Elizabeth Lorrimer.«

16

Ich machte mir nicht die Mühe, meine Reaktion zu ergründen. Ich war mir nur eines wogenden Glücksgefühls bewußt, das sich mit meiner Überraschung mischte. Was auch immer der Grund dafür sein mochte, die Hauptsache war, daß Red meinetwegen nach Abbotswood gekommen war, der einzige Mensch auf Erden, an den ich mich wenden konnte, der einzige Mensch, an den ich gedacht hatte, während ich meines Vaters alte Tasche packte. Red würde mir helfen. Er würde mich nach Hythe fahren, damit ich meine Ersparnisse bei der Bank abheben konnte. Dieser Plan erschien mir weit besser, als mich einer Kutsche von Abbotswood zu bedienen.
Aber – was machte Elizabeth hier?
Ich ließ die Reisetasche fallen.
»Du sagst, er hat Elizabeth Lorrimer mitgebracht?«
»Ja. Das hat mich auch gewundert. Ich dachte, die Truppe sei längst weitergereist.«
Das war sie auch. Nach Birmingham, Manchester, Glasgow, Edinburgh? Ich konnte mich nicht erinnern.
»Du gehst am besten zu ihnen hinunter, bevor David zum Lunch zurückkommt. Er war beim Frühstück schlechter Laune.«
»Du gibst also zu, daß er Launen hat«, sagte ich unfreundlich. Dann aber streichelte ich ihre Hand. »Es tut mir leid – ich möchte dich nicht kränken – aber ich werde vor dem Lunch aufbrechen, denn ich habe nicht den Wunsch, ihm noch einmal zu begegnen.«
Wir hatten inzwischen den Flur überquert, und als wir die Treppe erreichten, beschleunigte ich meine Schritte. Ich eilte Claudia voraus, und als ich Reds kräftige Gestalt wie einen Schattenriß vor dem Fenster des Frühstückszimmer erkannte, da wußte ich,

daß es selbst in einer aus den Fugen geratenen Welt noch Beständigkeit geben konnte. Da stand ich und blickte ihn an, und er stand da und blickte mich an, und ich fragte mich, wieso ich ihn jemals für spöttisch und feindselig gehalten hatte.
Ich glaube, wir beide nahmen Elizabeth, die sich am Kamin niedergelassen hatte, erst wahr, als sie sich erhob und durch das Zimmer gesegelt kam, um mich zu umarmen, wobei ihre gestärkten Unterröcke vernehmlich raschelten.
Dann trat sie zurück und musterte mich.
»Meine Güte, das Kind sieht ja noch schlechter aus als das letzte Mal! Schauen Sie doch nur, Mr. Deakon! Meine arme kleine Aphra, du siehst entsetzlich aus, wirklich, und warum um Himmels willen hast du diese alten Sachen an? Ich kann mich gut an das Kostüm erinnern.«
Ich beachtete sie kaum. Meine Augen waren wieder auf Red gerichtet. Da er mit dem Rücken zum Licht stand, konnte ich seinen Gesichtsausdruck nicht erkennen, doch ich spürte, daß sein ganzer Körper sich versteift hatte, und daß mein Aussehen ihn erschreckte und erzürnte.
Er trat zu mir, ergriff meine Hand und sagte mit ganz sanfter Stimme: »Ich habe Ihnen etwas mitzuteilen. Ich bin nach London, nach Chelsea, gefahren und dann nach Nottingham, um Miss Lorrimer aufzusuchen, weil man mir bei St. Saviour nicht weiterhelfen konnte –«
»St. Saviour? Die Kirche, in der meine Eltern getraut wurden?«
Elizabeth sagte leise: »Nein, Liebes.«
»Aber du hast es mir doch selbst erzählt. Du hast gesagt, sie seien dorthingefahren, um ihr Ehegelöbnis abzulegen.«
»Ich habe ›Gelübde‹ gesagt, Liebes, nicht ›Ehegelöbnis‹. Ein Ehegelöbnis muß vor einem Priester abgelegt werden, aber nichts kann ein sentimentales Paar wie deine liebe Mama und deinen guten Papa davon abhalten, sich gegenseitig die Treue zu schwören und Gottes Segen für ihre Verbindung zu erflehen, auch wenn kein Priester dabei ist. Und ich bin sicher, daß sie vor den gütigen Augen des Herrn so gut wie verheiratet waren, weil es ihnen mit ihren Worten wirklich ernst war. Und da sie durch keine Konvention gezwungen waren, in der Kirche niederzuknien, vor dem guten alten Barney und mir als Zeugen, weil sie

nämlich wünschten, daß ihr Gelübde gehört wurde, glaube ich, daß dieser Schwur viel mehr bedeutete als so manche rechtmäßige Trauungszeremonie. Und sie haben sich die Treue gehalten, solange sie zusammen waren, ob mit oder ohne Trauschein.«
Mir war nicht bewußt, daß ich mich hingesetzt hatte, aber ich fand mich plötzlich auf einem Sofa wieder, und Red saß an meiner Seite.
»Dann sind Sie also – zu Elizabeth gegangen, weil – weil es unter den Akten der Kirche keine Heiratsurkunde gab.«
Er nickte.
»Bevor ich den Zug nach London nahm, habe ich mich beim Theater in Folkestone nach dem nächsten Spielort der Thespis-Truppe erkundigt.«
»Sie haben also etwas geahnt.«
»Ich war neugierig.«
Elizabeth meinte leichthin: »Das stört dich doch hoffentlich nicht, Liebes? Komisch, ich habe immer angenommen, du wüßtest es.«
»Das hast du also gemeint, als du davon sprachst, ›*was*‹ ich bin ...«
»Aber nicht doch, Herzchen, so darfst du nicht von dir denken.«
»Das tue ich auch nicht. Es macht für mich nicht den geringsten Unterschied. Ich habe meine Eltern geliebt, und sie haben mich geliebt, und wie tief muß erst ihre Liebe für einander gewesen sein! Das weiß ich erst jetzt richtig zu würdigen.«
Ich stellte mir vor, wie sie Hand in Hand zusammen niedergekniet waren, um vor Gott ihr freiwilliges Gelübde abzulegen, und ich dachte, daß Elizabeth recht hatte. Kein Mann und keine Frau hätten in einer rechtmäßigen Ehe glücklicher sein können als sie.
»Es überrascht mich nur, daß sich nach dem Tode meines Vaters unter seinen Papieren kein Hinweis auf die Wahrheit gefunden hat.«
»Nun, Liebes, ich glaube, zu der Zeit hielt er sich für so gut und rechtmäßig verheiratet, wie alle Welt es von ihm annahm. Ich sehe auch nicht ein, warum Mr. Deakon das alles wieder ausgraben mußte, schließlich kann es dich doch heute gar nicht mehr berühren.«

»Ich habe mich bemüht, ihr beim Nachweis ihrer Identität zu helfen, Miss Lorrimer. Deswegen wollte ich wissen, ob Sie sich an den Nachnamen ihrer Mutter erinnern konnten.«

»Und ich habe angestrengt nachdenken müssen, nicht wahr? Ich bezweifle, daß mir ihr wirklicher Name eingefallen wäre, wenn Barney ihn nicht gewußt hätte. Sie war so lange als Petronella Coleman bekannt, und da Aphra nun Mrs. Hillyard ist, richtig mit Siegel und kirchlichem Segen – obgleich, ihrem Aussehen nach zu urteilen, ihre rechtmäßige Ehe sie nicht so glücklich zu machen scheint, wie die *un*rechtmäßige ihre liebe Mama gemacht hat –, sehe ich nicht ein, was das jetzt noch für eine Rolle spielt. Sie ist Aphra Hillyard. Das ist ihre Identität.«

»Ja.« Reds Stimme klang bitter. »Das ist ihre Identität.«

Elizabeth warf sich eine Straußenfederboa um die Schultern und sagte: »Nun, das wär's ja dann, oder? Ich muß schon sagen, ich finde, es hat sich kaum gelohnt, daß Mr. Deakon soviel Zeit für diese alte Geschichte verschwendet hat, aber ich bin froh, daß wir diese Woche ›Julius Caesar‹ spielen, sonst hätte ich mich auf keinen Fall freimachen können, um ihn hierher zu begleiten. Ich habe meine Ersatzdarstellerin die Calpurnia spielen lassen – so eine winzige Rolle, und eine langweilige noch dazu, mit all ihrer Tugend, ›Caesars Weib ist über jeden Verdacht erhaben‹ und so ...«

Sie gab mir einen freundschaftlichen Kuß. Es sei Zeit zum Aufbruch. Wie konnte ich die beiden aufhalten, wie konnte ich Red überreden, mich aus diesem Hause wegzubringen? Er hatte sich um mich gesorgt, aber er würde sich ebenso um Claudia sorgen, und er würde auf keinen Fall wollen, daß sie sich aufregte. Er war ihr »vertrauter Freund«, das durfte ich nicht vergessen.

Als wir zur Tür gingen, hörte man draußen eine Kutsche vorfahren. Keiner von uns blickte zum Fenster, obwohl mir der Gedanke durch den Kopf schoß, daß dies Claudias Gast sein und daß die Kanalfähre pünktlich angelegt haben mußte.

Die Tür flog auf, und Harriet kam mit winzigen Schritten hereingetrippelt, eine wunderliche Gestalt in einem japanischen Kimomo mit Chrysanthemen im Haar. Wen wollte sie denn jetzt verkörpern? Yum-Yum? Elizabeths Brauen hoben sich in fragendem Staunen. Bezeichnenderweise faßte Harriet diese Reaktion als Bewunderung auf und wedelte mit, wie sie sich einbildete,

orientalischer Anmut mit einem Fächer. Irgend etwas war geschehen, etwas, das Harriet über alle Maßen erfreute, doch ich war zu sehr mit mir selbst beschäftigt, um zu überlegen, was das sein könnte.
Ich sah Truman die Halle durchqueren, um den Besucher einzulassen, gefolgt von einem Diener, der das Gepäck hereintrug. Claudia eilte die Treppe hinunter, anscheinend zu ungeduldig, um ihren Gast im Salon zu erwarten.
Ich saß in der Falle. Ich mußte abwarten, bis die Begrüßung vorüber war, um mich dann so bald wie möglich davonzustehlen; aber ich konnte mich unmöglich vor aller Welt an Red wenden. In der Hoffnung, der Begrüßungszeremonie in der Halle auszuweichen, zog ich mich wieder ins Frühstückszimmer zurück. Harriet stand da, die Hände in den weiten Ärmeln ihres Kimonos vergraben, und blitzte mich mit fröhlichen Augen an.
»Ich habe ein Geheimnis«, flüsterte sie aufgeregt. »Das errätst du nie!«
Ich hatte auch gar keine Lust, es zu versuchen, aber wenn es mir gelang, sie hier in eine Unterhaltung zu verwickeln, konnte ich vielleicht in diesem Zimmer bleiben, bis alle die Halle verlassen hatten. Ich wollte unbedingt allein sein; denn die Geschichte meiner Eltern war mir doch mehr zu Herzen gegangen, als ich mir hatte anmerken lassen. Gott segne ihre guten, reinen Seelen ... sie hatten mich mit ihrer Liebe behütet.
Ich war also nie Aphra Coleman gewesen. Als uneheliches Kind hätte ich den Nachnamen meiner Mutter tragen müssen. Newton. *Aphra Nevton.* Ich hatte nicht den geringsten Zweifel, daß meine Mutter jener alteingesessenen Familie aus Kent entstammte, und daß sie an ihre Herkunft gedacht hatte, als sie zusammen mit meinem Vater das Grab der armen kleinen Aphra in jener ländlichen Kirche besucht hatte. Warum war sie dorthin gegangen, warum hatte sie mich nach jener längst verblichenen Vorfahrin genannt? Weil sie unbewußt ein Bindeglied zu ihren Ahnen suchte, um sich trotz eines Lebenswandels, den ihre Familie, die zumeist im Dienste der Kirche stand, aufs schärfste mißbilligt hätte, weniger als Außenseiterin zu fühlen? Und um ihr Geheimnis zu wahren, hatte mein Vater die Geschichte erfunden, wie sie zufällig auf jene kleine Kirche gestoßen seien und den Namen in einer plötzlichen Eingebung gewählt hätten. Nun gut,

wie es auch gewesen sein mochte, ich war jedenfalls froh, daß sie mich so getauft hatten.
Stimmen in der Halle. Ich erkannte die von Red und Elizabeth. Harriet trippelte ihnen entgegen, als probe sie einen Auftritt für »Mikado«. Sie tänzelte über den Fußboden, zog mit einer Hand ihren Fächer aus dem weiten Ärmel und klappte ihn auf, doch die andere Hand hielt sie beharrlich verborgen. Ich sah den Neuankömmling stocken, als sie auf ihn zuflatterte, und als sie sich ehrerbietig verneigte, machte er seinerseits eine feierliche Verbeugung, so als wüßte er, daß dies ein Spiel sei, das man sehr ernst nehmen müsse. Ich war so verblüfft, daß ich einen Augenblick lang gar nicht mehr an meine bedrohliche Lage dachte. Wer war dieser kleine, kahlköpfige Herr, der Claudia jetzt mit einem ausgeprägten fremdländischen Akzent begrüßte?
»Meine liebe gnädige Frau, ich bin, wie Sie sehen, so rasch wie möglich gekommen, aber leider befand ich mich, als Ihr Brief eintraf, gerade nicht in Wien –«
Er küßte ihr die Hand, und Harriet klappte augenblicklich ihren Fächer zu und streckte ihm, dieselbe Höflichkeitsbezeugung heischend, schmachtend ihre Rechte entgegen. Sehr würdevoll tat ihr der Mann den Gefallen, doch als er sich aufrichtete, verwandelte sich sein Gesichtsausdruck von milder Nachsicht in eine gewisse Wachsamkeit, die ich nicht zu deuten vermochte. Ich merkte lediglich, daß er zu der großen Treppe hinblickte, und Claudia und Red taten es ihm nach. Er und Elizabeth hatten wie ich als Zuschauer die Ankunftszeremonie des Fremden beobachtet, aber ich sah, daß Claudia soeben im Begriff gewesen war, ihm die beiden vorzustellen. Doch jetzt hielt sie inne und zögerte, und da erkannte ich den Schritt auf der Treppe. Mein Mann kam herunter.
Claudia rief: »David! Ich habe dich gar nicht zurückkommen hören.«
»Das war auch kaum möglich, weil ich heute morgen gar nicht in meinem Büro war. Ich habe mich in der Bibliothek eingeschlossen. Ich wollte herausfinden, warum meine Frau diesen Raum so liebt. Sie hat dort viel Zeit verbracht, seit sie nach Abbotswood kam. Sie scheint es zu genießen, sich abzukapseln. Eine sehr komplizierte Persönlichkeit, meine arme Frau. Sie bedarf dringend ärztlicher Hilfe ...«

Nein, dachte ich entschieden. Ich will ihm nie wieder von Angesicht zu Angesicht gegenübertreten. Ich will ihm nicht begegnen, will nicht mit ihm reden. Nie mehr.

Das Frühstückszimmer war im hinteren Teil der langgestreckten Halle gelegen, nahe einer Seitentreppe, über die man ungesehen nach oben gelangen konnte. Wenn ich aus dem Zimmer schlüpfte, während mir alle den Rücken zukehrten, könnte ich diese Stiege unbemerkt erreichen.

Es glückte. Lautlos eilte ich die verborgene Treppe hinauf, die sonst nur von den Dienstboten benutzt wurde, kam zum Westflügel und erreichte ungesehen mein Zimmer.

Ich brauchte nur meine Tasche zu nehmen und das Haus durch den Ostflügel zu verlassen, denn ich hatte keine Lust, einen von denen dort unten noch einmal sehen zu müssen. Ich wollte die vier Meilen bis Hythe zu Fuß zurücklegen. Ich war inzwischen im Wandern geübt, und außerdem schreckte mich nichts so sehr, wie auch nur eine Minute länger in diesem Haus zu verweilen.

Auf der Schwelle zu meinem Zimmer blieb ich entgeistert stehen. Der Inhalt der alten Reisetasche lag überall verstreut, wie von wütenden Händen durcheinandergeworfen. Ich ahnte sogleich, wessen Hände das gewesen waren.

Ich hob gerade die kostbare Brosche meiner Mutter auf, als ich hinter mir seine Stimme vernahm.

»Willst du immer noch weglaufen, meine süße Aphra? Welche Zeitverschwendung, welche Kraftvergeudung! Du weißt doch, daß man dich zurückbringen wird. Ich sah dich aus dem Frühstückszimmer schleichen und ahnte, wo du hinwolltest, und als besorgter Ehemann bin ich dir natürlich nachgegangen, um dich wieder hinunterzubegleiten.« Er riß mir den Samthut vom Kopf und schleuderte ihn zur Seite. »Ich kann meine liebe Frau nicht einen solchen Fauxpas begehen lassen, zum Lunch in ihrem eigenen Heim einen Hut zu tragen.«

Mit einer spöttischen Verbeugung bot er mir seinen Arm. Ich ignorierte ihn. »Erlaube mir, dich hinunterzugeleiten«, sagte er. »Alle warten schon, und ich bin sicher, daß der Gast meiner Schwester nach einer solch weiten Reise hungrig ist. Die ganze Strecke von Wien bis hierher, mit dem Nachtzug nach Paris und von da aus nach Boulogne, und anschließend die ermüdende Fahrt über den Kanal – ich kann mich gut an diese Reise erinnern.

Weißt du übrigens, wer er ist? Sein Name ist Carl Steiner, Dr. Carl Steiner. Ein genialer Mann. Professor der Neurologie, arbeitet neuerdings als Psychoanalytiker an der Wiener Universität mit Sigmund Freud zusammen. Außerdem leitet er eine weltberühmte Privatklinik. Du kannst dich nicht weigern, mit einem solch erlauchten Gast zu speisen, zumal meine Schwester sich soviel Mühe gemacht hat, ihn eigens herzubitten, um dich seiner Obhut zu übergeben.«

Jetzt erblickte ich auch seine Schwester, die wartend an der Tür stand.

»Komm, Aphra«, sagte sie.

Und da begriff ich, daß sie diesen teuflischen Plan zusammen ausgeheckt hatten, und daß ich gegen ihre Machenschaften nichts ausrichten konnte.

17

Bei Tisch saß ich zwischen Dr. Steiner und Red. Ich hatte das Gefühl, daß Red sich absichtlich neben mich gesetzt hatte, worüber David sichtlich verärgert war. Ich ahnte, warum. Hätte ich zwischen dem Doktor und ihm selbst gesessen, so wäre ich gut und sicher bewacht gewesen.
Ich war froh und bekümmert zugleich, daß man Red und Elizabeth gebeten hatte, zum Lunch zu bleiben. Elizabeth mußte uns für eine höchst sonderbare Familie halten – mit Yum-Yum auf der einen Seite und auf der anderen die Gastgeberin, die wie eine Königin aus der griechischen Tragödie anmutete, dazu mein Mann und ich, die nicht miteinander sprachen – und ich trug überdies noch immer das schlichte Reisekostüm aus jenen längst zurückliegenden Tournee-Tagen, obwohl ich doch gewiß einen ganzen Schrank voller eleganter und modischer Kleider besaß. Arme Elizabeth, diese unverhoffte Unterbrechung der anstrengenden Theaterarbeit erwies sich am Ende als gar nicht so erfreulich – im Gegensatz zu jenem ersten Besuch auf Abbotswood, als sie im festlichen Glanz eines Ballsaals von einer Schar bewundernder Männer umgeben war. Die einzigen heute anwesenden Männer waren ein erfolgreicher Schmied, dem anscheinend daran gelegen war, die Wahrheit über das Geschick anderer Leute aufzudecken, ein rundlicher kleiner Ausländer mit wachsamen Augen und ein Gastgeber, der sie aufgrund ihrer gesellschaftlichen Stellung von oben herab behandelte. Nein, sie war Red gewiß nicht dankbar, daß er sie hierhergebracht hatte, und es würde ihr wohl nicht schwerfallen, zur Thespis-Truppe zurückzukehren. Es war kein Kunststück, ihre Gedanken zu erraten.
Dr. Steiner unterhielt sich während der ganzen Mahlzeit fast ausschließlich mit mir und behandelte mich dabei vor aller Welt

wie einen normalen, mündigen Menschen und nicht wie eine potentielle Patientin, doch später wurde mir klar, daß die Unterhaltung nur ein geschicktes Frage-und-Antwort-Spiel gewesen war, bei dem er die Fragen stellte und ich die Antworten gab. Ein Zwischenfall prägte sich mir besonders deutlich ein: Als zu Ehren des Gastes eine Flasche von Abbotswoods bestem Châteauneuf-du-Pape kredenzt wurde, rief ich unwillkürlich: »Nicht den! Nicht diesen Châteauneuf!«

Alle blickten mich überrascht an, mit Ausnahme des Doktors, der ganz freundlich sagte: »Schmeckt er Ihnen nicht, Madame?«

»Ich habe keine Ahnung. Ich habe ihn nie gekostet, und ich werde es auch nie tun, denn ich habe den Verdacht, daß mein Vater damit umgebracht wurde.«

Die Verblüffung der Tischrunde ließ mich gänzlich ungerührt, ebenso wie Davids Gesichtsausdruck, der eine Mischung aus Zorn und Belustigung widerspiegelte.

»Sie dürfen meine Frau nicht ernst nehmen, Doktor. Sie sehen ja, was für eine ausschweifende Einbildungskraft und welch abnorme Phantasie sie hat. Der Châteauneuf ist ein ganz ausgezeichneter Jahrgang, dessen versichere ich Sie.«

»Das hast du auch meinem Vater versichert«, warf ich ein. »Und doch ist er davon krank geworden.«

»Soweit ich mich erinnere, war er bereits krank. Übermüdet und überlastet, so lautete die Diagnose bei seinem Tod. Falls freilich eine Alkoholvergiftung sein Ende beschleunigt haben sollte, so hatte er das ganz allein zu verantworten. Ich besinne mich, daß er mehr als eine große Vorliebe für Wein hegte. Er hat an dem Abend, als er hier war, eine ganze Flasche Châteauneuf getrunken.«

»Nein. Das schien nur so. Die Flasche war leer, weil ich den Rest weggegossen habe, um zu verhindern, daß er noch mehr trank. Doch ich gebe zu, daß er ein Weinliebhaber war.«

David entrüstete sich: »Du hast eine ganze Flasche von einem unserer besten Jahrgänge weggeschüttet?«

»Keine ganze Flasche, nur was übriggeblieben war, etwas weniger als die Hälfte.«

»Wie kannst du dann behaupten, daß dein Vater daran gestorben ist? Was ist das für ein verrückter Verdacht? Ich habe den Wein persönlich ausgesucht und zu ihm hinaufgeschickt.«

»Ich weiß. Aber vielleicht war gerade diese Flasche nicht in Ordnung, so daß der Wein Übelkeit und Schwindel verursachte. Möglicherweise war er verdorben.«
»Oder gar vergiftet? Wolltest du das damit sagen? Und die Flasche, die er am nächsten Tag so bereitwillig für den Heimweg annahm? War die auch vergiftet?«
»Nein.«
»Aha! Hast du das nachgeprüft?«
»Sie wurde nach dem Tod meines Vaters routinemäßig untersucht. Aber vielleicht hatte sich in seinem Blut ein Gift gebildet ...«
»Und das sollte ein Arzt übersehen haben?« höhnte David. »So ein – ja, was eigentlich?« Als ich keine Antwort gab, wandte er sich an Carl Steiner und sagte mit gerührter Stimme: »Gott sei Dank, daß Sie gekommen sind, Sir. Sie sehen ja selbst, wie dringend meine Frau Ihrer Hilfe bedarf.«
Ich hatte den Eindruck, daß Red aufbegehrte, war jedoch nicht sicher, weil ich die Augen starr auf meinen Teller gerichtet hielt; Elizabeth aber mischte sich mit zusammenhanglosem Geplapper, das alles übertönte, in die Unterhaltung, und der Doktor unterstützte sie, indem er die Rede aufs Theater brachte und sich dann bei mir erkundigte, was es mit dem Wanderleben auf sich habe und was es bedeutete, Tochter eines Shakespeare-Darstellers zu sein, und ob ich jemals Sehnsucht nach der Bühne hätte. Ich antwortete ausweichend, denn ich fürchtete, daß David, der genau zuhörte, ohne daß man es ihm anmerkte, verraten könnte, daß ich in der krankhaften Vorstellung, zur Bühne zurückzuwollen, hinter seinem Rücken an George Mayfield geschrieben hatte. Er nutzte jede Gelegenheit, mich als unmündig und gestört hinzustellen, und Claudia saß schweigend dabei und machte nicht den geringsten Versuch, ihn zurückzuhalten. Auch sie war mir feindlich gesinnt. Sie hatte den Besuch dieses Mannes bewerkstelligt, und sie hatte ihrem Bruder beigestanden, um mich am Verlassen des Hauses zu hindern, gerade als die Möglichkeit zur Flucht zum Greifen nahe war. Doch man würde mich ohnehin zurückgeholt haben, wie David gesagt hatte. Ich war sein Eigentum, sein Besitz, aber welch teuflische Pläne sie auch hatten, ich würde immer wieder zu fliehen versuchen, sei es von Abbotswood oder aus einer wohlbewachten Wiener Klinik.

Und plötzlich fiel es mir ein: David hatte in einem Wiener Krankenhaus gearbeitet. Toxikologie. Ich blickte ihm fest in die Augen, als ich, sehr deutlich, damit alle es hören konnten, fragte: »Hat mein Mann in Ihrem Institut studiert, Dr. Steiner? Er wurde in Wien zum Toxikologen ausgebildet, jedenfalls hat er mir das erzählt. Sie müssen sich unbedingt sein Laboratorium hier auf Abbotswood anschauen. Das dürfte Sie interessieren.«
»Ich würde es sehr gern besichtigen, Madame, es interessiert mich außerordentlich.«
Ich war froh, als die Mahlzeit vorüber war und wir alle in den Salon hinübergingen. Claudia bereitete den Kaffee persönlich nach ihrem ureigenen Ritual zu. Während er durch den Filter tröpfelte, bewegte sich die Unterhaltung in mehr oder weniger allgemeinen Bahnen. Es war mir gelungen, diesmal Elizabeth neben den Doktor zu plazieren, und ich hoffte dadurch seinen durchdringenden Blicken zu entgehen, doch ich hatte mich so gesetzt, daß das Licht durch die Fenster voll auf mich fiel, und ich wußte, daß die verräterischen Male an meiner Kehle nicht nur Red auffielen. Trotz der hochgeschlossenen Bluse waren die verfärbten Quetschungen bis zum Kinn hinauf sichtbar. Ich bezweifelte nicht, daß der forschende Blick des Doktors sie bemerkte, aber würde er mir glauben, wenn ich ihm schilderte, wie es dazu gekommen war? Würde mir überhaupt jemand glauben?
Ich hatte Red noch nie so still erlebt. Ich beobachtete eine forschende Wachsamkeit an ihm, die anscheinend selbst Claudia einbezog.
Sein Interesse für sie und seine langjährige Freundschaft mit ihr waren es, die mich letztlich davon abhielten, mich an ihn zu wenden, als sich die Gelegenheit dazu bot. Er brachte seine Kaffeetasse herüber und setzte sich zu mir. David hielt sich zwar immer noch in meiner Nähe, unvermindert wachsam, doch ich hätte nur den Kopf zu wenden und mit leiser Stimme zu sagen brauchen: »Helfen Sie mir zu fliehen, Red. Bringen Sie mich fort aus diesem Haus. Fahren Sie mich nach Hythe, ich bitte Sie ...«
Doch die Worte blieben ungesagt.
Zu Elizabeths mühsam unterdrückter Belustigung und, wie mir schien, zu Davids Verdruß spielte Harriet immer noch die Geisha. Sie wedelte mit ihrem Fächer, klimperte mit den Wimpern und trippelte mit ihren winzigen Schulmädchenschrittchen im Zim-

mer umher. Claudia, unendlich geduldig, wenn es ihre bedauernswerte Cousine betraf, lächelte ihr ewig gleiches, nachsichtiges Lächeln, doch David platzte plötzlich heraus: »Wo um Himmels willen hast du das Kostüm her, Harriet? Und warum hast du dich zum Lunch so verkleidet? Das ist doch hier kein Maskenball.«
»Ich weiß, aber steht es mir nicht gut? Ich komme mir vor wie Madame Butterfly, und ich sehe auch so aus, findest du nicht? Claudia, Liebste, wenn ich Gesangsstunden nähme, könnte ich gewiß zur Oper gehen. Aus welchem Stück ist denn dieses Kostüm?«
»Ich weiß es nicht mehr, Liebes. Wo hast du es gefunden?«
»In einer Truhe voller Theaterkostüme, oben auf dem Dachboden.«
»Ich habe dir doch gesagt, du sollst nicht da hinaufgehen. Die Stufen sind schadhaft. Ich muß sie unbedingt ausbessern lassen ...«
»Ach, so schlimm ist das gar nicht. Bloß alles furchtbar staubig. Aber die Kostüme sind gut erhalten. Ein paar sind von Motten angefressen, aber nicht alle. Die müssen schon jahrelang dort liegen. Und die Fotografien – die müssen schon vor Jahr und Tag aufgenommen sein.«
David fragte heftig: »Fotografien? Was für Fotografien?«
»Die alten, die Aphra so gerne sehen wollte. Ich hab' ihr versprochen, sie zu suchen, darum habe ich auf dem Dachboden herumgekramt. Dabei bin ich auf dieses himmlische Kostüm gestoßen. Es ist wie für mich geschaffen. Findest du nicht, es hätte für mich gemacht sein können, Aphra? Und Sie, Miss Lorrimer? Und Sie, Red – finden Sie nicht, es sieht aus wie für mich gemacht?«
David unterbrach sie ärgerlich: »Du hast kein Recht, dort herumzustöbern. Claudia, du hättest es ihr verbieten sollen.«
»Solange sie nicht die Bodenstiege herunterfällt und sich verletzt, sehe ich nicht ein, welchen Schaden sie anrichten kann«, erwiderte seine Schwester sanft.
»Ich spreche nicht von *Schaden.* Ich spreche von ihren Rechten. Sie hat kein Recht, ohne Erlaubnis irgendwo herumzukramen.«
»Dann solltest du nicht so viele Türen verschlossen halten!« gab Harriet, in kindlichen Trotz verfallend, zurück.

Er warf ihr einen kalten, durchdringenden Blick zu. »Du hast etwas von Fotografien gesagt. Hast du auf dem Dachboden welche gefunden?«
Er schien sich ganz beiläufig zu erkundigen, aber ich wußte aus Erfahrung, wie unnachgiebig mein Mann bei seinen Verhören werden konnte.
»Nur ein paar. *Du* müßtest doch wissen, wo ich die übrigen gefunden habe ...«
Ich sah, wie seine weißen Finger sich langsam um seine Kaffeetasse krampften.
»Wo hast du sie?« Er bemühte sich, es wie eine nebensächliche Frage klingen zu lassen, aber in Wirklichkeit war es ein Befehl.
»Versteckt, und du wirst nie erraten, wo!«
»Du wirst genauso geheimnisvoll wie Aphra.« Er wandte sich wieder an den Doktor: »Ich fürchte, Sie werden feststellen, daß es sehr, sehr schwierig ist, etwas aus meiner Frau herauszubekommen.«
»Und warum sollte ich wünschen, etwas aus ihr herauszubekommen, Mr. Hillyard?«
Harriet piepste: »Weil wir alle wissen, daß sie Geheimnisse hat! Erst heute morgen wollte sie mir nicht verraten, warum sie in ein Bettlaken gewickelt im Flur vor ihrem Schlafzimmer herumspazierte. Sie sagte, sie hätte ein Bad genommen und ihren Morgenmantel vergessen, aber sie ist gar nicht aus der Richtung des Badezimmers gekommen, also hat sie gelogen. Hast du dir eingebildet, du hättest eine römische Toga an, Aphra?«
Ich fühlte eine tiefe Röte in meinen Wangen aufsteigen. Früher oder später *mußte* dieser Vorfall ja herauskommen, dachte ich unglücklich, aber es hätte in keinem ungünstigeren Augenblick passieren können als eben jetzt. Ich rührte meinen Kaffee um – wieder und wieder, und gleichzeitig wünschte ich, ich könnte aufhören, weil diese unablässige, sinnlose Bewegung erst recht auf eine seelische Störung hindeuten würde.
»Ach«, sagte David zufrieden, »Harriet scheint zu wissen, wie merkwürdig sich meine Frau benimmt und was für ein Mensch sie ist.«
Harriet bekräftigte vergnügt: »Stimmt, ich weiß, was sie für eine ist, und du weißt es auch, David. Sie ist ein Bastard, das ist sie, jawohl.«

Mein Kopf fuhr in die Höhe. Wie hatte sie das erfahren? Und hatte sie recht mit ihrer Behauptung, daß auch David es wußte? Und wie stand es mit Claudia? Hatte sie es die ganze Zeit gewußt, und war das einer der Gründe gewesen, weshalb sie mich ihres Bruders nicht für würdig erachtet hatte? Eine solche Denkungsart war charakteristisch für den Zeitgeist. Claudia schien zwar schokkiert, doch ich hatte den Eindruck, daß sich diese Reaktion nur auf Harriets Ausdrucksweise bezog, derentwegen Claudia sie auch sogleich rügte: »Das ist ein häßliches Wort, Harriet. Das darfst du nie benutzen.«

Ich sagte gleichmütig: »Aber es ist wahr. Meine Eltern waren nicht verheiratet, also bin ich unehelich, doch ich schäme mich deswegen nicht, weil es mein Leben nicht im geringsten beeinflußt hat. Allerdings überrascht es mich zu hören, daß mein Mann es gewußt hat. Er hat es nie erwähnt.«

»Ich wollte dich natürlich nicht verletzen oder in Verlegenheit bringen.« Er wechselte das Thema. »Zeig mir die Fotografien, Harriet. Wie viele hast du? Wo sind sie?«

Sie fing an zu kokettieren; kichernd stellte sie sich mitten auf den Kaminvorleger und verbarg die Hände wieder in den weiten Ärmeln ihres Kimonos. Sie verneigte sich tief, und mit einer schwungvollen Gebärde zog sie die Bilder aus ihrem Ärmel.

Red nahm sie, bevor David zugreifen konnte. Ich beugte mich zu Red hinüber, dankbar, eine Ablenkung zu finden und den lauernden Augen meines Mannes und den wachsamen Blicken der übrigen ausweichen zu können.

Ich sah verblaßte, bräunliche Gruppenbilder, dann ein Foto von einem Mann in altmodischer Kleidung. Harriet lehnte sich über Reds Schulter und piepste: »Ich weiß, wer das ist. Claudia hat es uns einmal gesagt, ehe David diese Bilder weggenommen und eingeschlossen hat. Das ist Jasper Bentine.«

Ich beugte mich noch weiter vor und betrachtete den Mann, der Claudias Liebhaber gewesen war, den Mann, der seinen Bruder hier auf Abbotswood getötet hatte, und mein Blick erstarrte.

Es war mein Vater, zwanzig Jahre jünger zwar, aber nicht zu verkennen.

Ich glaubte es nicht. Ich konnte, wollte es nicht glauben. Und doch erinnerte ich mich, wie es meinem Vater widerstrebt hatte,

nach Abbotswood zu kommen und wie er, als ihm schließlich nichts anderes übrigblieb, erst im allerletzten Moment angelangt war, so daß gerade noch Zeit für die entstellende Verwandlung in Caliban blieb. Er hatte seine Ankunft auf eine Stunde gelegt, da er fast sicher sein konnte, niemandem zu begegnen, und er war bei einem Nebeneingang hinein- und die Hintertreppe hinaufgeschlichen, wie jemand, der mit der Anlage des Hauses bestens vertraut war. Hatte er sich für die Rolle des Caliban entschieden, damit keiner ihn erkannte? Als Caliban hatte er ja auch seine Stimme verstellen müssen ... und während der Vorstellung war er so unsicher und angespannt gewesen, wie ich ihn nie zuvor auf der Bühne erlebt hatte. Und dann war er am nächsten Morgen so früh wie möglich aufgebrochen, zu einer Zeit, da außer David noch niemand auf den Beinen war.
Und mehr als alles andere, so erinnerte ich mich, hatte mein Vater eine Begegnung mit Claudia vermieden.
Das ganze Zimmer drehte sich um mich. Mein Vater ein Mörder, ein Mann, der seinen Bruder erdolchte und davonlief, ein Mann, der die Frau seines Bruders geliebt, dann meine Mutter verführt und zu seiner Geliebten gemacht hatte? Konnte jemand sein ganzes Leben mit einem solchen Menschen verbringen, ohne ihn je zu durchschauen?
Ich hörte Red sagen: »Trinken Sie Ihren Kaffee, Aphra.« Er mußte mir die Tasse an die Lippen halten, seinen Arm um meine Schulter gelegt. Dieser Mann sah einfach zuviel, er hatte immer zuviel gesehen. Ich versuchte, seinem Blick auszuweichen, und da bemerkte ich, daß Claudia, ihr Gesicht ganz bleich, und der Doktor mich angespannt beobachteten.
Der Kaffee stärkte mich ein wenig, und Reds Arm gab mir Kraft. Ich konnte wieder klarer denken. Jetzt wußte ich, warum David Hillyard den Auftritt der Thespis-Truppe auf Abbotswood arrangiert hatte. Bei einem Theaterbesuch in Bristol hatte er Jasper Bentine nach den alten Fotografien erkannt. Eine Woche lang hatte er sich Abend für Abend die Vorstellung angesehen, bis er seiner Sache ganz sicher war, und dann hatte er seinen Schlachtplan entworfen, bis ins kleinste Detail. Er war sogar so weit gegangen, die Tochter des Liebhabers seiner Schwester, des Mörders ihres Mannes, zu heiraten, weil Jasper Bentine seit dem Tode seines Bruders der Erbe von Abbotswood war.

Das also war Davids Motiv, dem nicht nur die Heirat mit mir, sondern auch sein Wunsch, mich zu töten, entsprang. *»Wo ein Wille ist, ist auch ein Weg ...«* Jetzt endlich blickte ich der Wahrheit ins Gesicht. Da kein Testament vorhanden war, würde vermutlich alles, was mein Vater hinterlassen hatte, an mich fallen. Aber in der Kassette hatte sich kein Zeichen, kein schlüssiger Beweis dafür gefunden, daß Charles Coleman wirklich Jasper Bentine war; wie konnte David Hillyard da sicher sein, daß Abbotswood, nach dessen Besitz es ihn so sehr verlangte, einmal mir gehören würde? Elizabeth hatte schon Bedenken geäußert, ob ich selbst auf das wenige, das mein Vater nach ihrer Meinung hinterlassen hatte, einen Anspruch besaß.

Das Zimmer hatte aufgehört, sich zu drehen, und Reds schützender Arm lag nicht mehr um meine Schultern; doch er war noch ganz nah.

Harriet war den Tränen nahe, aber sie hielt Davids Blicken trotzig stand. »Du hältst so viele Sachen verschlossen«, warf sie ihm vor. »Du machst es mir so schwer, sie zu erreichen, dabei weißt du genau, daß ich verschlossene Zimmer oder Schränke oder Schubladen nicht leiden kann ...«

David sagte langsam: »Herrgott – du hast dir also auf irgendeine Weise einen Schlüssel besorgt ...«

Sie nickte stolz.

»Ich habe einen anfertigen lassen. Das war kinderleicht. Jenkins hat gesagt, ich brauchte nichts weiter zu tun, als von jedem Schloß, zu dem ich einen Schlüssel wollte, einen Wachsabdruck zu nehmen, und so habe ich es auch gemacht. Mrs. Stevens macht sich immer Paraffin-Umschläge gegen ihren Rheumatismus; ich habe mich einfach in die Küche geschlichen, als die Dienstboten woanders beschäftigt waren, und habe mir welches genommen. Ich bin im Haus herumgegangen und habe jede verschlossene Tür, jeden verschlossenen Schrank und jedes verschlossene Schubfach aufgespürt. Jenkins ist ein sehr guter Schlüsselmacher. Ich kann ihn bestens empfehlen. Aphra schließt überhaupt nichts ab, und Claudia auch nicht, aber du, David, du hältst nahezu alles verschlossen, nicht wahr? Das Gewächshaus, dein Labor, selbst die Schränke und Schubladen in deinem Ankleidezimmer. Ich habe geahnt, daß du dort deine ganz persönlichen Geheimnisse verwahrst, weil außer dir niemand dort hinkommt, höchstens Truman, um deine Kleider in Ordnung zu bringen, oder die Mädchen zum Saubermachen, aber die trauen sich ja nicht, Privatsachen anzufassen. Weder Claudia noch ich gehen je in dein Ankleidezimmer, und Aphra sicher auch nicht, weil sie alle ihre Sachen im Schlafzimmer hat. Der Ankleideraum ist dein ganz persönliches Privatgemach. Ich verwahre alle meine großen Geheimnisse dort, wo niemand außer mir hinkommt, und darum wußte ich, daß du es genauso machen würdest. Ich finde das natürlich gemein von dir. Mit *dir* würde ich alle Geheimnisse teilen, wenn du mir deine anvertrauen würdest, aber das tust du ja nicht, und deshalb geschieht es dir recht, daß ich sie aufgespürt habe. Ich meine aber nicht diese alten Fotografien; ich verstehe überhaupt nicht, warum du *die* wegschließen mußtest. Ich meine ein viel größeres Geheimnis. Über Aphra. Wer sie wirklich ist. *Das* hast du sehr sorgfältig versteckt, aber nicht sorgfältig genug. Schau – hier ist es!«

Aus der breiten Schärpe ihres Kimonos zog sie die letzte Trophäe ans Licht, ein Papier, das David ihr flink zu entwenden suchte. Doch Harriet war schneller, sie hielt es geschwind in die Höhe und tänzelte fröhlich wie ein ausgelassenes Kind durchs Zimmer. »Du kriegst es nicht, du kriegst es nicht!« sang sie. »Und es ist sowieso nicht deins. Es gehört Aphra, und weil du so gemein zu mir warst, gebe ich's ihr – da!«

Sie warf mir das Papier in den Schoß, und Red sprang auf, um David zurückzuhalten, doch ich nahm weder ihn noch die anderen richtig wahr; ich sah nur ein paar Worte, die mir vor den Augen tanzten: LETZTER WILLE UND TESTAMENT ... Ein ganz gewöhnliches, billiges Testamentsformular, wie man es in jedem Schreibwarenladen kaufen konnte ... und unter der gedruckten Überschrift die Handschrift meines Vaters.

> Ich, Lawrence Sylvester Bentine, unter dem Künstlernamen Charles Coleman bekannt, ältester Sohn und Erbe des verstorbenen Sir William Bentine von Abbotswood, Kent, vermache hiermit meiner geliebten leiblichen Tochter Aphra Newton, genannt Aphra Coleman, geboren von meiner treuen Lebensgefährtin, der verstorbenen Petronella Newton, genannt Petronella Coleman, die ich stets als meine einzige und wahre Frau anerkannt habe und immer als sol-

che anerkennen werde, alle bewegliche Habe, alles Vermögen und sämtliche Ländereien, die ich zum Zeitpunkt meines Todes besitze ...

Langsam hob ich den Kopf und sagte zu Harriet: »Du hast mir erzählt, Lawrence Bentine sei ermordet worden.«
»So? Ich kann mich nicht erinnern. Ich weiß nur, daß *einer* von den Brüdern getötet wurde, aber ich war damals schließlich nicht dabei; wie sollte ich es da so genau wissen?«
Ich blickte zu meinem Mann, der sich mit gefährlich drohender Miene aus Reds eisernem Griff zu befreien suchte, und in seinem verzerrten Gesicht las ich die ganze tragische Geschichte meiner so kaltblütig geplanten Ehe und ihres unausweichlichen Schicksals. Meine Augen wanderten wieder zu dem Testament zurück, das David aus der Kassette meines Vaters genommen haben mußte, während ich mit dem Rücken zu ihm in der kleinen Wohnung in Pimlico saß, in die persönlichen Andenken vertieft, die ich in der Kassette entdeckt hatte, ohne auch nur für einen Moment zu vermuten, daß sie noch mehr enthalten haben könnte. Wäre David nicht im rechten Augenblick mit den Schlüsseln gekommen, so wäre es mir gar nicht möglich gewesen, die Kassette zu öffnen, ohne Gewalt anzuwenden; das aber hätte ich erst nach einer schicklichen Wartezeit gewagt, und bis dahin hätte David es sicher einzurichten gewußt, mich aufzusuchen.

Claudia Bentine, meiner rechtmäßigen Ehefrau, vermache ich auf Lebenszeit das Einkommen, das ihr bereits zum Zeitpunkt unserer Eheschließung zugesprochen wurde, sowie die Einkünfte aus dem Teil der Abbotswoodschen Güter, die ich auf sie übertrug, als wir uns am 25. Juni 1880 in gegenseitigem Einvernehmen trennten. Jede weitere Zuteilung überlasse ich dem Ermessen meiner Tochter, die bei Antritt ihres Erbes berechtigt ist, mit den übrigen Anteilen besagter Güter nach eigenem Gutdünken zu verfahren; und für den Fall, daß dieses unglückselige Haus ihr Leben zu überschatten droht, wie es das meine überschattet hat, bete ich darum, daß sie die Weisheit besitzen möge, es gänzlich zu veräußern und ihr Glück anderswo zu suchen, wie ich es getan habe.

Das war alles; es folgten nur noch die Ernennung des Testamentsvollstreckers und die Unterschriften zweier Zeugen – Barney Wills, Bühnenmeister, und Elizabeth Lorrimer, Schauspielerin.
Ich wandte mich an Claudia: »Harriet mag die Ereignisse verwechselt haben, aber du doch nicht. Trotzdem hast du mich damals beim Lunch auf der Terrasse in dem Glauben gelassen, du seiest Witwe. Dabei hast du die ganze Zeit gewußt, daß mein Vater lebte.«
»Dein Vater?«
»Lawrence Sylvester Bentine. Und auch David hat mir erzählt, er sei tot, von Jasper ermordet.«
Nicht nur in Claudias Gesicht spiegelte sich der Schock über meine Eröffnung wider, sondern auch in ihrer Gestalt, die wie versteinert wirkte. »Lawrence – dein *Vater?* Das kann doch nicht wahr sein!«
»Das Testament hier bezeugt es, und genau darum hat mein Mann es vermutlich auch versteckt. Hast du wirklich nichts davon gewußt? Hat David sich nicht einmal dir anvertraut?«
»Ein Mann sollte über schwerwiegende Dinge schweigen«, wütete David. »Frauen taugen nichts. Sie wollen alles ergründen und können nichts für sich behalten. Lassen Sie mich los, Deakon – Sie tun mir weh!« Er begann zu winseln. »Doktor, sagen Sie ihm, er soll mich loslassen.«
Mit ruhiger, freundlicher Stimme erwiderte Steiner: »Kommen Sie, Mr. Hillyard, Sie brauchen Ruhe. Es war klug von Ihrer Schwester, nach mir zu schicken. Sie war Ihretwegen in Sorge. Sie fürchtet, Sie haben sich überarbeitet. Sie hat sicherlich recht, und ich stimme mit ihr überein, daß Ihnen ein längerer Aufenthalt in Wien gewiß wieder einmal guttun würde. Sie sind bei Ihren früheren Besuchen dort sehr glücklich gewesen. Sie könnten in meine neue Klinik kommen, die ich inzwischen eröffnet habe. Ich bin sicher, daß ein Mann von Ihren Fähigkeiten sich dafür interessieren dürfte. Sie könnten sogar Ihre Studien fortsetzen – natürlich mit Unterstützung.«
Ich begriff, daß dies »unter Aufsicht« bedeutete, aber mein Mann verstand es anders. Er beruhigte sich sogleich. Eine wunderbare Möglichkeit zur Flucht bot sich ihm an, einer Flucht in Anstand und Würde, die ihm einen Anschein von Bedeutung verlieh. Sein

Gesicht glättete sich und nahm einen beinahe versöhnlichen Ausdruck an. »Mit Assistenz, meinen Sie? Mit richtigen Fachkräften, die mich bei der Arbeit unterstützen? In einem gut ausgestatteten Laboratorium?«

»Sie werden feststellen, daß meine Kollegen und ich Ihren Bedürfnissen großes Verständnis entgegenbringen.«

David las aus dieser Antwort nur einen Sinn heraus. Er sagte geschmeichelt: »Ich würde Ihre Einladung gerne annehmen, aber leider fürchte ich, daß ich auf Abbotswood unentbehrlich bin.«

»Ich bitte dich, stelle Abbotswood nicht über deine persönlichen Wünsche«, redete Claudia ihm zu. »Wir haben einen äußerst tüchtigen Verwalter, und du hast die Bücher so korrekt geführt, daß selbst ich ohne weiteres daraus klug werde und sie an deiner Stelle übernehmen könnte. Du darfst nicht vergessen, daß ich es gewöhnt bin, die wöchentlichen Haushaltsabrechnungen zu machen, und die sind keineswegs einfach.« Sie drehte und wand ihre Hände in ängstlicher Nervosität, doch das schien außer mir niemandem aufzufallen. »Denk doch einmal an dich selbst, David. Welch eine Chance, bei Dr. Steiner zu studieren ... Jeder weiß, wie intelligent du bist. Denk doch nur – was für eine Gelegenheit!«

Sichtlich erfreut antwortete David: »Du hast recht wie immer, liebste Schwester. Also gut, Doktor, ich nehme Ihre Einladung an. Ich lasse Truman sofort einen Koffer packen. Wann können wir aufbrechen?«

»Sobald Sie es wünschen.«

Der Doktor blinzelte zu Red hinüber, der seinen Griff langsam lockerte. Mein Mann zog sein Jackett zurecht, glättete mit weißer, anmutiger Hand sein Haar, lächelte uns allen mit einer Mischung aus Verachtung und Triumph zu und sagte: »Ich packe gleich meine Sachen zusammen.«

Claudia stand auf. »Laß mich dir helfen.«

»Nein, Schwester. Ich benötige ein oder zwei Kleinigkeiten aus meinem Laboratorium. Das dauert nur ein paar Minuten.«

Er ging ganz ruhig aus dem Zimmer, aber es verstrich eine lange Zeit, ehe er zurückkehrte; das heißt – er kam überhaupt nicht mehr zurück.

Man fand seine Leiche im Laboratorium. Neben ihm auf dem Boden lag eine zerbrochene Ampulle.

18

»Er war so ein reizender kleiner Junge«, sagte Claudia. »Er kam auf die Welt, als ich zehn Jahre alt war. Ich war ein Einzelkind, und ich war einsam, und die Ankunft dieses Babys erschloß mir eine ganz neue Welt. Ich nannte ihn Engelchen, und so sah er auch aus. Wie ein goldgelockter Cherubim von Raphael mit Grübchen in den Wangen und großen, unschuldigen Augen. Ich betete ihn an. Mama ist kurz nach seiner Geburt gestorben, und er war für mich wie ein Geschenk des Himmels, und als mein Vater durch den Tod meiner Mutter einen Nervenzusammenbruch erlitt und uns für immer verließ, da wurde David zum Mittelpunkt meines Lebens. Nichts war zu gut für ihn. Er bekam alles, was er wollte. Er konnte in meinen Augen nichts Unrechtes tun. Ich habe ihn mit all meiner Liebe überschüttet. Ich hatte immer ein mütterliches Wesen; ich hatte meine einsame Kindheit mit einer ganzen Familie von Puppen belebt, die für mich wie richtige Kinder waren. Aber als David kam, hatte ich keine Zeit mehr für sie. Jetzt hatte ich ein wirkliches lebendiges Spielzeug – ein Baby ganz für mich allein.«

Claudia und ich waren im Garten. Ich war auf Abbotswood geblieben, obwohl der Zauber, den es einst auf mich ausgeübt hatte, für immer zerstört war. Das Haus und seine Umgebung waren von Tragik umwittert, wozu das Unglück meines Vaters nicht wenig beigetragen hatte. Ich vermutete, daß es nicht allein der Schock über den Unfall seines Bruders war, der ihn fortgetrieben hatte. Das war wohl nur der äußere Anlaß gewesen. Und deshalb war ich nach dem Begräbnis meines Mannes dageblieben; ich hoffte nämlich, daß Claudia mir endlich die ganze Wahrheit enthüllen würde. Aber der Schmerz über Davids Tod hatte sie bis heute unnahbar gemacht.

Doch jetzt war sie von selbst zu mir gekommen. Mehr als ein Monat war seit jenem denkwürdigen Tag, der meine Ehe beendete, vergangen.
Seltsam, daß ich nun voller Mitleid an meinen Mann denken konnte, der doch ein solcher Sadist gewesen war. Aber das war ein Ausdruck seiner Krankheit gewesen, und so und nicht anders mußte ich es betrachten, weil ich sonst auf ewig Fragen stellen würde, auf die es keine Antwort gab. Hatte er tatsächlich beim Tod meines Vaters seine Hand im Spiel gehabt? Hatte er wirklich etwas in jene erste Flasche Wein getan, irgendein nicht nachweisbares, geschmacksfreies Gift, das sich im Blutkreislauf speicherte und erst viel später wirksam wurde, nachdem dem Körper noch einmal Alkohol zugeführt worden war, der sich bei der Untersuchung als vollkommen harmlos erwies? Ich würde es nie erfahren. Mir blieb nur die Erinnerung an gewisse Dinge und gewisse Vorfälle; wie David zum Beispiel meinen Vater in seinem Zimmer aufgesucht und später Truman mit einer zweiten Flasche Wein, deren Korken bereits entfernt war, hinaufgeschickt hatte. Aber den Korken hätte ebensogut Truman herausgezogen haben können. Und was war mit der Flasche geschehen, nachdem ich den restlichen Wein fortgegossen hatte? Ich hatte sie auf das Tablett zurückgestellt, und sicher hatte ein gewissenhafter Diener die leere Flasche fortgeworfen.
Doch was war mit den Schlüsseln, die sich, wie David behauptete, im Zimmer meines Vaters auf dem Fußboden gefunden hatten? Vielleicht stimmte es. Aber er hätte sie ebensogut auf dem Ankleidetisch gesehen und heimlich entwendet haben können, um mit ihrer Rückgabe einen Vorwand für seinen Besuch zu schaffen – nachdem mein Vater tot war. Hatte David gewußt, wieviel Zeit ungefähr vergehen würde, bis das Gift wirkte? Bei seinen profunden Spezialkenntnissen konnte er vieles wissen, wovon ich nicht einmal eine Ahnung besaß.
Und wie verständnisvoll und charmant hatte er mich von der betrüblichen Aufgabe, die Kassette meines Vaters durchzusehen, erlöst!
Mutmaßungen über den Wein und die Schlüssel hatten keinen Sinn. Ohne Beweise nützten sie mir nichts, und einen Beweis konnte ich jetzt, nach Davids Tod, nicht mehr erbringen. Selbst die Unterschlagung des Testaments meines Vaters mußte nicht

unbedingt bedeuten, daß David sich schon zuvor etwas hatte zuschulden kommen lassen. Er konnte durchaus in dem Glauben, mein Vater sei Jasper Bentine, nach Pimlico gekommen sein und erst beim Anblick des Schriftstückes die Wahrheit entdeckt haben. Allerdings war es letztlich unerheblich, ob mein Vater Jasper oder Lawrence Bentine war; als Tochter des einen wie des anderen war ich die Erbin des Anwesens, dessen Besitz David Hillyard so sehr begehrte. Er hätte es nie geduldet, lediglich der Ehemann der Besitzerin zu sein; eine derart abhängige Stellung hätte seinem Streben nach Macht und Herrschaft nicht genügt. Einen niedrigeren Rang als seine Frau zu bekleiden und weniger Macht als sie auszuüben, das wäre unerträglich gewesen für einen Mann, der sich daran ergötzte, hilflose Kreaturen aufzuspießen, sie gefangen zu halten und zu quälen, um seine unumschränkte Gewalt über sie zu demonstrieren, und der sie gar tötete, wenn ihn danach gelüstete.

Erst nachdem ich seine Frau geworden war, legte David ein merklich verdächtiges Verhalten an den Tag, und für das, was während unserer Ehe geschah, suchte ich Gewißheit. Hätte ich den Beweis dafür, daß er den mörderischen Adler mit der Absicht, das Tier möge mich töten, freigelassen hatte, hätte ich den Beweis dafür, daß er mich im Gewächshaus eingeschlossen und versucht hatte, mich in der unerträglichen Hitze zu ersticken, so würde ich der Wahrheit näherkommen. Aber ich konnte nichts von alledem beweisen. Ich konnte nur darüber nachgrübeln, wie lange er mich wohl in dem Treibhaus hätte schmoren lassen, wenn ich das Glas nicht zerschmettert und durch den Lärm die anderen herbeigerufen hätte. Heute ahnte ich, daß Davids Entsetzen, als er mich dort liegen sah, nicht der Verwüstung galt, die ich angerichtet hatte, sondern Ausdruck seiner Wut über den mißlungenen Anschlag war und darüber, daß ich ihn überlistet hatte.

Aber Claudia hatte bezeugt, daß er während der ganzen Zeit in ihrer Nähe gewesen sei.

»Hast du ihn immer in jeder Hinsicht verteidigt?« fragte ich sie.

»Das mußte ich doch«, erwiderte sie schlicht. »Er hatte sonst niemanden auf der Welt. Wir wurden von einer tüchtigen Wirtschafterin versorgt, und unser Vermögen wurde von dem Anwalt unserer Familie verwaltet. Ich hatte eine Gouvernante, die auch

David seinen ersten Unterricht erteilte. Sie war genauso in ihn vernarrt wie ich; er konnte mit uns beiden machen, was er wollte. Aber abgesehen von unserem leiblichen Wohl, für das bestens gesorgt war, lebten wir in jenem Haus in Mittelengland ein einsames Leben. Jeder von uns beiden war die ganze Familie, die der andere besaß, bis auf eine Tante in Yorkshire, die uns gelegentlich einen Pflichtbesuch abstattete. Sie legte keinen Wert darauf, auch noch für uns die Verantwortung zu übernehmen. Weißt du – sie war nämlich Harriets Mutter.« Claudia senkte den Kopf. »O ja, die leichte Erregbarkeit und die Labilität liegen bei den Hillyards in der Familie. Die sogenannten ›Stimmungen‹ meines Vaters waren eine regelmäßige Erscheinung meiner Kindheit, und ich erfuhr beizeiten, daß seine gelegentliche Abwesenheit von daheim nichts mit Geschäftsreisen zu tun hatte, wie meine Mutter vorgab. ›Gott sei Dank‹, pflegte sie zu sagen, ›*du* schlägst meiner Familie nach.‹ Aber das vermochte mich nicht zu beruhigen, denn schließlich hatte ich auch das Blut meines Vaters in mir, und ich hatte Angst. Dann kam er eines Tages offensichtlich geheilt nach Hause, und die Ehe meiner Eltern wurde wieder besser. David wurde geboren, und ich dachte weniger und weniger daran, daß ich erblich belastet sein könnte. David war ein gesundes, normales Kind, und so reizend … bis …«
Ich wartete, dann drängte ich leise: »Bis?«
»Bis er ungefähr sieben Jahre alt war. Da fing er an, Dinge zu tun, die mir Angst machten, grausame Dinge, mit Tieren und sogar mit Menschen. Eines Tages war er verschwunden, und das ganze Haus wurde nach ihm abgesucht, aber er tauchte strahlend wieder auf, makellos und adrett wie stets. Er sei spazierengegangen, sagte er – aber wir vermißten eines unserer Küchenmädchen. Er hatte sie im dunkelsten Winkel des Kellers eingesperrt, wo sie nach ihm gesucht hatte. Sie wurde zwei Tage später gefunden, aber nur, weil er versehentlich eine Zwischentür offengelassen hatte. Die führte hinter dem Kohlenkeller in einen Raum, der nie benutzt wurde, deshalb war auch keiner auf die Idee gekommen, dort hineinzuschauen. Das Mädchen muß um Hilfe gerufen haben, bis es nicht mehr konnte, aber die dicken Steinmauern verschluckten jedes Geräusch. Sie war bewußtlos, als man sie fand, und sie wäre vielleicht nie gefunden worden, wenn nicht ein Diener, der hinuntergegangen war, um Kohlen zu holen, die

Zwischentür angelehnt gefunden und dahinter Davids Gelächter gehört hätte – David quälte das Mädchen mit einem Stock; er stach auf sie ein und kitzelte sie, obwohl sie bewußtlos war. Aber er konnte sich aus jeder Situation herauslügen. Da erkannte ich die pathologischen Symptome der Hillyardschen Erbkrankheit, und ich wußte, daß ich sie nicht allein bewältigen konnte. Also wandte ich mich an unseren Hausarzt, und seitdem ist David ständig in Behandlung gewesen – bis vor zehn Jahren, als man seine Genesung für so weit fortgeschritten hielt, daß er seinen Platz in der Gesellschaft einnehmen könnte. Da habe ich ihn nach Abbotswood geholt. Den Rest kennst du.«

Sie blickte mich halb mitleidig, halb schuldbewußt an. Sie hatte keine Fragen wegen der Schwellung an meinem Hals gestellt, auch nicht, als Red darauf bestand, daß Dr. Steiner sie untersuchte, bevor er sich an jenem Tag auf die Suche nach David begab. Noch immer klang mir Reds Stimme im Ohr. »Es tut mir leid, Claudia«, hatte er gesagt, »aber nicht einmal Ihnen zuliebe kann ich hier sitzen und die Male an Aphras Kehle betrachten, ohne die Ursache herauszufinden, wenngleich ich glaube, daß wir beide sie ahnen, Sie und ich.«

»Du hast mir so vieles zu verzeihen«, sagte Claudia jetzt, »aber auch dein Vater, fürchte ich, hatte mir vieles zu vergeben. Doch ich habe seine Verzeihung so wenig verdient wie die deine. Meine Bemühungen, dich von der Heirat mit meinem Bruder abzubringen, waren nicht genug. Ich hätte diese Ehe verhindern müssen, da ich den Hinderungsgrund kannte, doch ich habe es nicht getan, weil mir, wie immer, vor allem Davids Glück am Herzen lag. Ich habe selbstsüchtig gehandelt, und ebenso selbstsüchtig habe ich mich deinem Vater gegenüber verhalten. Ich habe ihn geheiratet, obwohl ich fest entschlossen war, keine Kinder zu bekommen. Es wäre besser gewesen, wenn ich häßlich geboren wäre, denn dann hätte kein Mann mich begehrt. In meiner Heimat bestand für mich kaum eine Chance, zu heiraten, weil das Geschick der Hillyards dort hinreichend bekannt war, doch hier im Süden war ich nur die Tochter einer wohlhabenden Industriellenfamilie aus Mittelengland, und David lebte natürlich damals nicht bei uns.«

»Wann hast du meinen Vater kennengelernt?«

»Ziemlich bald, nachdem ich in den Süden gezogen war. Meine

Tante, die inzwischen verwitwet war, mietete in Hythe ein möbliertes Haus und führte mich in die Gesellschaft ein, wobei sie nur ein Ziel im Auge hatte – mich zu verheiraten und die Verantwortung für mich loszuwerden, damit sie wieder nach Yorkshire zu Harriet zurückkehren konnte. Und es erwies sich als erstaunlich einfach, mich zu verheiraten. Innerhalb von sechs Monaten war ich mit Lawrence Bentine vermählt. Er sah gut aus und war sehr charmant, aber ich war nicht in ihn verliebt. Ich habe ihm den schlimmsten Streich gespielt, den eine Frau einem Mann spielen kann. Ihm meinen Körper zu schenken, hätte das Risiko eingeschlossen, ein Kind zu empfangen; ich aber war aufgrund meiner Abstammung fest entschlossen, keines zu bekommen. In allen anderen Punkten war ich eine vorbildliche junge Ehefrau, von seinem Vater geschätzt, von den Dienstboten verehrt, und überall gesellschaftlich anerkannt. Und Lawrence war zu sehr Gentleman, als daß er sein eheliches Recht von einer Frau erzwungen hätte, die es ihm nicht freiwillig zu geben bereit war. Ich habe versucht, ihn zu lieben, aber es ist mir nicht gelungen. Ich konnte nicht einsehen, warum er nicht damit zufrieden war, Herr über Abbotswood zu sein, mit mir als Herrin an seiner Seite. Ich habe diese Rolle sehr gut gespielt, denn ich liebte Abbotswood, seit ich es zum erstenmal erblickte. Doch jetzt wirst du natürlich wollen, daß ich von hier fortgehe –«

»Noch nicht«, sagte ich ausweichend. »Erzähle mir mehr über deine Ehe mit meinem Vater.«

»Da gibt es nicht mehr viel zu erzählen. Die Beziehung war von Anfang an gespannt, nicht nur, weil ich mich weigerte, ihm eine Ehefrau zu sein, wie es sich geziemt, sondern auch, weil wir, als wir uns gegenseitig näher kennenlernten, feststellen mußten, daß wir nur wenige Gemeinsamkeiten besaßen. Wir fanden nicht an den gleichen Dingen Gefallen. Lawrence las immerzu. *Ich* hielt Lesen für Zeitverschwendung, und die Bibliothek war für mich der langweiligste Raum im ganzen Haus. Lawrence mochte Partys nicht leiden, er nannte sie gekünstelte gesellschaftliche Anlässe; ich aber spielte für mein Leben gern die Gastgeberin. Er interessierte sich für Literatur, Malerei, Schauspiel. Er hat das Waldstück dort in der Talsenke für die Freilichtbühne roden lassen. Das ganze Verkleiden, das Auswendiglernen der Texte kam mir albern vor. Ländereien, Vieh, Landwirtschaft – all das besaß

für ihn keinen Reiz, für mich aber bedeutete es Sicherheit und gesellschaftliche Stellung. Und er haßte dieses ›Mausoleum von einem Haus‹, wie er es nannte. Das konnte ich nie begreifen. Er wäre in einer Hütte glücklicher gewesen, behauptete er, und ich glaube, er hatte wirklich recht. Doch seinem Vater zuliebe ist er geblieben, bis Jasper von Cambridge nach Hause kam.«
»Und – wann hast du dich in Jasper verliebt?«
»Das ging sehr rasch. Er verkörperte alles, was ich an Lawrence vermißte – er war ein schneidiger Reiter, ein glänzender Schütze, ein Mann, der sich an allem vergnügte, solange es nichts Geistiges war. Es war ihm lästig, bei Lawrences Theateraufführungen mitzuwirken; weil er aber gern im Mittelpunkt stand, nahm er doch daran teil. Ich wußte, daß er ein Frauenheld war, ein Abenteurer, dem die Liebe eine ausgesprochen irdische Angelegenheit bedeutete, und daß er seinem Vater viel Kummer machte. Dennoch verliebte ich mich in ihn, und was ich Lawrence versagt hatte, das konnte ich Jasper nicht verweigern – «
Unterdessen waren wir bei der Laube angekommen, und ich blickte auf das Herz mit den eingeritzten Initialen und auf das Datum – 16. Juni 1880.
»Ja«, bekannte sie, »das haben wir an demselben Tag geschnitzt, als Lawrence und ich übereinkamen, uns zu trennen, was wir allerdings erst nach Jaspers Tod taten. Nach der Vorstellung von ›Julius Caesar‹ wollte Lawrence fortgehen und alles seinem Bruder überlassen. Er hatte nur den einen Wunsch, hier wegzukommen. Er war froh, daß Jasper zurückgekehrt war, um das Gut zu übernehmen. Bezeichnenderweise hat Lawrence gut für mich gesorgt. Vielleicht meinte er, das sei der Preis für seine Freiheit – «
»Nein. So war mein Vater nicht. Er besaß ein echtes Pflichtbewußtsein.«
»Ich weiß. Es tut mir leid, aber ich habe mich nie recht wohl dabei gefühlt, daß ich seine finanzielle Unterstützung annahm, obwohl ich ihm doch nie etwas gegeben hatte.«
»Hat er von dir und Jasper gewußt?«
»Er hat es geahnt. Das mag ihn in seinem Entschluß bestärkt haben. Er wolle uns beide allein lassen, hat er gesagt, und die Chance ergreifen, das Leben zu führen, das er sich wünschte. Er sprach davon, nach Paris oder Florenz zu gehen, um Malerei zu

studieren. Ich weiß nicht, warum mir nicht ein einziges Mal in all diesen Jahren der Gedanke kam, er könnte Schauspieler geworden sein, nachdem er doch hier auf Abbotswood so oft sein Talent bewiesen hatte. Aber *wenn* ich an ihn dachte (und ich muß zugeben, daß ich viel öfter an Jasper dachte als an ihn), stellte ich mir immer vor, daß er irgendwo auf dem Kontinent das Leben eines Künstlers und Bohemiens führte. Ich zweifelte nicht daran, daß er eine Frau finden würde, die den Platz einnahm, den ich hätte ausfüllen sollen.«

»Und hast du ihm nie angeboten, ihn freizugeben, damit er wieder heiraten konnte?«

»Das hätte der Glaube nicht zugelassen, indem ich erzogen wurde. Das war jedenfalls meine Ausrede. Ich ging schon lange nicht mehr zur Messe, und mein Bruder ist ohne Bindung an irgendeine Kirche aufgewachsen. Er glaube nicht an den Sinn der Religion, sagte er. Den Trauungsgottesdienst hat er nur über sich ergehen lassen, weil du es wünschtest. Das hat er mir selbst erzählt. ›Es ist mir einerlei, wer unseren Bund segnet‹, meinte er, ›wenn ich sie nur besitzen kann!‹ Doch um auf mich zurückzukommen – bevor Lawrence fortging, habe ich ihm deutlich zu verstehen gegeben, daß ich ihn aufgrund meines Glaubens nie freigeben würde, und ich bin unerbittlich geblieben. Ich habe den Vorwand sogar selbst geglaubt. Doch in Wahrheit wollte ich, als ich mich durch Jaspers Tod um jegliche Hoffnung auf Glück betrogen sah, verhindern, daß derjenige, der sein Ende verschuldet hatte, jemals wieder glücklich würde. Da siehst du, was für eine Frau ich bin! Ich war nach Jaspers Tod lange Zeit sehr verbittert, obschon es wirklich ein Unfall und niemand betroffener war als Lawrence.«

»Er ist aber nicht davongelaufen, wie dein Bruder behauptet hat.«

»Hat David das gesagt?« Sie lächelte bekümmert. »Inzwischen weißt du ja, daß man sich auf das, was David sagte, nicht verlassen konnte, genausowenig wie auf Harriets Äußerungen. Ich habe dir ja früher schon erzählt, daß sie häufig die Fakten hoffnungslos durcheinanderwirft.«

»Wie die Namen Lawrence und Jasper –«

»Ja. Die beiden Brüder sahen sich übrigens sehr ähnlich, wenn sie sich auch sonst überhaupt nicht glichen. Keine zwei Menschen hätten in Temperament und Charakter verschiedener sein können. Lawrence hatte seinen Entschluß, fortzugehen, schon gefaßt, bevor diese schreckliche Sache passierte. Er sagte, er wolle unmittelbar nach der Vorstellung von ›Julius Caesar‹ aufbrechen; ich jedoch sollte bleiben, weil es seinen Vater glücklich machen würde, wenn eine tüchtige Herrin auf Abbotswood waltete. Für sich selbst wollte er nichts behalten. ›Auf Abbotswood lastet ein Fluch‹, pflegte er zu sagen. ›Der grausame Tod meines Großvaters, meine gescheiterte Ehe –‹. Und dann natürlich das Schlimmste von allem: Jasper, mein Jasper, in der Blüte seiner Jugend dahingerafft. Ich haßte Lawrence deswegen, obschon ihm wirklich nichts vorzuwerfen war. Er aber nahm die Schuld auf sich und verschwand auf immer aus unserem Leben. Er hat seine Einkünfte von Abbotswood nie beansprucht, weil man auf diese Weise seine Spur hätte verfolgen können. Er wollte ein ganz neues Leben beginnen. Da stand ich nun – weder Ehefrau noch Witwe –, aber als die Leute dann anfingen, mich als Witwe zu betrachten, ließ ich sie in dem Glauben. Mit Ausnahme eines Mannes – «

Red Deakon, dachte ich. Red hatte es die ganze Zeit gewußt.

»Red war ein Kind von zehn Jahren, als Jasper getötet wurde. Er erinnert sich bis heute an all das Gerede. Er hat sich während der ganzen Zeit als guter Freund bewährt, vor allem, seit ich meinen Bruder nach Abbotswood geholt hatte und darauf bestand, mich um ihn zu kümmern. Als später meine Tante in Yorkshire starb und ich erfuhr, daß Harriet in einem Heim in Bristol war und auch sie hierherholte, da hat Red gemeint, ich mute mir zuviel zu. Er ist auf seine ganz eigene Art ein treuer Freund gewesen, doch als Mann, der er ist, hat er nie ein Blatt vor den Mund genommen. Er hat mich nicht geschont, als ich es zuließ, daß du David geheiratet hast. Ich dachte schon, Red würde nie wieder mit mir sprechen. Er war wütend, und zwar um deinetwillen. Ich habe natürlich behauptet, du wolltest nur dein Schäfchen ins trockene bringen – «

»Ich weiß.«

»Ich habe auch gehofft – ja gebetet –, die Ehe möge Davids Rettung sein. Er wollte dich, und wie immer mußte er bekommen, was er wollte. Später sah ich ein, wieviel schlimmer alles durch meine Schuld geworden war. Vor allem für dich.«

»Wann hast du das erkannt? An dem Abend, als er mich im Gewächshaus eingesperrt hat?«

»Wir *wissen* doch gar nicht, ob er es war!«

Sie blickte mich mit einem verzweifelten, flehenden Ausdruck an, doch ich sagte hartnäckig: »Wenn du etwas weißt oder vermutest, dann erzähl es mir bitte, Claudia.«

»Auch jetzt noch, wo er tot ist?«

»Ja.«

Sie holte tief Atem.

»Ich habe ihn vom Salonfenster aus gesehen, dem Eckfenster, von dem man die Terrasse überblicken kann –«

»Und den Abhang, der zum Gewächshaus hinunterführt?« fragte ich aufgeregt weiter.

Sie nickte.

»Er kam von dort. Es dämmerte, und er war in Eile. Vorher war er im Park ausgeritten, und als er zurückkam, hatte ich ihm erzählt, du wolltest nachsehen, ob du das Treibhaus abgeschlossen hättest; ich sei aber sicher, daß du es zugesperrt hättest, als wir von dort weggingen. Ich war wirklich überzeugt, mein Bestes zu tun, indem ich Öl in die Wogen goß. Aber wie gesagt, es dämmerte ... Ich konnte nicht sicher sein, daß die Gestalt, die ich sah, David war ...«

Aber sie war sicher. Ich erinnerte mich, wie ich in der Ferne die Lichter des Hauses gesehen hatte, und wie dann die Vorhänge geschlossen worden waren. Wären sie nicht zugezogen worden – ob ich dann vielleicht im Lichtstrahl eine eilende Gestalt entdeckt hätte?

»Und nach jenem schrecklichen Abend bist du unruhig geworden?« fragte ich. »Hast du deswegen an Dr. Steiner geschrieben?«

Wieder nickte sie und blickte auf ihre Hände, unfähig, mir in die Augen zu sehen.

»Das war der eine Grund. Der andere war, daß David mit diesem grausamen Spiel angefangen hatte, vorzugeben, du seiest gestört und unzuverlässig und müßtest beaufsichtigt werden. Da erkannte ich den Jungen wieder, der ein Vergnügen daran hatte, wehrlose Geschöpfe zu quälen. Erst heute ist mir klar, was er damit bezweckte. Einer seelisch instabilen Frau durfte man nicht erlauben, ihre Angelegenheiten und ihr Geld selbst zu verwalten.

Solange du lebtest, wollte er die Kontrolle darüber in die Hand bekommen. Deshalb mußte er das Testament verstecken, bis die Zeit reif war, damit ans Licht zu treten; dazu aber mußte zunächst eines von zwei Dingen geschehen: entweder du bekamst einen Nervenzusammenbruch und wurdest für geisteskrank erklärt, oder du mußtest sterben. Doch als ich schließlich an Dr. Steiner schrieb, hatte ich von Davids wahren Motiven noch keine Ahnung. Der Vorfall im Gewächshaus mochte ja noch, wie er behauptete, reine Hysterie deinerseits gewesen sein. Aber diese seelischen Quälereien, diese Sticheleien – das waren die Symptome, die ich von früher kannte, und wie damals gab es nur eine Methode, sie zu behandeln.«

»Trotzdem hast du dich geweigert, mich von Abbotswood fortgehen zu lassen.«

»Weil ich Angst hatte vor dem, was geschehen würde, wenn ich es zuließe. Einmal herausgefordert, wäre David vor nichts zurückgeschreckt. Es fällt dir vielleicht schwer, es zu glauben, aber in diesem Fall *habe* ich an dich gedacht.«

Doch nun mußte man die Vergangenheit ruhen lassen. Sie war gestorben und hatte all ihre dunklen Geheimnisse mit ins Grab genommen.

Claudia hob den Kopf. »Mir ist etwas eingefallen«, sagte sie. »Bevor David die Thespis-Spieler nach Abbotswood holte, hingen in der Halle ein paar Portraits von den Bentines – von dem ersten Besitzer, dann von Sir William und seiner Gemahlin, und auch von Lawrence und Jasper. Am Tag vor eurer Ankunft sind sie verschwunden. David sagte, er hätte sie weggehängt, weil es Gemälde von geringem Wert seien und er mittelmäßige Kunstwerke nicht leiden könne. Ich habe keine Einwände erhoben, weil jede Erinnerung an die Bentines schmerzhaft für mich war. Trotzdem hatte ich es nie gewagt, diese Portraits zu entfernen. Jetzt begreife ich, daß David es tat, weil du und deine Kollegen deinen Vater als jungen Mann wiedererkannt hätten. Ich habe David nie gefragt, wo er die Bilder hingeschafft hat, doch sie müssen irgendwo hier auf Abbotswood sein. Aber da kommt Red. Er ist jeden Tag hiergewesen, seit ... seit –«

»Du hast einen guten Freund in ihm«, sagte ich.

»Ja. Er ist sehr mitfühlend und sehr sympathisch, aber das ist auch alles, und mehr ist nie zwischen uns gewesen. Willst du ihm

nicht entgegengehen? Er kommt in Wirklichkeit nur deinetwegen. Die Balkone sind bloß ein Vorwand.«
Ich konnte meine Ungeduld kaum zügeln, wandte mich aber noch einmal zurück, als Claudia meinen Namen rief.
»Aphra –«
»Ja?«
»Ich bin bereit, Abbotswood zu verlassen, wann immer du es wünschst. Schließlich ist es dein Haus. Ich habe kein Recht, hier zu wohnen.«
»Ich gebe dir dieses Recht«, sagte ich, und ohne einen Blick zurück ging ich Red Deakon entgegen.
Er reichte mir die Hand.
»Ich habe das letzte Stück des Puzzlespiels gefunden«, verkündete er. »Ich bin gekommen, um es Ihnen zu bringen. Ein Pfarrer in der Nähe von Canterbury hat die Archive seiner Gemeinde auf den Kopf gestellt. Als das Weberhandwerk in Kent zusammenbrach, ist ein Zweig der Familie Newton nach Kanada ausgewandert. Jahre später ist ein Abkömmling dieser Newtons in das Dorf seiner Väter zurückgekehrt. Er war protestantischer Geistlicher. Er hat geheiratet und die Pfründe des Kirchensprengels übernommen und ist der Pfarrer dieser Gemeinde geworden. Er hatte ein Kind, eine Tochter namens Petronella –«
»Die mit einem verheirateten Mann, einem Schauspieler, durchbrannte und dadurch aus der Gesellschaft ausgeschlossen und von ihrer frommen Familie verstoßen wurde?«
Red nickte. »Bigotterie rächt sich meist von selbst. Die Eltern Ihrer Mutter haben bestimmt unter ihrer eigenen Intoleranz gelitten.«
»Insbesondere ihre Mutter, vermute ich, eine romantisch veranlagte Seele, aber von ihrem Mann so eingeschüchtert, daß sie sich ihm nicht zu widersetzen wagte.«
»Offensichtlich ging ihm die Schande seiner Tochter so nahe, daß er sich sofort um eine andere Pfarrstelle bewarb und ein paar Monate später weit weg versetzt wurde, doch in der kleinen Kirche, der er vorgestanden hatte, befindet sich eine Grabplatte – «
»Zum Gedenken an Aphra, die Dame mit den vielen Tugenden.«
»Sie wissen also Bescheid.«

»Meine Mutter hat mich nach ihr genannt.«

»Sie hätte keinen besseren Namen wählen können. Aber das Kapitel ist noch nicht zu Ende. Es sollte dort aufhören, wo es begann, nämlich in meinem Haus, an der Stelle, wo einst die Begründer der Familie Newton gelebt haben. Es wäre gut, wenn ihr letzter lebender Sproß dorthin zurückkehrte.«

Er nahm mein Gesicht zwischen seine Hände, und ich fühlte mich ihm so nahe wie in einer Umarmung.

»Wenn du bereit bist, zu mir zu kommen, mein liebes, liebes Herz, dann zeige ich dir, wie eine Ehe wirklich sein sollte.«

Ich konnte vor lauter Glück kaum sprechen, doch nach einer Weile brachte ich die Worte hervor: »Wenn die Zeit reif ist, werde ich nach dir schicken.«

Und dieser Augenblick war jetzt gekommen.

Es war ein paar Wochen nach meinem Gespräch mit Claudia, und während dieser Wochen hatte ich eine Menge erledigt. Ich hatte Anwälte konsultiert, Anweisungen erteilt, Abmachungen getroffen. Ich hatte eingewilligt, Abbotswood an Claudia zu verkaufen, doch ein paar Kleinigkeiten, die, wie Truman mir erzählte, meinem Vater gehört hatten, nahm ich mit. Vaters alte Reisetasche schenkte ich Truman.

»Sie erinnern sich noch, wie Sie die Tasche für ihn gepackt haben, als er damals Abbotswood verließ, nicht wahr, Truman? Jetzt weiß ich, warum Sie sie am Abend des Gastspiels so eindringlich geprüft haben.«

»Ich habe nach Mr. Lawrences Initialen gesucht, Ma'am. Sie waren ins Futter eingestickt, aber das Futter dieser Tasche war herausgetrennt worden. Da dachte ich, nein, das kann nicht möglich sein ... es kann einfach nicht wahr sein ...« Ihm versagte die Stimme, und seine Augen verschleierten sich. Ich drückte rasch einen Kuß auf seine welke Wange. Die alte Tasche war kein kostbares Geschenk, aber für Truman bedeutete sie viel. Noch hatte ich es ihm nicht gesagt, doch für ihn würde gesorgt werden, genau wie für die anderen, für Barney und seine Frau Mabel, für die Thespis-Truppe, die ein eigenes Theater benötigte, und auch für Elizabeth, weil sie zugegen gewesen war, als meine Mutter und mein Vater in aller Stille vor Gott ihr Gelübde abgelegt hatten.

»Du brauchst mir doch nichts zu schenken, Darling, aber wie irrsinnig reizend von dir! Und ich muß schon sagen, es ist angenehm, ein warmes Polster für die alten Tage zu haben. Nicht, daß ich je die Absicht hätte, alt zu werden, Gott bewahre. Wenn man bedenkt, daß dein lieber Papa *das* alles hinterlassen hat. Ich schwöre dir, als Barney und ich das Testament unterzeichneten, hatten wir nicht die leiseste Ahnung, was drinstand. ›Ihr braucht bloß hier zu unterschreiben‹, hat Charles gesagt, und er hat das Papier so gefaltet, daß wir nichts lesen konnten. ›Ihr braucht nur zu wissen, daß ihr mein Testament bezeugt, aber den Inhalt werdet ihr nicht erfahren.‹ Das sah dem guten Charles ähnlich, dermaßen argwöhnisch zu sein! Weißt du, Darling, ich habe mich oft gefragt, warum sie nicht richtig geheiratet haben – ob Petronella bereits einen Ehemann oder ob Charles eine Frau hatte, aber ich habe sie natürlich nie gefragt. Du weißt ja, wie Theaterleute sind – wir kümmern uns um unseren eigenen Kram und mischen uns nicht in das Privatleben anderer Leute ein. Aber seit ich diese griechische Tragödienkönigin auf Abbotswood kennengelernt habe, da muß ich schon sagen, war dein lieber Papa mit Petronella viel besser dran.«

»Man muß Claudia verstehen«, sagte ich. »Sie ist wirklich zu bedauern.«

Ich dachte daran, wie sie nun allein in dem großen Haus leben und niemanden außer Harriet haben würde, den sie bemuttern und umsorgen konnte.

»Nun, Liebes, *ich* würde mich gern bedauern lassen, wenn ich soviel Geld hätte! Aber ich kann es dir nicht verdenken, daß du aus dem Haus ausziehen willst. Weißt du noch, wie dein lieber Papa sich gesträubt hat, dorthin zu gehen? Der arme Charles, das werde ich nie vergessen! Die Truppe hätte ihn gelyncht, wenn er auf seinem Willen bestanden hätte, aber das muß eine furchtbare Belastung für ihn gewesen sein. Verzeih, Liebes, ich darf dich nicht dauernd an deinen Vater erinnern, und nun bist du gar auch schon Witwe …«

Elizabeth schien noch etwas sagen zu wollen, besann sich dann aber anders, doch ich wußte, daß sie an jene Szene nach dem Lunch auf Abbotswood dachte, von der sie Hals über Kopf in die verrückte, unberechenbare, ungewisse, herrlich *sichere* Welt des Theaters zurückgekehrt war.

»Bevor du gehst, Aphra, Liebes, nur eine Frage. Was willst du jetzt tun?«
»Genau dasselbe, was mein Vater getan hat – mein Glück woanders suchen.«
Und darum gab ich Red Deakon Bescheid, daß ich bereit sei, und so führte er mich in mein neues Leben und holte mich von Abbotswood in das Haus, das seine Vorfahren über Generationen errichtet hatten.

Dorothy Eden

Die Spur führt durch die Wälder

Roman

Von Dorothy Eden sind außerdem als Knaur-Taschenbücher erschienen:

»Der düstere See« (Band 818)
»Nachmittag für Eidechsen« (Band 823)
»Christabel« (Band 827)
»Die entführte Braut« (Band 1004)
»Antonias Geburtstag« (Band 1011)
»Die Trommel von Salamanca« (Band 1037)
»Die seltsame Hochzeit« (Band 1050)
»Ein Clan von Bedeutung« (Band 1192)
»Yarrabee« (Band 1294)

Lizenzausgabe mit freundlicher Genehmigung des
Schneekluth Verlages, München
Titel der Originalausgabe »Waiting for Willa«

Aus dem Englischen von Elisabeth Epple

1

Die etwas eintönige schwedische Landschaft schoß unter den Tragflächen des Flugzeugs dahin. Endlose, ordentliche Nadelwälder, wie mit einem Besen ausgefegt, hin und wieder verstreute, herbstlich gefärbte Birken, oder Felsen, die wie weißlich schimmerndes Gebein wirkten. Dazwischen kleine, dunkelrote Häuschen, geduckt zwischen den Bäumen, als ob sie jemand zufällig dort verloren hätte.

Es war zu spät, um Willas Brief noch einmal zu lesen. Grace kannte ihn ohnehin schon beinahe auswendig. Die erste Seite enthielt Willas impulsive Schilderung ihres Lebens in Stockholm. Auf ihre ungezwungene Art erzählte sie von den Leuten, die sie kennengelernt hatte, von Partys, vom andersgearteten Essen. Alles, sogar wenn es nur eine Bemerkung über das Wetter war, klang bei ihr aufregend und nach Überraschung.

Die magere Willa mit ihrem scharf geschnittenen Gesicht hatte sich schon immer gewünscht, mehr zu sein als sie war. Sie gab sich deshalb die größte Mühe, all das zu tun, was sie für ungeheuer wichtig hielt, um bedeutend zu sein.

Sie ist so ganz und gar anders als ich selbst, dachte Grace in ihrer nüchternen Art. Trotzdem wußte nur sie von den wahren Gefühlen, die hinter Willas künstlicher Fröhlichkeit, ihren exzentrischen Frisuren und auffallenden Kleidern steckten.

Gerade deshalb war Grace über den letzten, kurzen Absatz in Willas Brief so erschrocken.

»Jedenfalls muß ich Dir mitteilen, daß sich eine bestimmte Situation zu entwickeln beginnt. Sag jetzt nicht, daß das immer der Fall bei mir ist, denn diesmal ist es etwas ganz anderes. Ich habe einen Entschluß gefaßt, und ich weiß nur noch nicht, ob es der richtige war. Obwohl es einfach für mich keinen anderen Ausweg mehr gibt . . .

Wilhelmina.«

Und das war der springende Punkt. Als sie beide zehn Jahre alt waren und auf verschiedene Internate geschickt wurden, hatten Grace und Willa eine Abmachung getroffen.

Falls Willa in Schwierigkeiten kommen sollte (seltsamerweise hatten sie beide nie daran gedacht, daß etwa Grace Schwierigkeiten haben könnte), sollte sie ihren Brief mit ihrem vollen Namen unterschreiben, mit dem altmodischen Wilhelmina, das sie geradezu haßte. Wilhelmina. Das war also ein geheimer Hilferuf, ein privates SOS.

Es war eine der üblichen verrückten Schulmädchen-Abmachungen, von der sie seit Jahren keinen Gebrauch mehr gemacht hatten. Ja, Grace hatte sie schon beinahe vergessen, bis dieser Brief aus Stockholm ankam. Das unvertraute ›Wilhelmina‹, quer über das ganze Blatt gekritzelt, hatte ihrem Herzen einen schmerzhaften Stich versetzt. Was war das für eine geheimnisvolle Situation, die sich noch dazu entwickelte, und weshalb konnte Willa auf ihre gewöhnliche, sorglose Art nicht damit fertig werden?

Nachdem Grace den Brief erhalten hatte, wartete sie ungefähr eine Woche in der Annahme, daß sehr bald ein weiterer Brief folgen und diesen Hilferuf erklären würde. Sie hätte zudem gern jemanden um Rat gefragt. Es gab da eine Reihe von Leuten, die ihr nur zu gern geholfen hätten. Ihre Verleger, die sowohl Geschäftspartner als auch persönliche Freunde waren, ihr Vater, und noch ein paar von ihren und Willas Freunden. Sie alle wären sicher begierig gewesen, diesen Brief auf ihre Weise zu interpretieren und herauszulesen, was hinter den Worten und zwischen den Zeilen stand.

Die Mütter von Grace und Willa waren eineiige Zwillinge gewesen und enger miteinander verbunden als mit ihren Ehemännern oder ihren Töchtern. Innerhalb weniger Monate waren sie beide auch gestorben. Ihre geheimnisvolle Verbundenheit hatte sie sogar im Tod vereint.

Grace und Willa hatten abgemacht, daß es sich um eine wirklich geheime und wichtige Sache handeln müsse, wenn sie das Codewort benützten. Weshalb sonst hätten sie es anwenden sollen? So war es offensichtlich Willas Wunsch, daß niemand außer Grace von ihren Schwierigkeiten, welcher Art sie auch immer sein mochten, erfahren sollte.

Man könnte sich fragen, weshalb Willa nicht einfach schrieb: ›Kannst du kommen?‹ Sie wußte, daß Grace sich in deem rastlosen und gereizten Stadium zwischen der Arbeit an zwei Büchern befand. Sie hatte während des Sommers gelegentlich geschrieben, daß Grace kommen und einige Zeit bei ihr bleiben solle, sobald sie das eine Buch beendet habe. Diese Einladung war verlockend.

Willa bewohnte der Schilderung nach ein hübsches Apartment in Strandvägen, der Straße, von der aus man auf den Hafen sehen konnte und einen wundervollen Blick auf den königlichen Palast und die Gebäude der Altstadt hatte. Das war der Vorteil einer Stellung an der Botschaft. Ein Mädchen verdiente dort genug Geld, um angenehm leben zu können. Wäre Willa in London geblieben, hätte sie jetzt höchstens Kindermädchen in der Fulham Road sein können, was besonders bitter gewesen wäre, zog man in Betracht, daß Grace gerade anfing, mit ihrer Schreiberei ein hübsches Einkommen zu verdienen. Trotz ihrer tiefen Zuneigung zueinander wetteiferten die Kusinen nämlich verbissen. Erst unlängst hatte sich Grace gefragt, ob ihr eigener, unbescholtener Ruf Willa nicht geradezu herausforderte, die Ereignisse in ihrem Leben zu dramatisieren oder gar Dramen zu erfinden.

Was auch immer die Ursache dieses Briefes sein mochte, irgend etwas mußte geschehen.

Grace schickte ein Telegramm: ›VERSTEHE DEINEN BRIEF NICHT, SCHREIB MEHR.‹

Als nach einer Woche keine Antwort eintraf, befand sich Grace in einem so erregten und besorgten Zustand, daß sie sich eine Flugkarte nach Stockholm besorgte und noch einmal telegrafierte, um Tag und Stunde ihrer Ankunft mitzuteilen.

Und da war sie nun.

Obwohl sie eine ziemlich ängstliche Person war, die selten etwas aus einer Augenblickslaune heraus tat, fand sie es doch recht lustig, eine so nutzlose Reise zu unternehmen. Denn dafür hielt sie das Ganze, da sie sicher war, Willa würde sie hinter dem Zoll erwarten und ausrufen: ›Grace! Das ist einfach wundervoll, daß du kommst.‹

Es war ein unerwartet kalter und frostiger Tag. Über die Landebahn fegte ein scharfer Wind. Airport-Wind, dachte Grace und hüllte sich enger in ihren Mantel. Sie überlegte, wie rasch sich die warme und einschmeichelnde Luft Englands in diesen nördlichen Winterhauch verwandelt hatte. Der Himmel war blaß und klar, mit einem zartrosa Hauch am Horizont. Man mußte unwillkürlich an Finnland und Lappland denken, an Treibeis und an den Polarstern.

Und plötzlich fand Grace alles sehr aufregend. Sie war froh, daß sie hergekommen war. Und sie zweifelte nicht im geringsten daran, daß Willa sie willkommen heißen würde.

Doch Willa war nicht auf dem Flugplatz, um sie zu empfangen.

Eine Anzahl gleichgültiger Leute, in der Hauptsache wohl Schweden, in schwere Mäntel und Überzieher gehüllt, die Hüte tief in die blassen Gesichter gezogen, standen jenseits der Barriere. Niemand war da, der auch nur im entferntesten Willa glich. Auch wenn Grace bedachte, daß man bei Willa nie wußte, welche Haarfarbe sie im Augenblick bevorzugte oder welcher Mode sie sich gerade verschrieben hatte. Ihr Blick wanderte suchend die Reihe entlang . . .

Willa war nicht unter den Wartenden.

Grace lauschte zerstreut dem tadellosen Englisch des Zollbeamten.

»Sie sind auf Ferien hier, Miß Asherton?«

»Ja.«

Ein Stempel wurde in ihren Paß gedrückt.

»Tak. Wir wünschen einen angenehmen Aufenthalt.«

Niemand holte sie ab.

Der Flughafenbus füllte sich mit Fremden. Dann kam die lange Fahrt durch die unfreundlich wirkende Landschaft zur Stadt. Der Verkehr wurde immer dichter, rasante Volvos, Mercedes und Saabs. Ein langgestreckter, schmaler Friedhof mit hohen, düsteren Kiefern, die die grauen Grabsteine winzig erscheinen ließen, bemalte und vergoldete Tore, die zu Palästen führten, in der Ferne die strengen Umrisse von Hochhäusern. Dann der Busbahnhof und ein finster blickender Taxifahrer, der Grace zu Willas Wohnung in Strandvägen hinausfuhr.

Die Tür des schmalen dunkelroten Hauses, das dem Hafen gegenüberlag, wurde von einer stämmigen Frau geöffnet, deren blaßblaue Augen mit der Zeit farblos geworden waren. Sie waren rund und hervorquellend wie stumpfe Achate und verliehen der Frau einen Ausdruck unendlicher Kälte, obwohl ihre Stimme höflich und sogar bemerkenswert freundlich klang.

»Sprechen Sie Englisch?« fragte Grace, und als die Frau dies bejahte: »Wohnt hier Miß Willa Bedford?«

»Sie wohnt hier, aber sie ist im Augenblick nicht da. Hat sie Sie erwartet?«

»Ich bin nicht sicher. Wissen Sie, wo sie ist?«

»Nej. Sie hat mir nicht gesagt, wohin sie gegangen ist. Kommen Sie herein. Der Wind ist zu kalt.«

Grace folgte ihr in die schmale, fliesenbelegte Eingangshalle. Sie sah eine steile Treppe, ein Brett an der dunkelbraunen Wand mit einer Liste von Namen, vermutlich jenen der Mieter, und einen Tisch mit unabgeholter Post.

»Ich bin Frue Lindström«, sagte die Frau. »Sind Sie eine Freundin von Froken Bedford?«

»Ja, ihre Kusine. Grace Asherton. Ich schickte vor ein paar Tagen ein Telegramm, aber sie hat es nicht beantwortet.«

Die Frau nahm einen Umschlag vom Tisch.

»Dies hier? Es ist noch immer da. Ungeöffnet, denn Froken Bedford ist noch nicht zurückgekommen.«

Grace fröstelte plötzlich.

»Hat sie Ihnen gesagt, wie lange sie fortbleiben würde?«

»Nicht ein Wort. Sie ist mit einer kleinen Tasche abgereist.«

»Wann?«

»Lassen Sie mich nachdenken – vielleicht vor zehn Tagen.«

Das war ungefähr um die Zeit, als sie diesen Brief an Grace geschrieben hatte. ›Eine Situation ist eingetreten . . .‹

»Aber sie kommt doch bestimmt zurück?«

»Ich nehme an. Sie hat noch immer ihr Apartment. Soviel ich weiß, ist die Miete bis Ende des Jahres bezahlt. Ich nehme an, sie wird all das kaum so ohne weiteres aufgeben.«

»Nein, das wird sie nicht. Haben Sie vielleicht einen Schlüssel zu dem Apartment. Mrs. Lindström? Könnte ich vielleicht hinaufgehen?«

»Sicher. Sie sind mir willkommen. Ich bin froh, daß Sie gekommen sind. Ich war ein wenig, nun ja . . .«

»In Sorge?« fragte Grace instinktiv.

Die Frau schüttelte den Kopf. »Verwirrt vielleicht. Es ist jetzt so ruhig da oben, verstehen Sie? Froken Bedford war nicht gerade eine stille junge Dame.«

»Pflegte sie Ihnen hin und wieder etwas zu erzählen?«

»Ja, das ist es, was ich meine. Zuerst hat sie dauernd geplaudert. In letzter Zeit wurde sie plötzlich ruhig. Dann kam sie die Treppe herunter mit ihrer Tasche und sagte, sie würde für kurze Zeit weggehen und wie froh sie sei, daß sie keinen Vogel habe.«

»Einen Vogel?«

Frue Lindström lächelte unerwartet herzlich.

»Sie wollte sich einen Kanarienvogel kaufen, der singen kann. Sie sagte, ihr Zimmer sei zu ruhig. Sie liebt den Lärm. Ich nehme an, Sie wissen das?«

Grace nickte zustimmend. Willa mochte weder die Stille noch die Dunkelheit. Sie war sechzehn, als sie sich dazu überreden ließ, ohne Nachtlicht zu schlafen.

»Ein singender Kanarienvogel. Es war eine hübsche Idee

von ihr. Vielleicht ist sie weggegangen, um einen zu suchen. Wer weiß. Diesen Weg hier, bitte, Froken Asherton. Die Treppe ist steil. Geben Sie acht, aber es ist nur zwei Stock hoch.«

Willa hatte niemals irgendwo gelebt, ohne dem Ort ihre unverkennbare Note zu geben. So triumphierte auch hier ihr Wesen über die modernen, zweckentsprechenden Möbel, den makellos sauberen Fußboden, die schmucklosen Beleuchtungskörper.

Eine Tischlampe mit einem gelben Rüschchenschirm, ein dunkles Gemälde in einem enormen vergoldeten Rahmen, das beinahe die Hälfte der Wand einnahm, ein lustiger, dickbauchiger chinesischer Ofen mit Blumenmuster. Perserteppiche vor der niederen Couch. Eine Unmenge von Kissen in kräftigen Farben. Die Vorhänge waren von Samtbändern zurückgehalten. Topfpflanzen. Willa hatte mit Topfplanzen immer eine glückliche Hand gehabt.

Und der leere Vogelkäfig in Form einer chinesischen Pagode.

Willa pflegte zu sagen, sie habe das Zeug zu einem umherziehenden Trödelsammler. Innerhalb einer Zeit von nur sechs Monaten hier in Schweden hatte sie tatsächlich eine Menge teurer Trödlerwaren zusammengetragen. Das dunkle Bild sah aus wie ein Original. Die Farben der persischen Teppiche leuchteten, sie schienen echt zu sein. Wie konnte Willa sich von dem Gehalt einer Sekretärin der Britischen Botschaft das alles kaufen? Hatte ihr ein Freund dies alles geliehen oder geschenkt?

»Es ist hübsch«, sagte Grace, da Frue Lindström offensichtlich einen Kommentar erwartete.

»Ja. Sie hat es sehr hübsch gemacht. Immer hat sie irgend etwas Neues gefunden. Sie müssen ihr Schlafzimmer und das Bett ansehen.«

Das Schlafzimmer war zwar klein, aber entzückend eingerichtet. Mit einem zartgrauen, geschwungenen Bett, das wie eine Babywiege aussah, und dem gleichfarbigen Toilettentisch, dazu eine passende Garderobe. Wenn das Bett eine echte Antiquität war, mußte es eine Menge gekostet haben. Es war möglicherweise eine Kopie. Aber selbst dann konnte es immer noch nicht billig gewesen sein.

»Es stammt aus der Zeit Gustavs III.«, erklärte Frue Lindström mit Kennermiene und berührte andächtig die geschwungenen Enden.

»Echt?«

»Nej. Aber doch fast so alt. Es war in ganz miserablem Zustand, als sie es hierherbrachte. Aber Herre Polsen hat ihr geholfen, es anzustreichen.«

»Herre Polsen?«

»Das ist der Herr, der hier drüber wohnt. Er hat das Dachgeschoß und stößt sich dauernd den Kopf an.« Frue Lindström verfiel in ein unmotiviertes Kichern. »Er trägt den Kopf zu hoch.«

»Ist er Schwede?«

»Halb Schwede, halb Däne. Er hält Vorlesungen an der Universität.«

»Vielleicht hat meine Kusine ihm gesagt, wohin sie gegangen ist«, meinte Grace hoffnungsvoll.

»Vielleicht. Es gehört nicht zu meinen Aufgaben, mich darum zu kümmern.« Die Frau rasselte mit den Schlüsseln. »Was haben Sie nun vor, nachdem Ihre Kusine nicht da ist, um Sie zu empfangen?«

»Ich weiß nicht.« Grace sah zum Fenster hinaus in den schon dunkler werdenden Himmel. Wieder überfiel sie die Melancholie, die sie schon am Flugplatz empfunden hatte, als Willa nicht da war, um sie abzuholen. Und auch Verwirrung. Wo in aller Welt konnte Willa sein?

»Könnte ich die Nacht über hierbleiben?« fragte sie. Frue Lindström dachte nach.

»Ich denke, das kann ich erlauben. Ich bin nur die Beschließerin, aber das Apartment gehört Ihrer Kusine, die Miete ist bezahlt. Warum also nicht? Wer könnte etwas dagegen haben? Die Hotels in unserer Stadt sind sehr teuer.«

»Willa kann morgen schon zurück sein.«

»Eben.«

»Und Sie sind ganz sicher, daß sie nicht gesagt hat, wie lange sie wegbleiben wollte?«

»Kurze Zeit, sagte sie. Wie lange ist eine kurze Zeit? Eine Woche, zwei Wochen?«

»Was machte sie für einen Eindruck? War sie erregt? Ich meine so, als ob sie in Ferien fahren würde?«

»Nur in großer Eile, so, als ob sie einen Zug erreichen müsse. Es tut mir leid, daß ich Ihnen nicht mehr sagen kann, Froken Asherton.«

»Sie waren sehr freundlich. Ich werde hierbleiben. Und ich werde die Botschaft anrufen. Dort muß man wissen, wo meine Kusine ist. Sie würde nicht einfach von ihrer Arbeit weglaufen. Sie hat vermutlich noch Urlaubstage gut, die sie noch vor Einbruch des Winters nehmen muß.«

»Das ist wahr. Wenn der Winter erst einmal anfängt, dauert es lange genug. Die Engländer mögen unseren Winter nicht.« Frue Lindström lächelte flüchtig, ihr plumpes Gesicht verzog sich in tausend Fältchen, doch ihre blassen Augen blieben völlig ausdruckslos. »Dann werde ich Sie also allein lassen. Wenn Sie irgend etwas brauchen, klopfen Sie an meine Tür, ich bin immer da.«

Als sie in dem hübschen Zimmer allein war, wurde Grace von Unbehagen überwältigt. Die teuren Teppiche, das dunkle Bild, das zwar nicht antike, aber trotzdem alte und teure Bett ... Welche Art von Leben führte Willa? Wurde sie von einem Mann ausgehalten? Sogar wenn dies der Fall gewesen wäre, war das kein Grund, allzu unglücklich zu sein. Nichts, woraus man ein Geheimnis machen mußte.

Die zu stille Wohnung wirkte unleugbar ein wenig drükkend. Sie deprimierte ein wenig. Lag es an den alten Sachen? Die Fenster blickten auf den im Dämmerlicht stahlgrauen See, die schlingernden Boote lagen vertäut. Das patinierte Kupfer des Palastdaches und der Kirchturm am jenseitigen Ufer wurden leuchtender im schwächer werdenden Licht. Eine wunderbare Aussicht. Im Sommer mußte es ein Flimmern und eine wahre Farbenpracht sein. Jetzt aber wirkte alles öde, kalt und trostlos.

Grace zog die Vorhänge zu, um das alles auszuschließen, und knipste die Lampe mit dem gelben Rüschchenschirm an.

Sie versuchte, logisch zu denken. Es würde in der Wohnung wohl nichts Eßbares geben. Sie mußte also ausgehen und irgend etwas kaufen, bevor die Läden schlossen. Aber zuerst mußte sie die Botschaft anrufen und versuchen, Willas Chef zu sprechen. Einen Mann namens Sinclair. Er war einer der jüngeren Diplomaten. So viel wußte Grace. Willa hatte geschrieben: ›Mein Chef, Peter Sinclair, ist ein sehr umgänglicher Bursche, er zwingt mich nicht dazu, hart zu arbeiten.‹

»Ich habe nicht verstanden. Würden Sie mir Ihren Namen noch einmal sagen?«

»Grace Asherton. Willa Bedfords Kusine. Ist Willa nicht Ihre Sekretärin?«

»War.«

Die Stimme klang lakonisch, unbeteiligt. *War!*

»Ist sie es denn nicht mehr? Ich meine, ich weiß, daß sie im Augenblick nicht da ist, denn ich bin gerade angekommen, um sie zu besuchen, und fand eine leere Wohnung. Aber sie wird sicher zurückkommen. Alle ihre Sachen sind da.«

»Einen Moment. Eines nach dem anderen. Ich nehme an, sie wird wohl zu ihren Sachen zurückkehren, aber nicht an ihren Arbeitsplatz. Sie hat die Stelle aufgegeben. Wußten Sie das nicht?«

Graces Finger umkrampften den Telefonhörer. Frue Lindström mußte die Heizung hier oben abgedreht haben. Es war schaurig kalt.

»Nein, das wußte ich nicht.«

»Sie hat Ihnen nicht gesagt, daß sie heiraten will?«

»Heiraten?!«

Die Stimme am Telefon wurde noch ein wenig kühler. »Offensichtlich also nicht. Nun, auch uns hat sie überrascht.«

»Aber wen hat sie geheiratet? Wissen Sie das?«

»Nein. Leider nicht. Einen Mann namens Gustav. Hören Sie, wir können das nicht gut am Telefon besprechen. Wenn Sie sich Sorgen machen, kommen Sie zu mir, und ich werde Ihnen alles sagen, was ich weiß.«

»Machen Sie sich Sorgen, Mr. Sinclair?«

Kam das kurze, trockene Lachen zu rasch?

»Nicht im mindesten. Willa war ein fantastisches Mädchen, aber, ganz unter uns, nicht gerade die geborene Sekretärin.«

Schon wieder *war*. Sicherlich nur ein Versprecher.

»Ich möchte gern zu Ihnen kommen, Mr. Sinclair.«

»Ja, tun Sie das. Aber nicht hierher ins Büro, sondern in meine Wohnung. Meine Frau wird sich freuen, Sie kennenzulernen. Heute abend?«

»Geht das? Ich gestehe, ich mache mir Sorgen.«

»Natürlich. Sechs Uhr? Nehmen Sie ein Taxi. Wir wohnen in einem Apartment-Block gleich beim Vallhallavägen. Er heißt Vasahuset. Nummer neun, zweiter Stock. Haben Sie's?«

»Ja.«

»Gut. Bis später.«

Und wieder war das Zimmer still, stiller als zuvor. Grace betrachtete den leeren Vogelkäfig, die welken Topfpflanzen, das schmale, graue Bett im Schlafzimmer. Ein Einzelbett. Das bedeutete natürlich nichts, außer daß Willa möglicherweise nicht mit einem Liebhaber zusammengelebt hatte. Außerdem hätte Frue Lindström eine so interessante Information bestimmt nicht für sich behalten.

Grace ging in die Küche und ließ Wasser in eine Kanne laufen, um die welken Pflanzen zu gießen. Es wäre ein Jammer, wären sie kaputt, wenn Willa zurückkehrte. Sie hätte allerdings daran denken sollen.

Aber was bedeuteten Topfpflanzen im Vergleich zu einem brandneuen Ehemann?

War das die Situation, aus der sie nicht herausfinden konnte? Erwartete sie ein Kind? Grace wußte, daß sie bereits einmal, vor zwei Jahren, eine Abtreibung an sich vornehmen ließ. Sie hatte das ganz im geheimen gemacht und Grace erst drei Wochen später ins Vertrauen gezogen. Aber dann hatte sie ihr bleich und unglücklich gestanden, daß sie sich eigentlich deswegen haßte, daß sie diese ungeheure Schuld auf sich geladen habe. Seitdem träume sie immer wieder davon, daß sie ein totes Baby in den Armen halte. Sie sagte, es habe keine andere Möglichkeit gegeben. Der Mann, wer immer es auch war, hätte keinerlei Verantwortungsgefühl, und es wäre verrückt und verantwortungslos von ihr, ein unerwünschtes Kind in die Welt zu setzen. Auch ohne einen solchen Lebensbeginn wendeten sich die Karten oft genug zum Unglück. Sie selbst würde aber so etwas bestimmt nicht wieder tun.

Willas Unempflindlichkeit hatte ihr jedoch rasch über diese Periode der Niedergeschlagenheit hinweggeholfen, und bald schon genoß sie das Leben wieder in vollen Zügen. Damals hatte sie begonnen, auf Partys dunkle Brillen zu tragen, die sie bedeutend erscheinen ließen. Wenigstens bildete sie sich das ein.

Nur Grace wußte, was für ein zwiespältiger Mensch Willa war. Doch obwohl sie ihre Kindheit und die meiste Zeit ihrer Jugend gemeinsam verbracht hatten und trotz ihrer engen Verwandtschaft verstand nicht einmal Grace ihre Kusine vollkommen.

»Du kannst sicher sein, ich werde mich nicht wieder drankriegen lassen«, hatte Willa mehr als einmal in bezug auf die unglückliche Geschichte gesagt.

Wenn sie sich also jetzt doch hatte drankriegen lassen, mußte sie es wohl gewünscht haben. War der Vater vielleicht dieser mysteriöse Gustav, der von der Situation nicht so begeistert war?

All diese wilden Vermutungen gingen Grace durch den Kopf. Sie hoffte nur, daß Peter Sinclair in der Lage sein würde, alles aufzuklären. Wieviel vertraute eine Sekretärin ihrem Chef an? Das kam wohl auf den Chef an. Vielleicht hatte Willa ein paar Freundinnen in der Botschaft, obwohl sie nicht der Typ war, der enge Freundschaft mit Frauen schloß. In einem fremden Land, in dem sie alle Ausländer waren, mochte das aber vielleicht anders sein.

Abwesend öffnete Grace ihren Koffer und begann auszupacken. Nachdem sie nur mit einem Aufenthalt von etwa einer Woche gerechnet hatte, hatte sie nicht viel mitgebracht. Die Garderobe sollte allerdings kein Problem darstellen – außer daß Willas Kleiderschrank im Schlafzimmer geradezu gerammelt voll von Kleidern war und die Auswahl schwerfiel.

Hatte sie denn überhaupt nichts auf die Hochzeitsreise mitgenommen? Oder war sie verrückt geworden und hatte alles neu gekauft und dieses einfach umwerfende, golden glitzernde Cocktailkleid zurückgelassen, den modischen Hosenanzug aus Seidenjersey, das kleine rote Kleid, das nagelneu wirkte, all die langen Hosen und Röcke, den zottigen, schwarzen Pelzmantel (genau das Richtige für das Land bei diesem scheußlichen Wetter), die Unmengen von Schuhen, von denen kaum ein Paar abgetretene Absätze hatte.

Heiratete Willa einen Millionär?

Graces Hand zitterte leicht, als sie begann, die Schubladen des Toilettentisches zu öffnen. Es war schwierig zu sagen, wieviel Make-up Willa mitgenommen hatte, denn sie hatte schon immer Dutzende von geheimnisvollen Töpfchen, Tuben und Tiegeln besessen.

Auch über den Schmuck wußte Grace nicht Bescheid, obwohl ein oder zwei sehr wertvolle Stücke darunter waren. Die Wäsche konnte sie nicht kontrollieren. Sie hatte Grund anzunehmen, daß Willa sich ein aufregendes neues Negligé und ein ebensolches Nachthemd gekauft hatte. Und der Morgenrock, der hinter der Tür hing, hatte auch schon bessere Tage gesehen.

Doch die Kleider im Garderobenschrank verwirrten Grace am meisten. Ob Peter Sinclair oder sonst jemand Willa jemals in diesem goldenen Cocktailkleid gesehen hatte? Es war nicht eben das übliche Abendkleid für eine Stenotypistin auf einer Party der Botschaft.

»Oh, Willa!« platzte Grace laut heraus. »Warum um alles in der Welt bist du so geheimnistuerisch geworden? Wenn du nicht wolltest, daß ich all das erfahren sollte, weshalb hast du mir dann dieses SOS geschickt? Werde ich jetzt vielleicht auch gar den Kühlschrank voller Lebensmittel finden?«

Genau das war der Fall, obwohl man nicht behaupten konnte, daß er überfüllt gewesen wäre. Nur die Dinge, die man üblicherweise im Haus hatte, wie Butter, Tiefkühlgemüse, Eier, ein halber Laib Brot, die Reste eines Bratens, sorgfältig in Frischhaltefolie gewickelt.

Alles Dinge, die man zurückläßt, wenn man vorhat, in ein oder zwei Tagen wieder zurückzukehren. Oder wenn man in so großer Eile weg mußte, daß man auf solche Kleinigkeiten nicht mehr achtete.

2

Die Tür der Wohnung in Vasahuset wurde von einem kleinen sommersprossigen, unansehnlichen Mädchen mit Rattenschwänzen geöffnet. Hinter ihr stand ein kleiner, ebenfalls nicht sehr hübscher Junge.

Die Kinder kicherten.

»Hallo«, sagte Grace. »Wohnt hier Mr. Sinclair?«

»Natürlich. Er ist unser Vater«, sagte das Mädchen naseweis. Und der Junge fügte weniger keck, aber doch in dem Wunsch, von seiner Schwester nicht in den Schatten gestellt zu werden, hinzu: »Väter wohnen immer bei ihren Kindern.«

»Sei still, Alexander! Die Dame weiß das. Mein Bruder ist erst vier«, erklärte das kleine Mädchen Grace und fügte dann höflich hinzu: »Möchten Sie nicht lieber hereinkommen?«

Eine Stimme aus dem Innern der Wohnung rief:

»Georgy! Alexander! Laßt Miß Asherton doch nicht draußen auf der Treppe stehen!«

»Sie kommt schon rein, Daddy. Ich habe sie gerade eingeladen.«

Ein Mann erschien und strich sich sein dichtes blondes Haar zurück. Er sah nicht besonders gut aus, seine Haut war mit blassen Sommersprossen übersät (die hatten die Kinder also von ihm geerbt), er war ein wenig zu feist, aber das Lächeln, mit dem er Grace begrüßte, hatte Charme.

»Miß Asherton? Kommen Sie herein. Diesem geschwätzigen Volk wird eben beigebracht, daß es zwar zu sehen, aber nicht zu hören sein soll, ob Sie's glauben oder nicht. Wir hätten schon vor Jahren damit beginnen sollen. Geht sofort hinauf, alle beide.«

Er streckte die Hand nach Grace aus. Die Kinder protestierten lautstark.

»Aber Daddy, es ist erst sechs Uhr. Wir haben noch nicht zu Abend gegessen!«

»Hinauf!« rief ihr Vater und deutete mit dem Finger nach oben.

Die Kinder erkannten die Gefahr und flüchteten. Peter Sinclair lächelte entschuldigend und geleitete Grace in das Wohnzimmer.

»Sie gehören nicht zu meinen besten diplomatischen Erfolgen. Die Kinder sind einfach verwöhnt. Meine Frau meint, das kommt daher, weil wir immer im Ausland leben. Was möchten Sie trinken? Sherry, Gin oder das Landesgetränk, Schnaps? Nein, den sollten Sie doch lieber nicht trinken. Die Schweden bestehen beinahe fanatisch darauf, ihn nur zum Essen zu trinken. Und das ist gut so.«

»Ich würde gern einen Scotch trinken«, gestand Grace. »Ich gebe zu, ich bin vollkommen durcheinander. Ich komme hierher, um Willa zu besuchen, und finde nichts als ein großes Geheimnis.«

»Hat sie Sie erwartet?« fragte Peter Sinclair mit dem Rükken zu ihr, weil er an der Bar stand.

»Nein. Ich kam aus einer Augenblickslaune heraus.«

»Also dann ist ja nichts Geheimnisvolles an der Geschichte. Willa hat Sie nicht erwartet und ist daher auch nicht da, um Sie zu empfangen. Sagten Sie, Sie seien Kusinen?«

»Ja, und eigentlich mehr, unser Verhältnis ist trotz unserer Verwandtschaft sehr eng.«

Peter Sinclair hatte sich umgedreht und gab ihr den Scotch. Er sah sie aufmerksam an.

»Sie gleichen ihr nicht. Nicht im mindesten.«

Er betonte das. Grace dachte, daß er ihre unauffällige Erscheinung als uninteressant abtat. Und das war sie auch, nicht nur im Vergleich zu Willas Hang zum Überschwenglichen, sondern weil sie sich schon immer lieber zurückgezogen hatte, mit ihrem nachdenklichen, oft finster blickenden Gesicht, mit ihrem Haar, das trotz allen Bürstens und Pflegens oftmals unordentlich vom Kopf abstand, mit ihrem ekkigen Körper, der noch dünner war als der von Willa, und ihren kleinen, plumpen Händen.

»Ich behauptete nicht, daß wir uns ähnlich sehen. Ich sagte nur, daß wir einander verstanden. Daß wir einander alles sagten. Oder fast alles.«

»Aber nicht etwas so Wichtiges wie Heiratspläne«, fügte der Mann gedankenvoll hinzu und ließ Eisstückchen in ein anderes Glas fallen. »Ist es das, was Ihnen zu denken gibt?«

»Natürlich. Würden Sie sich da keine Gedanken machen?«

»Ja, ich nehme an, wenn ich mit jemandem so verbunden wäre, wie Sie es anscheinend mit Willa waren. Ich weiß nicht. Was die wirklich wichtigen Dinge angeht, so finde ich, können die Menschen äußerst zurückhaltend sein. Vielleicht aus Angst, daß man ihre Pläne nicht billigt.«

»Weshalb sprechen Sie immer in der Vergangenheitsform?« fragte Grace. »Sie haben das schon am Telefon gemacht. Sie sagten, Willa war ein fantastisches Mädchen. Jetzt sagen Sie, ich *war* mit ihr verbunden, nicht ich *bin*.«

»Du lieber Himmel, Sie sind aber in bezug auf Kleinigkeiten sehr empfindlich. Ich habe mir gar nichts dabei gedacht. Ich nehme an, das kommt daher, weil Willa für mich schon Vergangenheit ist. Immerhin ist sie seit zehn Tagen weg, und ich habe inzwischen eine neue Sekretärin, eine Miß Jenkins, eine ausgezeichnete Schreibkraft. Ich kann ihr gar nicht genug Arbeit verschaffen. Aber sie lähmt mich einfach. Ich glaube, die schusselige Arbeitsweise Ihrer Kusine war mir doch lieber.« Er zuckte die Achseln. »Sekretärinnen kommen und gehen. Wußten Sie das nicht? Sie selbst sind keine?«

»Nein.«

Er wartete darauf, daß sie ihm sagte, was sie sei. Aber Grace achtete nicht darauf. Sie hatte das Gefühl, daß er geflissentlich darauf bedacht war, nicht über Willas Verschwinden zu reden, daß er sie geschickt auf andere Geleise zu lenken versuchte. Das kommt daher, daß er Diplomat ist, dachte sie.

»Bitte, Mr. Sinclair, erzählen Sie mir etwas über diesen Gustav. Oder wer immer das sein mag.«

»So hat Willa ihn immer genannt. Und mein Name ist Peter. Wir wollen nett zueinander sein. Wie heißen Sie?«

»Grace. Aber haben Sie ihn denn niemals kennengelernt?«

»Nein. Ich war nur Willas Chef, wissen Sie. Ich habe mich nicht in ihre Privatangelegenheiten gemischt.«

»Natürlich. Das verstehe ich. Aber da ich weiß, was Willa für eine Klatschbase ist, habe ich doch gedacht, sie hätte Ihnen von etwas so Wichtigem, wie es eine Heirat ist, erzählt.«

»Habe ich nicht genau das eben gesagt? Je wichtiger die Angelegenheit ist, um so verschwiegener werden die Leute.«

»Wenn es etwas zu verbergen gilt«, sagte Grace mit einem Gefühl des Unbehagens.

»So etwas wie eine überstürzte Heirat?«

»War es das?«

»Sieht beinahe so aus, nicht wahr?«

»Aber weshalb?«

»Wer weiß? Vielleicht Widerstände von seiten der Familie des Mannes? Vielleicht war er schon verheiratet und mußte sich erst scheiden lassen? Vielleicht wollte er alle Welt vor eine vollendete Tatsache stellen?«

»Wissen Sie wirklich nicht mehr darüber?«

Peter saß auf dem Sofa neben Grace. Er hatte große, sehr ernste blaue Augen, mit denen er sie jetzt fest ansah. Sie konnte sich vorstellen, daß er auf die gleiche Weise eine widerspenstige Sekretärin ansah oder einen Fremden, der sich erlaubte, den Standpunkt der Britischen Botschaft nicht zu teilen.

»Ich sage Ihnen alles, was ich weiß, und das ist verdammt wenig. Willa war ein ausgesprochenes Party-Mädchen. Ich nehme an, Sie wissen das. In letzter Zeit hat sie sich zu viele Nächte um die Ohren geschlagen, kam zu spät ins Büro und machte schockierende Fehler. Ihre Arbeit wurde allmählich wirklich unmöglich. Ich mußte sie verschiedene Male zurechtweisen. Sie sagte dann, es täte ihr leid, sie stand ganz unter dem Einfluß dieses Gustav. Der wollte nie zu Bett gehen. Nein, ich meine, er ließ ihr viel zuwenig Schlaf. Ob sie miteinander geschlafen haben, weiß ich nicht. Das ging mich nichts an. Ich ärgerte mich nur über ihre schlecht geschriebenen Briefe und über die Unpünktlichkeit. Es war ein Jammer. Wir alle mochten Willa. Auch meine Frau. Willa kam immer hierher und hütete die Kinder. Bis sie Gustav kennenlernte. Dann hatte sie niemals mehr Zeit.«

»Ist Gustav Schwede?«

»Anscheinend. Bei diesem Namen.«

»Aber Willa hat Ihnen niemals irgend etwas über ihn erzählt?«

»Nein. Ich bilde mir ein, er lebte auf dem Lande. Woher ich das weiß, kann ich nicht sagen. Willa pflegte an den Wochenenden hinauszufahren. Dann, vor ungefähr zwei Wochen, kam sie morgens – sogar fünf Minuten zu früh – in mein Büro gestürzt und erklärte, sie wolle kündigen. Sie würde heiraten. Und ob es sehr unpassend wäre, wenn sie jetzt sofort zusammenpacken und gehen würde.«

»Noch im gleichen Augenblick?«

»Praktisch ja.«

»Waren Sie damit einverstanden?«

»Mir blieb nicht viel anderes übrig. Ich wußte, ich würde keinerlei Leistung aus ihr herausbekommen, wenn ich darauf bestand, daß sie blieb, und sie wußte, daß ich eine Aushilfskraft vom Land bekommen konnte. Sie wollte nicht einmal ein weiteres Wochensalär oder was sie auf ihrem Konto noch guthatte. Sie ging, ohne eine Adresse zu hinterlassen, und noch immer wartet hier ein Scheck darauf, daß sie ihn abholt.«

»So weiß in der Tat niemand, wo sie ist.«

»Bist jetzt nicht. Aber nun schauen Sie doch nicht so erschrocken drein, Grace. Sie wird schon auftauchen. Trinken Sie noch etwas!«

Grace überließ ihm ihr Glas. Sie versuchte an all die Dinge zu denken, die sie fragen sollte und die möglicherweise wichtig waren. Aber wie sollte sie ihre Gedanken ordnen?

»Sagen Sie mir noch eines, Mr. Sinclair, ich meine Peter. Glauben Sie, daß sie schwanger war?«

Er antwortete nicht gleich. Er nahm das Eis mit einer Silberzange und ließ den Würfel mit einem Plumps ins Wasser fallen.

»Das könnte sein«, sagte er endlich.

»Vermuten Sie das nur? Oder hat sie es Ihnen gesagt?«

»Nein, sie hat es mir nicht gesagt. Sie ließ nur einmal eine versteckte Bemerkung darüber fallen, daß sie noch rechtzeitig zum Altar käme. Wenn ich jetzt recht darüber nachdenke, war diese Andeutung gar nicht so versteckt. Ich glaube, ihre Absicht war sogar kristallklar.«

»Allem Anschein nach hatte sie ja noch einige Monate Zeit, um zum Altar zu gehen«, bemerkte Grace trocken. »Wenn man ihr die Schwangerschaft noch nicht einmal ansah.«

»Ja. Der springende Punkt mochte wohl der sein, daß Gustav eventuell noch seine Absicht ändern könnte. Sie hat ihn ungefähr auf die Art geschnappt wie einen abfahrenden Zug.«

Peter begann plötzlich zu lachen. Seine blauen Augen strahlten fröhlich.

»Ich weiß nicht, weshalb wir so niedergeschlagen sind. Dies ist doch eigentlich eine glückliche Angelegenheit. Willa hat den Mann geangelt, den sie haben wollte. Andernfalls hätte sie sich wohl kaum durch einen kleinen Fehler wie eine Schwangerschaft in seine Arme treiben lassen. Es wird sicher nicht mehr lange dauern, und sie wird als strahlende Braut auftauchen.«

»Ich frage mich, ob er vielleicht nicht erwischt werden wollte«, murmelte Grace. »Sind die Schweden in diesen Dingen eigentlich ehrenhaft?«

»So ehrenhaft wie die meisten Männer, würde ich sagen. Ehrenhaft – welch ein Ausdruck! Bedenken Sie doch, wenn ein Mädchen es so offensichtlich darauf anlegt, einen Mann auf diese Weise einzufangen ...«

»Willa würde das nicht tun«, sagte Grace entrüstet. »Das weiß ich. Ich kenne sie. Aber sie würde auch keine Abtreibung vornehmen lassen, um irgend jemandem einen Gefallen zu erweisen.«

»Und weshalb nicht?«

»Weil sie das schon einmal getan hat, und das brach ihr dann beinahe das Herz. Sie kam jahrelang nicht von ihrer Schuld los. Sie sagte, das Baby würde zurückkommen und sie holen.«

»Um Himmels willen! Diese Seite Willas kenne ich gar nicht.«

»Solltest du das?« ertönte eine Stimme von der Tür her. Beide wandten sich nach der Frau um, die dort stand, einer schlanken, dunkelhaarigen Person mit seltsam glücklosen Augen.

»Kate«, sagte Peter und sprang auf. »Komm, das ist Grace. Willas Kusine. Ich habe dir gesagt, daß sie kommt. Meine Frau Kate, Grace.« Sie schüttelten sich die Hände. Kates Händedruck war kraftlos. Sie sah müde aus. Um ihre Augen lagen dunkle Ringe.

»Hallo«, sagte sie. »Sie ähneln Willa nicht, nicht wahr?

Wieso sind Sie so schnell nach Stockholm gekommen? Hat Willa Sie darum gebeten?«

»Nein. Nun eigentlich nicht direkt. Sie schrieb mir einen Brief, den ich nicht verstand.«

»Du meine Güte, Sie müssen sehr aneinander hängen, daß Sie auf einen geheimnisvollen Brief hin nach Stockholm fliegen.«

»Sie hat auch nicht auf mein Telegramm geantwortet«, sagte Grace. »Das sieht ihr nicht ähnlich. Und außerdem, ja, wir hängen aneinander.« Ihr Ton war leicht ärgerlich. Wie kam diese blasierte Frau dazu, zu glauben, daß Empfindungen zwischen Familienmitgliedern etwas Seltsames seien?

»Über den Brief haben Sie mir nichts erzählt«, sagte Peter.

»Ich bin noch nicht dazu gekommen. Ist das wichtig?«

»Nur in bezug auf das, was drin steht.«

Der Hilferuf? Grace hatte nicht die Absicht, über diese geheime Abmachung zu einem Fremden zu sprechen. Wenigstens jetzt noch nicht. Wenn die Dinge noch verwirrter oder gar alarmierend würden, könnte sie das noch immer nachholen, aber das war natürlich ausgeschlossen. Alles würde sich über kurz oder lang in Wohlgefallen auflösen.

Kate nahm den Drink, den ihr Peter reichte, und leerte das Glas, als ob sie sehr durstig wäre. Über den Rand des Glases hinweg musterte sie Grace mit ihren dunklen Augen.

»Es stand nichts Besonderes in dem Brief«, sagte Grace. »Willa schrieb nur, daß sie sich in einer Situation befinde, aus der sie nicht mehr heraus könne. Ich nehme an, das bedeutete, daß sie schwanger ist, wie Peter sagt. Was glauben Sie?« fragte sie Kate.

»Ja, ich bin auch der Meinung. Nicht, daß sie mir etwas gesagt hätte, dieses Vertrauen schenkte sie eigentlich nur meinem Mann.«

Verbarg das Flattern ihrer Stimme Bitterkeit? Aber das Gebaren dieser jungen Frau war zu hochmütig, sie schien weder etwas erfreuen noch erschüttern zu können. Sie bildete einen rechten Kontrast zu ihrem Mann mit seinem direkten, gewinnenden Lächeln.

»Da irrst du dich, meine Liebe«, sagte Peter leichthin. »Sie hat mir nichts gesagt. Sie machte nur Andeutungen. Aber ich kann zwei und zwei zusammenzählen.«

»Eines Abends hätte sie sich hier beinahe übergeben«, sagte Kate. »Nach nur einem Drink. Sie sagte, sie sei müde. Zu viele durchtanzte Nächte. Aber wenn man selbst ein Baby gehabt hat, kennt man das Aussehen. Als sie in der darauffolgenden Woche kündigte, konnte ich auch zwei und zwei zusammenzählen. Außerdem trug sie plötzlich diesen auffälligen Ring.«

»Kate meint, daß er wie ein Familienerbstück aussah«, erklärte Peter. »Es war tatsächlich der Siegelring eines Mannes, Lapislazuli mit eingraviertem Wappen. Willa mußte ihn am Mittelfinger tragen. Er war für ihren Ringfinger zu groß.«

»Könnte das das Wappen von Gustavs Familie gewesen sein?« fragte Grace.

»Ich habe nicht die leiseste Ahnung«, sagte Peter fröhlich. »Ich kenne mich in den alten schwedischen Familien nicht besonders gut aus. Wir bewegen uns kaum in derartigen Kreisen. Nicht wahr, Liebling?«

»Was haben Sie jetzt vor, Grace?« fragte Kate. »Wollen Sie hierbleiben, bis Willa auftaucht?«

»Ja.« Grace faßte den Entschluß in diesem Augenblick. »Ich kann in ihrer Wohnung bleiben. Die Beschließerin ist eine komische Frau mit Augen wie weiße Murmeln. Sie sagte mir, die Miete sei bis Ende des Jahres bezahlt. Willa wird also zurückkehren. Außerdem hat sie praktisch alle ihre Sachen hiergelassen. Ein wunderbares Bett aus der Zeit Gustavs III. Ich kann mir während der Zeit des Wartens Stockholm ansehen.«

»Viel Vergnügen«, sagte Kate spöttisch.

»Mögen Sie es nicht? Soviel ich vom Taxi aus sehen konnte, erschien es mir recht hübsch.«

»Warten Sie den Winter ab. Warten Sie, bis es niemals mehr richtig hell wird, bis der Schnee fällt und die Nacht ewig zu dauern scheint. Ich habe nur einen Winter hier erlebt, und ich weiß heute noch nicht, wieso ich nicht verrückt geworden bin.«

Peter legte seinen Arm liebevoll um seine Frau.

»Kate sehnt sich noch immer zurück nach Surbiton, nicht wahr, Liebes? Auf Cypern war es das gleiche, obwohl dort die Sonne genug schien. Es ist nicht nur der lange nördliche Winter, es ist ständiges Heimweh.«

Kate legte in einer plötzlichen Aufwallung ihren Kopf an seine Schulter.

Peter sah über ihren Kopf hinweg Grace an.

»Ich habe darum gebeten, in die Heimat versetzt zu werden, wenn meine Zeit hier um ist. Aber ich muß weitere zwei Jahre hier bleiben, und du mußt das durchstehen, meine Liebe. Oder willst du, daß ich mein Leben lang ein kleiner Sekretär im Foreign Office bleibe?«

»Ich verabscheue den Winter zutiefst«, nörgelte Kate. »Die Kinder sind die ganze Zeit im Haus, sie machen einen solchen Krach, und immer, wenn man zum Fenster hinaussieht, ist es dunkel. Das macht mich verrückt.«

»Komm, komm, Liebes, so schlimm ist es nun wieder nicht. Du gehst auf eine Menge Partys.«

»Botschafts-Partys.«

»Nun, das sind nicht die schlechtesten. Und die Getränke sind frei. Man sieht eine Menge neue Gesichter. Wir haben gerade wieder eine Party, Grace, würden Sie zu einer kleinen Gesellschaft kommen, die morgen abend stattfindet? Wie meine Frau sagt, werden zwar in der Mehrzahl Botschaftsleute dort sein, aber Sie werden auf diese Weise alle kennenlernen, die Willa kannten. Irgend jemand kann Ihnen vielleicht etwas Wichtiges sagen.«

»Ich komme sehr gern«, sagte Grace. »Wie nett von Ihnen.«

Sie erhob sich und wollte gehen.

»Ich werde Sie zurückbringen«, sagte Peter. »Okay, Liebling?« Er drückte seine Frau wieder an sich. »Ich bleibe nicht lange. Sag den Kindern, daß ich noch hinaufkomme und ihnen gute Nacht sage.«

Im Auto stieß Peter einen deutlichen Seufzer aus und sagte: »Es tut mir leid, daß Kate wieder einmal ihre Rolle gespielt hat. Sie tut das jedesmal.«

»Ist sie hier denn so unglücklich?«

»Ich vermute es. Tatsache ist, daß sie einfach nicht glücklich sein will. Als sie mich heiratete, wußte sie, daß dies unser Leben sein würde. Sie kommt aus einer sehr großen Familie und will alle um sich haben, Mama, Daddy, die Tanten, die ganze Bande. Besonders zu Weihnachten oder wenn eines der Kinder Geburtstag hat. Im Grunde ihres Herzens ist sie unverändert bürgerlich geblieben.«

»Und Sie nicht?«

»O Gott!«

»Aber verstehen Sie mich nicht falsch«, sagte er nach einer Pause. »Wir gehören zueinander. Wir tragen gemeinsam das Gute wie das Böse. Sie wird noch zwei weitere Jahre hier bleiben, dann werde ich mich mit einer Aufgabe in der Heimat zufriedengeben. Aber wie komme ich dazu, Ihnen von meinen Problemen zu erzählen, wenn wir genug damit zu tun haben, die Ihren zu lösen?«

»Nicht meine, die von Willa.«

»Oh, Willa hat jetzt keine mehr. Denken Sie an meine Worte. Was tun Sie, Grace? Ich meine, um zu leben?«

»Ich schreibe.«

»Tatsächlich?« Seine Stimme war voller Bewunderung. »Bücher?«

»Romane.«

»Aha! Das erklärt allerdings Ihre blühende Fantasie.«

»Im Fall von Willa? Aber ich habe doch nur Tatsachen erwähnt.«

»In einer höchst melodramatischen Art, wenn ich das sagen darf. Einfach so nach Stockholm zu fliegen. Obwohl das für uns sehr nett ist. Sie sind ein attraktives Mädchen, Grace. Anders als Willa.«

»Danke«, sagte Grace und wußte, daß er einer von den Männern war, die glauben, sie müßten einem Mädchen eine Menge schmeichelhafter Dinge sagen. Sie wußte außerdem, daß er kein Wort ernst meinte. »Darum geht es aber eigentlich nicht.«

»Im Leben eines Mädchens geht es immer darum. Streiten Sie das nur nicht ab. Und ganz nebenbei . . .«, er hielt vor dem Haus in Strandvägen, wandte sich jetzt Grace zu und sah sie ernst an, » . . . setzen Sie sich bloß nicht in den Kopf, dies sei ein Fall für die Polizei.«

»Aber daran habe ich überhaupt nicht gedacht«, rief Grace ehrlich erschrocken aus.

»Ich habe nur gemeint, Ihre Schriftstellerfantasie könnte Ihnen da einen Streich spielen. Sie könnten vielleicht ganz mysteriöse Dinge vermuten, Mord und Totschlag, aber das ist es ganz gewiß nicht. Ich habe ein Gefühl dafür. – Und außerdem können wir hier keinen Skandal brauchen. Das Prestige unseres Landes und so weiter. Sie verstehen schon. Gute Nacht, Grace. Ich freue mich schon, Sie morgen abend zu sehen.«

3

Als Grace das Haus betrat, öffnete sich die Tür der Parterrewohnung einen Spalt. Frue Lindström war also eine dieser lästigen Personen, die überall horchten und aufpaßten. Allerdings überraschte das Grace nicht, wenn sie an das auffallende Interesse der Frau an Willas Abwesenheit und ihrer eigenen Ankunft dachte. Vermutlich hoffte sie, Grace würde an ihre Tür klopfen, um ihr von ihren Unternehmungen zu erzählen. Als Grace aber mit betont lauten Schritten die Treppe hinaufstieg, schloß sie die Tür leise, fast bedauernd.

Grace hatte im Augenblick keine Zeit für Frue Lindström. Sie kochte vor Wut. Ihre Schriftstellerfantasie! Machte sich

Peter Sinclair lustig über ihre Sorge um Willa? Sie hoffte es. Sie hoffte es inständig. Denn falls seine Warnung wegen der Polizei ernst gemeint war, bedeutete das, daß er fürchtete, sie könnte etwas Unangenehmes entdecken.

Grace zündete in Willas stiller Wohnung alle Lampen an, um Gemütlichkeit zu erzeugen. Und sie setzte sich hin, um logisch nachzudenken.

Willa hatte ihr geheimes SOS gesandt. Sie mußte gewußt haben, daß dies eine sofortige Antwort von Grace zur Folge haben würde. Aber sie hatte nicht auf die Antwort gewartet. Sie war sogar fortgegangen, bevor sie noch Graces Telegramm erreichte. So würde sie entweder zurückkommen – oder sie hatte eine Nachricht hinterlassen, die Grace bei ihrer Ankunft finden sollte. Das war es. Unwillkürlich erschauerte sie.

Die Wohnung mußte irgendeinen Fingerzeig enthalten. Willa gehörte zu den Leuten, die Sachen an verrückten, aber augenfälligen Orten versteckten. Ihren Schmuck zum Beispiel in einer alten, allerdings unbenutzten Teekanne, ihr Tagebuch unter dem Kopfkissen. Grace stieß einen überraschten Ruf aus und wunderte sich, daß sie den allerwichtigsten Hinweis hatte vergessen können.

Willas Tagebuch war ebenso ein Teil ihrer selbst wie ihr Make-up, ihre Art zu sprechen, ihr eigenartiges Benehmen. Sie hielt sich für eine Fanny Burney des zwanzigsten Jahrhunderts und schilderte für die interessierte Nachwelt das Leben einer durchschnittlichen jungen Frau der modernen Zeit. Es dürfe erst vierzig Jahre nach ihrem Tode veröffentlicht werden, hatte Willa einmal in vollem Ernst gesagt, was eigentlich schade sei, da Grace bereits jetzt die Genugtuung habe, ihr eigenes Werk gedruckt zu sehen, worum sie sie beneide.

»Aber ich bin eine Tagebuchschreiberin, keine Romanautorin«, hatte Willa geseufzt. Sie hatte Grace gelegentlich Proben aus den kostbaren Büchern lesen lassen (zehn davon lagen bereits in einer verschlossenen Kiste unter Willas Sachen in England). Die Arbeiten waren unordentlich und undiszipliniert wie Willas Briefe, aber stellenweise verrieten sie eine seltsame Kraft, besonders der Absatz, den sie über ihre Abtreibung geschrieben hatte. Ihr Schmerz und ihre Angst traten deutlich zutage. Für Willa bedeutete das Tagebuch zugleich Bekenntnis und Absolution, eine Beichte vor sich selbst. Irgendwie gelang es ihr dadurch, sich ihre eigenartige Unberührtheit zu bewahren, trotz ihres impulsiven und nicht immer bewundernswerten Benehmens.

Irgendwo in der Wohnung mußte also ein angefangenes Tagebuch verborgen sein, wenn sie es nicht mitgenommen hatte.

Grace sprang auf und begann zu suchen. In ihrer Ungeduld warf sie die Sachen einfach um sich. Hatte sie es zwischen den Büchern im Bücherschrank versteckt, in einer der Schubladen des Schreibtisches – nein, das war zu deutlich –, in einem der Sofakissen mit Reißverschluß, unter dem Teppich, hinter dem großen, dunklen Bild, zwischen den Schüsseln und Platten in der Anrichte, unter den Kissen oder Matratzen des hübschen Bettes, in der Garderobe, im Schmutzwäschekorb im Badezimmer, vielleicht hinter den Tüten mit Zucker und Tee im Küchenregal oder im Kühlschrank?

»Ich fürchte, es hat keinen Sinn, da hineinzuschauen. Willa hatte niemals so viel Lebensmittel im Hause, um eine hungrige Maus zu füttern. Ich habe mir erlaubt, etwas herzurichten, und hier ist es.«

Der schlanke Mann, der plötzlich unter der Tür stand, trug ein gutbeladenes Tablett. In ihrer Angst hatte Grace den steinharten, in Folie verpackten Bratenrest fallen lassen.

»Werfen Sie das weg, es sieht scheußlich aus«, sagte der Mann. »Wollen Sie sich eine Lebensmittelvergiftung zuziehen? Dann hätten wir noch ein Unglück.«

»Noch eines?«

»Willas Abreise ist doch schon eines, oder etwa nicht?«

»Wer sind Sie?«

»Mein Name ist Polsen. Ich wohne im obersten Stock.«

»Nur Polsen?« Das ist also der Mann, der Willa das Bett lackieren half, dachte sie.

»Ich habe schon noch einen anderen Namen, aber Sie könnten ihn ja doch nie aussprechen. Und jetzt sagen Sie mir, wer Sie sind.«

Sein gelassenes, etwas unbeholfenes Wesen wirkte beruhigend. Grace entspannte sich und sagte: »Ich bin Grace Asherton, Willas Kusine. Ich kam her, um sie zu besuchen, und mußte feststellen, daß sie fort ist. Was ist das unter dem Tuch?«

Polsen zog das Tuch vom Tablett und zeigte ein Arrangement von Schüsseln.

»Suppe. Geräucherter Hering. Butter. Roggenbrot, Kaffee, Schnaps und Bier. Okay?«

Grace warf die Kühlschranktür mit dumpfem Knall zu. Sie seufzte vor Vergnügen. Das Tagebuch konnte warten.

»Ich bin am Verhungern. Ich habe das gar nicht bemerkt.«

»Ich auch. Hier ist genug für zwei. Darf ich mich mit Ihnen zu Tisch setzen? Willa und ich haben das auch manchmal so gemacht. Allerdings nicht oft. Willa führte ein sehr reges Leben.«

Grace setzte sich und betrachtete ihren Besucher mit unverhohlenem Interesse. Er war sehr schlank, mit unordentlichem dunklem Haar und einem langen Gesicht. Er trug einen zottigen Rollkragenpullover zu Kordsamthosen. Seine kurzsichtigen Augen lagen hinter starken Brillengläsern. Grace fragte sich, ob er jemals lache. Sie fragte sich außerdem, wieviel diese kurzsichtigen Augen mit ihrem milden, unpersönlichen Ausdruck wirklich sahen. Wieder seufzte sie vor Wohlbehagen, nicht nur wegen der Aussicht auf das Essen, sondern auch deshalb, weil sie nun wieder eine neue Informationsquelle gefunden hatte.

»Können wir erst essen, bevor ich Ihnen Fragen stelle?«

»Natürlich. Fragen mit Kaffee? In der Zwischenzeit können Sie mir etwas über sich selbst erzählen.«

»Ich nehme an, Mrs. Lindström hat Ihnen von mir erzählt?«

»In diesem Haus haben die Neuigkeiten Flügel. Sie müssen Ihren Schnaps zum Fisch trinken. Aber zuerst die Suppe.«

Grace nahm einen Löffel voll.

»Ausgezeichnet.«

Polsen nickte ernsthaft. »Oh, ja. Ich bin ein erstklassiger Koch, wenn ich Zeit habe. Ich unterrichte an der Universität, ich male ein bißchen und mache etwas Hausarbeit. Im Winter fahre ich Ski und versuche alle die Bücher zu lesen, die ich lesen möchte.«

»Keine Frau?«

»Im Augenblick nicht.«

»Was wollen Sie damit sagen?«

Die seltsamen Augen hinter den dicken Brillengläsern betrachteten ihre ringlosen Finger.

»Keinen Mann?«

»Im Augenblick nicht«, gab Grace zurück. Dann runzelte sie die Stirn, ärgerlich über sich selbst. »Das war nicht nett von mir. Nachdem Sie mir diese wunderbare Mahlzeit verschafft haben. Nein, ich habe keinen Ehemann. Bis jetzt habe ich meine Chancen ausgeschlagen und bin mit meiner Schreibmaschine verheiratet. Ich war schon immer viel vorsichtiger als Willa. Sie neigt zu sehr nach der einen, ich nach der anderen Seite. Die goldene Mitte treffen wir beide nicht.«

Er sah sie eine ganze Weile schweigend an. Er war einer jener Männer, die erst gründlich überlegen, bevor sie zu sprechen beginnen. Dann lächelte er bewundernd und sagte: »Das war klug von Ihnen.«

»Wieso?«

»Sie sind so ehrlich, daß die Höflichkeit es verlangt, daß auch ich ehrlich bin. Natürlich habe ich eine Frau. Immerhin bin ich beinahe vierzig. Aber wir leben getrennt. Ich habe einen Sohn, den ich jeden Sonntag sehe. Und auf dieses Recht möchte ich niemals verzichten. Er ist ein lieber kleiner Bursche. Diesen Winter werde ich ihm das Skilaufen beibringen. Das wär's.«

»Aber wenn Sie sich wieder verlieben sollten?«

»Ich?«

Grace hatte den Eindruck, daß er traurig aussah. Sie fragte sich, was Willa wohl von ihm gehalten haben mochte. Langweilig, aber vielleicht ganz nützlich. Willa schätzte Nützlichkeit bei anderen niemals gering ein, sie nützte die Leute immer ein wenig aus.

»Nun den Schnaps.« Er füllte zwei Gläser randvoll mit der honigfarbenen Flüssigkeit und erhob seines. »Skål.«

Grace tat es ihm nach. Sie fühlte sich jetzt glücklicher und entspannt. Das Essen hatte ihr gutgetan und auch diese Unterhaltung ohne Fragen. Es war für sie ein langer, einsamer Tag gewesen.

»Da ich nun schon einmal hier bin, fange ich wenigstens an, Stockholm zu mögen.«

»Dann haben Sie Ihren ungemütlichen Bettgenossen also nicht mitgebracht?«

»Meinen was?«

»Die Schreibmaschine, die Sie so unentbehrlich finden.«

Grace lächelte gequält. Sie begriff zwar, daß das ein Scherz sein sollte, aber sie fand ihn nicht sehr lustig.

Scherze über schreibende Frauen fand sie nie lustig.

Sie legte Messer und Gabel nieder und wechselte absichtlich das Thema.

»Sagen Sie mir, was wissen Sie über Willa? Haben Sie ihre Freunde kennengelernt? Diesen Gustav? Kennen Sie ihn?«

»Gustav?«

»So heißt der Mann, den sie anscheinend geheiratet hat. Haben Sie nie von ihm gehört?«

»Nein.«

Grace zog erstaunt die Augenbrauen hoch.

»Wollen Sie damit sagen, daß Willa ihn nie erwähnt hat?«

»Nun, vielleicht schon. Sie erwähnte so viele Männer. Möglicherweise war auch ein Gustav dabei. Das ist in Schweden ein verbreiteter Name.«

»Sie sagten doch, Sie und Willa waren gute Freunde.«

»Das dachte ich.« Polsen runzelte die Stirn. »Offensichtlich bedeutete das aber nicht, daß sie mir alle ihre Geheimnisse anvertraute. Außerdem steckten wir ja nicht ständig zusammen. Ich habe meine Abendkurse, sie ihre Verabredungen. Ich bin nicht Frue Lindström mit dem Ohr an der Tür.«

»Ich meine nicht . . .«, begann Grace, wurde aber brüsk unterbrochen.

»Es macht mich sehr glücklich, ins Kreuzverhör genommen zu werden.«

»Das will ich ja nicht. Ich bemühe mich nur so sehr, irgendwelche Informationen zu bekommen. Die kleinste Spur. Was ist zum Beispiel mit all diesen teuren Sachen, die nicht zu einer möblierten Wohnung gehören?«

Polsen erhob sich, um die Kissen vom Boden aufzuheben.

»Haben Sie unter dem Sofa nach ihr gesucht?«

»Machen Sie keine Witze, bitte. Ich habe nach Spuren gesucht, Willa hat eine Vorliebe dafür, Dinge an außergewöhnlichen Orten zu verstecken.«

»Aber Sie haben nichts Besonderes bemerkt?«

»Nur, daß sie offensichtlich über ihre Verhältnisse lebt. Wie konnte sie zum Beispiel diese Perserteppiche kaufen?«

»Ich dachte immer, sie habe irgendein privates Einkommen«, gab Polsen zu. »Sie sagte, sie brauche während des langen, dunklen Winters Farben um sich.«

»Alle scheinen hier wegen des Winters Zustände zu bekommen.«

»Das kommt ganz auf die Menschen an.«

»Dann hatte Willa doch offensichtlich vor, den Winter hier zu verbringen. Frue Lindström sagte, Willa wollte einen Kanarienvogel kaufen. Was veranlaßte sie dazu, ihre Pläne so plötzlich zu ändern?«

»Ich kann nur vermuten, daß die Liebe eine unvorhergesehene Meinungsänderung verursachte.«

»Jetzt sprechen Sie genau wie ein Professor! Sagen Sie, haben Sie jemals einen jener ominösen Männer gesehen, die zu Willa kamen?«

»Ich glaube nicht, daß so viele kamen. Willa ging aus. Sie hatte dauernd Verabredungen. Kurz bevor sie ver . . ., wegging, gab sie hier eine Party. Es waren so viele Leute da, daß ich nicht mit Sicherheit sagen kann, wer eigentlich wer war. Meistens Leute von der Botschaft, denke ich.«

»Niemand mit Namen Gustav?«

»Nicht daß ich wüßte. Es war allerdings eine große Party. Willa hatte sich zu diesem Zweck das Haar gelb färben lassen. Wir sagten, sie solle sich an Stelle eines Kanarienvogels selbst in den hübschen Vogelkäfig setzen.«

»Das gleicht Willa«, meinte Grace. »Ihr Haar hat im Laufe der Zeit schon alle Farben außer Grün gehabt.«

»Es sah hübsch aus. Sie sagte, sie wolle es während des ganzen Winters gelb tragen. Es sollte die Landschaft erhellen. Ich meine, es *soll* die Landschaft erhellen.«

Grace starrte ihn wortlos an und empfand wieder diese grundlose Unruhe. Plötzlich sah sie förmlich das unfreundliche Bild, Willa mit ihrem sonnenblumenfarbenen Kopf fröstelnd in einer Landschaft aus Schnee und dunklen Wäldern.

»Wir hatten ein Abkommen getroffen«, fuhr Polsen fort. »Sie klopfte mit einem Besenstiel in der Küche an die Decke. Zwei Klopfer bedeuteten, daß sie sich unterhalten wollte, denn sie wurde trübsinnig, wenn sie allein war, drei Klopfer bedeuteten die Frage, ob ich etwas zu essen hätte, sie sei am Verhungern.«

Das alles klang nicht nur wahrscheinlich, sondern war sicherlich die Wahrheit. Willa und ihre Spielchen. Die geheime Unterschrift auf Briefen, die Art, wie sie Dinge versteckte, die Aufregung um ihr Verschwinden.

»Die gleichen Regeln gelten auch für Sie, während Sie hier sind, Grace.«

»Spielen Sie für uns Kindermädchen?« fragte Grace und bereute es sofort, denn ein schmerzlicher Ausdruck trat auf sein Gesicht. Er verstand nicht ganz, was Kindermädchen bedeutete. Als sie es ihm erklärte, war er nicht weniger verletzt.

»Ich hätte nicht gedacht, daß Sie so empfindlich wären, Polsen.«

Betroffen ließ er seinen mächtigen Kopf hängen.

»Sie mögen mich für einen Trottel halten«, sagte er endlich. »Für einen Mann bin ich blödsinnig sensibel. Aber ich war für Willa kein Kindermädchen. Über das Alter, in dem man so jemanden braucht, war sie lange hinaus. Ich war nur ein Freund. Sie redete zu viel, aber das war für ein so stilles Wesen wie mich ganz gut. Ich mochte sie. Ich glaube, sie war die meiste Zeit glücklich.«

»Nur die meiste Zeit?«

»Ja, das sagte ich. Manchmal mußte sie aufgeheitert werden. Wahrscheinlich hatte sie dann Streit mit einem ihrer Freunde . . .«

»Mit *welchem* Freund?«

»Wie soll ich das wissen? Aber ich kann erraten, wenn ein Mädchen eines Mannes wegen weint.«

»Hat sie Ihnen gesagt, daß sie schwanger ist?«

Er erschrak, seine dunklen Augen starrten sie durch die starken Gläser an.

»War sie das?« fragte er nach einigen Augenblicken.

»Die Sinclairs scheinen das zu glauben.«

Er beugte sich vor und sagte ernst: »Weshalb dann diese Aufregung, Grace? Je eher sie heiratet, um so besser. Für ein Baby gab es nie eine bessere Einrichtung als einen Vater. Weshalb hören Sie nicht auf, sich Sorgen zu machen? Das könnte doch alles erklären. Machen Sie sich also hier eine schöne Zeit, bis sie mit ihrem Ehemann zurückkommt, und es spielt gar keine Rolle, wie er heißt, Gustav, Jacob oder wie immer.«

»Ja, genau das raten alle anderen auch.« Grace seufzte. »Ich nehme an, mir bleibt gar nichts anderes übrig.« Außer Willas Tagebuch zu finden, wonach sie weiter suchen würde, wenn Polsen gegangen war. Das Tagebuch mußte einfach Willas Hilferuf erklären, dachte sie.

Sie fand es am unmöglichsten, sogar für Willas Verhältnisse unmöglichsten Ort.

Der Vogelkäfig hatte einen doppelten Boden. Das Tagebuch füllte den Zwischenraum genau aus. Man mochte sich fragen, ob Willa den Vogelkäfig nur zu diesem Zweck gekauft hatte. Sie hatte das Tagebuch sicherlich eigens angeschafft, um ihre schwedischen Abenteuer niederzuschreiben, denn es begann genau an dem Tag ihrer Ankunft.

Es enthielt mehr als fünfzig eng beschriebene Seiten. Willas exakte, steile Schrift veränderte sich nie, selbst dann nicht, wenn sie etwas niederschrieb, was sie mit drei Ausrufezeichen versah.

Graces Herz klopfte zum Zerspringen vor Freude und Aufregung. Jetzt würde das Geheimnis sich lüften. Sie hörte förmlich, wie Willa entrüstet ausrief: »Grace, wage es nicht, das zu lesen. Es ist nur für künftige Generationen bestimmt!« Aber die Umstände erforderten es, daß Willas Intimsphäre nicht länger respektiert werden konnte. Grace war genötigt, an der Tür zum nächsten Jahrhundert zu lauschen.

Draußen hatte sich ein heftiger Wind erhoben. Er drückte gegen die Fenster, und ein leichter, kalter Luftzug schien ins Zimmer zu dringen. Grace drehte die Heizung stärker und fragte sich, ob die Hitze den Topfpflanzen schaden könnte. Sie hatte sich eine solche Kälte nicht vorstellen können. Die Windböen rüttelten an den Fenstern und bewegten sogar leise die Vorhänge, als atmete jemand hinter ihnen. Vielleicht würde in dieser Nacht der erste Schnee dieses Winters fallen. Und es wäre schade, wenn die Birken schon so früh all ihre zarten gelben Blätter fallen ließen. Dann würde das Land in der Tat düster sein und die Dunkelheit des Winters beginnen.

Es schien, als habe sie in diesem Raum bereits begonnen, nachdem Grace alle Lichter gelöscht und nur das eine beim Lehnstuhl hatte brennen lassen.

Sie fröstelte ein wenig, als sie sich hinsetzte und zu lesen begann.

Zwei Stunden später schloß sie das Buch und rieb ihre müden Augen. Im Zimmer war es jetzt ungemütlich überheizt, und der Wind schien sich gelegt zu haben. Wenigstens heulte er nicht mehr wie ein Rudel hungriger Wölfe, wie eine Bemerkung von Willa lautete. Und da waren noch weitere, rätselhafte Eintragungen:

›All jene dunklen Bäume werden ewig stehen bleiben, und der Regen auf dem Dach macht mich verrückt . . .‹

Das hatte sie Ende September niedergeschrieben. Auch alles Vorherige war ebenso skizzenhaft, ebenso verloren, außer einigen Tupfen von Fröhlichkeit, wenn sie etwa eine Party beschrieb, zu der sie sich das Haar kanariengelb hatte färben lassen. Aber an konkreten Tatsachen enthielt das Tagebuch rein nichts. Es hätte ebenso ein Code sein können. Sätze, die begannen, als ob sie wirkliche Informationen vermitteln würden, endeten in einer mysteriösen Bemerkung.

›Waren in Schloß Gripsholm, sahen ein Porträt von Gustav IV. Sagte ihm, es gleiche ihm so sehr, daß ich ihn von jetzt an immer Gustav nennen werde . . .‹

Ihn. Wen? Grace hätte vor Enttäuschung heulen können.

Die Beschreibung von Frue Lindström: ›Diese lauernde Thomasina‹ dort unten. Und von Polsen: ›Der Riese im Dachgeschoß mit seinem Schnaps, seinem alten Kartoffelgetränk . . .‹

Bemerkungen über ihre Arbeit in der Botschaft: ›Ich wünschte, Peter wäre nicht so böse über mich, wenn ich Fehler mache. Er hat keine Geduld.‹ Und später: ›Dieser Ort ist voller Wölfe.‹ Aber ob sich das auf die Botschaft bezog, war nicht klar.

Sie erwähnte auch Kate Sinclair und die Kinder. ›Kate sagt, ich erzählte ihnen Geschichten, von denen sie Alpträume bekommen. Ob ich nicht über irgend etwas anderes als über dunkle Wälder reden könne . . .‹ Dann eine seltsame Eintragung: ›Ein Haus mit einem Türklopfer in Form eines kleinen goldenen Drachen. Natürlich in der Altstadt.‹ Und dann ganz unerwartet: ›Ich hasse diese melancholischen Friedhöfe mit den hohen Bäumen.‹

Doch war sie offensichtlich umworben von dem ›König mit den zwei Königinnen‹, obwohl sie nicht erklärte, von wem sie sprach. Es war zum Verrücktwerden. Später erwähnte sie den König noch einmal: ›Die arme Königin wird im Dachgeschoß festgehalten.‹

Nach all diesen wirren Bemerkungen bedeutete ein zusammenhängender Abschnitt direkt eine Erholung.

›Die Backes luden mich fürs Wochenende ein. Ein Haus am See, dunkle Tapeten, dunkle Bilder, Seidenvorhänge, überall Teppiche. Papa beobachtete mich die ganze Zeit. Mama sehr dick, mit Händen wie kleine weiße Kissen. Ulrika sieht es nicht gern, daß Sven mich mag, sie will alles für sich haben. Ich kann die beiden für alle Zeiten in diesem dunklen Strindberg-Haus sehen . . .‹

Sven. War er Gustav?

Aber diese Eintragung war im August gemacht worden. In den darauffolgenden Abschnitten wurde das Wochenende bei den Backes nicht mehr erwähnt. Dann kam wieder etwas Rätselhaftes: ›Gustav gefällt meine neue Haarfarbe nicht, er sagt, sie mache mich zu auffallend.‹ Aber offensichtlich hatte sie sie seinetwegen nicht geändert.

Sie machte auch eine Bemerkung über die endlosen Reihen der dunkelroten und senffarbenen Häuser: ›Wenn ich mein eigenes haben werde, will ich es rosa streichen.‹

Dann: ›Axel mit seinen Glotzaugen‹, und ›Jacob, nicht zu unterschätzen. Diese stillen Männer . . .‹

Eine der letzten Eintragungen war: ›Ich hätte den Kanarienvogel kaufen sollen, dieser Raum ist einfach verdammt still‹, und die letzte, die genau vor zwei Wochen niedergeschrieben wurde, lautete geheimnisvoll: ›Beinahe Zeit zu gehen. Ich hoffe, es schneit nicht. Wie sollen wir sonst jemals zurückkommen?‹

4

Grace erwischte Polsen, bevor er zur Universität ging. Sie hörte, wie er die Treppe herunterkam, und lauerte ihm ganz nach Art von Frue Lindström auf.

»Haben Sie einen Augenblick Zeit, Polsen?«

Er sah sie auf seine ernste, gedankenvolle Art an.

»Natürlich.«

»Ich habe letzte Nacht eine Entdeckung gemacht.«

Seine Augen blitzten hinter den dicken Gläsern.

»Ja? Und welche?«

»Ich fand Willas Tagebuch.«

»Ein Tagebuch?« rief er erregt. »Und? Hat es alles erklärt?«

War er interessierter, als er es hätte eigentlich sein sollen, wenn Willa für ihn nicht mehr als eine flüchtige Freundin war?

»Es erklärt überhaupt nichts. Es ist praktisch wie ein Codebuch.«

»Aber ist es wenigstens beruhigend? Ist es harmlos?«

Grace schüttelte verzweifelt den Kopf. »Ich habe die Nacht kaum geschlafen. Vielleicht bilde ich mir wieder Dinge ein, aber ich glaube nicht. Ich kenne Willa zu gut. Sie lebte in einer Art Alptraum, Polsen. Sie muß sich wahnsinnig gefürchtet haben.«

»Unmöglich!«

»Vielleicht hat sie es nur nicht gezeigt. Vielleicht gestand sie es nur ein, wenn sie in ihrem Tagebuch schrieb. Sie hat ihr Tagebuch schon immer für geheime Bekenntnisse benützt. Aber diesmal konnte sie nicht einmal mehr das tun, denn sie hatte zu große Angst, die Dinge klar auszudrükken.«

»Grace, Sie müssen mir dieses Tagebuch zeigen.«

Seine Stimme klang so drängend, daß sie unwillkürlich fragte: »Weshalb interessiert Sie das so sehr?«

Er packte sie so heftig am Arm, daß es schmerzte.

»Würden Sie mir den Gefallen tun und mich nicht mit

solchem Mißtrauen behandeln? Ich war Willas Freund. Wenn Sie in Schwierigkeiten ist, möchte ich helfen, ebenso wie Sie das tun. Falls Sie aber meine Hilfe nicht annehmen wollen, dann auf Wiedersehen. Auf Wiedersehen! Ich werde Sie nicht mehr behelligen.«

Er begann die Treppe hinabzusteigen, und es war nun an Grace, seinen Arm zu packen. Sie hatte das Gefühl, daß sie es nicht ertrug, in dieser Situation, in einem fremden Land, länger allein zu sein. Und es war einfach blödsinnig, diesem netten, bärenhaften Mann zu mißtrauen, der so langsam sprach und dessen Augen so schnell traurig wurden.

»Sie werden keine Zeit haben, es jetzt zu lesen. Sie müssen zur Universität.«

»Geben Sie es mir mit.«

Grace zögerte nur einen Augenblick. Wenn sie sich jetzt entschied, konnte Polsen ihr Freund werden. Er war Willas Freund gewesen, und Willa war verschwunden.

Sie überwand ihre Bedenken sofort.

»Gut. Wann werden Sie zurück sein?«

»Nicht vor dem Abend. Leider.«

»Ich muß zu einer Party bei den Sinclairs.«

»Dann bleiben Sie nicht zu lange. Kommen Sie so bald es geht nach Hause, damit wir uns unterhalten können.«

Grace nickte. Ihr war jetzt etwas leichter ums Herz. Die Nacht war schrecklich gewesen, endlos. Immer wieder war sie aus wirren Träumen aufgeschreckt. Sie hatte sich eingebildet, irgendwo Wölfe heulen zu hören. Als sie dann ans Fenster getreten war und in die geheimnisvolle, rosafarbene, windstille Dämmerung hinaussah, die über der stillen Stadt lag, fröstelte sie. Das warme, glühende Rosa trog. In Wirklichkeit war es kalt wie Eis.

»Und, Grace, sperren Sie die Ohren auf, aber sprechen Sie selbst auf dieser Party nicht zu viel.« Polsen musterte sie besorgt, während er Willas Tagebuch in die Mappe steckte.

»Sie wollen mich doch nicht etwa davor warnen, einen Skandal in der Botschaft auszulösen?«

»Sind Sie denn schon gewarnt worden?«

Sie nickte. »Ich nehme an, Peter Sinclair mußte das tun. Es ist wichtig. Aber anscheinend wird erwartet, daß alle über Willa sprechen werden, wenn sie erfahren, daß ich ihre Kusine bin.«

»Dann hören Sie sich einfach gut an, was man Ihnen so erzählt.«

Der Raum schien bereits überfüllt, als Grace ihn betrat. Peter Sinclair bemerkte sie sofort und ging mit seinem gewinnenden Lächeln auf sie zu, das sein sonst gewöhnliches Gesicht unerwartet anziehend machte.

»Hallo, Grace. Ich freue mich, daß Sie es geschafft haben. Kommen Sie, ich stelle Sie ein paar Leuten vor.«

Er tat das flüchtig und beinahe routinemäßig.

Grace fiel auf, daß er besondere Betonung auf ihre Erfolge als Schriftstellerin legte und daß er mit keinem Wort erwähnte, daß sie Willas Kusine war.

»Wir müssen sehen, daß wir einen schwedischen Verleger für sie finden«, sagte er wohlgelaunt. »Das ist gut für den britischen Export.«

Die Namen in Willas Tagebuch. Grace hatte sie auswendig gelernt. Sven, Jacob, Axel, Gustav. Es waren schwedische Namen, und die meisten der Gäste waren Engländer oder Amerikaner. Sie alle erweckten den Eindruck, als ob man sie hierher verbannt hatte.

»Sind Sie zu Besuch hier, Miß Asherton? Eindrücke sammeln? Sie werden nicht bleiben wollen, wenn erst der Winter eingesetzt hat.«

»Warum nicht?« fragte Grace.

»Nun, erstens ist es so verdammt dunkel. Ich habe nichts übrig für die ewige Nacht.«

»Studieren Sie die Schweden?« fragte jemand anderer. »Kamen Sie schon darauf, alle haben etwas von Strindberg, wie?«

»Im Sommer können wir wenigstens in unsere Häuser am See ziehen, aber im Winter stirbt man hier buchstäblich vor Langeweile.«

»Wo wohnen Sie, Miß Asherton?«

»In einem Apartment auf Strandvägen.«
»Sie haben Glück! Hat Ihnen das jemand geliehen?«
»Ja, meine Kusine. Willa Bedford.«
»Willa!«
Eine Frau mittleren Alters mit übermäßig geschminktem, lebhaftem Gesicht stand vor ihr.
»Sagten Sie, Sie sind Willas Kusine? Aber weshalb hat Peter uns nichts davon gesagt? Dann können Sie das Geheimnis um sie sicher lüften.«
»Welches Geheimnis?« fragte Grace kühl.
»Gibt es denn etwa keines?« Die Frau machte ein langes Gesicht. »Wie enttäuschend! Ich weiß, Peter versicherte, es gäbe keines, aber wir alle dachten, er verheimlicht etwas. Um einen Skandal zu verhüten, wissen Sie. Solches Zeug wie ›Sekretärin der Britischen Botschaft vermißt‹ beispielsweise. Wollen Sie mir weismachen, sie habe wirklich geheiratet?«
»Das sagte ich nicht«, gab Grace vorsichtig zu. »Ich bin gerade erst angekommen und weiß nicht viel mehr als Sie. Aber Willa war schon immer impulsiv und unberechenbar. Ich finde eine Situation wie diese wirklich nicht überraschend.«
»Hat sie Ihnen keine Erklärung hinterlassen?«
»Sie wußte nicht, daß ich komme.«
»Oh!« Die Frau war nun wirklich enttäuscht. Das neugierige Glitzern verschwand aus ihren Augen. »Ich bin Winifred Wright«, sagte sie. »Paßabteilung. Willa teilte meine und Nancy Prices Wohnung, als sie hier ankam. Dann zog sie in ihre eigene. Um ehrlich zu sein, wir waren erleichtert. Sie war für uns alte Schachteln zu lebenslustig.«
»Zu viele Freunde?« fragte Grace vorsichtig.
»Sie kam zu oft spät nach Hause. Wir waren es müde, daß immer in den frühen Morgenstunden alle Lichter angedreht wurden.«
»Das sieht Willa ähnlich.«
»Nicht, daß wir sie nicht mochten. Und ich glaube, sie mochte uns auch, denn ich muß sagen, sie wirkte eigentlich

nie mehr so richtig glücklich, nachdem sie in ihre eigene Wohnung gezogen war. Immer ängstlich.«

»So, als ob sie die Miete nicht bezahlen könne?«

»Oh, nein, solche Sorgen waren es nicht. Ärger mit ihren Freunden, glaubte Nancy. Ich persönlich glaube, sie hatte ein Verhältnis mit einem verheirateten Mann und wollte deshalb ihre eigene Wohnung.«

»Wissen Sie, wer dieser Mann war?«

»Nein.« Miß Wright sah wieder ganz betrübt aus, da sich abermals keine Gelegenheit zu einem interessanten Gespräch bot. »Man munkelte einiges darüber, daß er einer angesehenen schwedischen Familie angehörte. Aber jetzt ist sie ja selbst verheiratet – *wenn* sie es ist –, und wir werden bald alles wissen, nicht wahr?«

»Nun, Winifred, welchen Klatsch erzählen Sie Grace?« sagte Kate Sinclair hinter ihnen. »Grace, Sie müssen Winifreds Erzählungen einige Körnchen Salz beimischen, damit Sie sie genießen können. Sie hat außerordentliches Geschick darin, langweilige Tatsachen aufzuputzen. Ist es nicht so, meine Liebe?«

Winifred brachte ein krampfhaftes Lächeln zustande. Sie konnte ihrer Gastgeberin gegenüber nicht unhöflich sein.

»Das sind eigentlich keine langweiligen Tatsachen, Kate. Wir sprechen über Willa.«

»Ach, schon wieder dieses Mädchen!«

»Sie sah wohl deshalb so sorgenvoll aus, weil sie ein Kind erwartete«, sagte Grace absichtlich. »Aber wie Sie sagen, ist sie ja jetzt aus allem heraus. Weshalb sollten wir uns also Sorgen machen?«

»Ja, eben!« sagte Kate so heftig, daß Grace sie überrascht ansah.

Sie faßte sich sofort wieder.

»Dieses Gerede über Ihre Kusine macht mich einfach krank und müde, Grace. Sie ist hier nicht sehr beliebt. Sie hat die Kinder aufgeregt und ließ Per einfach mitten in der Arbeit sitzen, als sie so plötzlich auf und davon ging. Winifred, helfen Sie mir bitte mit den Drinks. Peter vergißt wie gewöhnlich, daß er nicht dazu hier ist, um seine eigene Party zu genießen. Wollen Sie uns bitte entschuldigen, Grace?«

Eine heiße kleine Hand schlich sich in Graces Hand.

»Miß Asherton, mein Bruder und ich wissen, wo Willa ist.«

Grace blickte hinab in das emporgewandte ernste, sommersprossige Gesicht von Georgy Sinclair. Das Kind trug ein blaßblaues Kleidchen, was seine Blässe noch unterstrich. Das flachsblonde Haar hing strähnig bis auf die Schultern. Die Augen waren voll tödlichem Ernst und verscheuchten sofort jeden Gedanken daran, daß sie spaße.

»Wo?« fragte Grace.

»Im Wald.«

»In *welchem* Wald?«

»Wo die Elche sind. Kommen Sie mit hinauf, damit wir uns unterhalten können.«

»Wo ist Alexander?«

»Oben. Er ist noch zu klein für Erwachsenenpartys. Und ich sollte auch nicht hier sein, bevor ich mich richtig unterhalten kann.«

»Gehen wir also«, sagte Grace.

Alexander trug einen farbenprächtigen, gestreiften Pyjama. Sein sandfarbenes Haar fiel ihm in die Augen. Alle Fenster des Schlafzimmers waren geschlossen, es herrschte dumpfe Hitze. Grace setzte sich auf eines der Betten und sagte:

»Nun also. Was hat Willa denn so mit euch gemacht? Hat sie euch Geschichten vorgelesen?«

»Nein, sie hat welche erfunden«, antwortete Georgy.

»Sie hat uns vom Elchschießen erzählt«, fügte Alexander hinzu. »Ich habe mich immer gefürchtet.«

»Weil du so ein Baby bist«, sagte seine Schwester grob. »Es war ja alles nur erfunden. Sie schreien nicht so, wie sie uns erzählt hat. Das hat Daddy gesagt. Willa hat übertrieben. Sie hat immer übertrieben.«

»Was denn noch?«

»Zum Beispiel hat sie gesagt, wenn sie eines Tages nicht mehr zurückkommt, sollen wir die Polizei rufen«, platzte Alexander heraus und wühlte sich in sein Kissen hinein.

»Nein, nicht die Polizei, den Botschafter«, verbesserte ihn Georgy.

»Nein, das ist nicht wahr, Georgy. Du sagst nicht die Wahrheit. Die Polizei. Aber wir können ja gar nicht Schwedisch«, fügte er dann unsicher hinzu.

»Siehst du, da hast du's, du Dummkopf.«

»Und habt ihr es der Polizei oder dem Botschafter gesagt?« fragte Grace mit ruhiger Stimme.

Zwei Augenpaare starrten sie an.

»Ich meine, Willa ist doch nicht zurückgekommen, oder?«

»Nein, aber es ist alles richtig, sie heiratet ja«, erklärte Georgy triumphierend. »Das ist doch nicht so, wie wenn man von einem alten Elch totgetreten wird. Und auch nicht im Wald verirrt.«

»Wirklich nicht?« fragte Alexander fast flehentlich.

Die Tür öffnete sich, und Peter Sinclair trat ins Zimmer. Er sah ärgerlich aus.

»Grace, haben diese zwei Rangen Sie bereits eingespannt? Georgy! Alexander! Was ist das denn für ein Benehmen!«

»Es macht nichts«, sagte Grace. »Ich mag Kinder.«

»Gut und schön, aber auf einer Party . . .«

»Peter!«

Das war Kates Stimme, die näher kam und etwas Drängendes an sich hatte. »Peter, Ebba ist da. Du mußt herunterkommen.«

Für den Bruchteil einer Sekunde erschien in Peters Augen ein gequälter Ausdruck. Dann sagte er: »Du lieber Himmel! Ja! Ich dachte nicht, daß sie kommen würde. Grace, Sie müssen mit herunterkommen und die Baronin von Sturpe kennenlernen.«

Wenige Augenblicke später hörte Grace ihn sagen:

»Ebba, darf ich Ihnen Grace vorstellen? Sie ist eben aus London angekommen.«

Grace blickte in ein langes, blasses Gesicht, das durch einen hohen Turm blonder Haare noch länger wirkte. Eine kühle, schmale Hand ergriff die ihre. So also sah die schwedische Aristokratie aus: kühl, zurückhaltend, seltsam blutarm mit dieser farblosen Haut und den blaßblauen Augen. Aber eindrucksvoll in dem einfachen schwarzen Kleid, mit schlankem Hals und einer vollendeten Figur. Ein bißchen einschüchternd...

»Sind Sie eine neue Sekretärin für die Botschaft, Miß Asherton?«

Grace spürte, daß es keinen Zweck hatte, hier ihre Schocktherapie anzuwenden, indem sie sagte, daß sie Willas Kusine sei. Diese Frau hatte zu viel Haltung, um irgendeine unkontrollierte Reaktion zu zeigen.

»Nein, ich bin Schriftstellerin.«

»Das ist aber interessant. Peter, werden Sie sie herumführen? Sie muß das Land gründlich kennenlernen. Vielleicht können mein Mann und ich etwas für Sie tun. Möchten Sie vielleicht unser Haus sehen, Miß Asherton? Es ist weder sehr groß noch sehr großartig, aber dafür ziemlich alt und typisch schwedisch.«

»Wie freundlich«, murmelte Grace.

»Ebba ist die liebenswürdigste Person in Schweden«, sagte Peter enthusiastisch. »Nicht wahr, Ebba? Es tut mir wirklich leid, daß Jacob nicht kommen konnte. Nun will ich sehen, ob ich für euch zwei Mädchen etwas zu trinken bekommen kann.«

Kate hielt sich im Hintergrund. Eine kleine, finstere Gestalt in schwarzem Kleid. Als Grace sie ansah, fing sie einen gespannten, beinahe von panischer Angst erfüllten Blick auf.

Diese langweiligen Botschaftspartys, hatte Kate gesagt. Diese eine jedoch schien keineswegs langweilig zu sein, da sie einen derartigen Ausdruck in Kates Augen brachte...

»Jacob«, sagte Grace spät an diesem Abend zu Polsen, »einer der Namen in Willas Tagebuch. Ich weiß, wer das ist. Der Baron von Sturpe. Er war nicht bei der Party, aber seine Frau. Sie ist recht eindrucksvoll. Sie schien die guten Sinclairs ein bißchen durcheinanderzubringen. Eigentlich paßt sie gar nicht zu den anderen Freunden. Man könnte sich vorstellen, daß sie wohl zum Bekanntenkreis des Botschafters gehört, aber doch nicht zu dem eines jungen Diplomaten, der seine Laufbahn erst beginnt. Sagt Ihnen der Name etwas?«

»Natürlich. Eine leicht verarmte, aber sehr alte schwedische Familie.«

»Haben Sie ihn oder die Baronin einmal kennengelernt?«

»Was hätte ein armer Professor wohl in solchen Kreisen zu suchen?«

Versuchte er ihr auszuweichen?

Polsen notierte etwas in ein kleines Buch.«

»Was schreiben Sie da?«

»Jacob – Baron von Sturpe. Wir müssen systematisch vorgehen. Aber ich glaube, wir können ziemlich sicher sein, daß er mit Willas Heiratsplänen nichts zu tun hat. Er scheint mit seiner tollen Frau recht fest verheiratet zu sein. Was ist mit den anderen? Haben Sie einen Axel oder einen Sven getroffen?«

Grace schüttelte den Kopf.

»Auch keinen Gustav?«

»Wie hätte ich Gustav treffen können, wenn er Willas Bräutigam ist?« Grace berichtete Polsen von Winifred Wrights Theorie, nach der Willa mit einem verheirateten Mann ein Verhältnis hatte. Sie erzählte auch von den wilden Fantasien der Kinder, daß Willa sich im Wald verirrt habe. Polsen machte weitere Notizen.

»Man muß schon die Fantasie der Kinder haben, um Willas ungewöhnliches Tagebuch zu verstehen. Der Wald, in dem der Regen rauscht. Ich frage mich, ob die Kinder irgend etwas wissen.«

»Es ist ja ganz gut, Vermutungen anzustellen«, sagte Grace ungeduldig. »Aber können wir denn nicht irgend etwas *tun*? Wenn Willa wirklich in einem der Häuser im Wald ist, könnten wir sie nicht suchen?«

»Wissen Sie, wie viele Tausende von Quadratkilometern Wald es in Schweden gibt?«

»Nein, aber wenn man sich auf die Eintragungen im Tagebuch beschränkt, müßte man doch . . .«

»Welche Eintragungen zum Beispiel?«

»Ich fürchte, die über den Wald sind nicht allzu aufschlußreich«, gab Grace unglücklich zu.

»Eben. Es regnet über einem ziemlich großen Stück Wald. Sie müssen irgendeine Gelegenheit herbeiführen, um die Kinder weiter auszufragen.«

Grace nickte. »Das werde ich tun.«

»Und in der Zwischenzeit? Morgen zum Beispiel? Da Samstag ist und ich nicht arbeite, werden wir nach Gripsholm fahren und das Porträt von Gustav IV. ansehen.«

»Das ist eine wunderbare Idee.«

»Das fand ich auch.«

»Haben Sie vor, all den mehr oder weniger deutlichen Spuren des Tagebuches zu folgen?«

»Ja, und zwar zusammen mit Ihnen.«

»Glauben Sie, das wird uns zu Gustav führen?«

»Ich hoffe. Vielleicht. Morgen jedenfalls werden wir sehen, wem er ähnelt. Leider habe ich nur einen alten Volvo. Aber wir könnten ein Picknick veranstalten. Am See ist es recht hübsch.«

»Das würde mir Spaß machen.«

Das Zimmer war gemütlich. Polsens schlaksige, hagere Gestalt wirkte beruhigend. Grace fand es hier viel netter als bei den Sinclairs, und sie sagte das auch. Polsen schien das zu freuen.

»Dann ziehen Sie doch bitte dieses Ritterfräulein-Kleid aus und etwas weniger Elegantes an. Ich komme mir neben Ihnen ausgesprochen schäbig vor.«

Grace ging lachend in Willas Schlafzimmer.

»Was wissen Sie von den Kleidern der Ritterfräulein?«

»Ich war in London. Ich bin ein recht weitgereister alter Knabe.«

»Wenn Sie schon von Eleganz reden, hätten Sie die Baronin sehen sollen.«

»Ich habe keineswegs den Wunsch, sie zu sehen. Sie scheint nicht ganz mein Typ zu sein.«

»Was ist Ihr Typ, Polsen?«

»Sie sollten mich nicht auslachen. Was gab's auf der Party zu trinken? Schnaps?«

»Nein, ganz gewöhnlichen englischen Gin.«

»Morgen«, sagte Polsen, »werden wir Sekt trinken.«

Grace steckte den Kopf durch die Tür.

»Was feiern wir denn?«

»Willas Hochzeit. Ich hoffe es wenigstens.«

Jäh erstarb die Fröhlichkeit.

»Polsen, im Ernst, Sie glauben nicht an eine Hochzeit?«

Langsam schüttelte er den Kopf.

»Ein Baby, ja. Aber keine Hochzeit.«

»Aber wenn sie irgendwo in der Stille auf ihr Baby hätte warten wollen, wäre sie bestimmt nach England gekommen.«

»Sie dürfen Willas romantische Ader nicht vergessen, Grace. Möglich, daß sie ihren Geliebten nicht verlassen wollte.«

»Oh, mein Gott! Aber Sie glauben, daß er sie verlassen wird? Dann wird sie doch sicher hierher zurückkommen.«

»Wir werden ja sehen.«

»Ich wundere mich nur, weshalb das Baby in dem Tagebuch nicht erwähnt ist.«

»Vielleicht hat sie es erwähnt, und wir haben das nur nicht erkannt. Sie hat sich ja nicht gerade sehr deutlich ausgedrückt, nicht wahr?«

»Der Ring auch nicht«, grübelte Grace. »Angeblich trug sie einen Lapislazuli-Ring mit eingraviertem Wappen. Das ist ein Geschenk nach ihrem Geschmack, aber sie erwähnt nichts davon. Wissen Sie was, Polsen? Ich glaube, das alles hat viel mehr zu bedeuten als ein Baby und einen Liebhaber.«

Sie wartete darauf, daß Polsen ihr widersprach, sie wünschte es geradezu sehnlich herbei. Aber er tat es nicht. Er schwieg, und die Kälte von draußen schien wieder ins Zimmer zu dringen und es ganz zu erfüllen.

5

Das seltsam fremdartige rote Backsteinschloß mit seinen runden Türmen und engen Wendeltreppen gefiel Grace ungemein. Als sie vor dem Porträt Gustavs IV. stand, fühlte sie sich allerdings etwas enttäuscht.

Diese hervorstechenden blaßblauen Augen, die rosigen Wangen, der sinnliche Mund mit dem mürrischen Ausdruck, die gepuderte Perücke und die schlanke, etwas weibische Figur ... Grace war überrascht, abgestoßen und voller Unbehagen. Sah Willas Geliebter tatsächlich so aus? Wenn ja, wie hatte sie so verrückt sein können, ihm zu trauen und, was noch mehr war, ihn sogar zu lieben!

»Aber er sieht nicht einmal gut aus! Er ist überhaupt nicht Willas Typ.«

Polsen studierte das Gemälde aus allen Blickwinkeln.

»Das hier ist ein schlechtes Bild«, betonte er. »Es ist flach und tot. Sie müssen sich die Augen lebendig und glänzend vorstellen, ein Lächeln auf die Lippen zaubern. Es ist ein femininer Mund, nicht wahr? Wenn er lächelt, könnte er recht hübsch aussehen, ja sogar Charme haben. Es könnte ein recht annehmbares Gesicht sein. Persönlichkeit wirkt immer fesselnder als gutes Aussehen allein.« Er umriß mit der Hand die gemalte Gestalt. »Sie müssen sich die Anziehungskraft von pulsierendem Blut und Vitalität hinzudenken.«

Grace war noch immer voller Zweifel und verwirrt. Sie glaubte nicht, daß ein beim Lächeln hübsch aussehender Mund unbedingt eine wichtige Eigenschaft für einen Mann war. Eine Eigenschaft, für die man ihn dann noch besonders bewunderte.

»Ist das ein typisch schwedisches Gesicht?« fragte sie.

»Nein. Typisch schwedisch, das würde ich nicht sagen.«

»Wenn uns also ein solches Gesicht begegnet, müßte es mir auf jeden Fall auffallen?«

»Wenn man moderne Kleider hinzufügt, das Haar in der natürlichen Farbe hinzudenkt, und wenn man außerdem die Lebendigkeit, von der ich sprach, berücksichtigt.«

»Besonderes Merkmal, König von Schweden, ca. 1778 bis 1837. Sie reden wie in einer Vorlesung. Polsen. Halten wir also Ausschau nach jemandem, der ungefähr so aussieht und eine starke Persönlichkeit ist. Das wird schwierig werden.«

Er nahm ihre Hand. Sie war überrascht, daß sie in der seinen fast völlig verschwand. Seine Hände und Füße standen genau im richtigen Verhältnis zu seiner Körpergröße. Es gefiel ihr irgendwie, daß er sie wie ein Turm überragte.

»Wenn wir nach jemandem wie Ihnen Ausschau halten würden, hätten wir es einfacher, Polsen. Sie ragen aus jeder Menge heraus.«

»Sollte das etwa eine schmeichelhafte Bemerkung sein? Ich glaube kaum. Aber Gustav zu finden wird nicht ganz so schwierig sein, wie Sie glauben. Wollen wir uns das ganze Schloß ansehen? Sie müssen sich die Füße all der vielen Königinnen und Könige vorstellen, die im Laufe der Jahrhunderte diese Stufen hinauf- und hinuntergegangen sind.«

»Da auch die Füße von Willa und ihrem Gustav hier gegangen sind, frage ich mich, ob er ihr wohl auch die Dinge versprochen hat, die Könige ihren Königinnen versprechen.«

»Ein Versprechen ist das eine, etwas ganz anderes ist dann das, was die Frauen in Wirklichkeit erhalten.«

Grace wußte nicht, ob Polsen sich auf unglückliche mittelalterliche Königinnen bezog oder auf Willa, aber er sah plötzlich so bekümmert aus, als ob auch ihn dieses schwammige Gesicht auf dem Porträt unsicher gemacht hätte. Grace schenkte der Aussicht durch die schießschartenähnlichen Fenster auf das schimmernde, stahlgraue Wasser kaum Beachtung. Der Mälarsee trug seine kalten Wellen überallhin, von Stockholm direkt bis hierher an diesen öden Ort. Im Winter mußte sein eisiger Griff lähmend sein.

Sie fühlte, daß es ihr beinahe schon ging wie Kate Sinclair. Sie fing an, den kommenden Winter zu hassen . . .

»Aber hat Ihnen denn das kleine Theater gar nicht gefallen?« fragte Polsen später. »Oder die Pferdebilder in den oberen Stockwerken?«

»Doch. Oh, doch, sehr.«

»Dann hören Sie auf, so dreinzuschauen, als ob Sie gerade aus einem Gefängnis entflohen wären.«

Im fahlen Sonnenschein wanderten sie am See entlang. Ein Schwan glitt langsam durch das raschelnde Schilf. Am anderen Ufer spiegelte sich eine Reihe rötlicher Häuser im See, so daß es aussah wie ein verglimmendes Feuer. In den Bäumen krächzten die Krähen. Es war so windstill, daß nicht eines der papierartigen, saftlosen Blätter zu Boden fiel.

»Sehe ich so aus, als wäre ich aus einem Gefängnis entkommen?« fragte Grace. »Sie müßten in der Zwischenzeit ja schon bemerkt haben, daß ich eine geradezu morbide Vorstellungskraft besitze.«

»Und worin besteht diese morbide Vorstellungskraft jetzt?«

»Darin: Falls Willas Gustav wirklich so aussieht wie sein Vorgänger auf dem Porträt, dann kann sie nur gegen ihren Willen mit ihm gegangen sein, wohin sie auch immer gegangen sein mag.«

»Machen wir jetzt lieber den Champagner auf«, versuchte Polsen sie abzulenken.

Grace lächelte schuldbewußt. »Gut, und ich verspreche Ihnen, nicht mehr zu grübeln.«

»Picknicks sind dazu da, um Freude zu bereiten«, sagte Polsen in seiner pedantischen Art.

»Ich bin kein so fröhliches Wesen wie etwa Willa. Das müßten Sie eigentlich schon entdeckt haben.«

Polsen nahm den Picknickkorb aus dem Kofferraum seines Wagens und breitete ein Tuch auf dem Boden aus. Mit sorgfältigem und geübtem Griff ließ er den Korken aus der Champagnerflasche schießen, füllte zwei Becher und gab Grace einen.

»Sie denken zuviel nach«, sagte er. »Genau wie ich. Deshalb hat meine Frau mich verlassen. Ich war ihr zu langweilig.«

»Das tut mir leid. Hat es sehr weh getan?«

»Natürlich. Es macht kein Vergnügen, verstoßen zu werden, aus welchem Grund auch immer. Und dann ist da der Junge. Waren Sie schon einmal verliebt, Grace?«

»Natürlich.«

»Sehr?«

»Damals glaubte ich es.«

»Wie oft?«

»Nur zweimal.« Ihre Stimme bekam diesen leicht aggressiven Ton, den sie einfach nicht vermeiden konnte, wenn die Sprache auf ihre eigenen Gefühle kam. »Ich sagte Ihnen ja schon, meine Schreibmaschine stellte sich immer zwischen mich und die anderen. Mich kann plötzlich der Zwang ankommen, bis um zwei Uhr morgens zu schreiben, und dann bin ich natürlich erschöpft. Das ist nicht gut für die Liebe. Und trotzdem ...«

»Trotzdem was?«

Sie reckte ihr Kinn.

»In beiden Affären war ich diejenige, die sicherlich tiefer empfand.«

»Aber nicht tief genug, um sich von der Schreibmaschine zu trennen?«

»Ich konnte nicht. Das müssen Sie doch verstehen!« rief sie. »Sie ist ein Teil von mir. Ohne sie bin ich nur ein halber Mensch. Das läßt sich nur mit einem Musiker und seinem Instrument vergleichen.«

Er sah sie lange und gedankenvoll an.

»Wovon handeln Ihre Bücher, Grace?«

»Oh – von jungen verheirateten Paaren, von sozialen Problemen, von unerwünschten Kindern, von den Schwierigkeiten des Lebens im allgemeinen. Sie können sich das ja vorstellen. Es ist mir wichtig, und darum schreibe ich davon.«

»Ja, es ist wichtig. Und auf diese Art haben Sie vergessen zu lächeln.«

»Habe ich das?«

Grace hob ihr Gesicht mit einem so ängstlichen Ausdruck, daß Polsen sich zu ihr hinüberbeugte und sie küßte. Im ersten Augenblick war sie so überrascht, daß sie stocksteif dasaß und nur denken konnte, daß seine kühlen Lippen auf den ihren so angenehm waren wie die Kühle des Champagners. Dann aber wich sie heftig zurück und sah ihn finster an.

»Warum haben Sie das getan?«

»Weil ich es für eine angenehme Beschäftigung halte.«

»Für Sie oder für mich?«

Er fing an zu lachen, und seine Augen wirkten gar nicht mehr kurzsichtig. Sie waren schärfer und klarer, als ob er recht gut auch ohne seine Brille sehen könnte, wenn er wollte.

»Wirklich, Grace, Sie sind wie diese wilden Pflanzen, die in Schottland wachsen. Nichts als Dornen.«

»Meinen Sie etwa schottische Disteln?« fragte sie, nicht im mindesten amüsiert.

»Genau.« Er legte seine große Hand schwer auf ihre Schulter. »Kommen Sie, essen Sie etwas. Sandwiches, Huhn, gekochte Eier. Ich hoffe, Sie sind hungrig. Und wenn Sie mich vielleicht fragen wollen, ob ich Willa beim Picknick auch geküßt habe, ist die Antwort nein.«

Grace blickte zu Boden. Willa hatte er also auch zu Picknicks mitgenommen. Es mußte im Sommer gewesen sein, als es heiß war und sie schwimmen konnten.

»Wir haben Magnus immer mitgenommen«, sagte Polsen, da er ihre Gedanken erriet.

»Magnus?«

»Meinen Sohn. Wir brachten ihm das Schwimmen bei. Willa schwimmt wie ein Fisch, ich wie ein Wal. Aber es war lustig.«

»Hat sie denn nicht mit Gustav Ausflüge gemacht?«

»Als wir miteinander schwimmen gingen, war es Frühling. Später pflegte sic dann übers Wochenende wegzufahren.«

»Hat sie Ihnen gesagt, wohin?«

»Gelegentlich erzählte sie, sie ginge mit den Sinclairs. Die haben ein Häuschen im Wald. Ich stellte mir vor, daß sie immer dorthin ging.«

»Deshalb also haben die Kinder von den Elchen im Wald gesprochen. Aber sie muß auch manchmal woanders hingegangen sein.«

»Ja. Das weiß ich jetzt auch.«

»Da sind Sven und Ulrika im Strindberg-Haus.«

»Richtig. Wir müssen etwas über sie herausbekommen. Wir haben eine Menge zu tun. Warum schüttelt es Sie so? Ist Ihnen kalt?«

»Ich habe Gänsehaut.«

»Setzen Sie sich näher zu mir. Trinken Sie noch etwas Champagner, und erzählen Sie mir, weshalb Sie und Willa so verschieden sind.«

»Warum sollten wir nicht verschieden sein? Wir sind ja keine Schwestern, sondern nur Kusinen, wenn unsere Mütter auch Zwillinge waren. Unsere Väter waren sehr verschieden. Willas Eltern trennten sich, als sie noch sehr klein war. Ich glaube, all ihre Geschwätzigkeit und ihre krampfhafte Fröhlichkeit sind nur teilweise echt. Sie versucht dadurch wahrscheinlich zu kompensieren, daß sie sich von ihrem Vater verlassen fühlt. Schon als ganz kleines Kind war sie eine schreckliche Angeberin. Meine Eltern waren verhältnismäßig glücklich. Meine Mutter starb bald nach Willas Mutter, beide an einem Herzfehler. Als ob sie das gleiche Herz gehabt hätten! Aber mein Vater lebt noch, und ich verehre ihn sehr.«

»Nimmt er Ihre Arbeit ernst?«

»Oh, ja. Er erwartet von mir viel mehr, als ich bisher erreicht habe.«

»So. Das erklärt alles. Sie und Willa haben einen Vaterkomplex.«

Grace schmollte. »Polsen, für einen Schweden können Sie sich wirklich zu gut in einer Fremdsprache ausdrükken.«

»Aber wie steht's mit meiner Analyse?«

»Ich glaube, ich muß Ihnen da bis zu einem gewissen Punkt recht geben. Willa und ich erkannten schon früh, daß unsere Mütter viel mehr aneinander hingen als an uns. Das verband uns besonders eng. Wir fühlten füreinander größte Verantwortung.

»So viel habe ich mir schon zusammengereimt.«

»Und verstehen Sie deswegen Willa besser?«

»Es erklärt, weshalb sie manchmal so haarsträubende Dinge tut, aber nicht, wo sie ist.«

Grace blickte ihn besorgt an. »Gustav ist kaum eine Vaterfigur, oder? Wenigstens nicht nach diesem Porträt. Polsen, wir sollten nicht hier herumsitzen und die Zeit mit Champagnertrinken vertrödeln.«

Sie fing seinen Blick auf und runzelte die Stirn.

»Ich nehme an, Sie wollen mir jetzt sagen, Willa hätte eine solche Bemerkung niemals gemacht.«

»Da haben Sie vollkommen recht. Willa war viel zu gierig, um so etwas auch nur zu denken. Vielleicht ist ihre Gier schuld an allem, was jetzt geschehen ist.«

Er erläuterte diese Theorie nicht näher, und Grace fragte nicht. Sie fürchtete, er spielte auf die persischen Teppiche und all die anderen Luxusgegenstände in ihrer Wohnung an. Vielleicht würden sie herausbekommen, wie Willa in ihren Besitz gelangt war. Aber nicht jetzt gleich. Die Dämmerung brach bereits herein, der See, das Schloß, die Bäume mit ihren abgestorbenen Blättern wirkten öde und traurig. Grace wünschte plötzlich, wieder in der Wärme von Willas Wohnung zu sein, ungeachtet der verwirrenden Gegenstände dort.

Was sie nicht erwartet hatte, war der starke Parfümgeruch, der sie empfing, als sie zwei Stunden später die Tür aufschloß. Willas Parfüm! Willa mußte zurück sein! Aber die Wohnung war dunkel.

Sie drehte das Licht an und rief aufgeregt: »Willa!«

Keine Antwort. Wohn- und Schlafzimmer waren leer. Alles war ordentlich. Wenn Willa tatsächlich dagewesen und wieder gegangen war, hätte sie Sachen herumliegen lassen.

Aber nirgends lagen Kleider, nirgends herrschte Unordnung.

Vollkommen durcheinander, setzte sich Grace an den Toilettentisch. Hier war der Parfümgeruch am stärksten. Sie wußte sogar den Namen. Balenciaga Quadrille. Sie öffnete aufs Geratewohl eine Schublade und sah die umgefallene Flasche.

Sie wußte mit Sicherheit, daß sie sie nicht umgestoßen hatte. Sie hatte überhaupt nichts in dieser Schublade berührt. Und jetzt lag diese Flasche auf der Seite, und unter dem gelockerten Verschluß sickerte die stark duftende Flüssigkeit heraus.

Es gab nur eine Erklärung. Jemand anderes hatte diese Schublade geöffnet. Heute, während Grace weg war.

Natürlich Frue Lindström. Polsen, der Grace gefolgt war, nachdem er seinen Wagen geparkt hatte, hörte sich ihre aufgeregte Schilderung an.

»Polsen, wir müssen mit ihr reden. Sie kann doch nicht einfach hier hereinkommen, wenn ich nicht da bin, und herumschnüffeln. Wonach hat sie wohl gesucht?«

Polsen zog angewidert die Nase hoch.

»Dieser Geruch ist zuviel des Guten, nicht wahr? Nun gut, gehen wir hinunter und stellen wir ihr einige Fragen.«

»Sie muß es gewesen sein! Was meinen Sie?«

»Ich sagte schon, gehen wir hinunter und fragen wir sie. Besagt Ihr englisches Gesetz nicht, daß eine Person so lange unschuldig ist, bis die Schuld bewiesen ist?«

»Frue Lindström ist nicht unschuldig«, beharrte Grace. »Ich habe ihr von Anfang an nicht getraut.«

Frue Lindström schien ebenfalls gerade heimgekommen zu sein. Als sie die Tür öffnete, hatte sie noch einen scheckigen Pelzhut tief über die Ohren gezogen, als ob jetzt schon Winterstürme um die Straßenecken pfiffen. Ihre Wangen waren offensichtlich vom raschen Gehen gerötet. Ihre blassen Puppenaugen traten hervor. Sie schien kampfbereit und eine Auseinandersetzung zu erwarten.

»Froken Asherton! Herre Polsen! Was kann ich für Sie tun?« fragte sie freundlich.

Grace sprach als erste.

»Irgend jemand war in der Wohnung meiner Kusine. Wem haben Sie den Schlüssel gegeben?«

Die Freundlichkeit schwand augenblicklich aus Frue Lindströms Gesicht. Ihr Mund wurde schmal.

»Ich will Ihnen mal was sagen, Froken Asherton. Es ist nicht meine Gewohnheit, die Schlüssel Fremden zu geben.«

»Vielleicht war es gar kein Fremder?« vermutete Polsen sanft.

Diese Bemerkung ließ Frue Lindström vor Empörung zittern.

»Herre Polsen, ich bin von Ihnen überrascht! Fremder oder Freund, ich würde keinem den Schlüssel geben. Außerdem habe ich niemanden gesehen. Samstags gehe ich immer zu meiner verheirateten Tochter. Wie Sie sehen, bin ich eben zurückgekommen. Ich hatte noch nicht einmal Zeit, Hut und Mantel abzulegen.«

Sie schien wirklich die Wahrheit zu sagen. Außerdem gewann ihre Neugier langsam die Oberhand über ihre Entrüstung. Sie konnte sich nicht versagen zu fragen: »Was ist los? Ist Ihnen etwas gestohlen worden?«

Grace schüttelte den Kopf.

»Nein, ich glaube, es fehlt nichts.«

»Woher wissen Sie dann, daß jemand eingedrungen ist?«

»Eine Flasche mit Parfüm ist umgestoßen worden. Jemand hat die Schubladen durchsucht.«

»Ist sonst noch etwas in Unordnung?«

»N . . . nein«, sagte Grace unsicher, obwohl es ihr jetzt so vorkam, als ob die Kissen verrückt und wieder allzu sorgfältig geordnet worden wären, als ob ein Teppich schief liege. Das war aber nur eine augenblickliche Idee, hervorgerufen durch ihr Unbehagen.

Frue Lindström brach in ihr plötzliches hysterisches Lachen aus, das einen aus der Fassung bringen konnte.

»Das ist alles? Eine umgestoßene Flasche. Ich nehme an, das haben Sie selbst getan, ohne es zu bemerken. Glauben Sie nicht auch, Herre Polsen? Ein Einbrecher hätte größere Unordnung zurückgelassen.«

»Es war kein gewöhnlicher Einbrecher«, sagte Polsen nachdenklich. »Jemand hat nach etwas ganz Bestimmtem gesucht. Jemand, der ganz offensichtlich einen eigenen Schlüssel haben muß, da Sie ja niemandem einen gegeben haben.«

Frue Lindström preßte ihre Hände gegen die flache Brust. »Ah. Jetzt verstehe ich! Einer von Froken Bedfords Freunden. Ein kleines Andenken, das er zurückhaben wollte. Vielleicht Briefe.« Sie lachte wieder, offensichtlich stolz auf ihren Scharfsinn.

»Da habt Ihr es, Ihr klugen Kinder. Ihr macht euch Sorgen wegen eines Einbrechers, ich dagegen denke an eine ganz einfache Lösung. Das unglückliche Ende einer Liebesaffäre.«

»Ich muß sagen, ich halte es eigentlich nicht für eine so einfache Lösung, daß jemand einen Schlüssel zu der Wohnung hat, den er jederzeit, ob tagsüber oder gar nachts, benützen kann«, ereiferte sich Grace.

»Seien Sie doch darüber nicht so unglücklich, Froken. Niemand betritt dieses Haus ohne mein Wissen.«

»Aber wenn Sie weg sind, wie zum Beispiel heute?«

»Ja, das ist wahr. Ich glaube doch, man sollte das Schloß ändern, um ein nochmaliges Eindringen unmöglich zu machen. Trotzdem bin ich noch immer nicht ganz überzeugt. Man stößt so leicht eine Flasche um, ohne es zu bemerken. Glauben Sie nicht, daß es so gewesen sein könnte?«

»Diesen Geruch? Den hätte ich sofort bemerkt«, sagte Grace. »Die Wohnung riecht wie eine Parfümerie, was heißt das, wie eine ganze Parfümfabrik.«

»Das Schloß muß also geändert werden«, sagte Polsen.

»Und wenn Froken Bedford zurückkommt und entdeckt, daß ihr Schlüssel nicht mehr sperrt?«

»Ich werde dasein«, sagte Grace.

»Und sie wird über Ihre Vorsorge glücklich sein«, sagte Polsen liebenswürdig.

Wieder brach Frue Lindström in schrilles Gelächter aus.

»Ich verstehe, was Sie meinen. Wenn sie einen neuen Ehemann hat, wie Sie sagen, wird Froken Bedford keinen Wert mehr auf ungeladene Besucher legen.«

»Wie kann sie es wagen, anzudeuten, daß Willa ein so unsolides Leben geführt hat«, sagte Grace aufgebracht, als sie wieder nach oben gingen. »Sie lacht, aber ihre Augen blicken boshaft. Sie lebt vom Klatsch.«

»Ich erinnere mich, daß sie tatsächlich samstags ihre Tochter zu besuchen pflegt«, sagte Polsen.

»Wer also hierherkam, muß das gewußt haben. Und er muß auch gewußt haben, daß wir den ganzen Tag wegbleiben würden. Polsen, wir werden beobachtet!«

Als er dagegen keine Einwände machte, wie sie insgeheim hoffte, fröstelte es sie plötzlich. »Ich muß unbedingt dafür sorgen, daß das Schloß geändert wird. Wem hat Willa nur einen Schlüssel gegeben? Gustav kann es nicht sein, denn sie ist ja mit ihm zusammen. Glauben Sie an einen ehemaligen Verehrer? Irgend jemand, der nicht will, daß herauskommt, daß er jemals hier gewesen ist? Vielleicht Winifred Wrights verheirateter Mann?«

Polsen sah sie bewundernd an.

»Ihre Beweisführung fängt an, erschreckend zu werden, Grace.«

»Willas Tagebuch!« rief Grace aus. »Er wußte davon und fürchtete, daß er darin erwähnt ist. Er wollte nicht, daß ich oder irgend jemand anderer es liest. Aber er konnte es nicht finden, weil ich es hier habe, in meiner Handtasche. Es muß also Sven, Axel oder Jacob sein. Glauben Sie, es ist Jacob, der Baron von Sturpe? Ein so prominenter Mann wie er will natürlich jeden Skandal vermeiden.«

»Andererseits kann ich mir ihn aber nicht vorstellen, wie er das Zimmer eines Mädchens durchsucht«, sagte Polsen. Trotzdem lag in seinen Augen wieder dieses eigenartige Glitzern, als ob er in Gedanken einen Einfall überprüfte. Jedenfalls war es nichts, worüber er mit Grace sprechen wollte, denn er fügte hinzu: »Heute nacht können Sie ruhig schlafen. Ich bin ganz sicher, Ihr Besucher wird nicht zurückkommen. Wenn Sie irgend etwas erschreckt, zögern Sie nicht, den Besenstiel zu benützen.«

Das war wie eine Bemerkung aus einer Komödie. Aber

Polsen hatte das möglicherweise beabsichtigt, um die Spannung zu brechen.

»Ich meine, Sie sollen damit natürlich gegen die Decke schlagen und nicht auf ihren unerwünschten Besucher, obwohl es nichts schaden könnte, wenn Sie beides tun.«

Als Grace im Bad war, läutete das Telefon. Der Klang kam so unerwartet, daß sie wie elektrisiert aus der Wanne sprang und tropfend über den polierten Fußboden lief. Sie dachte nicht einmal daran, sich schnell ein Handtuch zu schnappen. Sie hatte im warmen Wasser gelegen und gerade daran gedacht, daß sie auch die einzigen anderen Bewohner des Hauses, die beiden alten Damen vom ersten Stock, ausfragen sollte. Vielleicht hatten sie an diesem Nachmittag jemanden die Treppe hinaufgehen gesehen oder Geräusche gehört.

Frue Lindström hatte sie als zwei ältere, unverheiratete Schwestern geschildert. Völlig zurückgezogene Leute, die sich niemals beschwerten oder irgendwelchen Ärger machten.

Zwei Frauen, die ein langweiliges Leben führen und immer zu Hause sind, sehen und hören manchmal viel mehr, als man glaubt.

Das fordernde Läuten des Telefons konnte allerdings eine Lösung aller Probleme bedeuten. Die Notwendigkeit, die Damen Morgensson oder sonst irgend jemanden zu befragen, erledigte sich damit vielleicht von selbst.

Grace war ganz sicher, daß dies nur Willa sein konnte.

»Hallo«, rief sie deshalb atemlos in den Hörer.

»Grace? Hier ist Kate Sinclair.«

»Oh, Kate.« Die Enttäuschung war zu offensichtlich, gleichzeitig schalt sich Grace selbst. Wieso hatte sie geglaubt, Willa würde ihre Wohnung anrufen, von der sie doch nur annehmen konnte, daß sie leer war?

»Es klingt, als ob Sie aufgeregt wären.«

»Nein. Ich komme nur gerade aus dem Bad und tropfe. Würden Sie einen Augenblick dran bleiben, bis ich mir ein Handtuch geholt habe?«

Als sie in eines von Willas großen Badetüchern gehüllt zurückkam, war sie wieder ruhig.

»Wie geht es Ihnen, Kate? Und den Kindern?«

»Gut. Peter bat mich, anzurufen. Er dachte, Sie fühlten sich vielleicht einsam.«

»Nein, ich bin nicht einsam. Ich habe mir heute die Gegend angesehen. Wir waren in Schloß Gripsholm und haben gepicknickt.«

»Ist es nicht ein bißchen kühl für ein Picknick? Einen Augenblicki bitte.« Im Hintergrund wurde etwas gemurmelt, dann fuhr Kate fort: »Das war Peter. Er wollte wissen, mit wem Sie dort waren.«

»Gehört das zu seinen Aufgaben?« fragte sie leichthin. »Mit meinem Nachbarn. Oder mit Willas Nachbarn. Ein sehr großer, freundlicher Schwede mit Namen Polsen, der an der Universität Dozent ist. Mir hielt er heute eine private Vorlesung über die Porträts in Schloß Gripsholm.«

Wieder Gemurmel im Hintergrund, dann sagte Kate: »Es tut mir leid, Grace. Peter möchte, daß ich Ihnen erkläre, daß es sehr wohl zu seinen Aufgaben gehört, dafür zu sorgen, daß britische Touristen nicht in Schwierigkeiten kommen.«

»Dann glaubt er also, Willa ist in Schwierigkeiten!« rief Grace aus.

Es hörte sich so an, als ob jemand die Luft scharf einzog, dann kam Peters angenehme, kühle Stimme.

»Genau das ist es, was ich meine, Grace. Machen Sie es nicht wie Willa und rennen Sie mit Männern herum, von denen Sie nichts wissen.«

»Du lieber Himmel! Ich könnte Willa nicht unähnlicher sein! Und Sie müßten Polsen eigentlich kennen.«

»Ich habe ihn kennengelernt, ja. Ich weiß nicht viel von ihm. Und Sie auch nicht. Aber ich will Ihnen keine Vorschriften machen. Kate und ich fragten uns nur, wie es Ihnen so geht und ob Sie wohl morgen mit uns kommen würden? Wir werden für einen Tag in unser Landhäuschen hinausfahren. Es ist eigentlich zu spät im Jahr, aber wir möchten aus der Stadt heraus. Sie könnten etwas vom Land sehen.«

Den Wald, wo Willa sich verirrt hatte, wie die Kinder ihr mit großen und ernsten Augen erzählt hatten.

Grace sagte ohne zu zögern: »Das würde ich sehr gern. Vielen Dank für die Einladung.«

»Wunderbar. Wir werden Sie ungefähr um zehn Uhr abholen. Okay? Ziehen Sie sich warm an, es ist sicher kalt. Ich nehme mein Gewehr mit, vielleicht kann ich einen Elch schießen.«

Grace zog sich rasch an und dachte, daß endlich etwas geschah, auch wenn es womöglich gar nichts zu bedeuten hatte. Jetzt hatte sie vor, die Damen Morgensson aufzusuchen, sich ihnen als vorübergehende Nachbarin vorzustellen und sie zu fragen, ob sie an diesem Nachmittag irgendwelche verdächtigen Geräusche von oben gehört hätten. Das Parfüm hing noch immer in der Luft und erinnerte Grace ständig an Willas Abwesenheit und an den teuren Geschmack, den sie entwickelt hatte. Weshalb hatte sie zum Beispiel die Flasche nicht mitgenommen? Das war eine Frage, deren Beantwortung nicht uninteressant schien.

Eine weißhaarige alte Dame öffnete die Tür der Wohnung im ersten Stock und musterte Grace aus rotumränderten, wäßrigen Augen.

»Sprechen Sie Englisch?« fragte Grace. Die alte Dame legte ihren Kopf schief wie ein wachsamer, aber ziemlich tauber Kakadu.

»Wie? Englisch? Ja, ja.«

Grace erhob ihre Stimme. »Ich bin Grace Asherton, Willa Bedfords Kusine. Ich wohne oben.«

»Bei Froken Bedford? Wie nett. Wollen Sie nicht hereinkommen und meine Schwester kennenlernen? Aber verschwenden Sie Ihre Zeit nicht damit, sich mit ihr zu unterhalten. Sie ist ziemlich taub. Sie versteht niemanden außer mir.«

Miß Morgensson hatte nicht übertrieben, als sie sagte, sie könnte Englisch. Ihre Aussprache war ebenso perfekt wie ihre Manieren. Sie führte Grace in ein gemütliches Wohnzimmer, in dem freundliches Lampenlicht auf dem samtenen Tischtuch und den bestickten Sofaschonern lag, und deutete auf eine ihr verblüffend ähnliche alte Dame, die mit geschlossenen Augen in einem Schaukelstuhl saß und leise schaukelte.

»Katerina!« sagte sie laut. »Wach auf! Wir haben einen Gast.«

Noch ein Paar blasser, wäßriger Augen sah Grace an.

»Eh? Wer ist die junge Dame?«

Die Schwester erhob ihre Stimme wieder. »Froken Bedfords Kusine, aus England. Ist das nicht nett? Das ist meine Schwester Katerina, Miß Asherton. Ich bin Anna. Sie werden doch ein bißchen bleiben und mit uns Kaffee trinken? Sagen Sie nicht, Sie hätten keine Zeit, denn er ist schon heiß. Katerina, Miß Asherton wird bleiben und mit uns Kaffee trinken.«

Katerina schaukelte, lächelte und starrte sie an. Sie trug ein graues Kleid mit altmodischem Stehkragen, ihre Schwester eines in genau dem gleichen Schnitt, aber in Braun. Beide sahen rosig, gesund und fröhlich aus. Wenn das Altjüngferliche ihnen ein so gemütliches, zufriedenes Alter bescherte, mußte doch etwas dran sein.

Sie waren jedenfalls besser dran als Willa, die sich mit ihren verrückten Affären ins Unglück stürzte.

»Meine Schwester ist schon seit langer Zeit taub«, erklärte Miß Anna und eilte mit Kaffeetassen umher.

»Dann hat es wohl keinen Zweck, sie zu fragen, ob sie heute nachmittag irgend etwas Ungewöhnliches gehört hat«, sagte Grace. »Haben Sie vielleicht etwas gehört, Miß Anna?«

»Etwas Ungewöhnliches?« Die alte Dame blieb stehen und legte ihren Kopf wieder schief.

»Ich war den ganzen Tag aus, und ich glaube, jemand hat sich in meiner Wohnung zu schaffen gemacht.«

»Ein Einbrecher! Nej!«

»Nein, kein Einbrecher.« Es tat ihr leid, daß sie die

freundliche alte Dame so erschreckt hatte. »Nur einer von Willas Freunden, nehme ich an. Ich fragte mich nur, ob Sie vielleicht jemanden haben hinaufgehen sehen.«

»Nein, wir haben niemanden gesehen. Meine Schwester und ich machen nach dem Mittagessen immer ein kleines Nickerchen. Und außerdem, ohne daß ich damit etwas Böses sagen will, wir haben es uns abgewöhnt, auf all die Besucher zu achten, die die Treppe hinaufgehen, seit Froken Bedford oben wohnt. Sie ist jung, sagten wir uns. Sie muß ihr eigenes Leben leben. Aber jetzt ist das Kind weg, haben wir erfahren. So plötzlich! Wir können uns gar nicht vorstellen, was Axel sagen wird, wenn er es erfährt. Nicht wahr, Katerina?«

Der Schaukelstuhl stand still.

»Was hast du gesagt, Anna? Sprich deutlicher.«

»Ich sagte, wie enttäuscht Axel sein wird, wenn er zurückkommt und Froken Bedford weg ist.«

»Axel?« fragte Grace, und ihr Herz schlug heftig. (Jacob, Sven, Axel, Gustav . . .)

»Unser Neffe.«

»Wohnt er hier?«

»Oh, nein. Nicht hier in dieser kleinen Wohnung mit zwei alten Frauen. Aber er kommt immer vorbei, wenn er von seinen Reisen zurückkehrt. Nicht wahr, Katerina? Er ist ein guter Junge, nicht wahr, Katerina?«

»Ja, ja, ja.«

»Reist er viel?« fragte Grace. Vorsichtig nahm sie die Kaffeetasse in Empfang und fürchtete, sie würde auf der Untertasse klirren und so ihr Zittern verraten.

»Sehr viel. Überallhin. Jütland, Norwegen, Finnland, manchmal auch zu baltischen Häfen. Er ist Schiffskapitän. Axel ist etwas geworden, nicht wahr, Katerina?«

»Ist er verheiratet?« fragte Grace.

Anna schüttelte den Kopf und lachte. Das schien ein guter Witz zu sein. »Nej, nej. Wie hätte er sich sonst für Froken Beford interessiert, wenn er eine Frau hätte?«

Der Kaffee war zu stark und bitter. Grace stürzte ihn hinunter und wünschte, Polsen würde dieses Gespräch mit anhören.

»Er mochte Willa?«

»Ich glaube, ein bißchen. Aber dann protestierte er gegen die neue Haarfarbe. Es war eine sehr eigenartige Farbe. Axel hat einen guten Geschmack und hielt sie für unkleidsam. Ich glaube, die beiden schieden nicht als die besten Freunde.«

»Das ist nicht schön. Sieht Ihr Neffe gut aus?«

Mit geradezu komischer Eile reagierte die alte Dame auf diesen Köder.

»Sie müssen ein Bild von ihm sehen. Schauen Sie! Schauen Sie sich das an!«

»Was hast du da, Anna?« fragte Katerina gebieterisch.

»Das Foto von Axel an seinem einundzwanzigsten Geburtstag. Bedenken Sie, das ist jetzt zwölf Jahre her. Jetzt ist er viel ernster. Er lächelt wenig.«

Er lächelte auch auf dem Bild nicht. Grace blickte auf ein Gesicht mit langem Kinn, einer langen, geraden Nase und kühlen, blassen Augen.

Er glich nicht im mindesten dem affektierten, weibischen Gustav IV.

»Ja, er sieht wirklich sehr gut aus«, sagte Grace höflich. »Wann wird er Sie wieder besuchen?«

»Das wissen wir nie. Es können zwei oder drei Monate zwischen den einzelnen Besuchen liegen. Er kommt und geht wie eine Wildgans im Winter.« Anna fand sichtlich Gefallen an ihrem poetischen Vergleich und wiederholte ihn, fügte aber kichernd hinzu: »Nicht daß Axel eine Gans wäre. Dazu ist er viel zu klug.«

Grace erhob sich. Sie hatte zwar eine ganze Menge erfahren, aber keinerlei Antwort auf ihre Fragen erhalten, außer daß Axel nicht Gustav sein konnte.

Was hatte Willa in ihrem Tagebuch über ihn geschrieben: ›Axel starrt mich an mit seinen schauerlich ernsten Augen. Zu langweilig, um ein Wort darüber zu verlieren.‹

»Besuchen Sie uns wieder, Miß Asherton«, sagte Anna

und legte ihren kleinen Papageienkopf schief. »So freundlich«, rief Katerina ihr nach.

Die Tür schloß sich, und die alten Damen verschwanden. Grace schien es, als hätte sie ein altmodisches, gemütvolles Foto in eine Schublade zurückgesteckt.

Aber weshalb hatte Polsen ihr nichts von Axel erzählt?

Weil er niemals bemerkte, was direkt unter seiner Nase geschah, gab er beschämt zu. Er wußte, daß die alten Damen einen Neffen hatten, aber Frue Lindström und alle andern sprachen immer nur von Kapitän Morgensson, niemals von Axel.

Wie hatte Grace es fertiggebracht, mit diesen zwei alten Kätzchen ins Gespräch zu kommen? Ihm war das niemals gelungen. Und Willa sicherlich auch nicht. Außerdem glaubte er, daß Willa dem Neffen bestimmt nicht öfter als ein paarmal begegnet sein konnte. Hatte sie nicht geschrieben, er sei zu langweilig, um ein Wort darüber zu verlieren? Er konnte nicht Gustav sein. Oder vielleicht doch?

Grace erklärte, ihr Kopf fühle sich an, als sei er voller Baumwolle. Sie freue sich darauf, morgen mit den Sinclairs eine lange Fahrt an der frischen Luft zu machen.

Polsen schien verletzt. Was hatten sie denn den ganzen Tag gemacht? Aber er gab zu, daß es eine gute Idee sei, daß die Sinclairs sich um Grace kümmerten, da er an Sonntagen immer seinen Sohn ausführe. Er ließ es niemals zu, daß irgend etwas diese Gewohnheit störe.

»Sie brauchen nicht das Gefühl zu haben, Sie seien für mich verantwortlich«, sagte Grace. Ihre Stimme klang spitzer, als sie beabsichtigt hatte. Natürlich hatte Polsens Sohn den Vorrang vor einer neuen Bekanntschaft und deren ungewöhnlichen Problemen.

Diese Unterhaltung fand auf dem Treppenabsatz vor ihrer Tür statt, und sie war müde und durchfroren. Ihre Erregung über das gelöste Rätsel um Axel hatte sich rasch gelegt. Das war nur eine Spur gewesen, die nirgends hinführte.

»Ausgerechnet ich? Ich bin sogar zu dumm, um für mich

selbst verantwortlich zu sein«, schalt sich Polsen und brütete noch immer über seiner Borniertheit in bezug auf den Neffen der Damen Morgensson. »Rechnen Sie nicht damit, daß ich Gustav bemerke, bevor er direkt vor meiner Nase steht.«

Allerdings sah er sie dabei nicht direkt an, doch sie konnte wieder diesen seltsamen Ausdruck der Wachsamkeit in seinen Augen sehen. Sie sagte sich, daß sie niemals auch nur die leiseste Ahnung hatte, was Polsen dachte.

6

»Sie haben also beschlossen zu bleiben«, sagte Peter Sinclair, und Grace hatte den Eindruck, als sei er eine Spur gereizt. Aber die ganze Atmosphäre im Auto war nicht gerade gelöst. Sie war beinahe so frostig wie der Morgen draußen. Über den See fegte ein ziemlich scharfer Wind, der die hübschen kleinen Boote an ihrer Vertäuung tanzen ließ und die dürren Blätter in Schwärmen über die Straße jagte.

Kate hatte einen Schal um ihren Kopf gebunden, der ihr Haar zurückhielt und ihr Gesicht scharf und winzig erscheinen ließ. Peter dagegen wirkte in seinem breitschultrigen Sweater doppelt mächtig. Sein dichtes, blondes Haar war windzerzaust. Er sah gesund und attraktiv aus, trotz seiner schlechten Laune, die er nicht einmal dann ganz verbergen konnte, als Grace in den Wagen stieg.

Die Kinder trugen rote Baskenmützen, die viel zu farbenprächtig für ihre blassen, ernsten Gesichter waren. Georgy war aufgekratzt, geschwätzig und glücklich, daß sie einen ganzen Tag draußen sein konnte, Alexander dagegen lehnte still in seiner Ecke.

»Er fürchtet sich vor den Elchen«, erklärte Georgy. War das nicht dumm, wo noch nicht einmal feststand, ob sie überhaupt einen einzigen sehen würden?

»Es wird allmählich Zeit, daß er diesen Unsinn überwindet«, tadelte sein Vater ihn über die Schulter hinweg und stellte dann Grace die Frage bezüglich ihres Aufenthaltes in Stockholm.

Bevor sie jedoch antworten konnte, wurde ihre Aufmerksamkeit von einem großen Mann und einem kleinen Jungen abgelenkt, die eben die Straße überquerten.

»Schauen Sie, Peter! Das ist Polsen!«

Sie blickte zurück und wollte winken, aber Polsen war völlig vertieft im Gespräch mit dem kleinen Jungen. Sein aufmerksam geneigtes Gesicht schien nicht das gleiche zu sein, das sie kannte.

»Ist das sein Sohn?« fragte Peter.

»Ich nehme es an.«

»Sie haben mir gar nicht gesagt, daß er Frau und Kind hat.«

»Er lebt nicht bei ihnen. Er führt seinen Sohn nur an den Sonntagen aus.«

»Oh, so ist das also«, sagte Kate.

»Schweden ist das Land mit der höchsten Scheidungsziffer der Welt«, gab Peter zu bedenken. »Das weißt du doch, Liebling.«

»Ja, aber wir brauchen nicht jetzt darüber zu sprechen. Kleine Lauscher in der Nähe!«

»Das sind wir«, sagte Georgy zu Grace. »Was ist eine Scheidungsziffer?«

»Kümmere dich nicht darum«, wies Kate das Kind zurecht.

»Grace, Sie haben Peters Frage nicht beantwortet. Haben Sie vor, noch länger in Schweden zu bleiben?«

»So lange, bis ich etwas von Willa höre, ja.«

»Aber wenn sie doch gar nicht weiß, daß Sie hier sind, meine Liebe!« sagte Peter. »Sie kann in Kopenhagen sein, in Paris, Rom, Rio. Wer weiß, wo?«

»Sie muß zurückkommen. Ihre Sachen sind noch da, und die Angelegenheit mit der Wohnung muß auch geregelt werden. Außerdem fange ich langsam an, meine Ferien zu genießen.« Das war seltsamerweise sogar wahr, obwohl sie von Polsen den Eindruck hatte, daß er ein in sein Kind völlig vernarrter Vater ist. Der alte Dummkopf sollte besser zu seiner Frau zurückkehren.

»Komische Idee, daß das ein Genuß sein soll«, murmelte Kate.

Der Himmel war klar. Nur am Horizont baute sich eine dichte, graue Wolkendecke auf.

»Schneewolken«, sagte Peter.

Möglich, daß sie sich im Laufe des Tages ausbreiteten. In dieser Jahreszeit sprach jedermann vom Schnee und bereitete sich darauf vor, aber niemand wußte, wann es tatsächlich zu schneien beginnen würde. Die Birken hoben sich wie Fackeln vom dunklen Grün der Fichten und Tannen ab.

Kaum eine halbe Stunde, nachdem sie die Stadt verlassen hatten, fuhren sie durch dichten Wald, der nur hin und wieder von kleinen Lichtungen unterbrochen wurde. Dort standen meist hübsche Landhäuschen. Die stadtgebundenen Schweden mußten sie sehr lieben.

Gelegentlich öffnete sich der Wald und gab den Blick frei auf den See. War es immer der gleiche, war es immer ein anderer? Manchmal wichen die Bäume ganz zurück und machten weiten, kargen Feldern Platz, aus denen weiße Felsen emporragten, als ob das Land seine Gebeine zeigte.

»Das ist die Straße nach Uppsala«, erklärte Peter. »Da müssen Sie einmal hin. Uppsala hat eine Universität und eine schöne Kathedrale. Wir biegen jetzt gleich ab und fahren zum See hinunter.«

»Hier ganz in der Nähe wohnen Ebba und Jacob«, berichtete Kate. »Sie haben natürlich ein richtiges Haus, nicht nur so eine kleine Hütte.«

»Ein gotisches Gebäude«, sagte Peter. »Ich hoffe, sie werden Sie einmal einladen, Grace. Es ist ihr ständiger Wohnsitz, nicht nur ihr Sommerhaus. Du bildest dir doch nicht ein, wir könnten uns so etwas leisten, Kate? Meine Frau ist eine Träumerin. Die meiste Zeit ist sie überhaupt nicht anwesend. Da ist sie in Gedanken in Surbiton. Habe ich recht, Liebes?«

»Da!« rief Georgy aus. »Haben Sie das gesehen, Grace? Das Schild bedeutete ›Vorsicht vor Elchen‹. Nicht wahr, Daddy«

»Wirklich? Ich habe es übersehen.«

»Aber es stimmt, Daddy. Du hast das einmal gesagt. Wissen Sie, daß Elche mächtige Geweihe haben? Deshalb fürchtet sich Alexander vor ihnen. Sie spießen einen auf und werfen einen in die Luft, und dann trampeln sie auf einem herum.«

»Georgy! Halt den Mund!« fuhr Kate sie an.

Alexander krümmte sich in seiner Ecke zusammen und starrte mit weit geöffneten Augen in den dunklen Wald.

»Das haben sie vielleicht auch mit Willa gemacht«, murmelte Georgy.

»Sei endlich still!« rief ihr Vater.

»Wenn sie sich wirklich im Wald verirrt hat«, beendete Georgy ihre Gedanken mit unterdrücktem Flüstern.

Das Haus stand auf einer weiten Lichtung. Reihen junger Birken, Rosen und Brombeersträucher verbargen den Wald und stellten Alexanders Seelenfrieden wieder her. Er hüpfte aus dem Auto und begann, in weiten Kreisen herumzurennen, wie ein kleiner Hund, der einen Laufkoller hat. Georgy folgte ihm. Beide kreischten vor Lachen.

»Nun, Gott sei Dank«, sagte Peter. »Ich weiß nicht, was in Alexander gefahren ist, daß er immerzu von Elchen spricht.«

»Das kommt daher, daß er bei dem letzten, den du geschossen hast, Blut bemerkte«, antwortete Kate. »Er ist schließlich erst vier Jahre alt.«

»Er wird fünf. Ich will nicht, daß er beim Anblick von einem bißchen Blut gleich grün wird. Nun, Grace, das ist also unser Reich. Sie werden bald alles gesehen haben.«

Trotz aller Enge war es ein sehr hübsches Haus. Zwei Räume, einer davon das Schlafzimmer mit vier Schlafstellen, der andere zugleich Küche, Wohn- und Eßzimmer.

Sehr gemütlich eingerichtet, mit gescheuertem Fußboden und einfachen Möbeln.

»Als Willa hier war, schlief sie in einem der Betten bei den Mädchen, und Alexander und ich schliefen auf der Couch hier drin«, sagte Peter.

Die Stille war vollkommen. Kein Regen trommelte auf das Dach, keine rauschenden Bäume umstanden das Haus.

»War sie oft hier?« fragte Grace.

»Nur einmal«, antwortete Kate. »Wir hätten sie gern öfter mitgenommen, aber es ergab sich keine Gelegenheit mehr. Entweder hatte sie andere Pläne, oder Peter kam her mit Bill – mit seinen Freunden, um zu jagen.«

Bill? Das war ein neuer Name. Kate schien es zu bereuen, daß sie ihn erwähnt hatte. Es war ihr so herausgerutscht.

»Bill? Wer ist das? Einer von Willas Freunden?«

»Du lieber Himmel, so attraktiv war sie nun wieder nicht!« platzte Kate heraus. »Als sie sich ihr Haar kanariengelb gefärbt hatte, fand ich, daß sie sogar recht gewöhnlich aussah. Es war eine ziemliche Erleichterung, als sie beschloß zu gehen. Nicht wahr, Peter?«

»Ja, ich habe ihr gesagt, sie müsse sich ein bißchen unauffälliger aufführen, wenn sie bleiben wolle«, gab Peter zu.

»Dieser Bill kann also nichts mit ihrem Verschwinden zu tun haben?« bohrte Grace hartnäckig weiter.

»Kaum«, antwortete Peter kurz angebunden. Er blickte aus dem Fenster über die Lichtung in den dunklen Wald. »Denn er ist tot.«

»Tot!« wiederholte Grace unsicher und blickte von Kate zu Peter und fragte sich, weshalb anscheinend keiner von ihnen mehr darüber zu sagen wünschte.

»Du sagst es ihr besser«, meinte Kate endlich. »Sonst wird Georgy es tun. Auf ihre Weise. Das Kind hat eine unheimliche Fantasie.«

»Als Bill im Wald war, um nach Elchen Ausschau zu halten, gab es einen Unfall«, erzählte Peter mit plötzlich schneidend scharfer Stimme. »Bill Jordan war einer meiner

Kollegen. Glücklicherweise unverheiratet. So brauchten wir die traurige Nachricht keiner Frau mitzuteilen.«

»Aber wie ist das geschehen?« fragte Grace.

»Die übliche Art dieser blödsinnigen Jagdunfälle. Er stolperte im Unterholz, und sein Gewehr ging los. Der Schuß traf ihn in den Magen. Er war allein draußen. Gott weiß, wie lange er da gelegen hat, bevor ich ihn fand. Er konnte mir nichts mehr sagen, denn er war bereits tot.«

»Wie entsetzlich!« Unwillkürlich kam Grace der Gedanke, daß dies einer der seltsamen Vorfälle gewesen sein mußte, über die in der Botschaft gesprochen worden war.

»Es war grausig«, sagte Kate. »Ich versuchte, es den Kindern zu verheimlichen, aber die hatten selbstverständlich gemerkt, daß etwas passiert war. Georgy glaubt, ein Elch habe Bill angegriffen, und daher rührt Alexanders Furcht.«

Peter fuhr herum und sagte etwas zu heftig: »Er muß darüber hinwegkommen! Deshalb will ich auch nicht, daß weiter darüber gesprochen wird. Es war eine Tragödie, und ich mache mir immer noch Vorwürfe, daß ich an jenem Morgen nicht mit Bill hinausgegangen bin. Aber was habe ich getan? Ich habe einen Schwips ausgeschlafen. Wir hatten am Abend zuvor eine Flasche Wodka getrunken, und Bills Kopf schien klarer als meiner. Oder vielleicht auch nicht. Vielleicht ist er deswegen gestolpert. Aber es ist nun einmal geschehen und vorbei. Wir können ihn nicht mehr zurückholen. Wir wollen nicht mehr darüber sprechen. Verstanden, Mädchen?«

Kate nickte, in ihren Augen lag wieder dieser gehetzte Ausdruck.

»Ich muß immer an ihn denken, wenn wir hier ankommen. Aber ich vernachlässige meine Pflichten. Huh, ist es hier kalt! Machen wir Feuer. Peter, bring doch Holz herein, während Grace und ich das Essen zubereiten. Es ist wirklich zu spät im Jahr, um hier herauszukommen. Es würde mich nicht überraschen, wenn es zu schneien anfinge, noch bevor der Tag zu Ende ist.«

Das Feuer in dem hübschen Wohnraum war angenehm.

Die Kinder setzten sich auf die Ofenbank, Kate und Grace auf die Couch. Peter räkelte sich im Schaukelstuhl und zupfte auf den Saiten einer alten Gitarre.

»Im Sommer«, sagte er, »verbringen wir die meiste Zeit unten am See. An den warmen Abenden sitzen wir auf den Treppenstufen, ich spiele auf der Gitarre, irgend jemand singt, und nie wird es ganz dunkel, nicht einmal um Mitternacht.«

Nach dem Essen wollten die Kinder zum See hinuntergehen. Kate erlaubte ihnen zuerst, allein zu gehen, dann aber änderte sie ihre Meinung und begleitete sie. Man wußte nie, ob Alexander nicht irgend etwas Dummes anfangen oder gar ins Wasser fallen würde. Grace und Peter könnten ja dableiben und beim Feuer dösen, falls sie zu faul für einen Spaziergang seien.

Peter sagte, er sei auf jeden Fall zu faul. Grace wäre zwar gern mitgegangen, aber sie wollte die Gelegenheit ergreifen und Peter von dem geheimnisvollen Besucher in Willas Wohnung berichten. Es war ihr lieber, wenn weder die Kinder noch Kate zuhörten.

Peter sah sie ruhig an, während sie erzählte. Er lachte nicht einmal ungläubig. Er runzelte ein wenig die Stirn und fragte Grace, was ihrer Meinung nach dieser Eindringling – falls er tatsächlich existiere – gesucht haben könne.

Das Tagebuch? Grace betrachtete das als ebenso großes Geheimnis wie den Code in Willas Brief. Wenn Peter davon wüßte, würde er es auch lesen wollen. Rein gefühlsmäßig hatte sie keinerlei Bedenken gehabt, es Polsen zu geben. Aber Peter erschien ihr plötzlich als zu leichtfertig, andererseits war er immerhin Willas Chef gewesen. Sie entschied sich, es nicht zuzulassen, daß er Einblick in die seltsamen Bekenntnisse erhielt. Jedenfalls nicht zu diesem Zeitpunkt.

»Ich weiß nicht«, sagte sie. »Vielleicht Briefe. Irgend etwas, was ihn kompromittieren könnte. Liebesbriefe können manchmal sehr gefährlich werden. Winifred Wright sprach von einem verheirateten Mann. Es ist alles ein bißchen schmutzig, nicht wahr?«

»Dreckige Geschichte«, gab Peter zu. Er überlegte. Seine Arme hatte er dabei unter dem Kopf verschränkt. Er sah nur attraktiv aus, wenn er angeregt war und lachte. »Haben Sie selbst gut in der Wohnung nachgesehen?«

»Ja, das habe ich.«

»Irgend etwas gefunden?«

»Nichts Besonderes. Und doch viel zuviel. All diese wunderbaren Kleider, Make-up-Gegenstände, dieses Parfüm, das verschüttet war. Willa muß weit über ihre Verhältnisse gelebt haben.«

»Und ich nehme an, sie befindet sich jetzt wieder auf einem Einkaufsbummel. Sie muß sich da einen Millionär geangelt haben.«

»Wenn das der Fall ist«, sagte Grace nach einer Pause, »wäre es eine Geschichte für die Zeitungen.«

»Sicherlich. Und die sollen sich ihre Story auch selbst suchen.«

»In der Zwischenzeit habe ich das Türschloß ändern lassen. Ich lege keinen großen Wert darauf, daß jemand mit einem separaten Schlüssel in der Wohnung herumspaziert.«

»Sie machen da wirklich eine mysteriöse Geschichte draus, meine Liebe.«

Grace blickte finster drein, kuschelte sich auf ihrem Platz beim Feuer enger zusammen und schlang die Arme um ihre Knie. Sie fröstelte trotz der Hitze, die vom Feuer ausging.

»Ich brauche keine mysteriöse Geschichte daraus zu machen. Es war vom ersten Augenblick an eine.«

»Daddy! Daddy!« rief Georgy. »Schau, was wir gefunden haben!«

Die Kinder stürmten herein, Kate folgte ihnen. Georgy drückte ihrem Vater ein schlammiges Etwas in die Hand. Er nahm es vorsichtig und blickte seine Frau fragend an.

»Das ist nur eine Sonnenbrille«, sagte sie. Trotz des Spaziergangs sah sie spitz und blaß aus. »Georgy grub sie aus dem Schlamm am anderen Ende des Sees aus.«

»Aber sie gehört Willa, Daddy!« erklärte Georgy. »Sie hat sie immer getragen.«

Peter kratzte etwas Schlamm von dem Gestell. Gedankenverloren starrte er auf die Brille. Sein Gesicht blieb ausdruckslos.

»Ich nehme an, es gibt eine Menge davon. Es muß nicht unbedingt die von Willa sein. Wenn sie sie verloren hätte, hätte sie etwas gesagt.«

»Vielleicht hat sie etwas gesagt«, murmelte Kate.

Peter sah sie an.

»Liebling, du glaubst doch nicht . . .«

Kate gab ihm heftige Zeichen, still zu sein. Sie wandte sich an die Kinder und sagte mit unnatürlich fröhlicher Stimme: »Willa muß irgendwann einmal hier gewesen sein, als wir nicht da waren. Deshalb wußten wir nicht, daß sie die Brille verloren hat. Das heißt, wenn es überhaupt die ihre ist. Das ist gar nicht so sicher.«

»Aber es ist ihre, Mammy«, beharrte Georgy. »Schau, sie sieht aus wie ein Schmetterling. Willa hat sie uns gezeigt. Nicht wahr, Alexander?«

»Dann hat sie sich also wirklich im Wald verirrt?« fragte Alexander, und seine viel zu großen Augen wirkten in dem kleinen, sommersprossigen Gesicht noch größer.

»Alexander, hör endlich mit diesem Unsinn auf!« brüllte Peter. »Kate, kannst du ihm denn dieses Gejammer nicht austreiben?«

»Wir jammern nicht«, protestierte Alexander und preßte seine Fäuste an die Augen. Kate schloß ihn wortlos in die Arme, während Peter etwas von unverantwortlich verwöhnt vor sich hin brummte.

Grace streckte ihre Hand nach der schlammverkrusteten Sonnenbrille aus. »Ich werde sie mitnehmen und für Willa aufheben.«

Zögerte Peter? Doch beinahe sofort sagte er: »Wenn Sie sie haben wollen, bitte. Allerdings sieht sie aus, als ob man sie lieber wegwerfen sollte – nachdem sie in diesem stinkenden Dreck gelegen hat.«

Auf dem ganzen Nachhauseweg sagte Kate kein Wort. Ihr Gesicht war scharf, verschlossen und kalt. Sie war offensichtlich vollkommen davon überzeugt, daß Peter Willa an einem Wochenende mit in das Häuschen genommen hatte, während sie in dem Glauben war, er sei mit seinen Freunden auf Elchjagd. Aber das war ein Streit, den die beiden Eheleute untereinander ausmachen mußten. Von viel größerer Bedeutung für Grace war, daß Peter ganz bestimmt mehr über Willa wußte, als er sagen wollte. Nun, sie hatte nicht die Absicht, sich in seine Privatangelegenheiten zu mischen, außer sie standen in irgendeiner Beziehung zu Willas jetzigem Aufenthalt. Die dunkle Brille konnte sehr gut schon vor längerer Zeit verlorengegangen sein. Es dürfte wohl nicht allzu schwer sein, sie zu ersetzen. All das mußte im Sommer geschehen sein, lange vor dieser Geschichte.

Jetzt war es beinahe Winter. Der Wind blies messerscharf, und als die Dämmmerung hereinbrach, erlosch auch das flammende Licht der Birken und ließ den Wald in schwermütige Dunkelheit fallen. Obwohl die grauen Wolkenberge den ganzen Himmel überzogen hatten und jetzt in eisigem, silbernem Licht schimmerten, schien es nicht, als ob es an diesem Abend noch schneien wollte.

7

Als Grace nach Hause kam, beschloß sie, Polsen nicht aufzusuchen. Er hatte sie noch nie in seine Wohnung eingeladen. Zugegeben, es war dazu auch noch nicht allzuviel Gelegenheit gewesen. Genaugenommen kannte sie ihn ja erst seit zwei Tagen.

Aber er hatte ihr gesagt, daß die Sonntage einzig und allein Magnus vorbehalten seien, und sie hatte nicht die Absicht, diese Regel zu stören. Nicht einmal, wenn sie am See Willas Leiche gefunden hätte!

»Es war nur ihre Brille, Polsen. Aber sie war schlammbedeckt und gruselig. Richtig gruselig Wann haben Sie sie zuletzt mit dieser Brille gesehen?«

Grace konnte ein Schaudern nicht unterdrücken, als sie in Willas Wohnung umherging und laut mit sich sprach. Sie hatte alle Vorhänge zugezogen und sämtliche Lampen angezündet, um den kalten, glitzernden Mond nicht mehr sehen zu müssen, der sich langsam aus den Schneewolken schob. Im Schlafzimmer roch es noch immer nach dem Balenciaga-Parfüm. Alles war vollkommen in Ordnung und genau so, wie sie es am Morgen verlassen hatte. Der Eindringling war also nicht zurückgekommen.

Willa mußte eine neue Sonnenbrille gekauft haben, wie Peter ganz richtig meinte.

Genau die gleiche? Warum nicht? Wenn ein Geschäft Sonnenbrillen dieser Art führte, hatte es sicherlich mehrere. Morgen mußte sie gleich ausgehen und eine Sonnenbrille mit Schildpattgestell in Form eines Schmetterlings kaufen. Wo hatte Willa wohl eingekauft? Im nächstgelegenen Geschäft oder in einem großen Warenhaus wie N. K.? Frue Lindström würde das wissen. Sie würde sich vielleicht auch daran erinnern, ob Willa etwas über den Verlust der Sonnenbrille gesagt hatte.

Und wenn sie in keinem der Geschäfte diese besondere Sonnenbrille finden würde, wenn man ihr sagte, daß es so etwas hier nicht gab, daß die Brille in England gekauft worden sein mußte, dann war es klar, daß Willa sie vor ganz kurzer Zeit verloren haben mußte. Zu dem Zeitpunkt etwa, da ihre angebliche Hochzeitsreise begann . . .

Grace ging ins Bad und hielt die Brille unter den warmen Wasserstrahl. Mit einer Bürste entfernte sie auch den letzten Schlammspritzer. Nachdem sie die Brille abgetrocknet hatte, setzte sie sie auf und war überrascht, wie sehr sich ihr Gesicht gewandelt hatte. Es erschien rätselhaft, unbekannt, war beinahe unsichtbar. Ging Willas plötzlicher Einfall, so dunkle Gläser zu tragen, darauf zurück, daß sie unsichtbar sein wollte? Aber doch nicht die so sehr auf ihre Erscheinung bedachte Willa! Das glich ihr gar nicht.

Im grünen Dämmerlicht blickte Grace das unvertraute Gesicht aus dem Badezimmerspiegel an. Plötzlich beschloß sie, vollends in Willas Haut zu schlüpfen, und streifte Pullover und lange Hose ab. Sie wühlte in Willas Kleiderschrank herum. Das Goldkleid? Nein, das nicht, aber der extravagante Hosenanzug aus Seidenjersey war genau das richtige Kleidungsstück für einen Abend zu Hause.

Das kanarienfarbene Haar konnte sie nicht nachmachen. Sie kämmte sich statt dessen ihr eigenes dunkles und widerspenstiges Haar aus dem Gesicht und steckte es zu einem Knoten hoch. Dann trug sie blassen Lippenstift auf. Der Seidenjersey fühlte sich angenehm auf ihrer Haut an. Sie ging in den fließenden Hosen beinahe verloren, die Miniaturausgabe einer femme fatale, mit der Sonnenbrille, hinter der ihr Gesicht nahezu verschwand.

So war also Willa, ein verkleidetes Geschöpf, das interessant und schillernd wirken wollte, das sich vormachte, viel mehr zu sein als nur eine kleine Sekretärin.

Aber es war seltsam, gestand sich Grace ein, sie fühlte sich selbst beinahe fröhlich und unwiderstehlich. Und das war für sie ein fremdes und betörendes Gefühl. Vielleicht sollte sie aufhören, immer nur sie selbst zu sein, vielleicht sollte sie manchmal aus ihrer Haut schlüpfen.

»Herein, Axel, Sven, Jacob, Gustav – wer immer ihr sein mögt«, sagte sie laut, gerade als sich die Tür öffnete und Polsen hereinkam.

Sie mußte die Brille abnehmen, um ihn besser sehen zu können. Polsen, der bleich geworden war, räusperte sich und sagte: »So ist's besser. Nun machen Sie, daß Sie auch aus all dem anderen Plunder herauskommen. Schnell.«

»Aber Polsen! Ich wollte nur . . .«

»Ja, Sie wollten nur in dieser verdammten Scheinwelt leben, in der Willa lebte! Das steht Ihnen nicht! Willa vielleicht. Was war sie schon ohne Einbildung? Aber Sie doch nicht, Grace. Um Himmels willen! Außerdem ist es auch gefährlich.«

Gefährlich? Von einem ganz persönlichen Standpunkt aus vielleicht. Grace dachte überrascht an ganz etwas anderes. Polsen hatte Willa offensichtlich nicht gemocht. Und er erwartete anscheinend nicht, daß sie zurückkäme. Das Entsetzen auf seinem Gesicht hatte ihn verraten.

»Ich habe Sie nicht hereingebeten«, sagte Grace unfreundlich aus dem Schlafzimmer.

»Oh, doch. Ich hörte ganz deutlich, wie sie ›Herein‹ sagten.«

»Ich habe Ihr Klopfen nicht gehört und Sie nicht eingeladen. Außerdem ist heute Sonntag, und ich nahm an, Sie seien mit Ihrem Sohn zusammen.«

Seine Stimme klang jetzt ruhiger. »Es ist neun Uhr, wenn Sie vielleicht auf die Uhr sehen würden. Magnus ist seit einer Stunde im Bett. Oh!« Er lächelte und betrachtete sie aufmerksam. »Das nenne ich eine Verwandlung.«

Grace war in ihrem rotwollenen Morgenrock erschienen, das Haar fiel ihr wieder lose auf die Schultern.

»Es tut mir leid, daß ich vorher so grob war. Ich konnte es nur einfach nicht ertragen, daß Sie sich so vulgär anziehen.«

»Halten Sie Willa für vulgär?« fragte Grace.

»Natürlich. Es stand ihr. Ihnen aber nicht. Ich kam außerdem nur, um zu fragen, ob Sie den Riegel bemerkt haben, den ich an Ihrer Tür angebracht habe. Frue Lindström gab mir ihren Schlüssel, und Magnus und ich haben das dann gemacht. Sie können ihn von innen vorschieben, so daß Sie sich vollkommen sicher fühlen dürfen, bis das Schloß ausgewechselt ist.« Seine Stimme änderte sich. »Was haben Sie da eigentlich?«

»Willas Brille«, antwortete Grace und schwenkte sie hin und her. Sie wußte, daß er sie bereits bemerkt hatte. Sie hatte den scharfen Ton in seiner Stimme nicht überhört.

»Sie haben sie aber nicht hier gefunden!«

»Weshalb sagen Sie das? Weil Sie wissen, daß Willa nur diese eine hat und niemals ohne sie ausging? Aber vielleicht hat sie eine neue gekauft, nachdem sie diese hier verloren hat. Das muß wohl so sein, denn die Kinder fanden sie heute unten am See, vollständig mit Schlamm verschmiert. Und Peter Sinclair meinte, sie müsse schon den ganzen Sommer dort gelegen haben.«

Er starrte die Brille an und schien zu überlegen. Oder tat er nur so? Wieder einmal ging Grace sein rätselhafter Gesichtsausdruck auf die Nerven. Warum konnte er ihr nicht sagen, was er dachte?

»Nun? Glauben Sie das auch?« fragte sie ungeduldig.

»Wie kann ich das wissen? Ich sehe nicht sehr gut. Ich hätte geschworen, daß dies die Brille ist, die Willa trug, als ich sie das letzte Mal sah. Und das war nicht zu Beginn des Sommers.«

»Kate Sinclair ist der Meinung, Willa und ihr Mann seien einmal allein in dem Häuschen gewesen.«

»Sagte sie das?«

»Sie brauchte das nicht eigens zu sagen. Ich konnte es in ihrem Gesicht lesen. Sie ist unglücklich, und nicht nur, weil sie nach England zurück möchte. Falls sie auf Willa eifersüchtig war, hat sie nun keinen Grund mehr dazu. Aber sie brütet weiter vor sich hin, die Kinder sind erregt und reizbar, und Peter verbringt seine Wochenenden allein auf Elchjagd. Wenigstens behauptet er das.«

Polsen nickte langsam.

»Ich verstehe. Wenn also Willa diese Brille Anfang des Sommers verloren hat, muß es ihr gelungen sein, noch einmal genau die gleiche zu kaufen.«

Grace verzichtete auf die Bemerkung, daß dies eine sehr einfache Folgerung sei.

»Ich dachte mir, ich werde morgen in einigen Läden mein Glück versuchen.«

»Eine gute Idee. Sie sollten herausfinden, ob man diese Art von Brillen hier überhaupt bekommt. Sie sind nicht gerade alltäglich. Und nun erzählen Sie mir, was heute noch alles geschehen ist. War es wenigstens ein vergnüglicher Tag?«

Grace konnte die Gedanken an den kalten See und die

düsteren Wälder nicht verdrängen. Wie Alexander begann auch sie sich vor den Wäldern zu fürchten.

»Polsen, können Sie sich an einen jungen Mann von der Britischen Botschaft erinnern, der durch einen Jagdunfall auf einer Elchjagd ums Leben kam? Er hieß Bill Jordan.«

»Natürlich erinnere ich mich daran. Das ist erst einige Wochen her. Die Geschichte machte Schlagzeilen. Britischer Diplomat bei tragischem Unfall getötet. Und dergleichen.«

»Aber Sie sagen das so, als ob Sie kein Wort glaubten. Es ist aber wirklich wahr. Peter hat mir erzählt, daß er den Toten gefunden hat. Es muß schrecklich für ihn gewesen sein.«

»Oh, ich habe nicht gesagt, daß der arme Kerl nicht tot war. Ich glaube nur nicht an die offizielle Erklärung. Genausowenig wie die meisten Leute.«

»Selbstmord?« Unerklärlicherweise überfiel Grace ein Gefühl tiefster Betroffenheit.

»Das ist eher wahrscheinlich, als daß sich ein Mann, der mit dem Gewehr umgehen konnte, aus Unachtsamkeit in den Magen schießt.«

»Ich verstehe. Das mußte natürlich vertuscht werden. Kein Skandal in der Botschaft. Gab es irgendein Gerede über etwas in Bill Jordans Privatleben, das ihn zu solch einem Schritt gezwungen hat?«

»Auch das konnte vertuscht werden. Ich weiß nichts darüber, außer daß Willa das ebenfalls für eine unnötige Tragödie zu halten schien. Sie sagte, Bill Jordan war nett, jedermann mochte ihn, und er war auch nicht mit der Kasse durchgegangen. Weshalb also das Ganze? Das war es, was sie immer wieder sagte.«

»Ich kann diese Friedhöfe mit all den hohen Bäumen und kleinen Grabsteinen nicht ertragen«, hatte Willa geschrieben. »Sie wirken zu traurig. Sie lassen die Bäume so wichtig erscheinen und uns so unwichtig . . .«

Und . . .

Grace sprang auf.

»Trinken wir was, Polsen. Ich brauche einen Drink. Whisky? Und was haben Sie heute gemacht? Sie und Magnus?«

»Oh, allerlei.« Plötzlich war er ein anderer, sein Gesichtsausdruck wurde weich und verklärt von der Erinnerung.

Er sieht ein bißchen einfältig aus, wenn er so sentimental wird, dachte Grace. »Magnus hat erstens einmal einen ungeheuren Appetit. Nach dem Essen sahen wir uns den Haga-Pavillon an. Das ist etwas, was Sie sich anschauen sollten, Grace. Er wurde von Gustav III. in französischem Stil erbaut. Klein und elegant. Mit einem Spiegelsaal, einer Bibliothek und einer Menge steiler Treppen, die zu winzigen Dachzimmern führen. Man sagt, Gustav habe dort seine Königin verborgen gehalten. Jedenfalls hatte sie eine schöne Aussicht über den See.«

»Was sagten Sie?« fragte Grace und hielt mit dem Einschenken inne.

»Sie hatte eine schöne Aussicht.«

»Nein – über die Turmzimmer. ›Die Königin im Dachgeschoß‹. So steht es in Willas Tagebuch.«

»Ich weiß. Aber ich kann Ihnen versichern, diese Dachzimmer sind vollkommen leer.«

»Ein anderes Dachgeschoß. Irgendwo anders. Das irgend jemand abgeschlossen hat. Polsen, fange ich an, verrückt zu werden?«

Er kam auf sie zu und zerrautte ihr Haar. Seine große Hand lag schwer auf ihrem Kopf. Er tröstete sie.

»Sie mit Ihrem kühlen Verstand? Natürlich sind Sie nicht verrückt. Aber lassen Sie sich nicht zu sehr von Willas Ideenwelt einfangen. Betrachten Sie die Sache leidenschaftslos.«

»Ich bin weit davon entfernt. Es gruselt mich langsam. Und es ist in diesem Zimmer zu still, wenn ich allein hier bin. Ich muß laut mit mir reden.«

»Dann halten Sie sich am besten nicht allzu lange da auf. Morgen vormittag, während ich meine Vorlesungen an der Universität halte, sollten Sie sich nach der Sonnenbrille umsehen. Am Nachmittag habe ich ein bißchen Zeit, um Sie in die Altstadt zu bringen.«

»Um nach der Tür mit dem Drachen zu suchen?« fragte Grace.

»Ist das der nächste Punkt auf Ihrer Liste?«

Grace begann unsicher zu lachen. »Das klingt, als ob das alles ein Spiel wäre. Und es scheint Ihnen Spaß zu machen.«

Er lächelte sie nachsichtig an. Sie nahm an, daß er seinen Sohn auf die gleiche Weise anlächelte. Nun, das war jedenfalls besser als dieses hintergründige Lächeln. Aber Willa, die vulgäre Willa, hatte er wohl nie so angesehen, als ob sie noch ein Kind sei.

Keine Schmetterlingsgläser. Überall traf Grace auf blankes Erstaunen. Nej, solche Brillen waren niemals in diesem Laden gekauft worden. Das ist kein schwedisches Fabrikat, Froken. Vielleicht importiert, aber niemand wußte, wo sie gekauft worden sein könnte.

Grace läutete an Frue Lindströms Tür und trug absichtlich die Brille. Die Dame starrte sie an, die Augen fielen ihr beinahe aus dem Kopf.

»Du lieber Himmel, Froken Asherton. Zuerst dachte ich, Sie seien Froken Bedford. Sie haben die gleiche Brille.«

Grace nahm die Brille ab, ihr Experiment war mehr als erfolgreich. Weshalb waren alle so entsetzt bei dem Glauben, Willa vor sich zu haben? Sie haßte diese Brille. Die Welt erschien durch sie in ödem Gründämmer.

»Meine Kusine hat sie immer getragen, nicht wahr? Haben Sie sie jemals ohne diese Brille gesehen?«

»Ja, wenn sie zur Arbeit ging. Aber für gewöhnlich trug sie sie abends oder am Wochenende. Sie trug sie wie, na, Sie wissen schon . . .«, sie klopfte sich auf die Wange, »wie eine Art Make-up.«

»Gab es einmal eine Zeit im Sommer, zu der sie sie nicht trug?«

»Nej. Das habe ich nicht bemerkt. Weshalb fragen Sie?«

»Ich glaube, sie habe sie vielleicht verloren und mußte erst eine neue kaufen.«

»Ich hörte niemals davon, daß sie sie verloren hätte.«

»Dann trug sie sie also an dem Tag, als sie hier wegging?«

Frue Lindström dachte nach. »Ich glaube nicht«, sagte sie endlich. »Sie trug ihren Mantel mit dem Pelzkragen und einen dazu passenden Pelzhut. Sie sah sehr hübsch, sehr gut aus. Nein, ich erinnere mich jetzt, daß sie ihre Brille nicht trug, denn ich sah, wie ihre Augen glänzten. Ich dachte noch, wie schade es sei, daß sie sie immer hinter dunklen Gläsern versteckte. Wie eine Blinde. Aber sie war nicht blind, Ihre Kusine.«

»Hat an jenem Tag jemand auf sie gewartet?« fragte Grace und wunderte sich, daß sie diese Frage nicht schon vorher gestellt hatte. Gustav? Vielleicht hatte Frue Lindström ihn tatsächlich gesehen.

Aber das hatte sie nicht. Sie schüttelte den Kopf. »Sie fuhr in einem Taxi ab. Sie muß es per Telefon gerufen haben. Sie winkte mir zu, und dann war sie weg. Ich war zu weit entfernt, um zu hören, welche Adresse sie dem Fahrer angab.«

Frue Lindström schämte sich nicht im mindesten, ihre Neugier zuzugeben. Aber im nächsten Augenblick wurde sie mißtrauisch.

»Was sollen all diese Fragen? Ob Froken Bedford ihre Brille getragen hat oder nicht und all das? Sie haben ihre Brille doch in der Hand.«

»Ich wollte nur wissen, ob Willa zwei davon hatte«, sagte Grace. »Ich habe diese hier gefunden«, fügte sie ungezwungen hinzu und wußte sehr wohl, wie unglaubhaft diese Erklärung wirken mußte. »Danke, Frue Lindström. Es tut mir leid, daß ich Ihnen Mühe gemacht habe.«

»Aber das macht mir überhaupt keine Mühe. Ich habe gern Unterhaltung. Sie sind immer willkommen. Dies ist ein recht stilles Haus. Herre Polsen ist immer beschäftigt, und die beiden alten Damen sind zu schwerhörig, eine Unterhaltung mit ihnen ist absolut keine Freude mehr.«

»Dann werden Sie es ja direkt genießen, wenn der Neffe der alten Damen nach Hause kommt.«

»Kapitän Morgensson? Ja. Er ist ein charmanter Mann. Eine Frau in jedem Hafen, nehme ich an. Sie müssen ihn kennenlernen. Aber nehmen Sie ihn mit einem Körnchen Salz, eh? Das hat auch Froken Bedford getan.«

Wirklich? Oder nannte sie ihn Gustav und lief mit ihm davon, weil er sie in andere Umstände gebracht hatte und sie keine Abtreibung wollte? Dem Tagebuch nach ist er zu langweilig, um Worte dafür zu finden. Aber das konnte ebensogut eine absichtlich irreführende Bemerkung sein.

Der mittägliche Himmel war klar und kalt, das Sonnenlicht lag wie gelbes Glas auf dem See. Die kleinen Boote schaukelten in der leichten Brise. Grace gab den Pflanzen an den Fenstern Wasser und fragte sich, ob Willa sie tatsächlich hätte verwelken lassen wollen. Dann setzte sie sich an den kleinen Schreibtisch – hatte da Willa ihr seltsames hysterisches Tagebuch geschrieben – und schrieb Postkarten an einige Freunde. ›Habe zauberhafte Ferien. Stockholm ist interessant, auch die Schweden, in verschiedener Hinsicht.‹ Diese vollkommen alltägliche Beschäftigung beruhigte ihre erregten Nerven und ließ sie beinahe glauben, sie verbringe tatsächlich normale Ferien.

Sie schrieb ausführlich an ihren Vater. Er lebte, mit einem Herzleiden, das ihn zu einem halben Invaliden machte, in einem Cottage in Wiltshire, zog Dahlien, machte mit seinem alten Spaniel und zwei Siamkatzen kurze Spaziergänge, die ihn nicht anstrengten, und war im übrigen damit beschäftigt, sich seine Zugehfrau, die in ihn verliebt war, vom Leibe zu halten. Er liebte es, wenn Grace auf Besuch kam, und wollte dann alles über ihr Leben wissen. Seine Ehe war nicht besonders glücklich gewesen, und er war deshalb froh, daß seine Tochter weder ihrer Mutter noch ihrer Tante nachgeriet.

Diese Verwandtschaft war zu viel für ihn gewesen. Vielleicht mochte er deshalb auch Willa nicht. Sie war ihm zu flatterhaft, zu unberechenbar und zu laut. Grace mochte gelegentlich einiges Durcheinander in ihrem Gefühlsleben haben, welcher empfindsame Mensch hatte das nicht, aber sie konnte sich so weit beherrschen, daß sie sich anständig benahm. Willa ging gefährliche Wege, wie diese Abtreibungstragödie zeigte, und zog andere Leute mit hinein. Grace hatte kein Recht dazu, einfach nach Schweden zu fliegen, weil sie sich einbildete, Willa habe ernsthafte Probleme.

Aber er verstand dennoch, daß sie gehen mußte, redlich wie sie war. Er und sein Spaniel und die Katzen würden immer dasein, wenn sie zu ihnen kommen wollte.

Die Gedanken an die friedliche Umgebung ihres Vaters waren ebenso beruhigend für Grace wie das Postkartenschreiben. Es stand völlig außer Frage, daß sie diesem vornehmen, kränklichen Mann von so melodramatischen Dingen berichtete wie von in Dachkammern eingeschlossenen Königinnen, blutigen Elchjagden oder dem vermutlichen Selbstmord eines Botschaftsangestellten – oder der Entdekkung von Willas schlammbedeckter Brille am Seeufer. Er würde sie fragen, ob sie von Sinnen sei. Aber es wurde ihm doch Sorgen bereiten. So schrieb sie nur: ›Ich verspreche, daß ich nach England zurückkehren werde, sobald Willa mit diesem Ehemann hier auftaucht. Ich kann es kaum erwarten, ihn kennenzulernen. Dann komme ich auch bestimmt für einige Tage zu Dir. Ich muß mit einem neuen Buch beginnen und brauche einige ruhige Tage auf dem Lande. Zu dieser Jahreszeit ist Schweden zu schwermütig, zu feucht und düster. Jede Stunde kann es schon zu schneien beginnen . . .‹

Da war sie wieder, die alte Grace Asherton, die intelligente, vielversprechende Schriftstellerin mit dem ernsten Gesicht, dem strähnigen dunklen Haar und dem leicht verkniffenen Mund. Kein bißchen sexy. Sensibel, das ja, und ihrer Gefühle Herr. Nichts erinnerte mehr an die seltsame Erregung, die sie in Willas Hosenanzug empfunden hatte, sie vergaß den Duft, das gefärbte Haar und die Schmetterlings-Sonnenbrille, die die Welt ebenso geheimnisvoll erscheinen ließ wie ihr eigenes Gesicht.

Als sie den Brief beendet hatte, war es Zeit zum Lunch. Ein Bissen kaltes Fleisch, Tomaten, ein hartgekochtes Ei und Kaffee. Dann kam der Mann, der das neue Schloß an der Tür anbringen sollte. Es war ein ernster junger Mann, der offensichtlich das Ganze für überflüssig hielt. Da war doch bereits ein vollkommen intaktes Schloß. Als Grace ihm die Geschichte mit dem zweiten Schlüssel erklärte, nickte er verständnisvoll und sagte: »Ja, ja«, es gäbe viel Kriminalität in der Stadt. Das sah er in seinem Beruf.

»Ich nehme an, Sie kennen die Stadt gut«, sagte Grace.

Er bejahte und sagte, daß sie bei ihm an der richtigen Adresse sei, wenn sie irgendeine Straße oder ein Haus wissen wolle.

»Das Haus in der Altstadt mit dem geschnitzten Drachen an der Tür«, sagte sie so obenhin, »wem gehört das? Jemand besonderem?«

»In der Nähe des Platzes?«

»Ja, das meine ich«, antwortete Grace aufs Geratewohl.

»Das gehört Doktor Backe.«

Die Backes in ihrem Strindberg-Haus. Sven und Ulrika. Sven war also Arzt.

Der Mann begann eine lange Rede über die Statue des drachentötenden heiligen Georg, die am Ufer steht. Eine sehr alte Statue. Die meisten Fremden kommen, um sie anzusehen. Es sei ein besonders schöner und fürchterlicher Drache. Viel aufregender als nur so ein Türklopfer.

Grace nickte abwesend und machte sich einen Plan, wie sie vorgehen wollte, um Doktor Backe zu besuchen. Wenn sie sich ankündigte, bedeutete das, daß er gewarnt war und sich darauf einstellen konnte. Polsen würde ihren Scharfsinn bewundern. Er sollte außerdem mitspielen. Einen werdenden Vater, sie wollte die werdende Mutter mimen. Wenn er das ablehnte, würde sie allein gehen. Obwohl sie sicher war, daß sie sich vor nichts zu fürchten brauchte, hätte sie doch lieber Polsens Gesellschaft gehabt.

»Sie bekommen also mein Baby, und ich verlange von Ihnen, es zu töten!« rief Polsen auf ihren Vorschlag hin. Niemals noch hatte sie ihn so außer sich gesehen. »Für was für eine Art Mann halten Sie mich eigentlich?«

Impulsiv schlang sie ihre Arme um ihn und liebte ihn beinahe wegen seines Zorns, wenngleich alles nur Hypothese war.

»Polsen, nehmen Sie das doch nicht so ernst. Wir geben das doch nur vor. Es ist nur ein Spiel.«

»Aber keines, das ich mitspielen werde. Es tut mir leid, Grace. Ich lebe hier. Man kennt mich.«

»Kennen Sie Doktor Backe?«

»Nein, aber . . .«

»Warum sollte er Sie dann kennen?«

»Vielleicht kennt er mich, vielleicht nicht. Aber es ist nicht nur das. Ich würde niemals mein Mädchen dazu bewegen, mein Baby wegnehmen zu lassen.«

»Ich bin nicht Ihr Mädchen«, stellte Grace richtig. »Und außerdem würde dieser Arzt nicht darüber sprechen. Er würde es nicht wagen. Es geht mir nur darum, seine Reaktion zu beobachten, wenn ich wegen einer Abtreibung anfrage. Ich möchte wissen, ob Willa deshalb zu ihm kam.«

»Ich weiß. Wir müssen aber auch in Betracht ziehen, daß Willa unterDruck handelte.«

Polsen begann im Zimmer auf und ab zu gehen, nachdenklich, mit gesenktem Kopf.

»Nein, ich kann es nicht tun, Grace. Nicht einmal für Sie. Aber ich werde mich irgendwo auf eine Bank auf dem Platz setzen und auf Sie warten. Wenn sie nicht nach angemessener Zeit aus dem Haus kommen, werde ich läuten und nach Ihnen fragen.«

»Und nach wem werden Sie fragen?«

»Nach meiner Frau natürlich.«

»Das wollen Sie tun, Polsen?«

»Ja, aber ungern.«

»Ich danke Ihnen. Das genügt. Es war dumm von mir, daß ich mich fürchtete, allein hinzugehen.«

»Als ob ich eine solche Rolle mit Überzeugung spielen könnte«, murmelte er, »wo ich doch am liebsten der Vater von zehn Kindern wäre.«

Er fügte lauter hinzu: »Was ist mit der Brille?«

»Kein Glück gehabt. Sie muß englischen, französischen oder sogar amerikanischen Ursprungs sein.«

»So hatte Willa also zwei davon.«

»Ich nehme es an.«

Sie mußte einfach eine zweite Brille gehabt haben, andernfalls läge sie möglicherweise am Grund des unheimlichen Mälarsees. Aber solche Gedanken durfte Grace gar nicht aufkommen lassen, sie gehörten ins Reich der Alpträume.

Ein Mädchen, das nicht älter als sechzehn aussah, obwohl es älter sein mußte, denn es trug Schwesterntracht, öffnete die Tür des Hauses in der engen, dunklen Straße. Grace hatte mit gewisser Freude den Türklopfer betätigt, den kleinen goldenen Drachen mit seinem hübsch geringelten Schwanz. Sie hatte kräftig geklopft und sich eingeredet, sie sei nicht im mindesten nervös.

Schnell hatte sie noch einen Blick zurück zu Polsen geworfen, der in einigerEntfernung auf einer Bank saß, den Mantelkragen hochgeschlagen. Es war beruhigend, ihn dort sitzen zu sehen. Grace hatte schließlich doch eingesehen, daß es klüger sei, die Rolle allein zu spielen.

Sie fragte, ob sie Doktor Backe sprechen könne. Nein, sie habe keine Verabredung mit ihm. Sie sprach langsam und eindringlich, Ängstlichkeit vorschützend, und war dankbar, daß das Mädchen sie verstand und in fließendem Englisch antwortete.

Der Doktor sei weggerufen worden, aber wenn Grace warten wolle, könne sie gern hereinkommen. Das Mädchen ging voran, die magere Gestalt leicht nach vorne gebeugt. Das Haar war zu einem dünnen Pferdeschwanz zusammengebunden. Die schlechte Haltung ließ nur allzu deutlich das fehlende Selbstvertrauen erkennen. Dann setzte sie sich an einen Schreibtisch, der in der Ecke des Wartezimmers stand, und beugte sich tief über irgendeine Arbeit.

»Ich komme auf Empfehlung meiner Kusine hierher«, sagte Grace, als die Stille beinahe unerträglich wurde.

Das Mädchen sah auf. »Ja?«

»Meine Kusine, Willa Bedford. Sie arbeitete bei der Britischen Botschaft.«

Die Hand des Mädchens fuhr überrascht zum Mund. Es starrte Grace aus weitgeöffneten Augen an.

»Ja?« fragte sie noch einmal.

»Sie können sich an sie erinnern? Wann war sie hier?«

»Ich kann mich nicht genau erinnern. Vor ein paar Wochen. Aber sie war nicht krank. Wenigstens hat ihr der Doktor nichts verschrieben.« Das Mädchen sprach nur noch flüsternd, mit gesenktem Kopf. »Hat sie Ihnen das nicht selbst erzählt?«

»Ich habe sie nicht gesehen. Sie ist auf Hochzeitsreise gegangen, bevor ich in Stockholm ankam. Ich bin sehr in Sorge um sie und bemühe mich herauszufinden, wo sie ist.«

»Kommen Sie deshalb zu Doktor Backe?« fragte das Mädchen argwöhnisch. »Wieso glauben Sie, Sven weiß etwas über Ihre Kusine?«

Aber er mußte etwas wissen, denn dieses Mädchen war plötzlich viel zu nervös. In ihrer Nervosität hatte sie, sicher unbeabsichtigt, den Arzt bei seinem Vornamen genannt.

»Ich wollte ihn nur fragen«, sagte Grace und hielt dann ein, denn vom Eingang her waren Stimmen zu hören, auch durch die geschlossene Tür noch recht verständlich. Die Stimme eines Mannes und die einer Frau. Die der Frau erschien ihr seltsam vertraut. Wann und wo nur hatte sie diese Stimme schon gehört?

Leider sprachen sie Schwedisch.

Grace hörte den Namen Ulrika und etwas später Jacob, und plötzlich wußte sie, wer die Frau mit der schnarrenden Stimme war. Die Baronin von Sturpe.

Die Schwester hatte sich erhoben und war zur Tür geeilt.

Sie öffnete sie rasch und rief den beiden sehr schnell etwas zu.

Einen Augenblick herrschte Stille, dann sagte die Stimme des Mannes mit routinierter, berufsmäßiger Kühle: »Tak Ebba, Farväl.«

»Farväl, Sven.«

Die Eingangstür schlug zu. Grace fragte sich, ob Polsen wohl die schmale Gestalt der Baronin beachtete. Nicht daß es von besonderer Bedeutung gewesen wäre, daß Doktor Backe und Ebba von Sturpe befreundet waren.

Oder etwa doch? Denn die Tür des kleinen dunklen Wartezimmers wurde aufgestoßen, und der schlanke Mann, der im Türrahmen stand, musterte Grace höchst mißbilligend und eindringlich.

»Miß Asherton?« fragte er in ausgezeichnetem Englisch. »Sie wollen mich konsultieren?«

»Nicht wegen meiner eigenen Gesundheit«, Grace hatte ganz plötzlich ihren Plan geändert. »Wegen meiner Kusine, Miß Bedford. Ich mache mir ihretwegen Sorgen. Ich weiß, daß sie Sie aufgesucht hat, und ich dachte, Sie könnten mir helfen.«

Der Mann hatte ein verschlossenes Gesicht, dunkle, stechende Augen, sein dunkles Haar lichtete sich bereits. Wenigstens bildete er eine Ausnahme zu all den blonden Schweden.

»Ihnen helfen?« Er verstand sie nicht oder gab vor, sie nicht zu verstehen. »Bitte hier herein, Miß Asherton.«

Die dünne Schwester drückte sich an die Wand und wirkte wie eine ausgeschnittene Papierpuppe. Grace folgte dem Arzt, der ihr eine kleine Treppe hinauf in ein sauberes, gut eingerichtetes und helles Sprechzimmer vorausging. Ein großer Schreibtisch, ein paar Ledersessel, einige Fotografien auf dem Kaminsims, an der Wand ein hartes, schmales Bett mit einem weißen Leintuch.

Grace war froh darüber, daß sie den Abtreibungsplan aufgegeben hatte. Möglicherweise hätte sie sich auf dieses Bett legen müssen. Sie hatte plötzlich eine unerklärliche

Abneigung davor, sich von diesem düsteren, gutaussehenden Mann berühren zu lassen, beruflich oder anders. Sie empfand etwas wie Ekel.

»Setzen Sie sich«, sagte Doktor Backe. Seine Stimme klang scharf. Wenn er eine einschmeichelnde, auf das Bett zielende Art hatte, so wandte er sie jetzt jedenfalls nicht an. »Was wollen Sie mich nun also fragen?«

»Ich bin der Meinung, Willa muß auf irgendeine Art geistig nicht ganz in Ordnung gewesen sein«, antwortete Grace. »Sonst hätte sie niemals so gehandelt. Ich meine, so in aller Stille auf und davon zu gehen und zu heiraten, ohne auch nur irgend jemandem zu sagen, wen sie heiratet. Das sieht ihr einfach nicht ähnlich.«

Doktor Backe lächelte schwach. »Wieso glauben Sie, daß ich Ihnen diese Frage beantworten kann?«

»Sie haben sie doch gekannt, oder nicht?«

»Was bringt Sie denn auf diese Idee, Miß Asherton?«

»Willa hat mir von Ihnen geschrieben«, sagte Grace sanft. »Sven und Ulrika, hat sie geschrieben. Ist Ulrika Ihre Frau?«

»Meine Schwester«, sagte er gepreßt. »Ich nehme an, Ihre Kusine erwähnte einen Besuch bei uns. Das war an einem Wochenende im Sommer. Wir gaben eine Hausparty. Es tut mir leid, ich kann mich allerdings nicht sehr gut an sie erinnern.«

Eine Lüge, dachte Grace. Die Männer erinnerten sich immer an Willa.

Laut sagte sie wie ganz nebenbei: »War auch Gustav dabei?«

»Gustav?«

»Der Mann, den Willa angeblich geheiratet hat. Weshalb kennt ihn niemand? Oder kennt ihn jeder?«

In der Wange des Arztes fing ein Nerv an zu zucken. Abrupt stand er auf.

»Ich kann Ihnen nicht helfen, Miß Asherton. Ich fühle mich geschmeichelt, daß Ihre Kusine mich in einem Brief erwähnt hat, aber wir waren nicht näher befreundet, und sie hat mich nicht in die delikaten Seiten ihres Privatlebens eingeweiht. Wenn Sie unbedingt wissen wollen, weshalb sie mich aufsuchte – es war wegen ihrer Schwangerschaft. Ich gebe sonst keine näheren Auskünfte über meine Patienten, aber da Sie eine Verwandte sind und unnötigerweise besorgt scheinen, kann ich Ihnen so viel mitteilen. Ihre Kusine ist ein gesundes Mädchen und wird ein gesundes Kind zur Welt bringen.«

»Wir fanden ihre Sonnenbrille am See«, sagte Grace, scheinbar zusammenhanglos. »In der Nähe vom Haus der Sinclairs. Ist auch Ihr Haus dort in der Nähe?«

Die dunklen, düsteren Augen blickten auf sie herab.

»Wir haben ein Haus in Sigtuna. Gute zwanzig Meilen entfernt.«

Zu der Brille gab er keinen Kommentar. Grace war beinahe sicher, daß er bereits von dieser Entdeckung wußte. »Es tut mir leid, daß ich Ihnen nicht weiterhelfen kann, Miß Asherton. Und ich muß Sie jetzt bitten, mich zu entschuldigen. Ich habe noch einen dringenden Besuch zu machen.« Sein Gesichtsausdruck war sehr ernst. »Ich habe jetzt keine Sprechstunde. Meine Hilfe hätte Ihnen das sagen sollen.«

Grace hatte ihren Mantel und ihre Handschuhe in dem kleinen Wartezimmer gelassen. Sie ging zurück, um sie zu holen. Die dünne Schwester starrte sie an. Sie saß auf der Kante ihres Stuhles und machte ganz den Eindruck, als ob sie am Schlüsselloch gehorcht hätte.

»Alles in Ordnung«, sagte Grace beruhigend. Das Mädchen mit den hervorstehenden Augen machte auf sie den Eindruck eines verängstigten Hasen. »Meine Kusine war krank. Oder nicht eigentlich krank, sondern schwanger. Sie wollte wirklich den Arzt konsultieren.«

»Oh! Oh, ja!« Das Mädchen starrte sie noch immer fasziniert an, als Grace ihren Mantel zuknöpfte. Der arme Polsen dort draußen war sicher halb erfroren.

Und es gab so wenig, was sie ihm erzählen konnte, außer daß Sven Backe von düsterer Schönheit war, aber keinerlei Ähnlichkeit mit Gustav IV. hatte, außer vielleicht im Charakter. Und daß er ängstlich darauf bedacht war, seine Freundschaft mit Willa zu leugnen.

Grace hörte hinter sich ein Rascheln, und plötzlich sagte die Schwester flüsternd und in großer Aufregung: »Da war noch etwas anderes. Ich sollte es Ihnen nicht sagen, aber ich muß immerzu daran denken. Ihre Kusine war erregt über den jungen Mann, der im Wald starb. Sie saß hier bei mir und weinte.«

»Aber weshalb kam sie hierher?« Grace bemerkte, daß auch sie flüsterte.

»Weil Doktor Backe damals zu dem Leichnam gerufen worden war. Ihre Kusine wollte wissen – sie flehte ihn an, ihr zu sagen –, ob Herre Jordan ermordet worden wäre.«

»Ermordet?«

Das Mädchen nickte heftig.

»Ja, ja. Aber Ihre Kusine war da natürlich im Irrtum. Es war ein Unfall. Das sagte Doktor Backe. Ich hörte ihre Unterhaltung.«

»Und sie hat an jenem Tag ihr Baby dem Doktor gegenüber nicht erwähnt?« fragte Grace langsam.

»Nej. Sie hat damals nicht im entferntesten an Babys gedacht. Das kann ich Ihnen versichern.«

Grace wandte sich zum Gehen, drehte sich aber noch einmal um. »Weshalb sagen Sie mir das?«

»Weil ich den Eindruck habe, daß Ihre Kusine Angst hatte, Miß Asherton. Schreckliche Angst.

»Sie wirkte also nicht wie jemand, der kurz vor der Hochzeit steht?«

»Oh, nein. Nicht im mindesten. Und jetzt ist sie verschwunden, und der Doktor hat Ihnen nicht die Wahrheit gesagt. Ich verstehe das einfach nicht.«

»Machen Sie sich darüber keine Sorgen.« Grace hörte Schritte in dem Raum über ihnen und sprach mit klarer und lauter Stimme, als sie an der Tür stand: »Vielen Dank für Ihre Auskunft. Das war sehr lieb von Ihnen. Ich verlaufe mich in einer fremden Stadt immer.«

Unfall? Selbstmord? Mord?

Aber schließlich hatten sie nicht das Geheimnis um Bill Jordans Tod zu klären, sondern das um Willas Verschwinden.

Grace eilte über das Kopfsteinpflaster und versicherte sich erst, daß sie von der Tür mit dem geschweiften Drachen nicht mehr gesehen werden konnte, bevor sie auf Polsen zurannte.

»Es ist Sven, Polsen. Doktor Backe ist Sven. Ulrika ist seine Schwester. Und Ebba war auch dort. All diese Leute scheinen einander zu kennen.«

»Das ist nichts Erstaunliches. Stockholm ist keine so große Stadt. Das gesellschaftliche Leben also dementsprechend.« Polsen sah verfroren aus. Nase und Wangen waren bläulich rot. Er legte einen Arm um Graces Schultern, als ob er sie vor dem kalten Wind schützen wollte.

»Aber Sie kennen sie nicht«, sagte Grace. Sie sah auf Polsens vom Wind gerötetes Gesicht. »Oder doch?«

»Ich bin kein Salonlöwe. Ich verkehre nicht in solchen Kreisen. Ich verkehre in überhaupt keinen Kreisen. Ich habe meine Arbeit und meinen Sohn.« Seine Augen hatten wieder diesen eigenartigen Blick, der persönliche Fragen oder gar Mitleid verbot. Er war ziemlich zart besaitet, der verrückte Polsen, trotz seiner rauhen Manieren.

»Bevor wir hier erfrieren, sehen wir zu, daß wir irgendwo unterschlüpfen können, wo wir etwas zu essen bekommen. Sie können mir dann alles erzählen. Und tun Sie mir einen Gefallen. Hören Sie endlich damit auf, mich so anzusehen, als ob Sie mir nicht trauen könnten.«

»Kann ich denn irgend jemandem trauen?«

»Aber, aber. Finden Sie nicht, daß Sie da aus der ganzen Geschichte so etwas wie ein mittelalterliches Gespenster- und Schauermärchen machen?«

»War es Mord?«

Sein Arm umschlang sie enger.

»Ich hätte doch mit Ihnen kommen sollen. Es tut mir jetzt leid. Meinen Sie den Mord an Willas Baby? Oder den an Ihrem eingebildeten Kind?«

»Oh, nein, es hat nichts mit Abtreibung zu tun. Das wäre geradezu simpel dagegen. Es handelt sich um Bill Jordan.«

Polsen machte nur eine ausweichende Bemerkung: »Ihre Hand fühlt sich an wie ein kleiner, kalter Hering. Schauen wir, daß wir so schnell wie möglich ins Warme kommen.«

Sie saßen in einem spärlich beleuchteten Keller mit hoch in die dicken Steinwände eingelassenen Fensterscheiben. Überraschenderweise war es hier warm und heiter, trotz der offensichtlich tristen Vergangenheit des Lokals. Polsen bestellte Schnaps und Zwiebelsuppe.

»Jetzt wollen wir einmal von den Tatsachen reden«, sagte er. »Nicht von wilden Vermutungen. Hat irgend jemand einen Beweis dafür, daß Bill Jordan ermordet wurde?«

»Nein, natürlich keinen Beweis. Aber Willa wußte etwas darüber. Die Schwester sagte, sie habe Angst gehabt.«

»Die Schwester? Ich denke, Sie haben mit dem Arzt gesprochen.«

Grace beugte sich über die dampfende Suppe. Der Schnaps hatte bereits ihren Magen angenehm erwärmt. Allmählich überwand sie ihren Schrecken und begann wieder logisch zu denken.

»Ich nehme an, das Mädchen ist in Doktor Sven Backe verliebt und hat nun Angst, weil er der Arzt war, der den Totenschein ausstellte. Falls Gerüchte umgehen, daß Bill Jordans Tod kein Unfall war, dann ist es gut möglich, daß Doktor Backe mehr weiß, als er sagt.«

»Und seine ergebene Sprechstundenhilfe, die noch dazu in ihn verliebt ist, verbreitet derartig häßliche Gerüchte?«

»Nein, so ist das nicht.« Grace sah Polsen an und fuhr unbeirrt fort: »Sie hätte kein Sterbenswörtchen gesagt, wenn sie nicht über Willas Schicksal in Sorge wäre.«

»So, so«, murmelte Polsen nachdenklich.

»Nachdem das Mädchen also derartige Vermutungen hat, würde es doch weggehen und sich eine Stellung bei einem weniger mysteriösen Mann suchen, wenn sie nicht verliebt wäre, oder etwa nicht?«

»Hat sie bei dem gutaussehenden Arzt überhaupt Chancen?«

»Du lieber Himmel, nicht im geringsten. Sie ist so unscheinbar, daß sie beinahe unsichtbar ist. Ich meine, wenn er sich nicht einmal besonders gut an jemand so auffallenden wie Willa erinnert, wird er diese arme Maus kaum bemerken.«

»Und was hat Doktor Backe selbst gesagt?«

»Mit ihm bin ich überhaupt nicht weitergekommen. Er hat mich einfach angelogen. Er sagte, Willa sei zu ihm gekommen, um sich bestätigen zu lassen, daß sie ein Kind erwartet. Er sagte, sie würde ein gesundes Kind zur Welt bringen. Ich hoffe, daß wenigstens das wahr ist.«

Polsen raufte sich sein ohnehin unordentliches Haar. Dann ging er zu einem anderen Thema über.

»Ich habe eine Neuigkeit für Sie. Kapitän Axel Morgenssons Schiff wird heute oder morgen erwartet.«

Axel. Mit den kalten, starren Augen . . .

»Tatsächlich! Was tun wir also?«

»Wir müssen seine Bekanntschaft machen.«

»Glauben Sie, Willa ist auf seinem Schiff?«

Polsen ignorierte diese Bemerkung und sagte: »Sie müssen folgendes tun, Grace. Sie werden eine Party geben. Ich übernehme die Kosten.«

»Aber ich kenne doch überhaupt niemanden.«

»Eine Party für Willas Freunde. Für die Leute, die sie in der Botschaft kannte, für die Backes, für Sven und Ulrika, Kapitän Axel Morgensson und seine Tanten, für die von Sturpes . . .«

»Auch für den Baron?«

»Jacob? Natürlich.«

Grace überlegte und sagte schwach: »Ich hatte noch niemals weniger Lust zu einer Party.«

»Oh, das ändert sich, wenn Sie Willas Kleider anhaben. Sie war immer in Partystimmung.«

Wieder befiel sie diese unerklärliche Angst.

»Aber Sie können das doch nicht von mir verlangen. Sie

mögen mich doch nicht in Willas Kleidern.« Langsam fügte sie hinzu. »Weshalb eigentlich?«

»In Wirklichkeit ist die Party für mich«, erklärte Polsen. »Ich glaube, es ist Zeit, daß ich Ihre Freunde kennenlerne.«

»Nicht *meine* Freunde«, widersprach Grace aufgebracht.

»Ihre, für diese Nacht. Sie werden Willa sein. Verstehen Sie denn nicht?«

»Soll das ein Witz sein? Das ist ja krankhaft.«

»Nicht unbedingt. Außer ein ganz bestimmter Gast hält es für krankhaft.« Er sah Grace aufmerksam an. »Halten Sie das nicht für einen guten Witz?«

»Witz! Es ist eine hirnverbrannte Idee.«

»Ich dachte, es würde Ihnen Spaß machen. Mit Ihrer Art von Einbildungskraft.«

Wieder diese Schmetterlingsbrille tragen zu müssen, die Party-Pyjamas und das Balenciaga-Parfüm . . .

»Muß ich mir vielleicht auch das Haar gelb färben lassen?« fragte sie und schüttelte sich.

Zu ihrem Erstaunen war auch Polsen voller Abscheu. »Nein, natürlich nicht. Sie könen eine Perücke tragen. Sehen Sie zu, daß Sie eine passende finden. Versuchen Sie, den Friseur ausfindig zu machen, zu dem Willa ging.«

8

Das Telefon in Willas Wohnung läutete, als Grace und Polsen nach Hause kamen. Wieder klopfte Graces Herz hoffnungsvoll. War es diesmal Willa?

Irgendwie war sie jedoch schon auf eine Enttäuschung vorbereitet, denn sie blieb ganz ruhig, als sich herausstellte, daß der Anruf von Winifred Wright kam, der ältlichen Mitarbeiterin aus der Botschaft.

»Sie sind noch immer hier, Grace?«

»Aber natürlich. Ich habe nicht vor abzureisen, bevor ich Willa nicht gesehen habe.«

»Genau das sagte auch Peter Sinclair. Er meint, Sie seien eine Optimistin.«

»Optimistin?«

»Nun, das ist vielleicht nicht ganz der richtige Ausdruck.« Es klang, als ob Winifred ziemlich durcheinander wäre. »Ich meinte, er glaubt, daß Willa mehr als nur ein bißchen unzuverlässig ist. Nun, wenn Sie also noch hier sind, möchten wir uns gern ein bißchen um Sie kümmern. Könnten Sie nicht einmal am Abend zu uns zum Essen kommen?«

Hatte Peter Sinclair sie angewiesen, ein Auge auf sie zu haben? Oder tat sie das nur von sich aus?

»Sehr gern. Es gibt so vieles, was ich Sie fragen möchte.«

»Zum Beispiel?« Die Stimme am anderen Ende der Leitung klang schrill.

»Dinge, die mich beschäftigen. Wissen Sie zum Beispiel, zu welchem Friseur Willa ging?«

»Ja, das weiß ich, aber Sie wollen doch nicht blond werden, oder?«

»Willa schien damit eine Menge Erfolg zu haben. Obwohl man doch glauben sollte, die Schweden würden zur Abwechslung brünett vorziehen. Winifred, ich gebe demnächst eine Party, werden Sie kommen?«

»Aber Sie kennen hier doch niemanden.«

»Ein paar Leute schon. Die übrigen werden Willas Freunde sein. Ich dachte es mir als eine Art Hochzeitsparty, bei der leider Braut und Bräutigam abwesend sind. Aber wir können auf ihr Wohl trinken. Wie schade, daß der arme Bill Jordan nicht mehr lebt.«

Einen Augenblick herrschte völlige Stille, dann ...

»Wieso Bill Jordan?« fragte Winifred.

»War er nicht ein besonders guter Freund von Willa?«

»Das glaube ich nicht. Er war nicht ihr Typ. Er blieb lieber für sich. Mädchen gegenüber war er eher scheu.«

»Sah er gut aus?«

»Sehr.«

»Da haben wir's. Ich kann mir gut vorstellen, wie Willa

ihn gelockt hat. Sie verstand sich auf scheue, junge Männer besonders gut.«

»Er ist tot, falls Ihnen das irgend etwas sagt.« Winifreds Stimme klang beinahe unfreundlich.

»Das war keine sehr liebenswürdige Bemerkung«, entgegnete Grace vorsichtig. »Was glauben Sie, Winifred, hat Bill Jordan Selbstmord begangen?«

»Wieso?« Jetzt war Winifred wirklich böse, fast feindselig. »Behauptet das jemand?«

»Ich hörte ein Gerücht. Glauben Sie, daß er Sorgen hatte?«

»Sie wollen sagen, ob er es Willas wegen getan hat? Wenn das der Fall ist, verdient sie, aufgehängt zu werden. Ich weiß, sie ist Ihre Kusine, aber sie war eine kleine Hexe.«

Grace hatte eine stärkere Reaktion ausgelöst, als sie erwartet hatte.

»Dieser nette junge Mann«, fuhr Winifred fort. »Alle wußten, daß er unglücklich war. Wir alle haben versucht, ihn zum Sprechen zu bringen, aber umsonst.«

»Und Peter Sinclair hat dann einen letzten Versuch unternommen?«

»Ja. Aber er hat nichts aus ihm herausbekommen, obwohl sie beide ein bißchen betrunken waren. Bill war von der zugeknöpften Sorte. Er ging einfach hinaus und hatte dann diesen Unfall, oder was immer es war. Zum Teufel, Grace!« Winifred schien vollkommen entsetzt. »Ich dachte, wir wollten über eine Party sprechen, nicht über ein Begräbnis. Wann soll's denn sein?«

»Samstag – sechs Uhr. Und wo ist der Friseur?«

»Es ist ein kleines Geschäft in Strandvägen. Salon Ingrid heißt es. Es ist ganz in Ihrer Nähe. Aber sagen Sie ehrlich, was haben Sie vor? Wollen Sie es Willa nachmachen? Sie sehen aber kein bißchen hexenhaft aus, wenn Sie mich fragen.«

Grace lachte und legte den Hörer auf. Dann sah sie zu Polsen hinüber, der still in einer Ecke saß.

»Sie haben alles mitbekommen?«

»Größtenteils.«

»Es scheint das Gerücht umzugehen, daß Willa Bill Jordan in den Tod getrieben hat. Wohl deshalb sprach sie so hysterisch über Mord.«

»Dann kann ich nur sagen, daß er ein bemerkenswert dummer Mann gewesen sein muß. Sein Leben wegen eines solchen Schmetterlings wegzuwerfen.«

Grace runzelte verwirrt die Stirn. »Was ist bloß mit ihr los? Sie war nie so. Gedankenlos, ja. Aber nicht herzlos. Sie war im Gegenteil besonders warmherzig.«

»Regen Sie sich nicht auf, Grace, wenigstens ein Mann hat sie warmherzig gefunden. Sie erwartet ein Baby. Vergessen Sie das nicht.«

»Deutet das auf Warmherzigkeit hin? Ist es nicht vielleicht eher eine Falle, in der sie sich selbst gefangen hat?«

»Und aus der sie hätte entkommen können, wenn sie gewollt hätte. Aber sie will doch ihr Baby behalten.«

»Und ihren Gustav.« Grace preßte ihre Handflächen gegen die Schläfen. »Das reicht für heute, Polsen. Ich gehe zu Bett. Vielleicht ist Willa morgen zurück und ich muß mir nicht mein Haar gelb färben lassen, muß keine Party geben, die keine Party ist, und muß keine einzige Frage mehr an irgend jemanden stellen.«

Aber das schmale Bett mit den geschwungenen Enden war keine sanfte Ruhestätte. Hübsch zwar, aber unbequem. Es beengte sie, sie hatte das Gefühl, wieder in einer Wiege zu liegen und ganz hilflos zu sein. Es schenkte ihr verwirrende und schreckliche Träume, obwohl sie sich beim Erwachen an keine Einzelheiten mehr erinnern konnte. Irgend etwas davon, daß sie sich in einem dunklen Wald verirrt hatte, daß es anfing, Gänsefedern zu schneien.

Am nächsten Tag blickte Ingrids langes, blasses und hochmütiges Gesicht über Grace hinweg in den Spiegel.

»Eine Tönung vielleicht, Froken. Aber doch nicht diese Farbe. Nicht für Sie. Ganz im Ernst, ich kann das nicht verantworten. Wie wäre es mit einer silbernen Strähne da und dort?«

Ein dünner Finger mit langem Nagel bohrte sich in Graces Haar.

»Sie haben meiner Kusine das Haar gefärbt, und es war ein großer Erfolg.«

»Ja? Kann ich mich an sie erinnern?«

»Willa Bedford. Von der Britischen Botschaft.«

»Ja, ja. Ich erinnere mich.« Das melancholische Gesicht wurde plötzlich von Lachfältchen durchzogen. »Das war vielleicht eine Nummer! ›Ich will Aufsehen erregen, Ingrid‹, pflegte sie zu sagen. ›Ich bin nicht eine Dame der Botschaft, die diskret sein muß. Ich bin nur eine Sekretärin. Wer wird mich anschauen, wenn ich ihnen nicht etwas zum Anschauen biete?‹« War. – Pflegte sie zu sagen . . . Immer wieder die Vergangenheitsform.

Die Frau legte ihre Finger an Graces Schläfen und studierte ihr Gesicht im Spiegel.

»Aber Sie haben es nicht nötig, auf diese Art Aufsehen zu erregen.«

»Nein, ich glaube auch nicht, daß ich damit großen Erfolg hätte«, meinte Grace zweifelnd.

»Das will ich nicht sagen. Ich wollte sagen, daß Sie einfach schrecklich aussehen würden. Sie sind mehr der intellektuelle Typ, nicht wahr?«

»Du meine Güte«, seufzte Grace.

Die Frau lachte schrill.

»Sie mögen das nicht? Aber es ist doch viel besser. Ich zum Beispiel würde wer weiß was drum geben, klug auszusehen. Stimmt es, daß Froken Bedford mit einem Mann davongelaufen ist?«

»Haben Sie so etwas gehört?«

Ingrid hatte inzwischen eine Schere genommen und begann, an Graces Haar herumzuschnipseln.

»Ja, das habe ich gehört. Sie selbst hat es mir gesagt. ›Geben Sie sich heute besondere Mühe, Ingrid‹, hat sie gesagt. ›Ich werde heiraten.‹ – ›Wer ist denn der Glückliche?‹ habe ich gefragt, und sie sagte, das sei ein Geheimnis, aber sie nannte ihn Gustav.«

»War sie glücklich und erregt?« fragte Grace.

»Erregt, ja. Aber es gäbe Schwierigkeiten, sagte sie. Sie müsse für eine Weile Geduld haben. Aber am Ende würde alles wunderbar werden. Nun, Froken, ich glaube, ein einfacher Schnitt, so, und so ...«

Grace sah dem Werk von Ingrids geschickten Händen zu und sagte bedauernd. »Das glaube ich auch. Aber genau wie Willa habe ich auch die Gelegenheit, aufzufallen. Was ich brauche, ist eine nicht zu teure gelbe Perücke.«

Das lange Gesicht im Spiegel drückte pures Entsetzen aus.

»Es handelt sich um einen Scherz«, sagte Grace wie zu ihrer Entschuldigung.

Sie ging nach Hause, und an ihrem Arm baumelte die Perückenschachtel mit ihrem unmöglichen Inhalt aus gelben Nylonlocken.

Vierhundert Kronen im Eimer, dachte Grace.

Der Fremde war schon halb die Treppe heruntergekommen, als sie nach Hause kam. Sie wartete am Fuß der Treppe und wollte ihn vorbeilassen. Frue Lindström hatte wieder einmal an der Tür gelauscht, denn gerade in diesem Augenblick trat sie wie zufällig heraus und schlug die Hände vor Überraschung zusammen und rief: »Kapitän Morgensson, warten Sie einen Augenblick und lernen Sie Ihre neue Nachbarin, Froken Asherton, kennen.«

Kalte blaue Augen, ein dichter blonder Bart, der teilweise die rosigen, sinnlichen Lippen verbarg. Gustav? Aber nein, die Nase war ein wenig zu lang, die Stirn zu hoch, die Augen zu kalt und wachsam. Trotzdem war Grace einen Augenblick lang erschrocken.

»Willas Kusine, nehme ich an? Meine Tanten sprachen von Ihnen.« Kapitän Morgenssons Englisch hatte einen starken Akzent. Sein Händedruck schmerzte. »Sie waren bei ihnen, hörte ich. Die beiden alten Fräuleins haben sich sehr über Ihren Besuch gefreut.«

»Kommen Sie gerade von einer Reise zurück?« fragte Grace höflich.

»Von Grönland. Ich bin froh, wieder in die Wärme zu kommen.« Es klang geradezu wie ein Witz. Kapitän Morgensson lachte auch herzlich dazu, aber seine Augen behielten das Glitzern der Eisberge, an denen er vorbeigefahren war. Kein Wunder, daß sein Blick Willa unheimlich erschien.

»Ich heiße Axel«, sagte er. »Ich hoffe, Sie noch öfter zu sehen, bevor ich wieder in See steche. Jetzt, da Willa mich versetzt hat, um sich einen Ehemann zu angeln.« Er brach wieder in lautes Lachen aus, in das Frue Lindström einstimmte. Sie schienen beide nur um des Lärms willen zu lachen. Als ob keinerlei Ernst aufkommen dürfe, wenn von der amüsanten und frivolen Willa gesprochen wurde.

Grace schlenkerte mit der Perückenschachtel und teilte scheinbar ihre Fröhlichkeit.

»Sie müssen am nächsten Samstag zu meiner Party kommen, Kapitän. Einige Freunde werden auch dasein, um auf Willas Gesundheit zu trinken.«

»Willa wird dasein?«

Ihre Einbildung galoppierte ihr davon. Aber die Überraschung in seiner Stimme war nicht gespielt. Als ob er Grund zu der Annahme hätte, daß Willas Anwesenheit ein Ding der Unmöglichkeit sei.

»Wer weiß? Sie wird auftauchen, wenn sie eben auftaucht. Aber in der Zwischenzeit können wir doch auf ihr Wohl trinken. Kommen Sie, wenn Sie können. Und bringen Sie Ihre Tanten mit.«

»Danke, Miß Asherton. Für meine Tanten kann ich nichts versprechen. Aber ich selbst werde sehr gern kommen.«

»Das ist wunderbar. Sechs Uhr, Samstag. Bis dann.«

Sie wußte, daß er ihr nachsah, wie sie die Treppe hinaufging, aber es war unmöglich zu erraten, was er dachte. Nichts, aber auch gar nichts klärte sich. Konnte sie hoffen, daß sich daran etwas ändern würde, wenn sie den letzten Mann kennengelernt hatte, der in Willas Tagebuch erwähnt war? Jacob, den Baron von Sturpe, den Ehemann der eleganten Ebba. Das heißt, falls die von Sturpes überhaupt kamen.

Zu Hause hätte sie niemals den Mut gehabt, eine derartige Party zu geben. Ohne Zweifel hatte sie bereits einiges von Willas sorglosem, fröhlichem, doch eigenartig verhängnisvollem Wesen angenommen. Sie studierte das Telefonverzeichnis und begann, ihre telefonischen Einladungen auszusprechen. Sie war ziemlich sicher, wenig Absagen zu erhalten. Die meisten Leute würden schon aus Neugier kommen. Aber sie hatte das Gefühl, daß ein oder zwei Personen weniger aus Neugier als aus Wachsamkeit kommen würden. Nun, sie und Polsen konnten ebenfalls wachsam sein.

Die überraschte, aber herzliche Stimme der Baronin von Sturpe, die etwas zurückhaltendere Stimme von Doktor Sven Backe, dem es ein Vergnügen sein würde zu kommen und seine Schwester Ulrika mitzubringen. Winifred Wright, andere von Willas Freunden aus der Botschaft, die Thompsons und die Hendersons, die Grace auf Peter Sinclairs Party getroffen hatte, die zittrige Stimme von Miß Anna Morgensson, welche mit Freude die Einladung für sich und ihre Schwester annahm und für ihren Neffen, der glücklicherweise gerade zu dieser Zeit zu Hause sei. Der letzte Anruf galt den Sinclairs. Kate war am Apparat. Ihre Stimme drückte Erstaunen aus.

»Eine Party! Zu dieser Zeit!«

»Was ist an der Zeit denn so falsch?«

»Eine Party für Willa, wenn sie nicht einmal da ist! Sie fangen an, sich genauso verrückt zu benehmen, Grace!«

»Wie denn?« wollte Grace wissen.

»Indem Sie solche Dinge tun. Eine Party für jemanden, der fort ist.«

»Aber doch nicht für immer. Sie könnte sogar zurück sein, um an dieser Party teilzunehmen. Jedenfalls, Sie und Peter können doch kommen, oder?«

»Ich muß mit Peter darüber sprechen. Er hat seinen Terminkalender im Büro. Ich weiß niemals im voraus, was wir tun.«

Das war wieder ganz die alte, jammernde Kate. »Und Georgy liegt mit Fieber im Bett. Wenn Alexander auch krank wird, muß ich zu Hause bleiben.«

»Oh, das tut mir leid.«

»Ja, es könnte gar keine unpassendere Zeit sein. Und heute sollte ich zu einer Teegesellschaft in die Residenz.«

»Dann gehen Sie doch. Ich werde zu Ihnen hinausfahren und auf die Kinder aufpassen.«

»Grace! Würden Sie das wirklich tun?«

»Natürlich. Sehr gern.«

»Wirklich – Sie sind lieb. AUch Willa war so gutherzig.«

»Sie haben mir schon einmal gesagt, daß ich ihr ähnlich sei. Ich habe das eigentlich nicht als Kompliment aufgefaßt.«

Kate lachte etwas unbehaglich. »Sie sollten lieber nicht auf mich hören. Ich bin ein bißchen durcheinander in letzter Zeit. Und ich hasse das hier alles so. Bis zu Bills Tod war es nicht so schlimm. Aber jetzt. Ich komme einfach nicht darüber hinweg. Nicht, daß er ein sehr enger Freund war. Es ist nur so traurig.«

»Sind Sie deshalb so voreingenommen gegen Willa?« fragte Grace.

»Willa! Du lieber Himmel, nein. Ich glaube nicht, daß sie irgend etwas damit zu tun hat.«

»Winifred Wright ist da anderer Meinung.«

»Ich weiß, daß Gerüchte umgehen. Aber Peter schenkt ihnen keinerlei Beachtung. Er sagt, Bill kannte den Typ von Mädchen wie Willa und habe sie niemals ernst genommen.«

»Nun, jemand hat es doch«, sagte Grace leichthin.

»Hat was?«

»Willa ernst genommen.«

Eine lange Pause.

»Es könnte auch anders sein«, sagte Kate endlich zögernd. »Haben Sie schon einmal daran gedacht? Daß nämlich Willa jemanden ernst genommen hat.«

»Sie meinen, jemanden, der es mit ihr nicht ernst gemeint hat?«

»Ihr würde nur recht geschehen, oder etwa nicht?«

Gerade, als Grace im Begriff war, zu den Sinclairs zu fahren, war Kate wieder am Telefon.

»Grace, ich habe versprochen, Joyce Thompson mitzunehmen. Ich muß deshalb jetzt gehen. Die Kinder sind gut aufgehoben, bis Sie kommen, aber ich bitte Sie, kommen Sie so rasch Sie können. Alexander wird Sie hereinlassen. Und achten Sie bitte darauf, daß Georgy im Bett bleibt. Sie ist ziemlich anstrengend. Aber vielleicht wird sie sich bei Ihnen besser benehmen als bei mir Ich werde nicht länger als zwei oder drei Stunden weg sein. Trinken Sie einen Schluck mit Peter zusammen, wenn er vor mir zu Hause ist.«

Eine halbe Stunde später öffnete Alexander die Tür auf Graces Läuten. Er sah sie aus großen Augen bedeutungsvoll an.

»Georgy sagt, sie möchte Sie sofort sprechen.«

»Wirklich? Darf ich mir vielleicht vorher noch meinen Mantel ausziehen? Wie geht's dir, Alexander?«

»Ich habe das Telefon abgenommen, als es läutete, aber Georgy wollte mich nicht reden lassen. Das ist gemein. Sie sagt, ich bin zu klein, um eine wichtige Mitteilung entgegenzunehmen.«

Grace hängte ihren Mantel an den Kleiderhaken unf fuhr Alexander liebevoll durchs Haar.

»Das ist echt Mädchen, nicht wahr? Von wem war denn diese wichtige Mitteilung?«

»Willa«, sagte Alexander.

Grace starrte das unschuldige Gesichtchen an: »Willa!?«

Alexander nickte und schmollte. »Und ich wollte sie doch wegen der Elche fragen.«

Grace raste die Treppe hinauf.

»Georgy! Georgy, ist es wahr, daß du gerade mit Willa gesprochen hast?«

Georgy lag in ihre Kissen zurückgelehnt, hochrot im Gesicht und finster dreinblickend.

»Sprich nicht so laut, Grace. Ich habe Kopfschmerzen.«

»Alexander sagt, daß Willa eben angerufen hat. Stimmt das?«

»Ja. Ich habe eben mit ihr gesprochen. Ich mußte in das Zimmer meiner Eltern hinunter, und jetzt fühle ich mich schwindlig.«

»Aber was hat sie gesagt?«

»Nur, daß ich Daddy ausrichten soll, er soll kommen und sie retten. Sie hat den Wald und das ewige Tropfen des Regens auf dem Dach satt.«

Der Regen, der auf das Dach tropft, macht mich verrückt...

»Georgy, du hast das alles doch nur erfunden.«

Georgy öffnete gekränkt ihre Augen etwas weiter.

»Nein, das habe ich nicht. Es war Willa. Frag Alexander.«

»Er behauptet, du hättest ihn nicht sprechen lassen.«

»Ja, er ist zu klein. Daddy sagt, er darf keine Mitteilungen entgegennehmen. Er bringt alles durcheinander.«

Grace setzte sich zu Georgy aufs Bett und legte ihre Hand auf die Stirn des Kindes.

»Glaubst du nicht, das könnte auch dir passieren, wenn du sehr hohes Fieber hast? Du hast dir sicherlich nur eingebildet, daß es Willa war. Sie würde nichts so Ungewöhnliches sagen. Wovon soll euer Vater sie denn erretten?«

»Natürlich vor den Elchen«, sagte Alexander, der mittlerweile unter der Tür erschienen war. »Sie hat Angst vor den Elchen. Wie ich.«

Georgy lag mit geschlossenen Augen da und sagte müde: »Sie meinte nur, Daddy solle keine Elche mehr schießen, weil sie kein Blut sehen kann. Grace, willst du uns vorlesen?«

»Georgy...«

»Ich bin wirklich zu krank, um noch mehr zu reden.«

»Wenn du zum Telefon gehen konntest, wirst du wohl

auch einige Fragen beantworten können. Oder hast du geträumt? Das kommt vom Fieber.«

»Heute nacht mußte Mama zu mir ans Bett kommen. Ich habe im Fieber fantasiert.«

»So war Willa also überhaupt nicht am Telefon?«

»Es war eine Dame«, sagte Alexander unsicher.

»Aber sie sagte nichts von Elchen im Wald?«

»Das hat Alexander nur erfunden. Willa sagte nur etwas vom Regen.«

Grace sah zum Fenster und folgte mit ihren Augen den Regentropfen, die langsam die Scheiben herunterrieselten. Die ziehenden, grauen Wolken schienen sich noch tiefer gesenkt zu haben. Es war dunkel und Zeit, die Vorhänge zuzuziehen, um die Nacht auszuschließen und die Fantasien eines kranken Kindes.

Wenn es Fantasie war . . .

Aber sie mußte die seltsame kleine Begebenheit doch Kate und Peter erzählen, die kurz nacheinander nach Hause kamen. Sie berichtete lachend davon, als ob sie selbst nicht daran glaubte. Einen Augenblick herrschte Stille. Peter starrte vor sich hin, Kate schien über die Fantastereien der Kinder verärgert.

»Und ich soll sie retten!« sagte Peter nach diesem Augenblick der Überraschung, des Erschreckens oder was immer es gewesen sein mochte. »Was für eine Einbildungskraft diese Kinder doch haben!«

»Ich werde Georgy selbst fragen«, rief Kate aus.

»Sie schläft jetzt«, widersprach Grace. »Sie ist sehr rot im Gesicht, und ich glaube, die Temperatur ist gestiegen.«

»Ruf den Arzt«, sagte Peter ungeduldig. »Mit solchen Dingen ist nicht zu spaßen. Das Kind fantasiert doch offensichtlich.«

Möglicherweise hat wirklich jemand angerufen«, sagte Grace, »aber ob es Willa war, ist eine andere Frage.«

Kate, die schon halb die Treppe hinaufgegangen war, drehte sich mit verschlossenem Gesicht um.

»Wenn sie es war, kann sie ja noch einmal anrufen, oder nicht?«

Falls diese Frage an Peter gerichtet war, so ignorierte er sie jedenfalls.

»Nichts als Blödsinn. Die Kinder hören zu viele Märchen. Ich soll Willa wohl auf meinem weißen Schlachtroß vor ihrem verruchten Verführer erretten?«

»Ein Batman wäre wohl besser, Liebling. Du solltest wirklich mit der Zeit gehen.«

Kates beleidigte und ironische Stimme klang Grace noch in den Ohren, als sie nach Hause kam. Sie klopfte gegen die Decke, damit Polsen herabkam, und erzählte noch einmal ihre Geschichte.

»Es ist die Bemerkung über den Regen, die mich irgendwie irritiert. Erinnern Sie sich daran, daß Willa in ihrem Tagebuch schrieb, daß der Regen auf dem Dach sie verrückt mache? Die Kinder wissen nichts davon. Weshalb sollte Georgy also vom Regen sprechen?«

»Weil es regnet und sie das auch hören kann. Ich nehme an, Kinder sprechen eben von dem, was ihnen gerade auffällt.«

Grace lauschte dem Prasseln der windgepeitschten Regenschauer gegen ihre Fenster. Das Geräusch war schon in der Stadt melancholisch genug. Im Wald dagegen, auf dem Blechdach eines dieser einsamen Häuschen, mußte es schlechthin deprimierend wirken.

»Ich kann mir nicht helfen, ich habe das Gefühl, Willa ist in einem dieser Häuser im Wald. Aber ob sie dort gefangengehalten wird . . .«

»Mit einem Telefon?«

»Vielleicht hat Gustav sie für einige Minuten allein gelassen.«

Polsen legte den Kopf zurück und brach in sein dunkles, sympathisches Lachen aus.

»Wer sieht jetzt wohl Gespenster? Und Sie haben nicht einmal die Ausrede, daß Sie Fieber haben.«

»Polsen, lachen Sie mich nicht aus. Ich bin der Meinung, es ist jetzt an der Zeit, Willa als vermißt zu melden. Sollte ich nicht zur Polizei gehen oder wenigstens zum britischen Botschafter?«

Polsen hörte auf zu lachen.

»Noch nicht. Sogar die schwedische Polizei ist sentimental genug, um eine mit ihrem Geliebten verschwundene Braut nicht zu stören. Und ihr Botschafter weiß womöglich bereits alles, was er wissen will.«

»Was meinen Sie mit ›noch nicht‹?« fragte Grace gespannt.

»Nicht vor der Party. Diese Party kann möglicherweise mehr Licht in die Geschichte bringen, als Sie glauben. Wie wär's jetzt mit einem Schnaps? Willas alter Kartoffelschnaps? So nannte sie ihn. Sie sprach nicht immer vom Regen.«

Polsen wirkte wie immer beruhigend auf sie. Er nahm den Ereignissen ihre Schrecken, ohne sie jedoch zu bagatellisieren. In seiner Gegenwart fühlte sie sich niemals dumm oder kindisch, es gelang ihm, ihr ihre Ängste erträglicher zu machen.

Trotzdem gab er zu, daß es schade sei, daß sie nicht ein paar Minuten früher zu den Sinclairs gekommen war und so selbst mit dieser mysteriösen Anruferin habe sprechen können. Es konnte sehr gut Willa gewesen sein, die wegen ihres Passes oder der Heiratslizenz irgendwelche Schwierigkeiten hatte. In diesem Fall gab es niemand geeigneteren als Peter Sinclair, der helfen konnte.

»Was so viel bedeutet, als daß sie wieder anrufen wird«, sagte Grace, die sich weitgehend beruhigt hatte. Dann fiel ihr wieder ihre Begegnung mit Kapitän Morgensson ein, und sie erzählte Polsen davon. Sie verstand jetzt, was Willa über ihn geschrieben hatte. »Er starrt einen einfach herausfordernd an. Ich habe so etwas noch nie erlebt. Man hat den Eindruck, als wolle er direkt hinter die Stirn schauen. In meinem Kopf würde er allerdings im Augenblick nur ein großes Durcheinander entdecken. Polsen, Sie wollen doch nicht etwa gehen? Lassen Sie mich nicht allein. Ich hasse es einfach, allein zu sein. Diesem traurigen Wind zuzuhören, nachzudenken. Viele Enden in der Hand zu haben und keinen Anfang . . .«

Polsen lächelte auf seine milde Art.

»Ich wollte Ihnen im Gegenteil gerade vorschlagen, mit mir zu essen. Sie haben meine Wohnung noch nicht gesehen. Vielleicht interessieren Sie meine Malereien. Wir können uns über irgend etwas anderes als über Willa unterhalten, die wahrhaftig genug Aufmerksamkeit erregt hat.«

»Polsen, Sie tun so viel für mich.«

»Seien Sie nicht so bescheiden. Versuchen Sie, wie Willa zu sein. Sie würde sagen: ›Alles zu seiner Zeit.‹«

»Sie sagten, wir würden nicht über Willa sprechen.«

»Ja. Entschuldigung.«

»Aber wenn sie wirklich dieses Telefongespräch geführt hat, bedeutet das, daß sie lebt«, platzte sie heraus, und dann verstand sie nicht, wieso sie so etwas gesagt hatte. Natürlich lebte Willa. Trotz ihrer Unzurechnungsfähigkeit war sie viel zu vital, um einfach zu sterben.

Polsens Studio im Dachgeschoß, ein langgestreckter Raum mit niederer Decke, der von einem riesigen Kachelofen erwärmt wurde, strahlte trotz der unwahrscheinlichen Unordnung eine seltsame Behaglichkeit aus. Bücher und Bilder waren zweifellos die beste Möblierung, die ein Wohnraum nur haben konnte, auch wenn es darin aussah, als hätte ein Wirbelsturm sie über die ganze Wohnung verstreut. Außerdem gab es noch einen altmodischen Schaukelstuhl, einen großen, fadenscheinigen Wollteppich, Tische und Stühle verschwanden unter der Flut von Büchern, eine Staffelei mit einem halbfertigen Bild und ein Kinderporträt auf dem Kaminsims.

Polsen beobachtete Grace. Sein Gesichtsausdruck war halb erfreut, halb ängstlich.

»Sie fühlen nicht einen unwiderstehlichen Drang in sich, bei mir aufzuräumen?«

»Nein.«

»Das Durcheinander macht Ihnen nichts aus?«

»Das alles hier ist wie Sie, Polsen. Weshalb sollte ich Sie ändern wollen? Ist das Ihr Sohn?«

»Ja.«

»Neulich sah ich Sie mit ihm. Ich winkte, aber Sie haben mich nicht bemerkt.«

»Ich nehme an, wir haben gerade eine höchst wichtige Angelegenheit besprochen.«

»Sie sind gute Freunde, nicht wahr?«

»Natürlich.«

»Aber nicht gut genug, als daß Sie sich wünschten, mit seiner Mutter zusammenzuleben.«

»Nein.« Seine Stimme war abweisend, kälter, als sie sie jemals gehört hatte. »Das ist eine Sache der Würde. Ich nahm an, Sie würden das verstehen.«

»Ich verstehe das. Aber da Sie und Magnus so verbunden sind, könnten Sie sich vielleicht mit ein bißchen weniger Würde abfinden. Ich meine, um mehr als nur die Sonntage von ihm zu haben.«

»Manche Menschen können das«, sagte er abweisend. »Ich nicht.«

Sie hätte gern das Thema weiterverfolgt, um zu erfahren, wie er auf ihr Interesse reagierte. Aber noch bevor sie eine weitere Frage stellen konnte, sagte er in seiner gewohnten liebenswürdigen Art: »Sie sind eine Frau, Grace.Das mag alles richtig sein, aber nicht in diesem Fall. Und jetzt würden Sie in diesem Schaukelstuhl sehr hübsch aussehen. Ich werde Ihnen einen Drink bringen. Und dann muß ich in die Küche gehen, wenn wir heute abend noch etwas essen wollen.«

Ein wenig später rief er aus der Küche: »Hören Sie den Wind? Er ist hier oben lauter als bei Ihnen unten.«

Er war in der Tat lauter, wild und trostlos. Aber Grace fürchtete ihn nicht mehr, er vermittelte ihr im Gegenteil ein Gefühl der Ruhe. Ganz sanft erwachte in ihr das Bewußtsein, daß sie sich in Polsen verliebt hatte. Doch wenn das so war, dann war dieser Junge auf dem Porträt ihr Feind.

Aber an diesem Gedanken war sicherlich nur ihre Müdigkeit schuld, ihre Müdigkeit und der Schnaps, der sie benommen machte. Ein Kind konnte niemals ein Feind sein.

»Nein«, sagte sie. »Ich höre den Wind nicht. Vielleicht beginnt es zu schneien.«

9

Sie kamen miteinander, die beiden Gäste, die sie noch nicht kannte: Baron von Sturpe und Ulrika, Sven Backes Schwester. Natürlich waren auch die Baronin Ebba und Doktor Sven Backe da. Sie waren hintereinanderher gefahren, wie Sven sagte. Der Mercedes des Barons hart auf den Fersen seines kleinen Volvo.

»Wir hätten den Volvo auffressen können«, sagte Ebba mit ihrer schrillen Stimme. »Aber wir spielten Katz und Maus. Grace, meine Liebe, wie reizend von Ihnen, daß Sie uns zu Ihrer Party eingeladen haben. Sie kennen meinen Mann noch nicht. Jacob, das ist Miß Grace Asherton. Ich finde die englischen Namen einfach wunderschön, viel hübscher als die schwedischen.«

Der Baron machte eine knappe Verbeugung. Zu Graces Überraschung war er ein kleiner, älterer Herr. Er wurde von seiner hochgewachsenen Frau überragt, hatte graues Haar, milde Augen, und sein Lächeln wirkte eher hilflos. Ganz sicherlich war er nicht der Typ, der auf Willa Eindruck machte, außer vielleicht seines Titels oder seines Geldes wegen. Das war möglicherweise auch der Grund, weshalb Ebba ihn erwählt hatte.

Sven Backe hätte einen viel besseren Partner für Ebba abgegeben, und Ulrika, die vierschrötige Schwester, die anscheinend niemals lächelte, würde gut an die Seite des Barons passen.

Sieh an, ich tausche bereits die Partner, sagte Grace zu sich selbst. Die Schweden sind fähig, das recht gut allein zu besorgen.

»So gefällt Ihnen also Stockholm noch immer«, sagte Sven Backe und sah sie mit dunklen, nervösen Augen an. Sie hatte neulich von dieser Nervosität nichts bemerkt. Vielleicht mochte er Partys nicht. Vielleicht irritierte ihn seine Schwester. Sie stand immer dicht bei ihm. Oder vielleicht war sie selbst nervös in ihrem schwarzen Wollkleid, das sich zu eng um ihren Hals schloß. Sie mußte empfinden, wie unelegant sie neben Ebba wirkte, deren langes silbriges Abendkleid im Kerzenlicht schimmerte.

Polsen hatte gesagt, es müßten Dutzende von Kerzen brennen. Sie seien festlich, verbreiteten Behaglichkeit, schmeichelten dem Teint der Frauen und verliehen dem Raum Wärme und Intimität. Auf Willas Partys brannten immer eine Menge Kerzen.

Aber es schien, als ob die flackernden Kerzenflammen auch die Gesichter flackern ließen, und es war schwierig, den Gesichtsausdruck der einzelnen Personen zu erkennen, gerade dann, wenn es besonders interessant wurde. Kapitän Axel Morgensson starrte Ebba bei der Begrüßung aufdringlich an.

Peter Sinclair begrüßte Sven Backe zu herzlich, als ob sie alte Freunde seien, und stellte die langweilige Ulrika vor. Polsen war Kate gegenüber ungewöhnlich aufmerksam, Winifred Wright sprach zu viel und zu schalkhaft mit Baron von Sturpe, der ganz gewiß ein Mann war, an den jegliche Art von Schalk verschwendet ist. Axels alte Tanten saßen auf Willas tiefer, über und über mit Samtkissen beladener Couch und lächelten, als ob sie jedes Wort verstünden, das gesprochen wurde.

»Großartige Party, Grace«, sagte Nigel Thompson. »Sie haben ebensoviel Talent wie Willa.«

»Pflegten Sie ihre Partys zu besuchen?«

»Natürlich. Die meisten von uns hier. Sie haben sicherlich die ganze Bande zusammengetrommelt.«

»Ich dachte, das würde Willa freuen. Es ist an der Zeit, auf ihre Gesundheit zu trinken. Und auf die von Gustav.«

»Der mysteriöse Gustav.«

»Hat denn niemand eine Ahnung, wer er ist? Das ist einfach unglaublich. Sie alle kannten doch Willa.«

Joyce Thompson, Nigels Frau, war zu ihnen getreten.

»Nicht so besonders gut, Grace. Sie stellte sich immer sehr zur Schau. Sie mußte immer irgendwie auffallen. Menschen wie sie verstecken gewöhnlich ihr wirkliches

Selbst, finden Sie nicht auch? Und offensichtlich auch ihre Liebhaber.«

»Aber sie war ein verdammt netter Kamerad«, sagte Nigel.

Grace stellte gedankenverloren ihr Glas nieder. Auffallen. Das war ihr Stichwort.

Sie suchte Polsens Blick. Er hatte bereits damit begonnen, Kerzen auszublasen, denn es brannten nur noch ungefähr ein Dutzend. Dann machte er die Runde und füllte die Gläser nach.

»Wir werden jetzt auf Willa und Gustav trinken.«

»Aber es ist so dunkel«, rief Miß Anna Morgensson.

»Zu dunkel?« hörte Grace Polsen höflich fragen. Sie war bereits im Schlafzimmer. »Das ist wegen der Atmosphäre. Ein Zugeständnis an Willa. Sie liebte Atmosphäre, Sensation, Geheimnis.«

»Das klingt ein bißchen nach Leichenrede, alter Knabe«, sagte Nigel Thompson.

Grace, die sich hinter der Schlafzimmertür mit ihrem schlüpfrigen Seidenpyjama abmühte, denn ihre Hände zitterten so sehr, daß alles viel zu langsam ging, hörte Peter Sinclairs Bemerkung: »Ja, sie liebte das Geheimnis ein bißchen zu sehr, wenigstens für die Begriffe der Botschaft Ihrer Majestät. Wir zügeln unsere Stenotypistinnen jetzt besonders sorgfältig. Nicht wahr, Winifred?«

»Wir alle fangen an, gesetzte alte Jungfern zu werden«, beklagte sich Winifred. »Ich denke schon daran, um eine Versetzung in den Fernen Osten zu bitten.«

Die Perücke wollte nicht festsitzen. Sie würde wahrscheinlich herunterpurzeln wie eine Sonnenblume beim ersten Frost.

Aber sie würde eben lange genug halten. Und die dunkle schmetterlingsförmige Sonnenbrille, die lange Zigarettenspitze, die irrsinnig hohen Schuhe und der betäubende Geruch des Balenciaga-Parfüms.

Das war wirklich zu verrückt. War sich Willa eigentlich

klar darüber gewesen, daß sie wie eine Figur von 1930 aussah?

Aber jetzt schrieb man 1969 – und jetzt kam der Augenblick:

Grace stieß die Tür auf, schlüpfte in das dämmerige Wohnzimmer und rief fröhlich: »Voilà!«

Jemand schrie. Sie wußte nicht, wer. Vermutlich eine der alten Damen, Miß Anna oder Miß Katerina. Die kluge, selbstbeherrschte Ebba konnte es nicht gewesen sein, obwohl ihr Gesicht in dem flackernden Licht kalkweiß schimmerte. Dann begann Winifred Wright hysterisch zu lachen und rief:

»Willa! Sie verflixter Dummkopf! Sie haben uns alle zu Tode erschreckt.«

»Und Ihr Mann?« Das war Kapitän Morgenssons gutturale Stimme. »Ist er auch hier?«

Grace konnte es nicht mehr ertragen. Sie zitterte zu sehr und fühlte sich scheußlich. Sie kam sich vor wie ein Skelett, das man nach vielen Jahren aus einer dumpfen Gruft heraufgeholt hatte. Sie gab Polsen einen unsicheren Wink, und er kam zu ihr herüber und nahm ihr mit der Geste eines Zauberers die Perücke vom Kopf.

»Ein Spaß«, sagte er vergnügt. »Eine wunderbare Vorstellung, Grace. Applaus für Grace!«

Jemand begann unsicher zu klatschen, hörte aber gleich wieder auf.

»Nehmen Sie diese verdammte Brille ab«, tönte Peter Sinclairs ärgerliche Stimme in Graces Ohr, und zu gleicher Zeit hörte man ein Rascheln, dann ein Fallen, als ob etwas zu Boden geglitten wäre.

Als alle zurücktraten und mehr Kerzen angezündet wurden, erwies es sich, daß Kate in guter alter Manier ohnmächtig auf dem Boden lag.

Doch schon im nächsten Augenblick versuchte sie, sich aufzusetzen. Ebba kniete neben ihr. »Ein Glas Wasser«, sagte sie. Polsen ging es holen, und Grace versuchte, sich ein wenig reuevoll einen Weg zu Kate hin zu bahnen. Sie wurde jedoch von Peter zur Seite gestoßen, dem erst allmählich zum Bewußtsein zu kommen schien, daß es seine Frau war, die da am Boden lag.

»Ein Witz, Kate«, sagte er laut. »Hast du denn nicht gehört?«

Kate strich sich das Haar aus der bleichen Stirn.

»Es tut mir leid«, murmelte sie, »die Kerzenwärme war zu groß. Das ist alles.«

Sie erholte sich rasch und setzte sich auf einen Stuhl, aber Peter sagte plötzlich, es wäre wohl besser, wenn er sie nach Hause brächte. Möglicherweise stecke die gleiche Krankheit in ihr, die auch die Kinder hatten. Er wischte sich über die Stirn, die vor Schweiß glänzte.

Aber auch alle anderen sahen aus, als ob ihnen zu heiß sei. Sogar auf Ebbas hohen Backenknochen erschienen hektische rote Flecken, was ihrem Gesicht einen eigenartig attraktiven Reiz verlieh. Sie war sehr um Kate besorgt. Grace hatte nicht gedacht, daß die Baronin solcher Anteilnahme fähig sein konnte. Jedenfalls nicht für eine andere Frau.

Polsen hatte ein Fenster geöffnet, um einen Schwall kalter Nachtluft in den überhitzten Raum zu lassen. Grace dachte, er würde ärgerlich darüber sein, daß ihr Experiment durch Kates Benehmen in Frage gestellt worden war, aber er sah so gelassen aus wie immer. Als Grace jedoch darüber nachdachte, fiel ihr ein, daß möglicherweise doch nicht alles umsonst gewesen war. Für einen Augenblick, für einen winzigen Augenblick, waren ihre Gäste schockiert und überrascht gewesen. Kates Zusammenbruch mochte von vielen als willkommene Ablenkung empfunden worden sein.

Die Spannung ließ nach, als die Lichter angedreht und die restlichen Kerzen ausgeblasen wurden. Der gewöhnliche Partylärm setzte wieder ein, ausgelassener und lauter als zuvor.

»Grace, das war ein abscheulicher Scherz«, murmelte Kate vorwurfsvoll, als Peter ihr in den Mantel half.

»Wieso abscheulich? Wollten Sie Willa denn nicht sehen? Wollten Sie hier alle Willa denn nicht wiedersehen?«

Grace sprach plötzlich mit harter, schneidender Stimme und wandte sich an alle Anwesenden im Raum.

»Seien Sie doch nicht dumm, Grace«, ließ sich Ebbas tiefe, beherrschte Stimme vernehmen. »Wir alle wünschen uns sehr, sie wiederzusehen. Ich verstehe nur nicht, weshalb Sie uns diesen Mummenschanz vorführen mußten. Als ob diese ganze Geschichte ein großes Geheimnis oder sonst etwas Mysteriöses sei.«

»Ist sie denn nicht mysteriös genug?«

»Gut, gut, Liebling, ich nehme an, Sie kennen Ihre Kusine besser als irgend jemand von uns hier. Falls sie sich ein bißchen danebenbenimmt – wie heißt das?«

»Aus der Rolle fällt«, half Sven Backe nach.

»Das wollte ich sagen. Sie sind ein kluger Junge, Sven. Nun, wenn sie also ein wenig aus der Rolle fällt, würden wir das wahrscheinlich nicht einmal bemerken, oder? Ich jedenfalls kenne Willa nicht gut genug.«

»Mit einem Geliebten durchbrennen ist ja nicht gerade etwas, was ein Mädchen alle Tage tut«, gab Axel zu bedenken. »Nicht einmal Miß Willa.«

»Ja, Grace, haben Sie eigentlich schon früher einmal bemerkt, daß Willa so einfach verschwunden ist? Pflegte sie das öfter zu tun?« fragte Peter Sinclair und versuchte witzig zu sein. »Bei uns Engländern spielt sich das Leben im allgemeinen doch in recht geordneten Bahnen ab.«

»Es kümmert mich nicht, wie Sie die Sache betrachten«, sagte Grace verstimmt. »Für meine Begriffe gibt es da ein Geheimnis. Und ich werde nicht eher ruhen, als bis ich es ergründet habe.«

Was war nur über sie gekommen? Wieso hatte sie das Gefühl gehabt, das alles seien nicht ihre Gäste, sondern ihre Feinde? Alle starrten sie plötzlich so an. Sogar Winifred Wright, die wieder diesen verwirrten, verschreckten Ausdruck hatte. Vielleicht war alles wirklich nur Einbildung?

»Jetzt brauchen wir alle wohl etwas zu trinken«, ertönte da Polsens ruhige Stimme aus dem Hintergrund.

»Es zieht hier plötzlich so«, beklagte sich Miß Anna Morgensson.

Dann brachte Frue Lindströms fröhliches Lachen alles wieder ins Gleichgewicht.

»Aber was für eine glänzende Schauspielerin Sie doch sind, Froken Asherton. Ich habe wirklich geglaubt, Sie seien Froken Bedford. Alle glaubten das.«

Alle? Weshalb dann dieser Augenblick völliger Erstarrung, als ob Willas Auftauchen nahezu unbegreiflich, jedenfalls aber unwillkommen sei?

»Es ist schlimmer als vorher«, flüsterte Grace Polsen zu, als sie in der Küche die Drinks mixten.

»Was?«

»Nun, einfach alles.«

»Reaktion abwarten«, sagte Polsen und rührte eifrig in einem Glas.

»Was meinen Sie damit?«

»Wieviel Drinks sind das? Genügend? Wir müssen einfach die Reaktion abwarten.«

»Heute abend noch?« Graces Herz klopfte plötzlich wieder nervös.

»Wer weiß? Kommen Sie. Sie vernachlässigen Ihre Gäste.«

Die erste Reaktion, wenn man sie überhaupt als solche bezeichnen wollte, kam dann sogar früher als erwartet.

»Grace, hätten Sie vielleicht Lust, das nächste Wochenende bei uns zu verbringen?« fragte Ebba. »Haben Sie schon einmal ein altes schwedisches Haus gesehen?«

»Nur Schloß Gripsholm.«

»Unseres ist nicht eigentlich ein Schloß, aber es stammt aus dem frühen achtzehnten Jahrhundert. Ich glaube, es wird Sie interessieren. Kommen Sie doch bitte.«

»Ich komme sehr gern«, sagte Grace, und dabei hatte sie ein Gefühl, das eigentlich nicht aufkommen sollte, wenn man eine Einladung zu einem Wochenende auf dem Lande annahm. Es war beinahe so etwas wie Triumph oder Schadenfreude.

»Wunderbar. Wir wohnen nicht weit von Sigtuna entfernt. Sven und Ulrika könnten vielleicht zum Dinner herüberkommen. Außer, Sie möchten Ruhe haben.«

»Ich möchte keineswegs Ruhe haben«, sagte Grace. »Weshalb denn?«

»Ich weiß auch nicht, warum ich das eben sagte. Natürlich brauchen Sie keine Ruhe. Wir könnten sogar eine Party geben.«

Später wünschte Grace, Ebba hätte auch Polsen mit in ihre Einladung einbezogen. Aber warum sollte sie, ebensogut hätte sie Axel oder irgend jemanden von der Botschaft einladen können.

Polsen sah sie mit seinem seltsamen Blick an, als sie ihm von der Einladung erzählte.

»War es richtig, daß ich angenommen habe?«

»Natürlich. Warum denn nicht?«

»Ich wünschte, man hätte Sie auch eingeladen.«

»Mich? Den langweiligen Professor?«

»Ich sprühe ja auch nicht gerade vor Geist. Vermutlich ist Ebba der Meinung, sie müsse sich ein bißchen um einen Besucher ihres Landes kümmern.«

»Bringen Sie sie dazu, daß sie mit Ihnen nach Uppsala fährt. Es gibt dort eine schöne Universität und eine Kathedrale.«

»Das könnten Sie tun«, sagte Grace. »Mit Ihnen würde es mir mehr Freude machen.«

»Dann ist's gut. Heben wir uns das also für später auf. Statt dessen können Sie ja in den Wald fahren.«

»In den Wald?«

»Rund um das Anwesen der von Sturpes liegen Meilen um Meilen von Wald. Und dann natürlich der See. Sigtuna ist hübsch. Aber jetzt ist die falsche Jahreszeit, um es zu besichtigen.«

»Ich hoffe, es wird nicht regnen«, Grace unterdrückte ein Schaudern. »Ich möchte eigentlich lieber nicht hingehen. Ich habe auch nichts Passendes anzuziehen.«

»Dann borgen Sie sich doch Kleider von Willa.«

»Ja, ich nehme an, das kann ich tun. Es wird ihr nichts ausmachen. Ich werde ihr einen Zettel mit einer Erklärung hinterlassen, für den Fall, daß sie während meiner Abwesenheit nach Hause kommt.«

Das jedoch erwies sich als überflüssig, denn zwei Tage später kam ein Brief von Willa.

Er war an Graces Adresse nach England geschickt und von ihrem Vater nachgesandt worden. Der Poststempel war unleserlich, aber das Datum des Briefes, den Grace mit zitternden Fingern öffnete, lag genau eine Woche zurück. Der Brief trug keinerlei Absender.

›Liebe Grace,
Du wirst Dich schon gewundert haben, weshalb ich nicht früher schrieb, aber Gustav und ich haben eine Menge Ärger. Gustav war zu optimistisch, was seine Scheidung betrifft. Ich habe Dir doch davon geschrieben? Sie ist verschoben worden, ich muß deshalb noch eine Weile warten, bis ich zur ehrenhaften Ehefrau werden kann. Es wird nicht allzulange dauern, aber es ist ein bißchen deprimierend und aufreibend. Man sieht ›es‹ schon. Aber wenn nicht etwas ganz Unvorhergesehenes eintritt, werden wir noch rechtzeitig an den Altar kommen. Gustav hält meine Hand, der Gute. Mach Dir meinetwegen keine Sorgen. Ich werde Dich wiedersehen, lange bevor ich Dich zur Tante mache. Nein, Du wirst einfach eine Kusine sein, nicht wahr? Das macht nichts. Komm recht bald nach Schweden und sieh Dir das kleine Biest an.

Alles Liebe, Wilhelmina.‹

»Da ist es wieder!« sagte Grace zu Polsen und deutete mit ihrem zitternden Finger auf den Brief. »Wilhelmina! So ist sie eben doch in Schwierigkeiten.«

»Ja, es scheint so. Keine Scheidung, kein Ehemann.«

»Nicht nur das. Willa würde eine derartige Situation spielend bewältigen. Das ist nichts, weswegen sie ihren Hilferuf an mich richten würde.«

»Also etwas Ernsteres«, sagte Polsen gedankenvoll. Es war mehr eine Feststellung als eine Frage.

Grace nickte, ihre Lippen fühlten sich spröde an. Bis jetzt war sie nur besorgt gewesen, jetzt aber hatte sie Angst.

Polsen hielt den Briefumschlag gegen das Licht und betrachtete eingehend den Poststempel.

»Uppsala«, sagte er endlich.

»Sind Sie sicher?«

»Ja. Schauen Sie. Hier ist das U, und dort die Enden der zwei P. Am Ende ein A. Es sollte eigentlich nicht allzu schwierig sein, Willa dort zu finden. Ein schwangeres englisches Mädchen in einer kleinen Universitätsstadt dürfte kaum unbeachtet bleiben. Weshalb sehen Sie mich so zweifelnd an?«

»Wenn der Brief in Uppsala aufgegeben wurde, so muß das noch lange nicht bedeuten, daß sie dort ist. Sie könnte noch immer in diesem Häuschen im Wald sein.«

»Und nur in die Stadt gekommen sein, um diesen Brief aufzugeben und mit den Sinclairs zu telefonieren?«

»Nicht einmal das«, sagte Grace unglücklich. »Ich bin sicher, Gustav hat sie gezwungen, diesen Brief zu schreiben, und hat ihn dann selbst zur Post gegeben. Er sah, daß sie nicht anders als sonst schrieb, aber er weiß noch immer nichts über ihre geheime Unterschrift. Ihr SOS an mich, wobei sie annimmt, daß ich in England bin. Was glaubt sie denn, was ich dort für sie tun könnte, wenn ich nicht einmal hier etwas ausrichte?«

»Was für einen scharfen Verstand Sie haben, Grace. Sie werden eine große Schriftstellerin werden.«

»Darum geht es jetzt doch nicht . . .«

»Ich wollte gerade meinerseits einige Vermutungen anstellen. Willa weiß nicht, daß Sie in Stockholm sind, aber Gustav weiß es. Richtig? Er wurde ein bißchen nervös wegen der Art, wie Sie sich kümmerten. Deshalb hat er Willa veranlaßt, diesen Brief zu schreiben, klugerweise nach England adressiert und wohl wissend, daß er Ihnen hierher nachgeschickt werden würde. Er hoffte, Sie würden sich dann etwas beruhigen.«

»Ganz genau das Gegenteil hat er erreicht!«

»Aber nur wegen der Unterschrift, deren Bedeutung Gustav nicht kennt. Alle Kriminellen machen einige kleine, aber gefährliche Fehler.«

»Kriminelle?«

»Er ist ja wohl schwerlich ein ehrenwerter Mann, nicht wahr?«

»Oh, Polsen!« Grace preßte ihre Hände voller Verzweiflung gegen ihre Schläfen. »Was sollen wir jetzt bloß tun? Hat dieser Mann Willa irgendwo versteckt, bis es ihm gelingt, sie dazu zu bringen, das Kind loszuwerden?«

»Das wäre zu einfach. Niemand würde etwas auf die lange Bank schieben, was viel einfacher früher zu erledigen ist. Es muß mehr als das sein. Es tut mir leid, daß ich das sagen muß. Aber ich bin jetzt ein bißchen in Angst.«

»Ich auch.«

»Die Sinclairs wurden kein zweites Mal angerufen?«

»Kate sagt nein. Sie konnten nicht herausbekommen, wer der Anrufer war. Sie nehmen an, die Kinder haben das nur erfunden.«

»Dann müssen wir eben nachdenken. Sie sollten wie geplant an diesem Wochenende zu den von Sturpes gehen.«

»Muß ich?«

»Ich glaube, es ist besser. Halten Sie nur die Augen und Ohren offen. Es wird schon alles gutgehen. Sie werden sich amüsieren. Versuchen Sie, auch von den Backes eingeladen zu werden.«

Graces Gesicht nahm einen gequälten Ausdruck an, als sie an die Prüfung dachte, die vor ihr lag. Denn es war eine Prüfung, obwohl Polsen auf seine ruhige Weise ihr einzureden versuchte, sie würde sich amüsieren. Ebba mit ihrer einschüchternden Sicherheit und ihrer Besserwisserei, mit ihrem Haus aus dem achtzehnten Jahrhundert, das ohne Zweifel vollgestopft sein würde mit dunklen Porträts und dunklen Möbeln, das dunkle Gänge und düstere Vorhänge haben würde, das Strindberghaus der Backes, mit Mama und Papa und der langweiligen Schwester Ulrika. Und immer dieser düstere Wald und das stahlgraue Schimmern des Sees, der heulende Wind und der niedere Himmel, aus dessen schweren Wolken noch immer kein Schnee fiel.

»Uff!« Grace schüttelte sich wieder. »Was ist das bloß für ein Land. Halten Sie dieses Plätzchen hier für mich warm, Polsen.«

»Ich werde noch viel mehr als das tun.« Seine Hand lag schwer auf ihrem Kopf, und sie spürte eine seltsame Zuneigung. »Während Sie Ihre hochherrschaftlichen Dinner-Partys genießen.«

Aber er wollte ihr nicht sagen, was er vorhatte, und wieder einmal fiel es ihr schwer zu glauben, daß er nicht mehr wußte oder vermutete, als er ihr sagen wollte.

10

Alle außer Polsen sahen zu, als Grace mit Ebba wegfuhr, die in ihrem weißen Mercedes gekommen war. War es nur Zufall, daß gerade in diesem Augenblick Kapitän Morgensson mit einem Seesack über der Schulter die Treppe herabgeeilt kam? Seine Tanten lehnten über dem Treppengeländer, winkten ihm nach und sagten irgend etwas auf schwedisch. Als Grace erschien, riefen sie auch ihr ›Farväl‹ zu und wünschten ihr, sie möge eine schöne Zeit verbringen.

»Sticht Ihr Schiff in See?« fragte Grace Kapitän Morgensson, der höflich beiseite getreten war, um sie vorbeizulassen.

»Ja! In Kürze. Ich hoffe, ich sehe Sie wieder, wenn ich zurückkomme.« In seinen kalten Augen lag sogar ein Funken von Wärme. Rein sinnliche Wärme, dachte Grace. Wahrscheinlich bloß seine automatische Reaktion beim Anblick einer Frau.

Frue Lindström hielt sich, wie zu erwarten war, in der Halle auf und zeigte sich Ebba gegenüber äußerst ehrerbietig. Grace wurde in diese unangenehme Servilität mit einbezogen.

»Ah, Froken Asherton, wie glücklich Sie sein müssen, eine wunderbare Fahrt, ein Wochenende auf dem Lande.« Ihr herzliches Lachen klang noch in Graces Ohren nach, als sie Ebba folgte. Es war müßig zu wünschen, daß auch Polsen bei dieser Abschiedsszene zugegen wäre. Er war schon sehr früh ausgegangen. Sie hatte seine festen Schritte auf der Treppe gehört, noch bevor sie aufgestanden war. Sie hoffte, er wäre zurück, bevor sie wegging, aber er kam nicht, und sie war deswegen unverständlicherweise enttäuscht. Wenn er schon nicht gewartet hatte, um ihr auf Wiedersehen zu sagen, hätte er ihr wenigstens mitteilen können, wohin er ging. Sie wurde allmählich ebenso neugierig wie Frue Lindström.

Ebba, schick wie immer, in einem hochgeschlossenen Pullover und einer Schwedenjacke, ihr aschfarbenes Haar von einem schwarzen Samtband zurückgehalten, war freundlich wie bisher noch jedesmal, jedoch in ihrer kühlen, zurückhaltenden Art.

»Wir werden rechtzeitig zum Lunch zu Hause sein. Dann können Sie sich das Haus ansehen. Interessieren Sie sich für Architektur? Schwedische Geschichte?«

»Für alles.«

»Ja, ich glaube schon, daß eine Schriftstellerin einen weitgespannten Interessenkreis haben muß.«

Hatte diese Bemerkung eine doppelte Bedeutung? Sie war wirklich zu mißtrauisch. Ebbas Profil war rein und ruhig.

»Ich interessiere mich tatsächlich für vieles«, antwortete Grace.

»Dann wenden Sie Ihre Wißbegier auf die Backes an, die uns für heute nachmittag zum Tee eingeladen haben. Das ist eine Familie, die sich nur auf sich selbst konzentriert. So ein Jammer. Sven könnte so charmant sein, wenn er nicht so gehemmt wäre. Morgen kommen die Sinclairs und die Backes für den ganzen Tag heraus. Jacob liebt es, mit Peter und Sven auf die Jagd zu gehen. Wir Frauen können uns eine faule Zeit machen.«

»Elchschießen?« fragte Grace.

»Habe ich recht, wenn ich aus Ihrer Stimme Angst heraushöre? Sie denken sicher an den armen jungen Mann, Bill Jordan. Es wird Zeit, daß man das vergißt. Es gibt jedes Jahr Jagdunfälle. Ebenso wie Autounfälle und andere unerfreuliche Dinge. Es nützt niemandem, darüber nachzugrübeln. Sehen Sie sich Kate an. Sie nimmt sich einfach alles zu Herzen. Ich habe keine Zeit für neurotische Frauen, besonders wenn sie für ihren Mann eine Last werden. Wenn Kate nicht aufpaßt, wird sie Peters Zukunft ruinieren, und das wäre sehr schade. Er ist so klug und fähig. Finden Sie nicht auch?«

»Ich kenne ihn dazu wirklich nicht gut genug. Es tut mir für Kate leid, aber sie ist ziemlich schwach. Wenn sie allerdings wie Willa wäre, wäre das noch schlimmer.«

»Wieso?« In Ebbas Stimme lag ein scharfer Unterton.

»Wenn sie mit jedermann flirten würde, Skandale anzettelte. Seit ich hier bin, habe ich das Gefühl, daß jeder Mann, den ich kennengelernt habe, mir mehr über Willa sagen könnte als er tut.«

Ebba lachte ihr tiefes, amüsiertes Lachen.

»Sogar mein Mann? Nun, Sie mögen recht haben. Sie war ein verrücktes Mädchen, aber man mußte ihre Vitalität bewundern. Und die Männer lieben doch Vitalität, nicht wahr? Wie ist es mit Ihrem Polsen?«

»Er ist nicht mein Polsen!«

»Irre ich mich denn? Ich hatte den Eindruck, er sei sehr an Ihnen interessiert. Er ist recht nett, wenn Sie diesen Typ mögen. Wissen Sie denn irgend etwas über ihn, außer was er Sie wissen läßt? Ein höflicher, tolpatschiger Professor? Vielleicht nicht so tolpatschig, wenn die Wahrheit über ihn bekannt wäre? Ich nehme an, er hat einen scharfen Verstand.«

Grace erkannte, daß sie ins Kreuzverhör genommen wurde, und rächte sich dadurch, daß sie nichtssagend antwortete: »Das weiß ich nicht. Wir haben uns nicht über intellektuelle Dinge unterhalten.«

»Worüber unterhalten Sie sich denn?« fragte Ebba.

»Meistens über Willa.«

»Du lieber Himmel! Das ist ein Gesprächsstoff! Eine andere Frau! War dieser dumme Scherz, den Sie auf Ihrer Party machten, seine Idee?«

»Teilweise. Wir dachten, die Dinge würden dadurch klarer.«

»Und er fiel flach«, sagte Ebba. »Wie Kate.« Sie lachte kurz. »Sie sollten wissen, Grace, daß wir alle es ein wenig müde sind, ewig über Willa zu sprechen. Ich will Ihnen ein kleines Geheimnis verraten. Wir hoffen sogar, daß sie nie wieder hier auftaucht, auch nicht mit Ehemann. Sie ist eine sehr ermüdende junge Dame.«

»Nun, sie wird nicht so schnell auftauchen«, sagte Grace absichtlich und beobachtete Ebbas Gesicht, das auch genau den Grad von Überraschung zeigte, den sie erwartet hatte.

»Wieso? Haben Sie von ihr gehört?«

»Ja, ich bekam einen Brief. Er wurde mir aus England nachgeschickt.«

»Aber du lieber Himmel, Grace, Sie sind eine verschwiegene Person. Warum haben Sie mir das denn nicht sofort gesagt?«

»Aber Sie sind es doch müde, über dieses Thema zu sprechen.«

»Ich bin es nicht müde, wenn es sich um Tatsachen handelt. Haben Sie denn endlich welche?«

Als Grace den Inhalt des Briefes mitgeteilt hatte, hob Ebba ihren hübschen Kopf und lachte aus vollem Hals.

»Du liebe Güte! Verzeihen Sie mir, Grace. Aber das ist genau das, was Willa verdient. Es wird ihr überhaupt nichts schaden. Wenn man bedenkt, wie sie sich benommen hat...«

»Denken Sie an Bill Jordan?« unterbrach Grace.

»Nicht nur an ihn. Sie war wirklich ein bißchen flatterhaft. Sie haben das mehr oder weniger selbst gesagt. Ich glaube, Gustav, wer auch immer das sein mag, ist derjenige, der bedauert werden sollte.«

»Es ist sein Baby«, sagte Grace.

»Oh, das. So eine altmodische Art, einen Mann dranzukriegen.«

Ebbas Ansicht war kalt und realistisch. Grace fragte sich, ob sie jemals Wärme oder Zuneigung empfand, sogar für ihren stillen Mann. Ihr mußte die Unordnung in Willas Leben sehr widerlich gewesen sein, es war andererseits verwunderlich, daß sie sich überhaupt dafür interessiert hatte. Außer, Willa hatte vielleicht etwas mit dem stillen Jacob gehabt. Es schien beinahe so, als ob Ebbas Befriedigung über Willas Schwierigkeiten etwas sehr Persönliches habe, die Befriedigung eines privaten Rachegefühls.

Sven, Axel, Jacob, Gustav ...

»War Willa jemals bei Ihnen?« fragte Grace neugierig.

»Sie kam für einen Tag zu Besuch, als sie bei den Sinclairs in deren Häuschen wohnte. Peter und Jacob gingen auf die Jagd und nahmen sie mit. Ich habe sie niemals über das Wochenende eingeladen. So sehr befreundet waren wir nicht.«

Sind wir es denn? wunderte sich Grace im stillen.

»Sie sind so ganz anders als Ihre Kusine«, beantwortete Ebba diese stille Frage. »Alle bemerken das.«

Der Wagen fuhr durch die gelbe, amberfarbene und dann wieder dunkelgrüne Landschaft. Am Horizont türmten sich kalte, graue Wolkenberge. Die gepflügten Felder wirkten öde und trostlos. Vor einem Haus an der Straße stand eine Reihe von Sonnenblumen, deren einst strahlendes Goldgelb verblaßt war und die ihre schwarzen, vom Regen schweren Köpfe hängen ließen. Grace mußte an Willa mit ihrem kanarienfarbenen Haar denken. Ließ auch sie jetzt ihren Kopf hängen, traurig und verloren?

Ebba verlangsamte das Tempo und bog in eine schmale, holprige Straße ein, die von Birken gesäumt war. Die Straße lief schnurgerade auf ein etwa eine Meile entferntes Haus zu.

»Zu Hause«, sagte Ebba.

Es war ein hübsches Gebäude, pfirsichfarben, von dunkelbraunen Holzbalken getragen. Eine Reihe von Stufen führte zur Eingangstür. An der Balustrade prangten Adlerköpfe, und zu beiden Seiten des Hauses zogen sich Rasenstreifen mit gepflegten Blumenrabatten hin. Bestimmt gibt es hier Pfauen, dachte Grace begeistert. Oder sogar wirkliche Adler. Der Ort sah ganz danach aus.

Die Tür wurde geöffnet, und Jacob erschien mit ausgestreckter Hand und einem gewinnenden Lächeln auf der Treppe.

»Willkommen, Grace«, sagte er.

Bei Tageslicht wirkte er älter, als Grace ihn in Erinnerung hatte. Die Haut spannte sich über seinen hohen Backenknochen, er sah sehr blaß aus, und seine Augen hatten das fahle Blau des winterlichen Himmels. Mindestens zwanzig Jahre älter als seine Frau, vermutete Grace. Vielleicht sogar mehr. Was immer Ebba einmal für ihn empfunden haben mochte, außer dem Wunsch, seinen Titel und das hübsche Haus zu besitzen, war dahingegangen, denn sie wischte an ihm vorbei in die große dunkel getäfelte Halle und sagte über die Schulter hinweg: »Wir könnten etwas zu trinken brauchen. Kommen Sie zum Feuer, Grace. Wie gefällt Ihnen unsere fürstliche Halle? Eines Tages möchte ich all diesen Plunder und vor allem die dunkle Täfelung loswerden. Ich möchte alles in Weiß und Gold haben, wie ein französisches Schloß. Jacob fürchtet, daß seine Trophäen sich vor einem derartigen Hintergrund eigenartig ausnehmen würden. Aber ich möchte auch diese Trophäen loswerden.«

Das schien ein oft durchgesprochenes Thema zu sein, denn Jacob, der an einer langen Mahagonianrichte die Drinks mixte, sagte gutgelaunt: »Aber vergiß die Familienporträts nicht, Liebling.«

Die Trophäen waren Köpfe von Elchen und Wildschweinen, die von herrlich barbarischen Schwertern und altertümlichen Pistolen flankiert wurden. Grace teilte Ebbas Ansicht über diese Dinge voll und ganz. Aber die Porträts, die in einer langen Reihe entlang der geschwungenen Treppe an der Wand hingen bis in den Schatten der oberen Etage, sahen zumindest dekorativ und farbig aus. Grace fragte sich, ob Ebba böse sei auf Jacobs Ahnen, da sie selbst ja keine von besonderer Bedeutung hatte.

»Auch die Porträts«, gab Ebba zu. »Ich habe es satt, von all diesen kritischen Augen gemustert zu werden, sooft ich die Treppe hinauf- oder hinuntergehe. Als ich hierher kam, dachte ich, ich würde mich niemals an ihre mißbilligenden Blicke gewöhnen. Ich glaubte, sie mögen mich nicht, weil ich jung war, aber dann erkannte ich, daß es daher kam, daß ich lebte. So einfach, nicht wahr? Jacob, ich mache nur Spaß. Ich verspreche dir, die Bilder nicht wegzunehmen, bis . . .«

»Ich auch tot bin?«

»Genau das meinte ich. Aber wenn du es sagst, klingt es so traurig«, beklagte sich Ebba mit ihrer etwas heiseren Stimme. »Und ich werde sie auch nur in das Obergeschoß stellen. Zu den Geistern all unserer dahingegangenen Dienstboten. Heutzutage sind diese großen Häuser keine reine Freude. Ich mache einen großen Teil der Hausarbeit selbst. Ist das in England auch so, Grace?«

»Genauso.«

»Nun, ich nehme an, das ist für eine faule Frau ganz gesund.« Ebbas schmale, elegante Hände, die sie über dem Feuer ausgestreckt hielt, wirkten allerdings so, als ob sie niemals etwas viel Anstrengenderes als ein bißchen Handarbeit geleistet hätten. Aber das mochte täuschen. Ebba war eine seltsame Frau. Ein bißchen verrückt, blasiert, grausam ihrem stillen Ehemann gegenüber, amüsant, witzig, faszinierend anzusehen, vielleicht herzlos, aber jedenfalls vollkommen beherrscht, und doch ruhelos. Weshalb? Aus Enttäuschung über ihren langweiligen, ältlichen Ehemann? Wegen dieses Hauses, das vollgestopft war mit vorwurfsvoll blickenden Ahnen? Wegen des Lebens auf dem Lande? Oder wegen ihrer Kinderlosigkeit? Nein, das ganz bestimmt nicht. Das wäre wohl eher für ihren Mann ein Grund gewesen, unzufrieden zu sein.

Grace nahm das Glas mit Sherry, das Jacob ihr reichte, und erinnerte sich gerade noch rechtzeitig an ihre guten Manieren, um sein ›Skål‹ abwarten zu können, bevor sie trank. Sie begann ihren Besuch höchst interessant zu finden. Es war ja nicht unbedingt notwendig, ihn auch zu genießen.

»Bilden Sie sich heute nacht nicht ein, Geräusche aus dem oberen Stockwerk zu hören«, sagte Ebba, als sie später Grace das große Gästezimmer mit dem Himmelbett zeigte. »Alle Räume sind leer. Aber die Böden knarren, besonders wenn es kälter wird. Der Frost, wissen Sie. Es ist zu kostspielig, unbenützte Räume zu heizen.«

»Die Königin im Dachgeschoß«, murmelte Grace.

»Wie?«

»Nur etwas, was mir Polsen über den Haga-Pavillon erzählte. König Gustav pflegte seine Königin im Attikum einzusperren.«

Ebbas Augen nahmen einen seltsam umschleierten Ausdruck an, wenn sie sich für etwas interessierte.

»Ich hoffe, Sie denken dabei nicht an Willas Gustav. Ich glaube kaum, daß er sie hinter Schloß und Riegel hält.«

»Nein, kaum«, pflichtete ihr Grace bei.

»Nun, ich versichere Ihnen, diese Räume sind wirklich leer, außer all den scheußlichen schwedischen Möbeln, die ich außer Sichtweite gebracht habe.«

»Sind Sie keine Schwedin?« fragte Grace.

»Weshalb fragen Sie?«

»Sie sprechen über schwedische Dinge, als ob sie für Sie fremd wären.«

Ebba lächelte schwach.

»Sie beobachten gut, Grace. Nein, ich bin keine Schwedin. Ich bin Deutsche. Aber das ist schon lange her. Ich war Schauspielerin und kam mit einer Truppe hierher, als ich achtzehn war, und blieb. Seitdem sind zwanzig Jahre vergangen. Ich fürchte, ich spreche noch immer von einigen schwedischen Dingen abschätzig. Kein Wunder, wenn mein Mann mit mir unzufrieden ist. Aber man muß doch ehrlich sein, oder nicht?«

Ehrlich? War das ein Begriff, den man auf die Baronin von Sturpe anwenden konnte? Noch war es zu früh für Grace, um das beurteilen zu können.

Beim Lunch, wo Ebba und Jacob sich an der langen Tafel je an einem Ende gegenübersaßen und Grace in der Mitte, sagte Ebba plötzlich:

»Oh, Jacob, ich vergaß dir zu erzählen, daß Grace von der Braut Nachricht hat. Vielmehr von der voraussichtlichen Braut.«

»Von Willa?« Jacobs Stimme war von einer Lebhaftigkeit, die Grace noch nie gehört hatte. Er schien erfreut. Seine Augen strahlten. Sie war erschüttert. Also gehörte auch Jacob trotz seines hohen Alters zu der Reihe der Bewunderer Willas. Das war fast nicht zu glauben. Außer daß ihn vielleicht die Kälte seiner Frau, ihre unterschwellige Grausamkeit, in die Arme eines so impulsiven und warmherzigen Mädchens wie Willa getrieben hatte.

»Sie hat Sorgen mit der Scheidung«, sagte Ebba gedehnt.

»Schon!«

»Nein, es ist Gustav, der diese Probleme hat«, erklärte Grace. »Es klingt ein bißchen unschön, aber anscheinend kann niemand irgend etwas für sie tun, besonders da sie sich über ihren Aufenthalt ausschweigt.«

»Nun, ich bin froh zu hören, daß es ihr gut geht«, sagte Jacob und wirkte immer noch sehr erleichtert.

»Du lieber Himmel, hast du wirklich geglaubt, es nähme ein schlimmes Ende mit ihr?« sagte Ebba amüsiert.

Die gleiche Bemerkung machte Ebba später auch den Backes gegenüber.

Als Grace allein in ihrem Zimmer war, hatte sie sich bereits eingebildet, die nächtlichen Geräusche aus dem oberen Stockwerk zu hören. Noch niemals vorher war sie so nervös gewesen. Es war verrückt, aber am liebsten hätte sie geweint.

Das war es. Sie kam von den Gedanken an Willas einsame Königin nicht los, die Stunden um Stunden in ihrem kleinen, hohen Gefängnis weinte.

Dieses Land mit seinem drohenden Winter, der Dunkelheit und dem Schnee legte sich ihr aufs Gemüt. Sie fing an, noch bedrückter als Kate Sinclair zu werden, und das wollte etwas heißen.

Sie vermißte Polsen. Und Willas Brief, der ihr anfangs eine solche Erleichterung gewesen war, begann auf ihr zu lasten wie diese dräuenden Schneewolken. Sie wußte, daß etwas zwischen den Zeilen stand, aber es wollte ihr nicht gelingen, dieses Unsichtbare zu entziffern.

Doch die Fahrt nach Sigtuna war zumindest interessant. Die kleine, direkt am See gelegene Stadt mit ihren schmalen Straßen und den Reihen der winzigen Läden gefiel ihr. Die goldenen Birken spiegelten sich wie gelbes Feuer im See, und von einer nahen Schule her kam das Lachen der Kinder.

Das Haus der Backes war im herkömmlichen schwedischen Stil dunkelrot gestrichen. Willa hatte in ihrem Tagebuch geschrieben, daß sie ihr Haus rosa tünchen lassen wolle, denn was die Schweden brauchen, sei ein bißchen Frivolität. Frivolität war das letzte Wort, das auf das Haus der Backes oder gar die Familie selbst hätte angewendet werden können. Alles war genauso, wie Willa es beschrieben hatte. Mama Backe saß in einem Lehnstuhl, ihre plumpen weißen Hände lagen artig übereinandergelegt in ihrem Schoß, ihr schwarzes Kleid wurde über ihrem enormen Busen von einer riesigen Kamee zusammengehalten, ihr graues Haar war zu einem sittsamen und ordentlichen Knoten auf dem Kopf zusammengesteckt, ihr kleiner Mund, verkniffen und faltig, verzog sich nicht zu dem leisesten Lächeln, und ihre Augen glitzerten kalt hinter einer stahlgefaßten Brille. Papa Backe war groß, dünn, fast leblos, und sein völliges Desinteresse an allem, was die Gäste sagten, ließ auf leichte Senilität schließen. Die schreckliche Ulrika rannte dauernd mit Platten voller Speisen und Teetassen herum. Der Tee war eigens für den englischen Gast bereitet worden. Doktor Backe selbst schien nur Autorität und Männlichkeit zu besitzen, wenn er in seiner Ordination war. Unter den wachsamen Augen seiner Mutter und Schwester war davon nur mehr sehr wenig zu bemerken.

Er täte gut daran, wenn er mit seiner eifrigen Sprechstundenhilfe auf und davon rennen würde, dachte Grace. Alles wäre besser als diese muffige Atmosphäre.

Aber die Lage des Hauses war schön.

Durch die Spitzenvorhänge konnte Grace das Schilf sehen, das sich im heftigen Wind über das Wasser des Sees neigte. Goldfarbene Blätter wirbelten durch die Luft, zu leicht und trocken, um sich irgendwo niederzulassen.

»Im Sommer ist es hier wirklich hübsch«, sagte Sven.

»Natürlich überfüllt. Alle kommen hier heraus, um zu schwimmen oder zu segeln.«

»Uns gefällt es hier am besten im Winter«, sagte Ulrika mit ihrem Wintergesicht, und das war genau das, was Grace von ihr erwartet hatte. »Dann ist es hier ruhig und privat. Dann gehört hier alles wieder den ständigen Bewohnern. Der Schnee fällt, der See friert zu, und wir haben immer ein großes Feuer. Ist es dann nicht am schönsten, Sven?«

»Es ist eine gute Zeit, um zu arbeiten«, gab Sven zu.

»Mein Bruder schreibt an einer wissenschaftlichen Arbeit«, erzählte Ulrika Grace voller Stolz. »Und da hat er es gern, wenn er nicht gestört wird.«

Es schien, als ob Mama Backe nicht Englisch sprach, obwohl ihre wachsamen Augen vermuten ließen, daß sie mehr verstand, als sie zugeben wollte. Gelegentlich machte sie zu Sven oder Ulrika eine Bemerkung auf schwedisch. Der alte Mann auf der anderen Seite des Kamins verhielt sich völlig ruhig.

Willa in diesem Haushalt war einfach ein Ding der Unmöglichkeit. Was hatten sie bloß mit ihr angefangen, als sie hier zu Besuch war?

Doch mußte sie irgendwie eine Bedeutung für diese Menschen haben, denn Ebba erzählte Sven und Ulrika von dem Brief.

»Grace war so erleichtert, als sie ihn bekam. Nicht wahr, Grace? Ich glaube gar, Sie dachten, sie sei entführt worden.«

Ulrika lachte kurz auf.

»Von wem wohl, das möchte ich wissen. Bestimmt nicht von Sven!«

»Sei nicht albern, Ulrika«, sagte Sven ungehalten.

»Nun, du mußt zugeben, daß anfangs gemunkelt wurde, du würdest sie heiraten.«

»Es wurde über jeden gemunkelt, mit dem sie gesehen wurde. Das weißt du so gut wie ich. Außerdem war sie nur einmal an einem Wochenende hier, und zwar mit zahlreichen anderen Leuten.« Die dunklen, melancholischen Augen ruhten auf Grace. »Wir gingen zum Schwimmen und Segeln. Auch die Sinclairs waren hier. Und Bill Jordan.«

»Wenn schon über jemanden gemunkelt werden mußte, dann doch über Bill Jordan«, sagte Ulrika entschieden. »Er lebte allerdings nicht lange genug, um die Geschichte zu erzählen.«

Grace sah Sven an. »Es muß schrecklich für Sie gewesen sein, den Tod eines Freundes zu bestätigen.«

»So ist das nun einmal im Leben eines Arztes«, antwortete Sven. »Es war ganz offensichtlich ein Unfall. Ich hatte daran niemals den geringsten Zweifel.«

»Und weshalb«, sagte Ebba gedehnt, »müssen wir wieder von diesem unerfreulichen Thema sprechen? Oder von Ihrer dummen Kusine, Grace? Ich sagte Ihnen doch, ich habe es wirklich endgültig satt, immer nur davon zu sprechen.«

»So geht es uns allen«, sagte Ulrika und stellte die Teekanne mit einem dumpfen Knall auf den Tisch. Sie fügte einige Worte auf schwedisch zu ihrer Mutter gewandt hinzu, worauf die alte Dame verschiedene Male heftig nickte und dabei Grace ansah. Unterhielten sie sich etwa darüber, ob sie Absichten auf Sven habe? Waren sie eifersüchtig auf jede alleinstehende Frau, die in seinen Gesichtskreis kam? Was auch immer über Sven und Willa gemunkelt worden war, man konnte völlig davon Abstand nehmen. Die beiden waren zu verschieden. Willa wäre Meilen um Meilen gerannt, um von diesem deprimierenden Haus wegzukommen.

Grace sagte das auch zu Ebba, als sie nach Hause fuhren, und Ebba lachte wieder ihr tiefes, satyrisches Lachen.

»Lieber Himmel, Grace, dachten Sie, Willa und Sven hätten etwas miteinander gehabt? Unmöglich. Er wird niemals seiner Mutter entkommen, viel weniger seiner entsetzlichen Schwester. Nicht daß er nicht wollte.«

»Will er denn?«

»Nun, vielleicht auch wieder nicht. Der Mensch gewöhnt sich an sein Gefängnis.«

»Ist seine wissenschaftliche Arbeit wichtig?«

»Ich glaube schon. Er ist sehr klug. Er will gern berühmt werden. Auch Ulrika will das, aber wenn die Zeit gekommen ist, wird sie ihre Meinung schnell ändern. Er könnte ihr ja entzogen werden. Die Menschen sind zu kompliziert, sie schaffen sich künstlich Probleme. Es tut mir für Sven leid, daß er diese Familie am Hals hat, aber ich möchte ihn auch schütteln, daß er sich nicht davon freimacht.«

Grace war ziemlich sicher, daß Willa das gleiche empfunden hatte. Ein Mann wie Sven konnte für sie nicht von mehr als nur momentanem Interesse gewesen sein. Trotzdem bildete er einen wichtigen Bestandteil ihres Tagebuches. Sven, Axel, Jacob, Gustav . . . Aber Gustav existierte nicht, außer in anderer Gestalt. Oder existierte er doch?

Denn eine seltsame, flüchtige Bemerkung verursachte Grace eine schlaflose Nacht. Der Boden in den oberen Zimmern knarrte, das war klar, aber Ebbas leise Worte zu Jacob, als sie mit ihm in der Bibliothek am Feuer saß und Grace, die sich bereits zurückgezogen hatte, noch einmal hereinkam, um nach einem Buch zu fragen, waren alarmierend.

»Gustav wird das natürlich arrangieren. Wer sonst?«

Ebba war aufgesprungen, als Grace hereinkam. Ihr bleiches Gesicht leuchtete aus dem Dämmerlicht des ersterbenden Feuers und der niedergebrannten Kerzen.

»Sie sind so geräuschlos hereingekommen. Ist irgend etwas los?«

»Ich wollte nur um ein Buch bitten, falls Sie etwas in Englisch haben.«

»Mengen. Bedienen Sie sich«, gähnte Ebba. »Ich muß zu Bett. Kommst du, Jacob? Leg deine Rechnungen weg. Es bringt eine Menge Sorgen mit sich, einen Besitz ohne die nötigen Mittel zu verwalten. Niemand soll uns beneiden, Grace.«

So war Gustav also ein Angestellter. Warum nicht? Es war ein häufiger Name in Schweden. Oder war Ebbas bereitwillige Erklärung ein wenig zu rasch gekommen?

Die Sinclair-Kinder trampelten die Stufen zur Eingangstür hinauf. Die Ankunft ihrer Eltern erfolgte ruhiger, Kate ging langsam, Peter schlich beinahe.

»Den armen Peter hat nun auch diese Krankheit erwischt«, erklärte Kate. »Nicht wahr, Liebling? Er ist nicht ansteckend, aber immer noch schwach.«

Peter sah mit seinen erloschenen, schwarzumränderten Augen und seiner gelben Haut tatsächlich schwach und krank aus.

»Das schlimme war, daß er nicht ins Bett wollte«, fuhr Kate fort. »Und er arbeitet immer bis spät in die Nacht.«

»Ich mußte«, sagte Peter. »Sei jetzt still, Kate. Das ist nun mal keine geruhsamer Beruf. Abgesehen davon konnte ich es noch nie ertragen, mit einem Thermometer im Bett zu bleiben. Gehen wir heute ein wenig auf die Jagd?«

»Wenn Sie dazu in der Lage sind«, sagte Jacob, und Ebba, die sowohl Kate wie Peter mit einem flüchtigen Kuß auf beide Wangen begrüßt hatte, fügte hinzu: »Wir werden zeitig essen, dann könnt ihr Männer tun, was euch Spaß macht. Sven und Ulrika sind da.«

Es war ein grauer Tag mit niederem, düsterem Himmel.

Um es im Haus gemütlicher zu machen, hatte Ebba die Vorhänge zugezogen und die in Kerzenhaltern rings an den Wänden steckenden roten und grünen Kerzen angezündet. Ihr Schein spiegelte sich in den schweren Glasschalen und Kristallgläsern, die auf dem Tisch standen. Wenn die jemandem auf die Füße fallen würden, könnten die Zehen brechen, überlegte Grace, oder sogar der Kopf. Aber natürlich würde hier niemand mit Schnapsgläsern um sich werden. Sie waren alle so gute Freunde und hatten so große Freude an den ausgetauschten Förmlichkeiten. An all dem nichtssagenden Gewäsch, mit dem die Hausfrau und jeder einzelne Gast bedacht wurden. Sogar Ulrika brachte es fertig, eine fröhliche Haltung an den Tag zu legen und vergnügt mit den Sinclairs-Kindern zu spielen. Sie aßen sogar mit ungewöhnlicher Eile, nachdem sie ihnen versprochen hatte, nachher mit ihnen ins Obergeschoß hinaufzugehen und Verkleiden zu spielen, das Lieblingsspiel der Kinder.

»Sie haben doch nichts dagegen, Ebba?« fragte sie.

»Nicht im geringsten. Ich bewahre dort oben alte Theatersachen auf«, erklärte Ebba Grace. »Außerdem stehen noch Schachteln mit allerlei Plunder aus Jacobs Familie herum. Einige alte Militäruniformen. Alexander wird sicher gern ein Schwert tragen wollen, nicht wahr, Liebling?«

Alexander kicherte vor Vergnügen. Georgy sagte, sie wolle den Hut mit den Straußenfedern haben. Sie hätte ihn so gern mit nach Hause genommen.

»Georgy!« mahnte Kate.

»Warum nicht?« sagte Ebba. »Haben Sie jemals gesehen, daß ich dieses Ding aufhatte?«

»Sie soll nicht um etwas betteln.«

»Da sie eine Frau ist, muß sie auch ihre Überredungskunst üben«, sagte Ebba. »Seid ihr Männer anderer Meinung?«

Die Herren lachten, aber Kate blickte zu Boden, zwischen ihren Augen stand die wohlbekannte Falte. Sie mag Ebba nicht, erkannte Grace. Möglicherweise war sie sogar ungern hierhergekommen. Aber da es herzlich wenig zu geben schien, was sie mochte, tat ihr Peter allmählich leid. Er hatte sein Essen kaum angerührt, sich dafür aber sein Glas mehr als einmal nachfüllen lassen und sah jetzt ein bißchen besser aus. Gegen Ende der Mahlzeit hatte er seine alte Fröhlichkeit wiedergewonnen, die gelbliche Farbe war aus seinem Gesicht verschwunden. Er brannte ungeduldig darauf, hinauszukommen, bevor die frühe Dämmerung hereinbrach.

»Wir dürften noch etwa zwei Stunden Tageslicht haben. Machen wir das Beste daraus.«

»Peter!« Kates Augen hefteten sich auf Peters leeres Glas. »Solltest du wirklich? Ich meine . . .«

»Willst du damit sagen, ich kann nicht richtig schießen nach drei Gläsern Wein?«

»Ich habe nur gedacht . . .« Kate hielt ein, und Grace wußte, daß sie beinahe Bill Jordan erwähnt hätte.

»Um Himmels willen, hör auf mit diesem Getue!« rief Peter aus.

»Ich wollte nur sagen, daß du immer noch Temperatur haben kannst. Ich habe keine Lust, dich mit einer Lungenentzündung im Bett zu pflegen.«

»Ich werde auf ihn aufpassen, Kate«, sagte Sven in einem Ton, den er wahrscheinlich auch gegenüber allen seinen Patienten anwandte. »Wenn es zu kühl wird, kommen wir nach Hause.«

»Wie weit sind wir hier eigentlich von Ihrem Haus entfernt?« fragte Grace. »Ich komme ganz durcheinander. Wo immer ich hinkomme, ist eine Bucht von diesem See.«

»Oh, bis dahin sind es ungefähr zehn Meilen. Nicht wahr, Peter?«

»So etwa, ja«, antwortete Peter. »Wir haben es für den Winter abgeschlossen. Über kurz oder lang wird es völlig eingeschneit sein.«

»Bis Anfang Mai«, seufzte Kate. »All diese dunklen Monate.«

Am Feuer in der großen dunklen Halle war es gemütlich. Grace döste vor sich hin, Ebba war sogar eingeschlafen. Ihr wohlfrisierter Kopf war gegen die Kissen ihres Lehnstuhles gesunken. Kate hatte angefangen, an einem halbfertigen Kinderpullover zu stricken, aber sie legte die Arbeit in den Schoß, als ob sie zu tief in Gedanken versunken wäre, um sich darauf zu konzentrieren. Aus weiter Ferne kamen die Stimmen der Kinder, gelegentlich von Ulrikas Lachen begleitet. Ulrikas Wesen war Grace verständlicher geworden. Sie hatte zu viele mütterliche Instinkte und niemand außer ihren alten Eltern und ihrem Bruder, auf die sie sie anwenden konnte. Alle, so dachte Grace schläfrig, wirkten harmlos, wenn man ihre Eigenheiten und Vorlieben verstand.

Der Friede des Nachmittags wurde jäh unterbrochen, als die Kinder ins Zimmer platzten, um ihre Kostüme zu zeigen.

»Schaut mich an!« quiekte Georgy. »Ich bin eine Dame.«

Sie stakte auf hochhackigen Schuhen herein, den so heiß begehrten Hut mit den Straußenfedern schief über ein Auge gezogen. Eine Hand hielt ihren langen Seidenrock hoch, die andere krampfte sich um ein Stück schäbiges Leopardenfell, das sie sich um den Hals geschlungen hatte.

Alexander, in einem altertümlichen Militärrock, der ihm bis auf die Knöchel reichte, marschierte geräuschvoll umher und schwang ein Schwert, das noch in der Scheide steckte.

»Ich mache einen Krieg«, erklärte er. »Ich haue den Leuten die Köpfe ab.«

»Georgy«, sagte Kate mit seltsam gepreßter Stimme, »woher hast du diesen Pelz?«

»Aus einer Schachtel. Warum, Mammy?«

»Ich dachte nur . . . Ich glaubte, ich hätte ihn schon einmal irgendwo gesehen.«

Ebba, die bisher die Kinder mit nachsichtigem Interesse beobachtet hatte, sah sich Georgy genauer an. Für einen Augenblick glitzerte etwas in ihren Augen. Dann lachte sie träge.

»Eine von Jacobs Tanten hatte eine Vorliebe für Pelzstükke. Es gibt eine ganze Schachtel voll von mottenzerfressenen Sachen. Sie muß wie eine alte Katze ausgesehen haben.«

Georgy brach in kreischendes Lachen aus.

»Sehe ich aus wie eine alte Katze, Mammy?«

»Es sieht aus wie eine Krawatte, die Willa hatte«, sagte Kate mit der gleichen gepreßten Stimme wie vorher.

»Nicht schon wieder diese Frau!« rief Ulrika aus, die soeben ins Zimmer trat. »Wie käme wohl ihr Pelz hierher?«

»Ja, wie wohl?« fragte Ebba. »Außer, sie hat ihn hiergelassen und eines der Mädchen steckte ihn irrtümlicherweise in die Kleiderschachtel.«

»Sie verstreute ihre Sachen«, murmelte Kate und starrte Grace an. »Ihre Sonnenbrille zum Beispiel unten am See.«

Ulrika unterzog das Pelzstück um Georgys Hals einer genaueren Prüfung.

»Es ist nur – wie nennen Sie das – eine Imitation. Wenn es wirklich Willa gehört, hielt sie es kaum für wert, besonders darauf aufzupassen.«

»Dann geschieht ihr ganz recht, wenn sie es verloren hat«, sagte Ebba. »Jeder, der einen so schlechten Geschmack hat, falsche Pelze zu tragen ... Weshalb schauen Sie so, Grace?«

Wie hatte sie geschaut? Zutiefst erschrocken, weil sie sich plötzlich an Frue Lindströms Beschreibung von Willas Kleidung an jenem Tag erinnerte, an dem sie so hoffnungsvoll wegging? ›Ihr fleckiger Pelzhut und ein dazu passendes Stück um den Hals ...‹

So mußte sie den Pelz also nach ihrem Verschwinden aus Stockholm verloren haben. Und jetzt war er wieder aufgetaucht im Dachgeschoß der von Sturpes. Alles natürlich nur für den Fall, daß dies wirklich das gleiche Stück war.

»Ich nehme an, ich war überrascht, da meine Hauswirtin sagte, Willa habe am Tage ihres Verschwindens einen Leopardenpelz getragen.«

»Aber doch sicherlich einen echten, für eine Hochzeit«, sagte Ebba. »Nicht einmal Willa würde diese alte Ratte tragen, um darin zu heiraten. Nicht wahr?«

Was sie sagte, klang pausibel. Alles klang so plausibel, wenn von Willa gesprochen wurde. Trotzdem, trotz all ihrer Fehler, ihrer Sonnenbrille, ihrer künstlichen Wimpern, ihres gefärbten Haares, wäre Willa kritiklos glücklich gewesen in einem falschen Pelz. Sie hätte es als sinnlose Geldverschwendung angesehen, einen echten zu kaufen.

Deshalb mußte Willa erst vor ganz kurzer Zeit hier gewesen sein, obwohl Ebba ganz offensichtlich nicht die Absicht hatte, dies zuzugeben.

Grace streckte ihre Hand nach Georgy aus.

»Wenn das Willa gehört, kann ich es dann bitte haben?«

»Aber, Grace . . .« Ebba schien darüber nicht sehr erfreut. Dann lachte sie wieder. »Nehmen Sie es, wenn Sie wollen. Ich hoffe, der Geist von Jacobs Tante wird es sich nicht wieder holen.«

»Ich glaube nicht. Willa kann das Stück dann mitnehmen, wenn sie den Rest ihrer Habe holt. Aber ich finde es äußerst seltsam, daß es hier gefunden wurde.«

Einen Augenblick lang sprach niemand. Dann setzte sich Kate auf und sagte angewidert: »Georgy! Alexander! Geht und zieht diese schrecklichen alten Kleider aus. Es tut mir leid, Ebba. Aber die Kleider Verstorbener haben für mich . . . Ich meine, ich bekomme da einfach eine Gänsehaut.«

Kurz nach Einbruch der Dunkelheit kamen die Männer zurück. Sie waren schlammbespritzt und sahen müde aus, besonders Peter, dessen Gesicht wieder diese ungesunde gelbliche Farbe hatte.

»Kein Glück gehabt«, sagte Jacob.

»Keines?« Es schien, als ob Ebba enttäuscht wäre. Ihre seltsamen Augen flackerten wieder. Hatte sie so große Freude am Anblick eines toten, blutenden Elches?

»Wir fanden nur Spuren«, sagte Sven. Er warf sich in einen Sessel, ungeachtet seiner dreckbespritzten Kleider. Aber Peter ging ruhelos auf und ab und erklärte, sie müßten sich auf den Weg machen. Wo waren die Kinder? Konnte Kate sie ganz schnell herbeiholen?

Grace traf eine plötzliche Entscheidung.

»Ebba, würde es Ihnen etwas ausmachen, wenn ich die Gelegenheit wahrnehme und mit Peter und Kate heute schon zurückfahre statt erst morgen früh?«

Es war ihr gleichgültig, ob sie unhöflich wirkte oder nicht. Sie traute Ebba plötzlich nicht und hatte den unbezwingbaren Wunsch, Polsen alles zu erzählen, was geschehen war.

Ebba schien sich aus der plötzlichen Abreise ihrer Gäste nichts zu machen. Oder konnte es sein, daß sie sogar erleichtert war?

»Aber natürlich nicht, Grace. Obwohl wir uns über Ihren Besuch sehr gefreut haben, so schrecklich kurz er auch war.«

Bevor sie noch etwas sagen konnte, läutete das Telefon, und sie griff nach dem Hörer. »Jacob, mach allen etwas zu trinken. Hallo! Wer ist da?«

Sie war eine vollendete Schauspielerin. Sie hatte ja selbst zugegeben, daß das ihr Beruf war. Aber sogar ihre Fassung schien durch das, was der Anrufer sagte, ziemlich erschüttert.

Grace sah, wie sich ihre Hand um den Hörer krampfte, daß die Knöchel weiß hervortraten. Ihr langes, schmales Gesicht wirkte wie erstarrt.

»Was! Sie haben nicht – aber das ist unmöglich! Nein, ich kann jetzt nicht sprechen. Ich habe Gäste. Die Männer sind eben von der Jagd nach Hause gekommen. Rufen Sie mich später noch einmal an, und berichten Sie mir Einzelheiten.«

Sie legte den Hörer heftig auf die Gabel und fluchte leise vor sich hin, dann entschuldigte sich sich und lachte.

»Wenn das nicht das letzte ist. Jacob, diese Arbeit, die ich da angeordnet habe . . . nein, reden wir nicht davon. Ich brauche ja nicht alle mit meinen Dienstbotenproblemen zu langweilen. Wo ist mein Drink? Hast du mir denn keinen gemacht?«

Gustav, der diese geheimnisvolle Arbeit hätte erledigen

sollen, hat sie sitzenlassen, dachte Grace schadenfroh. Es muß etwas sehr Wichtiges gewesen sein, da sie ihre Fassung derartig verloren hatte. Und was noch mehr bedeutete, ihre Unzufriedenheit hatte sich auf alle im Raum übertragen, so daß eine Zeitlang niemand ein Wort sprach.

Dann sagte Peter überlaut: »Pech. Aber es ist nun mal so, wie es ist, nicht wahr? Man kann sich auf niemanden verlassen. Kate, hast du die Kinder denn nicht gerufen? Wir sollten schon fort sein. Natürlich werden wir Sie mitnehmen, Grace, aber Sie müssen in zehn Minuten fertig sein.«

Er fuhr viel zu schnell. Kate war nervös, sie saß gespannt neben ihm und wandte ab und zu den Kopf, um ihn anzusehen. Auf dem Rücksitz saß Grace und hatte um jedes Kind einen Arm gelegt. Sie war glücklich über die schnelle Fahrt und froh, so rasch nach Hause zu kommen. Vielleicht warteten dort weitere Nachrichten von Willa auf sie. Wenigstens würde Polsen dasein.

»Ich vermute, Ebba kann es nicht leiden, wenn ihr etwas in die Quere kommt«, sagte sie zwischendurch. »Sie schien über das, was sie da getan haben wollte, ganz aufgeregt zu sein.«

»Ich jedenfalls möchte sie lieber nicht herausfordern«, antwortete Kate. »Sie erschreckt mich immer wieder. Wie hat Ihnen Ihr Wochenende gefallen?«

»Es war interessant.«

»Sie sind diplomatisch.«

»Mir gefiel Sigtuna. Es ist hübsch.«

»Entsetzlicher Ort«, sagte Peter.

Kate sah ihn überrascht an.

»Aber ich dachte, du magst es. Im Sommer wolltest du immer dorthin.«

»Nun, jetzt haben wir Winter, und ich will überhaupt nirgends hin. In Zukunft werden wir zu Hause bleiben.«

Kate zuckte zusammen. »Guter Gott, bist du aber empfindlich. Ich bin sicher, du hast wieder Temperatur. Ich sagte ja, wir hätten heute nicht ausgehen sollen.«

Mehr um das Thema zu wechseln als aus einem anderen Grund, sagte Grace: »War es nicht eigenartig, daß wir Willas Pelz gefunden haben? Ich kann nicht umhin, Ebba recht zu geben. Es ist wirklich ein ziemlich scheußliches Ding.«

»Willas Pelz?« fragte Peter. »Wo?«

»Er war in die Kleiderschachtel im Dachgeschoß geraten«, antwortete Kate. »Willa muß ihn verloren haben, wie sie auch andere Dinge verloren hat.«

Peter überlegte. »In jener Nacht hat sie zuviel Schnaps getrunken«, rief er aus. »Erinnerst du dich? Wir mußten sie heimbringen.«

»Hat sie denn an diesem Tag ihren Pelz getragen? Das war doch im Sommer.«

»Spätsommer. Kühl. Wir waren alle an jenem Tag ein bißchen sehr fröhlich. Ich hätte niemals gewagt, mich ans Steuer zu setzen, wenn ich nicht diplomatische Immunität genießen würde.«

»Aber was ich nicht verstehe«, sagte Grace nachdenklich, »ist, wieso Frue Lindström behaupten konnte, Willa habe diesen Pelz getragen, als sie verschwand.«

»Das behauptet die Alte?« Peter sagte das, ohne besonderes Interesse zu bekunden, allerdings nach einer längeren Pause. »Sie kann sich geirrt haben. Zeugen irren sich oft. Sie haben vorgefaßte Meinungen. Ach, hol's der Teufel!«

»Ich weiß«, sagte Grace. »Ob mit oder ohne ihren miesen Pelz, Willa wird allmählich zur Plage.«

»Sie sagen es, Liebe. Und wie!«

Während einiger Meilen herrschte wieder Ruhe. Der Wald und die leeren Felder blieben zurück, die Lichter der Stadt strahlten heller. Alexander schmiegte sich schon halb eingeschlafen an Grace.

»Bin froh, daß keine Elche da war«, murmelte er.

»Da *waren*«, korrigierte ihn Georgy. »Du sprichst noch immer wie ein Baby.«

»War heute kein Elch da«, murmelte Alexander und schlief ein.

11

»Wieder zurück, Froken Asherton? Ich hoffe, Sie haben eine bessere Zeit verlebt als Kapitän Morgensson. Er ist in einer schönen Laune, das kann ich Ihnen sagen! Irgend etwas von seiner Ladung hat sich verzögert, und er wollte morgen abdampfen. Jetzt hat er Schwierigkeiten mit dem Zoll und was weiß ich noch alles.« Frue Lindström beobachtete Grace aufmerksam und wartete offensichtlich darauf, daß sie ihr auch irgend etwas Aufregendes erzählen würde, wofür sie offensichtlich sehr empfänglich schien.

»Das tut mir leid für Kapitän Morgensson«, sagte Grace obenhin, denn was ging sie dieser kalte, aufdringliche Mann an? »Ja, es war ein sehr schönes Wochenende, danke. Ist alles in Ordnung?«

Frue Lindström schlug die Hände zusammen und erinnerte sich plötzlich an ein fröhliches Geheimnis.

»Alles ist in bester Ordnung, Froken Asherton. Aber urteilen Sie selbst, wenn Sie hinaufkommen.«

Da man nie wußte, ob Frue Lindströms Fröhlichkeit von der Freude über das Glück oder das Ungklück eines anderen Menschen herrührte, ging Grace mit einiger Angst nach oben. Willa? dachte sie sofort.

Sobald sie die Tür geöffnet hatte, wußte sie, daß jemand in der Wohnung gewesen war. Was hatte sich verändert? Anscheind nichts. Alles war in Ordnung, genauso, wie sie es verlassen hatte, die Kissen geordnet, das Bett unberührt. Doch nein! Über dem Vogelkäfig in der Ecke hing eine Decke, und darunter saß schläfrig auf seiner Stange ein hübscher gelber Kanarienvogel.

Grace ließ die Decke fallen und rannte die Treppe hinauf an Polsens Tür. Wenn er nicht da war – aber er *mußte* einfach dasein!

Die Tür öffnete sich, und er stand da, groß, vertrauenerweckend, ruhig, seine buschigen Augenbrauen wölbten sich über seinen milden Augen.

»Oh, Polsen, wie reizend! Der Kanarienvogel!«

Er lächelte erfreut. »Sie wußten, daß er von mir ist?«

»Natürlich! Wer sonst könnte sich so etwas Hübsches einfallen lassen?«

Polsen trat zur Seite, um sie hereinzulassen.

»Wir haben Sie nicht vor morgen früh erwartet. Der Vogel sollte Ihnen ein Willkommensliedchen singen.«

»Wir?«

»Magnus und ich. Magnus hat den Vogel ausgesucht. Er fand, daß dies das beste Exemplar war, das er bekommen konnte.«

»Das ist reizend! Ich habe den leeren Käfig immer gehaßt. Wie ich allerdings einen Kanarienvogel nach England schmuggeln soll, ist eine andere Frage. Ich darf ihn doch mit nach England nehmen?«

»Wenn Sie unbedingt zurück wollen.«

»Selbstverständlich muß ich wieder nach Hause. Seien Sie doch vernünftig. Polsen! Ist das nicht Willas Tagebuch?«

»Der Kanarienvogel wanderte in den Käfig, das Tagebuch wanderte hinaus.« Er hörte auf zu scherzen und fügte hinzu: »Ich habe es noch einmal genau durchgelesen. Sozusagen wie mit einem Haarkamm.«

»Haben Sie irgendwelche neuen Ideen? Ist an diesem Wochenende irgend etwas geschehen?«

»Das sollten Sie mir berichten. Nein, zuerst will ich Ihnen sagen, daß ich den König mit den zwei Königinnen gefunden habe.«

»Wo?«

»In Uppsala, in der Kathedrale. König Gustav Vasa mit seinem langen Bart liegt dort zwischen seinen zwei wunderschönen kleinen Königinnen.«

Wie symbolisch!

»Welche Bedeutung könnte das haben?« fragte Grace verwirrt.

»Eine verspätete Bedeutung, fürchte ich. Ich nehme an, Willa wollte damit andeuten, daß ihr Gustav bereits verheiratet ist. Sie sollte seine zweite Frau werden.«

»Wir wissen das.«

»Jetzt. Als wir das Tagebuch zum erstenmal lasen, wußten wir es nicht.«

»Und wenn man Ihrer Version folgen würde, wären beide Frauen tot!« protestierte Grace.

»Ich würde doch sagen, daß das eine zu wörtliche Auslegung wäre. Kommen Sie, setzen Sie sich, und erzählen Sie mir von Ihrem Wochenende. War es eine fröhliche Zeit mit Ebba?«

»Ich glaube kaum, daß fröhlich das richtige Wort dafür ist. Zuerst möchte ich wissen, was Sie in Uppsala gemacht haben.«

»Ich bin nur herumgelaufen. Habe zuviel Kaffee getrunken. Ich habe mich nach Zimmern erkundigt, die zu vermieten seien, auch nach leerstehenden Häuschen, die über den Winter nicht abgeschlossen sind. Ich habe gefragt, ob irgendwelche Fremde geblieben waren, nachdem es zu schneien begonnen hatte.«

»Und haben Sie irgendwelche interessanten Antworten bekommen?« fragte Grace ungeduldig.

»Nein. Nicht eine. Ich habe nur den König und seine Königinnen gefunden. Was allerdings nicht zu bedeuten hat, daß wir jetzt Ausschau halten müssen nach einem Mann mit langem Bart. Erzählen Sie mir jetzt, was Sie erlebt haben.«

Grace setzte sich auf den Fußboden vor den dickbauchigen Ofen, lehnte ihren Kopf an Polsens Knie und fühlte, wie die Spannung allmählich von ihr wich, als sie die Ereignisse des Wochenendes schilderte.

»Sie alle wissen irgend etwas«, endete sie. »Alle. Warum wollen sie mir nicht sagen, was das ist? Weshalb will man mir dauernd weismachen, wie normal und alltäglich alles ist? Dieses abscheuliche Pelzstück hätte natürlich nicht gefunden werden dürfen. Ich bin schon wie Kate. Ich bekomme die Gänsehaut. Und ich werde das Gefühl nicht los, daß etwas viel Schlimmeres als dieses alte Stück Pelzimitation gefunden werden wird.«

Da Polsen nicht sprach, fuhr sie fort: »Ebba bestand auf

ihrer Meinung, daß Willa zur Hochzeit bestimmt einen echten Pelz getragen haben würde. Wissen Sie, ob sie sich einmal eine Leopardenkrawatte gekauft hat?«

»Nein, aber meine Meinung ist, daß, wenn sie sich schon einen echten Pelz gekauft hätte, es bestimmt Nerz gewesen wäre.«

»So«, sagte Grace langsam.

»So.«

Im Ofen bullerte das Feuer. Grace versuchte, an nichts anderes zu denken als an die Wärme und die Behaglichkeit in diesem Zimmer.

»Hat der Kanarienvogel schon gesungen?« fragte sie.

»Wie ein Opernstar.«

»Dann wird er es morgen früh ja auch tun.« Ihr Lächeln erstarb. »Polsen, was soll ich jetzt als nächstes tun?«

»Warten.«

»Auf Willa? Aber ich habe überhaupt noch nichts anderes getan . . .«

»Wir werden beide am nächsten Samstag nach Uppsala fahren. Oder vielleicht schon am Donnerstag, wenn ich es einrichten kann, daß Oscar Johannson meine Vorlesung übernimmt.«

»Bis dahin sind es noch zwei Tage«, sagte Grace ungeduldig.

»Wenn all diese Leute etwas wissen, wie Sie glauben, kann es nicht so schlimm sein. Verstehen Sie, was ich meine?«

»Daß in der Vielzahl die Sicherheit liegt? Wenn dagegen nur ein Mensch etwas wüßte, könnte es ein tödliches Geheimnis sein?«

»Das wollte ich damit sagen«, antwortete Polsen mit unerschütterlicher Ruhe.

In der Nacht kam ein heftiger Wind auf. Schwere Wolken zogen am Mond vorbei, im Raum wurde es trotz der geschlossenen Fenster recht kühl. Als die Morgendämmerung heraufzog, färbte sich der Himmel perlmutterfarben und strahlend rosa. Ein rosafarbener Himmel für die sorgenbeladenen Schweden, dachte Grace, die aufgestanden war und zum Fenster hinaussah. Der Wind drückte noch immer heftig gegen die Scheiben, und die Straßen waren lebendig von durcheinanderwirbelnden goldenden Blättern. Die Boote rissen an ihren Ankerketten. Das dunkle, auf und nieder schwappende Wasser im Hafen wirkte kalt und drohend.

Plötzlich verblaßte die Röte am Himmel, die Sonne ging auf, und als der Raum vom Licht erfüllt war, begann der Kanarienvogel, dessen Käfig Grace abgedeckt hatte, fröhlich zu singen.

Ihre Augen füllten sich mit Freudentränen. Liebster Polsen! Wußte er, daß sie Willa immer mit diesem leeren Vogelkäfig in Verbindung gebracht hatte? Willa mit ihrem gelben Haar. Willa, der Kanarienvogel, war ausgeflogen. Jetzt aber saß wieder ein lebendiger, lebenslustiger Bewohner im Käfig, so daß die Hoffnung aufkam, auch Willa sei lebenslustig und am Leben. Am Leben jedenfalls.

Schon vor einiger Zeit war Polsen die Treppe hinuntergegangen. Jetzt hörte Grace, wie Kapitän Morgensson das Haus verließ, er rief seinen Tanten ›Farväl‹ zu und warf jede Tür hinter sich mit heftigem Knall ins Schloß. Sie beobachtete ihn vom Fenster aus und sah, wie er die Straße überquerte, den Seesack über der Schulter, die Mütze schräg über einem Auge. Er ging mit langen, federnden Schritten zielbewußt seines Wegs. Grace wunderte sich, ob er ohne die Fracht, die anscheinend gefehlt hatte, in See stechen würde.

Da sie nichts weiter zu tun hatte (warten, hatte Polsen gesagt, und diese Aussicht war beinahe unerträglich), beschloß sie, den Damen Morgensson einen Besuch anzustatten.

Sie wurde mit Freudenrufen begrüßt.

»Aber so kommen Sie doch herein, meine Liebe«, rief Miß Anna aus. »Wir sind immer so einsam, wenn Axel wieder fort ist.«

»Fährt er heute ab?«

»Ja. Gestern war er so ärgerlich, es gab eine Verzögerung mit einer wichtigen Fracht. Zuerst glaubte er, er müsse darauf warten, aber heute morgen sagte er, wenn sie nicht Mittag ankäme, würde er ohne sie in See stechen, gleichgültig, ob wichtig oder nicht. Er war sehr verärgert, denn er ist für absolute Disziplin.«

Das war anscheinend Axels Abgang. So blieb also noch der höfliche Jacob, der düstere Sven. Und Gustav?

»Hörten Sie heute morgen meinen Kanarienvogel singen?« fragte Grace.

»Sie haben einen Kanrienvogel! Wie reizend.«

»Herr Polsen hat ihn mir geschenkt.«

»Aha!« Fräulein Anna drohte scherzhaft mit dem Finger. »Ich glaube, Herr Polsen hat Sie sehr gern, Froken Asherton. Er ist ein einsamer Mann. Sie werden uns doch nicht so bald verlassen wie Froken Bedford, hoffe ich?«

»Ist sie zurück?« fragte Miß Katerina.

»Nej, Katerina. Ich sagte nicht, sie sei zurück. Ich sagte nur, ich hoffe, daß Froken Asherton uns nicht zu bald verlassen wird.«

Plötzlich wirbelten gelbe Blätter gegen das Fenster. Für Axel würde es eine stürmische Seefahrt werden. Aber hier in dem hellerleuchteten Zimmer mit den beiden alten Damen, die sie mit strahlenden Augen ansahen, Schals um die Schultern geschlungen, war es gemütlich. Der Duft von Kaffee, die gepflegten Topfpflanzen – und vor allem Axels Abwesenheit verstärkten diesen Eindruck.

Grace verließ die alten Damen nur ungern. Trotz der Anwesenheit des lustigen Kanarienvogels war es in Willas Wohnung noch immer zu leer und zu still. Doch in dem Augenblick, als Grace die Tür aufschloß, läutete das Telefon. Sie hatte das Gefühl, daß es schon die ganze Zeit, wo sie weg war, so drängend geläutet hatte.

»Grace! Peter bat mich, Ihnen zu sagen – die Polizei wird anrufen – oh, es ist zu schrecklich . . .«

Kates Stimme stammelte Unzusammenhängendes. Ein

Schauder kroch Grace den Rücken hoch und breitete sich über ihren ganzen Körper aus.

»Willa?« flüsterte sie kaum verständlich.

»Ja, Willa. Man hat sie gefunden.«

»Gefunden! Wo? Warum ruft sie mich nicht selbst an? Hat ihr denn niemand gesagt, daß ich hier bin?«

Grace nahm sich zusammen. Sie wollte nicht wie Kate ins Stammeln kommen, sondern versuchen zu verstehen, was Kate ihr zu sagen hatte.

»Sie kann Sie nicht selbst anrufen. Sie ist tot!« Kates Stimme wurde schrill. »Schulkinder fanden sie im See von Sigtuna. Im Schilf. Wo wir immer schwimmen, wissen Sie?«

Gestern, nein, am Samstag hatte sie sich ebendiese Stelle angesehen. Sie hatte noch die zarten Schilfrispen bewundert, die sich im Wasser des Sees spiegelten, und nicht geahnt, was sie verbargen. Willa, ertrunken, mit triefendem Haar.

»Grace, sind Sie noch da? Ist alles in Ordnung?«

»Ist sie dort – hineingefallen?« Grace hatte die Augen geschlossen und versuchte, sich die Szene nicht vorzustellen. Aber das war ein Fehler, denn so sah sie alles nur noch deutlicher vor sich. Die entsetzten Schulkinder, den bitterkalten Wind über dem aufgewühlten grauen Wasser, die im Schlamm zertretenen goldenen Blätter der Birken, der dunkle Wald als Hintergrund.

»Das weiß man nicht. Sie glauben – die Leiche sei möglicherweise schon eine Weile im Wasser getrieben, bis sie der Sturm der letzten Nacht angeschwemmt hat.« Am anderen Ende der Leitung war ein Laut zu hören, als ob Kate tief Luft holen würde. »Ich muß auflegen, Grace. Ich fühle mich nicht gut.«

»Das werden Sie nicht tun. Sie müssen mir mehr berichten.«

»Das ist alles«, jammerte Kate. »Willa ist tot, mehr weiß ich nicht.«

»Wer hat es Ihnen und Peter gesagt?«

»Die Polizei rief in der Botschaft an. Peter sagt, der Botschafter ist außer sich. Es ist so schrecklich, nach Bill Jordan. Peter ist stundenlang verhört worden, weil sie seine Sekretärin war. Aber das ist alles, was ich weiß!«

»Sie müssen mehr wissen. Was glaubt die Polizei?«

»Natürlich Selbstmord. Sie war schwanger, und der Mann hat sie sitzenlassen. Dieser Gustv hat sie sitzenlassen. Grace, ich höre die Kinder kommen. Ich muß wirklich aufhören.«

Im Telefon klickte es, und Grace setzte sich nieder, langsam und vorsichtig, als ob sie alt und gebrechlich geworden wäre.

Willa tot. Nein, das konnte nicht wahr sein. Nicht die dumme, impulsive, gesellige Willa, die jedermann vertraute, die zu allem bereit war. Wilhelmina, die konnte vielleicht sterben. Wilhelmina mit ihrem lautlosen, verzweifelten Hilferuf. Weil sie ihren geheimnisvollen Gustav geliebt hatte, der sie verließ, und weil sie es nicht ertragen konnte, sein Kind allein zur Welt zu bringen. Die Schweden würden den Selbstmord einer jungen Frau in diesem Zustand nicht besonders überraschend finden. Pathetisch, unglücklich und unnötig, aber nicht verdächtig.

Wo doch Willa mit ihrem kanarienfarbenen Haar, ihrer Fröhlichkeit vollkommen außerstande war, sich selbst das Leben zu nehmen, Grace wußte das. Sie fragte sich, ob sie die Polizei von dieser Tatsache überzeugen konnte.

Noch immer saß sie in der gleichen Stellung, erstarrt, wie in Trance, als das Telefon wieder läutete.

»Grace«, sagte Peter Sinclair mit schwerfälliger Stimme, die Grace kaum hörte, »hat Kate Ihnen erzählt?«

»Ja, aber ich glaube es nicht.«

»Ich fürchte, das müssen Sie. Ich wollte Sie nur vorbereiten, die Polizei wird Sie bitten, nach Uppsala zu fahren, um die Leiche zu identifizieren.«

»Uppsala«, sagte sie. Wo Polsen am letzten Samstag war und die toten Königinnen in der Kathedrale gesehen hatte. Dem kam nun eine ganz besondere Bedeutung zu.

»Dorthin hat man sie gebracht. Es tut mir leid; glauben Sie, daß Sie das fertigbringen?«

»Ich muß.«

»Gutes Mädchen. Sie sind verdammt großartig. Sie wirken so ruhig. Möchten Sie, daß ich mitkomme?«

»Nein, danke.« Natürlich wirkte sie ruhig. Wie konnte sie erregt sprechen, wenn ihr Inneres wie mit Eis ausgefüllt war? »Wenn mich jemand begleitet, dann muß es Polsen sein.«

»Polsen!« Sie hatte den Eindruck, daß Peter verletzt war. Was machte das schon. Niemand außer Polsen hatte auf ihre Vorahnungen gehört, niemand hatte sich gekümmert. Weshalb also sollte sich Peter ausgerechnet jetzt darum kümmern, wenn nicht aus dem einzigen Grund, um einen neuerlichen Skandal zu vertuschen?

»Sind Sie sicher, Grace?«

»Daß er mitkommen wird? Natürlich.«

»Nun, dann . . . Ich gestehe, daß ich an solchen grausigen Pflichten keinen besonderen Geschmack habe. Nebenbei, wenn Sie die Kinder sehen, Kate und ich möchten das vor ihnen geheimhalten. Und was werden Sie der Polizei sagen?«

»Selbstverständlich alles.«

»Doch nicht all dieses Gewäsch über die Sachen, die Willa verloren hat, über den Telefonanruf, von dem die Kinder gefaselt haben, oder über den Burschen, der mit einem Schlüssel in Ihrer Wohnung war.«

»Bursche?« Wie gewöhnlich und etwas ordinär es klang, wenn Peter von ›Gewäsch‹ sprach.

»Nun, natürlich war es ein Bursche. Wann hätte Willa wohl Mädchenfreundschaften gehabt!« Peters Stimme klang rauh vor Spannung. »Berücksichtigen Sie die Umstände ein bißchen, Grace, der Botschafter wird sonst nicht sehr zufrieden sein.«

»Es ist schon ein Jammer mit diesem Botschafter.«

»Wir möchten kein zweites Bonn werden.«

»Ihre kostbare Reputation!« schrie Grace. »Ist das alles, an was Sie denken können?«

»Auch an Willas Ruf denke ich. Dem könnte ein bißchen Weißwäsche nicht schaden, wenn Sie es unbedingt wissen wollen.«

Grace hätte nicht gedacht, daß Peter so hart sein könnte. Aber vielleicht war das eine Eigenschaft, die bei allen guten Diplomaten zutage trat, wenn die Situation bedrohlich wurde. Alles ins richtige Maß bringen, in die Reihe zurücktreten, nicht zögern, die unwichtige Unschuld der größeren Sache zu opfern.

Denn Willa war unschuldig, was immer man auch über sie sagte.

Und jetzt war sie tot. Man mußte versuchen, mit diesem harten, kalten Stein des Wissens in der Brust fertig zu werden. Und zu einem unabänderlichen Entschluß kommen.

»Wenn Sie es unbedingt wissen wollen, Peter«, sagte Grace, »ich glaubte nicht eine Minute daran, daß es Selbstmord war. Deshalb habe ich noch immer vor, der Polizei alle Informationen zu geben, die ich geben kann, einschließlich Willas Tagebuch.«

Das hatte ihn getroffen. Sie hörte, wie er scharf den Atem einzog.

»Sie haben mir niemals davon erzählt, daß Sie ein Tagebuch gefunden haben.«

»Nein. Das war in den Tagen, als ich verschwiegen war«, sagte Grace, ohne humorvoll sein zu wollen.

»Was steht drin? Irgend etwas Wichtiges?«

»Ich denke schon. Sagen Sie es dem Botschafter.«

Sie legte auf. Plötzlich fühlte sie sich todmüde. Sie sah Peters ärgerliches Gesicht vor sich, seine leicht hervorquellenden Augen, seinen harten, schmalen Mund, den sie von den Momenten her kannte, in denen er sich über seine Frau ärgerte. Sein Sunnyboy-Charme verbarg einen zweiten Menschen. Natürlich. Denn er wäre wohl kaum in seiner jetzigen Position, ohne die Fähigkeit, wenn nötig, vollkommen ohne Emotionen zu scheinen.

In diesem Augenblick konnte Grace es ihm aber nicht verzeihen, daß er nicht auf Willas Seite stand. Die Vorstellung, daß er jetzt schwitzte in Gedanken daran, was dieses Tagebuch wohl für skandalöse Eröffnungen bergen mochte, bereitete ihr ein gewisses Vergnügen.

Willa war tot, und sie, Grace, mußte sich das ansehen, was jetzt einfach ›die Leiche‹ genannt wurde. Sie mußte an ihren Vater schreiben, die Einzelheiten des Begräbnisses arrangieren und sehen, daß sie all diese Kleider los wurde. Verschwendete auch nur jemand von all diesen hochnäsigen Leute in der Botschaft einen Gedanken daran, wie schrecklich das alles war?

12

Die beiden Polizisten, der Kommissar und sein Sergeant, saßen vorn im Wagen, Polsen und Grace auf dem Rücksitz. Die Polizei war mehr als erfreut, daß Polsen mitkam. Die beiden Beamten sprachen zwar Englisch, hatten aber keinen sehr großen Wortschatz. Herre Polsen würde also als Dolmetscher sehr nützlich sein. Es gab eine Menge Fragen, auch wenn als Todesursache, was anzunehmen war, Selbstmord durch Ertrinken festgestellt wurde. Es war nur zu einfach, bei diesem Wetter zu ertrinken. Man brauchte nur durch einen Unglücksfall in den See zu stürzen und wäre innerhalb weniger Minuten erfroren.

Polsen fragte mit schulmeisterlicher Pedanterie, wie lange die Leiche schon im Wasser gelegen habe, und erhielt zur Antwort, daß das möglicherweise einen oder zwei Tage gewesen sei. Es war nicht gesagt, daß der tödliche Sturz, oder was immer es gewesen sein mochte, in Sigtuna erfolgte. Sigtuna war ein zu belebter Ort, immer gingen Schulkinder, Fischer oder Spaziergänger am See entlang. Der Körper mußte während des Sturms eine ganze Strecke getrieben sein. Es bestand die Möglichkeit, daß er von Bord eines Schiffes gefallen war. Diese Möglichkeit war aber unhaltbar, wenn man nicht die Möglichkeit eines Mordes in Betracht zog, was aber wohl kaum jemand annahm. Die junge Dame war im vierten oder fünften Monat schwanger. Wenn jeder Mann das Mädchen umbringen würde, das er in diese Lage gebracht hatte, gäbe es nicht genug Polizisten oder genug Gefängnisse hierzulande.

Die beiden Polizisten mit ihren geschorenen Köpfen und dicken, rosafarbenen Nacken lachten jovial. Tod durch Ertrinken ist nicht so schlimm, sagte einer von ihnen. Besser jedenfalls, als bei einem Autounfall verstümmelt zu werden.

Polsen saß in seine Ecke zurückgezogen, machte keinerlei Versuch, Grace beruhigend zu berühren oder ihr gar zuzulächeln. So war er, seit sie ihn vor der Universität abgeholt hatten. Er war durch die Nachricht zutiefst entsetzt, aber eigentlich nicht überrascht. Tatsächlich nicht überrascht. Jetzt war in seinen klaren Augen, in seinem verschlossenen Gesicht nicht die geringste Empfindung zu entdecken.

Er hatte nicht erwartet, so bald schon wieder in Uppsala zu sein, dachte Grace. Oder etwa doch?

Sie konnten nicht miteinander sprechen, während die beiden Hüter des Gesetzes da vorn im Wagen saßen. Grace sagte, daß Frue Lindström nach dem Kanarienvogel sehen würde. Stubenvögel brauchen Gesellschaft, und Frue Lindström, die durch die tragische Nachricht so schockiert gewesen war, daß sie sogar die Sprache verloren hatte, würde besser sein als niemand. Den Damen Morgensson hatten sie nichts gesagt. Weshalb die alten Damen noch eigens aufregen? Und das Schiff ihres Neffen Axel hatte um die Mittagszeit den Hafen verlassen. Aus irgendeinem Grunde hatte die Polizei sich die Mühe gemacht, diese Tatsache festzustellen.

Die Reaktion der von Sturpes, der Backes, Winifred Wrights und der anderen würde man später erfahren. Mittlerweile zeigte eine dünne grüne Kirchturmspitze am Horizont an, daß man sich Uppsala näherte. Unter dem niederen Himmel kreisten krächzende Krähen, am Ufer des Kanals spazierten einige Menschen langsam, in dicke Mäntel gehüllt, die Hüte tief in die Stirn gezogen. Durch die engen Straßen pfiff ein eisiger Wind. Gegenüber der Kathedrale und den Universitätsgebäuden lag der Friedhof, die dunklen, hohen Bäume standen regungslos, die Grabsteine wirkten kalt und drohend.

Und in einem quadratischen, häßlichen, hygienischen Raum lag Willa, ebenfalls kalt und endlich ruhig.

Wenigstens ergab sich eine Gelegenheit, mit Polsen zu sprechen. Grace hatte den Eindruck, daß sie ebenso schrecklich aussah wie das, was sie sich in dem kleinen, stillen Raum ansehen mußte, denn einer der Polizisten schlug vor, daß Polsen sie in ein Café am Ende der Straße führte. Der Sergeant könne sie hinfahren und sie in etwa einer halben Stunde wieder abholen. Es sei schon eine schwere Prüfung, wenn man etwas Derartiges zum erstenmal tun müsse. Es sei jedesmal eine unangenehme Sache, man gewöhne sich nie so richtig daran, besonders wenn das Opfer jung sei.

Zuerst dachte Grace, ihr würde vom Kaffee übel. Sie behielt die warme Flüssigkeit im Mund und zwang sich endlich, sie langsam hinunterzuschlucken. Sie durfte hier einfach nicht schlappmachen, in der Gegenwart von Polsen, in diesem hübschen, sauberen Café mit dem Blick auf den Kanal. Im Sommer mußte das eine zauberhafte Aussicht sein, wenn das langsam dahinfließende Wasser glitzerte und die tief überhängenden Bäume grün belaubt waren. Die Häuser am gegenüberliegenden Ufer waren alt und ehrwürdig, mit langen Freitreppen und interessanten Torbögen. Mit etwas mehr Sonnenschein und Farbe hätte es eine pariserische Szene sein können. Doch das träge fließende Wasser widerspiegelte den grauen Himmel. Die dahintreibenden gelben Blätter, die von den überhängenden Birken ins Wasser gefallen waren, erhöhten den Eindruck der Melancholie.

Wie Grace so in das Wasser blickte, mußte sie an das

schreckliche, aufgedunsene Gesicht denken und an das Haar, aus dem all die kanariengelbe Farbe herausgespült war. Sie nahm noch einen Schluck Kaffee und sagte:

»Es ist in Ordnung, Polsen. Ich werde Sie nicht blamieren.«

»Wie könnten Sie das!«

Endlich berührte er ihre Hand, nahm sie in die seine und hielt sie lange. Grace überlief ein Frösteln.

»Mir ist so kalt. Das Wasser im See muß eisig gewesen sein. Polsen, sie hätte sich niemals selbst das Leben genommen. Denn dann hätte sie das Baby getötet, und es war eben dieses Baby, für das sie leben wollte. Andernfalls hätte sie doch die Abtreibung vornehmen lassen, die man ihr vorgeschlagen hat, nicht wahr?«

»Hat man ihr denn das vorgeschlagen?«

»Es muß so sein. Das hätte Gustav davor bewahrt, eine Scheidung anzustrengen, die er bestimmt nicht anstrengen wollte. Finden Sie nicht auch?«

»Sie stellen mir dauernd Fragen. Ich weiß es nicht.«

»Sie wissen es recht gut. Gustav ist eine Ratte, und wir müssen ihn finden. Ich habe der Polizei Willas Tagebuch gegeben.«

»Ich habe es gehört.« Die Kürze seiner Antwort veranlaßte sie zu der Frage:

»Haben Sie auch etwas dagegen?«

»Weshalb sollte ich? Wer hat etwas dagegen?«

»Die Botschaft. Zumindest findet Peter Sinclair, er habe als Sprecher der Botschaft dagegen zu sein. Nun gut, im Fall Bill Jordan mochte es ihnen gelungen sein, diplomatische Immunität zu beanspruchen. Bei Willa ist das etwas anderes, da sie ja kein Mitglied der Botschaft mehr war. Sie sollen zusehen, wie sie am besten aus dem Zeitungsrummel herauskommen.«

»Es wird nicht mehr als eine Tagessensation sein«, sagte Polsen. »Nicht einmal das. Ein Mädchen, das sich das Leben nimmt, weil es schwanger, unglücklich und einsam ist, das geschieht alle Tage.«

»Aber diesmal ist es nicht so einfach gewesen. Gustav wird uns das erzählen. Wenn wir ihn finden.«

»Das ist jetzt doch Sache der Polizei. Trotz allem, es ist kein Verbrechen, ein Mädchen in andere Umstände zu bringen.«

»Nein, aber es ist eines, sie zu ertränken«, sagte Grace mit solcher Heftigkeit, daß die Frau hinter der Theke erstaunt zu ihnen herübersah.

»Sie ziehen da recht voreilige Schlüsse, Grace. Für gewöhnlich können Sie doch recht logisch denken. Kommen Sie, trinken Sie noch eine Tasse Kaffee. Wir haben Zeit.«

»Ich bin nicht mehr ich selbst«, murmelte Grace. »Ich habe begonnen, wie Willa zu denken. Schon die ganze Zeit, seit ich ihre Kleider getragen und ihr Parfüm benutzt habe. Ich kann nicht mehr logisch denken, ich laufe Gefahr, Ahnungen nachzugehen. Impulsiv. Unvernünftig vielleicht. Vielleicht auch nicht. Vielleicht bin ich wirklich ich selbst und weiß es nur nicht.« Sie rieb sich müde die Augen. »Ich könnte ebensogut im Mälarsee enden, oder etwa nicht?«

»Grace, seien Sie nicht verrückt! Sie müssen nach England zurück«

»Bevor mich die Trostlosigkeit des Winters verrückt macht? Wie Kate Sinclair? Und wie auch Peter ein bißchen, glaube ich. Sie mußte auch Willa erfaßt haben. All dieses verworrene Zeug, das sie in ihrem Tagebuch niederschrieb.«

»Willa hatte eine unkontrollierte Fantasie, Sie aber nicht.« Ungeachtet des wilden Aufruhrs, der in Graces Kopf herrschte, blieb Polsen bewundernswert ruhig und gefaßt. »Statt auf geheimnisvolle Weise von einem König mit zwei Königinnen zu sprechen, hätten Sie zum Beispiel klipp und klar geschrieben, daß Gustav zwei Frauen hat und eine davon loswerden muß, damit die andere glücklich sein kann.«

Grace sah ihn mit großen Augen an.

»Aber Polsen, das ist es! Jetzt wird mir alles klar! Willa war die Frau, die er loswerden, nicht diejenige, die er behalten wollte!«

Der Polizist sagte, es sei zu dumm, daß niemand zu wissen schien, wo Willa sich vor ihrem Tod aufgehalten hatte. Sie waren geneigt, das Tagebuch mit all dem Unsinn über »den Regen auf dem Dach und dem dunklen Wald« als unwichtig abzutun. Und was den unbekannten Gustav anbetraf, der wie ein Porträt in Schloß Gripsholm aussieht, so gäbe es eine Menge Schweden, die diese charakteristischen Merkmale hätten wie blaue Augen, blondes Haar und wulstige Lippen. Trotzdem würden sie Nachforschungen anstellen. Die Habseligkeiten des Mädchens mußten irgendwo sein. Zum Beispiel ihre Handtasche. Wußten Polsen und Grace, daß eine Frau selten mit ihrer Handtasche ins Wasser ging? Ein Instinkt, der sie sogar in diesem Augenblick größter Verwirrung nicht verließ, veranlaßte sie dazu, die Tasche sicher am Ufer zu verstecken.

Aber bis jetzt hatte man noch nicht herausgefunden, wo das Unglück geschehen war. Die Untersuchung würde einige Zeit dauern. Der See war sehr groß.

Die einzigen Gegenstände von einigem Wert, die Willa bei sich gehabt hatte, waren eine goldene Armbanduhr und ein Ring. Ein Lapislazuli mit einer verschlungenen antiken Fassung aus Gold. Wußte Grace etwas darüber?

»Nur, was mir die Mädchen aus der Botschaft erzählt haben«, antwortete Grace. »Sie sagten, Gustav – der Mann, mit dem sie davongelaufen ist – habe ihn ihr geschenkt. Ich weiß nicht, ob er ihn in Stockholm gekauft hat. Es könnte sich auch um ein Familienstück handeln. Er war alt, sagten die Mädchen.«

»Ja«, sagte der Mann. Das war alles.

In Willas Wohnung hatte sich äußerlich nichts verändert. Nur das Fluidum des Wartens und der Hoffnung war gewichen. Grace sagte Polsen auf dem Treppenabsatz gute Nacht. Sie mußte ein Telefongespräch mit ihrem Vater anmelden, eine Pflicht, die sie beinahe ebensosehr verabscheute wie diese Fahrt nach Uppsala. Früher oder später mußte sie auch Willas Sachen durchsehen, Anordnungen wegen des Begräbnisses treffen, an Willas Freunde schreiben.

Der schreckliche Abend verwandelte sich zu einem richtigen Alptraum, als Grace zu schlafen versuchte. Sie wälzte sich herum, und als sie endlich in einen leichten Schlaf gefallen war, träumte sie, Willa würde versuchen, sie aus dem hübschen Bett hinauszustoßen. Sie sagte, es sei ihres und sie möchte zurückkommen.

Graces Haut brannte vor Entsetzen, sie sprang aus dem Bett, rannte aus der Wohnung und im Nachthemd die Treppe hinauf. Sie rüttelte an Polsens Tür, fand sie unverschlossen und stürzte in das dunkle Zimmer, geradewegs auf Polsens Bett zu.

»Laß mich zu dir«, flüsterte sie. »Ich bin zu Tode erschrocken. Ich ertrage es nicht, jetzt allein zu sein.«

Die Bettdecke wurde zurückgeschlagen, und sein Arm zog sie neben sich. Er hielt ihren Kopf an seine Brust gedrückt, sein Kinn preßte sich in ihr Haar.

»Ich habe auch nicht geschlafen«, sagte er nahe an ihrem Ohr.

»Es genügt, wenn Willa heute nacht allein ist. Wir nicht auch.«

»Richtig. Wir sollten nicht allein sein.«

Nach und nach hörte ihr Schüttelfrost auf. Sie merkte, daß Polsen nackt schlief. Seine Brust war glatt und unbehaart. Sein Herz schlug ruhig und stetig gegen ihr Schlüsselbein. Sie spürte dieses Klopfen voll Freude, es war so stark und beruhigend, es würde immer andauern.

Plötzlich sagte er: »Hast du nicht zuviel an?«

Still setzte sie sich auf und streifte das Nachthemd über den Kopf, dann glitt sie in das schmale Bett, ihr Herz schlug gegen das seine.

»Grace?«

»Ja, Polsen? Bitte!«

Schwer und zärtlich zugleich senkte sich sein Körper auf den ihren. Und es war gut, denn die düsteren Bilder schwanden. Das Blut sang in ihren Adern, sie lebte, lebte, lebte. Und irgendwo hörte sie Willa lachen.

Sie lachte selbst, obwohl es mehr wie ein Seufzen klang, dann schlief sie ein, wohlgeborgen in Polsens Armen.

Als sie erwachte, waren die Arme nicht mehr da. Sie lag allein im Bett, aber ein angenehmer Duft nach Kaffee strömte ihr entgegen, und Polsen sagte: »Das Frühstück ist fertig. Wie möchtest du deinen Kaffee haben?«

»Mit Milch bitte.«

Er reichte ihr das Nachthemd.

»Nicht daß ich dich so nicht mag, aber es ist ein kalter Morgen. Ich glaube, heute wird es wirklich schneien.«

»Polsen . . .«

Er stand mit dem Rücken zu ihr und rührte in seiner Kaffeetasse.

»Ja? Falls du über die vergangene Nacht sprechen willst, jetzt ist nicht der geeignete Augenblick dazu.«

Sie nickte. Er hatte recht, wie immer. Er wußte, es war ihre Art zu erklären, zu ergründen, sogar nach Entschuldigungen zu suchen. Es könnte sogar geschehen, daß sie sich einbildete, der Grund für ihr Benehmen sei der, daß sie wieder in Willas Haut geschlüpft sei, und das wäre verheerend.

»Polsen, ich glaube, ich liebe dich«, sagte sie.

Das schien gut zu sein, denn er sah sie lächelnd an.

»Du glaubst nur? Das ist ganz meine nüchterne Grace.«

Nicht Willa. Dem Himmel sei Dank. Er hatte die letzte Nacht nicht für eine Willa-Angelegenheit gehalten.

»Polsen, und du, liebst du mich?«

»Ich sagte dir doch schon, jetzt ist nicht der richtige Zeitpunkt für eine derartige Unterhaltung. Es ist alles noch so verworren. Aber wenn du mich fragst, ob ich letzte Nacht glücklich war – ja, ich war glücklich. Und jetzt laß deinen Kaffee nicht kalt werden. Ganz nebenbei, ich habe es so eingerichtet, daß ich diese Woche nicht auf die Universität muß, wenn ich also etwas tun kann, stehe ich zur Verfügung.«

Aber was war schon zu tun, außer auf das Läuten des Telefons zu reagieren? Grace lauschte der Stimme ihres Vaters, die aus dem Frieden eines kleinen Städtchens in Suffolk herübertönte.

»Grace, das, was du mir gestern abend gesagt hast, will einfach nicht in mich hinein. Ist diese schreckliche Geschichte mit Willa wahr?«

»Ich habe sie gesehen, Daddy, das sagte ich dir schon.«

»Guter Gott! Das ist unglaublich. Möchtest du, daß ich hinüberfliege?«

»Nein, nein, daran darfst du nicht einmal im Traum denken. Alles ist in besten Händen.«

»Was ist mit der Botschaft? Sind sie nicht entsetzt dort?«

»Das sind sie natürlich schon, aber nicht so, als ob Willa noch zum Stab gehörte. Mach dir keine Sorgen, Daddy. Man kümmert sich hier um mich.«

»Wann kommst du dann heim?«

»Wenn wir Gustav gefunden haben.«

»Wer, zum Teufel, ist das?«

»Willas Geliebter. Der, der sie in dieses Unglück gebracht hat.«

»Nun, er sollte lieber Farbe bekennen, es wäre jetzt Zeit dafür.«

Das ist wohl das letzte, was Mörder tun, dachte Grace, als sie den Hörer auflegte. Gustav war nicht der Typ, irgendeine Farbe zu bekennen, noch sich aus dem Schutz seiner Anonymität zu begeben.

Die beiden Polizisten statteten ihr an diesem Morgen einen Besuch ab. Sie gingen schweigend durch die Wohnung, öffneten Schubladen, stöberten in Ecken herum. Einer sagte, die Todesursache sei nun geklärt. Froken Bedford war durch Ertrinken ums Leben gekommen. Aber der hohe Prozentsatz von Alkohol in ihrem Blut ließ einen der folgenden drei Schlüsse zu: Entweder hatte sie so viel getrunken, daß sie Mut bekam, in das eisige Wasser zu gehen, oder sie war hineingefallen infolge ihrer Trunkenheit, oder aber sie hatte keinen ernstlichen Widerstand geleistet, als man sie hineinstieß. Die erste Möglichkeit sei die wahrscheinlichste.

Die Polizei mit ihrem Sinn fürs Praktische hielt das Tagebuch noch immer für ein ziemlich nutzloses und unrealistisches Dokument. Das einzige, was sie daran interessierte, außer Gustavs Identität, war die Stelle, an der sich Willa über den Wald und den Regen auf dem Dach beklagt hatte. Es schien höchst wahrscheinlich, daß sie an diesem Ort ihre letzten Tage verbracht hatte.

»Weshalb fragen Sie mich, wo das ist?« fragte Grace. »Ich bin hier fremd.«

Die beiden Männer nickten zustimmend. Sie schienen heute noch weniger an der Sache interessiert, als sie es gestern bei der Vernehmung gewesen waren. Das war für sie ein Routine-Selbstmordfall. Langweilig.

Polsen bestand darauf, Grace zum Lunch auszuführen. Er sei hungrig, sagte er ohne Scham. Sie würde merken, daß sie es ebenfalls sei, wenn sie erst zu essen anfinge. Außerdem mußten sie unbedingt Frue Lindström entkommen, die ihren Schachtel-Teufel-Trick mit bewundernswerter Ausdauer vollführte. Sie stürzte bei dem kleinsten Geräusch nicht nur sofort aus ihrer Tür, sondern erschien alle Augenblicke ohne Entschuldigung auch vor der von Grace. Sie hatte natürlich dieses tragische Ende kommen sehen, obwohl sie nie etwas gesagt hatte. Froken Bedford war trotz all ihrer scheinbaren Weltklugheit doch eine rechte Einfalt gewesen. Man stelle sich vor, einem Mann so vollkommen zu vertrauen! Frue Lindström hatte aufgehört, Männern zu trauen, bevor sie zwanzig war. Das bedeutete nicht, daß sie sie nicht mochte. Aber ein Mädchen sollte niemals so verrückt sein, sich von einem Mann das Herz brechen zu lassen.

Sie würde diesen Gustav gern sehen. Er mußte ja wirklich etwas Besonderes sein. Zwei Tage war das arme Mädchen im See. Wo waren alle anderen denn in dieser Zeit gewesen?

»Das einzige von Bedeutung ist, wo Gustav war«, sagte Grace.

»Und wer Gustav ist«, fügte Polsen hinzu. »Zieh deinen Mantel an, Grace. Wir gehen zum Essen aus, Frue Lindström.«

»Gut, gut. Froken Asherton muß gefüttert werden. Seit gestern ist sie viel kleiner geworden. Nicht viel größer als dieser Kanarienvolgel ist sie.« Es war schon ein Jammer, daß Frue Lindströms Lachen immer so fröhlich klang. Ein bißchen makaber war das in dieser Situation.

Sie gingen in die Altstadt zu einem Restaurant, das Polsen kannte. Es sei genau der richtige Ort für einen kalten Tag, sagte er, ein gemütlicher, dunkel getäfelter Raum, dessen Fenster über den alten Platz sahen. Zufällig – war es wirklich Zufall? – lag die Tür von Doktor Backes Haus genau im Blickfeld. Grace konnte den kupferfarbenen Schimmer des hübschen kleinen Drachen sehen.

»Was haben wir alle eigentlich am Samstagabend gemacht«, sagte Polsen. »Ich fuhr von Uppsala zurück. Ich war allein. Ich habe dafür keine Zeugen. Dann verbrachte ich den Abend mit Übersetzungen. Wieder allein.«

»Du brauchst mir nicht zu erzählen, was du getan hast«, sagte Grace und sah ihn offen an.

»Ich hoffe es. Nun der Rest. Axel? Das wissen wir nicht. Angeblich machte er sich Sorgen über seine Schiffsladung. Sven?«

»Er war zu Hause bei seiner Familie. Wenigstens verließen Ebba und ich ihn dort nach dem Tee. Und Jacob war bei Ebba und mir. Außer – da war diese Unterhaltung über etwas, was von Gustav erwartet wurde.«

»Ja. Ich erinnere mich.«

»Könnte das Willas Gustav gewesen sein?«

»Das wissen wir eben nicht. Wer kommt sonst noch in Frage? Peter Sinclair? Wir dürfen ihn nicht ausschließen. Er gehört mit zu dem Kreis.«

»Kate sagte, er habe bis spät gearbeitet. Er hatte Fieber. Tatsächlich sah er ziemlich krank aus. Am Sonntag waren alle Männer auf der Jagd, aber zu dieser Zeit ...« Grace konnte doch nicht essen. Sie legte Messer und Gabel nieder und sagte: »Wenn ich mir vorstelle, daß ich all diese hübschen rehfarbenen Schilfhalme bewunderte, die sich über das Wasser beugten . . .«

»Ich teile die Ansicht der Polizei, Grace«, sagte Polsen und übersah taktvoll ihre Bemerkung. »Wir müssen herausfinden, wo Willa verborgen gehalten wurde.«

»Als Gefangene?«

»Es scheint so.«

Grace beugte sich über den Tisch und sagte eindringlich: »Sag mir, daß du mich für verrückt hältst, wenn du willst, aber ich bin sicher, eine Zeitlang war sie im Dachgeschoß der von Sturpes. Ich habe keinen Beweis außer dem alten Pelzstück. Und daß ich glaube, Ebba wollte mich bei sich haben, um mir indirekt zu beweisen, daß die oberen Zimmer ihres Hauses leer seien. Es ist nur so ein Gefühl, das ich da habe. Lach mich nicht aus.«

»Ich lache dich nicht aus. Schau doch!« Polsen starrte aus dem Fenster. »Da geschieht irgend etwas.«

»Was?«

»Doktor Backe verläßt sein Haus und trägt eine ziemlich große Aktentasche. Er wird kaum mit einer Aktentasche Patientenbesuche machen, oder? In diesem Fall hätte er seine Arzttasche bei sich.« Polsen erhob sich. »Entschuldige mich, Grace. Ich habe plötzlich das Gefühl, ich sollte mich mal wieder von einem Arzt untersuchen lassen.«

Er verschwand, kam aber nach wenigen Minuten wieder und erzählte, daß er leider mit dem Arzt keinen Termin habe vereinbaren können, da er eben zu einer Konferenz nach Kopenhagen abgereist sei. Er hatte keinerlei Notiz hinterlassen, bis wann er wieder zurück sei. In ungefähr einer Woche, meinte die Schwester, aber er habe versprochen, von Kopenhagen zu telefonieren.

»Am Wochenende sagte er davon überhaupt nichts«, sagte Grace überrascht.

»Nein, das glaube ich auch.«

»*Ist* denn eine solche Konferenz in Kopenhagen?«

»Das können wir sehr schnell herausbekommen. Ich

würde sagen, es ist eine solche Konferenz. Ich glaube nicht, daß Doktor Backe das erfunden hat, das wäre zu riskant, aber er hat sich sicherlich in letzter Minute zur Teilnahme entschlossen. Ich frage mich nur, weshalb? Komm, iß auf. Wir müssen gehen.«

Vermutlich war es ein großes Glück gewesen, Sven Bakkes Unternehmung entdeckt zu haben. Durch einen anderen Glücksfall entdeckten sie die Sprechstundenhilfe, die eilig um eine Ecke bog, als sie durch die schmalen, kopfsteingepflasterten Gassen gingen. Sven mußte ihr gesagt haben, daß sie für heute nach Hause gehen könne. Sie war in einen schweren Tweedmantel gehüllt und trug einen scheckigen Pelzhut, der ihr kleines, unscheinbares Gesicht beinahe verdeckte. Aber doch nicht vollständig, so daß Grace ihre vom Weinen geröteten Augen bemerkte. Oder hatte sie der Wind so gerötet?

Was konnte Sven ihr gesagt haten? Daß er nicht zurückkomme?

Ein paar Minuten, nachdem sie die Wohnung betreten hatte, rief Peter Sinclair an. Er habe alle zehn Minuten angerufen, sagte er. Wo war Grace nur gewesen?

»Zum Essen aus«, antwortete sie, und er schien sowohl erleichtert als auch überrascht.

»Da sind Sie gefaßter als meine Frau. Sie will das Essen nicht einmal anschauen. Ich fürchtete schon, die Polizei hätte Sie zum Verhör mitgeschleppt.«

»Nein, sie war hier.«

»Und haben sie irgend etwas Bemerkenswertes gefunden? Im Tagebuch oder sonstwo?«

»Sie scheinen an dem Tagebuch nicht besonders interessiert zu sein.«

»Sie teilen also nicht Ihre Ansicht, daß es wichtig ist?«

»Nein, sie ziehen Tatsachen Fantastereien vor.«

Peter lachte. »Willa hielt die Leute gerne zum besten, wissen Sie.«

»Aber am Ende war sie es, die zum besten gehalten wurde, nicht wahr?«

Peters Stimme zitterte. »Sie brauchen mich daran nicht eigens zu erinnern, Grace. Eigentlich rief ich an, um zu fragen, ob Sie zu uns kommen könnten. Ich muß im Büro sein, und Kate geht mir wirklich auf die Nerven. Sie ist in einer derartigen Stimmung, daß sie auch die Kinder aufregt. Ich möchte sie nicht mit ihr allein lassen. Ich wollte fragen, ob es Ihnen möglich wäre, sie für einige Stunden spazierenzuführen. Ich dachte, es würde auch Ihnen guttun. Schauen Sie, daß Sie aus dieser morbiden Wohnung herauskommen.«

Damit die Botschaft ein Auge auf mich haben kann, dachte Grace.

»Ich bin nicht allein, Peter. Polsen ist hier.«

»Ach, der! Sehen Sie mal, wieviel wissen Sie eigentlich über ihn? Wie können Sie wissen, ob er nicht ein zweiter Gustav ist? Oder sogar der Gustav? Antworten Sie nicht, ich nehme an, er hört zu, nicht wahr? Aber lassen Sie ein bißchen Vorsicht walten, Grace. Und es würde den Kindern so guttun, Sie zu sehen. Sie sprechen die ganze Zeit von Ihnen. Nehmen Sie sie mit auf einen Spaziergang nach Gorbit.«

Peter war offensichtlich ein Mann, der keinerlei Hemmungen hatte, Befehle zu erteilen. Grace fragte sich, ob er seine Direktiven von weiter oben erhalten habe oder ob es einfach der Wahrheit entsprach, daß Alexander und Georgy ängstlich und elend waren.

Es gab keine andere Möglichkeit, sie mußte gehen und das herausbekommen, sonst würden sie die angsterfüllten weißen Gesichter der Kinder verfolgen.

»Gute Idee«, meinte Polsen. »Ich werde dich hinfahren und nach ein paar Stunden wieder abholen.«

»Du hast es möglicherweise mitbekommen – Peter sagte, ich soll vorsichtig sein und was ich über dich wüßte.«

Er beugte sich über sie und küßte sie auf die Stirn.

»Und was weißt du?«

»Genug.«

Grace wußte eigentlich nicht, weshalb sie so verblüfft

war, daß die Tür zur Wohnung der Sinclairs von Ebba geöffnet wurde. Diese Frau scheint einfach überall zu sein, dachte Grace, als Ebba mit einer um einige Nuancen höheren Stimme als gewöhnlich zu sprechen begann.

»Oh, Grace, ich habe versucht, Sie anzurufen. Gestern den ganzen Tag, als ich hörte, Sie seien in Uppsala gewesen – und heute morgen wieder.«

Als ich in Polsens Bett lag, dachte Grace und fühlte, wie sich bei der Erinnerung daran Wärme in ihr ausbreitete.

»Hatten Sie mir irgend etwas mitzuteilen?« fragte sie. Es war viel leichter, Ebba gegenüber reserviert zu sein, wenn man nicht mehr ihr Gast war.

»Über Willa?«

»Das ist das einzige, was mich im Augenblick interessiert.«

»Natürlich nicht. Ich wollte Ihnen nur sagen, wie entsetzt und unglücklich ich bin. Ich hielt es zu Hause einfach nicht aus, nachdem die Polizei dagewesen war.«

»Weshalb war die Polizei bei Ihnen?«

»Sie war überall, wo Willa bekannt war. Auch bei den Backes. Sie haben die alte Dame beinahe zu Tode erschreckt.« (Die selbstzufriedene alte Frau mit ihren weißen Patschhändchen. Die würde nichts erschrecken. Ebensowenig wie Ulrika. Aber Sven – ob Ebba wohl wußte, daß er sich davongemacht hatte?)

»Wer hätte gedacht, Willa würde so etwas Verrücktes tun?«

»Niemand«, sagte Grace tonlos.

Die seltsamen, fahlen Augen flackerten. »Sie glauben nicht, daß sie sich selbst das Leben genommen hat?«

»Nur weil sie schwanger war? Du lieber Himmel, nein!«

»Sie glauben nicht, daß sie noch andere Gründe hatte?«

»Nicht, um Selbstmord zu begehen. Ich kann Ihnen versichern, Willa war einfach nicht der Typ dazu.« Sie sah Ebba geradewegs in die Augen. »Ungeachtet dessen, was man ihr angetan hat. Ich habe der Polizei gesagt, was für ein Mensch sie war. Ich bin froh, daß man auch bei Ihnen nachgeforscht hat. Ich fand es sehr eigenartig, daß dieser Pelz in Ihrem Haus auftauchte.«

Ebba runzelte die Stirn. »Warum sind Sie so, Grace? So aggressiv. Ich habe Willa nichts getan.«

Grace hob ihr Kinn. »Ich bin im Moment zu jedermann aggressiv. Willa ist tot, und ich kann es noch immer nicht glauben. Ich bin eher ärgerlich als entsetzt. Ich kann mir nichts vorstellen, was so schlimm für sie gewesen wäre, daß sie sich das Leben genommen hätte. Aber ich werde es herausbekommen, das verspreche ich Ihnen.« Sie machte eine Pause und zuckte wie zur Entschuldigung für ihren Ausbruch mit den Schultern. »Ich glaube, etwas von Willas Wesen ist in mich geschlüpft. Oder aber ich war ihr schon immer ähnlicher als ich dachte oder wußte. Vielleicht mache ich eine Wandlung durch.«

»Dann geben Sie acht, daß Sie nicht den gleichen Weg wie sie gehen«, sagte Ebba.

»Oh, ich werde schon aufpassen, daß mich niemand in einen See stößt«, sagte Grace nachdenklich. »Wenn es das ist, was Sie meinen. Wo ist Kate?«

»Sie hat sich hingelegt. Ich habe ihr ein Beruhigungsmittel gegeben. Ich kam her, nachdem ich mit Peter gesprochen hatte. Er macht sich Sorgen wegen Kate. Sie ist einfach schrecklich empfindsam, finden Sie nicht auch? Wie sind Sie hergekommen? Mit einem Taxi?«

»Polsen hat mich hergefahren.«

»Oh. Schauen Sie, Grace – niemand von uns weiß viel über diesen Polsen. Sind Sie sicher, daß Sie ihm nicht allzuviel Vertrauen schenken?«

»Wie Willa? Da bin ich ganz sicher.«

»Sie sagen das sehr überzeugt.«

Ärger stieg in Grace hoch.

»Natürlich. Und ich möchte nicht, daß Sie irgend etwas Schlechtes über Polsen sagen. Ich bin wegen der Kinder gekommen. Ich werde sie jetzt holen.«

Die Kinder kamen nicht wie gewöhnlich die Treppe heruntergerast. Sie waren unnatürlich ruhig. Jemand mußte ihnen befohlen haben, ihre Ausgehsachen anzuziehen, denn sie waren bereits in ihre wollenen Übermäntel gehüllt und trugen ihre Baskenmützen. Alexanders Mütze war völlig zerknüllt, Georgy hatte sich die ihre auf ihr ungekämmtes Haar gestülpt, das ihr bis in die Augen hing. Georgy hatte all ihre Aufsässigkeit abgelegt und hielt Alexanders Hand ganz fest in der ihren.

»Hallo! Wieso seid ihr schon ganz angezogen?« sagte Grace fröhlich.

»Daddy hat gesagt, du gehst mit uns spazieren. Tust du das?«

»Aber sicher. Wir gehen nach Gordit. Weißt du den Weg?«

»Natürlich. Wir waren schon hundertmal dort.«

»Einmal bekommen wir einen kleinen Hund, sagt Daddy«, wisperte Alexander.

»Ja, man sollte wirklich einen Hund haben, um mit ihm spazierenzugehen«, sagte Georgy.

Das war wirklich wahr, denn die meisten Leute, die in dem hübschen, leicht hügeligen Park spazierengingen, der sich über mehrere Meilen erstreckte und kleine Gaststätten und Restaurants und natürlich eine Bucht des unvermeidlichen Mälarsees umrahmte, hatten einen tollenden, zerrenden Hund an der Leine. Die Spaziergänger trugen wie üblich nüchterne, dunkle Überzieher und Schals, obwohl heute das Sonnenlicht wie Champagner auf der Landschaft lag und das Gras aufleuchten ließ.

Je weiter sie gingen, um so mehr lebten die Kinder auf. Sie zeigten sich ungemein interessiert an der Geschichte über den Kanarienvogel, den Polsen Grace geschenkt hatte.

»Das möchte ich auch haben, wenn ich keinen kleinen Hund bekomme«, sagte Alexander.

»Ein Hund ist besser«, sagte Georgy. »Einen Vogel kannst du nicht spazierenführen. Er würde wegfliegen.« Alexander kicherte und bewegte seine Arme, als ob er fliegen wolle. Georgy sagte ernsthaft: »Mag Polsen dich, Grace?«

»Es ist unhöflich, Polsen zu sagen. Du mußt Herre Polsen sagen.«

Georgy ignorierte Alexander und bohrte weiter: »Mag er dich? Will er dich heiraten?«

»Wer hat dich denn bloß auf diese Idee gebracht?« fragte Grace.

»Mammy sagt, es wird dir ebenso schlechtgehen wie Willa, wenn du dich mit Männern abgibst, über die du nichts weißt, und Daddy sagt, du sollst nach England zurückgehen.«

»Ich mag Polsen«, sagte Alexander.

»Wie kannst du, du hast ihn ja noch gar nicht gesehen.«

»Doch. Ich habe gesehen, wie er Grace im Auto herbrachte. Ich habe gesehen, wie er sie geküßt hat. Ich habe geglaubt, nur Mamas und Papas küssen.«

»Du bist altmodisch«, sagte Grace. »Küssen macht Spaß. Du wirst eines Tages schon noch dahinterkommen.«

»Pfui!« sagte Georgy. »Ich habe einmal gesehen, wie Daddy und Ebba sich küßten. Ihre Lippen waren so aufeinandergepreßt.« Sie stülpte ihren kleinen Mund vor. »Es sah aus, als ob sie sich gegenseitig aufessen wollten.«

Alexander schüttelte sich vor Lachen und mußte stehenbleiben, um zu Atem zu kommen.

»Das ist nicht wahr, Georgy! Du erfindest das!«

»Nein, bestimmt nicht. Ich zeig's dir, wie sie sich geküßt haben.«

Dann rannten die beiden davon, Georgy jagte Alexander in weiten Kreisen über das schimmernde Gras. Und Grace dachte: Peter und Ebba. War das der eigentliche Grund für Kates Melancholie? Wenn ja, wie konnte Peter es wagen, ihr Vorhaltungen wegen Polsen zu machen. Wie konnte er die Nerven dazu haben, über mangelnde Diskretion zu sprechen? In seiner Position konnte seine eigene Indiskretion verheerende Folgen haben.

Erst gegen Ende ihres Spaziergangs wurde Willa erwähnt. Als nämlich Georgy mit ihrem Scharfsinn ganz ruhig bemerkte: »Ich nehme an, Willa konnte nicht sehen, wohin sie ging, weil sie ihre Brille verloren hatte. Deshalb ist sie in den See gefallen.«

Als sie nach Hause kamen, war Kate bereits aufgestanden, angekleidet und bereitete Tee. Sie sah krank aus, ihr Gesicht war aufgedunsen, ihre Augen eingesunken und dunkel umrändert. Sie hantierte ungeschickt mit Tassen und Tellern und ließ sie geradezu gefährlich aneinanderklirren. Aber schließlich schaffte sie es doch. Von Ebba war keine Spur zu sehen.

»Grace, Sie sind ein Schatz, daß Sie die Kinder mit hinausgenommen haben. Sie sehen so viel besser aus. Ich konnte mich ausruhen und fühle mich jetzt auch besser. Unser Haushalt ist ein bißchen durcheinander. Peter ist noch immer kein bißchen gesund, aber er besteht darauf, wie gewöhnlich ins Büro zu gehen. Besonders jetzt.« Kate biß sich auf die Lippen und schien krampfhaft zu versuchen, Willa mit keinem Wort zu erwähnen. »Sie bleiben doch zum Tee, Grace?«

»Polsen will mich um fünf Uhr abholen. Habe ich noch Zeit?«

»Er kann doch mit uns Tee trinken. Wir haben ihn ja tatsächlich noch nicht richtig kennengelernt. Ich weiß, Peter würde sich freuen. Kinder, geht hinauf und wascht euch. Und habt ihr euch bei Grace auch für den schönen Spaziergang bedankt?«

Etwas mußte Polsen aufgehalten haben. Sie waren mit dem Tee fertig, die Uhr schlug sechs, und er war noch immer nicht gekommen. Peter kam heim und rief mit unnatürlich jovialer Stimme: »Hallo, Grace. Nett, daß Sie da sind.«

Seine Jovialität wurde allerdings durch sein müdes, überanstrengtes Aussehen Lügen gestraft. Er war noch immer erkältet und hatte eine geschwollene Nase und aufgedunsene Lippen. Flüchtig erinnerte er Grace an jemanden, aber sie kam nicht drauf, an wen.

»Diese Woche war die reinste Hölle«, sagte er. »Die Grippe, eine Unmenge Arbeit und jetzt noch Willa.«

»Ebba war hier«, sagte Kate mit ausdruckslosem Gesicht.

»Ich weiß. Sie kam auch ins Büro. Sie macht sich solche Vorwürfe. Wie wir alle.«

»Weshalb?« fragte Grace.

»Nun, weil wir Willas Geschichte so gutgläubig aufgenommen haben. Weil wir nicht versucht haben, mehr über diesen mysteriösen Gustav herauszubekommen ...«

»Was hat das mit Ebba zu tun?« unterbrach Kate.

»Das gleiche wie mit uns allen. Wir waren Freunde. Es ist ...«

»Still. Die Kinder. Sprich vor ihnen nicht darüber.«

»Kann ich telefonieren?« fragte Grace. »Ich frage mich langsam, was mit Polsen geschehen ist.«

»Sollte er Sie hier abholen? Ich nehme an, sein alter Wagen ist endgültig zusammengebrochen. Ist noch Tee da, Kate? Nein, bemühe dich nicht. Ich nehme Whisky.«

Niemand kam ans Telefon. Grace spielte mit dem Gedanken, Frue Lindström anzurufen, ließ es dann aber sein. Es bestand kein Grund dafür, eine große Sache daraus zu entwickeln, daß Polsen sich um eine Stunde verspätet hatte. Man mußte der alten Hexe keine Hoffnung auf eine neue Tragödie machen. Kein Grund auch, weshalb ihr Herz plötzlich so ängstlich zu schlagen anfing. Im nächsten Augenblick würde bestimmt die Türglocke schrillen.

Als jedoch eine weitere halbe Stunde vergangen war, wurde sie unruhig.

»Peter, würden Sie mich nach Hause bringen? Es macht Ihnen doch nichts aus, Kate?«

»Natürlich nicht. Aber wo ist Polsen? Er scheint nicht sehr zuverlässig zu sein.«

»Doch. Sie alle reden mir dauernd ein, daß ich nicht viel über ihn weiß. Zuverlässigkeit ist jedoch eine seiner hervorstechendsten Eigenschaften.«

»Das hat Willa auch von Gustav behauptet«, sagte Kate. »Wußten Sie das? Sie stand hier in diesem Zimmer, als sie das sagte. Nicht wahr, Peter?«

Peter stand auf und sagte brüsk: »Natürlich bringe ich Sie heim, Grace. Ich verstehe nicht, weshalb wir alle darüber nachgrübeln, warum der Bursche unpünktlich ist. Vielleicht hat er es einfach vergessen. Der zerstreute Professor, wie?«

13

Es sei bestimmt ganz harmlos, sagte Frue Lindström. Herre Polsen sei um etwa vier Uhr angerufen worden und habe daraufhin das Haus verlassen. Frue Lindström hätte nicht einmal so viel gewußt, wenn sie nicht, wie gewöhnlich, herausgekommen wäre und ihn eben, als er aus dem Haus ging, erwischt hätte. Seit den letzten Ereignissen war sie nervös und legte immer nachts die Kette vor. Deshalb hatte sie sich erkundigt, um welche Zeit Herre Polsen zurückkommen werde. Er hatte ihr gesagt, er würde in einer Stunde wieder zurück sein, da er versprochen habe, Froken Asherton abzuholen und herzubrinen. Er konnte nicht weit gegangen sein, denn sein Wagen stehe noch draußen, wie man sich überzeugen könne. Wie spät war es jetzt? Sieben Uhr? Nun, man weiß ja, wie Männer sind, wenn sie ein paar Gläser getrunken haben.

»Ich komme mit Ihnen hinauf«, sagte Peter zu Grace. »Ich will mich davon überzeugen, daß alles in Ordnung ist.«

Als sie in Willas Wohnung kamen, war er es, der sich schüttelte.

»Ich weiß nicht, aber dieser Ort kommt mir einfach morbid vor. Sie sollten nicht hier bleiben.«

Grace breitete die Decke über den Vogelkäfig. Sie wußte, sie würde nicht einen Millimeter von hier weggehen, bevor Polsen zurück war. Er mußte jeden Augenblick kommen. Sie wollte etwas zu essen vorbereiten und eine Flasche Wein öffnen.

Es machte ihr nichts aus, allein zu sein oder zu warten. Sie war gewohnt zu warten.

»Auf Willa? Aber sie kommt nicht zurück«, sagte Peter geradeheraus.

Grace wandte sich nach ihm um. »Wollen Sie damit sagen, auch Polsen kommt nicht zurück? Einmal bestehen Sie darauf, daß Willas Tod Selbstmord war, im anderen Moment wollen Sie mir weismachen, irgend etwas Abscheuliches könnte sich an einem vollkommen normalen Nachmittag in Stockholm ereignen.«

Aber sie konnte es nicht verhindern, daß ihr Herz wie rasend zu schlagen begann.

»Seien Sie doch nicht vollkommen verrückt«, fuhr sie fort und versuchte, sich durch ihre eigenen Worte zu beruhigen.

»Ich nehme an, Polsen hat seinen Sohn getroffen. Er ist vollkommen vernarrt in diesen Jungen. Ich glaube, teils aus schlechtem Gewissen, teils aus Liebe. Ich meine, seine Ehe ist doch kaputtgegangen . . .« Ihre Stimme schwand, als sie Peters Blick begegnete.

»Sie wollen doch wohl nicht andeuten, er habe auch wegen Willa ein schlechtes Gewissen«, fuhr sie ihn ungläubig an.

»Oder Willas zu erwartendem Kind?« sagte Peter obenhin. »Also gut, Grace, ich werde Sie jetzt verlassen, wenn Sie darauf bestehen. Aber Sie müssen Ihren Rückflug buchen, sobald die Polizei die Freigabe . . . Ich meine, sobald wegen Willa alles geregelt ist. Das ist ein Befehl. Ansonsten werden Sie hier zur Persona non grata.«

Grace stand mucksmäuschenstill und lauschte auf Peters Schritte, die die Treppe hinabgingen. Sie glaubte ihn zu hassen, sein offenes, jungenhaftes englisches Gesicht, die ungeheuerlichen Gedanken, die sich langsam in ihrem Kopf drehten.

Der König mit zwei Königinnen . . . Ein Mann, dessen erste Frau, oder die zweite, eine Belastung für ihn geworden war . . .

Gegen zehn Uhr, nachdem Frue Lindström bereits zweimal gefragt hatte, ob bei Grace alles in Ordnung sei (was erwartete sie eigentlich?), und das Haus so still war, daß sie es kaum mehr ertragen konnte, griff Grace zum Telefon und rief die Polizei an.

»Aber ich weiß, er würde nicht verreisen, ohne mir etwas davon zu sagen«, erklärte sie. »Er sollte mich um fünf Uhr abholen. Seitdem sind mehr als fünf Stunden vergangen. Ja, er hat immer sein Wort gehalten. Für meine Begriffe war er sogar außergewöhnlich zuverlässig. Nur etwas ganz Ernstes könnte ihn so lange aufhalten.«

Man sagte ihr etwas unineressiert, daß man Nachforschungen anstellen würde. Vielleicht könne Frue Polsen ihnen irgend etwas sagen.

»Frue...«, begann Grace und hielt dann inne. Polsens Frau war für sie niemals Wirklichkeit gewesen, bis jetzt.

»Bitte lassen Sie es mich wissen, wenn Sie irgend etwas herausgefunden haben«, bat sie.

Eine Stunde später telefonierte der Sergeant. »Kein Glück, Froken Asherton«, berichtete er. »Frue Polsen hat von ihrem Mann heute weder etwas gesehen noch gehört, und er war auch nicht auf der Universität. Aber einer seiner Studenten sah ihn heute nachmittag in der Altstadt.«

»Aber das war mit mir zusammen. Wir waren beim Essen.«

»Nein, später. Ungefähr um vier Uhr. Könnte er Ihres Wissens nach dort irgend jemanden besucht haben?«

»Nur Doktor Backe, aber der ist nach Kopenhagen gereist. Wir sahen, wie er wegging.«

»Kopenhagen, eh?«

»Es ist dort eine Konferenz. Zu der fuhr er hin.«

»Aha. Das könnte interessant sein.«

»Es ist Herre Polsen, nicht Doktor Backe, den ich finden will«, stellte Grace klar.

»Ja. Überlassen Sie das uns, Froken Asherton. Wir werden sie beide finden.«

Das klang ihr beinahe zu zungenfertig, wenn sie an Willa dachte. Niemand hatte ihr indessen gesagt, wie sie diese Nacht durchstehen sollte. Sicherlich würde Polsen nach

Hause kommen. Wenn nicht – aber wo sollte er sein, wenn er nicht heimkam, oder heimkommen konnte?

Grace kochte Tee, duschte, um sich zu erfrischen und die Zeit totzuschlagen, zog sich wieder an und ging ruhelos auf und ab. Einmal stieg sie zu Polsens Wohnung hinauf. Vielleicht war er ganz still hinaufgeschlichen, ohne daß sie es gehört hatte. Aber auch diese Wohnung war wie die ihre, erfüllt von der ihr schon vertrauten, beängstigenden Stille. Wo in aller Welt war Polsen?

In den frühen Morgenstunden begann der Wind wieder gegen die Fenster zu drücken. Der Klang traf ihre aufgewühlten Nerven wie eine Peitsche. Sie saß da, die Hände gegen die Schläfen gepreßt, zu angespannt, zu verzweifelt, um zu weinen. Es war die einsamste Nacht, die sie jemals verbracht hatte.

Ganz früh am Morgen rief die Polizei wieder an. Es hatte sich herausgestellt, daß Doktor Sven Backe weder einen Flug von Stockholm nach Kopenhagen noch sonstwohin gebucht hatte. War Grace sicher, daß ihre Information richtig war?

»Fragen Sie seine Sprechstundenhilfe«, sagte Grace mit vor Müdigkeit tonloser Stimme. »Haben Sie nichts über Herre Polsen erfahren?«

»Noch nicht. Es tut uns leid, Froken. Manchmal kommt ein Mann allerdings rechtzeitig zum Frühstück nach Hause.«

Grace knallte den Hörer auf die Gabel. Sie zitterte vor Wut auf diesen gefühllosen, stiernackigen und dickfelligen Polizisten.

Sie machte sich wieder Tee und trank ihn mit einem Gefühl der Hoffnungslosigkeit und Verzweiflung. Es war acht Uhr und noch immer dunkel. Was sollte sie den ganzen Tag beginnen? Was sollte sie tun, wenn Polsen nicht zurückkam?

»Grace! Grace!«

Das Flüstern von der Tür her erschreckte sie fast zu Tode. Sie hatte nicht bemerkt, daß sie die Tür unverschlossen gelassen hatte. Winifred Wright war gewiß die letzte Person, die sie um diese Zeit hier erwartete.

»Ich habe geklopft, aber Sie hörten nicht. Es tut mir leid, daß ich so hereinplatze, aber da ist etwas, was ich Ihnen erzählen muß. Wenigstens glaube ich, Sie sollten es wissen. Ich nehme an, Sie können nicht ein bißchen Kaffee machen? Ich bin einfach so von zu Hause weggerannt, ich fürchtete, ich könnte meine Meinung ändern, wenn ich warte. Gott weiß, es gehen so viele wilde Gerüchte um.«

Winifred war hochrot im Gesicht und sah etwas unordentlich aus, als ob sie ganz schnell in ihre Kleider geschlüpft wäre und sich nicht einmal frisiert hätte. Grace sträubte sich trotz ihrer Neugier instinktiv gegen die Mitteilung, die Winifred so eilig loswerden wollte.

Sie ging in die Küche, um den Kaffee aufzubrühen, und sagte über die Schulter hinweg: »Ist es wegen Willa? Oder wegen Polsen?«

»Polsen? Was hat er damit zu tun?«

»Er ist letzte Nacht nicht nach Hause gekommen. Ich mache mir seinetwegen Sorgen.« Sie lachte trocken. »Sorgen ist wohl kaum das richtige Wort. Ich bin beinahe wahnsinnig.« Winifred kam an die Küchentür. Ihr großes, faltiges und plumpes Gesicht war jetzt ein einziges Erstaunen.

»Sagt er Ihnen für gewöhnlich, wohin er geht?«

»Seit neuestem, ja. Wir...« Graces Stimme schwand vor Erregung. »Zum Teufel, ist hier irgendwo ein böser Geist? Alle verschwinden!«

»Sie sind nervös. Erst das lange Warten auf Willa, und dann...«

»Polsen ist nicht im See!« sagte Grace heftig. »Glauben Sie bloß das nicht.«

»Guter Gott, nein. Wer hätte wohl die Kraft, ihn zu ertränken!«

Die häßlichen Worte waren draußen, bevor Winifred stoppen konnte. Sie sagte schnell: »Ich meinte das nicht so, Grace. Es ist sicher alles in Ordnung. Er wird jeden Augenblick zurückkommen. Oh, der Kaffee riecht aber gut. Nein, es ist etwas über Willa, was ich Ihnen sagen wollte. Sie wissen doch, daß sie einen antiken Ring trug, ein enormes Ding, viel zu groß für ihre Hand.«

»Ja, die Polizei hat ihn mir gezeigt.« Zusammen mit dem kleinen Häufchen zerknüllter Kleider, den mit Wasser vollgesogenen Schuhen, der goldenen Uhr, die ein Geschenk zum einundzwanzigsten Geburtstag gewesen war, und dem Armband mit den klimpernden Glücksbringern. Der Ring mit dem dunkelblauen Stein und der verschlungenen Fassung wirkte mittelalterlich, so, als ob der Geber ihn aus dem Familienschmuck ausgewählt hätte.

»Was hat er für eine Bedeutung?« fragte sie.

»Es war kein Verlobungsring, obwohl Willa ihn als solchen ausgab. Ich glaube nicht, daß Gustav ihr jemals irgend etwas gegeben hat, so mußte sie halt schwindeln.«

Grace starrte sie an. »Aber wer gab ihn ihr dann? Wissen Sie es?«

»Ich glaube schon. Ich glaube, es war Peter Sinclair.«

»Peter!«

»Und ich glaube, Kate weiß das. Deshalb ist sie in einer solchen Verfassung.«

»Peter!« Grace atmete schwer. »Aber warum? Sie glauben doch nicht, er hatte etwas mit ihr?«

»Ich würde es für äußerst unwahrscheinlich halten. Erstens ist er zu ehrgeizig. Er hätte nicht seine Karriere aufs Spiel gesetzt für ein Verhältnis mit seiner Sekretärin. Zweitens war sie wirklich nicht sein Typ. Sie brachte ihn zur Weißglut. Er war drauf und dran, sie in eine andere Abteilung versetzen zu lassen.«

»Aber sie war immer bei den Sinclairs zu Hause.«

»Kate mochte sie. Willa war fröhlich und amüsant und verstand sich gut mit den Kindern. Als sie nach Stockholm kam, war sie schon ein bißchen scharf auf Peter, aber niemand nahm das ernst, denn sie flirtete mit jedem Mann, der in ihren Gesichtskreis kam.«

Warum in aller Welt gab er ihr dann einen Ring, noch dazu einen so teuren!«

»Ich kenne nur Willas Geschichte. Bei der Abschiedsparty, die wir für sie gaben, traf ich sie weinend in der Damentoilette. Sie hatte zuviel getrunken. Sie versuchte, ihr Gesicht wieder in Ordnung zu bringen, und hatte den Ring auf die Waschmuschel gelegt. Ich nahm ihn und sagte: ›Gustav würde sich bestimmt nicht darüber freuen, wenn Sie den verlieren.‹ Sie nahm den Ring und sagte, daß sie sich eigentlich nichts Besonderes daraus mache und ihn nur trage, um Peters Gefühle nicht zu verletzen.«

»Sie war betrunken, sie hat sich versprochen.«

»Nein, denn sie merkte, was sie gesagt hatte, und erschrak furchtbar. Sie bat mich, niemandem etwas davon zu erzählen. Die Wahrheit war, daß Gustav ihr keinen Ring gegeben hatte, er würde es erst tun, wenn sie verheiratet seien. Aber sie wollte nicht, daß die Leute glaubten, er sei geizig, deshalb gab sie vor, der Ring sei von ihm. Sie hatte ihn bei einem Juwelier gesehen und ihn sich so sehr gewünscht, daß Peter ihn ihr gekauft hatte. Er sagte, es solle ein Geschenk dafür sein, daß sie so oft auf die Kinder aufgepaßt habe. Sie solle nur Kate nichts davon sagen. Er hatte nichts dagegen, daß sie den Ring als Verlobungsring ausgab – natürlich nur in Botschaftskreisen.«

»Was für eine ungewöhnliche Geschichte!« sagte Grace. »Ich kann das einfach nicht glauben.«

»Ich auch nicht, um die Wahrheit zu sagen. Ich weiß noch immer nicht, was Tatsache ist und was nicht, denn Willa war wirklich ziemlich betrunken in jener Nacht, und sie konnte schon immer gut Geschichten erfinden.«

»Aber wenn sie sich den Ring so sehr gewünscht hatte, weshalb sagte sie dann, sie hasse ihn?«

»Das weiß der Himmel. Möglicherweise, weil sie sich insgeheim Diamanten wünschte.«

Grace nickte. Das war möglich. Willa hatte schon immer die Angewohnheit, sich von ganzem Herzen etwas zu wünschen, und wenn sie es dann bekommen hatte, wollte sie etwas Besseres.

»Und Kate kennt diese Geschichte?«

»Ich bin nicht sicher. Sie ahnte sie vielleicht bloß. Sie hat nicht besonders viel Selbstvertrauen. Ich habe beobachtet, daß sie neulich Ebba von Sturpe ansah, als ob sie ihr nicht trauen würde.«

Und mit Recht, wenn sie den Kuß mit angesehen hatte, von dem Georgy erzählte. Arme Kate. Peter schien ein ziemlicher Schürzenjäger zu sein. Wenn er tatsächlich so ehrgeizig war und so hinter seiner Karriere her, sollte er etwas vorsichtiger sein.

Aber diese seltsame Geschichte mit dem Ring! Er mußte Willas Hand hinabgezogen haben, als sie in den See sank. Was hatte das alles zu bedeuten? Und weshalb war Polsen nicht da, um es ihr zu erklären?

»Macht das die Dinge irgendwie klarer?« fragte Winifred.

»So klar wie dicke Tinte«, antwortete Grace hoffnungslos.

»Werden Sie das der Polizei sagen?«

»Ich bin nicht sicher. Wie wichtig ist es? Ich möchte Kate nicht weh tun. Und den Kindern. Sie ahnen ohnehin schon viel zuviel. Ich muß darüber nachdenken. Trotzdem vielen Dank, Winifred. Danke, daß Sie gekommen sind. Ich werde vollkommen verrückt, wenn ich allein bin.«

Sitz nicht herum und grüble, sagte Grace zu sich selbst, als Winifred gegangen war. Tu etwas! Ruf Peter an und versuche, etwas über diesen Ring zu erfahren. Frage bei der Polizei an, ob sie irgendwelche Spuren von Polsen haben. Lieber Gott, laß ihm nichts geschehen sein! Schau, ob diese liebeskranke Schwester in der Praxis von Doktor Backe ist, und nimm sie wegen der Konferenz ins Gebet.

Es gab eine Menge wichtiger Dinge zu tun. Eine blasse Sonne war aufgegangen, der Kanarienvogel begann zu zwitschern und schickte sich an, seinen vollen Gesang ertönen zu lassen. Polsen würde sagen, dies sei ein Tag wie jeder andere, nicht das Ende der Welt. Nun, eben das mußte sie herausfinden.

Peters Stimme klang überrascht, dann ausgesprochen vorsichtig. Oder bildete sie sich das nur ein?

»Dieser Lapislazuli-Ring? Was für eine Geschichte haben Sie da gehört? Nein, sagen Sie nichts. Das können wir nicht am Telefon besprechen. Ich komme zu Ihnen. Nennen Sie mir eine Zeit. Ich muß erst meinen Schreibtisch ein bißchen aufräumen. Da sieht's aus, als ob die Wandalen gehaust hätten. Okay?«

Er legte ziemlich unvermittelt auf. Grace war mit dem ersten Resultat recht zufrieden. Wenigstens rührte sich etwas. Nun zu der liebeskranken Schwester.

Diese Unterhaltung ließ sich nicht so gut an. Sie hatte einige Schwierigkeiten, dem Mädchen begreiflich zu machen, wer sie war, und erst als sie Willas Namen erwähnte, hörte sie am anderen Ende der Leitung so etwas wie ein Aufseufzen. Nach einer langen Pause fragte das Mädchen: »Was möchten Sie wissen?«

»Ich wollte eigentlich Doktor Backe aufsuchen, aber wie ich höre, ist er in Kopenhagen.«

»Ja.«

»Ist er geflogen?«

»Das weiß ich nicht. Sein Auto ist fort. Er könnte nach Malmö gefahren sein.«

»Sagte er, wann er wieder zurückkommt?«

»Nein. Ich glaube in einer Woche – aber tatsächlich . . .«

»Tatsächlich was?«

»Ich mache mir Sorgen. Er hat einiges mitgenommen. Zum Beispiel sein Mikroskop. Als ob . . .«

»Als ob er nicht zurückkommen würde?« half Grace nach. Sie hörte unterdrücktes Schluchzen. »Das fürchte ich auch. Denn vor einiger Zeit – nein, ich darf darüber nicht reden. Aber gestern, nachdem er sich von mir verabschiedet und mich nach Hause geschickt hatte, kam er nochmals zurück.«

»Sie waren nicht nach Hause gegangen?«

Sie erinnerte sich deutlich an die dünne Gestalt mit den rotverweinten Augen, die so plötzlich kehrtgemacht hatte und wieder zu dem Haus mit dem Drachen-Türklopfer zurückgelaufen war.

»Nein, ich war ziemlich erregt. Ich wollte lieber den ganzen Nachmittag arbeiten. Da waren Rechnungen ...« Die Stimme verlor sich in Schluchzen.

»So hörten Sie, wie Doktor Backe zurückkahm?«

»Ja. Da ich noch nicht fortgegangen war, bat er mich, ein Telefongespräch für ihn zu erledigen. Ich rief Herre Polsen an. Dann wartete Doktor Backe, und Herre Polsen kam, und ...«

Es gelang Grace, ruhig zu sagen: »Und weiter.«

»Sie gingen die Treppe hinauf. Nach einer Weile kamen der Baron und die Baronin von Sturpe und gingen ebenfalls hinauf. Dann gingen sie alle zusammen fort.«

»Auch Polsen?«

»Ja. Ich sah am Ende der Straße ein weißes Auto stehen. Es gibt in Stockholm nicht viele weiße Mercedes.«

Polsen, du Idiot, du hast dich in eine Falle locken lassen! Um Gottes willen, was haben sie mit dir gemacht?

»Danke«, sagte Grace schnell. »Sie waren mir eine große Hilfe.«

Das Mädchen heulte wieder.

»Froken Asherton, glauben Sie, er wird zurückkommen?«

»Doktor Backe? Warum nicht? Da er doch nur zu einer Konferenz gefahren ist.«

»Aber es ist da noch etwas anderes. Das müssen Sie doch wissen.«

Sie hatte keine Zeit, sich mit der armen Haut, deren Herz gebrochen schien, darüber zu unterhalten, ob Sven zurückkommen würde oder nicht. Sie mußte ganz dringend die Polizei anrufen.

Seltsamerweise wollten die sich eben auch mit ihr in Verbindung setzen. Sie glaubten, das Häuschen entdeckt zu haben, wo Willa Bedford ihre letzten Tage verbracht hatte. Grace sollte ihnen helfen, einige Sachen zu identifizieren, die sie dort gefunden hatten. Sie baten sie, sofort mitzukommen. Es sei nur eine Stunde bis dahin. Ob sie in zehn Minuten fertig sein könne? Sie könnten dann im Auto weitersprechen.

Endlich war das untätige Warten vorbei. Grace holte in aller Eile ihre Ausgehsachen zusammen, einen warmen Mantel, Schal und Pelzmütze. Es würde kalt sein, trotz der bläßlichen Sonne. Sie dachte noch daran, eine Notiz für Peter zu hinterlassen. Die Ringgeschichte konnte warten. Vielleicht würde sie sich ohnehin erübrigt haben, war sie erst wieder zurück. Sie war so sicher, obwohl sie dafür keinerlei Anhaltspunkte hatte, daß Polsen dieses Häuschen als erster entdeckt hatte und dort auf sie wartete.

Was Polsen betraf, hatte sie sich geirrt, nicht aber in der Annahme, daß das Häuschen, dem sie entgegenrasten, dasjenige der Sinclairs war, denn in diesem seltsamen Spiel ging man immer wieder auf den gleichen Pfaden. Da stand es, auf der kleinen Lichtung, und der Wald erschien dunkler als je zuvor, da sich düstere Wolken bis tief herab gesenkt hatten. Es wirkte so vertraut, beinahe wie zu Hause, so mußte es auch auf Willa gewirkt haben, obwohl ihr der Regen auf die Nerven ging.

»Sie waren schon einmal hier?« fragte der Kommissar.

»Ja. Woher wissen Sie das?«

»Sie scheinen nicht überrascht zu sein.«

»Mich überrascht gar nichts mehr.«

Sie hatte der Polizei noch nichts von dem Ring erzählt, den Peter Willa gegeben hatte. Das konnte warten. Stattdessen hatte sie Wort für Wort ihre Unterhaltung mit dem Mädchen aus Doktor Backes Praxis wiedergegeben. Nachdem sie ihr stillschweigend zugehört hatten, gab einer der Polizisten einige unverständliche Anweisungen per Funk an die Zentrale. Ein wenig später kam die Antwort. Das einzige Wort, das Grace verstehen konnte, war Gothenburg. Glaubten sie, Polsen sei dort?

Sie fragte und erhielt zur Antwort, nein, das sei eine andere Angelegenheit. Aber um nichts weniger interessant.

So stieg wieder die Hoffnung in ihr hoch, Polsen sei doch in dem Häuschen.

Natürlich war er nicht dort. Es war leer und still und erfüllt von einem seltsamen Geruch. Grace rümpfte die Nase. »Riecht nach etwas Verbranntem. Wolle?«

»Richtig, Froken. Sie würden eine gute Detektivin abgeben.«

Der Herd war saubergefegt, zu sauber. Aber auf einem Blatt Papier lag ein Häufchen sorgfältig zusammengekehrter Asche. Und auf dem Fußboden stand ein völlig von Schlamm verkrusteter Koffer.

Einer der Polizisten öffnete ihn, und Graces Hand fuhr zum Mund. Er war voller Frauenkleider, und auch wenn sie nicht eine gelbgestreifte Bluse erkannt hätte, die sie gelegentlich an Willa gesehen hatte, konnte sie nur zu genau erraten, wem diese verlorenen Kleidungsstücke gehörten.

»Die schuldige Person«, wurde sie von dem Polizisten in geschraubtem Amtsenglisch belehrt, »hatte angefangen, Froken Bedfords Kleider zu verbrennen. Aber das dauerte zu lange. Wolle, zum Beispiel, ist sehr schwierig zu verbrennen. Deshalb grub sie ein Loch neben dem Holzstoß und vergrub dort diesen Koffer und die halbverbrannten Kleidungsstücke. Dann schichtete sie das Holz über die Stelle und hoffte auf Schnee.«

Weshalb auf Schnee?«

»Wenn diese Dinge da unter einem halben Meter Schnee vergraben worden wären, hätten wir sie nicht vor dem Frühjahr gefunden. Im Frühjahr allerdings hätten wir nicht mehr danach gesucht. Es war für den Verdächtigen ein rechtes Unglück, daß es noch nicht zu schneien begonnen hat.«

Es war schrecklich kalt hier drinnen, muffig und kalt.

»Jetzt ist es also Mord.«

»Ja.«

»Wie entsetzlich«, flüsterte Grace. Nach einer kleinen Weile sagte sie scharf: »Was soll ich hier? Habe ich Willas Sachen nicht schon genug identifiziert?«

»Können Sie die hier identifizieren?«

»Einige davon«, sagte sie.

»Gut.« Der Mann schloß den Koffer wieder. Dann sagte er ganz unerwartet: »Das Tagebuch. Sie sagten, Sie haben es im Vogelkäfig gefunden. Ihre Kusine war recht erfinderisch, was ihre Verstecke anbelangt. Hier zum Beispiel versteckte sie noch ein Tagebuch, was der Aufmerksamkeit der Person entging, die glaubte, alle Spuren verwischt zu haben. Wir fanden es hinter der Uhr. So einfach, nicht wahr?«

Grace sah das kleine schweinslederne Taschentagebuch fasziniert an.

»Was steht drin? Noch mehr Rätsel?«

»Rätsel?« Der Kommissar, der in seinem Bemühen, Englisch zu verstehen, und mit seinen ernsten Augen recht liebenswert wirkte, schien das Wort nicht zu kennen. »Wir wissen nicht, was drin steht. Wir möchten, daß Sie es für uns lesen. Die Schrift ist sehr klein und schwer zu entziffern, aber Sie kennen ja die Schrift Ihrer Kusine.«

Grace blickte auf die krakelige Schrift auf den kleinen Tagebuchseiten. Ihr Herz schlug wieder bis zum Hals. Was war das? Wieder verschlüsselte Hinweise?

Es schien ein richtiges Tagebuch zu sein mit Eintragungen unter dem richtigen Datum. Aber die Eintragungen wurden länger und länger, sie zogen sich über mehrere Tage hin. Die Schrift war so gedrängt, beinahe unleserlich. Der letzte Satz unvollendet. Willa mußte unterbrochen worden sein. Sie mußte zu dieser Zeit Angst gehabt haben vor demjenigen, der sie unterbrochen hatte. Aber sie hatte noch die Zeit gefunden, das Tagebuch hinter der Uhr zu verstecken. Es war ihr letzter, verzweifelter Hilferuf gewesen.

»Setzen Sie sich, Froken«, sagte der Kommissar. »Und bitte, sprechen Sie langsam, so daß ich mir Notizen machen kann.«

Grace gehorchte, sie beugte sich über das kleine Buch und las mit belegter Stimme.

3. Oktober. Peter wartete auf mich am Bahnhof wie vereinbart. Eine gute Idee, die neugierige Frue Lindström und

alle anderen in dem Glauben zu lassen, ich würde mit dem Zug wegfahren. Wir setzten uns ins Auto und fuhren sehr schnell. Sehr glücklich. Wir lachten die ganze Zeit. Ich fragte mich, ob ich ein bißchen verrückt gewesen bin, Grace diesen Brief zu schreiben. Aber wenn ich an Bill denke, glaube ich doch, es war nicht schlecht, ein bißchen vorsichtig zu sein. Ist es schlimm, daß ich Peter noch immer liebe?

5. Oktober. Zwei Tage voller Seligkeit. Peter ist angeblich auf einer Elchjagd gewesen. Aber jetzt ist er wieder nach Stockholm zurückgefahren, und ich fühle mich ein wenig elend. Es ist diese frühe Dunkelheit und das ewige Rauschen des Waldes. Da muß ich immer an Bill denken. Um die Zeit totzuschlagen, werde ich also niederschreiben, was mich hierhergeführt hat.

Warum vertrauen sich mir die Männer eigentlich immer wieder an? Bill sagte, ich sei sympathisch. Armer Teufel. Er machte sich schreckliche Sorgen und war ziemlich betrunken. Man stelle sich vor, er sagte mir, er solle von einem russischen Agenten geschnappt werden, weil die Russen diese pornographischen Fotografien haben. Bill hatte einen schwedischen Freund. Man hätte niemals vermutet, daß er von dieser Sorte sei. Ich wette, der Botschafter weiß es nicht. Natürlich mußten sie seinen Tod als Unglücksfall ausgeben, aber ich weiß, daß es Selbstmord war. Ich mußte so viel daran denken, daß ich Peter darüber berichtete, aber er befahl mir, den Mund zu halten. Es sollte keinen Skandal geben. Ich sah das natürlich ein. Ich sah auch ein, daß Peter und ich diskret sein müssen. Wir verliebten uns ineinander in der Woche nach Bills Tod, an jenem heißen Sommertag unten am See, als ich Peter Bills Geschichte erzählte. Ich habe Peter von Anfang an bewundert, aber ich wußte nicht, daß es ihm genauso ging. Er sagte, er sei schon seit langer Zeit mit Kate nicht mehr glücklich, aber ich müsse ihm Zeit lassen, das in Ordnung zu bringen. Es ist nicht fair, daß jemand ihn unglücklich macht, denn er ist so wunderbar, wenn er glücklich ist.

Bald nachdem wir um unsere Liebe wußten, überredete er mich, aus Winifreds Wohnung auszuziehen und ein eigenes Apartment zu nehmen, das er für mich ausgesucht hatte. Alles war einfach wunderbar, wir hatten eine herrliche Zeit, bis ich schwanger wurde.

Ehrlich, das war nicht beabsichtigt, ich mache keine solchen Tricks. Aber als ich wegen meines Zustandes sicher war, wollte ich auch nicht auf Peters Vorschlag hören, mir das Kind nehmen zu lassen. Ich wollte nicht nochmals zur Mörderin werden. Ich erzählte ihm, daß ich nach meiner ersten Abtreibung beinahe gestorben wäre. Diesmal wollte ich mein Baby haben. Ich wollte es vor allem auch, weil es seines war. Wir fuhren zum Häuschen hinaus, und dort diskutierten wir den ganzen Tag. Ich würde keinen Zoll weichen. Es tat mir leid wegen Peter, denn das würde seine Karriere erschweren, aber daran hätte er früher denken sollen. Ich war entschlossen, mein Baby zu behalten – und ihn auch. Er sagt, ich sei starrsinnig. Das stimmt, aber ich habe gelernt, um Dinge zu kämpfen.

Jedenfalls war das der Tag, an dem das Schreckliche, das Verheerende geschah. Peter ging hinaus, um neues Holz für das Feuer zu holen, ich wollte eine Zigarette haben und nahm mir sein silbernes Zigarettenetui aus seinem Jackett, das er auf dem Bett hatte liegenlassen. Ich hatte das Etui vorher noch nie benützt, so daß ich erst jetzt aus Versehen den Verschluß betätigt, der ein kleines Geheimfach öffnete. Natürlich sah ich hinein, ich bin genauso neugierig wie Frue Lindström. Und ich fand ein hauchdünnes Stück Papier mit kurzgefaßten Berichten über einige Leute der Botschaft. Dinge wie ›Schwäche für blaue Filme‹ oder ›Schwierigkeiten mit Frauen‹ waren unterstrichen.

Zuerst konnte ich es nicht glauben. Es konnte einfach nicht Peter sein, der den Russen etwas über Bill Jordan erzählt hatte. Aber es mußte wohl so sein. Mein Peter! Ich liebe diesen Mann wirklich. Sogar mit diesem Wissen liebe ich ihn noch. Man kann Gefühle nicht einfach abstreifen.

Auch Melinda Maclean folgte ihrem Mann. Und später heiratete sie einen anderen Spion, Philby.

War Peter ein Spion? Ich wollte es gar nicht wissen. Alles, was ich wußte, war, daß ich hier in meinen Händen das Mittel hielt, um Peter zu zwingen, mich zu heiraten. Und ich, ich wollte es nutzen, das wußte ich. Mein Baby braucht einen legitimen Vater.

Bin ich schlecht? So schlecht wie Peter, der Bill betrogen hat? Aber ich bin wirklich verrückt nach ihm. Wenn er mich zum Bett trägt, kann ich an nichts anderes mehr auf der ganzen Welt denken. Er ist ein Mann, ich bin eine Frau, alles andere ist unwichtig. Kommunisten, Antikommunisten, was ist das? Nur wenn ich hier im Halbdunkel sitze und auf das Rauschen des Waldes höre, frage ich mich, wie lange es dauern kann, bis er Kate und die Kinder nach England zurückschickt (wohin sie ja sowieso wollen) und seine Entlassung eingereicht hat. (Wir haben vor, nach Deutschland zu gehen, vielleicht nach München. Peter spricht perfekt Deutsch und wird dort schon eine Stelle finden.)

Aber zurück zu jenem Abend. Er war schrecklich. Wir tranken eine Menge Schnaps, und ich weinte. Peter sagte, er liebe mich natürlich, aber das sei alles verrückt, ich steigere mich da in etwas hinein, diese Notizen seien völlig harmlos. Trotzdem wich ich keinen Zoll von meiner Einstellung. Tatsächlich hatte ich mit Bill gesprochen, und von diesem Haus aus war er hinausgegangen und hatte sich erschossen. Ich möchte den Ort am liebsten nie mehr wiedersehen, und ich hasse es, hier allein zu sein.

Peter erkannte, daß ihm diese Geschichte, auch wenn sie mir niemand glauben würde, in der Botschaft zumindest eine Menge Ärger bringen würde. So willigte er endlich ein. Wir würden heiraten, sobald er geschieden sei. Noch in dieser Nacht fuhren wir nach Stockholm zurück, ich gab bekannt, ich sei mit einem Schweden verlobt. Wir mußten dem Mann irgendeinen Namen geben und entschieden uns für Gustav, wie ich ihn seit jenem Tag in Schloß Gripsholm immer genannt hatte.

Er kaufte mir einen Ring, diesen großartigen Lapislazuli, den ich so bewunderte. Ich zeigte ihn überall herum und gab eine Party und lud alle dazu ein, sogar diesen kaltäugigen Axel. Und Peter flirtete zuviel mit Ebba, um die Leute von uns abzulenken. Kate war eifersüchtig. Ich auch, obwohl ich es nicht zugeben durfte.

Und so kommt es, daß ich jetzt hier im Dunkeln sitze und vor mich hin grüble. Da Peter recht schlecht war (obwohl er noch immer nicht zugibt, etwas Falsches getan zu haben), nehme ich an, daß auch ich dafür bezahlen muß. Eben dadurch, einsam und verlassen zu sein. Und ein bißchen Angst zu haben. Immerhin unterstützte ich seine Missetat. Bill ist seinetwegen tot. O Hölle, weshalb muß ich ausgerechnet *hier* sein?

16. Oktober. Gott sei Dank, Peter kam an diesem Wochenende zurück. Er sagte, Grace sei in Stockholm und gehe allen auf die Nerven. (Weshalb bloß habe ich ihr diesen Brief geschrieben? Aber ich kann mir jetzt nicht helfen, ich bin doch recht froh darüber, denn vielleicht brauche ich einen Rettungsanker.) Peter konnte nicht lange bleiben. Er hatte niemandem gesagt, daß er hierherkommt. Aber ich solle mich darüber freuen, daß Ebba und Jacob von Sturpe die ganze Geschichte nun kennen und ungewöhnliches Verständnis zeigen. Ich solle für eine Weile zu ihnen kommen. Solange ich verspreche, mich von niemandem sehen zu lassen.

Wieso konnte er es wagen, Ebba und Jacob davon zu erzählen? Doch nur, weil sie ebenfalls in diesem Komplott mit den Russen drin sind?

Jetzt bin ich froh, daß Grace hier ist. Das gibt mir eine gewisse Sicherheit. Und ein Tapetenwechsel, wie Peter sagte, wird mir nur guttun, obwohl Ebba nicht gerade meine Freundin ist.

18. Oktober. Bei Ebba, aber im Dachgeschoß! Sie hat mich gebeten, niemals herunterzukommen, wenn jemand da ist. Ich war entsetzt, als ich entdeckte, daß man mich eingeschlossen hatte.

Ich rüttelte an der Tür, bis Ebba kam und mir bedeutete, ich solle nicht verrückt spielen. Das sei alles zu meiner Sicherheit, nicht zu ihrer eigenen. Wieso muß man eine so geheime Affäre daraus machen, schwanger zu sein und darauf zu warten, daß der Geliebte geschieden ist? Ich habe immer geglaubt, die Schweden kümmern sich einen Dreck um solche Dinge. Natürlich läuft alles immer wieder darauf hinaus, daß es an der Botschaft keinen Skandal geben darf. Soll sie der Kuckuck holen! Ich sitze hier wie ein Trauerkloß und sterbe allmählich vor Langeweile.

20. Oktober. Ebba und Peter haben mich gebeten, an Grace zu schreiben. Sie wird allmählich lästig, ich muß sie beruhigen. Insgeheim habe ich meine diebische Freude daran, meinen Geheimnamen unter den Brief zu setzen, den nur Grace versteht. Jetzt wird sie noch mehr Fragen als vorher stellen. Hörte, sie habe meine Sonnenbrille gefunden, die ich verloren hatte, als ich im Häuschen war. Ich hätte sie auch selbst finden können, wenn ich mich darum gekümmert hätte .Aber was soll's! Das ist doch jetzt alles unwichtig. Ebenso unwichtig wie mein Haar, das jetzt, da die Farbe allmählich herausgeht, einfach scheußlich aussieht. Wenn Peter nicht aufpaßt, werde ich bald damit aufhören, mich für ihn schön zu machen. Das ist wohl die abscheulichste Behandlung, die jemals einer Braut zuteil wurde.

21. Oktober. Ich habe eine schreckliche Ahnung. Peter hat nicht damit aufgehört, dieser mysteriösen Person Informationen zu geben, und ich bin jetzt ganz sicher, auch Ebba und Jacob stecken mit in der Geschichte. Deshalb war es sicherer, mich hierherzubringen. Ich fange an, Ebba zu hassen. Sie war schon immer kalt. Jetzt kommt sie mir vor wie eine weiße Schlange, wenn sie ihren langen Hals dreht und wendet. Jacob ist nur ihr Werkzeug, ein dummer, verliebter alter Mann. Ich bin es müde, immer allein zu essen, wenn sie sich unterhalten. Eines Tages werde ich einfach schreien. Das wird die Gäste aufschrecken. Aber wenn ich

irgend etwas Dummes mache, werde ich Peter verlieren. Ich muß einfach geduldig sein.

22. Oktober. Ich könnte schwören, daß ich heute Axel Morgenssons Stimme unten gehört habe. Ist er auch mit von der Partie? Ich mußte auf einen Stuhl steigen, um aus diesem verdammten Fenster sehen zu können. Indem ich mir fast den Kopf ausrenkte, gelang es mir zu sehen, wer das Haus verließ. Axel und Sven Backe. Deshalb also wollte Sven von mir nicht wegen Bill Jordans Tod ausgefragt werden! Jetzt bin ich froh darüber, daß ich all diese Namen in den Notizen niedergeschrieben habe, die ich für Grace hinterließ. Damals hatte ich nur eine unbestimmte Ahnung, jetzt bin ich sicher, daß ich recht hatte. Oh, Gott, wann werde ich hier herauskommen und einen Ehering an meinem Finger haben?

23. Oktober. Ebba kommt herein und lächelt und sagt: ›Liebes Kind, haben Sie Geduld. Wir wollen Ihnen helfen. Wenn Sie irgend etwas Dummes anstellen, wird es auf Peter zurückfallen, das wissen Sie doch.‹ Was könnte ich schon Dummes anstellen, außer aus dem Fenster springen?

Sie hat mir Wolle gegeben, um Babysachen zu stricken. Und dabei weiß ich, daß sie mein Baby am liebsten erwürgen würde.

24. Oktober. Das war heute ein Ding – Ebba hat vergessen, die Tür abzuschließen, und so schlich ich mich hinunter und rief Peter an. Nicht im Büro, zu Hause. Georgy kam an den Apparat und verstand nicht, was ich wollte, aber sie würde ihrem Vater sagen, daß er mich holen soll. Bestimmt wird er mich holen. Ebba erwischte mich und war wütend. Sie sagte, das sei das Ende, ich verdiene ihr Vertrauen nicht, und ab jetzt dürfe ich nicht einmal mehr mit ihnen essen, wenn sie und Jacob allein seien. Ich kann nicht gerade behaupten, daß das eine große Strafe für mich ist. Außer, daß ich verrückt werde, wenn ich immer allein bin. Was hat Peter bloß vor?

26. Oktober. Peter kommt und holt mich, hurra, hurra! Ebba hat es mir gerade gesagt. Axel war heute auch da, er

kam gerade von einer Reise zurück. War es seine Idee, daß Peter mich hier wegbringen soll? Jetzt erinnere ich mich, daß er es war, der Peter von der leeren Wohnung in Frue Lindströms Haus erzählt hatte. Das war kurz nachdem ich bei Sven gewesen bin und ihn wegen Bill Jordan ausgequetscht hatte. Ich glaube, Axel wollte mich unter Kontrolle haben. Ist er derjenige, dem Peter all diese Dinge berichtet? Oh, Gott, ist das eine dreckige Geschichte!

27. Oktober. Wieder am alten Ort. Peter ist kalt und unfreundlich. Er will nicht mehr übers Heiraten sprechen. Ich glaube nicht, daß er auch nur ein Wort darüber zu Kate gesagt hat. Jetzt ist er draußen, um Feuerholz zu holen. Wenn er erwartet, wie üblich einen gemütlichen Abend am Feuer mit einer Flasche Schnaps vor sich zu haben und dann wieder nach Stockholm zurückzufahren, um mich hier allein zu lassen, hat er sich geirrt. Sollte das ein Witz sein, als er von einer Seereise auf Axels Schiff sprach? Das geht doch zur Antarktis. All diese Eisberge. Es kann sich wohl kaum um eine Vergnügungsreise handeln. Ich werde dieses Ansinnen ganz höflich ablehnen. Höflich! Peter hat mich noch nicht erlebt, wenn ich wirklich wütend bin. Das soll er heute abend erfahren, und wenn es ihm nicht paßt . . .

Das war das Ende. Da hatte sie Peter zurückkommen hören und gerade noch Zeit gefunden, das kleine Buch hinter der Uhr zu verstecken. Grace fühlte sich kalt bis ins innerste Mark.

»Willa war also die Fracht, auf die Axel wartete«, sagte sie. »Sie sollte an jenem Tag ›verladen‹ werden, an dem Jacob, Sven und Peter angeblich auf Elchjagd gingen. Aber sie entdeckten, daß sie fort war. Peter muß irgendein Ding gedreht haben, denn nur er allein wußte genau, wo sie sich befand. Er war ja gut in solchen Dingen.«

»Ja. Ich stellte mir vor, Herre Sinclairs Freunde waren böse auf ihn, daß er ihnen die Geschichte verdorben hatte. Er war nicht auf den Widerstand der jungen Dame gefaßt gewesen.«

»Sie fiel in den See statt ins Meer bei den Eisbergen. Aber wieso ließ sie sich dazu überreden, zum See hinunterzugehen?«

»Da war die leere Schnapsflasche, und die junge Dame dürfte wohl ein wenig hilflos gewesen sein aufgrund des Alkohols. Sie wurde hinuntergetragen und in ein Ruderboot gesetzt und zu einer tiefen Stelle im See hinausgerudert. Einen Drink, Froken?«

Grace hob ihr starres Gesicht.

»Nein, machen Sie sich keine Sorgen, mir fehlt nichts.«

Der Kommissar sprach ruhig, vielleicht sogar ein wenig geringschätzig über die Angelegenheit: »Es ist eine sehr unbedeutende Affäre, verglichen mit dem, was zum Beispiel in Berlin geschehen mag. Die Baronin von Sturpe kommt aus Ostdeutschland, wie Sie vielleicht wissen. Sie ist eine sehr unerfreuliche Erscheinung, und wir wissen nun, daß sie eine Menge Leute für ihre Zwecke eingespannt hat, einschließlich ihres eigenen Mannes, der zwar schwach, aber im Grunde anständig ist. Sie übt eine fatale Macht über die Männer aus, auch über Herre Sinclair, der bereit war, ihretwegen seine Kollegen zu verraten. Und wegen des Geldes natürlich auch. Er ist ein sehr geldgieriger Mann. Ihre Kusine war auch gierig. Sie liebte zum Beispiel die Geschenke, die Herre Sinclair ihr machte.«

»All diese Leute, vor denen Willa uns warnen wollte«, sagte Grace. »Axel, Jacob, Sven, Gustav.« Sie konnte noch immer nicht ganz an die Enthüllung über die Identität Gustavs glauben, obwohl sie nun haarscharf erkannte, an wen sie gestern Peter mit seinen von der Erkältung geschwollenen Lippen und seinen schweren Lidern erinnert hatte. Polsen hätte sofort auf Gustav getippt. Und plötzlich war Willa gänzlich aus ihren Gedanken verschwunden.

»Polsen!« schrie sie voller Entsetzen. »Sie haben ihn jetzt! Er ging zu Svens Haus. Oh, Gott!«

Eine schwere Hand legte sich auf ihre Schulter.

»Machen Sie sich keine Sorgen, Ihrem Freund wird nichts geschehen. Zum Beispiel«, dieser Ausdruck, den der Kommissar offensichtlich sehr liebte, wurde allmählich langweilig, »erhielten wir über Funk Nachricht, als wir hierherkamen, daß Kapitän Morgenssons Schiff in Göteborg eingelaufen ist. Vermutlich ist die Fracht, die es in Stockholm nicht an Bord nehmen konnte, nun zur Verfügung. Oder das ...« Er suchte nach dem passenden Wort, und der Sergeant, voller Stolz auf sein Wissen, sprach es für ihn aus: »Äquivalent.«

»Unglücklicherweise«, sagte der Kommissar, »gibt es bei derartigen Affären oft unschuldige Opfer. Aber Ihr Freund Polsen wird kein solches Opfer sein. Ebensowenig wie Sie. Kommen Sie, wir bringen Sie nach Hause.«

Es war jetzt dunkel. Der Wald zu beiden Seiten der langen Straße war düster, die Szene wirkte wie in einem Kriminalfilm. Nur im Licht der Scheinwerfer sah man die wirbelnden Blätter der Birken.

»Schauen Sie«, sagte der Sergeant und zeigte auf die Windschutzscheibe. Dicke weiße Kleckse bildeten sich dort. »Es beginnt zu schneien.«

Gott sei Dank war Frue Lindström wenigstens dieses eine Mal nicht auf ihrem Posten in der Halle. Müde zum Umfallen stieg Grace die Treppe hinauf. Sie hatte das Angebot des Sergeanten abgelehnt, sie hinaufzubegleiten.

»Wovor sollte ich mich noch fürchten?« hatte sie gefragt.

Trotzdem erstarrte sie, als sie bemerkte, daß die Tür leicht angelehnt war und das Licht in der Wohnung brannte. Wer war dort drinnen? Peter Sinclair, mit diesem Ausdruck des Wahnsinns in seinen blauen Augen, um Rache zu nehmen?

Sei nicht blöd, sagte sie zu sich selbst. Wenn jemand dir auflauern wollte, würde er wohl kaum das Licht brennen lassen. Mit einem Ruck stieß sie die Tür vollends auf.

»So«, sagte Polsen.

Sie flog in seine Arme. Sein dicker Mantel roch nach Salzwasser. Seine Arme brachen ihr beinahe die Knochen. Als sie aufsah, bemerkte sie, daß er seine Brille nicht trug und seine Augen voller Tränen standen. Über eine Wange lief ein roter Striemen, auf der Stirn klebte ein Pflaster.

»Polsen, du bist verletzt!«

»Das bißchen da? Das ist nichts. Weshalb weinen wir eigentlich?«

»Du weinst. Wo ist deine Brille?«

»Die ist leider zerbrochen. Ich weiß, du frierst, und du bist müde, mein Gesicht sieht nicht sehr schön aus, und ich bin ohne Brille halb blind und äußerst ungeschickt, trotzdem werden wir jetzt in das hübscheste Lokal zum Essen gehen, das wir finden können.«

»Feiern wir etwas?« fragte Grace ungläubig.

»Ja. Daß wir am Leben sind. Und frei. Ich wäre es wegen meiner eigenen Dummheit um ein Haar nicht mehr. Stell dir vor, ich ließ mich durch einen Telefonanruf hereinlegen. Und noch dazu von diesem Mädchen, das wir für einen Einfaltspinsel hielten.«

»Was für ein Mädchen?«

»Doktor Backes Sprechstundenhilfe. Sie sagte, sie hätte mir etwas Wichtiges mitzuteilen, das sie nicht am Telefon erzählen könne. Natürlich handelte sie auf Befehl. Und als ich hinkam, war ihr Chef, ihr Liebhaber oder was immer er sein mag, auch da. Und dann kamen Ebba und Jacob. Obwohl ich ein kräftiger Mann bin, war ich nicht kräftig genug, um drei Menschen zu überwältigen, die nur den einen Wunsch hatten, nämlich mir eine Betäubungsspritze zu geben.«

»Und dann?«

»Bevor ich ganz das Bewußtsein verloren hatte, brachte man mich in ein Auto. Jeder, der zusah, hätte glauben können, man bringe einen kranken Mann ins Spital. Und dann weiß ich nichts mehr, bis die Polizei den Wagen in Göteborg anhielt. Das war irgendwann am nächsten Tag, erzählte man mir.«

»An der Anlegestelle?«

»Du weißt davon?«

»Ja. Du solltest auf Axels Schiff hinter den Eisernen Vorhang oder sonstwohin gebracht werden. Der unerwünschte Professor. Oh, Polsen, du hast dein Leben für Willa aufs Spiel gesetzt!«

»Nein, für Willa eigentlich nicht. Grace, du bist doch nicht wirklich so begriffsstutzig. Und nun beeil dich mit deinem Bad. Ich habe Hunger.«

Es war seltsam, daß das hübsche Schlafzimmer jetzt nicht mehr so kalt wirkte. Es war beinahe warm und gemütlich. Grace wollte ihr rotes Kleid anziehen, fand dann aber, das sei herzlos. »Es ist eine prächtige Farbe, Grace«, hörte sie Willa sagen. »Zieh's an.«

»Polsen«, rief sie. »Was ist mit den anderen geschehen?«

»Soviel ich verstanden habe, wollten sich der Baron und die Baronin von Sturpe nach Finnland absetzen. Natürlich werden sie nicht hinüberkommen. Es dürfte mit ihren Pässen einige Schwierigkeiten geben. Der tapfere Doktor Backe hatte sich im Schlafzimmer seiner Schwester versteckt, die die Tür bewachte. Seine wissenschaftliche Arbeit, die er in Leningrad herausgeben wollte, trug er in seiner Aktentasche bei sich. Er wollte tatsächlich verreisen, allerdings nicht nach Kopenhagen, sondern nach Moskau, als Ebba ihm den Befehl gab, zurückzugehen und mich in sein Haus zu locken. Als letzter wurde Kapitän Morgensson von seinem Schiff heruntergeholt. Er wird jetzt noch verhört.«

»Nicht als letzter, Peter Sinclair ist der letzte«, sagte Grace bitter.

»Seine Frau und seine Kinder wurden heute am späten Nachmittag mit dem Flugzeug nach London zurückgeschickt. Das weiß ich genau. Die Kinder waren glücklich und erregt über den Flug, hörte ich.«

»Polsen, ich bin darüber so froh.«

»Sinclair selbst ist in der Botschaft. Das ist natürlich außerhalb unserer Reichweite und der Reichweite unserer Polizei. Ich nehme an, der Botschafter möchte dich morgen sprechen. Aber das ist morgen. Beeile dich, Grace. Bist du fertig angezogen? Soll ich dir helfen?«

»Willst du wirklich ohne deine Brille ausgehen?« neckte ihn Grace.

»Ja. Du mußt mir deine Augen leihen.«

Das Restaurant, das Polsen ausgesucht hatte, das Teatro Grillen, war warm und gemütlich mit seinen rot tapezierten Wänden, den von der Decke herabbaumelnden Puppen und den Kostümen an den Wänden. Es erinnerte Grace daran, und der Gedanke war nicht einmal unangenehm, daß das Leben manchmal wirklich einem Theater gleicht. Obwohl es natürlich nicht unbedingt ein dauerndes Melodrama sein mußte, zu dem Willa es mit ihrer rastlosen Lebenseinstellung gemacht hatte.

Polsens Augen, die ohne die Barriere der dicken Brillengläser viel sanfter aussahen, trafen sich mit den ihren über die Kerzenflamme hinweg.

»Champagner«, sagte er. »Wir müssen auf einen Beginn trinken, nicht auf ein Ende.«

Ihr Herz schlug wieder einmal höher, diesmal aber nicht vor Angst oder Schrecken.

»Neulich, am Morgen, wolltest du nicht darüber sprechen, Polsen.«

»Das war etwas anderes.«

»Gefühle reifen in der Stille«, murmelte Grace.

»Ja. Meine Gefühle begannen, als wir in Gripsholm waren, wenn du den genauen Zeitpunkt wissen willst.«

»Als wir uns Gustav ansahen. Und wir dachten immer, er müsse Schwede sein. Ich glaube, sonst hätte ich ihn schon früher in Peters Gesicht erkennen müssen. Glaubst du, Ebba war in Peter verliebt?«

»Diese Frau? Die hat niemals etwas anderes geliebt als Macht, Intrige und sich selbst.«

»Aber er war mit ihr zusammen. Ich nehme an, am Anfang war er geschmeichelt. Er war ja trotz allem nur ein ganz gewöhnlicher, ganz kleiner Diplomat. Sie muß ihn mit ihrer Eleganz, ihrer Überheblichkeit und ihrer Stellung eingefangen haben. Kate ist ja doch ein bißchen bürgerlich.«

»Er war eine Marionette, wie diese da«, sagte Polsen und deutete auf die Puppen an den Wänden. »Verschwende keine Sympathie an ihn, Grace. Er ist dumm und einfältig, er betrog einen Kollegen für Geld und Sex und war seiner

Frau und seinen Kindern gegenüber vollkommen gefühllos. Er verdiente Willas Zuneigung nicht. Oder vielleicht doch, denn letzten Endes war sie für ihn verhängnisvoll. Spionage im großen Stil wegen politischer Belange ist eine an sich schon genug schmutzige Sache, aber diese häßliche Zuträgerei kleiner menschlicher Schwächen ist einfach unter jeder Beschreibung. Wollen wir jetzt von anderen Dingen reden?«

Aber Grace wollte sich noch eine Weile ihrem Schmerz hingeben.

»Ich nehme an. Willa wurde mit ihrem Ende zu hart bestraft. Sie war leider zu dumm. Und gedankenlos und vollgesogen mit Scheinmoral. Ein legitimer Vater! Sie hat nie daran gedacht, was sie Kate, Georgy und Alexander antat.« Grace seufzte tief. »Ja, sprechen wir doch lieber von anderen Dingen. Erzähl mir von Magnus.«

»Oh, der ist in Ordnung«, sagte Polsen begeistert. »Er ist jetzt in die Fußballmannschaft aufgenommen worden. Er ist ein kräftiger Bursche. Darf ich ihn am nächsten Sonntag zu dir bringen?«

»Polsen, das ist das erste Mal, daß du so ein Ansinnen stellst«, sagte Grace erfreut. »Ich dachte immer, du würdest ihn vor mir verborgen halten.«

»Natürlich. Kleine Jungen erwarten, daß es keine unklaren Dinge gibt. Wir mußten erst ganz sicher sein, daß wir zueinander gehören.«

»Tun wir das?«

»Ohne Zweifel!«

»Oh, Polsen! Du ewiger Professor mit deinen langen, gewichtigen Worten! Aber ich muß zuerst nach England zurück. Ich muß mit meinem Vater sprechen, mit meinen Verlegern, mich zuerst zurechtfinden.«

»Selbstverständlich, das verstehe ich. Wann wirst du zurückkommen?«

Nicht *wirst* du zurückkommen, sondern *wann* wirst du zurückkommen? fragte er. Wie sein Sohn, so liebte auch Polsen das Klare.

»Weihnachten?« sagte sie vorsichtig.

»Wunderbar. Du wirst immer noch rechtzeitig für den ersten Schnee kommen.«

Aber diesmal irrte er sich. Denn als sie das Restaurant verließen, waren die Straßen mit einer weißen, knisternden Schneedecke überzogen. Der Wind blies die letzten standhaften Blätter von den Bäumen, die Luft, von wirbelnden Schneeflocken erfüllt, war ungemein sauber und belebend. Grace dachte an die plötzlich verwandelten, reinen weißen Wälder, an die gefrorenen Seen, an die schneebedeckten Felder. Sie lachte vor freudiger Erregung und preßte sich ganz fest gegen Polsens breiten, schützenden Körper.